शरशय्या

नवीन

हिंदी रूपांतर

के० लीलावती

एटलांटिक पब्लिशर्स एण्ड डिस्ट्रीब्यूटर्स

प्रकाशक

एटलांटिक पब्लिशर्स एण्ड डिस्ट्रीब्यूटर्स

बी-2, विशाल एन्कलेव, रजौरी गार्डन के सामने, नई दिल्ली-27

दूरभाष : 5413460, 5429987

विक्रय केन्द्र

4215/1, अन्सारी रोड, दरियागंज, नई दिल्ली-110 002

दूरभाष : 3273880, 3285873, 328451

फेक्स सं० 91-11-3285873

e-mail : info@atlanticbooks.com

web site : www.atlanticbooks.com

ISBN 81-7156-932-3

टाइपसैटिंग : ए० पी० डी० कम्पयूटर ग्रॉफिक्स, नई दिल्ली

मुद्रक : मेहरा आफसैट प्रैस, नई दिल्ली।

दो शब्द

आधुनिक उपन्यास की प्रवृत्तियों में 'चेतना-प्रवाह' की प्रवृत्ति का एक विशिष्ट स्थान है। जेम्स जॉयूस और वर्जिनिया वुल्फ़ अंग्रेज़ी साहित्य में इस प्रवृत्ति के पोषक माने जाते हैं। इस धारा के लेखकों की मान्यता है कि चरित्रों के आंतरिक संसार को साहित्य की विषयवस्तु के रूप में ग्रहण करना चाहिए और उन चरित्रों के आंतरिक संसार के स्वरूप के आधार पर ही उनका चित्रण किया जाना चाहिए। इस प्रकार इन लेखकों ने मनुष्य के आंतरिक विश्व को साहित्य में एक नई विषयवस्तु के रूप में प्रवेश कराकर साहित्य की परिधि को कुछ अधिक व्यापक बनाया है।

कुछ विद्वानों का मानना है कि सिग्मंड फ्रायड का मानसिक विश्लेषण सिद्धांत साहित्य में चेतना-प्रवाह की प्रवृत्ति का मूलाधार है। प्रत्येक मनुष्य में 'सुप्त-चेतना' नामक एक सशक्त मानसिक केन्द्र होता है। उसके स्वरूप और स्वभाव के बारे में आमतौर पर हमें कुछ पता नहीं चलता। फ्रायड का कहाना है कि नींद में हम जो सपने देखते हैं, उनके विश्लेषण द्वारा इस 'सुप्त-चेतना' की प्रवृत्ति के संबंध में कुछ जानकारी प्राप्त की जा सकती है। जागृत अवस्था में हम जो कार्य-व्यापार करते हैं, जो भूलें करते हैं, वे भी हमारी इस 'सुप्त-चेतना' को कुछ सीमा तक प्रकट करते हैं। शिष्ट समाज जिनको स्वीकार नहीं करता, वे इच्छाएँ, विचार और यौनाकांक्षाएँ 'सुप्त-चेतना' में रहती हैं। लेखक पात्रों के मन में प्रवेश करके इस 'सुप्त-चेतना' को प्रकाश में लाने का जो प्रयत्न करता है, उसी को चेतना-प्रवाह की शैली कहा जाता है।

मनुष्य का बाह्य रूप ही सब कुछ नहीं होता। उसके आभ्यंतर में एक विशाल संसार बसता है। उस विशाल संसार के चित्रण में चेतना-प्रवाह की शैली हमारे लिए सहायक होती है। 'शरशय्या' के लेखक श्री नवीन का यह कहना सही है कि ''ऐसा साहित्य रंजनकारी साहित्य के पाठक को कुछ परेशानी में डालता है। ऐसे साहित्य की सृष्टि करने में लेखक जितना परिश्रम करता है, उसे समझने के लिए पाठक को भी उसके कुछ न कुछ अंश तक परिश्रम अवश्य करना पड़ता

है। यदि पाठक में ऐसा परिश्रम करने की शक्ति और सामर्थ्य हो तो इस शैली का साहित्य भी उसे रोचक लग सकता है।"

तेलुगु में चेतना-प्रवाह की शैली कहानी-साहित्य से अधिक उपन्यास साहित्य में मिलती है। आदि, मध्य और अंत के क्रम के बंधन से रहित सभी कालों और दिशाओं में प्रवाहित होने वाली पात्रों की चेतना का, और उनके मन की परतों में छिपे विचारों का चित्रण करने वाला साहित्य ही चेतना-प्रवाह का सहित्य है।

तेलुगु में इस शैली का प्रवेश कराने वाले श्री बुच्चिबाबु थे। रा. वि. शास्त्री के उपन्यास 'अल्पजीवी' में भी कुछ सीमा तक यह शैली हमें देखने को मिलती है। परन्तु चेतना-प्रवाह की शैली में पहली बार एक पूरा उपन्यास लिखने का श्रेय तो श्री नवीन को ही प्राप्त है। इनका उपन्यास 'शरशय्या' (तेलुगु में अंपशय्या) इतना लोकप्रिय और चर्चित हुआ कि श्री नवीन का नाम ही 'अंपशय्या वाले नवीन' पड़ गया। सरल शैली में लिखा गया यह उपन्यास अंत तक पाठक की उत्सुकता को बनाए रखता है। इस शैली के उपन्यास में लेखक व्याख्याता बनकर बीच-बीच में पाठक के सामने नहीं आता। पाठक को ही पात्र, संदर्भ और कथानक की गति को समझते हुए आगे बढ़ना होता है।

1969 में प्रकाशित यह उपन्यास कई दृष्टियों से तेलुगु उपन्यास सहित्य में नई ज़मीन तोड़ने वाली रचना साबित हुआ है। विश्वविद्यालय के छात्रों के जीवन के अंतःसंघर्ष का गहराई से चित्रण करने वाला यह प्रयोगात्मक उपन्यास तेलुगु के पाठक-वर्ग में अपना एक विशिष्ट स्थान बना चुका है।

उपन्यास में कथावस्तु अधिक घनी नहीं है। किन्तु पात्रों के भीतर के घात-प्रतिघात और भावनाओं की हलचल सघन और प्रबल हैं। 'नवीन' अवचेतन के रहस्यों को पकड़ते हैं और मनोविश्लेषण के आधार पर पात्रों के चरित्र को परत-दर-परत खोलते चले जाते हैं। मानव मन के रहस्यों में झांकने में 'नवीन' की दृष्टि तलस्पर्शी और तटस्थ रही है। ऐसी शैली कहीं-कहीं स्वभावतः बोझिलता और अस्पष्टता हो जाती है।

श्री नवीन का यह व्यक्तिवादी और मनोवैज्ञानिक उपन्यास सामाजिक संदर्भों को एकदम अनदेखा नहीं करता। वे मानव के अंतर्जगत की गहराइयों में डूबकर सामाजिक स्थितियों का निरूपण करने का प्रयास करते हैं। अवचेतन की ग्रंथियों के सूक्ष्म मनोविश्लेषण से युक्त इस उपन्यास को सामाजिक भावभूमि की दृष्टि

से देखें तो उसमें यौवनोचित भावुकता, आदर्श तथा यौनकांक्षाओं के आधार पर सामाजिक रूढ़ियों के प्रति विद्रोह है।

आज की लक्ष्यहीन शिक्षा-प्रणाली, अध्यापन-पद्धति, भ्रष्ट शासन-तंत्र और जीवन के ह्रासशील मूल्य, विद्यार्थी-समुदाय को किस प्रकार गुमराह और निर्वीर्य बना रहे हैं, इन सबका प्रभावी चित्रण इस उपन्यास में हुआ है। इसमें अच्छाई-बुराई के बीच, आशा-निराशा के बीच तथा कल्पना और यथार्थ के बीच, अनवरत संघर्ष करने वाले एक निर्धन विद्यार्थी का आत्मसंघर्ष भी है। इस विद्यार्थी का चरित्र-चित्रण अत्यंत जटिल होने पर भी इसे जीवंत बनाने में लेखक को सफलता मिली है। सामाजिक प्रयोजन को दृष्टि में रखकर और युवा-मनोविज्ञान की गहरी समझ के साथ लिखा गया यह उपन्यास विद्यार्थी-वर्ग को आत्म-शोधन के लिए प्रेरित करेगा, इसमें संदेह नहीं है। इसके अलावा आज की हमारी शिक्षा-नीति में सुधार लाने का प्रयत्न करने वाले हमारे शिक्षाविदों के लिए विद्यार्थी-वर्ग में फैले असंतोष और नैराश्य को समझने में भी यह रचना उपयोगी सिद्ध होगी। यहाँ वस्तु और शिल्प के बीच संतुलन स्थापित करने में भी लेखक सफल हुआ है।

श्री नवीन तेलुगु के प्रसिद्ध उपन्यासकार तथा कहानीकार हैं। अब तक इनके 23 उपन्यास और 50 से अधिक कहानियाँ प्रकाशित हो चुकी हैं। इनकी कई रचनाएँ हिंदी, अंग्रेजी, तमिल और कन्नड़ में अनूदित हो चुकी हैं। अपनी साहित्यिक उपलब्धियों के लिए वे आंध्र प्रदेश साहित्य अकादमी के पुरस्कार तथा मानव संसाधान विकास मंत्रालय, भारत सरकार के सीनियर फेलोशिप सहित कई पुरस्कारों से सम्मानित हो चुके हैं।

अनुवाद एक ऐसी कष्ट साध्य प्रक्रिया है जो कभी पूरा संतोष नहीं देती। इस कष्ट साध्यता के कारण ही इसे 'निष्फल प्रयास' तक कहा गया है। इस प्रयास के 'निष्फल' होने का जोखिम तब और बढ़ जाता है जब लक्ष्यभाषा अनुवादक की अपनी भाषा न हो। इतना सब होने पर भी अनुवादक को यह जोखिम उठाना ही पड़ता है। इस उपन्यास की अनुवादिका के साथ एक अतिरिक्त जोखिम के रूप में इस उपन्यास की शैली भी जुड़ी रही है। इस सफल अनुवाद के लिए प्रो. लीलावती साधुवाद की पात्र हैं।

जे. एल. रेड्डी

आमुख

इस उपन्यास को पढ़ते समय बहुत से पाठकों एवं आलोचकों को जेम्स जाइस और वर्जीनिया वुल्फ जैसे अंग्रेजी साहित्यकारों की याद आना स्वाभाविक है। जिस साहित्यक विधा का प्रयोग मैंने इस उपन्यास में किया है, वह विधा 1920 में जाइस और वर्जिनिया वुल्फ द्वारा उनके उपन्यासों में प्रयुक्त थी जो तत्कालीन अंग्रेजी साहित्य के उपन्यास-लेखन में एक नयी प्रक्रिया थी। मेरे उपन्यास का उनके उपन्यासों से बहुत कुछ साम्य है। लेकिन जाइस और वर्जिनिया वुल्फ की रचनाओं और उनके द्वारा प्रयुक्त विधाओं के बारे में मुझे जानकारी मिलने से पहले ही मुझे ''अंपशयूया'' (शरशयूया) जैसा उपन्यास लिखने का ख्याल आया था।

उन दिनों.....जब मैं यूनिवर्सिटी के होस्टल में रहा करता था तब एक ख्याल मन में आया कि किसी छात्रावास के विद्यार्थी को लेकर, उसके जीवन में गुजरे एक दिन को कथावस्तु बनाकर एक उपन्यास की रचना करूँ....जब मुझे ऐसा ख्याल आया, उन्हीं दिनों 'चेतना-प्रवाह' नामक बुच्चिबाबू की कहानी पढ़ने का अवसर मिला। वह कहानी मेरे कुछ समझ में नहीं आयी। कहानी के पीछे बुच्चिबाबू ने उस कहानी के संबंध में एक छोटा सा नोट लिखा था। उस ''नोट'' में उन्होंने लिखा कि यह 'चैतना-प्रवाह' एक नयी शिल्प विधा है। इसी विधा को आधार मानकर जेम्स जॉयूस ने एक उपन्यास ''युलिसेस'' लिखा था और उस उपन्यास में कथाकाल केवल अठराह घंटे का था। यह जानकर मैं काफी उत्तेजित हुआ। मुझे काफी कनकनाहट महसूस हुई, क्योंकि एक महान साहित्यकार को भी बहुत पहले वही विचार आया जो विचार मुझे दिन-रात खाये जा रहा था। तब से लेकर जाइस के बारे में अधिक जानकारी पाने के लिए उनकी पुस्तकें ढूँढ़ने में लग गया। सबसे पहले उनका उपन्यास, ''PORTRAIT OF AN ARTIST AS A YOUNG MAN'' पढ़ा। बाद में ''युलिसेस'' हाथ लगा तो बढ़ते उमंग से पढ़ने बैठा। लेकिन....दो पन्ने पढ़कर मैं हतोत्साहित हो गया। ''युलिसेस'' अंग्रेजी में ही लिखा गया था, किन्तु वह मुझे ग्रीक और लैटिन की तरह लगा। पढ़ने में मैंने वैसी दुरूहता

महसूस की। मेरे एक मित्र ने मुझे एक सूचना दी कि STUART GILBERT ने ''युलिसेस'' की एक गाइड लिखी है; उसके सहारे युलिसेस को आसानी से समझ सकते हैं। तब मैंने STUART GILBERT के '' STUDY OF ULYSESS'' को बगल में रखकर दो तीन महीने तक उसका अध्ययन करता रहा। तब कहीं जाकर थोड़ा बहुत समझ सका।

बाद में "STREAM OF CONSCIOUSNESS" की तकनीक के बारे में बहुत कुछ पढ़ा। उसमें से मुझे वर्जिनिया वुल्फ का निबंध, ''MODERN FICTION'' बहुत पसंद आया। तब तक मुझमें जो भावनाएँ मौजूद थीं, उनमें न कुछ स्पष्टता थी और न सुसंबद्धता ही। इस निबंध को पढ़ने के बाद लगा कि मेरी अस्पष्ट विचारधारा को एक स्पष्ट दिशा मिल गई है। वर्जिनिया वुल्फ ने इस निबंध में अपनी भावनाओं को एकदम स्पष्ट एवं सशक्त भाषा में ढ़ाल दिया है। फलतः मैंने जो कुछ लिखना चाहा, उस संबंध में एक स्पष्ट बोध मुझे मिला।

"ULYSESS", "MRS. DALLOWY" जैसे उपन्यासों ने, आलोचकों और मेधावी वर्ग के पाठकों को ढ़ेर सारा काम दिया। बहुत सी चर्चाएं चलीं, लेख निकले। लेकिन आम पाठक ये लोहे के चने चबा नहीं पाया। इसीलिए 'STREAM OF CONSCIOUSNESS' का यह तारा अंग्रेजी-उपन्यास साहित्याकाश में ज्यादा देर तक चमक नहीं पाया। आम पाठक ने इसे आदर नहीं दिया; क्योंकि उसे यह पूरी प्रक्रिया मात्र सरकस का खेल नज़र आया।

इस उपन्यास में मैंने ऐसे सरकस के तमाशे नहीं किये। इस उपन्यास को मैंने मेधावी आलोचकों के लिए नहीं, बल्कि अपने जैसे सामान्य पाठक के लिए लिखा है। मेरे विचार में उपन्यास वही है जो पाठक का मनोरंजन भी करे। 1963 से 1966 तक के काल में मेरे दिमाग में यह विचार बराबर आता रहा है कि 'STREAM OF CONSCIOUSNESS' के कुछ प्रधान लक्षणों को मानते हुए छात्रावास के एक विद्यार्थी के जीवन के 16 घंटे का कथाकाल निर्धारित करके एक उपन्यास की रचना करूँ, जिसे सामान्य से सामान्य पाठक भी समझ सके। आखिर मैंने 1966 में इस उपन्यास की रचना शुरू की। यह कार्य 1968 में पूरा हुआ।

दूसरी बात यह है कि STREAM OF CONSCIOUSNESS के शिल्प के प्रति मेरा अटूट मोह रहा है; किंतु उस मोह के ही कारण मैंने इस उपन्यास की रचना नहीं की है। इस शिल्प का इस उपन्यास में इसलिए प्रयोग किया गया है कि प्रस्तुत कथावस्तु इसी शिल्प में रोचक ढ़ंग से प्रस्तुत की जा सकती है। कभी

भी शिल्प की कथावस्तु से भिन्न सत्ता नहीं होती है। नयी कथावस्तु का प्रस्तुतीकरण नयी शिल्प-विधि में हो तो वह प्रभावी होता है। मैंने जिस कथावस्तु को लिया, उसमें नयापन है और उसी कथावस्तु ने मुझे इस नयी शिल्प-विधि सुझाई है। मुझे इस संबंध में पूरा विश्वास हुआ कि अगर मेरी कथावस्तु इस शिल्प में ढ़ाली जाए तो जिन कलात्मक मूल्यों की साधना मेरा उद्देश्य है, उन्हें बखूबी मैं व्यक्त कर सकता हूँ।

जेम्स जाइस और वर्जिनिया वुल्फ का जिन पाठकों ने अच्छा अध्ययन किया है और उनकी रचनाओं की बारीकियों तक को समझा है, वे यह सोच सकते हैं कि 'चेतना-प्रवाह' वही विधि है, जो उनके लेखन में दिखने को मिलती है। अगर उन लेखकों की रचनाओं की कसौटी पर इस उपन्यास को कसा जाये तो हो सकता है, इसमें 'STREAM OF CONCIOUSNESS' का शिल्प ही कुछ पाठकों को न दिखे। ऐसे पाठकों से मुझे कोई शिकायत नहीं है। क्योंकि मैंने कभी यह कोशिश नहीं की कि मैं जेम्स जाइस या किसी दूसरे लेखक का अनुकरण करके लिखूँ। यह मेरी अपनी....स्वतंत्र रचना है। IT IS MY OWN SWEAT AND BLOOD ....

साहित्य का समाजगत प्रयोजन हो, यह मेरी मान्यता है। पाठक की चेतनासीमा को साहित्य और विस्तृत करे यह मैं चाहता हूँ। अपनी ढ़ेर सारी प्रयोगात्मक रचनाओं के बाबजूद अगर कोई लेखक यह उपलब्धि नहीं कर पाता है तो उसके सारे प्रयोग निरर्थक ही हैं। साहित्य....खासतौर पर उपन्यास....पाठकों में अपने भीतर झाँकने की अंतर्दृष्टि तथा बहुत कुछ जानने व समझने की जिज्ञासा जागृत करता है। साहित्य द्वारा कोई पाठक अपने आपको समझने की कोशिश करता है तो निश्चय ही अपने आपको अच्छे संस्कारों से आबद्ध करने का प्रयास भी करता है। ऐसा मानव विश्व मानव बनता है। विश्व कल्याण रूपी भवन की नींव उसी विश्व मानव के द्वारा डाली जाएगी। शायद साहित्य का सामाजिक प्रयोजन यही है और मैंने इसी प्रयोजन को साधने हेतु यह उपन्यास रचा है।

नवीन

मैंने "अंपशय्या" क्यों लिखा ?

मैं उस्मानिया यूनिवर्सिटी में एम०ए० का छात्र था....रंग-बिरंगे सपने आँखों में लिये....चलम....श्री श्री....बुच्चिबाबू को पढ़-पढ़ कर उनकी लेखनी से छूटे साहित्यगत पात्र एवं कवित्वगत प्रसंगों को प्रतिक्षण अंतरंग में अनुभूत करने वाले दिन थे वे....।

हैदराबाद शहर....यूनिवर्सिटी कैम्पस का मौज-मस्ती भरा माहौल....होस्टल ....आर्ट्स कॉलेज के भवन....ये सब आँखों को चकाचौंध करने वाली बातें हैं। दिल को लुभाने वाली उस निराली दुनिया में बहुतेरे नये मित्र....ढ़ंग-बेढ़ंग की बहुत सी मनोवृत्तियाँ....हर कोमल स्पंदन पर आकुल होता हुआ अंतरंग....कहीं. ...किसी अलभ्य, असाध्य सौन्दर्य को अनुस्यूत अनुभूत करने की उत्कंठित मन की निरंतर भागदौड़.....हृदय को हरदम बेंधती बेचैनी....।

होस्टल में रहा करता था.....भिन्न-भिन्न मनोवृत्तियों को नज़दीक से देखता-परखता था। मेरे चारों ओर के लोग जो काम करते थे, जो बातें करते थे, उन्हें सूक्ष्म दृष्टि से देखना-परखना....उनका ऐसा बर्ताव करने के पीछे छिपे कारणों को मन ही मन विश्लेषित करना.....हर क्षण....हर पल....अपने आप को और आसपास के लोगों को विश्लेषित करना....साइको ऍनालिसिस् करना . ...यह सब वरंगल के आर्ट्स कॉलेज में पढ़ते समय में ही सीख गया था। इन्हीं दिनों मैं मार्क्स और फ्रायड को पढ़ रहा था। इन दोनों के सिद्धांतों के बीच मैंने एक समन्वयात्मक पुल बाँधना चाहा। किताबों से मिले ज्ञान को दैनिक जीवन में उतारने की उत्कट इच्छा....इसीलिए तो हरदम लगता था कि किसी न किसी किताब में पढ़ा हुआ सिद्धांत अपने वास्तविक रूप में मेरे सामने प्रत्यक्ष हो रहा है। हर जगह वर्ग-संघर्ष देखने को मिला। हर जगह यौन-प्रवृत्ति के विविध रूप देखने को मिले।

कुछ लिखने की तमन्ना मुझ में बचपन से ही थी....मन में उठते-मिटते उत्तेजना भरे विचारों को अक्षर रूप देने की तीव्रतम आकुलता....हर क्षण बदलती रंग-बिरंगी

मानसिक भावनाओं को एक ठोस रूप देने की पक्की धुन....ढ़ेरों किताबों को पढ़ने के बावजूद न बुझने वाली साहित्य की यह प्यास....असंख्या पुस्तकें उलट-पलट कर भी यह न जान पाना कि अपने मन की इस अनूठी भावधारा को एक साँचे में कैसे ढ़ाला जाए....।

मुझे लगा कि साहित्य की विधाओं में केवल उपन्यास-विधा ही मेरे काम आ सकती है; उसी विधा के माध्यम से मुझ में छिपी यह आकुलता, यह आकांक्षा, यह धुन, यह प्यास संतृप्त हो सकती हैं। हर पल मुझे आकुल-आनंदित करने वाली विविध अनुभूतियाँ....विविध स्पंदन....इनको उपन्यास का रूप कैसे दूँ.... इसी बात को लेकर मैं लगातार सोचा करता था....उस समय मेरे विचारों के प्रवाह में छोटे-मोटे तरंग अनेक उठते-थमते रहे.... !

मात्र कहानी का वर्णन ही उपन्यास नहीं है.....विविध घटनाओं को पहले से ही खूब सोच समझ कर....एक पद्धति में....सिलसिलेवार रखे जाने का प्रयास भी उपन्यास नहीं है....उपन्यास वह है जिसमें पात्रों के बाह्य स्वरूप और उनकी विविध चेष्टाओं के चित्रण के साथ-साथ उनके आंतरिक ....निजी....संसार और उस संसारों की हलचलों के वास्तविक स्वरूप को भी समग्रतः चित्रित करने का प्रयास होता है — यह मेरा प्रगाढ़ विश्वास है।

ठीक उन्हीं दिनों में बुच्चिबाबू द्वारा लिखित "चैतन्य स्रवंती" (चेतना प्रवाह) नामक कहानी मैंने पढ़ी।....यह तकनीक मेरी समस्या का हल सुझाता-सा लगा। ....वर्जीनिया वुल्फ का "मोडर्न फिक्शन" निबंध पढ़ा....उस निबंध के चंद वाक्यों से मेरी कल्पनाशक्ति को ठोस प्रेरणा मिली....उस निबंध के कुछ वाक्यों का हिन्दी अनुवाद यों होगा "जीवन में झाँक कर देखो ! तब जीवन उपन्यासों में चित्रित जीवन से कुछ हटकर दिखेगा। एक अत्यंत साधारण दिन के एक अत्यंत साधारण मन की परीक्षा लो....तब दिन भर वह मन कितने विचित्र स्पंदनों को प्राप्त करेगा ....महान से महान....पागल से पागल....साधारण से साधारण....गाढ़तर से गाढ़तर....लोहे से — फौलाद से चीरने-बेधनेवाले....अविरल बरसने वाले अनगिनत अणु-परमाणुओं से....स्पंदन....हमारे मन-मस्तिष्क पर धारा प्रवाह समान....बराबर बरसते जाते हैं....बरसते जाते हैं....! ऐसे ही स्पंदनों से साध ारण मानव के जीवन में एक सोमवार....एक मंगलवार....बनते हैं।"

यह जीवन क्रमिक रूप से सजाया गया (एक घटना के बाद दूसरा) दीपमालाओं का बंदनवार नहीं है....यह जीवन एक कांतिमय चक्र सा है। विविधताभरी इस

अनंत चेतना का चित्रण, वह जितना भी कठिन और क्लिष्ट क्यों न हो, चित्रित करना क्या एक उपन्यासकार की जिम्मेदारी नहीं है ?

मन में मचलने वाली भावनाओं के प्रवाहमय स्वभाव का चित्रण करने वाला उपन्यास उन दिनों तेलुगु में कोई नहीं आया....ऐसा उपन्यास सर्वप्रथम मेरी ही कलम से निकले....वह सुयश मेरी ही लेखनी को मिले....ऐसे सपने मैं देखा करता था....।

ऐसे समय....1964 में एक दिन में ऐसी-ऐसी घटनाएँ घटीं, जिन्होंने मनको मसल-मसल कर....दिल को झकझोर कर छोड़ दिया। होस्टल में जिन व्यक्तियों से हमें राजनीतिपरक शतृता थी....उनसे तीखे-नुकीले शब्दों में खून गरमाने वाले वाद-विवाद....क्लास में पहुँचने में देर न हो जाए — यह सोचकर दौड़-दौड़ कर गया तो प्रोफेसर का देर से आना....गर्लफ्रेंड मार्निंग शो देखने जा रही है यह खबर पाकर पैसे जेब में न होने पर भी एक मित्र से पाँच रुपये उधार लेकर उसके पीछे थियेटर की ओर दौड़ पड़ना....वाद में फिल्म देखे बगैर ही लौट आना ....पिछली रात में खाना न खाने की वजह से पल-पल बढ़ती भूख की हलचल ....फुटपाथ पर मार्लिन मन्रो संबंधी....उसकी आत्मकथा की किताब पाकर बिना आगे-पीछे सोचे उसे खरीद बैठना ....होस्टल लौट आने के बाद एक मित्र का, जो फोटोग्राफी नया-नया सीख रहा था, अपने द्वारा खिंचे गये कुछ औरतों के नग्न चित्र दिखाना....इन सभी घटनाओं का एक ही रोज़ घट जाना....उस रात भर उन्हीं विचारों में उलझ कर रह जाना ....सोचा उन्हीं घटनाओं को आधार बनाकर एक उपन्यास लिखूँ....तो कैसा रहेगा....? बस....ऐसा सूझते ही तुंरत उठ कर बैठ गया....उस दिन की घटनाओं ....और उनके द्वारा मेरे दिल पर छोड़ी गई निशानियों के बारे में उन्मत्त भाव से कुछ न कुछ लिखता गया !

एक विद्यार्थी के जीवन के एक रोज़ का चित्रीकरण, उपन्यास विधा में करूँ, ...जब से यह ख्याल आया, तबसे लेकर मैं अपने ही मन में यह उपन्यास लिखता ही रहा....लेकिन मन में जो कुछ लिखा गया....उसे कागज पर उतारना कितना कठिन है, ...यह समझ में आ गया। फिर भी कोशिश तो करनी ही थी....क्योंकि वह एक चुनौती थी मेरे लिए....।

1964 से 1966 तक के मध्यकाल में, एक रोज़ में घटी उन घटनाओं को कैसे चित्रित करें....इस बात को लेकर मन में उठते खयालों की भीड़ से घुटन महसूस होती थी....अंतरंग में निरंतर प्रवाहित होने वाले उस महान प्रवाह को

"चेतना-प्रवाद" रूपी साँचे में ढ़ाला जाए....! उस प्रवाह को अक्षर रूप देकर ठोस हिम (बरफ) से बना एक खिलौना पाठकों के सामने रखा जाए....! तब कहीं जाकर अनुक्षण वेदना में झुलसाने वाली इस अशान्ति से....इस उत्कंठा से. ...इस आतुरता से मुझे मुक्ति मिलेगी। अंततः 1966 से लेकर 1968 तक के समय में "अंपशयूया" पूरा करके चंद साहित्यिक मित्रों को दिखाया। अलौकिक ध्यान से....तपस्या से, लिखी गयी इस रचना की मूल प्रेरणा, "वैयक्तिक विमुक्ति" है। मुझे डी०एच० लारेन्स की उक्ति...."आर्ट ईज फर आर्ट्स सेक" की सच्चाई (कला के लिए) तभी अनुभव में आई, जब मैंने "अंपशयूया" को पूरा किया।

1969 में "अंपशयूया" जब पहली बार पुस्तककार प्रकाशित हुआ, तब मैंने अपने इस प्रयास का यों भाष्य किया — "यह मेरी अपनी संपूर्ण और स्वतंत्र रचना है।" "IT IS MY OWN SWEAT AND BLOOD".

यह बात सौ फीसदी सच है; मैं इस बात को और जोर देकर दुहरा भी सकता हूँ। क्योंकि इस उपन्यास का हरेक अक्षर जीवन के रथ-चक्रों के नीचे मेरे दबने, पिसने और मसलने से उत्पन्न पसीने एवं रक्त में रंजित करके लिखा गया है।

एक बार मैंने चलम जी से यह पूछा कि आप मेरे जैसे उभरते लेखकों को, जो लेखन के क्षेत्र में नये-नये आये हैं, क्या संदेश देते हैं, तो उन्होंने साफ कहा ...."अपने अंतरंग में कलम को रंजित कर लिखें....इसके अलावा मैं और संदेश दे भी क्या सकता हूँ ?" इस तरह एक लेखक द्वारा अपने हृदय में कलम को रंजित करके लिखा गया उपन्यास ही यह "अंपशयूया" है....!

प्लाट नं० 84, एक्साइज कोलनी, नवीन
वरंगल-506010, आँध्र प्रदेश। ('आँन्ध्र भूमि' डेली के सौजन्य से)

शरशय्या

ऊँचे-ऊँचे पर्वत, गुफाएँ, पेड़ों के समूह, घाटियाँ, लगता है वह एक घना जंगल है। मुझे याद नहीं है कि इससे पहले मैं कभी यहाँ आया भी था या नहीं। मैं यहाँ कैसे पहुँच गया ? इन सब के बीच से होते हुए मैं आगे चलता जा रहा हूँ। सुदूर पर्वत पंक्तियाँ; और उनके ऊँचे-ऊँचे शिखर। उन ऊँचाइयों तक मुझे पहुँचना है। यहाँ तो न कोई रास्ता है और न पगडंडी। बस, मैं चला जा रहा हूँ, चल नहीं रहा हूँ, बल्कि लगता है कि हवा में उड़ रहा हूँ। बड़े-बड़े पहाड़-चट्टानें....एक पहाड़ पर चढ़ गया। चढ़ ही गया। वहाँ से नीचे की ओर झाँका....बाप रे ! ! ! नीचे की घाटी में बड़े-बड़े अज़गर। क्या ये सब अज़गर हैं ? मुँह खोले टेढ़ी-मेढ़ी चाल से चलनेवाले ये अज़गर क्या मुझे निगल जाएँगे ? बाप रे बाप ! असल में वे अज़गर है ही नहीं। नदी है। देखो....नदी में पानी बह रहा है। चंचल गति से घुमावदार चाल लिए नदी का पानी बह रहा है। अगर इस पहाड़ से उस नदी में कूद पड़ूँ....? कूद भी जाऊँ तो क्या होगा ? बस, मर ही तो जाऊँगा। अरे ! यह क्या ? मैं तो नदी में गिर ही गया। डूबता भी जा रहा हूँ। ताज्जुब की बात यह है, कि आखिर मैं उतनी ऊँचाई से कूद पड़ा, फिर भी मरा नहीं ! जिंदा हूँ ! नहीं....नहीं....मर गया, मर ही गया। कैसे ? फिर कैसे ? मैं बहता जा रहा हूँ। नदी में लगातार बहता ही जा रहा हूँ। मुझे पानी निगल रहा है। डूबता जा रहा हूँ। नदी से बाहर खींचनेवाला भी तो कोई नहीं है। जोर से चिल्लाना चाहता हूँ लेकिन आवाज़ निकलती ही नहीं। ''बचाओ, बचाओ'' चिल्ला रहा हूँ। बहता जा रहा हूँ। मर जाऊँगा। मर ही जाऊँगा। कोई और चारा नहीं, बस। देखो, वहाँ कोई हाथ बढ़ा रहा है। कौन हो सकता है ? उसे कहीं देखा है। कहीं तो देखा है। प्यार और करुणाभरी नज़रों से ताकनेवाली उन आँखों को मैंने कहीं देखा है। लेकिन याद नहीं आ रही है कि उस दयामयी को, उस करुणामयी को उसने पहले किस जगह देखा है ? वह मेरी ओर ऐसे क्यों देख रही है ? इतनी हमदर्दी जताती हुई, प्यार और आत्मीयता से भरे, आँखों वाली आखिर वह कौन है ? कौन ? यह औरत कौन है ? यह कौन हो सकती

है ? माँ ! हाँ, वह माँ है। माँ भी नदी के बहाव में उसी के साथ....नदी में वह बह नहीं रही है। लेकिन माँ नदी के बीचोंबीच, लेकिन मुझसे बात क्यों नहीं कर रही है ? मुझसे नाराज़ है क्या ? तरसाई नज़रों से देख तो रही है, मगर बात क्यों नहीं कर रही है ? फिर, उस नदी के बीच पानी में, आखिर यहाँ क्यों आयी ? माँ ! मैं हूँ ! मैं रवि हूँ, बोलो न माँ ! "माँ, माँ, माँ"। नहीं बोलती। माँ नहीं बोलेगी। माँ जा रही है। मुझे छोड़ कर माँ चली जा रही है। नहीं माँ ! मत जाओ माँ ! मत जाओ माँ ! माँ ! माँ !

जोर से चीखते हुए रवि ने आँखें खोलीं। मैं कहाँ पर हूँ ? टिक्, टिक्, टिक्....घड़ी की आवाज़। कहीं से हल्की बारिश की धीमी आवाज़। बारिश नहीं। बाथरूम से शॉवर की आवाज़ सुनाई दे रही है। मैं तो होस्टल में हूँ। मैंने शायद ख्वाब देखा है। हाय ! बस....ख्वाब ही है। वाट ए रिलीफ ! कैसा भयानक ख्वाब ! क्या था वह ख्वाव ? याद नहीं आ रहा है। बिल्कुल याद नहीं आ रहा। बाथरूम से शॉवर की आवाज़ ! लगता है कोई जग गया है। और नहा भी रहा है। समय क्या होगा ? उठ कर घड़ी देखने की इच्छा हुई। हाथ, पैर सुन्न होते जा रहे हैं। सारे बदन में दर्द सा महसूस हो रहा है। अंतड़ियों में जलन-सी हो रही है। भूख लग रही है। रात को भी कुछ नहीं खाया। नींद....नींद....नींद के मारे आँखें बंद हो रही हैं। उठ कर पढ़ाई कर लूँ तो अच्छा है। आ रहे हैं ...."जगन्नाथ रथचक्र" नहीं। इम्तिहान, भूत समान नज़दीक आ रहे हैं। थोड़ा पानी पी लूँ, अच्छा होगा। नींद....नींद के मारे पलकें झपक रही हैं। इससे पहले कौन सा ख्वाब आया था ? यह शॉवर की आवाज़ भी क्या अज़ीब है ! कोई गुनगुना रहा है। गुनगुनाते हुए नहा रहा है। शॉवर की आवाज़ अच्छी लगती है। ऐसी आवाज़ बहुत अच्छी लगती है। शॉवर की आवाज़....यह क्या ? अरे, शॉवर की आवाज़, बदल कैसे गई, रेलगाड़ी की आवाज़ में ? अरे, मैं तो रेलगाड़ी में जा रहा हूँ। लेकिन कहाँ ? यहाँ तो लड़कियाँ ही लड़कियाँ हैं। अरे, बाप रे ! जनाने डिब्बे में गलती से चढ़ तो नहीं गया ? हाँ ! हाँ ! मैं तो सचमुच ज़नाने डिब्बे में चढ़ गया। मुझे देख कर सभी औरतें हँस रही हैं। ठहाका मारकर हँस रही हैं। हँसती ही जा रही हैं। कैसा अज़ीब लग रहा है ! उन हँसने वाली औरतों में किरणमयी भी है। सब से ज्यादा उसे देख कर किरणमयी हँस रही है। मेरी ओर इशारा कर दूसरों से कुछ कह भी रही है। वे और भी हँस रही हैं। किरणमयी मुझे देखकर क्यों हँस रही है ? यह ख्वाब है या सच्चाई ? किरणमयी मुझसे

बोल क्यों नहीं रही ? लगता है किरण ने मुझे पहचाना ही नहीं। 'किरण ! मुझ से बोलोगी नहीं ? क्यों हँस रही हो, "मैं हूँ, किरण ! मैं....। किरणमयी तो और भी हँस रही है। मेरी ओर उँगली दिखाती हुई कुछ कह रही है। चारों ओर से मुझे घेर कर सब हँस रही हैं, तालियाँ बजा रही हैं। मेरे ईर्द-गिर्द घूम रही हैं। मैं पागल सा होता जा रहा हूँ। सच ही पागल हो गया। सब को मारने की इच्छा हो रही है। मैं जोर से चिल्लाया "बस करो"। जोर से चिल्लाता जा रहा हूँ। अरे, यहाँ तो कोई भी नहीं। इतनी जल्दी गायब हो कैसी गयीं ये सब ? मैं कोई ख्वाब तो नहीं देख रहा हूँ ? मैं अकेले ही, किसी गली में बिना किसी लक्ष्य के चला जा रहा हूँ। लगता है कोई गाँव है। मैं पहले इस गाँव में कभी आया नहीं। न जाने इस गाँव में कैसे आ गया हूँ। जब से आया, बस, पागल सा घूमता जा रहा हूँ। वहाँ, एक पगली खड़ी है। उसके चिथड़े कपड़े, बिखरे बाल, बौखलायी-सी हँसी....मेरी ओर देख रही है। बाप रे ! मुझे पागल लोगों से डर लगता है। और यह पगली तो मेरी ही ओर आ रही है। यह क्या ? इसे तो मैं पहले से ही जानता हूँ। ऐसा लग रहा है। इन नज़रों को मैंने पहले भी कहीं देखा है। पगली भी मेरी ओर ऐसे आगे बढ़ रही है जैसे पहले से ही मुझे जानती है। वह और भी निकट आती जा रही है और मैं हिल नहीं पा रहा हूँ। लगता है उससे बच पाना मुश्किल है। यह तो ठीक पागलों की भाँति हँस रही है। मैं अपनी जगह से हिल नहीं पा रहा हूँ। मेरे पैर ज़मीन से गड़-से गये हैं। मुझे लग रहा है, मैं ज़मीन के अंदर धँसता जा रहा हूँ। डर....डर....दिल को झकझोरने वाला डर। मैं हिल नहीं पा रहा हूँ। वह पगली और भी पास आयी। मैंने उसके चेहरे को करीब से परखने की कोशिश की। हाँ....अब याद आया....जान गया। वह 'रत्ति' है....रत्ति। तो क्या रत्ति मरी नहीं ? अब वह बौखलायी नज़रों से नहीं, करूणा की नज़रों से देख रही है। उसके चिथड़े, कपड़े, अधनंगा बदन, अधेड़ उम्र के ढ़ीले, लटकते स्तन-द्वय उन्हें छिपाने की कोशिश भी तो नहीं कर रही है वह। लेकिन मेरी ओर ऐसे क्यों देख रही है ? अब मैं क्या कर सकता हूँ ? सारे बदन में भूख.... भूख....पैसे दे दूँ ? मैं उसे पैसे दूँ ? रत्ति के सारे बदन में भूख की आग ....कह रही है, चार दिनों से वह भूखी है। भूख-भूख-पैसों की माँग ! उसे पैसे देना ठीक होगा ? मगर यह क्या ? मेरे चारों ओर तो भीड़ इकट्ठा हो गयी है। मैं सोच रहा था कि यहाँ केवल हम दोनों ही हैं। लेकिन इतने सारे लोग ? सब के हाथों में पत्थर ! वे रत्ति को पत्थरों से मार रहे हैं। मैं उन्हें मना भी

तो नहीं कर पा रहा हूँ। इतनी भीड़ कहीं मेरी भी पिटाई न कर दे। इसी डर से, मैं उसके पास भी नहीं जा पा रहा हूँ। इतनी भीड़ ! सब के हाथों में लाठियाँ ....पत्थर....कंकड़। सब के सब रत्ति के पीछे पड़ गये। 'पीटो', 'मार डालो' ....'काट डालो'.... चीर डालो....'रंडी कहीं की'....रंडी....सब के सब चिल्ला रहे हैं....घिनौनी गालियाँ दे रहे हैं। वे बेरहमी से रत्ति को मार रहे हैं — खून — रत्ति का सिर फटा जा रहा है। मैं खड़ा-खड़ा देख रहा हूँ। हिल-डुल नहीं पा रहा हूँ। रत्ति को बचा भी नहीं पा रहा हूँ। बेचारी रत्ति...रत्ति दीनता से मेरी ओर देख रही है। लेकिन मेरा पत्थर सा दिल पसीजता नहीं। सब जा रहे हैं....खून से लथपथ रत्ति को छोड़ कर मैं भी जा रहा हूँ। सब के साथ। कैसी विडंबना ! जाते-जाते रत्ति के ऊपर मैंने भी एक पत्थर फैंका। अनजाने में ही सही, मैंने ऐसा किया। "ओ गॉड"! क्या मैंने ऐसा काम सचमुच किया है ? मैंने भी रत्ति के ऊपर पत्थर फैंका है। क्या मैं इतना कठोर हूँ ? मैंने ऐसा क्यों किया ? यह कोई ख्वाब तो नहीं....नहीं....नहीं....हकीकत है। सच है। भीड़ के साथ मैं भी जा रहा हूँ....जा रहा हूँ....मगर यह क्या हो गया ? इतनी जल्दी मैं भाग क्यों रहा हूँ ? बौखलाया सा भागता जा रहा हूँ। पसीना छूटने लगा। फिर देख रहा हूँ, अचानक-परीक्षा लिख रहा हूँ। पहुँचने में मैंने देर कर दी है। मैं हमेशा देर से ही पहुँचता हूँ। इसी कारण भागता हुआ आया हूँ। हाँफ भी रहा हूँ। सिर से पैर तक पसीने से तर, परीक्षा लिखने मैं अपनी सीट पर बैठ गया हूँ। सफेद सूट वाला लेक्चरर रंगाराव परीक्षा पत्र और कॉपी दे रहा है। पेपर देते हुए हँस भी रहा है। प्रश्न-पत्र मैंने भी लिया। जल्दी से पढ़ डाला। पढ़ता ही गया। लेकिन....लेकिन कुछ भी तो समझ में नहीं आया। एक प्रश्न का उत्तर भी मैं नहीं जानता। सभी कुछ अनजान-सा दिखाई दे रहा है। "ग्रीक एण्ड लैटिन की तरह"। अब क्या करूँ ? कोरा कागज देकर चला जाऊँ ? बस....बस ....कुछ नहीं कर सकता ! लिखना चाहिए — लिखना तो जरूरी है...."पास" होना मेरे लिए बहुत जरूरी है। "पास" नहीं होने पर माँ-बाप क्या कहेंगे ? क्या करूँ....कलम आगे बढ़ ही नहीं रही। एक अक्षर भी तो लिख नहीं पा रहा हूँ। डर के मारे काँपता जा रहा हूँ। डर....डर....सारा बदन काँप रहा है। दिल में डर बैठ गया। सारे बदन में....खून में....डर ही डर फैलने लगा है। लगता है डर विष की तरह फैलता जा रहा है। जहर, डर....डर....डर....ज़हर....एक दूसरे पर हावी होते जा रहे हैं। दिल बैठ गया है। गला सूख सा गया है। मैंने

चारों ओर देखा। सब लिख रहे हैं। चलपति, नलिनी, संध्या, नीरजा, श्यामला, मुरली, राव....सभी लोग लिखते जा रहे हैं। कागज भरते जा रहे हैं। चलपति "एडिशनल" पेपर भी माँग रहा है। माँगने में कितना गर्व....कितना 'पोज़' मार रहा है मेरी ओर देख कर हँस भी रहा है। अरे ! गुरुनाथम भी लिख रहा है। लिखता ही जा रहा है। मैं इतना धोखा कैसे खा गया ? कुछ नहीं लिख पा रहा हूँ। एक अक्षर भी तो लिख नहीं पाया। गुरुनाथम लिख रहा है और मैं लिख नहीं सकता ? नहीं....नहीं....जरूर लिखूँगा। लेकिन कलम आगे बढ़ क्यों नहीं रही है ? कलम चल ही नहीं रही है। कहीं मेरा हाथ टूट तो नहीं गया ? ऐसा क्यों होता जा रहा है। ? सब हँस रहे हैं। चलपति हँस रहा है। लेक्चरर रंगाराव भी हँस रहा है। इन सब लोगों को कितना घमंड है ? लेकिन मेरा तो....सब कुछ ख़त्म हो गया है। मेरा सारा काम तमाम हो गया है। मेरा फेल होना तो अब निश्चित है। दुनिया की कोई भी ताकत मुझे फेल होने से रोक नहीं पायेगी। यह क्या ? रंगाराव उसके पास क्यों आ रहा है ? ऐडमिट कार्ड....मेरे पास नहीं है। मैंने तो ऐडमिट कार्ड लिया ही नहीं। अब क्या होगा। मुझे बाहर निकाल देंगे। कर्कश स्वर में रंगाराव ने "गेट आउट" कहा। ....गेट आउट....गेट आउट ....कहता जा रहा है। "प्लीज सर", कल ले आऊँगा। कल ले आऊँगा। अब तो कुछ भी नहीं हो सकता। सब कुछ ख़त्म हो गया है। सब कुछ ! मैं "फेल" हो ही गया हूँ। मैं "फेल"....मैं तो "फेल"....घंटी बज रही है। हाँ....समय समाप्त हो गया। सभी लोग पर्चे दे रहे हैं। "स्टाप राइटिंग" ....लेक्चरर जोर से कह रहे हैं। घंटी बज गयी। "टिरररररर....अरे, उस घंटी को रोको। उस घंटी को रोको....नहीं....नहीं रुकेगी....रुकेगी नहीं....वह घंटी रुकेगी नहीं। "टिररररर....मैं बाल नोचने लगा। सिर फटने लगा। छाती पीटने लगा। फिर भी घंटी नहीं रुक रही है। ....नहीं रुकेगी....नहीं रुकेगी। "टिरररररर ....बाप रे बाप" जोर से चीख़ते-चिल्लाते हुए रवि जग गया। बगल के कमरे से अलार्म की आवाज़ आ रही है। पौ फटने का दृश्य खिड़की से दिखाई दे रहा है। मैंने अपनी घड़ी देखी। साढ़े पाँच। तो....क्या अब तक मैं ख्वाब देख रहा था ? अब भी कहीं से अलार्म की आवाज़ आ रही है। बदमाश कहीं का, अभी तक बिस्तर से उठा ही नहीं। घोड़े बेचकर सो रहा है। अपने ख्वाब में भी उसने ठीक ऐसे ही अलार्म की आवाज़ सुनी। टिररररर....अभी भी टिररररर की आवाज़ ....सुनाई दे रही है। कैसी घड़ी है, अच्छा हुआ, बंद हो गई। ख्वाब में और

सच्चाई में —एक ही घटना। कैसी अज़ीब घटना ! क्या संयोग है ! फ्रायड की किताब पढ़नी होगी। "इंटरप्रेटेशन्स ऑफ ड्रीम्स"। आखिर इतना भयानक ख्वाब आया ही क्यों ? अभी तो इम्तिहान पीछा कर रहे हैं। आज तारीख क्या है ? 20 मार्च ! बस, इम्तिहानों के शुरु होने में एक महीना बाकी है। अभी से इतना क्यों डरा रहे हैं ? हाय राम ! दिल को मरोड़ देने वाला ख्वाब ! "ख्वाब ही है" यह जानकर मन को कैसी शांति मिल रही है ! बिस्तर पर आँखें मलते हुए बैठ गया। बाथरूम में शॉवर की आवाज़....फिर कोई नहा रहा है। इससे पहले भी शॉवर की आवाज़ के....सुनने की हल्की सी याद है। ख्वाब में या हकीकत में ? शायद ख्वाब में, नहीं....वास्तव में। शॉवर की आवाज़। याद नहीं आ रही है। समझ में नहीं आ रहा है, आखिर ख्वाब कौन-सा है, हकीकत कौन-सी है ?

खिड़की से दूर सुबह की लालिमा दिखाई दे रही है। कितना सुहावना दृश्य ! किसी की अलार्म की घंटी जब कभी जगाती है, तभी ऐसे उषोदय के सुंदर दृश्य के नज़ारे देखने को मिलते हैं। सचमुच कैसा सुंदर दृश्य है ! ऐसे ही देखते रहने को मन करता है। लेकिन नींद के मारे आँखें मुँदी जा रही हैं। फिर जम्हाई ली। सूर्य के किरण रूपी नखों के स्पर्श से नीलाकाश सुर्ख हो गया। "सुर्ख होना" ...."सुर्ख्र होना" इस शब्द से मुझे बेहद प्यार है। गाल सुर्ख हो गये। नलिनी के गाल सुर्ख हो गये। नीरजा के गाल सुर्ख हो गये। किरणमयी के गाल सुर्ख हो गये। थोड़ी देर पहले ख्वाब में मुझे देख कर किरणमयी हँस रही थी। ऐसा उसने क्यों किया ? अँधेरे में भटकता हुआ मैं किरणमयी को देख समझ गया कि आखिर मेरे जीवन में भी सूर्य का उदय हुआ था। सूर्य की किरणों में से शायद एक किरण छूटकर मेरे लिए ही इस धरती पर उतर आयी है। न जाने कैसे-कैसे अज़ीब सपने आ जाते हैं। उन ख्वाबों का न कोई सिलसिला रहता है और न कोई मतलब-वतलब। ....किरणमयी....किरणमयी ने मेरा ऐसा अपमान किया है ? नामुमकिन ! आँखे मुँदी जा रही हैं। मैंने जम्हाई ली। सबके बीच उसने मेरी खिल्ली उड़ायी। यह एकदम असंभव है। ....हाय ! जम्हाई ! फिर बाहर भी तो जाना है। कमरे की चिटकनी खोल कर बाहर आया। बरामदे में तीन, चार ट्यूब लाइट्स जल रही हैं। ज़ेहन में यह बात घुसते ही मैंने झट एक लाइट का स्विच बंद किया। भोर की इस वेला में कई लोग जग गये। सब की बात छोड़ो। इस होस्टल में मुझे आये इतने दिन हुए; लेकिन यह पहला अवसर है

कि मैं इतने तड़के उठा। आखिर बिस्तर से उठ ही गया। कुछ पढ़ाई की भी सोच लूँ तो ठीक होगा ! अक्सर मेरे पिता बचपन में कहा करते थे, "अरे ! सुबह उठकर जो कुछ पढ़ोगे, वही दिमाग में हमेशा के लिए पत्थर की लकीर की तरह रह जायेगा।" अब तक गाँव में माँ-बाप उठ गये होंगे। कुछ काम-धाम में व्यस्त भी हो गये होंगे। इतने सारे काम इनको कहाँ से मिलते रहते हैं ? जाते जाते दूसरी लाइट भी बंद करता चला गया। लावेटरी की तरफ जाने लगा। वहाँ की बदबू । लावेटरी में भी बत्तियाँ जल रही हैं। "स्विच" बंद किया। लावेटरी के दीवारों पर घिनौने शब्द...."लावेटरी में काम संबंधी पाठ" "आइ फ़क यू प्लीज फ़क मी।" जब भी यहाँ आता हूँ, नज़र उन शब्दों पर पड़ती ही है। आज तो और एक वाक्य भी उसके साथ जोड़ दिया गया है। "डियर मधु ! प्लीज फ़क मी क्विक, युवर्स सरला ! डियर मधु ! प्लीज फक मी क्विक युवर्स सरला।" न जाने किस बदमाश ने लिखा है, ऐसी घिनौनी बातों को लिखने के लिए सुंदर लिखावट का भी सहारा लिया है। अरे, तस्वीर भी खींची है। लावेटरी की दीवारों पर भद्दी तस्वीरें क्यों खींचते हैं ? इस शीर्षक से इस विषय पर एक किताब लिख डालें तो "आंध्रप्रदेश साहित्य अकादमी" का पुरस्कार मिल सकेगा। हाँ....कितना सुंदर शीर्षक ! "शौचालयों की दीवारों पर भद्दी तस्वीरें क्यों ?" इनकी एक लाख प्रतियाँ तो बिक ही जायेंगी....अगर "एमेस्को" बुक पब्लिशर्स इस किताब को छापे तो....। मै बाहर निकल आया। आगे बढ़ते हुए स्विच डालता गया। हमाम में अज़ीब किस्म की गंध ! "वाशबेसिन में मुँह धो लूँ तो शायद नींद उड़ जाये। ऐसी गंध, बाप रे ! मैं बर्दाश्त नहीं कर सकता। नींद तो मुझ पर सवार सी हो गयी। पहले, कमरे में चलूँ। फिर से ख्यालों में खो रहा हूँ ? कुछ भी अच्छा नहीं लगता। ट्यूब लाइट का स्विच फिर से दबाया। इससे पहले ही उसे बंद किया। कैसा पागलपन है ! स्विच को देखने पर "आन" और "आफ" करते रहने की इच्छा — यह काम मुझे बहुत अच्छा लगता है। स्विच की ट्रिक-ट्रिक मुझे प्यारी लगती है। कमरे में आया। अंधेरा पूरी तरह से छट गया। खिड़की से देखा पूरब की दिशा में सुदूर क्षितिज रेखा में उगता हुआ सूर्य का सुंदर बिंब ....लालिमा को अपने में समेटकर ऊपर....ऊपर उठ रहा है। "सिंप्ली ग्लोरियस"। इस समय वेणु यहाँ होता, तो कितना अच्छा होता ! इतने सुंदर शब्दों में इस दृश्य का वर्णन करता ! यह काम मुझसे नहीं होगा। कविता का आस्वादन मात्र कर सकता हूँ, उसका सृजन नहीं। चलम ने "उटोपिया" के बारे में कई मधुर

सपने देखे, जहाँ स्त्री-पुरुष, सूर्योदय, सूर्यास्त जैसे सुंदर दृश्यों का आनंद उन्मुक्त मन से, निर्विराम लेते रहते हैं। चलम* — चलम ठीक इस समय "रमणाश्रम" में सूर्योदय का आनंद ले रहे होंगे। इस सूर्योदय को देखते ही होंगे। "नहीं, रमणाश्रम में सूर्योदय का समय तो कब का बीत गया होगा। क्या यहाँ और वहाँ के समय में समानता होगी ! क्या इतनी सी बात मेरी समझ में नहीं आयी कि समय, स्थान से जुड़ा हुआ होता है ! सापेक्ष सिद्धांत "थियोरी आफ रेलिटिविटी"। कहा जाता है, इस थियोरी को जानने वाले दुनिया भर में केवल बारह लोग हैं। अरे, सूर्य-बिंब और ऊपर आ गया। आ रहा है। आ ही रहा है। कोई रोक नहीं सकता। आ ही रहा है। अपने इम्तिहानों की तरह, वह भी आ रहा है। बाप रे ! इम्तिहान ! परीक्षाएँ ! इम्तिहान भूत हैं, ब्रह्म राक्षस हैं। मुझे वे निगल जायेंगे। पढ़ना है। खूब पढ़ाई करनी ही है। वैसे मैं सबेरे ही जग गया। फिर कैसी नींद ! सोने का यह वक्त नहीं है। हाँ....अब फिर से सोना बहुत खराब लगेगा। फिर ख्वाब....ख्वाब....आज सारे दिन ख्वाब ही ख्वाब बुरे भयानक ! फिर से सोना ठीक नहीं है। नींद भी थोड़ी-बहुत उतर गयी। दाँत साफ कर लूँ तो पूरी नींद भाग जाएगी। यस, "दैट्स ए गुड आइडिया।" भई, "दैट्स ए गुड आइडिया।" "कमान डियर !" "डियर मधु ! प्लीज फक मि क्विक, युवर्स सरला।" छिः छिः कैसी भर्त्सना भरी यादें ? दिमाग, एक कूड़ादान है। हर समय उसके अंदर जमा हुआ कूड़ा इधर-उधर डुलता रहता है। मेज के पास आया। "टूथ ब्रश हाथ में लिया। "औ माइ गुडनेस ! "टूथ पेस्ट" खत्म हो गया है। कल ही तो दबा दबा कर उसमें से कुछ निकाल पाया। आज चाहे कितना भी क्यों न दबा दूँ, फिर भी कुछ फायदा नहीं है। कल शहर जाते समय "टूथ पेस्ट" खरीदना चाहा था। लेकिन कैसे ? जेब में एक कौड़ी भी तो नहीं है। आज के जमाने में फूटी कौड़ियाँ हैं कहाँ ? फूटी....फूटी....फूटी कौड़ी, फूटे शब्द से ही मन में कुछ पाप का भय समा जाता है फूटी मेरी फूटी में....तेरी....टैट "नान्सेन्स"। बैठकर पढ़ना चाहता हूँ तो कितनी रुकावटें हैं भई ! आज सबेरे मुश्किल से उठा....मुश्किल से उठा ...."मोहन का 'उठा' ही मुश्किल से....तब तक मोहिनी बिस्तर पर से चलती बनी।" — यह गंदा "जोक" सुना कर भजगोविंदम बार-बार हँसाता है। भजगोविंदम उसकी याद अभी क्यों आयी भई ! बदमाश कहीं का....मुँह खोलता है तो गंदी नाली के पानी की तरह....भद्दी बातों के अलावा कुछ नहीं निकलतीं। एकदम घिनौनी....बद से भी बदतर गालियाँ....फिर जम्हाई ली। मेज के ऊपर ताला,

* तेलुगु के प्रतिष्ठित लेखक ।

ताले की चाबी हाथ में। टूथपेस्ट सबेरे-सबेरे उसे कौन देगा ? सबेरे से भीख माँगना शुरू....अरे, भीख माँगना तो हमारा राष्ट्रीय अधिकार है। हमारे वित्त मंत्री, खाद्य मंत्री भीख नहीं माँगते हैं क्या ? तुम क्यों शर्माते हो जी ! इस देश में तुमने जन्म लिया है तो "बेग्गिंग ईज युवर बर्थ राइट"। "सो गेट अप"। बगल वाले के कमरे में चलो।

"हैलो ! गुड मार्निंग रघू...."

"हैलो ! रवि ! गुड मार्निंग....वाट केन आइ डू फार यू ?" बड़ी शान से उसने पूछा।

"जस्ट वुड यू गिव मि सम टूथ पेस्ट ? कल शहर तो गया, लेकिन लाना भूल गया रे....उसी स्टाइल में मैं भी बोलता गया....।"

"ओ ! टूथ पेस्ट ! मेरे पास तो "बिनाका फलोराइड" ही है। आप "बिनाका इस्तेमाल करते हैं क्या ?" बेकार की शान जता रहा है। चुपचाप दे नहीं सकता ?"

"आफकोर्स ! "बिनाका ईज नाट माइ पैट" — आइ आल्वेज़ यूज कोलिन्स। बट आइ डु नाट माइंड यूजिंग बिनाका फलोराइड जस्ट पर दिस मार्निंग ! दुपहर में शहर जाऊँगा तो वैसे भी "कोलिन्स" ले ही आऊँगा।"

मैं भी शान जताने लगा। लगता है मुझे भी अपना ढ़िंढोरा पीटने की आदत-सी हो रही है। बदमाश ! हर कोई यहाँ 'पोज' मारने वाला ही है। जेब में चाहे फूटी कौड़ी भी न हो लेकिन लखपति होने का ढोंग तो इस होस्टल में सब रचते हैं। मैं हाथ में रखे ताले में चाबी रख कर घुमाने लगा। ताला लगाना। फिर खोलना। लगाना....निकालना। अचानक उसकी दृष्टि अपने किये पर पड़ी। अरे, यह क्या ? मैं तो ताले को खराब कर रहा हूँ। यह एक आदत सी पड़ गयी है कि जब भी मैं ताले को देखता हूँ उससे थोड़ी देर तक खेलने को जी चाहता है। लगाना — निकालना, लगाना — निकालना लगाना — निकालना....यह "रिथम" मुझे बहुत पंसद है। उस 'रिथम" में एक "ब्यूटी" है। फिर जम्हाई ली। अब नींद को रोकना अपने बस की बात नहीं है। नींद से छुटकारा नहीं मिल पा रहा है। जब तक मुँह न धोंऊ, नींद का खुमार नहीं उतरेगा। नींद से छुटकारा नहीं मिला तो पढ़ाई का क्या होगा ? पढ़ाई नहीं हो पायी तो इम्तिहान नहीं दे पायेगा। अगर इम्तिहान "पास" न हो सका....अरे, बाप रे — उसके आगे सोच भी

तो नहीं सकता। यह तो एक विष-वलय है। अरे, दुनियावालो, सुन लो....एक विद्यार्थी अपनी परीक्षा में इसलिए फेल हो रहा है क्योंकि उसके पास बस, "टूथ पेस्ट" नहीं है ! ओह ! भारत माता ! तुम्हारे देश में युवा नागरिकों की कैसी दुर्गति हो रही है। 100 करोड़ की जनसंख्या में क्या एक ऐसा भी भारतवासी नहीं है जो मेरी मदद कर सके ? एक "आइडिया" है गुरुनाथम के कमरे में जाकर अगर "टूथ पेस्ट" ले सकूँ तो....। गुरुनाथम से कुछ भी पूछूँ, वह झट से दे देता है। मुझ से बहुत प्यार जताता है। अरे ! सबेरे-सबेरे उसकी याद क्यों आयी ? भजगोविंदम और गुरुनाथम जैसे बदमाशों की याद अगर सबेरे ही आयी, तो समझो कि उससे बदतर दिन जिंदगी में और कोई नहीं होगा। क्या गुरुनाथम के पास जाना ही पड़ेगा ? "डर्टी फेलो" ! उसे देखते ही उल्टी सी आने लगती है। उसका "पेस्ट" लाकर मुँह धोऊँ ? बाप रे ! सचमुच उल्टी आयेगी। धत् ! सबेरे सबेरे यह "टूथ पेस्ट" का क्या झमेला है ? सुबह-सुबह यह एक गंभीर समस्या सी बन गयी। अरे ! संध्या की समस्याओं के बारे में किसी ने लिखा है, मगर उषा की समस्याओं के बारे में लगता है, किसी ने नहीं लिखा है। एक विद्यार्थी को एक विषम समस्या का सामना करना पड़ रहा है कि भीख माँग कर भी सही, "टूथ पेस्ट" से दाँत साफ करके पढ़ाई शुरू करे या कि गहरी नींद में भयानक दुस्वप्नों को देखते हुए इम्तिहान में फेल हो जाए ? "ब्राडवे" में कांचनमाला जाएँ भाड़ में ! अरे ! सुना है कि कांचनमाला पागल हो गयी है। लेकिन आजकल की "कांचन" को देखकर हम पागल हो जाएँगे। "कांचन" तो "विमानवती" है किसी ने मजाक किया। "विमानवती" माने जिसका शील नहीं है, वह विमानवती है ? माना स्त्री के लिए शील ही मुख्य है। लेकिन शील का मतलब ? और शीलभंग ! याने शील को भंग करना। याने "रेप" करना। न जाने कैसे करते होंगे ? द्रौपदी का शीलभंग दुश्शासन ने कैसे किया ? बस, कपड़े निकाल फेंको.... "दैट्साल" ! और तो कुछ नहीं किया न ? "स्ट्रिप टीज"—हमारे पवित्र भारत देश में उस समय से ही मौजूद है। अरे, हमारी संस्कृति भी पाश्चात्य सभ्यता एवं संस्कृति से कम नहीं है। देखा ! हमारे यहाँ "स्ट्रिप टीज" भी है। अरे, कितनी बड़ी "डिस्कवरी" ! "युरेका !" "युरेका।" अगर यही "आइडिया" "भवान्स जर्नल" मैगज़ीन को दे दूँ तो शायद वह मेरा सम्मान भी करेगा। पूर्वजों के पास याने आर्यों के समय से ही हमारे पास हवाई जहाज और "वायरलेस" आदि तकनीकी उपकरण मौजूद थे। वैसे ही "स्ट्रिप टीज" भी रही

होगी। आजकल हम लोग सोचते हैं कि पाश्चात्य लोग अपनी सभ्यता और संस्कृति में हम से बहुत आगे बढ़ चुके हैं, लेकिन यह बात सच नहीं है। ऐसी सभ्यता हमारे यहाँ ईसा पूर्व से ही मौजूद थी। अरे, मैं तो एक लेख ही लिखने लगा। अरे, राजाजी, जो भूतपूर्व "जी जी" थे, इस लेख को पढ़ कर न जाने कितने खुश होंगे ! आज पढ़ाई से छुट्टी। कुछ हो ही नहीं सकता। बिल से निकलने वाली चींटियों की तरह, सुबह सुबह....क्या है यह विचारों की पंरपरा....परम् ....परम्....परम्....मेज़ की घड़ी की तरफ मेरी नज़र दौड़ी। सवा छः । अरे, उठने के बाद 45 मिनट मैंने यूँ ही गँवा दिये। तब से पढ़ाई शुरू कर दी होती तो कितना अच्छा होता ! जम्हाई ली। अब मुश्किल है। नींद फिर से मुझे अपने आगोश में ले रही है। चेहरे पर पानी छिड़क लूँ तो शायद नींद को दूर भगा सकता हूँ। "कम ऑन, गेट अप"...."वाश बेसिन" के पास जाकर मुँह धोकर आ जाओ ! भारत का सुविख्यात नाश्ता पलाव....आगे बढ़ो....अंदर सरकाओ ....सरकाओ....सरकाओ....सरकाओ....अंदर....फिसलाव....।

मैं बिस्तर से उठा। बाहर आया। मेरे कमरे के सीधे....सामने वाले कमरे में आचारी रहता है। आचारी....कितना प्रशांत — कितना गंभीर उस में कितनी एकाग्रता — बोधि वृक्ष के नीचे बुद्ध की-सी — उस बोधि वृक्ष की-सी — वृक्ष की-सी — वृक्ष की-सी — बुद्ध की सी — तेरे सिर की सी — अभी-अभी आचारी उठ कर स्नान-पान खत्म करके, पूजा-पाठ वगैरह समाप्त करके पढ़ने बैठा है। वह हर काम नियमित रूप से करता है। कभी कोई काम अपनी समयसारणी के खिलाफ कर ही नहीं सकता। जैसे पृथ्वी सूर्य के चारों ओर परिभ्रमण करती रहती है, आचारी अपनी समयसारणी के चारों ओर परिभ्रमण करता रहता है।

"हैलो आचारी जी ! सुप्रभात !" — भोजराज को देखने पर अनपढ़ गँवारों के मुँह से संस्कृत वाणी जिस तरह अनायास प्रवाहमान होती थी, वैसे ही आचारी को देखते ही मेरे मुँह से संस्कृत शब्द अनायास ही आते हैं।

"हैलो ! आप ! आइये ! अंदर आइये !"

चुपचाप अंदर आया। अगरबत्ती की सुगंध। मेज पर तिरुपति बालाजी की तस्वीर। तस्वीर के सामने जलता हुआ दिया। "यह दिया आपने जलाया है।" अगरबत्ती की सुगंध चारों ओर फैली, मुझे लगा जैसे मैं किसी देवालय में खड़ा हूँ।

"क्या बात है रवि जी ! आज आप सबेरे सबेरे जग गये ?" आचारी जी ने काफी अचरज भरे स्वर में पूछा। मैंने जम्हाई ली।

"आस-पास के किसी कमरे में अलार्म की घंटी सुनकर नींद उड़ गयी। फिर मैंने लाख कोशिश की, सोने की, पर सो नहीं पाया। आपका कमरा, सच कहूँ तो, देवालय की याद दिलाता है। मुझे तो इस बात का काफी ताज्जुब है, आप इतने निष्ठावान कैसे हुए ! बहुत दिनों से मैं पूछना चाहता था कि आखिर आप इस कदर भक्त कैसे बने ?"

"रवि जी ! "भक्ति" का झमेला नहीं है। आखिर हर किसी को किसी न किसी बात पर विश्वास रखना जरूरी होता है। अगर किसी पर विश्वास न रखें, तो जीना दूभर हो जायेगा।"

"मुझे न किसी पर भरोसा है और न विश्वास। क्या आप कह सकते हैं कि मैं जी नहीं पा रहा हूँ ?"

"अजी ! आप भी खूब हैं ! अपने व्यक्तित्व के आधार पर अपनी-अपनी इच्छाएँ बनती-बिगड़ती हैं। मुझ जैसे लोगों के लिए जीने का कोई आसरा चाहिए। विश्वास चाहिए। आपको उसकी जरूरत नहीं होती ?" आचारी ने कहा।

मैंने जम्हाई लेते हुए कहा, "लेकिन आचारी जी ! यह बात तो सौ फीसदी सच है कि मुझे भगवान, भक्ति आदि बातों पर विश्वास नहीं है, फिर भी एक बात तो माननी पड़ेगी कि आपकी आतंरिक शांति, लगन, पूर्णत्व की भावना — ये सब चीजें इसलिए प्राप्त हैं कि आप रोज पूजा-पाठ करते हैं, और वह भी बड़ी लगन से। अगर पूछे तो मैं कहूँगा मेरी एकाग्रता किसी भी बात पर टिकती नहीं है। हर समय "बेचैनी", अशांति, सब बातों पर चिड़चिड़ाहट। मुझे नहीं मालूम, मैं कब क्या कर बैठता हूँ। बस, एक बहाव में बहता जाता हूँ। फिर से एक जम्हाई।

"मैं जल्दी उठता ही नहीं हूँ। आज उठ गया, तो सोचा कि कुछ पढ़ाई भी कर लूँ लेकिन यह नींद देखिए, मुझे छोड़ती ही नहीं है।"

"नहा-धोकर आइयेगा। नींद से छुट्टी मिलेगी। बाद में बैठ कर पढ़ भी सकते हैं। पढ़ते रहने से आप जैसे होशियार विद्यार्थी को जरूर फर्स्ट क्लास मिलेगा।" आचारी ने कहा।

" "आप जैसे होशियार" कहकर आप कहीं व्यंग्य का तीर तो नहीं चला रहे हैं ?"

"कैसी बातें कर रहे हैं ? व्यंग्य भला मैं क्यों करूँ ? कल ही आपके क्लास के एक विद्यार्थी से भेंट हुई थी। वह कह रहा था कि आप अगर सच्ची लगन से पढ़ाई करें तो आप जरूर यूनिवर्सिटी में फर्स्ट आयेंगे। लेकिन, उसने कहा, आप पढ़ने के बजाय दोस्तों के संग घूमने में और फिल्में देखने में अपना समय बिताते हैं। फिर भी उसने आपकी बड़ी तारीफ़ की है। कह रहा था कि आप बहुत होशियार हैं।" आचारी ने सरल हृदय से कहा।

"आप भी कमाल करते हैं। मेरे सहपाठियों में से कौन-सा ऐसा उदार पुरुष है जिस ने मेरी इस कदर प्रशंसा की ? जहाँ तक मैं जानता हूँ एम०ए० स्तर का कोई भी विद्यार्थी ऐसा नहीं है जो दूसरों से जलता न हो। सभी लोगों में एक अनजान डर....दूसरों से बातें करने से उनकी विद्वत्ता चली न जाए। ....डरते हैं कहीं दूसरे लोग उस की विद्वत्ता छीन न लें। आप ही बताइये ! मैं सच कह रहा हूँ या नहीं। सहपाठी होने के नाते दूसरे व्यक्ति से "कार्डियल रिलेशन्स" भी नहीं निभाते।" मैंने कहा।

"आप बिल्कुल सही फरमाते हैं। एम०ए० स्तर का हर विद्यार्थी दूसरों से आगे निकलने की होड़ में लगा रहता है। इसी बात से तो एक दूसरे के प्रति ईर्ष्या मन में जगा लेते हैं। आपका परिचय तो मुझे गुरुनाथम से मिला है।" आचारी ने कहा।

"गुरुनाथम ! सुबह से ही मैं इसी कोशिश में लगा रहा कि उसे भूल जाऊँ ! लेकिन बात घूम फिर कर वहीं आ गयी।"

आचारी ने बात जारी रखी, "आपके प्रति वह बहुत स्नेह जताता है। आपकी प्रंशसा करता है। उस दिन आप ही के बारे में बहुत देर तक बातें करता रहा। वह कहता है कि आप-सा "ब्रिलियंट स्टूडेंट" उसने अपनी पूरी जिंदगी में नहीं देखा।"

"वह तो हर व्यक्ति के बारे में ऐसा ही कहता रहता है। सबकी प्रंशसा करते रहना उसकी कमजोरी है। ठीक है। इन बातों को छोड़िये। कहिए ! आपकी पढ़ाई कैसी चल रही है ? रोज़ इसी तरह पढ़ते जाएँ तो आप जरूर फर्स्ट आ जाएँगे।" रवि।

"फर्स्ट क्लास ! और मुझे ! ख़ाक मिलेगा। रोज़ पढ़ता हूँ, लेकिन दिमाग में ठहरे, तब न ? अगर दिमाग में कुछ रह भी जाये तो परीक्षा हाल तक जाते जाते वह भी भूल जाता हूँ। परीक्षा से मुझे बेहद डर लगता है। इसी डर से तो परीक्षा हॉल तक पहुँचते-पहुँचते सब भूल जाता हूँ।" आचारी ने दीनता भरी आवाज़ में कहा।

"अगर आपका यह हाल है, तो हमारी कौन पूछेगा ? आप चाहे विश्वास करे या न करें, मैंने तो अब तक एक किताब भी नहीं हुई है।"

"गौर से देखें तो यही तरीका अच्छा है। परीक्षा के दिनों में पढ़ेंगे तो याद भी ज्यादा रहेगा और जो कुछ याद रहेगा, वही लिखेंगे। हमीं को लीजिए। साल भर पढ़ते रहते हैं। परीक्षा की तारीख सुन कर डरते रहते हैं। डर बढ़ता जाता है। पढ़ाई कम होती जाती है।"

"आचारी जी ! आज आप अजीब सी बातें कर रहे हैं। आपकी बातों पर मैं विश्वास करूँ ? लेकिन मैं जानता हूँ कि आप मुझे तसल्ली देने के लिए ऐसी बातें कह रहे हैं।"

"हाय राम ! सुबह, सुबह मैं झूठ क्यों बोलने लगूँ ? सच ! बालाजी की कसम ! पढ़ जरूर रहा हूँ। लेकिन समझ में कुछ नहीं आता है।"

मैंने फिर जम्हाई ली। "अब नींद को रोक नहीं पाऊँगा, आचारी जी ! जाकर सो जाऊँगा।"

"जी ! ठीक है।"

"सॉरी फॉर डिस्टरबिंग यू।" कहते हुए कमरे से बाहर निकला। बरामदे में अभी भी ट्यूब लाइट्स जल रहे हैं। धूप इतनी निकल चुकी फिर भी बत्तियाँ जल रही हैं। न जाने कितनी बिजली खर्च हो रही है ? स्विच बंद कर दिया। बाथरूम जाकर हाथ मुँह धोकर पढ़ने बैठ जाऊँ ? नहीं ! आराम से सो क्यों न जाऊँ ? अभी क्या सोना है ? फिर ख्वाब आयेंगे ? अब तक इसी ख्याल में था कि आचारी बहुत पढ़ता है। लेकिन इतना तय है कि वह मेरे जैसा ही है। लेकिन फर्क यह है कि वह पढ़ कर समय बरबाद कर रहा है और मैं बिना पढ़े ही। सबेरे-सबेरे एक बहुत बड़ी राज की जानकारी मिली। "युरेका" ! मन उछलने लगा। "आचारी", "बेचारा आचारी !" "माइ पुअर लिटिल आचारी।" "माइ डियर आचारी !"....डियर मधु ! फक मि क्विक, युवर्स सरला।" न जाने

किसने लिखा है। ये सब न जाने कब लिखते हैं ! बेचारा मधु, देखेगा तो रो पड़ेगा। आज लगता है होस्टल में कुछ गड़बड़ी होने वाली है। ऐसा लिखनेवाला कौन हो सकता है, कहीं भजगोविंदम तो नहीं ! क्या उसकी लिखावट इतनी सुंदर है ! उसकी लिखावट ब्रह्मा की लिखावट है। वह खुद भी समझ नहीं पाता। उसका बाप भी तो नहीं जान पायेगा। बाथरुम में कोई शॉवर के नीचे स्नान कर रहा है। ''सिंथाल'' साबुन की गंध। कोई और ब्रश कर रहा है वाश बेसिन के सामने। दाँतों की दुर्गंध को दूर करनेवाला काल्गेट डेंटल क्रीम....बेकार के गाने....मैं दूसरे वाश बेसिन की ओर चल दिया। वाश बेसिन मुझे बहुत अच्छा लगता है। सफेद, चिकना, गोल, साफ और स्वच्छ। एक तरफ नल से पानी का उछलता हुआ बाहर आना, वाश बेसिन के रंध्र से उस पानी का अंदर चला जाना, मन को सुख देता है। कितना सुकून ! कितना आराम ! पानी....पानी भी मुझे बहुत पसंद है। ''गाता रहे मेरा दिल'' — गाने का मन कर रहा है। मुँह पर खूब पानी छिड़का। नल को बंद कर डाला। थोड़ा और पानी मुँह पर छिड़कूँ तो शायद पूरी नींद उड़ जायेगी। नल को फिर से खोला। पानी का ''सुययय....'' के साथ जोर से निकलना मुझे बहुत ही अच्छा लगता है। मुँह पर जोर से पानी छिड़का। नल बंद कर दिया। ''चमेली के फूलों से नाव सजा कर हे मामा....'' बाथरुम में गाना बदल गया। खुद भी गाने लगा। ''चमेली-फूलों से नाव सजा कर, हे मामा....'' यह एक संक्रामक रोग है। बरामदे में ट्यूब लाइट्स अब भी जल रही हैं। जब मैं बाथरुम गया तभी शायद किसी ने फिर से जलाया होगा। बदमाश कहीं के, सारी बिजली यूँ ही खर्च करते रहते हैं। स्विच बंद कर दिया। ''चमेली-फूलों से नाव सजा कर....हे मामा !....'' मुँह पोंछ डाला। तौलिया तो बिल्कुल गंदा हो गया है। निगोड़ी तौलिया....इतनी गंदगी उसमें जमी हुई है कि उसमें से बदबू आ रही है। फिर भी धोने की हिम्मत नहीं हुई। धोने के लिए जरूरी चीजें भी तो नहीं हैं। सर्फ....सर्फ की धुलाई.... अत्यंत सफेद धुलाई। सर्फ की धुलाई ....अत्यंत सफेद धुलाई....टिनोपाल....टिनोपाल। ''यह रेडियो सिलोन ब्राडकास्टिंग कार्पोरेशन का वाणिज्य प्रसार विभाग है।'' छिः छिः कूड़ा फिर से दिमाग में इधर-उधर हिलने लगा है। ''आइ डोंट वाण्ट एनी डिस्टरबेंस''....कुर्सी को मेज के नज़दीक सरकाया। सात बजे, अब क्या पढ़ेंगे ? और थोड़ी देर रुक जाऊँ तो डाइनिंग हाल जाना ही है। नहीं, फिर भी पढ़ाई तो करनी ही है। आधा घंटा ही सही। कम ऑन, कम ऑन, हैलो, हैलो'', ''महल पर महल बनाने वाले धनपति ! हैलो, हैलो, कम ऑन, कम ऑन। अरे, फिर से फ़िजूल गाने

दिमाग में आ रहे हैं। बैठ गया। किताबों को देखा। आखिर पढ़ूँ भी तो क्या ? "कान्स्टिट्यूशन्स, पोलिटिकल थॉट....अरे, क्या पढ़ूँ ? क्विक फक मि क्विक ....फक मि क्विक। फक मि क्विक । छिः छिः छिः छिः समय नहीं है। कुछ भी हो जाये। जम्हाई ली। बाप रे ! नींद से अभी भी छुटकारा नहीं मिला है। छुटकारा तो मिलेगा नहीं। शनि !..... शनि देवता के रथ चक्रों के बीच फँस कर प्रताड़ित होनेवालो ! दीन जनों ! हीन जनों ! पतित जनों ! भ्रष्ट जनों ! बाधा सर्प द्रष्ट जनों।" — अरे, महान गीत है न ? "ओ माइ गुडनेस.....पोलोटिकल थॉट पढ़ेंगे। पोलिटिकल थॉट में भी कौन-सा टॉपिक ? कुछ भी सही। कार्ल मार्क्स ! जब भी पढ़ने बैठता है मार्क्स के आलवा कुछ पढ़ने को नहीं सूझता। मार्क्स में तो कोई ख़ास आकर्षण है। पढ़ ही डालूँ। जितना पढ़ोगे उतना ही अच्छा लगता है। क्या अच्छा है....ख़ाक अच्छा ! ज्यादा से ज्यादा एक प्रश्न पूछ लेंगे। कुछ और पढ़ लो। मार्क्स पर अगर सवाल पूछा जाये तो अच्छा लिख सकते हैं। लेकिन कहते हैं मार्क्स के बारे में प्रशंसात्मक टिप्पणी लिखना किसी भी विद्यार्थी के लिए अच्छा नहीं होगा। क्योंकि सारे प्रोफेसर मार्क्स से चिढ़ते हैं — बहुत बार राव ने इस संबंध में चेतावनी भी दी। राव तो यह भी कहता है कि "मेरा कहा मानो तो, यार, मैं तुम्हें सलाह दूँगा कि तुम मार्क्स पर किसी भी प्रश्न का उत्तर मत देना।"

"क्यों ? आखिर क्यों ? मुझे तो मार्क्स महान मानवतावादी लगते हैं, असल में बीसवीं सदी को जितना मार्क्स ने प्रभावित किया है उतना और किसी विचारक ने शायद ही किया है। इतिहास के गमन की जानकारी रखनेवाले मेधाओं में से....।"

"अरे बाप रे, इन सब बातों को किसने गलत कहा है ? लेकिन मेरा संकेत केवल हमारी यूनिवर्सिटी के सिस्टम पर है। "थाट" वाले पर्चे तो प्रोफेसर लोग जाँचते हैं। उन्हें मार्क्स से एकदम चिढ़ है....वे बहुत ही "कन्सरवेटिव" हैं। अगर किसी विद्यार्थी ने मार्क्स के बारे में अच्छा लिख भी दिया, तो भी उसका पर्चा गया ही समझो, उसे शून्य अंक ही मिलेंगे। हमारे सीनियर विद्यार्थियों ने मुझ से बार-बार इस संबंध में चेतावनी भी दी है।"

"दैट्स नान्सेन्स ! सरासर अन्याय ! केवल व्यक्तिगत विद्वेष से किसी विद्यार्थी का जीवन नष्ट करने पर तुला रहता है, तो ऐसे व्यक्ति को प्रोफेसर बन कर रहने का अधिकार नहीं है।"

"यू आर ए फूल !" क्यों तुम पागल जैसी बातें करते हो ? केवल भारत में ही नहीं, बल्कि इन प्रोफेसरों के नाम तो दुनिया भर में मशहूर हैं। उन्हें तो दस विश्वविद्यालयों से "विजिटिंग प्रोफसर" की हैसियत से बुलावा भी आया है।

"चले गये होते तो अच्छा होता ! कम से कम इनसे पिंड तो छूट जाती।"

"देखो रवि ! यह अच्छा हुआ कि ये बातें तुमने मुझसे की हैं। प्रोफेसर के बारे में और किसी से भूलकर भी ऐसी बातें मत करना। विद्यार्थियों के बीच प्रोफेसर लोगों की ऐसी बातें हो जाती हैं तो उन बातों को वहाँ तक पहुँचाने वाले 'बूटलिकर्स' भी बहुत होते हैं, सावधान !"

"मोस्ट हॉरिबुल ! हमारे विश्वविद्यालयों की यह दुर्गति है ! क्या ये लोग हैं जो हमें आदर्श के पाठ पढ़ाते हैं ! ! राव, मुझे इस पूरे व्यवहार से घृणा होने लगी है। तुम चाहे कुछ भी समझो मैं अपनी आत्मा का गला घोंट नहीं सकता। मार्क्स के बारे में मेरे अपने विचार, अपनी अनुभूतियाँ जरूर लिखूँगा।"

"ठीक है, उसकी सज़ा तुम्हीं भुगतोगे।"

'भुगतोगे !' 'यस', भुगत भी रहा है ! उस प्रोफेसर के दिल में अभी से मेरे प्रति 'प्रिजुडिस' हो गयी है। किसी ने मेरे खिलाफ उसके कान भर दिये होंगे। और कौन होगा ? यह बस चलपति का ही काम है। चलपति ही "ब्लडी बूटलिकर" है। अगर कोई यह कह दे कि 'प्रोफेसर का तलुआ चाटो' तो वह काम भी कर दिखाएगा। मुझसे तो बहुत पहले से ही जलता है। मैं एक बार भी तो प्रोफेसर के घर नहीं गया। अरे ! इतनी देर से मैं पढ़ क्या रहा हूँ ? एक वाक्य भी तो दिमाग में घुसा नहीं। इधर-उधर की बातें सोचने लगा। न जाने इस चंचल दिमाग को किस तरह काबू में रखा जा सकता है ? किसी भी बात पर मन लगता नहीं है। ऐसा लगता है इस मन में पर्वतों और घाटियों में बहने वाला बहाव है। स्थिरता तो है ही नहीं। कैसे ? फिर कैसे ? अगर यही हाल रहा तो पढ़ाई का क्या होगा ! फिर भी ज्यादा पढ़ाई कर भी लूँ तो फायदा भी क्या है ? मेरे प्रति प्रोफेसर के मन में एक प्रकार की द्वेष भावना घर कर गयी है। चलपति तो उसका भक्त बन गया है। सभी लोग कहते हैं कि फर्स्ट क्लास उसी को मिलेगा। कैसी अज़ीब बात है ! पहले कम से कम राव मुझसे मिलजुल कर रहता था, अब तो वह भी दूर रहने लगा। वह भी प्रोफेसर का चेला बन गया है। अपनी क्लास में तो हर कोई प्रोफेसर का चहेता ही हो गया। और तो और नलिनी....नलिनी तो जैसे प्रोफेसर की जान है ! हाँ, नलिनी है भी तो बहुत खूबसूरत ! किसी को

भी अपनी सुंदरता से पागल बना सकती है। बस, एक बार कोई उसे देख ले, तो उसे ऐसा लगेगा कि उसका जीवन धन्य हो गया है। नलिनी....न जाने कितनी बार मुझे पागल कर गयी है। पुरुषों को बौखला देनेवाला विलक्षण सौंदर्य नलिनी के पास है। ''ब्रिगटा बाडार्ट'' की जैसी नलिनी की सुंदरता। जिनोलो में ब्रिगटा जैसी सुंदरता। फिर जम्हाई ली। अब उठ नहीं सकता। नींद को रोक नहीं सकता। इतनी देर से पुस्तक पढ़ता ही रहा। लेकिन एक अक्षर भी तो....बिस्तर पर लेट गया। आँखें मूँद लीं। बगलवाले कमरे में कोई रेडियो ''ट्यून'' कर रहा है। बाथरूम से शॉवर की आवाज़....यह ''सिलोन ब्राडकास्टिंग कार्पोरेशन का वाणिज्य विभाग है। अब आप पुरानी फिल्मों के गीत-कार्यक्रम सुनेंगे।''

कोई वार्ड बॉय को पुकार रहा है। खिड़की के दरवाज़े जोर की हवा के कारण अपने आप बज रहे हैं। असल में मैंने अपने कमरे के दरवाज़े में बोल्ट भी नहीं लगाया। जाने दो। अब लगा देंगे। अरे, इतने में कोई अंदर घुस कर कुछ उठा कर ले भागे तो....। ''वार्ड बॉय !'' फिर से पुकार रहा है। ओ....मैंने प्यार किया....बहुत ही मादक स्वर में कोई गा रहा है। पक्षियों की चहचहाहट। फिलहाल दो पक्षियों ने मेरे कमरे में घोंसला भी बनाया है। शॉवर की आवाज़ बढ़ गयी। शायद आचारी अपने कमरे को ताला लगा रहा है। ठीक साढ़े सात बजे वह डायनिंग रूम पहुँच ही जाता है। चाहे भूचाल आ जाये या आसमान-पाताल एक हो जायें, वह रूकता नहीं। फिर कोई ''वार्ड बॉय'' के लिए आवाज़ दे रहा है। शॉवर की ध्वनि। पक्षियों की चहचहाहट। ''ओ मैंने प्यार किया।'' ब्रिगटा बाडार्ट स्नान कर रही है। शायद वह सिनेमा थियेटर में है। ब्रिगटा के बदन पर कपड़े नहीं हैं। स्विमिंग सूट भी नहीं। पूरा नंगा बदन....अरे, सेंसर वालों ने अनुमति कैसे दी ? मेरी अंदरुनी इच्छा जैसे आज पूरी हो रही है। एक पल भी व्यर्थ नहीं गँवाना चाहता। ब्रिगटा नाच रही है बिल्कुल नंगे बदन से....उसके स्तन रबड़ के बने गेंदों की तरह उछल रहे हैं। उसका सारा बदन चमकने लगा है....पारे की तरह ....''वाश बेसिन'' जैसे....वह गा रही है। ''ओ मैंने प्यार किया।'' ब्रिगटा बाडार्ट आखिर हिन्दी गाना कैसे गा रही है ? नहीं मालूम। इन सब फ़िज़ूल बातों से मुझे क्या लेना-देना? ब्रिगटा को ऐसे देखने की मुझे बहुत दिनों से इच्छा थी। इतने दिनों बाद सेंसर वालों ने अनुमति दी। अब तक सेंसरवालों ने अनुमति नहीं दी। वह गा रही है। नाच रही है। शॉवर के नीचे नाच रही है। ''सुय्य'' शॉवर की आवाज़ — कपड़े तो हैं ही नहीं। बिल्कुल नहीं। कहीं से ''धम'' की

आवाज़। सिनेमा हॉल के दरवाज़े एक दूसरे से टकराने लगे। क्या हुआ ? सब लोग भाग क्यों रहे हैं ? हुआ क्या ? भूचाल....भूचाल....पूरा होस्टल गिरता जा रहा है। यह होस्टल ढ़हता जा रहा है। ढ़ाम्....ढ़ाम्....ढ़ाम्....अरे, ब्रिगटा बाडार्ट तो अभी भी नग्न नृत्य कर रही है। उसकी नंगी छाती। संगमरमर से बनी....उसकी छाती....रामप्पा मंदिर के ऊपर पर तराशी गयी नर्तकी के स्तनों जैसे स्तन....सब लोग भाग रहे हैं। बेतहाशा भाग रहे हैं। कहाँ....आखिर कहाँ ? केवल मैं ही हूँ जो हिल नहीं पा रहा हूँ। बस, ब्रिगटा बाडार्ट का नाच देखता जा रहा हूँ। ''धड़ाम'' जोरदार आवाज़। इस बार तो होस्टल पूरी तरह ढ़ह जायेगा। अब मैं भी सब के साथ मिल कर भागना चाहता हूँ। लेकिन पैर साथ नहीं दे रहे हैं। ऐसा महसूस होता है कि मेरे पैरों को किसी ने कस कर पकड़ रखा है। बहुत ही कस कर। मेरे बदन पर कोई थपथपी दे रहा है। मेरे पैरों के पास आखिर कौन बैठा है ? कौन ? कितना अच्छा लग रहा है अनोखी शांति। कौन ? कौन मुझे पुचकार रहा है ! पैरों के पास बैठने वाला आखिर कौन है ? कौन ? धमाके की आवाज़....फिर से। मैंने आँखें खोलीं और झट से उठ कर बैठ गया। पैरों के पास गुरुनाथम बैठा हुआ है। क्या कर रहा है वह ? मेरे जगते ही दूर हट गया। चेहरे पर ऐसा एहसास कि जैसे उसने कोई गलती की है। औरत की सी सूरत....बदमाश कहीं का....चेहरा देखो....विधवा जैसी....।

''क्या है ? क्या गुरुनाथम ? क्या कर रहे हो यहाँ ?'' गुस्से से तिलमिलाते हुए मैंने पूछा।

''अरे, कुछ भी तो नहीं। वहाँ डायनिंग हॉल बंद होने का समय हो गया है। तुम सो रहे थे तो सोचा कि जगा दूँ। आखिर तुम ने कमरा अंदर से बंद भी तो नहीं किया ? कोई कुछ उठा कर ले जाए तो ?''

''ले जाने के लिए मेरे पास है भी क्या ?'' आँखें नींद के मारे मुँदती जा रही हैं।

''ऐसा मत कहो भाई ! चोरी का माल तिनका भी मिले, तो भी फायदा चोर का ही है। कोई चोर बदमाश आकर किताबें चुरा ले जाये तो क्या करोगे ?''

''बदमाश कहीं का, औरत की सी सूरत लेकर जब देखो तब आ टपकता रहता है। सुबह-सुबह इसका चेहरा देखना पड़ा। बिस्तर से उठा। जम्हाई ली।

तौलिये से आँखें मल कर, आइने में अपना चेहरा देखा। आँखें अंगारों सी लाल थीं। घड़ी देखी। सात बज कर चालीस मिनट....हाँ, सही है, और बीस मिनट में डायनिंग हॉल बंद हो जाएगा।

"क्यों, ऐसा खड़े-खड़े क्या देख रहे हो ? समय भागता जा रहा है। उठो ! उठो ! जल्दी मुँह धोकर डायनिंग हॉल चलो। देर करोगे तो नाश्ता ख़त्म हो जाएगा। दिन भर भूखे रहोगे, क्यों ?" गुरुनाथम की आवाज़ में कितनी हमदर्दी !

टूथब्रश हाथ में लिया। खाली ट्यूब दिखाई दी। उसमें से रत्ती भर भी पेस्ट निकलने की आशा नहीं है, क्योंकि उसे अंत तक दबाया गया है। नीम की डाली से दाँत माँझता तो आराम भी मिलता और बिना पैसों के काम भी बन जाता। लेकिन अभी तो टूथपेस्ट की जरूरत है। "कोलिन्स" के अलावा कुछ अच्छा भी तो नहीं लगता। अब भीख माँगने किसके पास जाऊँ ? बेकार की जिंदगी ! सिर में दर्द होने लगा। गुरुनाथम टूथपेस्ट लाकर दे क्यों नहीं देता, यूँ ही प्यार जताने से क्या लाभ ?

"क्यों, क्या हुआ ऐसे क्यों खड़े हो गये हो ? अच्छा, टूथपेस्ट खत्म हो गया ? इस बात को पहले ही बताना था। क्या मैं इतना गैर हूँ रवि ! काश ! मुझसे कह दिया होता ! फिर भी ठहरो। अभी ला दूँगा। गुरुनाथम बाहर गया। "मोस्ट अबोमिनबुल फेलो इन द वर्ल्ड" जा रहा है। मैं उसकी धारा में फिसलता जा रहा हूँ। सोचता हूँ उससे कभी कोई मदद न लूँ। उसके पास भी जाना नहीं चाहता। लेकिन उसके जाल में फँसे बिना काम ही नहीं बनता। "गुरुनाथम" नाम लेने से ही जैसे सारे बदन में जहर फैल जाता है। उल्टी आ जाती है। उसकी शक्ल ही कुछ ऐसी है उसे देखते-देखते कहीं मैं भी वैसा ही न बन जाऊँ । यह एक संक्रामक रोग है। इस छूत की बीमारी से दूर ही रहना चाहिए। नहीं तो कभी न कभी रोग मुझे भस्म कर देगा।

"यह लो, कल ही तो लाया हूँ शहर से। अपने ही पास रख लेना।" गुरुनाथम ने कहा।

"नहीं, नहीं चाहिए। सिर्फ आज के लिए थोड़ा सा लूँगा।" —मुझे खुद अपनी आवाज़ में कमजोरी महसूस हुई। कितना अच्छा होता अगर उसका टूथपेस्ट अपने ही पास रख पाता ! !"

"अज़ी, कोई बात नहीं, रख लो। न जाने तुम शहर फिर कब जा पाओगे।"

"नहीं, मैं कालगेट पसंद नहीं करता हूँ। उसकी बू तक मुझे अच्छी नहीं लगती।"

"अरे, कोई बात नहीं। सिर्फ नाम का फर्क है। सब टूथपेस्ट एक जैसे होते हैं। बस, पैसे ऐंठने के लिए ही नाम बदलते हैं।"

"पैसे ऐंठने के लिए....न जाने कैसी बातें करता रहता है। हर बात पर अविश्वास। यूनिवर्सिटी में एम०ए० पढ़ता है, फिर भी किसी न किसी को गाली सुनाता ही रहता है।"

"उठो, उठो, सोचते ही रह जाओगे तो आगे बढ़ नहीं पाओगे। जल्दी करो। आज साढ़े दस बजे प्रोफेसर ने कहा कि वे क्लास लेंगे। कुछ आवश्यक प्रश्न भी बताने वाले हैं। मैं फिर साढ़े दस बजे आऊँगा। ठीक है !" गुरुनाथम मेरे करीब आने लगा है। क्या हाथ मिलाने आ रहा है ? आखिर हाथ मिलाने लायक बात भी क्या थी ? अपनी पसंद-नापसंद की परवाह किये बिना मेरे हाथ को वह ब्लडी गुरुनाथम अपने हाथों में ले रहा है। धीरे-धीरे मेरे हाथ को सहला रहा है। डर्टी फैलो। क्या मैं उसके गंदे विचार नहीं जानता ? मैंने गुस्से से अपना हाथ खींच डाला। कमरे से बाहर चला गया। कैसे ? कैसे ? किस तरह ? आखिर किस तरह गुरुनाथम से छुटकारा मिलेगा ? कैसे ? जाते समय बरामदे में मधु मिला। लगता है उसने अब तक लावेटरी के दीवारों पर लिखी बातें पढ़ी नहीं।

"हैलो मधु !" पुकारा।

इससे बातें करने की कभी इच्छा ही नहीं होती थी, न जाने आज क्या हुआ? मधु ने भी काफी अकड़ दिखाते हुए कहा, "हैलो" ! कैसा अकड़ रहा है ! सरला और उसके बीच नाजायज संबंध की अफवाहें सारे होस्टल में फैली हुई हैं। कहते हैं, रात के बारह बजे के बाद वह सरला को होस्टल लाता है। भजगोविंदम तो यहाँ तक कहता है कि उसने उन दोनों को एक साथ देखा है।

कभी कभार लावेटरी की खिड़की से सरला को ले आने की बात भी लोग करते रहते हैं। जाने वह कैसे घुस पाती है ! मैं आकर वाश बेसिन के सामने खड़ा हो गया। अपनी मनपसंद "वाश बेसिन" के सामने खड़े होकर हाथ साफ करने लगा। यह वाश बेसिन सफेद, चिकनी, साफ-सुथरी और गोल रहती है।

अरे ! कोई नया चेहरा ! उसे अचानक पूँछू — हैलो ! क्या एक पाँच का नोट है ?" नया चेहरा क्या कहेगा ? शायद घबराहट के मारे मर जाएगा। बड़ा मज़ा आएगा। कम ऑन ! फटाफट ! एकदम पूछ लेना चाहिए। "हैलो" एक पाँच का नोट है ? किसी नये चेहरे को देखते ही न जाने मेरे मन में उससे उधार माँगने की लालसा क्यों जग जाती है। इस बीमारी को न जाने साइकोलोजी में क्या कहते होंगे...."उधार मेनिया"। इस बीमारी के बारे में अगर मुल्लपूडि वेंकटरमणा, "दि ग्रेटेस्ट स्टोरी टेल्लर" की राय जानना चाहें तो वह क्या कहेगा ? ".... उधार ! वह तूफान है ! बवंडर है ! ! मानव का सब कुछ लूटनेवाला उफान है।" ऐसा कह कर कोई कहानी ही लिख डालेगा। शायद सिनेमा ही बना डालेगा उस कहानी के आधार पर। अंग्रेजी फिल्मों की नकल मारने वालों में मुल्लपूडि चोरों का चोर है। अरे, रिधम भी बड़ी अच्छी जमी है। "चोरों का चोर"। उसका फिल्म "प्राण मित्र" "बैकेट" की पूरी नकल है। इस बात को गला फाड़ कर चिल्लाने से कोई फायदा नहीं है। कालगेट की बू आ रही है। गुरुनाथम की ही बदबू इसमें है। बू....बू....बदबू....दुनिया जवान हो गयी। गुरुनाथम भी जवान हो गया। उस समय कितनी बदबू आती है ! छिः छिः, बदबू....बदबू....बदबू ....मन से बदबू आने लगी है। आज मन भी जवान हो गया है। आइने में चेहरा देखा। ....दिये की लौ की भाँति आँखें लाल हो गयीं। बाल बिखरे हैं, देवदास का सा चेहरा। रात भर नींद नहीं। कहीं तीसरे पहर में कुछ आँख लगी। आँखों के नीचे काली लकीरें....सिर पर कहीं-कहीं सफेद बाल भी हैं शायद। अरे, अभी तो वह बीस साल का भी नहीं हुआ है। अभी से क्या वह बूढ़ा हो गया ? रामय्या दादा कहा करता था कि आज की पीढ़ी 15 साल की उमर में ही बूढ़ी होती जा रही है। बगल वाला आदमी वहाँ से चला गया। मैं "वाश बेसिन" के पास गया। दाँत साफ कर मुँह धोने लगा। पानी....पानी....पानी से मुझे बेहद प्यार है। बचपन में घंटो तालाब में तैरते हुए समय बिताया करता था। साफ....सुथरा....कल कल ....निनाद से बहते हुए जल से मुझे बहुत लगाव है। पानी....रात के सपने में भी उसने पानी देखा। पानी में वह डूबता जा रहा था। हाँ....माँ....माँ....माँ ने उससे बात तक नहीं की। क्यों नहीं कीं ? बड़ी अजीब घटना ! माँ मुझ से बातें किये बगैर रह कैसे सकती है ? असंभव ! हाँ ! बात भी कैसे करेगी ? मैं तो माँ-बाप को धोखा दे रहा हूँ। तो क्या वे कभी भी माफ नहीं कर पायेंगे ? उनके जीवन से मैं खेल रहा हूँ। मुँह धोने के बाद नल बंद करके कमरे की ओर जाने

लगा। जाते-जाते फिर एक बार बिजली का बटन दबाके बत्ती को बुझा दिया। कमरे में आकर चेहरा पोंछने लगा। गंदा तौलिया....बदबू....दुनिया जवान हो गयी। आइने में चेहरा देखा। बाल बनाए। कपड़े बदले।

"हैलो रवि ! डायनिंग हाल में आ रहे हो न ?" मुस्कुराता हुआ वेणु.... उसके साथ रमेश, दयानिधि और विद्यासागर।

"क्या बात है, सब इकट्ठे ही निकले?" मैंने पूछा।

"आज तुम जल्दी उठ गये?" दयानिधि।

"हाँ, आज साढ़े पाँच बजे ही उठ गया।" मैंने कहा।

"द ग्रेटेस्ट वंडर आन द अर्थ"। "अरे, कहीं पढ़ने के लिए तो नहीं ?" वेणु ने कहा।

"अरे, पढ़ने-वढ़ने के लिए नहीं। अच्छा-खासा सो रहा था, बाजू वाले कमरे की अलार्म की घंटी से मेरी नींद टूट गयी। बस, लाख कोशिश की, लेकिन फिर नींद नहीं आयी।" मैंने कहा।

"ठीक है, समय हो रहा है, जल्दी चलो" सागर।

रमेश के हाथ में ताला, वह उस ताले में वह चाबी घुमा रहा है खोल रहा है, फिर से लगा रहा है। खोल रहा है, फिर से लगा रहा है।

"अरे, तू भी ऐसा करता रहता है" ? उसके हाथों से ताला और चाबी अपने हाथों में लेते हुए मैंने पूछा।

"माने ?" रमेश।

"ताला हाथ में लेकर अनजाने ही उसमें चाबी लगाना, ताला बंद करना, फिर खोलते जाना। ऐसा करने में अजीब सा आनंद मिलता है।" मैंने कहा।

मैंने कमरे का ताला लगाया। सब बरामदे से होकर जाने लगे। निधि ने ट्यूबलाइट का स्विच डाला, फिर बंद किया।

"होस्टल में ये लाइट्स ही न होते तो कितना अच्छा होता ?" निधि।

"क्या मतलब, बिल्कुल उजाला ही न हो !! अंधेरे में लोगों को सड़ना है क्या ?...." — सागर।

"अंधेरा बहुत अच्छा लगता है।" — निधि।

"अंधेरे में तुम्हारी आँखों की चमक हमें देखनी है। अपने साथ अपनी "एंकी"* को भी साथ लाना।" — वेणु।

"तुम्हें अंधेरा अच्छा लगता है ! सब लोग अंधेरे से दूर भागना चाहते हैं। तुम तो अंधेरे में जाना चाहते हो।" सागर।

"अरे, यही तो राज की बात है। ....सब की पसंद, निधि की भी पसंद होती, तो निधि की ख़ासियत ही क्या है ? बोलो। कुछ तो होना चाहिए लीक से हट के ! इसीलिए तो उसे अंधेरे से बहुत प्यार है।" मैंने कहा।

"नहीं, ऐसी बात नहीं। मुझे लगता है बिजली के बल्ब धनिक वर्ग का चिह्न है और अंधेरा गरीब किसानों और शोषित मजदूरों का। गरीबों की जिंदगी बिजली के बल्बों के समान जगमगाती नहीं है न ? अरे, उनके नसीब में मिट्टी का तेल भी तो नहीं ! अंधेरा ही उनका साथी है। तभी तो निधि को अंधेरे से प्यार है।" — वेणु।

"बहुत खूब, बहुत खूब। अगर तुम न बतलाते तो हम निधि को कभी नहीं समझ पाते।" सागर।

"वेणु की बातों से निधि सहमत है या नहीं ?" मैंने पूछा।

ये सब बातें मैं नहीं जानता। मुझे घना अंधकार बहुत अच्छा लगता है। बस, इतना ही है। अगर इसके बारे में कोई कारण पूछे तो मैं बता नहीं पाऊँगा।" निधि।

थोड़ी देर तक वहाँ खामोशी छा गयी।

"अरे, रमेश कुछ बोल नहीं रहा है।" — मैंने कहा।

"आप सब लोग बोल रहे हैं न ? बीच में मैं भी क्या बोलू ?" रमेश।

"तुम भी कुछ तो बोलो न ?" वेणु।

"कुछ न कुछ मैं बोल नहीं सकता।" — रमेश। सब लोग खामोश चलने लगे। बहुत सारे विद्यार्थी एक साथ डायनिंग हाल से वापिस आ रहे थे।

"आजकल जयसिंहा बहुत बन रहा है। अच्छा हुआ उसे हमारी टीम से निकाल दिया गया।" किसी ग्रूप को लीड करने वाले विद्यार्थी ने कहा।

---

* तेलुगु लोक गीतों के लेखक नंडूरी सुब्बाराव के लोक गीत का एक पात्र।

"मुझ से पूछे तो यही कहूँगा कि हमारी टीम्स को बाहर भेजना ही नहीं चाहिए। बुरी तरह हारकर लौट आते हैं।" — उसी ग्रुप में से किसी और ने कहा।

"क्रिकेट....क्रिकेट....क्रिकेट के बारे में बोलते रहना इस कैंपस में एक फैशन सा बन गया है। मैं तो इस खेल का ए० बी० सी० डी० भी नहीं जानता।" —निधि।

"अकेले तुम्हीं नहीं हो, जो क्रिकेट नहीं जानते हो। तुम जैसे और भी लोग हैं। फिर भी कुछ लोग ऐसा दिखाना चाहते हैं जैसे वे क्रिकेट-खेल की सब बारीकियाँ समझते हैं। जबकि असल में वे कुछ भी नहीं जानते। बस, एक दूसरे को सुनी सुनायी बातें बोलते जाते हैं। उस खेल के कुछ खास तकनीकी शब्दों में एक आध पकड़ लिया, बस, बोल दिया। सही अर्थ भी कोई नहीं जानता।" मैंने कहा ।

"वो देखो, नवाब ऑफ पटौडी आ रहा है। अरे, हमें भी क्रिकेट के बारे में समझाओ न !" वेणु।

विश्वम सचमुच क्रिकेट का खिलाड़ी है। जब भी वेणु उसे देखता है, उसे "नवाब ऑफ पटौडी" कह कर बुलाता है।

"अजी ! नवाब जी ! शर्मिला टैगोर तो अच्छी है न ? पुअर क्रीचर....।"

"एक ही नज़र में दिल को खो बैठा — हो गया एल०बी० डब्ल्यू।" मैंने गुनगुनाया।

"उसकी नज़र ! और उसकी अदा !! और उस अदा से किसी को पागल बनाना....!!! मुझे तो वह बिल्कुल भाती ही नहीं। मुझे आखिर यह समझ में नहीं आता कि वह फिल्म स्टार कैसे बनी....?" —विश्वम।

"निश्चय ही तुम ने उसे किसी ऐरे-गैरे हिन्दी फिल्म में देखा होगा। नहीं तो तुम्हें ऐसी गलतफहमी होगी कैसे ? शर्मिला की सुंदरता देखनी है तो जाओ और ढूँढो कोई सत्यजीत राय की फिल्म। "अपूर्व संसार" फिल्म देखी ?" वेणु।

"हट ! इसकी बद शकल को देखने के लिए बंगाली फिल्म भी जाकर सिरदर्द मोल लूँ क्या ?" — विश्वम।

"उधर टाइम हो रहा है, चलो, जल्दी चलो। बातें फिर कर लेते हैं।" सागर।

"ठीक है, फिर मिलेंगे। तुम्हारा तो पेट भर गया है। तुम से हमारी कैसे पटेगी ?...." वेणु।

डायनिंग हॉल के पास पहुँच गये।

"मैं पढ़ता तो जरूर हूँ यार, फिर भी कुछ भी समझ में नहीं आता। अगर कुछ समझ में आ भी जाये तो देर तक याद नहीं रहता। मेरी तो जान निकलती जा रही है। कैसे इन इम्तिहानों से छुट्टी पायें ?"— पास की एक टेबिल पर बैठे हुए ग्रुप में से किसी ने कहा।

"कैसे मरना है ! यह भी नहीं जानते ? मैं बोलू ? एनड्रिन या चूहों को मारने वाली दवाई खरीद लो और पी लो। बस, इम्तिहानों से छुट्टी मिल जाएगी। इम्तिहानों से डरके मरे, इससे तो ज़हर खाकर मरना ही बेहतर है।" किसी ने अपने स्वर में व्यंग्य और उपहास भर कर कहा।

सब डायनिंग हाल की सीढ़ियाँ चढ़ने लगे।

"आइये साहब ! आप हर दिन देर से क्यों आते हैं साहब ? तब तक सब चीजें ठंडी पड़ जाती हैं", नरसिंहम कहने लगा। वह डायनिंग हॉल में काम करनेवाला है जाने क्यों वे वेणु से इतनी आत्मीयता क्यों रखता है। चलो, अच्छा हुआ। इस डायनिंग हॉल में हमारी राह देखनेवाला, हमारी प्रतीक्षा करके हमारी देखभाल करने वाला आखिर कोई तो है !! "मेरे लिए नयनों में नमी तक लाने वाले नहीं हैं कोई" कह कर रोने की जरूरत नहीं है। — वेणु।

रमेश, सागर और निधि हँस पड़े। उनका हँसना बहुत बुरा लगा।

"मशहूर कविता की ऐसी करुण पंक्ति से क्या आप लोगों को इतना मजा आया कि आप ठठाका मार कर हँस पड़े। विनोद और विषाद के बीच जो अंतर है, उसे पहचानने की शक्ति धीरे धीरे आप में क्षीण होती जा रही है।" मैंने कहा।

"क्या मतलब ? तुम हमसे क्या चाहते हो ? यही न कि हम रोते रहें ! बस, यही ? अगर ऐसा रो नहीं पाये तो कहोगे कि हम में इतनी भी शक्ति नहीं है कि हम विनोद और विषाद के बीच के अंतर को पहचान नहीं सके।"—झगड़े के लिए तैयार होते हुए रमेश कुर्सी पर बैठने लगा।

"हँसी में रोना और रोने में हँसी एक दूसरे में अच्छी तरह मिले जुले रहते हैं। असल में महान कवि 'श्री श्री'* का ख्याल है कि रुला-रुला कर हँसाना और

---

* श्री श्री — तेलुगु के महान प्रगतिवादी कवि श्रीरंगम् श्रीनिवासराव।

हँसा-हँसा कर रुलाना बहुत बड़ी कला है। आखिर आप लोग क्यों लड़ रहे हैं ? अब सभी "दही बल्ले" के साथ लड़ियेगा।" — वेणु।

"खाइए साहब ! और दो "बड़े" ला दूँ ?" — नरहरि ने कानों में फुसफुसाया।

"नहीं, नहीं, मुझे 'बड़े' उतने अच्छे नहीं लगते हैं। रहने दो।" मैंने कहा।

"आप भी अज़ीब हैं साहब ! आप कुछ भी पसंद नहीं करते। आज तो 'बड़े' बहुत अच्छे बने हैं।" नरहरि।

'बड़े' तो कभी भी अच्छे नहीं बनते। इस "मेस" का सेक्रेटरी भी कमाल का है ! उससे कितनी बार कहा कि "बड़ों" से हमें सख्त नफरत है, फिर भी बार-बार वही चीज़ बनवाता रहता है।" — वेणु।

वह "आन्ध्रप्रांत का दरिंदर है। उसे "बड़े" अच्छे लगते हैं। "सांबार" अच्छा लगता है। उसकी पसंद रोज़ हमारे सिर पर थोप रहा है। असल में ये "आन्ध्र" के दरिंदर यहाँ आकर हमारा कैंपस खराब कर रहे हैं। मुझ से कोई पूछे तो मैं यही कहूँगा कि बंबई में "शिवसेना" की तरह यहाँ भी एक "तेलंगाना सेना" को तैयार करना है। फिर उस सेना के जरिये जब तक यहाँ से आन्ध्रा वालों को भगा न डालें तब तक हम लोग आगे बढ़ नहीं पायेंगे।" सागर ने उत्तेजित हो कर कहा।

"दैट्स टू मच सागर ! हम तो पढ़े लिखे लोग हैं। अगर हमारी सोच ही ऐसी संकुचित हो जाये तो इतने बड़े देश का क्या होगा ?" — रवि।

"तुम्हारे ऊँचे आदर्श जाएँ भाड़ में ! एम.ए. पास करने के बाद नौकरी की तलाश में कितनी सीढ़ियाँ चढ़नी उतरनी होंगी, पहले यह सोचो। सभी जगहें आँध्रा वालों से भरती जा रही है। हर उन्नत पद पर वे ही लोग नियुक्त हो रहे हैं। हर जगह उन्हीं का "डामिनेशन" है। बड़े लोगों के "रिकमेंडेशन्स" भी वे ही लोग लाते हैं। हम तो कुत्तों से भी गये बीते हैं। बस, हमें तो इन कोरे आदर्शों के सहारे ही जीना पड़ेगा" — सागर।

"आँध्रा वालों में एक और बात देखने को मिलती है। उन बदमाशों में घमंड बहुत है। उनके मन में यह बात बैठ गयी कि "तेलंगाना" के लोग बहुत पिछड़े हुए हैं। ये लोग आँध्रा यूनिवर्सिटी की तुलना में उस्मानिया को बहुत घटिया समझते हैं।" — रमेश।

"तो फिर यहाँ क्यों आये ? उसी आँध्रा यूनिवर्सिटी में क्यों नहीं मरे ?" — सागर।

"क्या आँध्रा यूनिवर्सिटी के स्टैंडर्ड को क्या हम नहीं जानते ? वहाँ एम०ए० और एम०एस०सी० में कम से कम दस फर्स्ट क्लास तो मिलते ही हैं। लेकिन उस्मानिया में फर्स्ट क्लास पाना कोई दिल्लगी की बात नहीं।" — निधि।

"चाहे कुछ भी हो, जो लगाव तेलंगाना के प्रति तुम लोगों में पाई जाती है, वह मुझे अच्छा नहीं लगता। हमें इन संकीर्ण प्रांतीय भावनाओं के विरुद्ध लड़ना है, लेकिन हम लोग ही ऐसी बातों को अहमियत दे रहे हैं।" — वेणु।

"अगर उन में आँध्रा के प्रति लगाव हो तो हमारे अंदर तेलंगाना के प्रति लगाव क्यों न हो ? हमारे ही घर पर सवार होकर हमारे सिर पर बैठे रहे, हमारे ही ऊपर हुकूमत चलायें, फिर हम लोग बर्दाश्त करते जायें ?" — सागर।

"कोई किसी के घर नहीं आया। ये विचार जितनी जल्दी हमारे मन से हट जायें उतना ही हम लोगों के लिये अच्छा होगा।" — मैंने कहा।

"कैसे हटेंगे ? हम छोड़ भी दें तो भी वे चुप थोड़े ही रहेंगे। इन विचारों का हट जाना कोई "वन वे" नहीं है। इस प्रकार की सोच भी दोनों तरफ से हो, तब न ?" — निधि।

"जरूर। बदलाव तो दोनों तरफ से होनी चाहिए। लेकिन ऐसे विचारों को, जनता में फैलानेवाले भी तो कोई होने चाहिए। उसकी शुरुआत हमीं क्यों न करें?" — वेणु।

"हमें कुछ पता नहीं। तुम दोनों तो हर वक्त कुछ न कुछ आदर्श की बातें जब़ान पर लाते रहते हो। जब जीवन की वास्तविक परिस्थितियों में उतरोगे, तब पता चलेगा। मेरा भाई 64 में एम०ए० 'पास' कर चुका है, लेकिन उस के बाबजूद अभी तक नौकरी की तलाश में मारा-मारा फिर रहा है। क्या तेलंगाना प्रांत में कहीं कोई खाली जगह ही नहीं है ?"

"नरहरि ! 'कॉफी' लाना।" — वेणु ने आवाज़ दी।

"लगता है आज हेड वेटर नहीं है।" — निधि।

"कौन ! खान ! हाँ, आज वह नहीं है इसलिए 'मेस' में इतनी शांति है। न जाने क्यों उसके यहाँ रहते खाने को मन नहीं करता। वह हम सब का दुश्मन-सा लगता है।" — रवि।

" 'कॉफी' लीजिए, साहब ! आपके लिए 'स्पेशल' बना कर लाया। खान साहब

नहीं है न, कुछ ज्यादा ही दूध डाल कर लाया।'' — नरहरि ने फुसफुसा कर कहा।

''खान गया कहाँ ! दस-पन्द्रह दिन तक न आये तो अच्छा होगा। हमें कुछ ज्यादा ही दूध मिलेगा, खाना भी हज़म होगा।'' मैंने कहा।

''कहीं नहीं गया है साहब ! अंदर कुछ हिसाब-किताब देख रहा है। वो देखो, आ रहा है साहब !'' — नरहरि !

खान बड़े-बड़े कदम भरते हुए आ गया। पता नहीं, न जाने उसे देख कर मेरे मन में कंपकंपी क्यों होती है।

''साहब ! आपका मील्स आज से बंद करने को कहा है साहब !'' खान ने कर्कश स्वर में कहा।

''क्या रवि का ?'' — वेणु।

''हाँ साहब ! रवि साहब ने तीन महीने से 'बिल' नहीं भरा। आज तो 'वार्डेन' के दफतर से 'आर्डर्स' आये। 'मेस' में 'मील्स' बंद करने के लिए।'' — खान।

''क्या तुम ने तीन महीनों से ''मेस'' के पैसे नहीं भरे ? क्यों ? घर से पैसे नहीं आ रहे हैं क्या ?'' — वेणु।

किसी से कुछ भी बोलने की इच्छा नहीं हुई। मैं जानता था कि यह पल आने वाला ही है। लेकिन मजबूरन भूलने की कोशिश करता रहा। फिर भी....।

''नहीं भरा।'' — मैंने उत्तर दिया।

''क्यों घर से पैसे नहीं आये ? तीन महीने का मतलब कम से कम तीन सौ तो होंगे ही। कल ऐडमिट कार्ड लोगे कैसे ? 'नो ड्यूस सर्टिफिकेट' दिये बिना इम्तिहान कैसे लिखोगे ?'' — वेणु।

''किसी न किसी तरह लूँगा ही। अगर नहीं लिया तो इम्तिहान नहीं दूँगा।'' मैंने कहा।

''अभी नाश्ता करेंगे क्या साहब ?'' — खान।

''हाँ, क्यों ?'' मैंने कहा।

''इस नाश्ते के पैसे भरने होंगे साहब ! आज से आप को नाश्ता भी नहीं मिलेगा।'' — खान।

"आज खा लिया है न, कल से देगा पैसे।" — सागर।

"नहीं साहब ! आज के खाने के पैसे भी भरने ही होंगे। हमें तो "स्ट्रिक्ट आर्डर्स" मिले हैं।" — खान।

"क्या है तुम्हारे 'स्ट्रिक्ट आर्डर्स' ? ज्यादा मत बकना। मेस सेक्रेटरी को लुके-छिपे हर तरह का नाश्ता भेज सकते हो क्यों ? क्या वह हर महीना अपने 'नाश्ते', 'अंडे', 'चिकन' के लिए 'मेस' में पैसे भर रहा है ? सब नियम कानून हमीं पर लागू होते हैं।" — सागर।

"हम से बिगड़ते क्यों हो साहब ? मैं तो अपनी ड्यूटी कर रहा हूँ।" खान चला गया।

"बदमाश कहीं का ! किसी ने यह बात सच ही कही है कि जो लोग पहले से दबे और डरे रहते है, उन्हें और भी दबा कर रखने की इच्छा होती है।" — सागर।

"क्या बात है सागर आज बहुत अग्रेसिव फार्म में हो ?" — निधि।

"अरे, आजकल के ज़माने में इतना भी धौंस न जमायें तो काम कैसे चलेगा भाई ! दब कर रहें तो सभी की गुलामी करनी पड़ती है। ऐसी गुलामी से हमें कभी छुटकारा नहीं मिलेगा।" — सागर।

'कॉफी' पीकर सब लोग जाने के लिए उठ खड़े हुए। मैं समझ गया कि नरहरि मेरी तरफ सहानुभूति नज़रों से ताक रहा है। खान के प्रति गुस्से से मेरा खून खौलने लगा। गुस्सा, घृणा, अपमान, प्रतिशोध की ज्वाला अंदर ही अंदर बाढ़ की तरह उमड़ने लगे। सागर सच कहता है आजकल के ज़माने में गर्म मिज़ाज न हो तो काम नहीं चल सकता। दब कर रहने वालों पर सभी दबाव डालते हैं। ज़बरन सभी को गुलाम बनना ही पड़ता है। दरिंदा मुसलमान कहीं का। "ब्लडी फूल !" इन सभी मुसलमानी दरिंदों को एक साथ पाकिस्तान भिजवा देना चाहिए। जब तक ये लोग इस देश में रहेंगे, देश को हर समय खतरा ही है अरे ! ताज्जुब है ! मैं ऐसा क्यों सोच रहा हूँ ? क्या ऐसे विचार मेरे अंदर कहीं किसी कोने में छिपे हैं ? "सेक्युलरिजम" को चाहनेवाला, जाति-पाति, धर्म भेदों को न माननेवाला ....मैं ऐसा क्यों सोचने लगा ?"

"मुसलमान, बदमाश कहीं का। जब तक उसकी हड्डी पसली चूर-चूर नहीं

करते, तब तक उसकी अकल ठिकाने नहीं पहुँचेगी।" —जोश के साथ सागर कहने लगा।

"क्या बात है सागर ! आज बहुत गुस्से में हो ? खान को क्यों डाँटते हो ? इसने तीन महीनों से 'मेस' के पैसे नहीं भरे। क्या यह कोई अच्छी बात है ?" — वेणु।

"क्यों नहीं भरे, रवि ! घर से पैसे नहीं आते हैं क्या ?" सागर।

"पैसे क्यों नहीं आते ? वरना यह दो दिन में एक बार 'मार्निंग शो' जाता कैसे है ?" — रमेश।

"आज के "मार्निंग शोस" क्या-क्या हैं, ज़रा बोलो तो सही। कैंटीन जाकर "क्रानिकल" देखेंगे, चलो न ?" — निधि।

"अरे, 'मार्निंग शो' के लिए सारी जिंदगी पड़ी है। पहले इन इम्तिहानों के बारे में सोचो। नज़दीक आते जा रहे हैं।" — सागर।

"ये इम्तिहान हमेशा नज़दीक आते ही रहते हैं। रेल की पटरियों के समान हम और ये इम्तिहान कहीं न कहीं, कभी न कभी सुदूर अनंतता में मिल ही जाएँगे।" — निधि।

"निधि, हर बात को दार्शनिक दृष्टि से देखने में तुम माहिर हो गये हो। अच्छी बात है, आगे बढ़ पाओगे।" — वेणु।

"ऐसे ही दार्शनिक भाषण सुनाते रहोगे तो समय हाथ से निकल जाएगा। मैं तो जा रहा हूँ। मुझे कहीं नहीं जाना है। कैंटीन नहीं, मार्निंग शो नहीं। मेरे पास समय नहीं है।" कहता हुआ सागर चला गया।

मेरी समझ में नहीं आ रहा है कि मैं कहाँ जाऊँ ? क्या करूँ ? तीन महीनों का "मेस बिल"। हाँ....कम से कम तीन सौ तक होगा ही। कैसे भरूँ ? बिना भरे 'ऐडमिट कार्ड' कैसे मिलेगा ? बिना 'ऐडमिट कार्ड' के परीक्षा कैसे दूँगा ? अभी-अभी किसी ने ठीक ही कहा था कि इन सब मुश्किलों से गुजरने से तो अच्छा है एंड्रिन या चूहों को मारनेवाली दवा खाकर मर जायें। लेकिन एंड्रिन या चूहों की दवाई कहाँ मिलेगी ? बिना परीक्षा दिये मैं माँ का मुँह कैसे देखूँगा ? मेरे लिए और मेरी पढ़ाई के लिए अपना सब कुछ अर्पण करनेवाली माँ के लिए ....अपनी माँ के लिए....अपने खून, पसीने को पैसों में बदल कर भेजने वाले माँ-बाप के लिए....आखिर मैं उनका मुँह कैसे देखूँगा ? यह समाचार सुनकर

कि उनका बेटा परीक्षा दिये बिना ही वापिस आ गया है, उनके दिल पर क्या बीतेगी ? इसी सोच में अनजाने ही सभी के साथ मैं भी कैंटीन की तरफ चलने लगा।

"क्या है रवि, किस सोच में पड़ गये ?" — वेणु।

"सोचता हूँ एंड्रिन अच्छा है या चूहों को मारने वाली दवा अच्छी होगी ?" मैंने कहा।

"बात क्या है ? ऐसी आफत ही क्या आ पड़ी कि तुम एंड्रिन और चूहों की दवाई में श्रेष्ठता की परख कर रहे हो !" वेणू।

"अभी-अभी कोई कह रहा था यार, इन इम्तिहानों से छुटकारा पाने के लिए एंड्रिन या चूहों की दवाई पीकर मर जाना बेहतर है। बस, वही बात याद आयी।" — मैंने कहा।

"बेकार ही इन इम्तिहानों से डर कर तुम अपनी जान दे दोगे ? मेरी राय में तो इन इम्तिहानों से बदतर चीज इस दुनिया में और कोई नहीं है। न जाने ये इम्तिहान कितनों की जिंदगियाँ बरबाद कर देंगे। असल में इन विश्वविद्यालयों को दस-दस साल तक बंद कर देना चाहिए। तभी जाकर यह देश प्रगति कर पायेगा।" — निधि।

"लगता है "चलम" का नशा काफी हद तक चढ़ गया।" — वेणु।

"ये सब बातें मैं नहीं जानता, लेकिन इतना तो कह सकता हूँ कि पढ़ाई के नाम पर जो क्राइम हम कर रहे हैं, उसके बदले हमें फाँसी भी दी जाए, तो कम ही है।" उत्तेजित होते हुए मैंने कहा। मेरे अंदर न जाने कितना गुस्सा, कितनी उद्विग्नता है। बस, अपने आपको जला कर राख कर देने की बलवती इच्छा दिल और दिमाग में बार-बार उठ रही है।

"बात क्या है, अपने आप को ख़तम करने पर तुले हो ?" — वेणु।

"मैं आप लोगों के बारे में तो नहीं जानता, पर अपने बारे में तो अच्छी तरह जानता हूँ कि मेरे परिवार वाले मुझे होस्टल में रख कर इतनी ऊँची तालीम दिलवाने लायक अमीर तो हैं नहीं। फिर भी वे लोग पढ़ा रहे हैं। कई मुश्किलें झेलते हुए अपना खून पसीना एक कर, मुझे पैसे भिजवाते रहते हैं। मुझ पर न जाने उनके कितने अरमानों का बोझ है। उनकी आशा है कि, एक ही तो साल है, बस मेरी पढ़ाई पूरी होने तक ये मुसीबतें झेल लें, तो आगे मैं जरूर कुछ

न कुछ बन कर उनका उद्धार करूँगा। तब उनकी सारी मुश्किलें दूर हो जाएँगी। मैंने ही इन अरमानों को उनके मन में जगाया है ताकि उनसे पैसे ऐंठ सकूँ। लेकिन उनकी एक भी इच्छा पूरी करने की कोशिश मैं नहीं कर रहा हूँ। उनके सारे पैसे पानी की तरह बहाता जा रहा हूँ। "रियल्ली", मैं अपने आप को माफ करने लायक नहीं हूँ। "क्या सचमुच मैंने इतना कह डाला। मैं महसूस कर रहा हूँ कि मेरा गला भी रुँध गया है। सभी कैंटीन पहुँच गये।

"सलीम, कुर्सियाँ ज़रा बाहर लाना।" निधि ने कहा।

"अरे, शायद सलीम अनारकली के वास्ते गया होगा! औरंगजेब को बुलाना।" — वेणु।

रमेश और निधि के साथ सभी लोग ठहाका मार कर हँस पड़े। मुझे पहली बार वेणु पर गुस्सा आया। एक ओर वह अपने अंदर के दर्द को सुना रहा है और यहाँ वेणु मजाक कर रहा है। उसने अभी तक यही सोचा कि उसकी मुसीबतों, सपनों और आँसुओं को समझनेवाला अगर कोई है तो वह वेणु ही है। लेकिन आज वही वेणु उसकी बातों को अनसुनी कर रहा है। मेरे अंदर तूफान मचाने वाले दुःख-दर्द को वह इतने हल्के ढ़ंग से ले रहा है ?

कुर्सियाँ आ गयीं। चारों बैठ गये। रेडियो में कोई गाना....वह गाना मुझे बेहद पसंद है। "बहारों फूल बरसाओ, मेरा महबूब आया है" निधि भी उसी के साथ गुनगुनाने लगा।

"हाँ, यह गाना तुम्हें बहुत पसंद है न ?" वेणु ने मेरी तरफ मुँह कर कहा। "मैंने "हाँ" कह दिया। फिर भी मन ही मन सोचने लगा कि क्या मैं इस हालात में उस गाने का आनंद ले भी सकता हूँ ? क्या वेणु इतना भी नहीं जानता ?"

"जानते हो, शंकर जयकिशन को "पद्मश्री" पुरस्कार से सम्मानित किया गया है।" — निधि।

" "पद्मश्री" पाना कोई बड़ी बात है क्या ? दस साल और ऐसे ही गुजर जाएँ, तो इस देश में ऐसा व्यक्ति नहीं मिलेगा जिसे "पद्मश्री" न मिला हो। तुम्हें भी मिल जाएगी। "डोंट वरी" "— वेणु।

फिर सभी लोग हँस पड़े। मैं खुद भी हँसना चाहता हूँ। 'फिर भी इस मूड में हँसी....ऐसे मूड में....?'

इतने में एक अमेरिकन, कैमरा कंधों पर लटकाये कैंटीन की तरफ आया।

" "कौन है यह ?" "पीसकोर" का वलंटीचर है या "दगाकोर" का ? "पीसकोर" को "कोड लैंग्वेज" में सी०आई०ए० कहते हैं।" — वेणु।

निधि जोर से हँस पड़ा। मैं भी "पीसकोर" की यह परिभाषा को सुनकर अपनी हँसी रोक नहीं सका। लेकिन रमेश को गुस्सा आया।

"मेरी समझ में नहीं आता कि आप लोग अमेरिकन्स से इतना चिढ़ते क्यों हैं ?" रमेश ने कहा।

यह प्रश्न मुझे बिजली जैसा छू गया।

"जानना चाहते हो क्यों ? क्योंकि आज वियतनाम में जो पाशविक मारणकांड चल रहा है उसके जिम्मेवार अमेरिकन लोग हैं। क्योंकि वे सोचते हैं कि पैसों से, हैवानी ताकत से, और शस्त्रों के बल से, एशियायी लोगों की स्वतंत्रता की आकांक्षा को वे दबा सकते हैं। "आइ हेट दीज डर्टी अमेरिकन्स।" " मैं जोर-जोर से चिल्लाने लगा। वहाँ बैठ कर चाय पीने वालों की नज़रें मुझ पर गड़ गयीं।

आखिर वह अमेरिकन जो काउंटर के पास खड़े होकर कुछ खरीद रहा था, वह भी मुड़ कर मेरी तरफ देखने लगा। उसने मुस्कुराते हुए पूछा, "मे आइ नो, वाइ यू हेट अमेरिकन्स ?" मेरे लिए वह मुस्कुराहट, मुस्कुराहट सी नहीं लगी, बल्कि विषैली, कुटिल हँसी सी लगी। सभी मेरी ओर देखने लगे। उस उद्वेग में मुझे कुछ सूझा नहीं। मेरे अंदर का आवेग ज्वार भाटे के समान उमड़ पड़ा।

"फार युवार बीस्ट्ली एंड इनह्यूमन आट्रोसिटीस इन वियतनाम" मेरे मुँह से अनायास ही ये शब्द निकल पड़े।

वह अमेरिकन उसी मुस्कुराहट के साथ सभी लोगों की तरफ एक बार देखते हुए "आइ सी" कह कर वहाँ से चला गया।

चारों ओर सन्नाटा छा गया। मैंने क्या किया, खुद समझ में नहीं आ रहा था। 'क्या ये सारी बातें मेरे ही मुँह से निकलीं ?' एक ख्वाब के समान सब कुछ ही एक पल में हो गया। वेणु कह रहा था कि वह सी०आई०ए० का एजेंट है। कहीं वह सच तो नहीं है? कहीं वह मुझे उठा कर तो नहीं ले जाएगा ?

"वह अगर सी०आई०ए० का एजेंट है तो हमारी खूब पिटाई होगी। सावधान !" — वेणु।

"मैं दावे के साथ कह सकता हूँ कि वह सी०आई०ए० का एजेंट नहीं, बल्कि

'पीसकोर' का वलंटीयर है। 'हि ईज ए वेरी नाइस मैन।' मैं उसे जानता हूँ तुमने बेकार में ही उसका दिल दुखाया है।'' — रमेश।

''उसे कुछ दुःख नहीं हुआ। बीच में तुम क्यों परेशान होते हो ?'' मैंने कहा।

''क्या तुम ने उसे दुःख नहीं दिया, 'बीस्ट्ली', 'इनह्यूमन' कहते हुए.... इज़ इफ, ही ईज़ गिविंग आर्डर्स टू बॉब हनोय ? तुम लोगों की तरह वह भी अमेरिकन-वियतनाम पालिसी से घृणा करता होगा। फिर भी बेचारा कर भी क्या सकता है ? ही ईज़ एन आर्डिनरी सिटिजन, केन ही इन्फ्लूयन्स प्रसिडेंट जानसन? इस बेचारे पर चिल्लाने से क्या फायदा ?'' रमेश ने निष्ठुरता के साथ कहा।

''उस अमेरिकन को हम कुछ भी कह दें, इससे तुम्हें क्यों चिढ़ हो रही है ? हम जानते हैं, इन बातों से तुम्हें क्यों बुरा लग रहा है।'' मैंने कहा।

''किस बात से वाकिफ हो, ज़रा हम भी तो सुनें ?'' — रमेश।

''ऐसे अमेरिकन लोगों से दोस्ती बढ़ा कर अमेरीका जाना चाहते हो। ''आई नो हाउ क्रेजी यू आर टू गो टू स्टेट्स।'' फिर से मैं गुस्से से पागल होता जा रहा हूँ। क्या बक देता हूँ, खुद को नहीं मालूम होता है। यह कैसा गुस्सा है ? कैसा विद्वेष है ? मेरे अंदर ऐसी प्रतिहिंसा की भावना कहाँ से आ गयी ?''

''नान्सेन्स ! यू आर टाकिंग शीर नान्सेन्स।'' — रमेश।

''हाँ ! सच्चाई तो हमेशा ''नान्सेन्स'' ही कहलाती है।'' — मैं।

''अच्छा बाबा ! चुप भी हो जाओ ज़रा। निधि ! दोनों को थोड़ा पानी पिला दो, यार ! प्लीज़, तुम दोनों एक-एक गिलास पानी पी लो।'' — वेणु।

सब लोग हँस पड़े। ईद-गिर्द बैठे लोग भी उस हँसी में शामिल हुए।

''दो गिलास पानी लाना।'' — निधि।

मुझे दुःख हुआ कि वहाँ बैठे सभी लोग हमें देख रहे हैं और हमारी बातों को ध्यान से सुन रहे हैं। पानी आया। मुझे और रमेश को पानी के गिलास दिये गये।

''भाई, चार चाय भी ले कर आना।'' — वेणु।

''ठीक है, मैं अमेरिका जाना ही चाहता हूँ। तुम्हारे मुताबिक ''आई आम क्रेजी ऑफ गोइंग टू अमेरिका।'' फिर भी तुम इतनी सी बात को ऐसा साबित करते हो जैसे मैं कोई गलती कर रहा हूँ।'' रमेश।

मुझे अब और आगे बोलने की इच्छा नहीं हुई। रमेश के साथ जब भी कोई छेड़छाड़ होती है तो उसका अंतिम रूप साधारणतः झगड़ा ही होता है।

"ठीक है रमेश, आई आम सारी, लैट अस स्टाप इट।" — मैंने कहा।

"कोई बात नहीं। फिर भी एक बात पूछूँ, जब भी मैं अमेरिका जाने की बात कहता हूँ तो तुम ऐसे 'टचिंग' क्यों हो जाते हो ?"—रमेश।

"फिर कोई बम फटने की आशंका है। मैंने माफी माँगी। फिर भी रमेश चुप रहता नहीं है। हि वांट्स टू फाइट....फाइट....एंड फाइट।"

"प्लीज रमेश ! लैट अस स्टाप इट। आइ टेल यू लैट अस स्टाप इट।" मैंने फिर कहा।

"तुम्हें जलन है कि मैं अमेरिका जाने वाला हूँ। यू आर टेरिबिली जलस आफ मि। दैट ईज दि रीजन वाइ यू आर सो आफुल्ली टची अबाउट माइ गोइंग टू अमेरिका।" — रमेश। उस क्षण रमेश के चेहरे पर हिंसक आनंद दिखाई दिया। दूसरों को मानसिक रूप से सताने की अपनी काबिलियत पर खुद उसे गर्व हो रहा होगा।

"वास्तव में तुम्हें देख कर मुझे तरस आ रहा है, रमेश ! तुम अमेरिका जाओगे तो मुझे जलन होगी ? हम दोनों यह जानते हैं किसे किससे जलन है।" — मेरी आवाज़ में दुःख झलक रहा है। मुझे भी आशंका है कि क्या सचमुच मेरे मन में रमेश के प्रति जलन है ? एक बात तो साफ है। अमेरिका जाने के उसके प्रयत्न को मैंने कभी समर्थन नहीं किया। किसी न किसी बहाने हर समय उसकी इस बात का खंडन ही करता आ रहा हूँ। यह सब जलन की वज़ह से ही हुआ है क्या ? पता नहीं ! रमेश उसका अपना दोस्त है। कभी उन दोनों की ऐसी ज़िगरी दोस्ती थी कि वे एक पल के लिए भी एक दूसरे से बिछुड़ कर नहीं रह पाते थे। हाई स्कूल और कॉलेज के दिनों उनकी मित्रता देख कर लोग चकित हो जाते थे। फिर न जाने क्या हुआ ! जब से वे दोनों हैदराबाद आये, तब से वह आत्मीयता भी लुप्त हो गयी और दोस्ती भी। उन दोनों के अब अपने-अपने अरमान हैं और अपने-अपने सपने। बस, और क्या ! अब तो हर समय मामूली सी बातों पर भी दोनों एक दूसरे को दुःख देने पर तुले हुए हैं।

"जमरूद" में मार्निंग शो है, "कागज के फूल।" — निधि।

"कौन सा ?" "कागज के फूल" ? — वेणु।

''यस, 'कागज के फूल।' '' — निधि।

मुझ में भी अचानक उत्साह बढ़ गया।

''फिर तो जरूर जाना है। गुरुदत्त के मरने के बाद वह फिल्म अभी दूसरी बार रिलीज हुई है। बहुत बढ़िया फिल्म है। लेकिन उस फिल्म को जितनी ख्याति मिलनी चाहिये थी, उतनी मिली नहीं।'' मैंने बोला।

''यह बात सभी जानते हैं, 'कागज के फूल' के फेल्यूर ने गुरुदत्त को बहुत सदमा पहुँचाया था। शायद उसके मरने का प्रमुख कारण यही होगा। न जाने उस कलाकार के दिल पर क्या बीती होगी !'' — वेणु।

''क्या सचमुच गुरुदत्त ने खुदकुशी की ?'' — निधि।

''देअर ईज नो डाउट अबाउट इट। लेकिन विडंबना की बात यह है कि 'कागज के फूल' में गुरुदत्त ने जिस दुःखद समस्या को प्रस्तुत किया, उस फिल्म के रिलीज होने के बाद उसने अपने जीवन में भी ठीक वैसी ही समस्या का सामना भी किया है।'' — वेणु।

''तुम्हारा मतलब है कि 'कागज के फूल' गुरुदत्त की आत्मकथा ही है ?'' — मैंने कहा।

''नहीं, नहीं, ऐसा तो कहा नहीं जा सकता। 'कागज के फूल' में जो कुछ हुआ है उसके बाद गुरुदत्त के जीवन में भी वही हुआ है। 'लाइफ इमिटेट्स आर्ट' 'वालर आस्कार वाइल्ड' की बात गुरुदत्त की जिंदगी ने सार्थक सिद्ध कर दी।'' — वेणु।

''फिर भी अचानक गुरुदत्त के मरने के पीछे क्या कारण हो सकता है ?'' — निधि।

''पहला — ''कागज के फूल'' की असफलता के कारण एक निर्देशक अपना आत्म-विश्वास खो बैठा। उस फिल्म के निर्देशन के बाद गुरुदत्त ने किसी और फिल्म का निर्देशन नहीं किया। यह ध्यान देने की बात है कि गुरुदत्त की जिंदगी भी उस फिल्म के नायक की जिंदगी की तरह प्रेमिका और पत्नी के बीच प्यार के संघर्ष में जूझती रही, ऐसा मेरा पक्का विश्वास है। ऐसी स्थिति में अचानक उनके मन में एक ख्याल आया होगा कि सारा जीवन एक भ्राँति मात्र है, ''कागज के फूल'' के समान। इस दुनिया के कोई ठोस मूल्य नहीं हैं। यह सारा जगत पल-पल परिवर्तित होनेवाला है। फिर उसके मन में एक विचार बिजली की तरह

कौंध गया होगा कि ऐसी जिंदगी जीना बेकार है। बस, सब कुछ खत्म हो गया।'' — वेणु।

थोड़ी देर तक वहाँ कोई कुछ नहीं बोले।

''उस फिल्म को अब इस ''बैकग्राउंड'' के नज़रिये से देखे तो शायद उसकी और भी प्रशंसा कर सकते हैं। खैर, कुछ भी हो, देख लेना चाहिए।'' मैंने कहा।

''निधि ! तुम फिल्म दिखाओगे ?'' — वेणु।

''नहीं भाई ! दो दिन से सिगरेट के लिए ही पैसे नहीं हैं। 'प्लयर्स' पीता था। अब कम से कम 'चार्मिनार' भी तो नसीब में नहीं है। उसके बगैर जिऊँ कैसे, यह पता नहीं चलता।'' — निधि।

''क्यों, रमेश, तुम ?'' ....वेणु।

''मुझे फिल्में देखने की उतनी लत नहीं है जितनी आप लोगों को है।'' — क्रोध से रमेश ने कहा।

''यह कोई मामूली फिल्म नहीं है। रियल्ली ए ग्रेट वन। तुम्हारी दिल की भावनाओं को छू जाएगी। आँखों में आँसू आ जाएँगे। एक अनोखी अनुभूति पाओगे।'' — वेणु।

''आइ आम नाट दैट सेंटिमेंटल....आइ आम सॉरी ! क्या कहीं फिल्में हमें आँसू बहाने को मजबूर कर सकती हैं ? 'मूवी' है न ! शायद 'मूव' करेगी।'' रमेश अपनी हर बात को निशाना बना कर राकेट की तरह छोड़ता जा रहा है....।

''वाह, क्या 'जोक' है ? अमेरिका जानेवाले तुम जैसे लोगों के मन में ऐसी सेंटिमेन्ट्स कहाँ से आयेंगे ? अगर कहीं होंगे तो हम जैसे ग्रामीण गँवारों में होंगे।'' — मैंने कहा।

''बाप रे बाप ! फिर से दोनों लड़ाई शुरू मत करना रे बाबा ! रमेश ! तुम हमें फिल्म भले ही न दिखाओ लेकिन रवि से झगड़ा मत करना, प्लीज ....क्यों निधि, तुम ने चाय के लिए कहा है, आने के कोई संकेत हैं या चले जाएँ ?'' वेणु।

''बॉय ! चाय कहाँ ?'' निधि।

'बॉय' ने आकर चार चाय रख दीं।

"हाय राम ! क्षीर सागर-मंथन के पश्चात् ही तो अमृत हासिल हुआ है। जल्दी से सब लोग पी लीजिए।" — वेणु।

"तो तुम कहना क्या चाहते हो, हम देवता हैं या राक्षस ?" — मैंने कहा।

"अमृत मिल गया है, इसलिए हम लोग तो देवता ही हैं।" — वेणु।

"देवता बनने के बजाय मुझे राक्षस बनना ही अच्छा लगता है। पता नहीं, क्यों मुझे यह 'देवता' शब्द गाली सी लगती है ? लगता है, राक्षसों में ज्यादा 'नौबिलिटी' है।" — निधि।

"तेलुगु में 'पतिव्रता' शब्द भी कुछ ऐसा ही है। तेलुगु सिनेमाओं की पतिव्रता से वेश्या कई गुना अच्छी होती है।" — मैंने कहा।

"यह सब जाने दो, कोई भी पतिव्रता आज अपने पतिव्रत्य की महिमा से हम सब को "कागज के फूल" दिखला पाती तो...." — वेणु।

"हम ने शादियाँ नहीं कीं, इस वजह से अब हम सब को कितनी हानि हो रही है, देख रहे हो न ?" — मैंने कहा।

"क्या मतलब ? शादियाँ करने से हमारी पत्नियाँ, अपने पतिव्रत्य की महिमा के ज़रिये आज हम सब को सिनेमा दिखला पातीं, यही न ? इट्स ए गुड आइडिया ! झट से हम सभी को एक-एक पतिव्रता से शादी कर लेनी चाहिए।" — निधि।

"यस, जल्दी से 'द हिन्दू' मेट्रिमोनियल कालम में यह खबर छपवा देंगे कि 'चार पतिव्रताओं' की जरूरत है।" मैंने कहा।

"लेकिन एक बात की गड़बड़ी है। हम कैसे जान पायेंगे कि अमुक स्त्री पतिव्रता है? बात यह है न जब तक किसी स्त्री की शादी नहीं होगी और अपने पति का व्रत धारण नहीं करेगी, तब तक वह 'पतिव्रता' नहीं कहलायेगी। अगर हम शादी करना ही चाहते हैं तो ऐसी स्त्री से करनी चाहिए, जो पहले ही शादी-शुदा हों और 'पतिव्रता' का प्रमाण-पत्र प्राप्त कर चुकी हों। अगर ऐसी स्त्री ने हम से शादी कर भी ली तो हम उस स्त्री को पतिव्रता कैसे कहेंगे ? बड़े विषम संकट में फँस गये हैं हम।" — वेणु।

"एक बात को तो आप लोग भूल ही रहे हैं। इस पवित्र भारत देश में इतनी सारी समस्याएँ हैं, रोटी, कपड़ा और मकान जैसी रोजमर्रे चीजों की कमी के कारण लोगों में त्राहि-त्राहि मची है। जानते हो क्यों ? आजकल इस देश में पतिव्रताओं

की कद्र नहीं की जाती। इसलिए सरकार को चाहिए कि चंद स्त्रियों से अग्नि प्रवेश करवायें, जो भी बाहर आ पायेंगी, उन्हें ''पतिव्रता'' घोषित करें तो अच्छा होगा। सरकार की मदद से इस देश की सारी समस्याएँ पलक झपकते ही हल हो जाएँगी।'' — मैंने कहा।

वेणु और निधि जोर से हँस पड़े।

''ग्रेट आइडिया ! इस विचार को 'राजाजी' या 'के०एम० मुंशी' तक पहुँचा सकें तो संपूर्ण भारत में तुम्हारे ही नाम का ढिंढोरा पिटेगा। इस बात को राजाजी 'स्वराज्य' पत्रिका में, मुंशी जी 'भवान्स जर्नल' में लिख डालेंगे। एम०आर० मसानी, बलराज मधोक तो इस बात को संसद में उठायेंगे। ''द हिन्दू'' में विशेष संपादकीय लेख छपवाये जाएँगे। तुम्हें जरूर 'पद्मश्री' से सम्मानित किया जाएगा। वाह ....वाह....रवि ! तुम तो ग्रेट जीनियस हो भाई ! हमारे संग-संग फिरते रहते हो, इसलिए तुम्हें हम पहचान नहीं पाये।'' — वेणु।

निधि, मैं और रमेश बहुत देर तक हँसते रहे।

''आज तो वेणु बहुत मज़ेदार मूड में है। हमारे कमरे में मच्छर बहुत ज्यादा हैं। उनसे हम तंग आ गये हैं। अगर तुम हमारे कमरे में आकर ''जोक्स'' सुनाओगे तो सारे मच्छर हँस-हँस कर लोट-पोट कर मर जाएँगे।'' — मैंने कहा।

फिर सब लोग हँस पड़े।

''लेकिन एक बात का खतरा है। मच्छरों के साथ अगर तुम लोग भी हँस-हँस कर मर जाओगे तो बाद में मैं भी रो रो कर मर जाऊँगा।'' — वेणु।

''बाप रे बाप, आज सचमुच ही हँसी से लोटपोट हो रहे हैं।'' — निधि।

फिर सब ठहाका मार कर हँस पड़े।

''अरे, मरना है तो मर जाएँगे लेकिन ''कागज के फूल'' देख कर मर जाएँगे। कहाँ चले उधार लेने ? कहा जाता है जो उधार देता है, वही वैद्य है। डाक्टर के पास चलें उधार माँगने....?'' — वेणु।

''डाक्टर के पास क्यों ?'' — निधि।

''क्यों नहीं ? ''सुमती शतक'' के लेखक ने लिखा नहीं कि जो उधार देता है, वह वैद्य के समान है....?'' — वेणु।

फिर हँसी के फवारे फूट पड़े।

"हाँ, आइडिया ! परसों एक एम०बी०बी०एस० विद्यार्थी से परिचय हुआ है ? उसका नाम नारायण राव है ! उससे पूछें ?" मैंने कहा।

"गुड आइडिया ! नया-नया परिचित है न ! थोड़ी बहुत आदर की भावना तो हमारे प्रति रखता ही होगा न। मेडिको है तो जरूर उसके पास पैसे होंगे। चलो उसके कमरे में चलें।"

"हैलो, एक पाँच का नोट है ?" मैं पूछूँगा।

"हम कल वापस करेंगें" निधि कहेगा।

"थैंक्यू, थैंक्यू वेरी मच।" — यह डॉयलाग मैं कहूँगा।

"पल भर में सब कुछ हो जाना चाहिए। उसे 'न' कहने का मौका भी नहीं देना है। बस, आर यू रेडी ?" — वेणु।

"लोमा टाइम 9.30 ए०एम०।"

"बाप रे, साढ़े नौ बज गये ? 'इट्स टू मच', जल्दी जाना है।" रमेश उठ खड़ा हो गया।

"हम भी तो आ रहे हैं। क्या समझते हो ? काम सिर्फ तुम्हीं को हैं ? हमें भी हैं....काम....ढ़ेर सारे...." — वेणु।

"अरे, साढ़े नौ ही तो बजे हैं, अभी से रूम में जाकर क्या करोगे ?" —निधि।

"हमारे एक दोस्त ने कैमरा देने का वादा किया है आज। जल्दी जाकर लेना है।" — रमेश।

"हाँ, हाँ ! आजकल रमेश फोटोग्राफी सीख रहा है न ? कहाँ तक सीखा ? अगर तुम फोटो खींचोगे तो क्या आदमी-आदमी जैसा ही तो दिखेगा न ?" — वेणु।

"ऐसे डरने की जरूरत नहीं है। आजकल मैंने जो फोटो खींचा, शायद तुम ने देखा नहीं है।" — रमेश।

"तुम ने दिखाया भी तो नहीं ?" — वेणु।

कुछ देर तक सब चुपचाप चलते रहे।

"मुझ से पूछो तो....उस मेडिको नारायणराव के अलावा और एक सोर्स सुझाऊँ ?" निधि।

"सच ! बोलो ! बोलो ! कौन है ?" — वेणु।

"उस सोर्स से उधार मिलने की बात तो रवि पर निर्भर करता है।" — निधि।

"क्या है वह सोर्स बोलो। मुझ से बन पड़ा तो जरूर ले आऊँगा। "कागज के फूल" देखने को मेरा मन भी बहुत कर रहा है।" — मैंने कहा।

"तुम्हारे क्लासमेट गुरुनाथम से क्यों नहीं पूछते ? उसके पास पैसे तो हर समय रहते हैं। वह इस होस्टल में तुम्हारे अलावा किसी दूसरे को पैसे देता ही नहीं है।" —निधि।

गुरुनाथम का नाम सुनकर मुझे एक पल के लिए ऐसा लगा कि किसी ने मेरे सिर पर भारी हथौड़े से मारा हो।

सुबह उसने जो घृणापूर्ण कार्य किया है उसे मैं भूलने की पूरी कोशिश कर रहा हूँ और दुबारा उसका चेहरा भी नहीं देखना चाहता और न ही उधार लेना चाहता हूँ। उसके नाम से ही मन खराब हो जाता है, और इससे मन में कितनी कड़वाहट हो जाती है। शायद उसे ये लोग सोच भी नहीं सकते। इन्हें तो बस, पैसों से मतलब है। एकदम उन लोगों से भी घृणा सी हुई। अपने दोस्तों पर — अपने ऊपर — अपनी पढ़ाई पर — होस्टल पर — इन सब को छोड़ कर कहीं दूर भाग जाने की इच्छा हुई।

" 'नो-नो-नो-आइ आम वेरी सॉरी।' उसे आप लोग नहीं जानते। मैं उससे कई मील दूर रहना चाहता हूँ। अभी तक मैंने उसके पास जो कुछ उधार लिया है, उसी की वजह से मैं बहुत हद तक नैतिक रूप से पतित हो चुका हूँ। आगे और नहीं। प्लीज़ ! माफ कर दो।" — मैंने कहा।

"क्यों इतना दुःखी हो रहे हो ? नहीं पूछना है ! ठीक है, भाई, मत पूछो। तुम्हें जबरदस्ती कौन कर रहा है ? छोटी-सी बात को लेकर तुम इतना दुःखी क्यों होते हो, रवि ?" — वेणु।

"तुम्हें नहीं मालूम कि मेरी क्या परेशानी है ! गुरुनाथम को तुम नहीं जानते।" — मैंने कहा।

"तो अब किसे पटाना होगा ?" निधि।

"अरे, जाने दो यार, बेकार का सिनेमा। हमें उधार लेकर सिनेमा जाने की

बुरी आदत हो गयी है। इम्तिहानों के लिए मुश्किल से एक महीना का समय बचा है। फिर भी हम 'मोर्निंग शो'' देखने से बाज नहीं आते।'' — मैंने कहा।

''अरे, अभी तो एक महीना बाकी है। ''लॉट्स ऑफ टाइम।'' अगर ज्यादा भी दिन रहें, तो भी हम पढ़ाई-वढ़ाई नहीं करने वाले हैं।'' — निधि।

''अभी केवल एक महीना बचा है इम्तिहानों के लिए ! मैंने अभी तक एक अक्षर भी तो नहीं पढ़ा।'' — वेणु।

''मैं तो किताबों के नाम तक नहीं जानता।'' — निधि।

''यह कोई तारीफ करने लायक बात थोड़े ही है।'' — मैंने कहा।

''हाँ ! इन फिजूली किताबों को न ही पढ़ूँ तो अच्छा है। जिन आँखों से 'पुरूरवा', 'एक फूल खिला' जैसी किताबें पढ़ीं, उन्हीं से नाकाम को किताबें कैसे पढ़ूँ ? एक बात कहूँ ? यह सोच ही बुरी लगती है कि 'इम्तिहानों के लिए किसी न किसी तरह पढ़ना जरूरी है।' '' — निधि।

''सच पूछा जाये तो 'चलम' की किताबें पढ़कर हमारे दिमाग खराब हो गये हैं।'' — मैंने कहा।

''खराब होने का मतलब यहाँ सुधर जाने से है। अगर वे किताबें हम सब को खराब कर देती तो क्या ही अच्छा होता।'' — निधि।

''रवि ! तुम तो आज अज़ीब सी बातें करने लगे हो। जो रवि अब तक यही कहता आया है कि पिछले चार सालों से 'चलम' की किताबें पढ़ कर ही वह जी पा रहा है, ऐसे रवि के मुँह से 'चलम' के विरुद्ध सुनना मेरे लिए तो काफी ताज्जुब की बात है।'' — वेणु।

''आइ काण्ट हेल्प इट। 'चलम' जी ने हमें यथार्थ परक जीवन से दूर किया है। इस पढ़ाई से — विश्वविद्यालयों से — अध्यापकों से — इम्तिहानों से — एक ही बात में, यहाँ तक कि सभी से हमारे अंदर नफरत की भावना जगायी है। अब हम केवल रेस्तराँ में खाने-पीने, बाजारों में घूमने-फिरने, फालतू सिनेमा देखने, रेडियो सिलोन के गाने सुनने, क्लास किताबों को छोड़कर बाकी सब कुछ दिमाग में चढ़ाने में बड़ी दिलचस्पी दिखा रहे हैं और आलसी भी बनते जा रहे हैं। हमारे इसी निकम्मेपन और आलसीपन को छुपाने के लिए ''चलम'' की ''थियोरी'' बहुत काम आती है जिस नीच जिंदगी को आज हम जी रहे हैं, उसे

या तो 'ईस्थटिक लाइफ' या 'आर्टिस्टिक लाइफ' का नाम देकर हम खुद को धोखा दे रहे हैं।" — मैंने कहा।

"अब तक आन्ध्र प्रदेश का हर एक व्यक्ति 'चलम' की निंदा करते करते थक गया है, फिर हम नये सिरे से उसकी निंदा क्यों करें ? और एक बार तूफान उठ खड़ा होगा।" — वेणु।

"चलम की निंदा करने को मैंने कब कहा ? 'चलम' जी ने जीने की जो परिस्थितियाँ दिखायीं, वे परिस्थितियाँ हमारे आस-पास नहीं हैं। 'जस्ट वुइ काण्ट अफर्ड दैट।' चलम ने कभी भी लोगों की आर्थिक परिस्थितियों को समझने की कोशिश ही नहीं की। लेकिन आदमी के जीवन में पैसों की जरूरत बहुत ज्यादा है। हम में से कोई भी उतना धनवान नहीं है। हमारे माँ-बाप बहुत सारे अरमान लिये हमें पढ़ा रहे हैं। खुद फ़ाके रहकर अपना खून-पसीना समेटकर पैसे हमें भेज रहे हैं। उनकी तमन्ना है कि कभी न कभी हम उनका उद्धार करेंगे। उधारों से उलझी उनकी जिंदगियों में कभी खुशियों की बहार लायेंगे। लेकिन हमारी नज़रों में क्लास की किताबें तो एकदम फिजूल की हैं। उन्हें पढ़ना और समझना बेकार है। दूसरी ओर, फिल्में कला के प्रतिरूप हैं। उधार लेकर भी उन्हें देखना पसंद करते हैं। इम्तिहान हमारे लिए 'नान्सेन्स' है। इम्तिहान देना बेकार है। एक बार सोचो ज़रा ! हमारे ऊपर इतनी आशाएँ लेकर जीने वाले उन मासूम प्राणियों के प्रति हम कितना घोर अन्याय कर रहे हैं ! हम इतनी क्रूरता से पेश आ रहे हैं, कि हमें चेतावनी देने वाली अपनी ही आत्मा को "चलम" का नाम सुना कर चुप कराते जा रहे हैं। हम किस कदर तक गिर गये हैं, यह कुछ पता है ? अगर कोई तीसरा व्यक्ति हमारे बीच में ऐसा हो, जो पढ़ाई की ओर ध्यान देता है, तो हम उसकी खिल्ली उड़ाने लगते हैं जैसे उसने कोई घोर पाप किया हो — बहुत बड़ा "क्राइम" किया हो।" — मैं बोलता गया।

"नहीं ! नहीं ! ऐसी बात नहीं है।" — वेणु।

"नहीं है ! ! क्या मतलब ! जब उस दिन रमेश ने हमें बताया कि उसने छः घंटे की पढ़ाई की है तो हम सब ने इकट्ठे ही उसकी कैसी खिल्ली उड़ाई, उसके ऊपर कितने 'जोक्स' डाले थे ! उस दिन जब मैंने कहा कि तीन घंटे लगातार पढ़ाई की, तो मेरे ऊपर, हँसी-मज़ाक में ही सही, कितने ताने कसे गये ! कोई अच्छा पढ़ा-लिखा व्यक्ति हो तो उसे हम "किताबों का कीड़ा" या "किताबों पर जीवित प्राणी" — या ऐसे ही कोई न कोई नाम देकर उसे एक खलनायक के

रूप में दूसरों के सामने प्रस्तुत करते हैं। हमारे लिए अच्छा पढ़नेवाला ''विलन'' है तो बिना पढ़े समय बेकार गँवानेवाला 'हीरो' भी है। 'दिसीज़ मोस्ट अनफार्चुनेट' '' — मैंने कहा।

''हाँ ! तुम्हारे कथन में कुछ सच्चाई है। आज से हम सब मन लगा कर पढ़ेंगे। 'नो सिनेमा', 'नो सांग्स'....ऐसे कैंटीन में घंटों बैठना भी हमें छोड़ देना चाहिए। तुम्हारा कहना सच है कि जो लोग इतने अरमानों को लेकर पढ़ाने के लिए भेज रहे हैं उनकी थोड़ी बहुत इच्छाओं की पूर्ति भी न करें तो हम कभी भी अपने आप को माफ नहीं कर पायेंगे। — वेणु।

''लेकिन एक बात को तुम लोग समझ नहीं पा रहे हो। पढ़ाई पूरी होने के बाद भी इसकी क्या 'गरंटी' है कि हम लोग अपनों का उद्धार कर पायेंगे ? ऐसे बहुत लोगों को मैंने देखा है जो एम०ए० करने के बाद भी एल०डी०सी० के पद संभाल रहे हैं। चाहे तो उनसे मिलवा सकता हूँ।'' — निधि।

''पिछले साल माधव ने कितनी लगन से पढ़ाई की,'' 'पूअर फेलो', आज एल०डी०सी० बना है। उसे देखने के बाद ही जान सका कि ''फ्रस्ट्रेशन'' आखिर क्या चीज़ होती है ! ''हि ईज द फ्रस्ट्रेशन इनकार्नेट'' — रमेश।

''क्योंकि उसे 'रैंक' नहीं मिली। तभी तो एल०डी०सी० बना है। अगर हम मन लगा कर पढ़ेंगे तो 'फर्स्ट' जरूर आएँगे। आइ आम डॉम कान्फिडेंट अबाउट दैट।'' — मैंने भी कहा।

''कितने नादान हो ! बिना प्रोफेसर से मिले और बिना प्रोफेसर की गुलामी किये तुम आशा ही क्यों करते हो कि 'फर्स्ट' आओगे ? ''सिंप्ली इंपासिबिल।'' — वेणु।

''वाह ! वाह ! क्या कहानी है ! यहाँ तो हर कोई ऐसी ही अनोखी बातें करता है। मुझे फर्स्ट आना है तो मेरे पर्चे सभी के पर्चों से अच्छे होने चाहिएं। प्रोफेसर की चमचागिरी करने से नहीं। मेरे क्लास में सभी लोग प्रोफेसर की चमचागिरी करनेवाले ही हैं। झूठे नमस्कार, झूठा विनय....मुझे भी ऐसे ही करने के लिए कई लोगों ने सलाह दी। बट आइ हेट। आइ हेट इट विथ आल माइ हार्ट एण्ड सोल। मेरे पर्चे अच्छे हों तो फर्स्ट आऊँगा, नहीं तो नहीं। प्रोफेसरों की, रीडरों की झूठी तारीफ करके फर्स्ट क्लास पाने की मुझ में चाह नहीं। आइ हेट इट।'' — मैंने कहा।

"तब तुम अपने लोगों के उद्धार की बात भूल ही जाओ तो अच्छा है। अगर इस जीवन में सफल होना चाहते हो तो सभी तरह के काम तुम्हें करने होंगे — बनावटी नाटक — बनावटी विनय — चमचागिरी — इन सभी रंगों में अपने आपको रंगना पड़ता है। तभी तो चार पैसे कमा पायेंगे। 'आइ हेट इट', 'आइ हेट इट' कहते हुए आदर्श का सहारा लोगे तो यहाँ कोई नहीं पूछेंगे। तुम जानते हो, माधव को 'थर्ड क्लास' क्यों मिला ? क्योंकि वह प्रोफेसर के चहेतों में से नहीं है।" — वेणु।

"हाँ उसके प्रोफेसर को कुछ प्रोजेक्ट का काम मिला और उसने माधव से सहायता लेनी चाही। बहुत समय तक माधव ने किया भी था। लेकिन बीच में इम्तिहानों के कारण कुछ दिन इसने जाना छोड़ दिया। बस, इसी बात को प्रोफेसर ने मन में रखा और उसे थर्ड क्लास दे दिया। इम्तिहानों की परवाह भी न करके कुछ छात्रों ने प्रोफेसर की मदद की, तो उनको फर्स्ट क्लास मिल गया है।" — रमेश।

"ये सब बातें दिल को कितना ठेस पहुँचाती हैं ! यूनिवर्सिटी में सरासर इतना अन्याय ! देश को मोरल एण्ड इंटलेक्चुवल लीड दिलानेवाली ये यूनिवर्सिटीस इस स्तर तक गिर चुकी हैं ? ओ गाड !.... इस देश को कौन बचा सकता है ?" — मैंने कहा।

"मच वर्स ! यूनिवर्सिटी में क्लास पाने के लिए जाति, धर्म और ओहदे का भी काफी हाथ रहता है। हाँ, 'सेक्स' का भी अपना हाथ है, इसे तो सारी दुनिया जानती है। अगर प्रोफेसर ब्राह्मण है, तो ब्राह्मणों को ही 'क्लास' दिलवाने की कोशिश करेगा। 'रेड्डी' किसी रीडर पद में हो तो रेड्डी कुल के छात्र के लिए प्रयत्न करेगा। अगर आँन्ध्र का हो तो आँन्ध्रा वालों के लिए क्लास दिलवाने की कोशिश करेगा। इन सभी से ऊपर अगर कोई कलक्टर का बेटा हो, या दामाद, या मंत्री का बेटा हो तो 'क्लास' अपने आप ही मिल जायेगी। अगर खूबसूरत लड़की हो तो कहना ही क्या ? तुम में इनमें से कौन-सी योग्यता है, जिसे लेकर 'क्लास' पाने की चाह रख रहे हो?" — वेणु।

"मुझे अब समझ में आया। हमारे प्रोफेसर उस चलपति से इतना लगाव क्यों रखते हैं ! चलपति बहुत पैसेवाला है। रोज़ 'कार' में आता है, किसी मिनिस्टर का रिश्तेदार भी है शायद ! तिस पर वह ब्राह्मण है। प्रोफेसर भी तो ब्राह्मण है।" — मैंने कहा।

"अरे, बाबा ! इतने दिनों के बाद यह बात तुम्हारी समझ में आयी ! हमारी यूनिवर्सिटी में और एक बात है जिस पर ध्यान देना जरूरी है। एक रीडर से दूसरे रीडर की पटती नहीं है। कुछ गुट बना लिये जाते हैं। एक गुट की तरफ कुछ छात्र रहते हैं तो दूसरे गुट की तरफ कुछ। अध्यापक लोग अपने प्रतिद्वन्द्वी अध्यापकों, और उनको चाहनेवालों का सत्यानाश करने के लिए षड़यंत्र रचते रहते हैं। इस राजनीति से हानि अगर पहुँचती है तो छात्रों को ही। ये हैं हमारे विश्वविद्यालय ! सच्चे अर्थ में पढ़ाई के अलावा दुनिया भर की सभी बुराइयों के अड्डे हैं हमारी यूनिवर्सिटीज़ ! जान गये रवि जी ! ऐसी जगह में आदर्श क्या काम आएँगे, सुनाओ तो ज़रा ! ऐसी स्थिति में हमारे पास दो ही रास्ते हैं। एक, उस बुराई के साथ हम भी जुड़ जाएँ — याने, हम भी चमचागिरी करें, झूठ-मूठ का विनय दिखाएँ हमारे प्रोफेसर जिस जाति को चाहते हैं, हम अपने को उसी जाति-धर्म वाला कहें। ऐसा नहीं है तो दूसरा रास्ता है, इन सब बातों की ओर ध्यान न देकर पलायनवादी बनें। अब हम दूसरा रास्ता अपना रहे हैं। पहला अपना सकते तो रवि के कहे अनुसार हम भी अपने स्वजनों का उद्धार कर पाते। लेकिन क्या हम वैसा कर पायेंगे, यही समस्या है। चमचागिरी भी एक कला है। उसके लिए कुछ ख़ास आदतों की जरूरत है। हर कोई चमचागिरी में माहिर नहीं हो सकता। अगर हम जैसे लोग ऐसे काम को करने की कोशिश करें तो लेने के देने पड़ जाते हैं। यहाँ तो बहुत होशियारी निभानी पड़ती है।" — वेणु।

" 'हाव टू विन फ्रेंड्स एण्ड इन्फ्लूयन्स पीपुल' आदि किताबें पढ़कर दुनियादारी सीखनी पड़ेगी।" — रमेश ने कहा।

"ऐसा क्यों सोचते हो, कि बस, ये ही दो रास्ते बचे हैं ? तीसरा रास्ता क्यों नहीं सोचते ? जैसे 'काण्ट' की 'फाइट दीज डेविल्स' ? यह सब बातें जनता के सामने रखें तो.....?" मैंने कहा लेकिन मेरी आवाज़ की कमज़ोरी स्पष्ट रूप से मुझे ही सुनायी दे रही थी।

"अभी भी तुम अपने आदर्शों को छोड़ नहीं रहे हो। क्या हम इन बुराइयों के विरुद्ध लड़ाई कर सकते हैं ? यूनिवर्सिटी में बुराइयों को बढ़ावा देनेवाले कौन लोग हैं ? 'पोलिटीशियन्स'। उन्हें मदद करने वाले कौन हैं ? 'बिजिनेस पीपुल'। ऐसा चक्रव्यूह हमारे चारों ओर फैला हुआ है, जो इस देश में बहुत गहराई तक जम गया है। राजनीतिक नेता इस बात की चाह रखते हैं कि ऐसी बुराइयाँ देश की सभी दिशाओं में जमी रहें, उसी में उनकी भलाई है। जानते हो क्यों ? इन

बुराइयों से जो वर्ग प्रगति कर रहा है वही वर्ग तो इन पोलिटीशियन्स और बिजिनेस लोगों के प्रति श्रद्धा और निष्ठा रखता है। उस वर्ग को उसी प्रकार प्रगति करनी ही होगी। स्वतंत्रता के बाद 15 वर्षों में ढ़ेर सारी आशाएँ लेकर पंचवर्षीय योजनाओं की तैयारी नेहरू जी ने की। उसका फल जानते हो ? गरीब और भी गरीब बनता जा रहा है। और 'टाटा' और 'बिरला' अपने साम्राज्य को और विस्तारित करते जा रहे हैं। उनसे कोई मुकाबला कर सकते हैं ? और एक बात यह है कि लोगों के विचारों को व्यक्त करनेवाला प्रेस भी उन्हीं के हाथों बिक गये। जरा सोचो और समझो....इन बुराइयों के विरुद्ध अगर तुम ने एक लेख लिख दिया; जानते हो इसका परिणाम क्या निकलेगा ? प्रसिद्ध पत्र-पत्रिकाएँ तो उसे छापेंगे ही नहीं। अगर कोई संवेदनशीलता मचाने के लिए छापता भी है, तो अधिकारी गण तुम्हारा पीछा करना शुरू करेंगे। 'मचवर्स', याज येन एजेंट आफ माओ-त्से-तुंग। इन बुराइयों से टक्कर हम कहाँ ले सकते हैं ? इसलिए हमारे पास 'कोर्स' एक ही है। उन सब बातों की परवाह न कर आराम से सिनेमा देखें — अच्छे उपन्यास पढ़ें — रेडियो सिलोन के गाने सुनें — हमारे ऊपर आशा रखने वाले अपनों को भूल जायें — दैट्साल — इससे बढ़ कर हम अपने बड़ों के लिए कुछ भी नहीं कर सकते हैं। जो काम हम कर सकते हैं, वह तो हम अब भी कर रहे हैं।" — वेणु।

"अरे बाबा ! यह सब बातें सुनते चले जायें तो सचमुच पागल हो जायेंगे। एक बात है — वाइ नाट वुइ गेट आउट ऑफ दिस ब्लडी कैंपस ?" मैंने कहा।

"जाकर....क्या करने का इरादा है ?" — निधि।

"सम ब्लडी जॉब ! अरे, हमने तो कम से कम बी०ए० तो पास किया ही है न, क्या कोई नौकरी नहीं मिलेगी ? कोई स्कूल मास्टर, या एल०डी०सी० बन कर बड़ों की मदद करेंगे। क्या यह विचार अच्छा नहीं है। एम० ए० के छात्र बन कर ठाठ दिखाते हुए और अपने लोगों में बड़ी-बड़ी आशाएँ पैदा करने के बजाय यही अच्छा है न ?"

"छिः छिः स्कूल मास्टर या एल०डी०सी० बन कर कैसे रह सकते हैं ? अभी से.....अभी से हम अपने को इतने निचले स्तर तक गिरा दें ? एक बार हम एल०डी०सी० बन जाएँ तो फिर कभी आगे नहीं बढ़ पाएँगे। पिछली गर्मी की छुट्टियों में बेकार बैठने के बजाय कुछ न कुछ करने के इरादे से मैंने एल०डी०सी० की नौकरी की। तभी मुझे लगा कि इस दुनिया में एल०डी०सी० नौकरी के अलावा

हर तरह की नौकरी मेरे लिए वरदान है, चाहे वह कितनी ही छोटी क्यों न हो। पहली बात तो यह है कि अपनी आज़ादी को, आत्म गौरव को, जीवन की आकांक्षाओं को सबसे पहले कूड़ेदान में फैंक देना होगा। वाट ए डिग्रेडेशन। वाट यान अट्टर डिमोरलाइजेशन ! व्यक्ति की अहमियत, मानवता आदि मूल्य तो पूरे के पूरे वहाँ नष्ट हो जाते हैं। ''इनसिग्निफिकेंट इनसेक्ट'' और ''ह्यूमन बीइंग'' के बीच कोई फरक ही नज़र नहीं आता वहाँ। यू विल बी ट्रीटेड लाइक ए फाइल, नाट इज़ ए मान। तुम्हारा नाम भी ''बी०वन'' या ''बी०टू'' में बदल जाता है। वह एक ''नाइट मेर'' है। मैं अभी तक उस ठोंकर से बाहर नहीं आ पाया।'' — निधि।

''फिर क्या करें ? होस्टल में रह कर, सारे पैसे खर्च करते हुए कितने दिनों तक हम बड़ों के लिए बोझ बन कर 'पैरासाइट' की जिंदगी जियें ? यह सब बातें सोच-सोच कर तो सिर फटा जा रहा है। आजकल एक ख्याल मुझे खाये जा रहा है। लगता है मैं अपने माँ-बाप को धोखा दे रहा हूँ। मेरे द्वारा खर्च किये जाने वाले हर एक पैसे में मुझे अपने माँ-बाप के चेहरे ही दिखाई दे रहे हैं। मैं अपने आप में बहुत शर्मिंदगी महसूस कर रहा हूँ।'' — मैंने कहा।

''भाई, मुझे तो लगता है कि तुम बात को बहुत बढ़ा-चढ़ा कर देख रहे हो। हमारे माँ-बाप बहुत कष्ट उठा रहे हैं। यह बात सौ फीसदी सच है। लेकिन वे सुखी कब थे बोलो ? दुःख झेलते रहना मानो उनके लिये आदत सी हो गयी है। इट ईज़ ए वे आफ लाइफ विथ देम। हमारे माँ-बाप छोटे-मोटे किसान हैं। अगर उनकी स्थिति में कुछ परिवर्तन लाने की सोचते हैं तो वह केवल सामाजिक, आर्थिक परिस्थितियों में परिवर्तन के द्वारा ही संभव हो सकता है। इसके अलावा हम एल०डी०सी० या स्कूल मास्टर बन कर उनका उद्धार करने की बात सोचते हैं तो यह केवल हमारा पागलपन ही है। एक भ्रांतिमय कल्पना है, बस अपने को झूठी तसल्ली देने के लिए एक बहाना ढूँढ़ रहे हैं। दैट्साल।'' — निधि।

''मैं तो यहीं कहूँगा कि हम अपने गलत व्यवहार के लिए भी कुछ मौलिक कारण ढूँढ़ने में लगे हुए हैं। माँ-बाप बचपन से दुःख झेल रहे हैं। ठीक है। लेकिन उनके कष्टों की संख्या बढ़ती जा रही है। क्या इसमें हमारा कोई दोष नहीं है ? वे उधार लेते हैं हमारे वास्ते....घर का खर्चा चलाने के लिए और हमें उच्च शिक्षा दिलाने के लिए उन्हें दिन रात मेहनत करनी पड़ती है। ऐसी मुश्किलें झेलते

हैं हमारे लिए। इस बुढ़ापे की अवस्था में भी वे हमारे ही बारे में सोच कर आँसू बहाते हैं। इस तरह उनकी मुसीबतें बढ़ानें में हमारा हाथ नहीं है ?" मैंने कहा।

"हमें उन्होंने जन्म दिया है। इसलिए कम से कम इतना सा कष्ट तो उन्हें उठाना ही पड़ेगा। क्या उनका फर्ज नहीं बनता कि हमें थोड़ा सा भी सुख दें ? यौवन में अपनी मौज-मस्ती के लिए — अपनी शारीरिक भूख मिटाने के लिए उन्होंने हमें जन्म दिया है।" — निधि।

"दैट ईज टू मच, निधि ! प्लीज डोंट टाक लाइक दैट। आइ काण्ट बेर दैट।" — मैंने कहा।

काफी देर पहले ही सभी लोग होस्टल पहुँच गये थे। बातों ही बातों में हम बाहर ही खड़े रह गये। रमेश तो कब का चला गया। मुझे भी जाना है। पहले ही काफी देर हो चुकी। आज साढ़े दस बजे क्लास है। गुरुनाथम ने क्लास के बारे में पहले ही सतर्क किया।

"बातों में हमने अपने आप को कहीं खो दिया है। चलो, चलें।" — वेणु।

मैं भी उनके साथ चल दिया। मुझे किस लिए पैदा किया गया है ? उनकी अपनी मौज-मस्ती के लिए ? टू-मच....टू मच। मुझसे माँ बहुत प्यार करती है। मेरे लिए अपना सब कुछ न्योछावर करनेवाली माँ....क्या उसने इसी कारण मुझे जन्म दिया है ? ओ....टू मच। निधि बदमाश है। कहता है, बचपन में ही उसने अपनी माँ को खो दिया। और बाप ने भी उसे ठीक तरह से देखा नहीं था। इसीलिए ऐसी बातें करता रहता है। माँ के प्यार की महानता को वह अभागा क्या जाने ? तिस पर "चलम" के विचारों से काफी प्रभावित भी है। कहीं से हल्की सी याद....आती है कि "चलम" ने किसी संदर्भ में ऐसा ही लिखा है। ....चलम ....चलम.....मैंने विश्वास किया था कि चलम की लेखनी से निकलने वाला हर विचार सच्चाई की तहों से आता है। चलम को आराध्य मानकर चलने से आज हुआ क्या है ? इतने दिनों तक जिन विचारों के सहारे मैं जी रहा था आज वे ही विचार मेरी जिंदगी में भ्रम मात्र बन गए हैं। सोचते-सोचते कमरे की ओर बढ़ने लगा। अरे, फिर किसी ने ट्यूब लाइट्स जला दी। मैंने स्विच ऑफ किया।

10....9....8....6....कमरे का नंबर देखते हुए मैं अपने कमरे की तरफ जाने लगा। मेरे कमरे का नंबर 4 है। आचारी अपने कमरे को ताला लगा रहा है। साफ-सुथरे कपड़े पहन कर कॉलेज जा रहा है। उसके चेहरे पर कितनी

शाँति ! उसने यह शाँति कहाँ से पायी ? कमरे का ताला खोला। साढ़े पाँच बज़े उठा था जरूर। लेकिन अब तक उसने किया ही क्या है ? पूरा समय बरबाद कर डाला। घंटों बातें ही करता रहता है। क्या मिलेगा उन बातों से ? कुर्सी पर बैठ गया। अब करना क्या है ? गुरुनाथम ने कहा है कि साढ़े दस बजे क्लास है। अभी समय हुआ दस मिनट कम दस। अब समय पर क्लास कैसे पहुँचेगा ? "कागज के फूल" का मार्निंग शो कितने बजे शुरू होगा ? शायद बारह बजे ! वहाँ जाने से शांति मिलती है। इट ईज ए ग्रेट पिक्चर। लेकिन पैसे.... पैसे....पैसे....माँ-बाप ने जो पैसे भेजे, सारे के सारे पानी की तरह खर्च कर डाले। "मेस बिल"....तीन महीनों का "मेस बिल" कैसे भरेगा ? खान ने कैसी कर्कश आवाज़ में धमकी दी। "मेस बिल" न भरने पर उसे ऐडमिट कार्ड भी नहीं मिलेगा। वह इम्तिहान नहीं दे पायेगा। मैंने तो इम्तिहानों में चलपति से होड़ लेनी चाही। उसे "बीट" करना चाहा। लेकिन चलपति को मैं हरा पाऊँगा ? पैसेवाला है। हर रोज़ टेरलीन सूट, पहने मोटर गाड़ी पर ठाठ से आता है। उन कपड़ों से, प्रोफेसरों की आँखों को चकाचौंध करानेवाला चलपति....उससे क्या वह होड़ लगा सकता है ? कपड़े भी ढ़ंग से पहन नहीं पाता है, "मेस बिल" भी महीनों तक नहीं भर पाया, मुझ जैसा व्यक्ति क्या मुकाबला कर सकता है ? उसके सामने खड़े होकर लड़ पायेगा ? पीपुल फाइटिंग इन मेकांग डेल्टा। दे आर माई पीपुल —यस। वियतनाम, गोरिल्ला युद्ध करके अमेरिकी लोगों का सामना कैसे कर रहा है ? ....अमेरिका....जो दुनिया में सब से शक्तिशाली देश है....अमेरिका से....वियतनाम गोरिल्ला....एशिया का निवासी....गरीब....बिना अस्त्र के, बिना शस्त्र के......! बस, केवल "विल पावर"। अपनी स्वतंत्रता की रक्षा के लिए ही "विल पावर के साथ", वियतनाम गोरिल्ला, "द माइटीयस्ट फोर्स आन द अर्थ" के साथ लड़ाई कर रहा है। मेरे पास ऐसा "विल पावर" क्यों नहीं है ? चलपति से वह क्यों नहीं लड़ पायेगा ? "वियतनाम गोरिल्ला !" "हेट्स आफ टू यू ।" अपनी स्वतंत्रता को बनाये रखने के लिए "स्ट्रांग विल पावर" के सामने दुनिया की कोई भी ताकत टिक नहीं पायेगी —इस महान सत्य का "सिंबल" है वियतनाम गोरिल्ला। वियतनाम गोरिल्ला के आत्म-विश्वास का शतांश भी मेरे मन में हो, तो क्या मैं चलपति से होड़ नहीं ले सकता ? आत्म-विश्वास....विल पावर.... उसे हासिल कैसे करें ? मेरे दिल में आत्म-विश्वास कौन जगा सकता है ? कौन सा आदर्श ऐसा है जो मेरे अंदर आत्म-विश्वास जगा पायेगा ? अरे, नहीं मैं फिर

से विचारों में बहकता जा रहा हूँ। सारा समय बरबाद करता जा रहा है। चलो, पढ़ना है। इतनी देर से पकड़े हुए ताले को टेबिल पर रख कर याद करने लगा कि अब तक वह क्या करता रहा ताला लगाता-खोलता रहा। लगाता गया — खोलता गया। खोलना लगाना। मैंने ऐसा क्यों किया ? बिना किसी वजह के या इसकी कोई वज़ह है ? मुझे अब क्या करना है ? क्या करना होगा ? क्लास के लिए वैसे भी समय हो गया। बैठ कर क्लास की किताबें पढ़ लूँ ? "हारिबुल।" अब तो एक वाक्य भी पढ़ नहीं पाएगा। फिर करना क्या है ? "कागज के फूल" देख लूँ ? सचमुच दो तीन घंटे आराम से कट जाएँगे। लेकिन पैसे....पैसे.... पैसे....मेस बिल....मेस बिल न भरो तो आज से खाना भी नहीं मिलेगा। यह बात तो वह भूल ही गया। खाना नहीं मिलेगा, तो मैं खाऊँगा क्या ? कहाँ खाऊँगा ? भूख....भूख....भूख से तड़पता हुआ मर जाऊँगा ! बस ? होटल जाकर खाने के लिए पैसे कहाँ ? पैसे....पैसे तो मेरे पास कभी होते ही नहीं हैं। घर से आते ही खर्च हो जाते हैं। पैसे आते ही सिनेमा के लिए, होटलों में चाय-पानी के लिए खर्च हो जाते हैं। कोई न कोई चीज खरीदता ही रहता हूँ। कीमती चीजें, कीमती टूथपेस्ट, कीमती पाउडर, आखिर ये सब चीजें अपने लिए क्यों ? मैं तो एक गरीब आदमी हूँ। आज से गरीबों की तरह ही मुझे जीना है। अब तक पागलों की तरह दूसरों की नकल करता रहा। इस होस्टल में हर एक लखपति जैसा, ठाठ जताजा है। कीमती चीजों की खरीददारी में बड़प्पन महसूस करता है। "मैं "पियर्स" के अलावा दूसरा कोई भी साबुन नहीं खरीदूँगा।" "मैं "सिंथाल" के अतिरिक्त और दूसरे साबुन की तरफ देखता भी नहीं हूँ।" " "क्लॉक" ब्लैड के अलावा मैं किसी भी ब्लेड से शेव नहीं करूँगा।" "मैं "क्युटिकुरा" पाउडर ही हर समय लेता हूँ।" " "फाशन्स" के अलावा मैं अपने कपड़े कहीं और देता ही नहीं हूँ।" "मैं शहर जब भी जाता हूँ "क्वालिटी" के अलावा कहीं कॉफी पीता ही नहीं।" "रिजर्वर्ड क्लास में बैठ कर सिनेमा न देखूँ तो सिनेमा देखने का मज़ा ही नहीं आता है। "टेर्लिन" के अलावा कॉटन के कपड़े मैं पहनता ही नहीं।" — हारिबुल फेलोस ! 'स्नाबिश फेलोस' ! 'वाइन ग्लोरियस फेलोस' ! हर कोई अपने आप को धोखा देता रहता है। हर कोई अमीरों की नकल उतारने में मस्त है। मैं भी तो उनमें शामिल हो गया। स्वयं वह भी....। कैसे ? कैसे ? कैसे ? इस दुनिया से मैं कैसे बाहर आ सकता हूँ ? पढ़ना है दिन रात मेहनत करके पढ़ाई करनी होगी। मुझे मालूम है कि पढ़ने से मैं जरूर फर्स्ट आ सकता हूँ।

मुझे विश्वास है। लेकिन प्रोफेसर्स मुझे फर्स्ट क्लास देंगे ? असल में वे मुझे जानते तक नहीं। मैं ब्राह्मण भी तो नहीं हूँ न ? मेरे पास पैसे भी नहीं हैं। शानो-शौकत की जिंदगी मैं नहीं बिताता। मैं 'कार' में बैठ कर कालेज नहीं आता। तो मुझे आखिर फर्स्ट क्लास कैसे मिलेगा ? "हॉरिबुल"। यह कोई विश्वविद्यालय नहीं है, नरक है नरक। सभी लोग यम किंकर हैं। हर कोई इसी ताक में रहता है कि दूसरों का खून कैसे चूसे ? इसी सोच में रहते हैं कि दूसरे की जेब काट कर अपनी जेब कैसे भरें ? इस देश में नैतिक मूल्यों को कायम करने वाले लोग ये हैं ? विद्यार्थियों में ज्ञान की खमि भरने वाले क्या ये लोग हैं ? कैसे ? कैसे ? कैसे ? मुझे भी इन सब के साथ मिल कर वैसा ही व्यवहार अपनाना पड़ेगा ? क्या इनकी तरह मुझे भी शान....झूठी शान जताने की नौटंकी करनी होगी ? क्या करना है मुझे ? आखिर मुझे क्या चाहिए ? सिर फटा जा रहा है। कैसे ? कैसे ? इस पद्‌म-व्यूह से बाहर मैं कैसे आ सकूँगा ? इन सब को छोड़ कर अपने गाँव जाकर वहाँ खेतीबाड़ी शुरू करूँ तो ? बचे कुचें दो एकड़ जमीन बचाने पीढ़ियों दर कष्ट झेलते ही रहे हैं। माँ-बाप उधार में डुबकियाँ लगा रहे हैं। गाँव का साहूकार उनका खून चूस रहा है। और तो और, आजकल गाँव में राजनीति के दाँव-पेंच चल रहे हैं। हर व्यक्ति नेता बनना चाहता है। हर कोई, गरीब किसान पर अपनी धौंस जमाना चाहता है। हर व्यक्ति एक दूसरे को हड़पने के प्रयास में सतत् रहता है। आजकल के गाँवों में चुनाव जीतने के लिए जाने क्या-क्या करना पड़ता है दारु-शराब-झगड़े हत्याएँ....। पंचायत में मेंबर बनने के लिए कितने षड़यंत्रों की रचना करनी पड़ती है ! लोगों के दिलों में कितना स्वार्थ भर गया है। ऐसे माहौल में क्या मैं रह पाऊँगा ? मुझे भी छोटी-मोटी नेतागिरी संभालनी होगी। अपने को नायक साबित करना पड़ेगा। अपनी भी एक पार्टी तैयार करनी पड़ेगी। मुझे भी....एक ग्रुप....एक गुट....तैयार करना होगा। कत्ल भी करने होंगे और करवाने भी होंगे। कर पायेगा वह यह सब ! क्या मैं कुछ भी नहीं कर पाऊँगा ? इधर यूनिवर्सिटी में या उधर गाँव में। आखिर उसे करना क्या है ? जीना ही क्यों ? माँ-माँ — रात के सपने में माँ को देखा ! कैसी विचित्र घटना ! उसे इतनी देर से उस सपने की याद ही नहीं आयी। अब अनायास ही याद आ गयी। सपने में माँ मेरी ओर तरसाई नज़रों से देख रही है। मैं बहता जा रहा हूँ। पानी में....कहीं दूर घने जंगल से होते हुए — वृक्षों के बीच —चट्टानों के बीच....अज़गरों के बीच — साँपों और बिच्छुओं के साथ बहता जा रहा है।

उन्हीं क्षणों में मैंने माँ को देखा। बहुत ही अज़ीब सपना है। माँ ने मुझसे बात नहीं की है। माँ-माँ — क्या माँ का प्यार भी झूठा है ? क्या उसका प्यार भी ? केवल यौवन में अपने सुख के लिए....माँ के अपने सुख के लिए ही मुझे जन्म मिला है ? शारीरिक भूख मिटाने के सिलसिले में ही उसने मुझे जन्म दिया है ? "हॉरिबुल"। बर्दाश्त नहीं कर पाऊँगा। भाग जाना चाहता हूँ वरना एंड्रिन या चूहों की दवा पीकर मर जाना चाहता हूँ। हाँ वह भी मर जाये तो क्या होगा ? क्या ये लोग होस्टल के डायनिंग हॉल में जाना छोड़ देंगे ? क्या खाना नहीं खाएँगे ? क्या सिनेमा देखना बंद करेंगे ? कल यूनिवर्सिटी को छुट्टी देंगे ? संस्मरण सभा का आयोजन करके दो तीन मिनट मौन रहेंगे ? मेरे बारे में लोग क्या सोचेंगे ?

"बेचारा ! मर गया !" —शायद नलिनी बोलेगी ! अपनी सुंदरता पर उसे कितना घमंड है ? सोचती है पूरी यूनिवर्सिटी उसकी सुंदरता के आगे झुक जायेगी। प्रोफेसर, जिसके बाल चाँदी की डोरियाँ जैसे सफेद हो गये, वे भी कामुक नज़रों से देखते हैं....उसे इसका कितना गर्व है !

"हू ईज रवि ! आइ नेवर न्यू हिम एट आल। पूअर फेलो !" — शायद प्रोफेसर शान जताते हुए कहेगा।

"रवि डेड ! वेल डन ! दिस फेलो नेवर रिकग्नाइज़ड मि एण्ड दि मोस्ट ब्रिलियंट स्टूडेंट आफ दि क्लास। दि फेलो वाज़ एरोगेट एण्ड स्टब्बोर्न"— कहता हुआ चलपति....।

'बदमाश कहीं का ! तेलुगु आती है, फिर भी बोलता नहीं है।'

किरण्मयी....जाने वह क्या कहेगी ! "रवि मर गया ! नो, आइ काण्ट बिलीव।" —कहेगी ! बेचारा वेणु....मेरे मरने की खबर सुनकर वेणु क्या कहेगा ? "लुच्छे लफंगों से भरे पड़े लोक से विरक्त हो कर सिर झुका कर चल पड़े ऐ मेरे दोस्त ! !" क्या ऐसा कहेगा ? रवि की आँखों में आँसू उमड़ आये। लेकिन माँ ....माँ क्या कहेगी ? उसके बिना माँ....दिल के टूटने से मर नहीं जायेगी ? मुझे, अपनी आँखों की पुतली समझनेवाली माँ....नहीं....नहीं....मैं नहीं मर सकता। मुझे जिंदा ही रहना है। कम से कम माँ के लिए वह जिएगा जरूर। यह क्या ? आज मैं इतना कायर क्यों होता जा रहा हूँ ? समय....समय....समय कटता ही नहीं है। क्या करना है ? घड़ी की ओर देखा। दस बज कर पन्द्रह

मिनट, क्या अब तक पन्द्रह मिनट ही बीते हैं ? उठ कर नहा लूँ ? हाँ ! नहा कर लाइब्रेरी जाकर पढ़ लूँ ? लाइब्रेरी में काफी सन्नाटा होगा। पढ़ पाएगा। दो घंटे पढ़ने के बाद समय पर डायनिंग हाल पहुँच जाऊँगा। अरे, डायनिंग हाल कैसे जाएगा ? आज से उसके लिए वहाँ जगह नहीं है। भूल गया। आज का खाना ....खाना कैसे खाऊँगा ? पेट में भूख के मारे चूहे, साँप, बिच्छू, सब तेज दौड़ेंगे। करना क्या है ? भूख से कैसे छुटकारा पा सकेगा ? दरवाज़े पर खटखटाहट ....बाहर कोई दस्तक दे रहा है। "यस, अंदर आ जाओ।" दरवाजा खोल कर वेणु अंदर आया।

"क्या कर रहे हो, हमदम !" वेणु।

"कुछ नहीं, यही सोच रहा हूँ कि मरने के लिए कौन-सा तरीका अपना लूँ ? फाँसी लगा कर मरूँ या समुद्र में कूद कर मरुँ ? हाँ, यह बात और है कि इस शहर मे समुद्र नहीं है।" बनावटी हँसी का प्रयास करते हुए मैंने कहा।

"बात यहाँ तक आ गयी ? हमें शायद समस्याओं को बढ़ा-चढ़ा कर देखने की आदत सी हो गयी है। सच्चाई क्या है —यह हम लोग समझ नहीं पा रहे हैं। अपने अंदर बसे काल्पनिक लोक से परे हम जीवित रह नहीं पा रहे हैं। शायद दैट एक्सप्लेन्स अवर ट्राजडी।" — वेणु।

"कौन सा काल्पनिक लोक है और कौन सा यथार्थ ? इस बात को कैसे समझे ? ठीक है, ये सिनेमा के "डॉयलाग" छोड़ दो। कॉलेज जाना है कि नहीं ?" — मैंने कहा।

"कॉलेज क्यों नहीं जाना है भाई ! बिल्कुल जाना है। लेकिन टाइम ज्यादा हो गया है, इसीलिए नहीं गया। कमरे में बैठ कर पढ़ना चाहता था। देर तक उसी कोशिश में रहा। लेकिन एक वाक्य भी पढ़ नहीं पाया। इस व्यग्रता से न जाने हमें कब छुटकारा मिलेगा। मेरी समझ में कुछ भी नहीं आ रहा है।" — वेणु।

दोनों थोड़ी देर तक खामोश बैठे। लगता है जिस विषम संकट में मैं खुद हूँ, ऐसी ही स्थिति वेणु की भी है। मन आज मचलने लगा। पता नहीं क्यों, वेणु को एक बार गले लगाने की उत्कट चाह क्यों हो रही है ? मन की कोमल भावनाएँ उभर कर गले को गद्‌गद्‌ कर गयीं। उस क्षण....पूरा मन एक ही झटके में गले में आकर अटक गया।

"क्यों न हम पिक्चर चलें ? "कागज के फूल"....! दिल के अरमां आँसुओं में बह कर वापस आ सकते हैं, चलें ?" — वेणु।

"कम ऑन ! चलो। इस कमरे में थोड़ी देर और बैठ जायें तो शायद पागलखाने जाने की नौबत आयेगी। लेकिन....पैसे....कम से कम पाँच रुपये तो चाहिए न ?" मैंने सवाल किया।

"जरूरत पड़ने पर बेचने के लिए हमारे पास कोई कीमती चीज़ भी तो नहीं है 'रिंग, रिस्टवाच' वगैरह....। सागर से पूछें ? याद है दो, तीन दिन पहले ही उसे पैसे मिले हैं। अगर उसके पास हैं तो वह जरूर देगा, चलो।" — वेणु।

वेणु चलने के लिए खड़ा हुआ। साथ में मैं भी उठा। रवि ने अपने कमरे में ताला लगाया। नंबर 68 का कमरा सागर का है। सीढ़ियाँ चढ़ने लगे हैं। दोनों खामोशी को साथ लिए....यही आशा लिये चलने लगे कि सागर उन्हें पैसे दे दे तो अच्छा होगा। इस नरक से कुछ देर तक तो मुक्ति मिलेगी। अगर सागर के पास पैसे हों तो वह जरूर देगा। सागर के मन में वेणु और मेरे प्रति गौरव की भावना है। लगता है गौरव से भी अधिक दया की भावना है क्योंकि उसकी नज़रों में हम लोग नादान हैं, और हरदम आदर्शों के पीछे पागलों की तरह भाग दौड़ करते रहते हैं। पूरे होस्टल में सन्नाटा है। कहीं दूर ट्रान्सिस्टर के बज़ने की आवाज़....अनजाने ही मेरे हाथ दीवार के एलेक्ट्रिक स्विच पर पड़ रहे हैं और मैं उन्हें "आन" कर रहा हूँ, "ऑफ" कर रहा हूँ। "आन" कर रहा हूँ, "ऑफ" कर रहा हूँ। वेणु यह सब नहीं देख रहा है किसी गहरी सोच में पड़ गया है। बेचारा वेणु। मेरे और वेणु के स्वभाव में कोई अंतर नहीं है। दोनों का एक ही जैसा व्यक्तित्व। सागर के कमरे के नज़दीक पहुँच गये। कमरे के अंदर से ठहाके सुनाई देने लगे। लगता है वहाँ बहुत लोग जमे हुए हैं। अब इनके बीच जाकर उधार माँगना क्या अच्छा लगेगा ? दरवाजा खुला है।

"हैलो वेणु ! कम ऑन !" सागर बुलाने लगा।

पाँच, छः विद्यार्थी ताश खेल रहे हैं। उन पाँच छः लोगों में रंगारेड्डी, श्रीशैलम भी शामिल हैं। लेकिन वहाँ उन्हें देख कर कुछ अज़ीब सा लगा। रंगारेड्डी "प्लेयर्स" सिगरेट सुलगाता हुआ, ताश के पत्ते बाँटने लगा।

"हैलो कामरेड्स ! गुड मार्निंग !" कहा। उसकी आवाज़ में तीखा व्यंग्य। जब भी हमें वह देखता है, "कामरेड्स" कह कर पुकारता है, यह उसकी आदत

सी हो गयी। ताश खेलनेवालों के सामने पैसों का ढ़ेर है। उनमें से दस रुपये ले कर भाग जायें तो ? वहाँ बैठे लोगों के लिए दस रुपये कुछ भी नहीं है। ख़ास कर रंगारेड्डी पैसों को पानी की तरह बहाता है। श्रीशैलम रंगारेड्डी का विश्वासपात्र सेवक है। होस्टल में और इस कैंपस में उनका रोब बहुत चलता है। साहस और धन — दोनों बल उनके पास भरपूर हैं। सागर भी रेड्डी को बहुत चाहता है। वह दिलो दिमाग से विश्वास करता है कि रेड्डी जैसे लोगों को साथी बना कर ही वह इस दुनिया में बिना किसी तकलीफ के जी सकता है। ''कम ऑन, आ जाइये।'' कहते हुए अपनी कुर्सी से उठ कर पलंग पर बैठ गया....मैं और वेणु बैठ गये।

''क्यों वेणु, क्या समाचार हैं ?'' — रेड्डी।

''समाचार हमारे पास क्या होते हैं....आप जैसे बड़े लोगों के पास होंगे....।'' — वेणु।

''हाँ, भूल ही गया रवि का नाम तो नोटिस बोर्ड पर चढ़ गया।'' बड़े शान से ताश के पत्ते मिलाते हुए श्रीशैलम ने कहा।

''क्यों ?'' सागर और वेणु दोनों के मुँह से एक ही समय वह प्रश्न फूट पड़ा। हाँ, ''क्यों ? मेरा नाम नोटिस बोर्ड पर क्यों है ?''

''क्यों भाई श्रीशैलम ! क्या रवि को स्पेशल प्राइज या स्कालरशिप या ऐसे ही कुछ....'' रेड्डी कहने लगा। ....रेड्डी की आवाज़ में कितना तीखा व्यंग्य ! ....बिच्छू के डंक के समान मन को चुभ गया।

''स्पेशल ईनाम, स्कालरशिप वगैरह हम तक क्यों पहुँचेगे ?'' वेणु ने भी उसी तीखेपन से उत्तर दिया।

''क्या मतलब है आपका....?'' रेड्डी।

''मतलब की कोई बात नहीं....स्पेशल ईनाम पाने के लिए बहुत चालें चलनी पड़ती हैं। चालबाजी करने लायक अकल या पहुँच हमारे पास नहीं है। आखिर रवि का नाम नोटिस बोर्ड पर क्यों रखा गया है, आपने अब तक बताया नहीं है।'' — वेणु।

''तीन महीने से मेस बिल नहीं भरा है। एक हफ्ते का समय दिया गया है, तब भी न भरे तो होस्टल का कमरा भी खाली करना पड़ेगा। ऐडमिट कार्ड भी नहीं मिलेगा।'' — श्रीशैलम।

"ओ....रवि ! बहुत बड़ी मुसीबत में पड़ गये हो। क्या करोगे अब ?" ....वही व्यंग्य....वही....रेड्डी की आवाज़ में।

"कुछ तो करूँगा। इम्तिहान नहीं दूँगा। लेकिन आप लोगों की हमदर्दी की कोई जरूरत नहीं है...." मैंने कहा।

"अरे आप जैसे होनहार विद्यार्थी....इम्तिहान न दे तो....भविष्य में नेहरू के स्तर के एक विद्यार्थी से यह यूनिवर्सिटी हाथ धो बैठेगी।" रेड्डी।

"मिस्टर रेड्डी ! स्टाप इट ! ....मैं ब्रिलियंट स्टूडेंट हूँ, ऐसा मैंने कभी नहीं कहा। आपकी प्रशंसा की कोई जरूरत नहीं है।" — मैंने कहा।

"कोई भी ब्रिलियंट स्टूडेंट अपने को ब्रिलियंट नहीं कहता। आप ब्रिलियंट हैं। यह बात मैं अच्छी तरह जानता हूँ। आप से एक दो बार किसी बात पर चर्चा भी हुई थी। वजह कुछ भी हो, आप इम्तिहान नहीं दे पायें तो मुझे बहुत अफसोस होगा।" कहते हुए....छिः छिः बेकार के पत्ते आये। यह खेल मैं नहीं खेलूँगा। खीज के साथ ताश के पत्ते मेज पर पटक कर रेड्डी ने कहा।

"तुम क्यों दुःखी हो रहे हो ? इस कामरेड के दुःख को न तुम हटा सकते हो और न ही मिटा सकते हो ! तुम चाहे जितना भी दर्द महसूस करो, लेकिन तुम्हारे आँसू मगरमच्छ के आँसू ही बन कर रह जायेंगे।" श्रीशैलम ने ताश के पत्तों को एक क्रम में रखते हुए कहा।

"क्या कहते हो ? क्या मैं उसके दुःख दर्द को हटा-मिटा नहीं सकता हूँ ? अरे, एक बार रवि पूछ कर तो देख ले, फिर देखना इसी पल मेस बिल के पूरे पैसे भरने का इंतजाम कैसे करूँगा....क्यों रवि ?" — रेड्डी।

'ये लोग मुझे खरीदने की कोशिश कर रहे हैं। इनकी चाल से मैं वाकिफ़ हूँ। उनके खिलाफ आवाज़ उठाने वालों को ये लोग या तो बहला-फुसला कर अपने रास्ते पर लायेंगे या डरा-धमका कर। अपने ग्रुप में शामिल कराने के लिए ये लोग कितनी चालें चल सकते हैं, मैं खूब जानता हूँ।'

"मैं भी नहीं खेलूँगा।" — ताश के पत्ते फैंकते हुए श्रीशैलम ने भी कहा।

"यूँ ही मजाक कर रहे हो न क्यों ? सचमुच रवि का मेसबिल भरोगे ? तीन सौ तक होगा। "कम आन" रवि की तरफ से मैं पूछ रहा हूँ। जब रवि के पैसे आयेंगे, तब वह तुम्हारे पैसे लौटा देगा। देखें, तुम अपना वादा कहाँ तक निभाते हो।" सागर ने कहा।

"लो, कल ही मुझे मनीआर्डर मिला है। ऐसे ही ताश खेलता बैठूँ तो कुछ ही देर में इन पैसों से भी हाथ धो बैठूँगा। लो, ये पैसे !" रेड्डी जेब से तीन सौ रुपयों के नोट निकाल कर देने लगा।

सागर ने अपना हाथ बढ़ाया....सब कुछ धोखा....फरेब....अपने ही आँखों के सामने वे मुझे खरीद रहे हैं। मुझे बाज़ार में खड़ा कर नीलाम कर रहे हैं। मेरी कीमत है, 'तीन सौ'। मैं इस कदर तक गिर गया ?

"ठहरना सागर ! मेरी तरफ से पैसे लेने का हक तुम्हें किसने दिया ? किसी के भीख के टुकड़ों पर मैं नहीं पलता। मुझे ये पैसे नहीं चाहिए।" — रवि।

"आखिर मुझे जो कुछ कहना था, मैंने कह दिया। फ़िक की कोई बात नहीं। उनके ढोंगेपन को मैं ठुकरा पाया। मेरे अंदर अभी भी आत्म-विश्वास है। थोड़े बहुत नैतिक मूल्य अब भी अपने में बाकी हैं। आदर्शों को बेचने की नौबत अभी नहीं आयी।"

"देखो सागर....मैं पहले से ही जानता हूँ....रवि मेरी मदद कभी कबूल नहीं करेगा। चाहे जितनी भी मुसीबतें आकर उसे घेर क्यों न ले, फिर भी दूसरों की सहायता लेने से इन्कार करनेवाले उसके व्यक्तित्व को मैं हार्दिक बधाइयाँ देता हूँ....रेड्डी ने चालाकी से नोटों को अपनी जेब में रखते हुए कहा।"

"रेड्डी, सचमुच बड़ा राजनीतिज्ञ है। समय के अनुसार जो अपने विचार नहीं बदलता, वह 'पोलिटीशियन' नहीं बन सकता....माइ डियर शेक्सपियर....।"

"नेहरुजी ने 18 साल इस देश का पालन किया है। फिर भी रवि जैसे विद्यार्थियों के कष्ट दूर ही नहीं हुए...." फिर से रेड्डी।

रेड्डी जब भी मुझे या वेणु को देखता है तो किसी न किसी बहाने नेहरु को कोसने लगता है। वही चालाकी आज भी दिखा रहा है। हम दोनों से बहस करने के लिये उसे बस, बहाना चाहिए।

"18 साल उसने देश का पालन नहीं किया। इस देश को 18 साल लूटता रहा, सब कुछ सत्यानाश कर गया। वह दूसरा 'गजनी मुहम्मद' निकला। कहा जाता है गजनी मुहम्मद ने इस देश पर 18 बार धावा बोला था। नेहरु ने भी 18 साल इस देश का शासन किया है। दोनों ही एक ही जैसे है....एक ही सिक्के के दो पहलू हैं।" — श्रीशैलम।

"वाह ! बहुत खूब ! हमारा श्रीशैलम इतिहास भी जानता है। लेकिन आश्चर्य की बात यही है कि रवि जैसे लोगों के मन से नेहरु के प्रति भक्ति, रत्ती भर भी नहीं घटी। चाहे दुनिया भर में कितने ही परिवर्तन क्यों न आये फिर भी नेहरु के प्रति इनके मन में वही अंधाधुंध भक्ति। जब तक इस देश का नागरिक यह नहीं जानता कि नेहरु के 18 साल के शासन से देश को किस कदर नुकसान पहुँचा है, तब तक इस देश की प्रगति नहीं होगी।" — रेड्डी।

मुझे ऐसा लगा कि बैल रंभाते हुए लड़ाई का आह्वान कर रहा है। मुर्गा अपने पंखों को फड़फड़ाकर बाँग दे रहा है। युद्ध के मैदान में कूदें कि भाग चलें ? नेहरु तो मेरे मन का हीरो है। मैं अपने दिलो दिमाग से स्वीकार कर चुका हूँ कि नेहरु जी की प्रणालियाँ उदात्त हैं, जनता के लिए उपयुक्त हैं। उन प्रणालियों के बारे में मैंने अपने मित्रों से बहुत कुछ बहस की और उन्हें मनाया भी। नेहरु का कोई भी अपमान करे तो मुझे लगता है वे मेरा ही अपमान कर रहे हैं।

कोई मजाक के लिए भी सही, नेहरुजी के बारे में कुछ भला बुरा कहे तो मैं सहन नहीं कर सकता। मेरी इस कमजोरी को जानते हुए भी जानबूझ कर इन लोगों ने नेहरु की ऐसी बेइज्जती की कि आँखों में आसूँ आ गये। सचमुच मैं रो पड़ा। जाने क्यों नेहरु के प्रति एक प्रकार की निष्ठा और श्रद्धा मेरे दिल में है। रेड्डी और श्रीशैलम बस, 'कोरे फानेटिक्स' हैं। इनसे बहस करना बेकार है....इस कारण यहाँ से निकल जाना ही ठीक है। "कैसे मानेंगे....अभी भी तो इस देश पर उनके ही वंशजों का पालन है। ....नेहरु प्रथम का पालन हो गया है। अब नेहरु द्वितीय का पालन चालू है। जानते हो बाद में प्रधानमंत्री कौन बनेगा, नेहरु तृतीय का पालन याने राजीव गाँधी नेहरु !" — श्रीशैलम।

"हम जानते हैं, आप दोनों नेहरु आलोचना क्यों करते हैं ? आप जो कुछ कहना चाहते हैं, उसका पूरा सारांश दो श्ब्दों में बोलूँ एक तो यह है कि नेहरु के प्रति रेड्डी के मन में इसलिए शत्रुता है कि उसने देश को धनिक वर्गों के हाथों क्यों नहीं सौंपा था और दूसरा श्रीशैलम के मन में इसलिए नेहरु के प्रति द्वेष है कि देश में सरकारी तौर पर हिन्दू धर्म को ही राष्ट्रीय धर्म का स्तर न देकर सभी धर्मों का आदर क्यों किया ? — इसी कारण नेहरु के बारे में हर वक्त भला बुरा कहते रहते हैं।" — वेणु।

"वेणु रणभूमि में कूद पड़ा। प्रतिवाद की शुरुआत हो चुकी। बस, अब तो आगे बढ़ना ही है...."नान्सेन्स" इस बात में मुझे क्या तकलीफ हो सकती है कि धनिक वर्ग के हाथों इस देश को सौंपा था या नहीं, मुझे क्या फायदा होनेवाला है ? ठीक है....आपके मुताबिक उस गरीब वर्ग का ही आखिर नेहरु ने क्या उद्धार किया ? 18 साल के पालन के बाद गरीब और भी गरीब बनता गया।" — रेड्डी।

"क्यों नहीं होगा ? नेहरुजी द्वारा जो भी विधान अपनाया गया, जिस किसी विधान का भी अमल हुआ, उसके खिलाफ षड़यंत्र रचने वालों की संख्या देश में जड़ से मजबूत हो गयी, तो।" मैं भी कूद पड़ा।

"तो इसका मतलब है नेहरुजी एक 'प्रशासक' के तौर पर तो पूरी तरह विफल हो गये। तुम ही तो कह रहे हो कि वे जो करना चाहते थे कर नहीं पाये। जानते हो एक अच्छे लीडर के लक्षण क्या होते हैं, जो भी काम वे करना चाहते हों तो, उन्हें पूरी शक्ति के साथ सफल कर पायें। उदाहरण के तौर पर पटेल को ही लो....इंटिग्रेशन को उन्होंने कितनी सफाई से और कितनी सफलता से, बिना किसी रोकटोक के कर डाला। क्या नेहरु अपने 18 साल के पालन में कुछ ऐसे काम एक भी कर पाये ? इस तरह गरीब देश के लिए 18 साल का नेहरु-पालन केवल 'बाइट एलिफेंट' साबित हुआ।" — रेड्डी।

"यह बिल्कुल गलत है कि नेहरु ने अपने 18 साल के पालन में कुछ भी नहीं किया....।" — रवि।

"फालतू बातें कहाँ तक करोगे ? बोलो, नेहरु द्वारा उठाया गया एक ठोस कदम, जो इस देश की प्रगति में काम आया हो....बस, एक काम का जिक्र करो....।" रेड्डी ने ललकारते स्वर में पूछा।

"यह क्या ? नेहरु द्वारा देश की प्रगति के लिए सफलतापूर्वक, निष्ठापूर्वक निभाया गया एक भी काम उसे याद नहीं आ रहा है ? कम से कम एक का जिक्र भी नहीं कर पायेगा ? कौन सा ? किस का जिक्र करूँ ? कुछ भी तो याद नहीं आ रहा है। दिल की धड़कन तेज हो गयी। खून गरम होकर तेज गति से चलने लगा। एक प्रकार की उद्विग्नता। मुँह से बात भी ठीक से नहीं निकल रही है। हड़बड़ाते हुए कहने लगा...."एक नहीं, लाख कहूँगा। हमें स्वतंत्रता हासिल करने में नेहरु का योगदान....।" मैंने कहा।

"वाह रे वाह ! स्वतंत्रता हासिल करने में नेहरु का योगदान ! ! हमें स्वतंत्रता मिली है गाँधीजी के कारण। नेहरु तो इसी ताक में रहा था कब तक आज़ादी मिलेगी और वह प्रधान मंत्री की गद्दी पर बैठ पायेगा ? इसीलिए तो देश के विभाजन के लिए भी हाँ कर गया।" — रेड्डी।

"भारतमाता दो भागों में बँट चुकी। प्रधानमंत्री बनने के बाद तो पूरे देश को मुसलमानी लोगों के हाथों सौंप दिया। काश्मीर को, यूनाइटेड नेशन्स ले जाकर उसे कभी न बुझनेवाला रावण काष्ठ बना कर छोड़ा। असल में जानते हो नेहरु को मुसलमानों के प्रति इतना प्यार क्यों है ?

"बहुत ही घटिया किस्म की बातें कर रहे हैं। असल में आपसे बातें करना हमारी बेवकूफी है।" — मैंने कहा।

मुझे कुछ सूझता ही नहीं है। मेरे अंदर की उद्विग्नता बढ़ती जा रही है। रक्तचाप बढ़ने लगा। ठीक उत्तर दे नहीं पा रहा हूँ।

कमरे में बैठे दूसरे लोग आराम से ताश खेलते जा रहे हैं। खून खौलने वाली इतनी छेड़छाड, जोरशोर की इतनी लंबी बहस लेकिन सबसे परे, एकदम दूर....अपनी एक दूसरी दुनिया में ये लोग मस्त हैं।

"नहीं, श्रीशैलम। ऐसा मत कहो। असली बात पर आ जाओ। मामले को दूसरी पटरी पर क्यों ले जा रहे हो ?" सिगरेट सुलगाते हुए रेड्डी ने कहा।

उसके स्वर में विजयगर्व झलकने लगा है। कैसे ? कैसे उसके घमंड को दबा सकता हूँ ?

"मामले को दूसरी ओर ले जाने वाले आप हैं ! मैं जो कह रहा हूँ वह आप सुनेंगे, तब न ? स्वतंत्रता आंदोलन में नेहरुजी की अहमियत के बारे में कह सकता हूँ। आप सही तौर पर बहस करना नहीं चाहते। आप लोग जो "थियोरी" पसंद करते हैं, उसी की रट लगाते फिरते हैं।" — वेणु।

"क्या हम लोग अपना मत दोहरा रहे हैं ? ठीक है, आप लोग कहिए नेहरुजी ने स्वतंत्रता आंदोलन में क्या किया ?" "श्रीशैलम ! तुम थोड़ी देर चुप हो जाओ। उनके जैसे तुम भी बहुत "इमोशनल" हो।" —रेड्डी।

"नेहरुजी से पहले यहाँ स्वतंत्रता आंदोलन का रूप या तो धर्म के नाम — या "नेरोनेशन्लिज़म" के नाम पर होता था। लेकिन नेहरुजी ने उसके दायरे को और विशाल बना कर प्रगतिवादी दृष्टि दी। इस तरह उन दिनों हर एक व्यक्ति

के मन में आज़ादी की कामना थी। आज़ादी के बाद भारत किन-किन बातों में "ब्रिटिश इंडिया" से भिन्न रहे ? इस ओर तो किसी ने सोचा भी नहीं। राजनीतिक स्वतंत्रता तो आर्थिक स्वतंत्रता पाने के लिए एक मात्र साधन है, इस तथ्य को समझ कर आगे बढ़ने वाले मुख्य नेता नेहरुजी ही हैं। नेहरुजी द्वारा प्रस्तावित इस प्रगतिवादी दृष्टिकोण के जरिये ही, हमारे स्वतंत्रता आंदोलन में, कई मेधावी और मध्य वर्ग के युवकों ने भाग लिया। यही वज़ह है कि हमारी आज़ादी की लड़ाई में एक प्रकार का संतुलन आया है। क्या हमारी आज़ादी के पीछे यह मुख्य मुद्दा नहीं है....।" — वेणु।

वेणु ने बिना किसी झिझक से ये बातें कहीं। उसके चेहरे पर न आतुरता दिखाई देती है और न ही उद्विग्नता। वेणु में और मुझ में यही तो अंतर है। मैं तो पहले से ही उद्विग्न हो जाता हूँ। ऐसी उत्तेज़ना में मैं ठीक से बोल भी नहीं पाता हूँ और सोच भी नहीं सकता। लेकिन वेणु की वजह से ज़रा अपने आप को संभालने का मौका मिला और मुझे भी बोलने के लिए कुछ बातें मिल गयी हैं।

"थियोरीस"....ओह ! "ब्यूटिफुल" ! हमें इसके पहले टोका गया है कि हम "थियरीस" की रट लगाये बैठे हैं। अब तुमने एक सुंदर थियोरी सामने रखी। हमने आज़ादी पाई है इसका प्रमुख कारण गाँधीजी का नेतृत्व है न कि नेहरु का या नेहरु के प्रगतिवादी दृष्टिकोण का। अगर ऐसी बात सभी के सामने कहोगे तो सभी लोग तुम्हारी खिल्ली उड़ायेंगे। अगर नेहरु ने कुछ किया है तो केवल शुद्ध अंग्रेजी में लिखे गये उनके "रिजोल्यूशन्स" हैं, बस। उससे बढ़कर उन्होंने कुछ नहीं किया।" — रेड्डी।

"अब कहिएगा। नेहरुजी द्वारा अमल में लाये गये महान प्रणालियों का चिट्ठा ! पहली तो हवा में उड़ गई।" — श्रीशैलम।

"आप कह सकते हैं कि हवा में उड़ गया, लेकिन आज़ादी की लड़ाई में नेहरु का असाधारण योगदान रहा है, इससे तो सभी सहमत होंगे।" — वेणु।

"हाँ, हम भी मानते हैं कि आज़ादी की लड़ाई में उनकी मेहनत है, लेकिन यह उनकी व्यक्तिगत विजय तो नहीं है न ! पटेल के नाम पर राज्यों की विलीनता है लेकिन इनकी ऐसी व्यक्तिगत विजय तो एक भी नहीं है।" — रेड्डी।

"ठीक है, जाने दो। आज़ादी के बाद भारत के अस्तित्व को दुनिया के सामने रखने वाले नेहरु ही तो हैं। भारत की महत्ता को अंतर्राष्ट्रीय संस्थाओं में सम्मान दिलाने वाले नेहरु ही तो हैं। जब दुनिया दो गुटों में बँट चुकी, और सर्वत्र भीषण संग्राम के बादल छाये हुए थे, तब भारत को गुट-निरपेक्ष बना कर, अपनी इस 'नान एलाइनमेंट पालिसी' के सहारे उन दो गुटों में भी आपसी मेल कराने का प्रयास नेहरु ने ही तो किया है। यही कारण है कि दुनिया में उन परिस्थितियों में जो युद्ध का माहौल रहा था, उसकी जगह शांति और सद्भावना छा गयी। यह नेहरु के द्वारा अर्जित विजयों में एक नहीं है क्या ?" — मैंने कहा।

अपनी सारी शक्ति लगा कर मैंने ये बातें कहीं....।

"क्या 'नान एलाइनमेंट पालिसी' नेहरुजी का महत्तर साफल्य है ? मुझ से कोई पूछे तो यही कहूँगा कि यही उनकी सबसे बड़ी विफलता है। 'नान एलाइनमेंट' नाम से उन्होंने 'ब्लडी' चीन से दोस्ती की। देश के नेताओं ने उन्हें चेतावनी दी कि क्यूनिस्ट चीन से दोस्ती न करें। लेकिन उन्होंने अनसुनी कर दी। सन् 1956 में जब चीन ने भारत पर कब्जा पाने की कोशिश की तब भी आप के नेहरु और कृष्णा मेनन जैसे बड़े लोग "हिन्दू-चीनी भाई भाई" का नारा लगाते हुए करोड़ों भारतीयों को धोखा देते गये। 'इट ईज नथिंग बट हाइट्रीशन'। भारतवासी होने के कारण बच गये, दूसरे किसी भी देश में इस "क्राइम" के लिए उन्हें फाँसी की सज़ा दी जाती।" — रेड्डी।

"कोल्ड ब्लडैड रेड्डी ! सिनिस्टर एण्ड वेनिमस रेड्डी !" बस, सोचता है उसके मत को कोई टालने वाले नहीं हैं। रेड्डी जानता है कि 'चायनीस अग्रेशन' के साथ देशभक्ति का रंग जोड़ कर सब का मुँह बंद करवा सकता है। अब उसे कौन सी बात कहनी होगी ? जिस विषय को महान सफलता कह कर उसने उसके सामने खड़ा किया, उसी को रेड्डी ने घोर पराजय के रूप में सिद्ध किया।

वे सोचते हैं कि इस देश में रंगारेड्डी और श्रीशैलम के अलावा और कोई देशभक्त हैं ही नहीं। देशभक्त क्या ऐसे होते हैं ? देशभक्ति निश्चय ही ऐसी चीज़ नहीं है जो उनकी जेबों में है ! नेहरु और मेनन ने "ट्रीजन" का समर्थन किया ? "ट्राश"। उन्होंने सोचा होगा कि पड़ोसी देशों से भारत जैसे गरीब देश के लिये दोस्ती की बड़ी आवश्यकता है। नेहरु ने सोचा कि स्वतंत्रता के बाद आर्थिक रूप से देश को प्रगति पथ में ले जा सकेंगे। इसके लिये उन्होंने शांति की आवश्यकता महसूस की। अगर ऐसा सोचा न होता और किसी और ने युद्ध के लिये ललकार

दिया होता तो अब तक हमारी सारी राष्ट्रीय संपत्ति, और सब कुछ उस युद्ध के साथ ही खो चुके होते। इसी कारण से नेहरु ने शांति की इतनी अधिक कामना की है और तो और चीन तो हमारा पड़ौसी देश है। अगर उस देश से ही युद्ध मोल ले तो इसका मतलब महायुद्ध का आह्वान करना ही है। तिस पर चीन भी एशियाई देश है। चीन की और हमारी समस्यायें काफी मिलती जुलती हैं। दोनों देश दोस्ती के सूत्र में बँध जायें तो एशियायी महाद्वीप में शांति कायम रहती। उन दिनों चीन ने भी हमसे दोस्ती की कामना की थी। ऐसे समय दोस्ती का हाथ न बढ़ाना केवल इसी कारण से कि उस देश पर ''कम्यूनिस्ट देश'' का मोहर लगा है और दुश्मनी मोल लेकर युद्ध को निमंत्रण देना यह कोई ''स्टेट्समैन'' का लक्षण नहीं है। इसीलिए नेहरु ने चीन से दोस्ती की।'' — वेणु।

''चीन ने हमारे साथ सच्ची दोस्ती निभानी चाही, यह तो कोई नहीं मानता। एक 'ब्लडी' कम्यूनिस्ट देश साफ दिल से दोस्ती का हाथ कभी नहीं बढ़ाता। अगर ऐसी चाह है तो समझ लेना चाहिये कि वह पीठ पीछे छुरा भोंकने वाला है। नेहरुजी इस बात को समझ न सके। यह उनकी एक निरी नादानी है इसे मैं मान सकता हूँ। लेकिन ऐसे नादान व्यक्ति के हाथों इतना ऊँचा पद देकर और उससे भी बढ़कर जनता की सुरक्षा संबंधी विशेष अधिकार देना एकदम अनुचित है।

वह नेता, जो 50 करोड़ जनता के भाग्य का विधाता है, देश को शत्रुओं के हवाले कर रहा है, उस समय अगर पाश्चात्य लोगों की मदद हमें न मिली होती तो शायद अब तक ''माओ'' के आगमन के साथ लाल रंग का झंडा, लाल किले पर फहरा रहा होता। आपके सुंदरय्या और बसव पुन्नय्या आदि सभी लोग उनकी पाद पूजा करके उस पवित्र जल को सिर पर छिड़कते रहते।'' रेड्डी ने गुस्से से सिगरेट को फर्श पर डाल कर मसलते हुए कहा।

''वाह रे वाह ! यह है नेहरुजी की दूसरी कामयाबी। और कहिए, तीसरी क्या है।'' — श्रीशैलम।

हारते जा रहे हैं। वेणु भी कुछ बोल नहीं रहा है। इतने दिनों तक दिलोजान से जिन तथ्यों पर विश्वास करते आये जिन विधानों को अपने रग रग में प्रवाहित किया, उन पर श्रीशैलम निर्मम प्रहार कर रहा है, फिर भी लाचारी की स्थिति में मुझे चुप्पी साधनी पड़ रही है। क्या हार मान जायें ? जिन सिद्धांतों पर अब तक विश्वास करता आया है क्या वे हार गये ? नेहरु की हत्या मेरे ही आँखों के सामने कर रहे हैं, और मैं कुछ भी नहीं कर पा रहा हूँ ! !

"भविष्य में घटने वाली घटनाओं का अंदाजा किसी को नहीं रहता, भाई, उन दिनों चीन से दोस्ती करना ही उन्होंने उचित समझा।" वेणु ने "डिफेन्स" का साथ लेते हुए कहा।

"यह नामुमकिन है। 'ब्लडी' कम्यूनिस्टों के साथ दोस्ती एकदम असंभव है। ये लोग क्या कम्यूनिस्टों के "सिद्धांत" नहीं जानते ? सारी दुनिया को ये लोग हड़पना चाहते हैं। चीनी लोगों ने हमसे थोड़ी देर दोस्ती निभायी भी है तो केवल इसी विचार को लेकर भाई ! छोटे से छोटा बच्चा भी इस बात को समझ सकता है।" — रेड्डी।

"आइ हेट दिस एन्टी कम्यूनिस्टिक ओब्जरवेशन। लगता है आपकी नजरों में कम्यूनिस्टों की कोई अहमियत नहीं है ?" — मैंने कहा।

"क्या कम्यूनिस्ट मानव होते हैं ? आप कितने भोले भाले हैं, सर ! ये खून के प्यासे होते हैं। उन्हें आप आदमी समझते हैं ? बदमाश हैं, उन्हें तो जिंदा गाड़ देना चाहिए। इंडोनेशिया में जनरल सुहार्तो ने बहुत अच्छा काम किया। बस, इस देश के लिए भी ऐसे ही लोगों की जरूरत है। तभी देश प्रगति करेगा।" — रेड्डी।

"हाँ ! कम्यूनिस्ट नर रूप राक्षस हैं। लेकिन पूँजीपति लोग, जो लाखों गरीबों का खून दिन रात जोंकों की तरह चूसते हैं, जो उन्हें न जीने देते हैं, और न मरने देते और सरकार भी हो तो ऐसी कि उनके हाथों में कठपुतली बनकर, उनकी हाँ में हाँ मिलाकर, उनके कुकर्मों में साथ देकर....! आपकी नज़रों में ऐसे पूँजीपति, देवता समान हैं। आपकी नज़रों में वे पाश्चात्य अभिजात्य लोग महान हैं, जो अफ्रीका देश की कई पीढ़ियों को लूट कर अपने देश में प्रगति का नाम देकर धनवान बनते जा रहे हैं।" — मैंने कहा।

"शायद यह कोई 18वीं सदी की थियोरी है कि गरीबों के खून चूसने वालों को पूँजीपति कहते हैं। अमेरिका जाकर देख आइये ! आजकल के साधारण अमेरिकी मजदूर भी रूस के मजदूर से बेहतर जीवन जी रहे हैं। यही नहीं, बल्कि आजकल के गरीब देशों की प्रगति के लिए जितनी सहायता अमेरिका कर रहा है, उतना कोई अन्य देश नहीं। हमारे देश को ही लो ! अगर समय पर अमेरिका से पी०एल० 480 अनाज न मिलता तो हमारे देश के लाखों लोग भूख से तड़प-तड़प कर मर गये होते।" — रेड्डी।

"ओह ! कितनी दया है इन गरीबों पर ! भूख से तड़पने वाले कहीं कम्यूनिस्ट

न बन जायें इसी डर से यह अनाज़, पी०एल० 480 दिया जा रहा है। हमारे पास जो अनाज है, उसकी हमारी सरकार ठीक तरह से बँटवारा कर पाती तो बाहरी देश का मुँह न ताकना पड़ता। लेकिन सरकार अपना जिम्मा ठीक-ठीक नहीं निभाती है। तभी तो पी०एल० 480 पर इतनी आधारित है। अगर बाँटने का पूरा काम सरकार अपने हाथों में ले ले तो आज भूख एक भीषण समस्या बनकर सामने ही न आती।" — वेणु।

"यह आपकी और एक लुभावने वाली थियोरी है। हर सिद्धांत का आचरण आप लोग चाहते हैं, सरकार ही करे। सरकार के हाथों जो भी काम हैं उनकी क्या दशा हो रही है, उसे आप लोग नहीं जानते। बस, 'सार्वजनिक क्षेत्र' के 'प्रोजेक्ट' को ही देखें तो पता चलेगा उनकी स्थिति कैसी बदतर है। कितने करोड़ों रुपये उन पर खर्च किये गये क्या ? ऐसी बातों में नेहरु ने, बच्चों जैसी हरकतें नहीं कीं ? क्या उसने गुडियों का खेल समझ रखा है ? क्या हुआ आखिर ? कल-परसों तो उन्हें बंद करना ही पड़ेगा। उस पर खर्च किया गया धन आया कहाँ से आखिर ? ये भिलाई, बोकारो, सारे 'वाइट एलिफेंट्स' हैं न ? इनसे वसूल करते हैं। मेरी मानों तो सारे देश में इन 'पब्लिक सेक्टरों' को रद्द कर देना...." रेड्डी ने बात पूरी नहीं की। "हाँ, टाटा और बिरला के हाथों सौंप देना चाहिए। वे सारे देश को सशक्त बनायेंगे। प्रेसिडेंट जानसन टनों का अनाज़ भिजवायेगा। मसानी, महाराज ऑफ बरोडा, इस देश के समाजवाद की रक्षा करते रहेंगे। और नहीं तो आपका जानसन साम्यवाद की सुरक्षा की जिम्मेदारी किसी जी०एन० चौधरी के हाथों सौंप देगा। तब यह देश स्वर्गतुल्य बनेगा। आपका राजाजी "स्वराज्य" पत्रिका में लेख लिखेंगे कि यही राम-राज्य है।" — वेणु।

"हूँ ! राम-राज्य ! पत्रिका में एक लेख लिखेंगे ! भूख, गरीबी का विकराल नृत्य यहाँ हरदम होता रहता है। गरीबों का खून, पसीना नालों में बहते रहते हैं। यही है न राम-राज्य ! ! किसी ने अन्याय के विरुद्ध अपनी आवाज़ बुलंद कर दी तो उसके सीने में गोली जा बसेगी। अराजकतावाद का पैशाचिक नृत्य होगा।"— मैंने कहा।

"वाह ! मुझे नहीं मालूम कि आप में कविता करने की शक्ति है। आपने भी कोई 'महाप्रस्थान'* काव्य अब तक लिखा होता तो....रूसी लोग आपको भी 10 हजार फ्रांक प्रदान करते।" — रेड्डी ने विषैली हँसी के साथ व्यंग्य किया।

* महाप्रस्थान — तेलुगु के महाकवि श्रीरंगम श्रीनिवास द्वारा रचित प्रगतिवादी महान काव्य।

"हर किसी काम को पैसे और फायदे की नज़रिये से देखना — यह आपकी आदत है। आप का सोचना है कि हर चीज़ पैसों से खरीदी जा सकती है। डालरों के जरिये अमेरिका, वियतनाम को खरीदने की कोशिश कर रहा है — लेकिन यह जान लेना चाहिए कि दुनिया की हर चीज़ पैसों से खरीदी नहीं जा सकती है।" — वेणु।

"अरे, ये ब्लडी कम्यूनिस्टों का दुष्प्रचार है कि अमेरिका अपने डालरों से गरीब देशों को खरीदने की कोशिश करता है — अरे, साम्यवादी देशों को इन कम्यूनिस्टों के लोहो की जंजीरों से बचाना ही अमेरिका का प्रधान लक्ष्य है। इसके अलावा और कोई उद्देश्य नहीं है।" — रेड्डी।

"लेकिन अमेरिका को ऐसा करने का अधिकार आखिर किसने दिया है ? एक देश की प्रजा साम्यवादी बनना चाहती है, उसे नकारने का अधिकार दुनिया में किसी भी देश को नहीं है।" — मैंने कहा।

"दुनिया में कोई भी देश अपने आप कम्यूनिस्ट बनना स्वीकार ही नहीं करता। कम्यूनिज्म तो असल में मानव प्रकृति का विरोधी तत्व है। जबरदस्ती किसी पर कुछ थोपा जाये तो ही कम्यूनिज्म आ सकता है, वरना नहीं। किसी देश की प्रजा को इस प्रकार ज़बरन कम्यूनिज्म की ओर जाने से रोकने का प्रयास अमेरिका देश कर रहा है।" — रेड्डी।

"हाँ ! लुमुंबा को भी केवल उसकी रक्षा के लिए....! क्यूबा और डोमिनिकन रिपब्लिक में सेना को भेजा है, शायद प्रजा की रक्षा के लिए....! पाकिस्तान को पेटन टैंक देकर, सेवर जेट हवाई जहाजों को देकर भारत पर हमला करवाने के पीछे भी प्रजा की रक्षा ही निहित है....! आजकल वियतनाम में जो भीषण युद्ध अमेरिका के कारण चल रहा है, वह भी प्रजा की रक्षा के लिए है न ! शायद नाजिस ने भी कभी जिन पाशविक शस्त्रों का उपयोग नहीं किया था, आज अमेरिका, वियतनाम पर ऐसे शस्त्रों से प्रहार कर रहा है। इसी सोच को लेकर कि अपने बल बूते पर वियतनाम की प्रजा की स्वतंत्राकांक्षा को दबा पायेगा। लेकिन वियतनाम के गोरिल्ला, अमेरिकन के करोड़ों डालरों का नाश करता जा रहा है। संपूर्ण आफ्रीका, एशियायी देशों की करोड़ों गरीब प्रजा के आँसुओं को प्रतिबिंबित करता हुआ आज वियतनाम का गोरिल्ला युद्ध चल रहा है। गरीब और अमीर के बीच सदियों से चलने वाली लड़ाई का यह चरमांक है। आज वियतनाम में चलने वाला यह युद्ध....स्वतंत्रता की आकांक्षा और साम्राज्यवाद के बीच चलने

वाले युद्ध की पताकावस्था है। ज़ाहिर है आखिर स्वतंत्राकांक्षा की ही जीत होगी। अगर एक वियतनाम की मृत्यु हो भी जाये तो उसकी एक रक्त की बिंदु से दुनिया भर में हजारों वियतनाम के गोरिल्ला जन्म लेंगे। आप के अमेरिकन डालर्स इस महान प्रवाह को रोक नहीं पायेंगे।" — मैंने कहा।

जोश में आकर न जाने मैं क्या-क्या बोलता गया। मैं यह भी जान नहीं पा रहा था कि आखिर मेरे सामने कौन हैं ? मेरी बातें कोई सुन भी रहे हैं या नहीं, मैं उद्विग्नता का प्रतिरूप बन गया था। अब मैं केवल एक निस्सहाय आदमी नहीं हूँ, बल्कि हजारों दमित, प्रताड़ित जनता के अंदर प्रज्जवलित ज्वाला का प्रतिनिधि हूँ। मैं एक इन्सान भी हूँ और नहीं भी। एक उद्वेग का प्रवाह रहा, जो बाढ़ जैसे मेरे अंदर प्रवाहमान था।

"कोरे कम्यूनिस्ट,...."हार्टकोर कम्यूनिस्ट" की तरह बोल रहे हो....।" रेड्डी ने कहा।

"क्या कह रहे हो ? कम्यूनिस्ट की भाँति बोलना क्या है ? ये दोनों तो हमारे होस्टल के "माओ" के ऐजेंट्स हैं। हमारे होस्टल में रेड गार्ड्स को तैयार करने का इनका इरादा है। अगर हम लोग होस्टल में न रहे होते तो अब तक हमारे होस्टल के ऊपर लाल झंडा फहराया गया होता।" — श्रीशैलम।

"हाँ, यह आपकी बनी बनायी बातों का समर्थन है। मैं यही देख रहा था कि कब आपके मुँह से यह बात निकलती है। सच्चाई पर जोर देकर बोलने वाले आपकी दृष्टि में या तो कम्यूनिस्ट हैं, या माओ के एजेंट। "माओ" का नाम तो आप के लिए श्रीराम कवच सा बन गया। जो आपकी बातों का समर्थन नहीं करता, उसे 'माओ' का प्रतिनिधि कर खुद को देशभक्त होने का ढोंग रचाते हैं। वास्तव में "माओ" ही आपकी मदद कर रहा है।" — वेणु।

"क्या आप लोग थोड़े बहुत पैसे वालों को, अच्छी खासी आमदनी के लोगों को 'पूँजीवादी' नहीं कह रहे हैं ? असल में आप कम्यूनिज्म इसलिये पंसद करते हैं क्योंकि आप के पास पैसे नहीं हैं। पैसे वालों के प्रति आपके मन में ईर्ष्या की भावना है। अगर आप लोगों के हाथ दस-दस हज़ार रुपये दे दो तो क्या आप ऐसी बातें करेंगे ?" — रेड्डी।

"इस बात का उत्तर पहले भी दे चुके हैं। आप हर काम को पैसों की तराजू में तोलते हैं। पैसों के खातिर घटिया से घटिया काम भी करने को तैयार हो जाते

हैं। पैसे फैंकते हैं, एक वर्ग को शक्तिशाली बनाते हैं। विद्यार्थी नेता बन कर घूमते रहते हैं। आपका यही शौक है ?" — वेणु।

"मिस्टर वेणु ! बातें ज़रा संभल कर करना ! आप कहना क्या चाहते हैं ? — पैसे देकर मैं विद्यार्थियों का नेता बन गया ?" — रेड्डी।

"यह आपके बारे में नहीं कह रहा हूँ कैंपस के दूसरे मामलों को भी दृष्टि में रखकर मैंने यह बात कही है। इस कैंपस में ऐसे नेता बहुत हैं।" —वेणु।

"मुझे मालूम है। आपने किस दृष्टि में रख कर कहा। मैं जानता हूँ कि इससे पहले भी आपने ऐसी बातें की हैं। इस होस्टल में आप रहना नहीं चाहते क्या ?" रेड्डी ने गुस्से से कहा।

"क्यों ? पिटवायेंगे ?" मैंने भी तीखे स्वर में कहा।

"यह क्या ? देखते ही देखते बात यहाँ तक आ गयी ? प्लीज़, सँभल जाओ, आप लोग !" — सागर ने ताश के पत्ते नीचे फैंक कर कहा।

"हाँ ! इस होस्टल में, पूरे कॉलेज के कैंपस में उन्हीं का तो शासन चल रहा है। हमें पिटवाना उनके लिए मानों बायें हाथ का खेल है।" — वेणु।

"हाँ ! आप जैसे घमंडी लोगों के साथ ऐसा भी होता है। हड्डी पसली एक न करें तो दिमाग ठिकाने नहीं आएगा।" — श्रीशैलम।

"हाँ, हाँ ! मारो ! आप के पास बर्बर, जंगली ताकत जो है ! पैसों की खातिर आपके पीछे-पीछे दुम हिलाते चलने वाले कुत्ते जो हैं !" — मैंने कहा।

"क्या बकता है रे, हम कुत्ते हैं ? तुम्हारा खून पी जाऊँगा।" श्रीशैलम का चेहरा तमतमा हो उठा। होंठ फड़फड़ा रहे थे। वह मेरे ही पास आ रहा है। मुझे अब क्या करना होगा ? कुछ सूझ नहीं रहा है। सब कुछ पलक झपकते हो गया ! श्रीशैलम को सागर रोक रहा है।

"अरे श्रीशैलम ! चुप भी हो जाओ !" अगर वे कुत्तों का सा बर्ताव करें तो क्या हम भी कुत्तों का सा बर्ताव करेंगे ? चुप हो जाओ।" — रेड्डी।

"प्लीज़ ! वेणु, रवि आप यहाँ से चले जाइये !" सागर कहने लगा। मैं और वेणु, उठ कर खड़े हुए। कमरे से बाहर आ गये।

"क्या हम कुत्ते हैं ? बदमाश ! सुबह होने के पहले ही हड्डी पसली एक कर दूँगा।"— श्रीशैलम अंदर चिल्लाने लगा। मुझे आखिर क्या हुआ, खुद को ही नहीं मालूम।

"शायद हमने ही बेवकूफी की है। हमें उनसे बहस करनी ही नहीं चाहिए थी।" — वेणु।

"हाँ ! ठीक है, लेकिन हम जब भी मिलते हैं, कुछ न कुछ बकता ही रहता है। अब क्या होगा !" — मैंने कहा।

"होना क्या है ? हमें पिटवाने के कार्यक्रम में लगा रहेगा। श्रीशैलम को जानते नहीं क्या ? रेड्डी अगर चुप हो भी जायें तो भी वह चुप रहने वाला नहीं है।" — वेणु।

"फिर हमें क्या करना होगा ?" — मैंने कहा।

"करना क्या है ? हमारे पास भी उनकी तरह गुंडे होते तो हम भी उनका मुहँतोड़ जवाब देते। अब तो पिटवाना ही बाकी है।" वेणु ने निर्विचार भाव से कहा।

"तो हम कुछ नहीं कर सकते ? मेरे मन में अभी से अज्ञात भय शुरु हो गया।"

"वेणु !" पुकार सुनकर दोनों ने पीछे की तरफ देखा। सागर दौड़-दौड़ कर हाँफते हुए पास आया।

"मुझे माफ कर देना भाई ! मेरे कमरे में आकर आपने फिजूल का झगड़ा मोल लिया।" सागर।

"क्या बात है ? आज सभी ने तुम्हारे कमरे को अड्डा बनाया ?" — वेणु।

"कभी कभार ऐसे आते ही रहते हैं। फिर भी उनके मुँह आप क्यों लगते हैं, भाई ! उनके बारे में आप जानते नहीं क्या ? असल में आप दोनों से उनको जलन है। किसी न किसी तरह आप को नीचा दिखाना चाहते हैं। ठीक है, जो हुआ, सो हुआ। लेकिन अगर आप केवल माफ़ी माँग लें, तो कोई झगड़ा नहीं होगा।" — सागर।

"तो तुम चाहते हों हम जाकर उनसे माफी माँग लें ? बस, यही न ?" — वेणु।

"चाहे वे हमें मार ही क्यों न डालें, हमारे मुँह से माफी माँगने का सवाल ही पैदा नहीं होता। हमने कोई गलती नहीं की।" — मैंने कहा।

"अरे, माफी-वाफी कुछ नहीं यार ! हम दिन भर कितनी बार 'सॉरी' नहीं

कहते ! तुम्हीं बोलो ! बस, इसी तरह एक बार 'सॉरी' कह दो तो मामला ख़तम। क्यों बात का बतंगड़ बनाते हो ?" — सागर।

"सागर, देख ! तुम्हारी सलाह का कोई फायदा नहीं होने वाला है।" — वेणु।

वेणु और मैं दोनों आगे बढ़ गये।

"सागर ऐसी बातें क्यों कर रहा है, दोस्त !" मैंने पूछा।

"ऐसा ही करेगा। तुम्हें नहीं मालूम ? आजकल सागर, रेड्डी का अव्वल दर्जे का "स्पोर्टर" बन गया। हमसे दोस्ती निभाने के लिए क्या हमारे पास पैसे हैं ? या नाम है ? आखिर क्या है ? क्यों करेगा हमसे दोस्ती।" — वेणु।

वेणु का कमरा आ गया।

"अच्छा, अब कुछ देर अकेले रहने को मन कर रहा है।" वेणु ने ताला खोलते हुए कहा।

मुझे भी ऐसा ही लग रहा है। अच्छा, डायनिंग हॉल जाते वक्त बुलाओगे ? "प्लीज़, मुझे माफ करना ! आज से डायनिंग हॉल जाने की जरुरत ही नहीं है न ?" — मैंने कहा। वास्तव में आज तो अभी से जोरों की भूख लगी है। आज से भूख की वजह से भी तड़पना पड़ेगा। उसकी शायद नौबत नहीं आयेगी। इसी बीच रेड्डी और श्रीशैलम मेरी खूब मरम्मत करेंगे। उसके बाद किसी अस्पताल में, भूख की महमारी से सदा के लिए छुटकारा मिलेगा। एकदम मेरे अंदर डर समा गया। एक पल में सारे बदन में डर समा गया। क्या श्रीशैलम उसे सचमुच पिटवायेगा ? वह जानता है ये लोग कैसे पिटवाते हैं। कहीं अंधेरे कोठरी में, किसी गली में, उसे चारों ओर से कुछ बदमाश घेर लेंगे। "चुस्त पैंट", "तनी हुई मूँछे," "जेब में भरे हुए साइकिल की जंजीरें", बस। उसने आँखें मूँद लीं। खून से लथपथ अपने ही शरीर की दयनीय दशा की कल्पना में लग गया। कोई भी बचा नहीं पाया। होश हवास खो जाने के बाद उसे कोई न कोई अस्पताल ले जाएँगे। हाथ, पाँव....सिर पर घाव....घावों पर मरहम पट्टियाँ....पट्टियों से बँधा हुआ उसका अपना शरीर....फिर आँखें बंद करने लगा। तब कभी जाकर माँ को खबर मिलेगी। उस स्थिति में माँ अगर उसे देख लेगी तो....मेरी आँखों में आँसू आ गये। आँसुओं की धारा सी प्रवाहित होती गयी। उसे अगर चींटी भी काटे तो माँ बर्दाशत नहीं कर पाती थी। तो फिर इस स्थिति में उसे देख लेगी तो....दु:ख से मेरा गला

सूख गया। कमरे के पास आकर ताला खोला। उसे लगा कि वह बहुत थक गया। क्या किया है जो उसे थकावट होने लगी....बिस्तर पर लैट गया। छः बजे से लेकर अब तक....मेज़ पर रखी घड़ी देखी। पौने ग्यारह बजे तक....पाँच घंटे उसने क्या किया ? कुछ भी तो नहीं ! ! सिर्फ बातें ! बकवास ! निरा बकवास ! सारी शक्ति इन्हीं अनावश्यक बातों में बीत जाती है। सोचते-सोचते ही समय पूरा निकलता जा रहा है। असल में उसे क्या करना है ? पढ़ कर क्या फायदा ? आखिर इम्तिहान दे पायेगा ? हॉल टिकट तो मिलने वाला नहीं है। अगर मिल भी जाये तो भी....श्रीशैलम उसे पीटेगा, और वह किसी अस्पताल में भर्ती हो जाएगा। आखिर उनसे झगड़ा क्यों मोल लिया था ? थोड़ी सी दोस्ती को जताता, तो रेड्डी उसे तीन सौ रुपये देने वाला था। "मेस बिल" भरने वाला था। उसे मान लेना चाहिए था। एक बार "धन्यवाद, मिस्टर रेड्डी" कह कर पैसे ले लेने थे। उसी क्षण उसकी सारी मुसीबतें दूर हो गयी होतीं। आराम से पढ़ाई में तल्लीन हो गया होता अब तक ! हॉल टिकट न मिलने का डर तो दूर हो जाता। असल में वह बुद्धू है। रेड्डी की सहायता को नकारा ही नहीं, बल्कि उससे झगड़ा भी मोल लिया। रेड्डी से झगड़े का मतलब ? इस कैंपस में बड़े से बड़े आदमी भी रेड्डी से डरते हैं। "जल में रहकर मगर से बैर कोई नहीं मोल लेता।" कहते हैं "वाइस चांसलर" साहब भी उससे सहमे-सहमे रहते हैं। यह भी सुना है कि रेड्डी मन में ठान लेता है तो वाइस चांसलर तक को भी बदल सकता है। ऐसे रेड्डी से....शक्तिशाली रेड्डी से उसने झगड़ा मोल लिया। क्या ? बेकार में ऐसी शान उसने क्यों जतायी आखिर ? थोड़ी सी दोस्ती का दिखावा....रेड्डी के साथ....कर पाता तो उसकी अपनी सारी चिंता, परेशानियाँ दूर हो जातीं। मुझे फर्स्ट क्लास भी दिलवाने में रेड्डी समर्थ है। रेड्डी, वह रेड्डी, जो उसका "मेस बिल" भरने वाला था, अगर उसने हाँ कर दी होती तो....।

श्रीशैलम की तरह वह भी हर समय रेड्डी के साथ घूमता। तब रेड्डी कुछ भी कहे, उसके हाँ में हाँ मिलाना पड़ता। हर समय उसकी खुशामद करनी पड़ेगी। इसके पहले जैसे उसने खुद कहा कि कुत्ते तुम्हारे पीछे चलते हैं, ठीक वैसे ही....कुत्तों के जैसे ही उसके पीछे-पीछे चलना पड़ता। ऐसी जिंदगी मुझे नहीं चाहिए। बस, ऐसे ही इस गरीबी को झेल लेगा। उस किस्म की जिंदगी को वह नहीं चाहता। वह जी नहीं पायेगा। उसकी सहायता को नकार कर मैंने एक अच्छा....नेक ....काम किया। ऐसा काम किया है कि उसे जीवन भर उसकी याद रहेगी। लेकिन

क्या श्रीशैलम उसे पीटेगा ? — "बदमाश ! कुत्ता कहोगे ?" श्रीशैलम की कर्कश आवाज़ ! "बदमाश !" ऐसी गाली तो अब तक उसे किसी ने नहीं दी। पहली बार आज श्रीशैलम ने दी। वही "चोर बदमाश है !" श्रीशैलम, खुद ही एक "चोर बदमाश" है। "डर्टी स्काउंड्रल", "ब्लडी बास्टर्ड", रेड्डी के पीछे-पीछे कुत्ते की तरह दुम हिलाकर चलता रहता है। वह मुझे "बदमाश" कहता है ? ऐसी गाली दी। फिर भी मैं चुप रहा ? इतनी बड़ी गाली दी, फिर भी चुप रहा ? कुछ भी नहीं कर पाया ! सब एक ही पल में हो गया। बस, एक पल में......बिना कुछ सोचे समझे ! वह क्या करने लगा, खुद उसे ही नहीं मालूम। बस, रेड्डी की केवल एक बात से मानों सारी स्थिति ही बदल गयी। "दस हज़ार देने पर क्या आप ऐसी बातें कर पायेंगे ?" क्या दस हज़ार वह देगा ? वास्तव में....? शायद यूंही बोल दिया होगा। अगर सच दे देता तो उसकी सारी गरीबी दूर हो जाती। ले जाकर वह बाबूजी को दे देता तो वह खुशी के मारे फूले नहीं समाते। झट से वह मेस बिल भर देता। सबसे पहले गुरुनाथम का उधार चुका देता। "डर्टी फेलो", उसकी सहायता को कभी नहीं लेना चाहिए। उस पर निर्भर हो कर उसने कितनी मानसिक अशांति झेली ? हाँ, लेकिन अगर उसने दस हज़ार रेड्डी से ले लिया होता तो उसे रेड्डी पर निर्भर रहना पड़ता। रेड्डी का नौकर बनना पड़ता। रेड्डी की हर बात में हाँ में हाँ मिलानी पड़ती। उसकी हर आज्ञा का पालन करना पड़ता। सिनेमा में खलनायक के पीछे-पीछे कुछ गुंडे हमेशा रहते हैं, जो उसको हर दुष्ट चाल में उसको मदद देते रहते हैं। ठीक उसी तरह रेड्डी भी उससे कहे कि किसी की हत्या करके आओ, तो "यस बास !" कह कर चाकू, छुरी लेकर मुझे भी जाना पड़ेगा। संक्षिप्त में कहा जाये तो वह जिंदगी, कुत्तों की ही नहीं, उससे भी बदतर जिंदगी होती। ऐसी घिनौनी जिंदगी जीने के लिए उसे दस हज़ार ही नहीं, दस लाख भी दे दे, फिर भी वह नहीं जिएगा। वह गरीब ही रहेगा। बदतर गरीबी की जिंदगी को झेल लेगा। लेकिन बिना आज़ादी की वह जिंदगी....कुत्तों की जिंदगी....उसे नहीं चाहिए। लेकिन कैसे ? कैसे होगा ? कैसे ? किस तरह ? "मेस बिल" वह कैसे भरेगा ? हॉल टिकट वह कैसे ले पाएगा ? इम्तिहान कैसे देगा ? इम्तिहानों के लिए पढ़ कैसे पाएगा ? नौकरी के बिना माँ-बाप की सदियों की मुसीबतों को कैसे दूर कर पाएगा ? सब प्रश्न ही प्रश्न हैं — जवाब नहीं मिलते ! सबसे पहले वह श्रीशैलम से छुटकारा कैसे पायेगा ? वह कभी न कभी, कहीं न कहीं उसका सर फोड़ देगा। यह बात

तो निश्चित है। मेरी जान ले लेगा। अच्छा होगा। उसका सारा ग़म दूर हो जायेगा। सारी समस्याएँ हट जायेंगी। मेसबिल भरना, हाल टिकट लेना, इम्तिहानों के लिए पढ़ाई का संकट, प्रथम श्रेणी पाने के लिए प्रोफेसरों की खुशामदी, उसके बाद नौकरी पाने के लिए सिफारिशों, मंत्रियों के चारों ओर चक्कर काटते रहना, आखिर एल० डी० सी० नौकरी....एल० डी० सी० करते-करते जीवन बिताना....जिंदा लाश की भांति....जीना....बाप रे बाप ! इन सब से तो अच्छा है श्रीशैलम के हाथों मर कर अमर हो जाना। "ब्रूट फोर्स" का सामना करता हुआ, प्राणों को उत्सर्ग करता हुआ "अमर वीर", "शहीद" बन जाएगा। वियतनाम गोरिल्ला। अमेरीका के हाथों मरे हुए वियतनाम गोरिल्ला की तरह। मेरी मौत बेवजह की मौत नहीं होगी। इस होस्टल में ही कई लोगों के लिये आदर्श सिद्ध होगा। एक "प्रतीक" बन कर रह पाएगा। अमीरों के चुंगल से एक गरीब व्यक्ति को अपना अस्तित्व कायम रखने के लिये उसे क्या कुछ खोना नहीं पड़ता है, यह बात उसे देख कर सभी लोग सीखेंगे। सभी में एक चेतना जागृत होगी। उसका नाम ही क्रांति का संकेत होगा। इस देश में गरीबों की संख्या ही अधिक है। हर गरीब के दिल में उसका नाम बिजली की तरह कौंध जाएगा। संपूर्ण भारत देश एक साथ कदम मिला कर चलेगा। यह एक प्रकार से पीड़ित लोगों का जन समुदाय है। विषैली वायु....फिरंगियों, टार्पिडो, टार्निडो....यह एक संग्राम है। एक युद्ध है। बस, कोई न कोई हल निकल जाएगा। स्वतंत्रता, सौभ्रातृत्व, सौहार्द्र की भावना की नींव पर घर बनेंगे, सारे जन समुदाय के लिए मंगल होगा। चारों ओर शांति-शांति-शांति, सारे जग में फैल जाएगी। यह सपना सच होगा। स्वर्ग की यह भावना सच होगी। सच ! सचमुच वह इस क्रांति के लिए कारक....मौलिक कारण ....बनेगा ? सचमुच? तब तो उसे मर जाना ही चाहिए। श्रीशैलम के हाथों उसे मरना ही है। इस आंदोलन का आरंभ तो होना ही है। इस सपने को सच्चा साबित करना ही है। लेकिन रात के सपने में माँ....माँ....। अगर श्रीशैलम के हाथों वह मर जाये तो माँ का क्या होगा ? केवल उसी के लिए जीवित रहने वाली माँ ....मेरी अपनी माँ....अपने सारे गहनें बेच कर मेरी ही पढ़ाई के लिए पैसे खर्च करने वाली माँ....ऐसी माँ....का क्या होगा ? समय पर पैसे न मिलने पर तो उसका लाडला कितनी मुसीबतें झेलेगा यही सोच कर दुखित होने वाली माँ के जीवन का क्या होगा ? वह अपनी माँ की जिंदगी में, बाप की तरह केवल दुःखों से न भर कर, सुखों की जिंदगी देगा। अपने बेटे के बारे में सदा सुख

के सपने देखने वाली माँ का....दिन रात मेहनत कर रक्त माँसों को पैसों में बदल कर उसके लिए भिजवाने वाली माँ का....ऐसी माँ....क्या मेरी मौत के बाद जी पायेगी ? माँ की यादों में फिर मेरा गला दुःख से रुँध गया। आँखों में आँसू उमड़ने लगे। मेरे लिए सर्वस्व त्याग करने वाली माँ को वह क्या दे रहा है ? जाने क्यों अचानक "डायरी" लिखने की इच्छा हुई। कभी ऐसे ही किसी क्षणों में "डायरी" लिखने की इच्छा होती थी। "डायरी" निकाली। कलम रूक नहीं रही है एक अज़ीब उन्माद सा चढ़ गया।

आज दिन भर माँ की याद सताने लगी। रात में विचित्र सपना। मैं....कहीं किसी नदी में बहता जा रहा हूँ। माँ दीख पड़ी। लेकिन बोल नहीं रही थी। गला फाड़-फाड़ कर आवाज़ देते जाने पर भी वह बोल नहीं रही थी। शायद उस ख्वाब का विश्लेषण ऐसे कर सकते हैं — आजकल मेरे अंदर जो भयानक "हीन भावना" जाग रही है, उसी का साकार रूप शायद यह सपना है। जब भी माँ की याद आती है तो जो मेरे अंदर माँ के प्रति अन्याय करने की भावना उठती है और वही विचार मुझे खाये जा रहा है। अपना सर्वस्व त्याग कर मुझे जिलाने वाली माँ को आखिर मैं क्या दे पा रहा हूँ ?

जब भी यह प्रश्न मेरे अंदर जागता है न तो मैं अपने आप में सिकुड़ जाता हूँ। इतने दिनों तक इस होस्टल में, इस यूनिवर्सिटी में समय और पैसे किस कदर मैंने बरबाद किये हैं, यह बात याद करता हूँ तो मैं अपने आप को माफ नहीं कर पाता। मैं बुद्धू हूँ। मैं ऐसा बेवकूफ हूँ, जिसमें ज़रा सी भी आत्मनिर्भरता और स्थिरता नहीं है। बस, हवा जिस ओर बहती है, मैं भी उसी ओर चलता हूँ....घास के तिनके के समान....। अब तक इसी भ्रम में रहा कि मैं सब से उन्नत व्यक्तित्व वाला हूँ और दूसरों से काफी भिन्न सोच सकता हूँ। मैंने ही अपने आपको सुपीरियर का दर्जा दिया है। लेकिन आज महसूस हो रहा है मेरे व्यक्तित्व की दुर्बलता ! माँ के प्रति मेरी यह लापरवाही जीवन भर मुझे जलायेगी। सतायेगी। इस मानसिक अशांति को बर्दाश्त नहीं कर पाऊँगा। इस हलचल से दूर भागना चाहता हूँ। क्या करना चाहिए मुझे ? कैसे ? क्या ? अपने आप को कैसे बचाऊँ ? जितना भी बाहर निकलने की कोशिश करता हूँ उनता ही अंदर धँसता जा रहा हूँ। कैसे ? किसी अनजाने विषजाल में उलझ गया हूँ। बाहर निकल नहीं पा रहा हूँ। कैसे ? कैसे मिलेगी शक्ति ? इस विषजाल से बाहर निकलने की शक्ति....? कौन....कौन दे सकते हैं यह शक्ति उसे ? अचानक घर जाकर

माँ को तुंरत देखने की उत्कट इच्छा हो रही है। एक बार माँ के चरणों को अपने आँसुओं से धो डालूँ, तो मेरे अंदर की न्यूनता की भावना धुल जायेगी। तब तक मुझे मानसिक शांति नहीं मिलेगी बस, हाँ....बस। आँसुओं से माँ के पैर जब तक धो न डालूँ तब तक अपने आप को माफ नहीं कर पाऊँगा। तब तक इसी अशांति में झुलसना पड़ेगा। राख हो जाना पड़ेगा....इस अशांति को झेलना ही होगा। इस विषजाल में डूब जाना ही होगा। तुरंत यहाँ से जाना होगा। अभी इसी क्षण घर जाना चाहिए।

मैं बहुत जल्दी-जल्दी लिखता जा रहा था।

दरवाज़े पर खटखटाहट। फिर....गुरुनाथम ! "हैलो, रवि ! क्या कर रहे हो ? कुछ लिख रहे हो ? नोट्स बना रहे हो न ? मुझे भी दोगे ?" गुरुनाथम ने दाँत दिखाया। कहीं से बदबू.... मैं हड़बड़ा गया। बदमाश कहीं का, सब कुछ "डिस्टर्ब" कर डाला। ऐसे लिखते-लिखते कितने ही घंटे अपने आप को भुला लेता। सच में कभी-कभी ऐसे लिखने से कितना आराम मिलता है ! हाँ ! वह चले जाना चाहता था न ? हाँ ! जाना ही चाहिए। तुरंत चले जाना चाहिए। लेकिन रेलगाड़ी की टिकट के पैसे कौन देंगे ? गुरुनाथम देगा ? फिर....गुरुनाथम पर आधारित होना है ! "असम्भव"। फिर दूसरा चारा ही क्या है ? घर न जाऊँ तो शांति नहीं है। माँ को देखे बिना, इतने दिनों से उसने जो कुछ किया, माँ-बाप को कैसे धोखा देता गया यह सब जब तक उन्हें सुना नहीं देता, तब तक मन को शांति नहीं मिलेगी।

"क्या सोच रहे हो रवि ?" — गुरुनाथम। रवि के पास खिसक आया। बदमाश ! अपना "डर्टी ट्रिक" शुरू करने जा रहा है !

"बस, तुम्हारी हत्या कैसे की जाये", यही सोच रहा हूँ। यह बात बाहर कह दूँ तो क्या डर जायेगा ? मेरे कंधों पर गुरुनाथम ने हाथ डाला, मैं यह महसूस कर रहा था। डायरी बंद कर मैं झट से उठ खड़ा हुआ।

"क्यों ? गुरुनाथम ? कितनी बार तुम से मैंने कहा कि दूर खड़े हो कर बातें किया करो ?" — मैंने कहा।

"अरे ! इतना भी क्या गुस्सा ! क्या गलती की मैंने ? गलती करूँ तो अपने जूते से मारो। चुप रहूँगा।" गुरुनाथम।

पूरा दिल गुरुनाथम के प्रति घृणा से भर गया। "जूते से मारो" बोलने वालों के साथ क्या किया जा सकता है।

"सुना है तुमने मेस बिल नहीं भरा, क्या यह सच है रवि ? अभी मैंने नोटिस बोर्ड पर देखा है। फिर आज का खाना ? ....होटल में खाने के लिए पैसे हैं या नहीं ?" — गुरुनाथम।

"उसकी आवाज़ में कितनी हमदर्दी ! कितना प्यार ! मेरे लिये कैसी बैचेनी ? अब तक मेरे प्रति ऐसा प्यार, हमदर्दी या बेसब्री जतलाने वाले इस होस्टल में कोई भी नहीं मिला। ठीक है....इतना प्यार जतलाने वाला कुछ पैसे नहीं दे सकता ? 'मेस बिल' नहीं भर सकता ? अगर तीन सौ उधार मागूँ, तो क्या देगा ? शायद दे भी देगा। गुरुनाथम के पास हर वक्त पैसे रहते हैं। कैसे रहते हैं ? सच मुझे भी नहीं मालूम। अपने हाथों में तो पैसे बस, यूं आये और यूं खर्च हो गये !

"जाने दो, अभी मेरे पास 10 रुपये हैं, दे दूँ रवि ! दो तीन दिन खाने के लिए रहेंगे ?"

गुरुनाथम के पास फिर से उधार ! "हे भगवान।" रेड्डी के 300 रुपयों को ठुकराया। क्यों ? अपनी आज़ादी कायम रखने के लिए है न ? फिर गुरुनाथम से पैसे ले लूँ, इसका क्या मतलब ? गुरुनाथम से पैसे लेना तो रेड्डी से पैसे लेने से भी बदतर है न ? गुरुनाथम से पैसे लेता रहूँ तो वह ऐसे ही कमरे में आता रहेगा। और अपने "डर्टी ट्रिक्स" मुझ पर अमल करता रहेगा। उसके "ट्रिक्स" से सामना करने की शक्ति को भी मैं कभी न कभी खो बैठूँगा। फिर पूरी तरह से उसके कब्जे में आ जाऊँगा । कैसी पतनावस्था ! यह एक घोर, भयानक विषवलय है। धीरे-धीरे उस विषवलय में मैं फँसता जा रहा हूँ। रोज़ रोज़ वह उस विषवलय के नज़दीक जा रहा है। डर्टी फेलो, बदमाश इससे कैसे निबटूँ ? फाके रह कर मरेगा....लेकिन इससे पैसे उधार नहीं लेगा। नहीं, नहीं, अब और उस खाई में, उस गर्त में वह नहीं गिरेगा। कहीं न कहीं तो अपने आपको संभालना है, रोकना है इसीलिए यहीं रुक जाना ठीक है।

"देखो गुरुनाथम, बात बात पर मेरे सामने उधार देने का प्रस्ताव मत रखना, मैं कहे देता हूँ। आइंदा ऐसे बोलोगे तो अच्छा नहीं होगा। इससे पहले जो उधार मैंने तुम से लिये, उसी के लिए मैं अपने आपको माफ नहीं कर पा रहा

हूँ। भूखे रह कर भले ही मर जरूर जाऊँगा लेकिन कभी तुमसे उधार नहीं लूँगा। ''प्लीज़ मेरे सामने उधार की बात मत छेड़ना। समझे ? कल या परसों तुम्हारा उधार चुका दूँगा। अभी मुझे कुछ लिखना है। अब तुम जा सकते हो।'' मैंने तीखे स्वर में कहा। बस, जो कुछ कहना चाहा, कह दिया। अब कोई परवाह नहीं है। ''ठीक है, चला जाऊँगा। आज ग्यारह बजे प्रोफेसर क्लास लेने वाले हैं। आओगे ? दस मिनट ही बचे हैं। यही आखिरी क्लास भी है, आओगे ?'' — गुरुनाथम।

''यही आखिरी क्लास है ? सुबह तो तुम ने साढ़े दस बजे का समय बताया ? अगर क्लास ग्यारह बजे की है तो आऊँगा। अभी मुझे नहाना भी है।'' — मैंने कहा।

''साढ़े दस बजे का मतलब है दस पचास वाला क्लास है। प्रोफेसर के आते आते ग्यारह बज जायेंगे। ठीक है, फिर क्लास में मिलते हैं'' गुरुनाथम चला गया।

''हाँ ! दस मिनट और हैं। मुझे जाना ही है। आज से रोज़ क्लास अटेंड करना ठीक होगा। वाह ! वाह ! क्या कहना है ! आज से रोज़ जाओगे ? आज ही तो आखिरी क्लास है। ठीक है। एक दिन के लिए ही सही, आज मैं जाऊँगा। वहीं से लाइब्रेरी जाकर शाम के चार बजे तक पढ़ना भी है। फिर खाने का क्या होगा ? बस, रोज़ का खाना ही तो है ! एक दिन न खाऊँ तो क्या मर जाऊँगा? जगद्गुरु जी 60 दिन से भी ज्यादा फ़ाके रहे थे। केवल गोमाता की रक्षा के हेतु। बस, समय देख कर मैं भी किसी बात पर अनशन करने की खबर फैला दूँगा तो प्रचार भी अच्छा मिलेगा। ''गेट अप''। अभी दस मिनट ही बचे हैं। आज तो क्लास जाना ही है। आज....आज आखिरी दिन है न ? नलिनी, नीरजा, संध्या आज से कई दिनों तक दिखाई नहीं देंगी न ? हाँ ! यह एक खास बात है। कम से कम उन्हें देखने के लिए तो आज क्लास जाना है। ''कम आन'', गेट अप ! एक बार दिल उछलने लगा। नलिनी, नीरजा, संध्या खूबसूरत हैं। तौलिया, साबुन लेकर चल पड़ा। गुसलखाने की ओर चलने लगा। एक काम करूँ तो....।

''पिताजी को अगर खत लिख दूँ कि जल्दी तीन सौ रुपये भिजवाइये, क्योंकि मुझे मेस बिल भरनी है।''....आइडिया....ऐसी सीधी-साधी आइडिया....इससे पहले ही आ गयी होती तो इतनी मानसिक अशांति तो नहीं झेलनी पड़ती। हाँ ! जरूर लिखेगा। शायद वे सोचेंगे कि इतने सारे पैसों की ऐसी जरुरत क्या

आ गयी है। उन्हें विश्वास दिलाने के लिए कुछ न कुछ बहाना तो मुझे लिखना ही है। पिताजी को चाहे कितनी ही मुसीबतें क्यों न उठानी पड़े, लेकिन पैसे तो जरूर भेंजेगे। गुसलखाने का दरवाज़ा खोला। ''शॉवर''....शॉवर के नीचे बैठना ....कैसा आराम....सुकून मिलता है, ऐसा करने से ! घायल दिल पर इत्र की छिड़कियों की तरह....गाने लगा। हर कोई गाने लगता है। ''आज फिर जीने की तमन्ना है....'' दूसरे बाथरुम से कोई गा रहा है। ''आज फिर जीने की तमन्ना है....मैं भी गाने लगा। यह छूत की बीमारी है। अरे, मेरी आवाज़ में भी मिठास है ! किरण्मयी ने उससे एक बार....किरण्मयी को भूलता जा रहा है। नागार्जुन सागर में किरण्मयी के साथ बिताये वे दिन....वे तीन दिन....वह जीवन भर नहीं भुला पायेगा। लेकिन किरण्मयी ! उसके वश में नहीं है। उसके और किरण के बीच मजबूत दीवारें खड़ी हैं, जिन्हें वह कभी तोड़ नहीं सकता ! उन्हें तोड़ने की शक्ति उसमें नहीं है ''न दोस्ती का कोई ठिकाना....'' फिर गाने लगा। किरण्मयी कितना मधुर गाती है ! किरण्मयी क्या बाथरूम में गाती है? बाथरूम में किरण्मयी ....चलम का पुरुरव-उर्वशी....किरण्मयी की सुंदरता का कोई ठोस रूप नहीं है। दो पैर, दो बाहें, नाक, कान, आँखें, किरण्मयी का सौंदर्य इन सब का सम्मिलित रूप नहीं है। किरण्मयी में अलौलिक सौन्दर्य है। ओजस्व है। पल पल बदलने वाला एक नया रूप, हर समय नये अंदाज से भासित होता है। लहरों पर चंचल चमक दमक से भासित सूर्यकांति की तरह किरण्मयी की सुंदरता की कहीं कोई स्थिरता दिखाई नहीं देती है। शॉवर....शॉवर से निकली बूँदों की ''इससस'' .... की ध्वनि मुझे बहुत अच्छी लगती है। लगातार पानी के बरसने की याद दिलाती है। बारिश हो या पानी मुझे बहुत अच्छा लगता है। बचपन में जब भी बरसात होती थी तो बस, वह दिन मेरे लिए एक त्यौहार का दिन होता था। बरसात में भीगता हुआ घूमता था। सभी लड़के बरसात के पानी को रोकने के लिए बरसात में भीगते थे। घोंसले बनाते थे। बस, यही आशा लिये कि सुबह होते-होते उस घोंसले में कोई चिड़िया आ जायेगी....लेकिन सुबह उसमें एक भी चिड़िया नहीं होती थी। माँ दिलासा दिलाती थी कि रात भर यहीं थी, अभी अभी वह उड़ गयी। मुझे बहुत ही दुःख होता था....फिर घोंसले बनाते थे....फिर बरसात....घनघोर घटाएँ....बादल....। बादलों से भी मुझे बेहद प्यार है....पानी से भरे हुए.... सफेद....बादल एक के पीछे एक भागते थे। उन बादलों को एकटक नज़रों से देखा करता था। माँ कहा करती थी कि ये बादल समुद्र में चले जाते हैं और

राक्षसों के सोते देख कर जल्दी-जल्दी सारा पानी पी जाते हैं। फिर उसी पानी को बरसात के रूप में....हमारे ऊपर बरसाते हैं। कभी कभार राक्षस बादलों को पानी पीने से रोका करते हैं तभी तो कभी-कभी बहुत समय तक वर्षा होती ही नहीं है। फिर भी कभी न कभी चोरों की तरह उन राक्षसों से बचकर पानी पीकर ये बादल पानी बरसाते हैं। बेचारे बाँदल ! इनकी कितनी परेशानियाँ ! सोचने पर बादलों पर दया आने लगती है। "ममतामयी मेघमाला, पिय के बिना जीऊँ तो कैसे।"* कोई गाने लगा। यह गाना मुझे बहुत अच्छा लगता है। यह गाना मुझे जान से भी प्यारा है। मेरे लिए भी ऐसे इंतजार करने वाले इस दुनिया में कोई होंगे क्या ? बस, यही आशा है कि कहीं कोई जरूर होगा। यही उम्मीद है कि कहीं न कहीं यह गाना कोई मेरे लिये भी तो गाती ही होगी। कहाँ होगी वह ? उससे मिलने का क्षण कब आएगा ? कभी तो वह क्षण स्वयं साकार होगा ! जिस मधुर घड़ी का इंतजार मुझे है, वह घड़ी कब आयेगी। सदियों से इंतजार करने वाली उस देवकन्या से, उस गंधर्व कन्या से....इस उर्वशी से....उस प्रेयसी से....फिर तब वह किसी सुंदर लोक में....किसी दूसरी दुनिया में....दुनिया के उस छोर में....बस, दोनों एकाकार हो जाएँगे। कहाँ ? कहाँ होगी मेरी वह देवकन्या....जो इस गाने को गाती हुई, उसका इंतजार करती हुई ? इतने दिनों के सपनों का यह भौतिक रूप है....इतने दिनों की अशांति और दर्द जवाब इसे कहाँ मिलेगा ? कहाँ है ? कहाँ है ? कौन ? कौन ? कौन है ? अमीना ! मुसलमानी अमीना ? बिखरे बालों वाली अमीना ? पगली अमीना ? बच्ची अमीना ? अधखिला फूल मेरी अमीना ? कहाँ....? कहाँ....? "तू छुपी है कहाँ....मैं तड़पता यहाँ" फिर गुनगुनाने लगा। यह गाना भी मुझे बेहद पसंद है। वह सिनेमा भी तो मुझे अच्छा लगता है। लगता है शांताराम ने अपने ही सपनों को सेल्यूलाइड में ढ़ाल कर सिनेमा का रूप दिया है। "षवर", "षवर" ....दस मिनट ही तो बचे हैं। समय हो गया....देर से जाऊँ तो प्रोफेसर डाँटेगा। खतम भी करो ! लड़कियों की तरह और कितनी देर नहाओगे ? न जाने लड़कियों को नहाने में इतना समय क्यों लगता है ? धोने के लिए शायद बहुत कुछ रहता है, शायद ! लगाना और मलना, जाने कहाँ, कहाँ क्या-क्या लगाती हैं ! कहते हैं 'ब्रिगटा बाडार्ट' के स्विमिंग पूल के चारों ओर लाखों लोग हजारों केमराओं को लिये इंतजार करते थे कि कब उसके नंगे बदन का फ़ोटो खींचे। काश !

* तेलुगु सिनेमा 'मल्लीश्वरी' का गाना।

मैं भी उन लाखों में से एक होता तो....सुना है चार्लेस डिगोल भी ब्रिगटा बाडार्ट को बहुत चाहते थे। बूढ़ा कहीं का ! इतनी लंबी तो नाक है उसकी ! बूढ़ा हो गया लेकिन जवानी अभी गयी नहीं ! अरे, बस भी करो....जल्दी करो। मैसूर सांडल साबुन से नहाना मुझे बहुत अच्छा लगता है। आज ही तो आखिरी क्लास है....नलिनी, संध्या, नीरजा इनके सामने अपनी शान जतानी होगी मुझे ! बहुत डाशिंग टाइप का....डाशिंग यंग मेन आफ एप्लाइंग ट्रपीज़ की तरह। फिर साबुन से धो लूँ तो लोग देखते ही रह जायेंगे कोई जेम्स बांड चला आ रहा है....''पानी ....पानी-पानी ! नींद ! हवा ! ''पेद्दिदभोट्ला''* अच्छा ही लिखते हैं। न जाने ''पानी'' की कहानी लिखते समय उन्हें कितना पानी खर्च किया गया होगा ? बगल के कमरे से कोई आवाज़ नहीं आ रही थी। ऊफ....कितना आराम ! इतमीनान से स्नान किया पोंछ डालो....जल्दी....जल्दी....जल्दी....डियर मधु ! फक मि क्विक ! फक मि क्विक! युवर्स सरला ! कहते हैं मधु, सरला को आधी रात लावेटरी की खिड़की से अंदर ले आता है। जाने इतनी छोटी खिड़की से वह घुस कैसे सकती है ! मोटी सी....सरला ''डनलप'' पिल्लो जैसी होती है। मधु सचमुच भाग्यवान है। गुसलखाने से बाहर आया। सच्ची में बहुत आराम मिला है नहाने से, यह केवल शरीर की मलिनता को नहीं, बल्कि मन की मलिनता को भी धोल डालता है। पूरा होस्टल शांत है। लगता है सारे लोग चले गये हैं। कमरा खोल कर अंदर चला गया। मेज़ पर रखी घड़ी ग्यारह बज कर पाँच मिनट का समय दिखा रही है। पाँच मिनट लेट — प्रोफेसर की आवाज़। अरे, उन्हें तो मेरा नाम तक मालूम नहीं है। यस। क्विक। जाना है कि नहीं ? ''टू गो आर नाट टू गो, दैट ईज द क्वश्चन।'' हैमलेट की तरह वह भी दुविधा में पड़ गया है। नहीं, नहीं, गिरीशम** की तरह वह भी मजबूर है। ''मिस्टर रवि ! यू आर लेट'' प्रोफेसर तो अक्सर पाँच, दस मिनट देर से ही आते हैं। अभी मुझे कपड़े भी तो पहनने हैं। जल्दी-जल्दी कपड़े पहनने लगा। आजकल हर कोई टेरीलीन पहनता है लेकिन मैं ही एक ऐसा आदमी हूँ जो सूती कपड़े पहन कर नमूना सा दिखाई देता हूँ। कितना पुराना फैशन है....इस तरह सूती कपड़े पहनना ! आजकल एकदम टाइट चलता है। एकदम टाइट। लड़की हो या लड़का सभी को तंग कपड़े पहनने का शौक है। परसों नलिनी जो फ्राक पहन कर आयी, उसे देख कर लगा कि वह कुछ ही क्षणों में फट जायेगी। जल्दी-जल्दी कंघी करने लगा। लगता है थोड़ी बहुत

* 'पेद्दिदभोट्ला' — आधुनिक तेलुगु साहित्य के मूर्घन्य कथाकार।

** गिरीशम — आधुनिक तेलुगु साहित्य के युगकर्ता गुरजाड अप्पाराव की कृति 'कन्याशुल्कम्' का पात्र।

दाढ़ी भी बढ़ गयी। रात भर नींद न आने की वजह से आँखें धँस सी गयीं। थोड़ा स्नो, पाउडर लगा लूँ....। नलिनी कभी कभार प्यार की नज़रों से देखती थी। अब वह भी नहीं। किताबें....ले जाऊँ किताबें ? क्यों ? एक रफ नोट बुक हाथ में ले लिया। जूते पहने। वे जूते पहले से ही इतने टूट चुके थे कि अब किसी भी समय उनके पूरे फट जाने की आशंका है। कोई फायदा नहीं। अपनी गरीबी को छुपा नहीं सकता। ताला हाथ में लिया। "नुकीली जूते" ! आजकल यह भी फैशन है। हर कोई आवारा पाइंटेड शूज़ पहनता है। ताला लगा कर जल्दी-जल्दी चलने लगा। हाथ में केवल एक नोट बुक है। नलिनी रोज ढ़ेर सारी किताबें क्यों उठा कर लाती है ? हर दिन इतना वज़न क्यों ढ़ोती रहती है वह ? आइडिया ! समझ में आ गया कि वह ऐसा क्यों करती है ! उसके दिल में माँ बनने की इच्छा है। और उसी इच्छा को जताते हुए ऐसा करती है। यह उसका "आउट लेट" है। याने माँ बन कर बच्चों को उठाने की तमन्ना की पूर्ति वह इस तरह करती है। वंडरफुल आइडिया ! "साइको एनालिसिस" करता जा रहा हूँ। यूँ ही पोलिटिकल साइन्स में आ गया। साइकोलॉजी अगर मैंने ली होती तो सचमुच सिगमंड फ्रायड की तरह मेरा भी नाम मशहूर हो गया होता। रास्ते में जाने पहचाने चेहरे "हैलो" कह रहे हैं। "हैलो" का मतलब है "क्या तुम्हारे पास पाँच का नोट है ?" शायद इस बात से वे वाकिफ नहीं है। जल्दी जल्दी चलने लगा। देर हो गयी। न जाने अब समय क्या हुआ है। उस "हैलो" वाले के पास शायद घड़ी है। आ रहा है। यूनिवर्सिटी की बिल्डिंग भी बहुत अज़ीब ढ़ंग की बनी है। ऐसा लगता है कोई ब्रह्म राक्षस ने इतने विशाल भवन को रातों ही रात में खड़ा कर दिया होगा ! इस भवन को जब भी देखता हूँ, ब्रह्म राक्षस का विचार आता है। चारों ओर विद्यार्थी हैं। अनजाने लोगों के अज़ीब चेहरे....कोई-कोई रेशमी कपड़ो में है तो कोई कोई टाइट पैंट और टाइट शर्ट में। कोई बाँड के स्टाइल में है तो कोई पाइंटेड शूज़ पहने हुए। काले चश्मे वाले....गंजे सिर वाले, मूछों वाले, चिढ़ाने वाले न जाने इस ग्रुप में कितने लोग हैं। "हैलो....जेम्स बांड ! हाव डू यू डू ?"....कोई किसी का हाल पूछ रहा है।

"हेलो देवानंद !" किसी और की पुकार। हर कोई जेम्स बांड और देवानंद बनना चाहता है।

"हैलो वाडेकर !" कोई और पुकारने लगा। लगता है वह कोई क्रिकेट का खिलाड़ी है। सभी वाडेकर हैं। हर कोई गेरीफील्ड साबर्स हैं। दो चार लोग मिल

कर एक ग्रुप में जा रहे हैं। कोई किसी से मिल रहे हैं। पुकार रहे हैं। हँस रहे हैं। गा रहे हैं। वहाँ आधुनिक "मेले" जैसा माहौल है। उस ग्रुप को पार करता हुआ मैं जल्दी-जल्दी आगे चलने लगा। लो, उस काफेटेरिया के पास सिंहाचलम है। अपने दोस्तों के बीच है। "टाइट पैंट्स", "पांइटेड शूज़" वाले उसके दोस्त वहाँ खड़े हैं। तनी हुई मुँछे, और काले चश्मे पहने कुछ लोग मेरी ओर देख रहे हैं। क्या उसके इंतजार में सभी खड़े हैं ? डर....डर....इनसे बच कर जाऊँ तो कैसे जाऊँ ? चाल की रफ्तार बढ़ गयी। कोई बात नहीं। वे मेरी ओर देख नहीं रहे हैं। लेकिन कोई चारा नहीं है। कभी न कभी इसका सामना करना ही है। कभी तो वे सब मिल कर मुझे घेर ही लेंगे। पद्मव्यूह बना लेंगे। अभिमन्यु के चारों ओर जिस तरह कौरवों का घेरा बनता गया....उसी तरह मैं भी बस ....। मुझे बेरहमी से मार डालेंगे। पद्मव्यूह, हाँ....पद्मव्यूह, यह यूनिवर्सिटी ही एक पद्मव्यूह है। उस पद्मव्यूह में मैं भी उलझ गया हूँ। उस पद्मव्यूह में अंदर जाने का रास्ता मुझे मालूम है। बाहर निकलने का रास्ता नहीं। कैसे ? आखिर कैसे ? चलने लगा।

"हैलो प्रोफेसर !" न जाने मेरे पीछे कौन है। मुझे "प्रोफेसर" कह कर बुलाने वाला केवल मुरली ही है। पीछे मुड़ कर देखा तो मुरली !

"हैलो मुरली !" मैंने कहा।

"लगता है बहुत जल्दी में हो। मैंने चार बार आवाज़ दी है तुझे !" — मुरली।

"माफ करो मुरली ! कुछ सोच में पड़ गया था बस, कुछ ख़ास बात है नहीं।" — मैंने कहा।

"इतनी गहरी सोच में पड़ गये हो, इसका मतलब है कि पढ़ाई खूब चल रही है। क्या बात है ? आजकल दर्शन नहीं हो रहे हैं तुम्हारे ! पढ़ाई क्या जोर-शोर से चल रही है ?" — मुरली।

"ख़ाक पढ़ाई। हमने पढ़ाई शुरु कर दी तो समझो दूसरे ही पल में उत्पात मच जायेगा और यूनिवर्सिटी की बिल्डिंग ढ़ह जायेगी।" — मैंने कहा।

मुरली दिल खोल कर हँस पड़ा। मैं मुरली को बहुत चाहता हूँ। "सेन्स आफ ह्यूमर" रखता है। पूरे क्लास में केवल मुरली ही ऐसा है जिसे मैं दिल से चाहता हूँ।

"तब तो तुम न ही पढ़ो तो अच्छा है....वरना इतनी सुंदर बिल्डिंग ढ़ह जायेगी।" — मुरली।

दोनों कॉलेज के फाटक की सीढ़ियाँ चढ़ने लगे।

"सचमुच तुम मानते हो कि यह सुंदर बिल्डिंग है। न जाने मुझे यह बिल्डिंग एक 'मानस्टर' की तरह क्यों दिखती है। अगर तेलुगु में बोलूं तो यह एक ब्रह्मराक्षसी की तरह मुझे दिखाई देती है। ख़ासतौर पर बाहर से देखने पर....।" — मैंने कहा।

"अरे, तुम्हें डाक्टर के पास चलना चाहिए रवि !" मुरली बोल ही रहा था कि किसी ने उसे आवाज़ दी।

एक टाइट पैंट वाले ने एक पंजाबी लड़की से "हैलो" कहा तो बदले में उस लड़की ने भी उसे अभिवादन किया है।

"एक्स्यूज मि" कहते हुए एक फ्रेंच लड़की जल्दी-जल्दी उसके बगल से निकल पड़ी।

"वह फ्रेंच लड़की काफी सेक्सी दिखती है न ?" मुरली ने पीछे से कहा।

"हाँ ! सेक्सी फिगर है ब्रिगटा बाडार्ट की तरह।" — मैंने कहा।

हम दोनों कारिडार में चलने लगे। कोने में एक लड़का और लड़की खड़े खड़े कुछ फुसफुसा रहे हैं।

"लगता है....इन दोनों को प्यार करने के लिए इस महानगर में इस यूनिवर्सिटी के अलावा और कोई जगह मिली ही नहीं।" — मुरली।

"रोमियो-जूलियट हैं" — दोनों की ओर घूरते हुए एक टाइट पैंट वाले ने कहा और चला गया।

"क्या बजा होगा, चलो जल्दी !" — मैंने कहा।

"उतनी जल्दी भी क्या है ? प्रोफेसर की कार मैंने 'अबिड्स' के पास देखी है। इसका मतलब है उन्हें क्लास में आने में दस पन्द्रह मिनट लग ही जाएँगे।" — मुरली।

"ऐसी बात है ! मैं तो सोच रहा था कि कहीं देर न हो जाए। इसलिए दौड़ रहा था।" — मैंने अपनी चाल की रफ्तार धीमी कर दी।

ऊपरी मंजिल से एक विद्यार्थी कागज़ों से बाण बना कर नीचे की ओर फैंक

रहा था।" उनमें से एक बाण सीधा जाकर उस लड़की के बालों में जाकर अटक गया जो अपने टाइट पंजाबी ड्रेस में सारे अंगों का प्रदर्शन करती हुई अकड़ दिखा रही थी। ऊपरी मंजिल से हँसी की फुहार छूट पड़ी।

"बदमाश कहीं के।" अपने बालों से बाण निकालते हुए उस पंजाबी लड़की ने गाली दी।

"ए डामसेल इन डिस्ट्रेस" — रवि।

"मन्मथ के बाण हैं। वह मन से शायद यही चाहती होगी कि ऐसे बाण उस पर फैंके जाएँ।" —मुरली।

काले सूट पहने एक आदमी जो हमारे सामने से गुजरा अपने बगल वाले व्यक्ति से पूछ रहा था, जो सफेद शर्ट पहने था।

"लेक्चरर्स भी....'007' सिनेमा की बातें करने लगते हैं तो स्टूडेंट्स का कहना ही क्या।" — मुरली ने कहा।

"ये लेक्चरर्स हैं ? मुझे पता नहीं !" — मैंने कहा।

"तुम्हें कैसे मालूम होगा ? महीने में एक ही बार तो कालेज आते हो।" — मुरली।

कालेज के बीचों-बीच कुछ कुर्सियाँ रखी गयी थीं। वहाँ कई छात्र बैठ कर गपशप मार रहे थे। उनके बीच ट्रान्सिस्टर की आवाज़ सुनाई दे रही थी।

"सच कहो मुरली, सब कुछ देखने के बाद इस युनिवर्सिटी में लगन के साथ कोई पढ़ाई कर सकता है ? यह हंगामा, शोरगुल देखते हुए लगता है यह कोई पिकनिक मनाने की जगह है, क्यों ?" — मैं।

"यहाँ पढ़ाई सीरियस चलती है, ऐसा तुमसे किसने कहा ? ऐसा कोई नादान यहाँ नहीं है जो कहे कि यहाँ लड़के और लड़कियाँ पढ़ने आते हैं। यह बिल्कुल पिकनिक स्पाट ही लगती है। तुमने जो कुछ कहा है, सच ही है। जिस तरह गर्मी की छुट्टियों में अमीर घराने के लोग श्रीनगर जाया करते हैं, वैसे ही लखपति माँ-बाप अपनी संतान को यूनिवर्सिटी भिजवाते हैं।" — मुरली।

हम दोनों बरामदे में धीरे-धीरे चलने लगे। सामने देखा तो सुधीर अपने दस बारह टाइट पैंट वाले साथियों से मिलकर इस तरफ आ रहा था। सुधीर वहाँ के विद्यार्थियों का सेक्रेटरी है।

"हैलो ! सेक्रेटरी ! स्टेट्स कब जा रहे हैं ?" — मुरली।

"हैलो मुरली ! पासपोर्ट अभी नहीं आया। आते ही 'आइ विल बि आफ टू स्टेट्स। वेरी बिजी। सी यू।' " कहता हुआ अपनी मित्र-मंडली को लेकर सुधीर वहाँ से चल पड़ा।

"सुधीर स्टेट्स जा रहा है ?"— मैंने पूछा।

"हाँ ! स्कालरशिप भी मिली है। सेक्रेटरी बन गया न ? सिफारिश भी उसे आसानी से मिलती है। उसने कुछ प्रोग्राम संबंधी स्कालरशिप भी हासिल किया। छोड़ो यह सब ट्राश, देखो, लिल्ली आ रही है !" — मुरली।

"रियल्ली, एक्साइटिंग !" — मैं।

लिल्ली अपने बदन की नुमाइश करने की काफी कोशिशें करती रहती है। शायद वह यही सोचती है कि उसके अधनंगे बदन को देखते ही मर्द पागल हो जायेंगे।

"अनिता एकबर्ग जैसे नितंब !" — मुरली।

"जिनो लिलो ब्रिगडा का स्ट्रक्चर !" — रवि।

लिल्ली के पीछे-पीछे चार-पाँच टाइट पैंट वाले छात्र, दो तीन पाइंटेड शूज़ और कुछ अकड़ी मूँछों वाले लड़के, कागज़ के बाण बना कर उस पर छोड़ते हुए चल रहे थे। इसे देख कर कुछ लोग हँसते थे, उछलते थे।

बचपन में गाँवों में अक्सर ऐसा दृश्य देखने को मिलता था, गायों के पीछे पीछे सांड जाते रहते हैं। संभोग की इच्छा से। लिल्ली के पीछे इन्हें देखकर बचपन की याद ताजा हो उठी।

"इतनी सुंदर है लिल्ली ! अगर वह तुम्हें इतनी सुंदर लगती है तो उसे एक रात के लिए पाना भी कोई मुश्किल की बात नहीं है रवि ! वेरी-वेरी ईज़ी !" — मुरली।

"क्या मतलब ?" — मैं।

"उसका यही पेशा है। "शि ईज़ ए प्रोफेशनल प्रास्टिट्यूट। यह बात यहाँ के सब लोग जानते हैं।" — मुरली।

"यूनिवर्सिटी में पढ़ने वाली एक युवती क्या इतनी बेहय्या भी बन सकती है ?" — मैं।

"लगता है दुनिया के रुख से अभी अनजान हो। यू आर स्टिल ए किड।" — मुरली।

विभाग के करीब आ गये।

क्लास रूम के सामने सभी विद्यार्थी इंतजार कर रहे थे। कक्षा में लड़कियाँ बैठी हुई थीं। लगता है नलिनी अभी आयी नहीं है। चलपति खूब सजधजकर आया और कक्षा के बाहर 'पोज' मार रहा है। उसके संग संग फिरने वाले छः पाँच लोग उसकी ओर मस्ती और दिलचस्पी भरी नज़रों से देख रहे थे।

"हैलो रवि ! आज तुम क्लास में आ गये हो तो बस, समझ लो कि आज क्लास होगी ही नहीं" — राव ने कहा।

सब लोगों ने मेरी तरफ देखा। चलपति ने भी यंत्रवत् मुझे देख कर "हैलो" कहा। मुरली और मैं, दोनों एक कोने में खड़े हो गये। कमरे के अंदर लड़कियों के साथ कुछ लड़के भी बैठे हुए थे। उनमें गुरुनाथम भी था।

"क्यों रवि ! होस्टल से रिपोर्ट्स आ रहे हैं कि तुम काफी अच्छी पढ़ाई कर रहे हो। अगर तुम सचमुच पढ़ाई करने लगे तो हम सब पर आफत आ जाएगी।" — राव।

"क्या ! रवि ! और पढ़ाई ! चाहे वह "रवि" भले ही पश्चिम से उगे तो उग भी सकता है। लेकिन "यह रवि पढ़ेगा" — यह एकदम नमुमकिन है।" — चलपति के साथ बातें करता हुआ शास्त्री मेरी तरफ देख कर कहने लगा।

इस पर राव ने कहा, "तुम नहीं जानते शास्त्री ! रवि तो फर्स्ट क्लास के लिए कोशिश कर रहा है।" सभी मिल कर हँसने लगे। मेरी पढ़ाई को लेकर इस प्रकार का मज़ाक मुझे अच्छा नहीं लगा।

"वाट्स दैट !" चलपति ने कहा। उसे तेलुगु अच्छी तरह आती है। फिर भी वह ऐसा बनता है जैसे उसे तेलुगु आती ही नहीं।

"मिस्टर रवि ईज ट्राइंग फार ए फर्स्ट क्लास।" — राव।

"ओ ! ईज दैट सो ! विश यू बेस्ट ऑफ लक !" चलपति ने शान जताते हुए मेरी तरफ देखकर कहा।

उसकी बातें सुन कर कोई भी पहचान सकता है कि वह कितना घमंडी है। उसे पूरा विश्वास है कि उसके सिवाय किसी और को फर्स्ट क्लास मिल ही नहीं सकती।

"आप जैसे विद्वज्जनों के रहते मुझे फर्स्ट क्लास कैसे मिलेगी ?"

"वाट ईज दैट, वाट ईज दैट...." फिर से चलपति।

"रवि, तुम भी कमाल के आदमी हो। ऐसी भाषा का इस्तेमाल करते हो जिसे अनुवाद करना भी मुश्किल है। बेचारा चलपति समझ नहीं पा रहा है।" — मुरली।

"सचमुच उसे तेलुगु नहीं आती ?" — मैंने कहा।

"अरे, जन्म लेते ही इसने "मम्मी" कह कर पुकारा। बोर्न विथ एन इंग्लिश टंग।" — मुरली। वहाँ के सभी लोग ठहाके मार कर हँस पड़े।

फिर से चलपति "वाट ईज दैट, वाट ईज दैट...." पूछने लगा।

"आपकी मातृभाषा तेलुगु नहीं है ?" — मैंने उससे पूछा।

"आफकोर्स माइ मदरटंग ईज तेलुगु, बट आई आम लिटिल बिट एलायन टू इट। सिन्स माइ चाइल्डहुड आई नेवर स्पोक तेलुगु।" चलपति ने गर्व के साथ कहा।

"ओ आइ सी !" मैंने कहा। मुझे ऐसा लगा कि शान जताना तो मुझे भी आ गया। यही बात मैंने मुरली के कानों में फुसफुसायी।

"पानुगंटि लक्ष्मी नरसिंहाराव* नामक एक तेलुगु लेखक ने चलपति जैसे प्राणियों पर एक सुंदर व्यंग्यात्मक रचना की है। उसे एक बार चलपति पढ़ ले तो अच्छा होता।" — मैंने मुरली से कहा।

"क्या कानाफूसी कर रहे हो ? क्या हम सब सुन नहीं सकते ? इन सब के बीच इतना स्वार्थ आपको शोभा नहीं देता।" —शास्त्री ने कहा।

"रवि कह रहा है कि चलपति को फर्स्ट क्लास जरूर मिलेगा। 'वाट डू यू से' चलपति ?" — मुरली।

"ओफ ! आइ डोंट थिंक आइ केन गेट इट । नौ ए डेज़ माइ स्टडीस आर नाट वेरी गुड।" — चलपति।

ऊपरी तौर पर वह ऐसा कहता है, लेकिन वह अंदर ही अंदर चाहता है कि सभी लोग यह कहें कि "अरे, तुम्हें नहीं तो हमारी कक्षा में और किसको क्लास मिलेगा ?"

---

* पानुगंटि लक्ष्मी नरसिंहाराव - स्वातंत्र्यपूर्व तेलुगु कथाकार।

“आप को पढ़ने की जरूरत ही क्या है ? फर्स्ट क्लास तो आपके पास खुद चलकर आयेगी। यू आर दि मोस्ट ब्रिलियंट स्टूडेंट आफ दिस कालेज।” — मुरली।

असल में इस कॉलेज की गरिमा का क्या कारण है, जानते हो ? मिस्टर चलपति की विद्वत्ता है। बाइ द बाइ आप कौन सा “ब्रिलियंटैन” इस्तेमाल करते हैं साहेब ?” — रवि ने व्यंग्य किया।

फिर से सब के ठहाके। चलपति के चेहरे का रंग कैसे फीका पड़ गया, यह मैंने महसूस किया।

“वाट्स दैट, वाट्स दैट....?” चलपति।

इतने में थोड़ी दूर पर नलिनी दिखाई दी। हमेशा की तरह किताबों को लिये। आज तो वह और ज्यादा सुंदर दिखाई दे रही है। न जाने नलिनी मुझे क्यों अच्छी लगने लगी है आज ! मेरी अंदरुनी उत्तेजना को वह जगा रही है। शायद इसीलिए वह मुझे अच्छी लगने लगी है।

“वो रही मिस नलिनी, किताबों के ढ़ेर के साथ। शायद इन सारी किताबों को देख कर चलपति घबरा रहा होगा। है न ?” —मुरली।

फिर सभी ने ठहाका मारा। नलिनी को लगा कि उसे ही देख कर सभी लोग हँस रहे हैं, इस ख्याल से उसके चेहरे का रंग लाल हो गया।

मुझे उससे यह कहने की इच्छा हुई कि “गुस्से में तुम्हारा सौंदर्य और भी निखरता है, नलिनी !” वह पास आ गयी।

तीन चार लड़कों ने नलिनी को “हैलो” किया। अचरज की बात यह है कि मेरे मुँह से भी अनायास ही “हैलो” शब्द निकल पड़ा। लेकिन नलिनी ने मेरी ओर बिल्कुल ध्यान नहीं दिया। सभी की ओर गुस्से से ताकती शान से कमरे में चली गयी।

“इनसल्ट, इनसल्ट” राव ने कहा।

“अरे, वह रोज़ रोज़ इतनी सारी किताबें क्यों ढ़ो कर आती है? तुम सोचते हो ये सभी किताबें वह सच्च में पढ़ती है ?” शास्त्री ने मुरली से पूछा।

“मैं बतलाऊँ, आखिर यह रोज़ इतना सारा बोझ लेकर क्यों आती है ?” — मैं।

“बोलो न ?” शास्त्री ने आतुरता से पूछा।

"उसने किताबें जिस अंदाज से पकड़ी हैं, उसे देखकर ऐसा लगता है जैसे एक माँ अपने बच्चे को गोद में संभाल रही है।" — रवि।

"बिल्कुल....दूर से देखने पर ऐसा ही लगता है कि किसी बच्चे को उसने गोद में उठाया है।" — राव।

"सो....रोज़....इन सारी किताबों को लाने की वहज है उसके अंदर छिपी हुई मातृत्व को प्रकट करने का तरीका। — रवि।

"हमें तो कुछ समझ में नहीं आ रहा है। प्रोफेसर के लेक्चर से भी ज्यादा मुश्किल है। ठीक से समझाओ न ?" — मुरली।

"उसके मन में एक ऐसी इच्छा है, जिसे वह खुद भी नहीं जानती। उसके मन में जल्दी माँ बनने की और बच्चे को गोद लिये फिरने की चाह है। अनजाने ही सही। उस इच्छा की पूर्ति के लिए इन किताबों को अपने हाथों में संभाल कर लाती है। उसके बरताव से यही स्पष्ट होता है।" मैंने उस पर व्यंग्य कसा। सभी लोग हँस पड़े। तब मेरा जोश कुछ बढ़ गया। अंदर बैठी लड़कियाँ मेरी ओर गौर से देख रही थीं। उनकी नज़रें मुझ पर टिकी देख कर मुझे और भी प्रोत्साहन मिल गया। उनका ध्यान मुझ पर बनाये रखने के लिए मुझे उन्हें और भी हँसाना होगा, खूब हँसाना होगा।

"वंडरफुल अनालाइसिस।" — मुरली।

"वाट ईज दैट....वाट ईज दैट" — चलपति पूछ रहा था। उसके बनावटीपन को देखने के बाद उसे खूब छेड़ने का मन हुआ।

"सो....यू डिड नाट अण्डरस्टेंड दैट अनालाइसिस, मिस्टर चलपति!" ....मैंने भी उस की तरह शान जतलाते हुए पूछा।

"यस, प्लीज ट्रान्सलेट इनटू इंग्लिश।" — चलपति।

"आइ वाज़ टाकिंग अबाउट द लेटेस्ट थियोरी इन पोलिटिकल साइन्स। हाव साइको अनालाइसिस केन् बि अप्लाइड टू द स्टडी आफ पोलिटिकल साइन्स। आइ वंडर इफ यू डोंट नो दिस ?" — मैंने पूछा।

मुरली ने मेरी ट्रिक तुरंत ताड़ ली।

"क्या इस विषय को आप नहीं जानते चलपति जी ? फिर आपको फर्स्ट क्लास कैसे मिलेगी ?" — मुरली।

"रियल्ली आइ डोंट नो इन वाट बुक दैट थियोरी केन् बि फाउंड।" — चलपति।

"या, विच बुक रवि ? कल कुछ कह रहे थे न ?" — मुरली।

"वन बाइ मिस्टर डोनाल्ड ब्राडमन। द टाइटिल आफ द बुक ईज यान अप्लिकेशन आफ साइको-अनालाइसिस टू द स्टडी आफ पोलिटिकल साइन्स। इट ईज एन एक्स्ट्रीमिली इंटरेस्टिंग बुक।" —मैंने कहा। मैं खुद हैरान था कि इस तरह का मज़ाक मैं कैसे कर पा रहा हूँ।

"या, डानाल्ड ब्राडमन ! उस किताब से कम से कम दस कोटेशन्स न दें तो फर्स्ट क्लास मिलना नामुमकिन है।" — मुरली।

"डानाल्ड ब्राडमन! आइ नेवर हेर्ड हिज नेम। प्लीज टेल मि वेयर आइ केन् गेट दिस बुक ?" — चलपति।

"यस मुरली....! कल ही तो हम ने खरीदा है, कहाँ मिलेगी वह किताब ?" —मैंने पूछा।

"कहाँ मिलेगी....? लाल बहादुर क्रिकेट स्टेडियम में।" — मुरली।

सब लोग हँसी से लोटपोट होने लगे। एक मज़ाक को सच साबित करने के सिलसिले में जो जो रंग उसमें मैं भरता गया, इसे देख कर खुद अपने आप में विश्वास हो गया। मैंने स्पष्ट महसूस किया कि मेरे होंठों पर विश्वास भरी मुस्कान फैली हुई है।

"यू आर बिइंग फूल्ड मिस्टर चलपति। डोनाल्ड ब्राडमन ईज ए ग्रेट क्रिकेटर। ही ईज नथिंग टू डू विद् पोलिटिकल साइन्स आर साइको अनालाइसिस।" — राव ने कहा।

फिर से सबने ठहाके मारे। चलपति का चेहरा लाल हो गया। द फेलो लुक्स रिडिक्युलस नौ। पसीना छूटने लगा। रुमाल से पोंछने लगा। सारे क्लास के लोग मेरी ओर तारीफ भरी नज़रों से देखने लगे। कालर उठा कर सबके सामने शान से चलने की मुझ में जोरदार इच्छा जगी। मेरा मकसद पूरा हो गया। सब को दिखा पाया कि चलपति क्या है और उसमें अकल की कितनी मात्रा है। अब मुझे फर्स्ट क्लास मिले, या न मिले मैं इसकी कहाँ परवाह करने वाला हूँ ?

"सो....यू आर प्लेइंग ट्रिक्स आन मि।" कहता हुआ चलपति लाल लाल चेहरा लिये क्लास के अंदर जाकर बैठ गया।

"अरे, इतनी जल्दी उसे बता भी क्यों दिया राव ! काश, और थोड़ी देर उससे मज़ाक किया होता....। इतना अच्छा मौका फिर कभी मिलेगा क्या....?" — मुरली।

"करेक्ट....आजकल चलपति की आँखें ज़मीन पर टिकती ही नहीं है।" —शास्त्री।

"ठीक है, जाने दो, तुम्हारी पढ़ाई अच्छी चल रही है न ?"

"अरे, हम चाहे जितनी भी पढ़ाई करें, क्या फायदा ? हमें देखनेवाला, हमारी जवाबी पत्रों को पढ़ने वाला है कौन ? किस किस को फर्स्ट क्लास देनी है, यह सब तो पहले ही तय हो जाता है।" — मुरली।

"हम वक्त बेवक्त प्रोफसरों से मिलते रहते हैं। तुम्हारा यह रोना-धोना इसीलिए है न ? तुम लोगों को आखिर किसने रोका है ? कुछ अकलमंदी से काम लेता ....तो सचमुच रवि को फर्स्ट क्लास जरूर मिल जायेगी। सचमुच रवि प्रोफेसर को प्रभावित कर सकता है।" — राव।

"वही तो कह रहे हैं। हममें इतनी अक्ल नहीं है, आपकी या चलपति की तरह....! और नलिनी जैसे हम लोग सुंदर भी नहीं हैं, फिर चाहे हम जितना भी पढ़ें, क्या फायदा है ? बोलो !" — मुरली ने कहा।

"जाने दो, बेकार की पढ़ाई। बेकार की परीक्षाएँ। अरे, देखो तो सही, उस ओर अप्सराओं की टोली आ रही है। जी भर के देख लो।" —शास्त्री।

"आह ! अद्‌भुत सुंदरी हैं। बीच वाली लड़की को देखो। वह लाल साड़ी वाली, मिस रमा....! परी है वह ! कल परसों ही किसी ब्यूटी कांटेस्ट में 'मिस हैदराबाद' सेलेक्ट हुई है।" — राव।

"रियल्ली। लेकिन वह ऐसी उदास क्यों है ? चेहरे पर न हँसी, न मज़ाक। मजबूत पसलियों के अलावा मुझे उसमें कुछ ख़ास दिखाई नहीं देता है।" — मैंने कहा।

"वो देखो। अप्सराओं के पीछे चले आने वाले गांधार पुरुषों का झुण्ड !" — राव।

"अरे, जहाँ-जहाँ मकरंद मिलने की आशा होती है, वहाँ-वहाँ भ्रमर मँडराते रहते हैं।" —शास्त्री।

"ठीक कहा आपने। आज शास्त्री जी बहुत अच्छे मूड में हैं, 'ब्रिस्टन टेस्ट' में 'जयसिंह' की तरह....।" — रवि।

"क्या कभी मकरंद का आस्वादन भी किया है शास्त्री जी ? या केवल हमारी तरह आपका भी सैद्धांतिक ज्ञान ही है?" — मुरली।

"इतना मुकद्दर कहाँ है ! इस जन्म में अभी तक वह भाग्य नहीं मिला है वत्स ! जल्दी ही मिलने वाला है। परीक्षाएँ होते ही सुहाग रात है।" — शास्त्री।

"अरे, अभी तक बताया क्यों नहीं ? केफटेरिया ले चलो। छोटी सी पार्टी न दो तो हम छोड़ने वाले नहीं हैं।" — मुरली।

"सावधान शास्त्री ! कह रहे हो कि तुम्हें केवल सैद्धांतिक ज्ञान ही है। फेल हो जाओगे। कुछ ट्रेनिंग ले लो तो अच्छा है।" — राव।

"अरे, कौन देंगे यार ! यह तो बता ! मुझे भी कुछ ट्रेनिंग लेकर जाने की ही इच्छा हो रही है। वरना हँसी का पुतला बन जाऊँगा।" — शास्त्री।

"तो फिर एक दिन हमारी लिल्ली के पास क्यों नहीं जाते ? जीवन भर याद रखने वाली ट्रेनिंग देकर भेजेगी।" — मुरली।

"कौन है मुरली ? लिल्ली कौन ? कहाँ, प्लीज़ बताओ न ? उससे कैसे मिलना है, बोलो न जल्दी ?" — शास्त्री।

"छोड़ो यार, लिल्ली को नहीं जानते ? इस कॉलेज में तुम जैसे लोगों को ट्रेनिंग देने के लिए ही वह यहाँ आयी है। पता भी दूँगा। लेकिन पहले पार्टी ....वरना पता नहीं दूँगा। आगे तेरी मर्जी।" — मुरली ने स्पष्ट किया।

"ठीक है, चलिए सब लोग केफेटेरिया में....जितना कुछ खाना है, खा लेना।" — शास्त्री।

"क्यों, चलें रवि ?" — मुरली।

"प्रोफेसर के आने का समय हो गया है, मैं नहीं आऊँगा।" — राव।

"अरे, तुम कहाँ आने वाले हो ? प्रोफेसर के आते ही झूठी तारीफों के पुल बाँधने का काम जो है ! क्यों रवि ? चलें ?" — मुरली।

"आज आखिरी क्लास है न ? इसलिए तो कई अड़चनों को पार कर आया हूँ। जाने की इच्छा हो तो क्लास हो जाने के बाद ही जाएँगें।" —मैंने मुरली से कहा।

“ठीक है, मान गये। थोड़ी देर रुक जाओ शास्त्री ! तुम्हारी लिल्ली कहीं चली नहीं जायेगी। तुम्हें ट्रेनिंग दिलवाने का जिम्मा मेरा है।” — मुरली

“मेरे यार, क्लास जाए भाड़ में, चलो न ? तुम भी तो रवि ! तुम तो कभी क्लास के पीछे इतना पागल नहीं होते थे, आज क्या हो गया है तुम्हें ?” — शास्त्री।

“हमारा शास्त्री आज रुकने वाला नहीं है। हाँ, कहो शास्त्री ! इतनी जल्दी में हो। कितने पैसे खर्च कर पाओगे ?” — मुरली।

“कितना चाहिए ? एक सौ काफी है ?” — शास्त्री ने कहा।

“सौ ! चलेगा ! खर्च करने का दम है शास्त्री में।” — मुरली।

“इस बात को जानते हो ? हमारे कॉलेज में एक अज़ीब घटना घटी है।” — राव।

“क्या है, बात क्या है ?” — शास्त्री।

“परसों किसी विभाग में, ‘वन गर्ल अंड टू बोयस वर मेंकिंग लव,’ उन्हें पकड़ लिया गया है।” — राव।

“बाप रे ! क्या ज़माना है ! कलियुग है। युग का प्रभाव है।” —शास्त्री।

“रियल्ली !” — मैं और मुरली दोनों एक साथ बोल उठे।

“यह खबर तो कल की थी। इसलिए इस खबर को जितनी पब्लिसिटी मिलनी चाहिए थी, उतनी अभी नहीं मिली।” — राव।

“दोनों, एक लड़की के साथ ! झूठ बोल रहे हो।” — मुरली।

“झूठ मैं क्यों बोलूँ भाई ! शाम के पाँच या छः बजे होंगे। कमरा बंद करने चपरासी गया तो देखा कि कमरा अंदर से बंद था। दस्तक देने पर भी किसी ने खोलने का कष्ट नहीं किया। थक कर जब उसने खिड़की का दरवाज़ा खोलकर देखा तो....दोनों लड़के....एक लड़की के साथ....मेंकिंग लव.....।” — राव।

“फकिंग कहो न ? फिर क्या हुआ ?” — शास्त्री।

“कुछ नहीं। उसने उनके बारे में प्रिंसिपल साहब से शिकायत की। शायद उन तीनों को आज सजा जरुर मिलेगी।” — राव।

“यकीन नहीं होता। दो युवक एक लड़की के साथ....? यह कैसे हो सकता है ?” — मुझे भी संदेह हुआ।

"कैसे ? कैसे ? कैसे हो सकता है ? दोनों एक स्त्री के साथ....वह दृश्य मेरी आँखों के सामने घूमने लगा। दिमाग खराब हो गया। कैसे हो सकता ? एक लड़की, दो मर्दों के साथ या दो मर्द एक लड़की के साथ....क्या यह मुमकिन हो सकता है ? कौन इस सवाल का जवाब देंगे ? 'एडिटर जी !' के संबोधन से 'अभिसारिका' पत्रिका, जो सेक्स संबंधी समस्याओं को लेकर पर्दे के पीछे मामलों को खुल्लमखुल्ला लिखता है, उसे लिखे तो....मेरे दोस्त का कहना है कि एक युवती के साथ दो युवकों का संभोग हो सकता है और मेरा कहना है 'नहीं हो सकता।' दोनों में बहस शुरु हो गयी। आप किससे सहमत होंगे ?"

....शायद जवाब मिलेगा।

"असल में वे लोग हैं कौन ? तुम जानते हो ?" — शास्त्री।

"नाम तो सुना है, वैसे, मैं उन्हें नहीं जानता।" — राव।

"फिर भी यह कैसे हो सकता है, मुरली ! क्या यह सच है ?" — मुझे तो अपने संदेह का निवारण अभी नहीं मिला है।

"सच नहीं है तो, राव ऐसा क्यों कहेगा ? शायद एक बात हो सकती है। एक व्यक्ति, दूसरे को प्रशिक्षण देता रहा होगा। शास्त्री अभी-अभी प्रशिक्षण माँग रहा है न ? मतलब यह है कि शास्त्री जैसे किसी व्यक्ति को दूसरा अनुभवी व्यक्ति ट्रेनिंग देता रहा होगा। फिर क्या, शास्त्री को उसके पास भिजवा सकते हैं। वे तीनों एक ही काम से मतलब रखते हैं....वे भी 'सेक्स सेवक' कहलाये जाएँगें।" — मुरली।

"क्या है?" — शास्त्री।

" 'हाव टू मेक लव' -- इस नाम से अगर सिकंदराबाद में ये लोग एक संस्था खोले तो बहुत पैसे भी कमा सकते हैं। फिर हमारे शास्त्री जैसे लोगों की मुसीबतें भी दूर हो जाएँगी।" — मुरली।

"मुरली, आज तुम्हारा दिमाग बड़ा तेज काम कर रहा है। तुम्हें झट से "पद्मश्री" ख़िताब न मिले तो आफत आ जाएगी।" — राव।

" 'पद्म श्री' ! मुझे ! देखा जाएगा। पहले यह सोचो कि हमारे 'पद्म श्री' श्री राघव राव जी आज अभी तक आने का नाम नहीं ले रहे हैं। बोर हो रहे हैं।" — मुरली।

"यू मीन प्रोफेसर ! इन्हें 'पद्म श्री' मिल गयी !" — राव।

"तुम्हें नहीं मालूम ? अब तक तुम ने उन्हें बधाई भी नहीं दी ? चलपति तो कब से उनके लिए सम्मान सभा का आयोजन भी कर रहा है।" — मैंने कहा।

मुरली और शास्त्री दोनों हँस पड़े।

"अरे, झूठ बोलना बंद करो यार ! मुझे भी चलपति समझ कर बुद्धू बनाने की कोशिश मत करना। मैं उतना बुद्धू नहीं हूँ।" — राव।

"तो इसका मतलब है, कुछ ज्यादा या कुछ कम ही सही, लेकिन तुम बुद्धू जरूर हो। इस बात को तुम भी जाने अनजाने मानते तो हो।" — रवि।

मुरली, शास्त्री फिर जोर से हँसे।

"रवि ! तम्मीज से बातें करो ! असल में हमारे ऊपर मज़ाक करने का क्या मतलब है ? हमसे आप लोग जलते हैं। आपके दिल और दिमाग सड़ गये हैं। क्या किसी ने आप लोगों को प्रोफेसर के चारों ओर चक्कर काटने से या उनकी चापलूसी करने से मना किया है ? अंदर ही अंदर ऐसा ही करने के लिये आप का भी जी करता है। लेकिन ऐसा कर दिखाने का दम नहीं है आप में। बस, हम जैसे लोगों को देख कर चिढ़ते रहते हो। 'इट ईज नथिंग बट शीर जेलसी।' — एक ही साँस में बोल कर 'राव' एकाएक क्लास में जा बैठा।"

"राव ने क्या कहा ? बातें कुछ गंभीर हैं। क्या उसकी बातों में सच्चाई है ? मेरे प्रति राव के मन में थोड़ी बहुत हमदर्दी थी, बेकार में मैंने उस पर वार किया।" मैंने मन ही मन सोचा।

"जेलसी....इन्हें देख कर....? बदमाश कहीं के....क्या ये लोग चमचागिरी करने के सिवाय कुछ और जानते भी हैं ?" — मुरली।

"अरे, आज प्रोफेसर आयेंगे कि नहीं? बोर हो रहे हैं। केफेटेरिया जा कर 'काफी' पीकर आयेंगे, चलो।" — शास्त्री।

"मुझे भी क्लास सुनने का मन नहीं कर रहा है। चलो मुरली, चलें ?" — रवि ने कहा।

"चलो। इतना 'बोर' तो कभी नहीं हुए।" मुरली। हम तीनों चल पड़े। थोड़ी दूर जाने के बाद उन्हें प्रोफेसर दीख पड़े। वे जल्दी-जल्दी इसी ओर आ रहे थे।

"गुड मार्निंग सर !" तीनों ने कहा।

"दो मिनट में आऊँगा। क्लास में बैठो।" प्रोफेसर ने कहा। तीनों फिर से पीछे मुड़े।

"हाय राम ! सोचा कि "फिफ्टी मिनट्स आफ बोरडम" टल गया। मेरा अंदाजा गलत निकला। बला अभी टला नहीं।" मैं तो हताश हो गया।

"शायद आज पचास मिनट नहीं लेंगे। ज्यादा से ज्यादा पंद्रह मिनट लेंगे। ख़ास टापिक्स बतायेंगे।" — मुरली।

क्लास में पीछे वाली बेंच पर मेरे साथ शास्त्री, मुरली भी बैठ गये।

"आ रहे हैं क्या ? सभी ने पीछे मुड़ कर पूछा।" "यस" मुरली का जवाब....।

सब लोगों ने बातें करना बंद कर दिया। पूरे क्लास में सन्नाटा छा गया। नलिनी अपने बगल में बैठी सुधा से कानाफूँसी कर रही है। नीरजा अपनी पल्लू ठीक कर रही है। सुमित्रा यूँ ही देख रही है और सुधा कुछ पढ़ रही है। सब लड़कियाँ मौजूद हैं। कोई फ़िकर की बात नहीं। क्लास आने का मेरा निर्णय ठीक ही रहा। पसीना पोंछते हुए प्रोफेसर आये। सम्मानपूर्वक सब खड़े हो गये।

आते ही प्रोफेसर ने अपना भाषण शुरु कर दिया। "एक्स्ट्रीमिली सॉरी फार द डिले। अभी एक ख़ास बात पर हार्वर्ड यूनिवर्सिर्टी के प्रोफेसर से मिल कर आ रहा हूँ। अभी दस, पन्द्रह मिनट में वाइस चालंसर से मिलना है। इसीलिए अभी मैं किसी विषय पर लेक्चर नहीं दूँगा। लेकिन, हाँ, कुछ 'टापिक्स' बताऊँगा। उन्हीं को ध्यान से पढ़िएगा।" कहते गये। आप यह मत सोचिये कि सिलेबस पूरी हुई नहीं है। सिलेबस पूरा करना किसी के वश की बात नहीं है। अमेरिका में तो ....जब मैं न्यूयार्क यूनिवर्सिटी में विजिटिंग प्रोफेसर की हैसियत से गया.... तब....। बस, अपनी ही बातों में खो गये प्रोफेसर साहब।

इतने में शास्त्री ने एक कागज पर कुछ लिख कर मुरली को दिया और मुरली ने उसे मेरी ओर बढ़ाया।

"स्वकुच मर्दन शुरू हो गया।" शास्त्री ने कागज पर यह लिखा था। इसे देख कर मेरे मन में "गोपी पीन पयोधर मर्दन" वाली बात याद आयी। "पीन पयोधर" की तरह....गोपी पीन पयोधर....नलिनी के भी पीन पयोधर ही हैं। न जाने कौन नलिनी के पीन पयोधरों का मर्दन करेगा। नलिनी और नीरजा बड़े गौर से प्रोफेसर को देख रही हैं। मैं भी नीरजा और नलिनी को बड़े गौर से

देख रहा हूँ। अभी भी प्रोफेसर न्यूयार्क की बातों में खोये हुए हैं। बहुत स्टाइल के साथ, अमेरीकन इंग्लिश में.....! ये सब पुरानी, घिसी-पिटी बातें ही हैं। नीरजा का पल्लू खिसकने लगा। असल में उसका पल्लू अपनी जगह पर कभी टिकता नहीं है। नीरजा की सुंदरता मर्दों में कामुकता सुलगाती है और उन्हें पागल कर देती है। उसका सौंदर्य खून को खौलता है ! अपने सौंदर्य की मौन ललकार से नीरजा कई मर्दों की आंतरिक अशांति का मूल कारण बन गयी। नीरजा में हमें ''चलम*'' की ''राजेश्वरी'' दिखाई देती है। इस 'राजेश्वरी' में छिपे सौंदर्य और स्त्रीत्व को जगाने न जाने कौन 'अमीर' आयेगा ? यह अमीर कहाँ छिपा है ? सभी लोग नोट बुक में कुछ लिखने लगे। मैंने भी लिखना चाहा। नोट बुक खोला। सुधा की ओर देखा, तो वह किसी ख़ास बिंदु पर नज़र गड़ाये बैठी हुई थी। सुध ा की सुंदरता में अलौकिक आभा है। सुधा की यह सुंदरता मानव की इच्छाओं को जागृत कर उसे पागल बना देती है। उसे देखें तो लगता है उसकी नज़रें दूर किसी अंनतता में.....किसी अनजाने तट में खोयी हुई हैं। यह क्लास, स्टूडेंट्स, प्रोफेसर, पाठ..... इन सब से बेखबर होकर इस कृत्रिम दुनिया में बिल्कुल ''मिस फिट'', बिल्कुल असंगत सी लगती है। इसीलिए सुधा मुझे बहुत अच्छी लगती है। सुधा को देखने से एक सुंदर चित्र को देखने की अनुभूति होती है। बस, देखना ही काफी है। और कुछ करने की इच्छा भी नहीं होती। अरे, यह क्या ? मैं सुध ा के बारे में लिखता जा रहा हूँ ! सभी लोग तो प्रोफेसर के नोट्स लिख रहे हैं और मैं तो सुधा के बारे में लिख रहा हूँ। मैंने सिर उठा कर देखा कि प्रोफेसर आखिर क्या कह रहा है। ''प्लेटोस कम्यूनिज्म आफ वाइव्ज'' कह रहे हैं। सचमुच कम्यूनिज्म आफ वाइव्ज आए तो क्या होगा ? नलिनी और चलपति का बच्चा पैदा हो तो वह अव्वल दर्जे का चम्चागिरी करने वाला निकलेगा। फिर नलिनी और मुरली का बच्चा हो तो थोड़ा चम्चागिरी करेगा और थोड़ा सिन्सियर भी होगा। मेरे और नीरजा का एक बच्चा हो तो वह किस कैटगिरी में आएगा ? नीरजा मुझसे कहेगी, ''मेरी सुंदरता और आपकी अक्लमंदी होगी हमारे बच्चे में।'' मेरा उत्तर होगा — ''मेरी सुंदरता और तुम्हारी अक्ल भी तो आ सकती हैं ?'' वाह ! वाह ! ग्रेट विट ! असल में नीरजा बच्चों को जन्म देगी ? कोमली बच्चों को जन्म देगी ? ताजमहल, नयागरा जल प्रपात, अजंता-एलोरा की गुफाएँ — इन सब की तरह नीरजा भी एक सौंदर्य की प्रतिमूर्ति है। उसे किसी एक

* गुडिपाटि वेंकटचलम् — स्त्रीवादी साहित्यकार — तेलुगु के।

की संपत्ति बन कर नहीं रहना है। उसका सौंदर्य ऐसा है, जिसकी आराधना में मर्द लोग अपने आत्मगौरव और अहं जैसी भावनाएं भूल जाते हैं, और उस पर मर मिटते हैं। उसके पीछे कुत्तों की तरह घूमते रहते हैं। वह एक असाधारण स्त्री है। चलम के उपन्यासों की स्त्री है। नलिनी की तरफ देखा। प्रोफेसर कुछ कह रहे थे। वह बहुत ही उत्साह से लिख रही थी। कौन मूर्ख कहेगा कि नलिनी खूबसूरत नहीं है ? लेकिन नलिनी के सौंदर्य की लौकिकता मुझे अच्छी नहीं लगती। तुच्छ कृत्रिम मूल्यों को पाने के लिए असाधारण सौंदर्य का दुरुपयोग हो यह मुझसे बर्दाश्त नहीं हो रहा है। उसकी आँखें हर समय तुच्छ पाठ्य पुस्तकें पढ़ती रहें, यह भी मुझसे बर्दाशत नहीं होता है। कभी-कभी यह बात नलिनी से कहने का मन होता है कि "तुम अपनी सुंदरता को बरबाद कर रही हो। इस तरह बरबाद करने का अधिकार तुम्हें नहीं है। प्रकृति ने जो अलौकिक सौंदर्य तुम्हें दिया है, उसके वास्तविक हकदार तो सौंदर्योपासकों के नेत्र ही हैं। इसीलिए इस कदर कृत्रिम मूल्यों के लिए उस अपूर्व सौंदर्य का नाश करना बिल्कुल उचित नहीं है।" यह तो सौंदर्य की हत्या है। यह बात वह समझती नहीं है। इस जुल्म में उसे जेल भी भिजवायें तो भी कोई गुनाह नहीं है। सुमित्रा सौ रुपये वाली अपनी कीमती कलम से, कीमती नोट बुक में बड़ी आलसता से कुछ लिख रही है। सुमित्रा को देखने पर हमें पैसे....पैसे....पैसे....और पैसे ही नज़र आते हैं। उसका बाप लखपति होगा शायद ! सुमित्रा के कपड़ों से भी उसकी अमीरी ही झलकती है। लाख, लाख, जिसके पास लाख रुपये होंगे, उसी के पास दूसरा लाख भी जमा होगा। "अमीर और भी अमीर ही बनता जाएगा और गरीब और भी गरीब।" मैंने मेस बिल नहीं भरा। सुमित्रा से पूछूँ तो क्या वह एक लाख रुपये देगी ? अगर सुमित्रा मुझसे प्यार करेगी....तो....वाह ! क्या करिश्मा है ! रोल्स रायस कारों में घूमते हुए...."प्लेयर्स सिगरेट" पीते हुए....रोज़। हर रोज़ चार चार टेरीलीन सूट बदलते हुए....किसी रिट्ज होटल में एक-एक बजे तक बैठे स्काच, व्हिस्की पीते हुए....केबरे डांस देखते हुए....कहते हैं कभी-कभी रिट्ज होटल में "न्यूड" डांस भी होते हैं। एक बार जाकर देखना है।

"वाट एबाउट मेकियवेल्ली सर ?" चलपति ने उठकर प्रश्न किया। हर क्लास में चलपति ऐसे ही बेसिर पैर के सवाल करता रहता है। प्रोफेसर बहुत इंप्रेसिव हो जाते हैं। कहते हैं, इस प्रोफेसर के क्लास में ऐसे बेसिर-पैर के सवाल पूछने

वालों को ही फर्स्ट क्लास मिलती है। फर्स्ट क्लास पाना हो तो ऐसे बेकार के प्रश्नों का पूछना बहुत जरूरी है।

"ऑफकोर्स ! मेकियवेल्ली ईज आल्सो इंपार्टेंट। बट आइ डोंट थिंक दिस टाइम यू विल गेट ए क्वश्चन आन मेकियवेल्ली !"

"चलपति के बच्चे को मेकियवेल्ली अच्छा थिंकर लगता है।" — मुरली ने एक चिट्ठी पर लिख कर मेरे हाथ में थमा दी। इतने में गुरुनाथम खड़ा हुआ।

"वाट एबाउट दि एलेक्शन आफ इंडियन प्रेसिडेंट सर ?" उसने पूछा? पोलिटिकल थॉट बताने वाले प्रोफेसर से इंडियन प्रेसिडेंट के बारे में पूछ कर गुरुनाथम ने सब को हँसाया। सभी हँस पड़े। नीरजा और नलिनी जोर-जोर से हँसने लगीं। एक दूसरे पर गिर-गिर कर हँसने लगीं। हँसते समय उनके स्तन-द्वय जिस वेग से हिल रहे हैं, उस वेग से हमें उन प्रबल तरंगों की याद आती है, जो समुद्र में तूफानी वेग से ऊपर उठकर फिर तट से टक्कर खाते हैं। उनकी एलास्टिक ब्रासरीस अंदर कराहने लगी हैं। ऐसा लगा किसी भी क्षण वे टूट सकते हैं। किसी सिनेमा में मर्लिन मन्रो की ब्रासरी भी ऐसे ही टूट जाती है। मर्लिन मन्रो तो शृंगार की देवी है। वह जिंदगी भी क्या चीज़ है, जो मन्रो को देखने के सौभाग्य से वंचित है ! किसी को अगर अपने जीवन को सार्थक बनाने की चाह हो तो उसे मार्लिन मन्रो को एब बार देखना पड़ेगा। ऐसी सुंदरी....आत्महत्या करने पर मजबूर हुई ! हालीवुड के गिद्धों ने उसे नोच नोच कर मार डाला। मार्लिन मन्रो....जन्म से ही भिखारिन मन्रो ने हालीवुड को अपने इशारों पर नचाया। "हर ट्राजिडी ईज दि ट्राजिडी आफ अमेरिकन सिविलाइजेशन।" प्रोफेसर भी कुछ सिविलाइजेशन की बातें कर रहा है। मेरे दिमाग में तो एक बात भी घुस नहीं रही है। चलपति तो कुछ लिख रहा है। नलिनी लिख रही है। मेरी कलम बहुत तेजी से चलने लगी । मैं भी तो लिख रहा हूँ। कितना विचित्र है ! अभी तक चार-पाँच पन्ने लिख डाले। प्रोफेसर ने अपना भाषण समाप्त किया।

"सो....लेडीस एंड जेंटिलमेन ! गुड बाय टू यू !" शान से वहाँ से चल दिये। उसके पीछे-पीछे चलपति और नलिनी भी प्रोफेसर के कमरे में घुस गये।

"इन्होंने तो साल भर 'प्लेटो', 'अरिस्टाटिल' के अलावा कुछ पढ़ाया ही नहीं।" — मुरली।

"असल में इन्होंने कितने क्लास लिये ? कुल मिलाकर बीस क्लास भी होंगे या नहीं, मुझे शक है।" — शास्त्री।

"वे तो बहुत ही व्यस्त आदमी हैं। क्लास लेने का समय उन्हें कहाँ मिलेगा?" — रवि।

"अरे, गुरुनाथम ! एलेक्शन आफ इंडियन प्रेसिडेंट का जिक्र पोलिटिकल थाट में आता है क्या ? बढ़िया प्रश्न पूछा है ?" — मुरली।

"अरे, किसी कनफ़्यूजन में पूछ डाला भाई ! अरे ! इतनी सी बात पर बदतमीज लड़कियाँ इतनी हँसी ही क्यों ?" गुरुनाथम हाथ-पैर औरतों की तरह हिलाने लगा।

उसी बात को दुहराते हुए अभी भी नीरजा, संध्या और सुमित्रा हँस रही हैं।

"और एक बात जानते हो ? संविधान पढ़ाने वाले रीडर रामाराव से प्रोफेसर बहुत जलते हैं। दोनों के बीच डाल दो तो अपने आप जल कर राख हो जाता है। तुम्हें वे अच्छी तरह याद रख लेंगे।" — मुरली।

"क्यों ? मुझे क्यों याद रखेंगे ?" गुरुनाथम ने डरते हुए पूछा।

"एक तो यह है कि, कई बार उस रीडर के पास तुम जाते हो। यह खबर प्रोफेसर तक पहुँच गयी। दूसरी बात यह है कि रीडर साहब जो पढ़ाते हैं उसी विषय की चर्चा तुम ने प्रोफेसर के क्लास में की। इसीलिए वे तुम्हें जरूर याद रखेंगे।" — मुरली ने कहा।

"अरे, बाप रे ! यह कैसा अपराध है ! मैं रीडर के कमरे में जाता हूँ ! ऐसा किसने कहा ? असल में मैं गया ही कब था ?" — गुरुनाथम फिर औरत की तरह हाथ घुमाते हुए कहने लगा। सब लोग हँस पड़े।

"किसने कहा" का क्या मतलब है तुम्हारा ? सभी लोग जानते हैं। तुम रीडर के कमरे में जाकर घंटों बैठा करते हो। फिर भी इतने घंटे उनके कमरे में करते क्या हो। गुरुनाथम।" — मुरली चुप-चुप के हँसने लगा। फिर सब लोग हँस पड़े। मुरली के प्रश्न में ध्वनित व्यंग्य मेरे अंदर कंपन पैदा करने लगा।

"हाय राम ! एकाध बार बस, किसी काम से गया। इतनी छोटी सी बात के लिए क्या वे नाराज़ हो जायेंगे ?" — गुरुनाथम। सब हँसते हुए वहाँ से जाने लगे। मुझे मालूम नहीं हो रहा था कि मैं कहाँ जाऊँ, क्या करूँ ?

"क्यों रवि ? होस्टल जाओगे ?" — मुरली पूछने लगा।

"क्या होस्टल ? कहीं भी जाने का मन नहीं कर रहा है। समय क्या हुआ ?" — रवि ने कहा।

"बारह से ज्यादा। तुम्हारा डायनिंग हाल तो साढ़े बारह बजे खुलेगा न ? इतनी देर क्या करोगे ? कुछ देर केफेटेरिया में बैठते हैं, चलो। उसके बाद मैं लाइब्रेरी जाऊँगा। तुम डायनिंग हाल जाओ।" — मुरली।

"आज से मुझे डायनिंग हाल जाने की जरूरत नहीं है। चलो, मैं भी तुम्हारे साथ लाइब्रेरी चलूँगा।" — रवि।

"क्यों ? डायनिंग हाल जाने की जरूरत नहीं है ? हुआ क्या है ?" — मुरली।

"सब बातें क्यों ? तुम्हारे हौसले पर भी पानी फिर जाएगा। पहले लाइब्रेरी चलते हैं, चलो।" — रवि।

"तुम लाइब्रेरी जाओगे ? पढ़ने के लिए ?" — मुरली।

"हाँ, पढ़ने के लिए ! आज से मैं बहुत सीरियस पढ़ना चाहता हूँ। आज सुबह उठते ही मैंने यह निर्णय लिया कि अब से हर पल मैं पढ़ाई में बिताऊँगा। लेकिन अब तक एक वाक्य भी पढ़ नहीं पाया। लाइब्रेरी चलते हैं, चलो। वहाँ का वातावरण कुछ अच्छा होगा। मेरा विश्वास है कि वहाँ कुछ पढ़ पाऊँगा।" — रवि।

"क्या वातावरण है ! पूरी लाइब्रेरी में लड़कियाँ तितलियों की तरह इधर उधर घूमती रहती हैं। वे क्या वहाँ कुछ पढ़ने आती हैं ? खाक पढ़ती हैं। हर समय कुछ न कुछ कानाफूसी करती रहती हैं। वहाँ भी जोड़े दिखाई देते हैं ....लड़कों से बातें करने का एक अच्छी खासी जगह है यह लाइब्रेरी ! पब्लिक पार्क की तरह लाइब्रेरी भी प्रेमियों का अड्डा बन गया।" — मुरली।

"चाहे कुछ भी हो, चलते हैं, चलो।" — रवि।

"पहले केफेटेरिया में 'कॉफी' पीकर जायेंगे। प्रोफेसर ने केवल दस मिनट में ही बहुत बोर कर दिया। पहले उस "बोरडम" से तो छुटकारा पा लें।" — मुरली।

"आखिर उन्होंने क्या पढ़ाया है, मैंने कुछ सुना ही नहीं।" — रवि।

"अच्छा हुआ। नयी बात कुछ भी नहीं है। थोड़ी देर प्लेटो, और थोड़ी देर

अरिस्टाटिल। बस, इन दोनों के अलावा वे कुछ और पढ़ाते ही नहीं। साल भर उन्होंने इन्हीं के बारे में बताया है।" — मुरली।

"हैलो !" कहता हुआ एक जाना पहचाना चेहरा चला गया। दोनों कॉलेज की सीढ़ियाँ उतरने लगे।

"आखिर तुम्हारी पढ़ाई कैसे चल रही है रवि ? और कितने दिन ऐसे बेफिक्र बन कर घूमते रहोगे ?" — मुरली।

"बेफ़िक्र होकर घूम रहा हूँ। हर पल इम्तिहानों का डर लगा रहता है। सच कहूँ तो परीक्षायें मेरे सामने पहाड़ जैसी खड़ी हैं। शायद मेरी न पढ़ने की वज़ह से ही ऐसा लग रहा है। और एक बात है मुरली ! पढ़ने की कोशिश मैं बहुत करता हूँ, लेकिन पढ़ नहीं पा रहा हूँ। हर समय कोई न कोई चिंता मन को सताती रहती है। बस, मैं किसी भी विषय पर मन नहीं लगा पा रहा हूँ। हर पल मुझे अशांति घेरे रखती है। क्या करूँ ? बोलो यार ! परीक्षाएँ....उनके बारे में सोचने लगूँ तो दिल और भी उदास हो जाता है, धड़कन बढ़ जाती है। लगता है मैं कहीं पागल न जाऊँ, यही डर है।" — रवि।

हम दोनों केफेटेरिया की तरफ घूमे। कॉलेज में आते वक्त मैंने देखा कि वहाँ श्रीशैलम और उसके दोस्त खड़े थे, वे लोग अभी भी वहीं पर खड़े हुए थे। टाइट पैंट, पाइंटेड शूज़, तनी हुई मूँछे, कहीं-कहीं गँजे सिर वाले भी शायद तिरुपति जाकर आये होंगे ! डर, डर, सारे बदन में डर छा गया। क्या वहाँ जाना ठीक होगा ? उनके बीच....जरूर श्रीशैलम मुझे देख कर कुछ कहेगा। उन्हें उकसायेगा। उसे चारों ओर से टाइट पैंट वाले घेर लेंगे। पीटेंगे, पीटेंगे। झट से पीछे मुड़ते हुए मैंने कहा, "मुरली, 'कॉफी' नहीं चाहिए, चलो, लाइब्रेरी चलें।"

"ऐसा क्यों, इतनी दूर आ भी गये, लौट क्यों जायें ?" — मुरली।

"कोई बात नहीं। उतनी जरूरत हो तो लाइब्रेरी के पास पी लेते हैं। प्लीज़ चलो।" — रवि।

"इतना "मूडी" क्यों होते जा रहे हो रवि ? क्या हुआ ?" —मुरली ने पीछे मुड़ते हुए पूछा ?

"कुछ नहीं। प्लीज यह बात मत पूछो।" — रवि।

क्या मेरे अंदर के हलचल को मुरली ताड़ गया ? फिर भी कितने दिन श्रीशैलम से बचता फिर सकता हूँ ? कभी न कभी उसका सामना तो करना ही है। और

उससे पिटाई भी करवानी है। मुझे अब कोई बचा नहीं सकता। अगर मैं होस्टल छोड़ कर कहीं भाग जाऊँ तो ? ....आइडिया....! मुरली शहर में रहता है। मुरली के साथ उसके कमरे में रह जाऊँ तो ? मुरली के साथ रह जाऊँ तो पढ़ाई भी अच्छी होगी। कम से कम मुरली को देख कर ही सही, पढ़ने में दिल लगेगा।

"मुरली ! तुम शहर में ही रहते हो न ? तुम्हारे कमरे में मेरे रहने की कोई गुंजाइश है ? सिर्फ इम्तिहानों तक। चाहो तो मैं भी कुछ भाड़ा दे सकता हूँ।" — रवि।

"मेरे कमरे में रहोगे ? असल में मैं खुद इन इम्तिहानों में पढ़ने के लिए तुम्हारे कमरे में आना चाहता हूँ। मेरे कमरे में पढ़ाई हो पायेगी ? आस-पास हर समय शोर-गुल होता ही रहता है। और फिर मेरे कमरे में हवा और रोशनी के आने का सवाल ही नहीं उठता। कमरे में बैठोगे तो पसीने से तर जाने के सिवाय कोई और चारा ही नहीं है।" — मुरली।

"ठीक है, जाने दो, देखो, वहाँ जो लड़की जा रही है किरण्मयी है न ?" — रवि।

" 'किरण्मयी' ! हाँ सचमुच वह किरण्मयी तो है ?" एकदम मेरे खून में गरमाहट आयी। दिल की धड़कन और तेज हो गयी। दिमाग तेजी से, बहुत ही तेजी से काम करने लगा।

"कौन वह नीली साड़ी वाली लड़की ? हाँ ! किरण्मयी सी लगती है। शायद लाइब्रेरी जा रही है।" — मुरली।

"कम आन ! क्विक ! हम भी लाइब्रेरी चलते हैं, चलो।" — रवि।

"अब भी तो हम लाइब्रेरी ही जा रहे हैं। अब तुम लाइब्रेरी जाकर पढ़ोगे ?" — मुरली।

मुरली क्या कह रहा है मुझे सुनाई ही नहीं दे रहा है। दूर लाइब्रेरी के पास जाने वाली किरण्मयी और नीली साड़ी के अलावा मुझे कुछ और दिखाई नहीं दे रहा है। मैं जल्दी चलने लगा।

"क्यों रवि ? ऐसे क्यों भाग रहे हो ? वह कहीं भाग नहीं जाएगी। लाइब्रेरी में ही रहेगी। तुम दोनों किसी भी कोने में बैठ कर शाम तक बातें कर सकते हो। आखिर किरमण्यी के साथ तुम्हारा "किस्सा" कहाँ तक आया है ?" — मुरली ने कहा।

"किस्सा क्या ?" — रवि।

"नागार्जुन सागर टूर गये थे न ? उसके बाद मैंने सोचा कि आप दोनों के बीच लव एफेयर बड़े जोरों से चलेगी। जल्दी से शादी करने वाले हो क्या ?" — मुरली। उसकी बातों में व्यंग्य ! मुरली के मन में भी मेरे प्रति डाह है क्या ? उस टूर में किरण्मयी मेरे बहुत करीब आयी है। इसलिए सब को जेलसी हो गयी है। मैंने सोचा कि कम से कम मुरली ऐसा आदमी नहीं है। फिर भी किरण्मयी के साथ मेरी शादी ? किरण्मयी की परछाई तक को भी छूने की काबिलियत मुझ में नहीं है ! तो फिर इस तरह उसके पीछे भागना ही क्यों ? यह क्या पागलपन है ? मैं ऐसे अरमानों को दिल में जगह क्यों दे रहा हूँ मैं खुद नहीं जानता। मुझे खुद समझ में नहीं आ रहा है, जो कुछ हो रहा है, उसमें मेरा अपना कितना हाथ है ? मैं इसे रोक नहीं पा रहा हूँ। मैं खुद उस नाटक का एक पात्र हूँ। मैं केवल अपने पात्र को निभा पा रहा हूँ। बस। उसके विपरीत मैं चल नहीं सकता। मैं जानता हूँ कि किरण्मयी के लिए मेरी यह भाग-दौड़ केवल एक पागलपन है। किरण मेरे लिए एक मरीचिका समान है। फिर भी भाग-दौड़ किए बिना नहीं रह पाऊँगा। उसको पाने के ख्वाब देखे बिना रह नहीं पाऊँगा। मैं लाचार हूँ। मुझे किसी ने बाँध कर रखा है। लाइब्रेरी तो एक दूर का पहाड़ है। चढ़ रहा हूँ। थका जा रहा हूँ। फिर भी अपनी मंजिल....लाइब्रेरी तक मैं पहुँच नहीं पा रहा हूँ। जितना भी चलूँ, लाइब्रेरी और भी दूर होती जा रही है।

"इस लाइब्रेरी को इतनी ऊँचाई पर बनाने के लिए न जाने किसने सलाह दी ! चढ़ते, उतरते दम निकला जा रहा है।" — मुरली।

बस, करीब आ गये। लाइब्रेरी के पास पहुँच गये। बेचारा मुरली भी मेरे साथ दौड़-दौड़ कर आ रहा है। पहुँच ही गये। लाइब्रेरी के गेट को पार कर गये।

अंदर कुछ लड़कियों के साथ....किरण्मयी मानों चाँदनी जैसी रोशनी बिखेर रही है। हल्की नीले रंग की साड़ी। चाँदनी जैसी सफेद रंग की ब्लाउज। मन मोह लेने वाली सुंदरता लिये खड़ी है मेरी किरण्मयी ! कोई सपने में भी ऐसी सुंदरता की कल्पना नहीं कर सकता। ऐसी जादुई सुंदरता है उसमें। किरण्मयी को एक बार....बस, कोई एक बार देख ले तो काफी है....समझ लेना चाहिए कि भगवान ने हमें इन आँखों में देखने की दृष्टि इसीलिए दी है कि इनसे कम से कम एक

बार तो किरण्मयी को देख कर इन्हें सफल बना सकें। लड़कियाँ सब स्टाकरूम की तरफ जा रही हैं। हम दोनों भी स्टाकरूम की तरफ चलने लगे।

"चलो, हम दोनों भी स्टाकरूम में जाकर पढ़ेंगे।" — रवि।

"पढ़ने के लिए ? या किरण्मयी की आँखों की सुंदरता निहारने के लिए ?" — मुरली ने व्यंग्य किया।

लगता है मुरली ने भी सौंदर्य को परखने की शक्ति है। हम दोनों रूम की तरफ चलने लगे। स्टाकरूम की बू कुछ अज़ीब सी होती है। नयी किताबों से भी कुछ अज़ीब सी गंध निकलती है। मुरली "पोलिटिकल साइन्स" पुस्तकों के विभाग की तरफ चलने लगा। दूर एक कोने में लड़कियाँ खड़े होकर धीमी आवाज़ में बातें करने लगी हैं। हँस रही हैं। धीमी आवाज़ में बातें....मैं वहाँ तक पहुँचूँगा कैसे ? काश ! किरण्मयी मुझे देख कर बुलाती ! आज तो और भी सुंदर दिखाई दे रही है। किरण्मयी का अर्थ "आभा" है। पल-पल में नये नये रंग बिखेरने वाला तेज प्रकाश ! मुरली ने कोई किताब हाथ में ली। और बगल की कुर्सियों की तरफ चलने लगा।

"आज तो 'अमेरिकन प्रेसिडेंसी' को पूरा करना ही है। तुम एक बार पढ़ कर समझा दो न ? सचमुच तुम मन लगा कर पढ़ाई शुरु कर दोगे तो झट से तुम्हारी समझ में आ जाएगी। एक बार समझा दोगे तो मेरी समझ में आ जाएगी। उस समय कभी ब्रिटिश संविधान के बारे में तुमने समझाया था न ? जानते हो कितनी अच्छी तरह मुझे याद हो गया है ? तुम में लेक्चरर बनने की काबिलियत है रवि !" — मुरली। उसकी बातें किसी दूसरे लोक से सुनाई दे रही हैं। मेरे लिए तो पूरे संसार में किरण्मयी के अलावा और कुछ दिखता ही नहीं है। वही छायी हुई है। कैसे ? कैसे ? कैसे ? किरण्मयी से मुलाकात कैसे होगी ? मेरी ओर वह एक बार देख लेती तो कितना अच्छा होता ! मुरली तो किताबों में खो गया। मैं ही हूँ जो निकम्मा ठहरा, अभी तक वहाँ खड़ी लड़कियों को घूर रहा था। वंडरफुल ! वे लड़कियाँ वहाँ से आगे बढ़ते हुए इसी ओर चली आ रही हैं।

"हैलो रवि !" — किरण्मयी। उसके स्वर में वीणा की झंकार सुनाई दे रही थी।

"हैलो" मैंने कहा।

“क्यों ? पढ़ाई अभी से शुरु कर दी ? हम भी यही सोच कर यहाँ आये कि पढ़ाई शुरु कर दें। लेकिन हमारी शशि ने एक समस्या खड़ी कर दी।” — किरण।

“क्या प्रोब्लम है ?” — रवि की आशा थी कि वह समस्या हल कर सकेगा।

“पिक्चर चलने के लिए कह रही है। बाइ द बाइ, हि ईज मिस्टर रवि ! ये सब मेरे दोस्त हैं। ‘शशि’, ‘जलजा’, ‘चाँद उस्मानी’।” — किरण ने परिचय करवाया।

“हाव डू यू डू ?” सभी ने पूछा।

“वन मोर थिंग ! रवि सिनेमाओं के बारे में बहुत जानकारी रखते हैं, शशि ! अभी जिस सिनेमा का जिक्र तुमने किया है, उसके लिए अगर रवि मान जाएँ तो मैं आऊँगी ! वरना नहीं !” — किरण्मयी।

“किरण, तो फिर तुम एक और बहाना ढूँढ रही हो।” शशि ने प्यार भरे अंदाज में कहा।

“नो....नो....रवि पर मुझे भरोसा है। सिनेमाओं के बारे में अच्छी जानकारी रखता है। बोलिए रवि जी ! शशि तो अभी मार्निंग शो देखना चाहती है।” — किरण्मयी।

“कौन सी पिक्चर है वह ?” — रवि।

“कागज के फूल” ! लेकिन जलजा का कहना है कि वह एक बोरिंग फिल्म है। शशि तो उसके पीछे पागल है। मैं कहती हूँ कि पढ़ाई के लिए जब हम आ गयी हैं, तो फिर इस फिल्म के चक्कर में क्यों पड़े ? अब आप ही बताइये।” — किरण ने कहा।

“कागज के फूल” तो बहुत ही अच्छी फिल्म है। हम लोगों ने भी आज जाने का प्रोग्राम बनाया था। लेकिन इम्तिहान करीब आ गये न ? इसलिए सोच रहे हैं ? मैंने कहा। “पैसे न होने की वजह से सोच में पड़ गये हैं, — यह बात मैं कैसे कह सकता था ?”

“वेरी गुड ! अब क्या है किरण ? चलें ? उन्होंने खुद ही कहा है कि यह बहुत अच्छी फिल्म है न ?” शशि खुशी से कहने लगी।

“नो....नो....बहुत ही बोरिंग है। जब मैंने पहली बार देखी, तभी सो गयी थी।” — जलजा।

"नो....नो....नो....इट ईज ए ग्रेट पिक्चर, ऐसी बढ़िया ट्राजिडी मूवीस कम आती हैं। यकीन कीजिए कि आपकी आँखों में आँसू आएँगे। मेरे ख्याल में इस सिनेमा को कम से कम दर्जन बार देख सकते हैं।" — रवि। मैंने जान लिया कि शशि मेरी तरफ़ प्रशंसा भरी नजरों से देख रही है।

"ट्राजिडी ? आइ डोंट लाइक ट्राजिडीस, बाबा....! आइ कांट स्टांड देम ! "कम सेप्टेंबर" जैसी कोई कामेडी सिनेमा हो तो मुझे बहुत अच्छा लगता है।" — किरण्मयी।

"अभी ऐसी ही कहेगी किरण, एक बार "कागज के फूल" तब देखना, फिर कहना। कमान....देरी हो जाएगी।" — शशि।

"नहीं....नहीं....शशि, इम्तिहान इतने नज़दीक हैं। फेल हो जाऊँ तो डेडी मुझे मार डालेंगे। मेरिट में पास हो जाऊँ तो मुझे विलायत भेजेंगे। विलायत में हमारे रिश्तेदार भी हैं।" — किरण्मयी।

"अरे, मेरिट तो आएगी ही। तुम अपने वादे से मुकर रही हो किरण ! रवि मान जाएँ तो तुमने आने का वादा किया न ? वे तो इसे बढ़िया पिक्चर मान रहे हैं।" — शशि।

"ऐसी अच्छी पिक्चर देखने के लिए आप इतना कुछ सोच रही हैं। देश भर में रिलीज हुई फिल्मों में इसी का स्थान प्रथम रहा है। इस सिनेमा से आप जरूर प्रभावित होंगी। चूँकि शशि जी आप को यह पिक्चर दिखला रही हैं, देखने के बाद धन्यवाद दिये बिना आप से रहा नहीं जायेगा।"

"आप तो तारीफ के पुल बाँध रहे हैं। ठीक है, अब तो जाना ही पड़ेगा। वैसे आप भी तो हमारे साथ आ सकते हैं। क्यों ? एक ओर उस पिक्चर की इतनी तारीफ करते जा रहे हैं और दूसरी ओर हम लोगों को सिनेमा भेज कर आप खुद पढ़ना चाहते हैं। यह सरासर अन्याय है। प्लीज़ ! आप भी हमारे साथ चलिए न ?" — किरण ने मनाने के स्वर में कहा। उसकी बातें सुन कर मुझमें भी उत्साह बढ़ गया।

"वोह, श्यूर। थियेटर के पास मिलूँगा।" — रवि। मेरा इस तरह उनके साथ चलने का निर्णय शायद किरण्मयी के अलावा और किसी को अच्छा नहीं लगा।

"चलो किरण, टाइम होता जा रहा है, प्लीज़ !" — शशि।

"कोई बात नहीं, अपनी कार में थियेटर एक मिनट में पहुँच जाएँगे। मैं आप लोगों को ले जाऊँगी न ?" — जलजा।

"तो थियेटर के पास ही मिलते हैं रवि !" — किरण्मयी।

सब लोग "सी यू" कहकर चली गयीं। किरण्मयी भी चली गयी। पल भर में सब कुछ हो गया। आँखों को चकाचौंध करने वाली सुंदरता चली गयी। चारों ओर अँधेरा ही अँधेरा....मुझे जाना है, इस अंधेरे से....यहाँ से बाहर निकलना है। एक क्षण मैं यहाँ रहूँ तो पागल हो जाऊँगा। यहाँ रुकना नहीं चाहिए। तुरंत चलना चाहिए। मुझे आने का निमंत्रण भी तो मिला है। "आप पढ़ाई करेंगे और हमें पिक्चर भिजवायेंगे ?" नहीं, नहीं....जो पढ़ाई मुझे किरण्मयी से दूर करे, ऐसी पढ़ाई से मेरा क्या मतलब ? मैंने भी तो जाने के लिए "हाँ" कह दी। थियेटर के पास मिलने का वादा भी किया। जाना ही है, जाना है, मगर कैसे ? कैसे ? पैसे ! पैसे ! पैसे ! पैसे चाहिए। अपने पास तो हैं नहीं। कैसे ? कैसे ? कैसे ? टाइम ! टाइम ! टाइम ! टाइम ! टिक्....टिक्....टिक् लाइब्रेरी की दीवार पर टँगी घड़ी 12 बजे दिखा रही है। पिक्चर साढ़े बारह बजे शूरु होती है बस, आधा घंटा बाकी है। जाना है। तीस मिनट में पहुँचना है। किरण्मयी मेरे लिए इंतजार करती रहेगी। जाना ही है।

"क्यों ? बातें ख़तम हो गयीं ? चलो, अब थोड़ी देर पढ़ाई कर लेंगे। समझ में नहीं आ रहा है।" — मुरली।

मुरली के पास पैसे होंगे ! होंगे ? नहीं होंगे ? मुरली भी तो मेरे जैसा गरीब ही है। मुझ से भी ज्यादा गरीब है। बेचारा, मुरली....उसके पास पैसे कैसे होंगे?

"कम आन, रवि !" वह बुला रहा है। मैं बगल की कुर्सी पर बैठ गया।

"एलेक्शन आफ अमेरिकन प्रेसिडेंट यह विषय बिल्कुल समझ में नहीं आ रहा है। तुम एक बार पढ़ कर समझा दो।" मुरली ने किताब मेरी ओर बढ़ा दी।

"पढ़ाई....पढ़ाई....पढ़ाई....टाइम....टाइम....टाइम....तीन मिनट। डोंट बिकम एन यास। किरण्मयी तुम्हारे हाथों नहीं आयेगी। विदेश जाने वाली है किरण्मयी और उसके खातिर तुम्हारी यह कैसी भागदौड़ ! बुद्धू !" मेरे मन में संघर्ष.... किरण को भूल जाऊँ ?....नो...नो....नो....उस टूर से वापस आने के बाद आज ही तो किरण्मयी ने इतने प्यार से बातचीत की। पिक्चर आने का निमंत्रण

दिया। गये बिना यहाँ कैसे रह पाऊँगा ? रेगिस्तान की सी मेरी जिंदगानी में मृगतृष्णा बनकर आयी मेरी किरण्मयी ! घने अंधकार में उजाला प्रकाश लाने वाली तेजस्विनी है किरण्मयी ! गंदगी से भरी हुई मेरे जीवन से मुझे उभराने वाली उर्वशी है किरण्मयी ! ऐसी किरण्मयी के निमंत्रण को ठुकरा कर रुक जाऊँ ? नहीं, चलो, चलो, चलो, लेकिन कैसे ? कैसे ? कैसे ? दीवार की घड़ी की टिक्....टिक् ....टिक्। बस, समय बीतता जा रहा है। समय गँवा रहा हूँ। मेरी अपनी असमर्थता और बेबसी की वजह से एक सुनहरा मौका हाथ से निकलता जा रहा है। मुरली से उधार माँगू तो ? कौन जाने, किस बिल में कौन सा साँप छिपा होगा ! हाँ ! मुरली के पास पैसे हो सकते हैं। देखता हूँ !

"मुरली! बाय एनी चांस, क्या तुम्हारे पास कुछ पैसे हैं ? एक पाँच का नोट हो तो काफी है।" —रवि ने पूछा।

"पाँच रुपये ? ठीक पचास पैसे होंगे। मैं भी बस के लिए....आइ मीन, टिकट खरीदने के लिये उधार माँग कर लाया। आखिर पाँच रुपये से ऐसी क्या जरूरत आ पड़ी है तुम्हें ?" — मुरली।

"कुछ काम है, तो तुम्हारे पास पैसे नहीं हैं। — रवि ने कहा।

"माफ करो, नहीं हैं।" — मुरली।

नहीं हैं, नहीं हैं, नहीं हैं, नहीं हैं, पैसे नहीं हैं....फिर कैसे ? कैसे ? कैसे ? कैसे ?

टाइम-टाइम-टाइम-टाइम।

टिक्....टिक्....टिक्....टिक्....।

पैसे....पैसे....पैसे....पैसे....।

केवल पाँच ! केवल पाँच ! स्टाकरूम में कोई नया चेहरा आया है। उधार माँग लूँ तो....हैलो, पाँच रुपये होंगे ? केवल पांच....कल वापस करूँगा। एम०ओ० मिलते ही दे दूँगा। ....नहीं हैं....? पाँच रुपये नहीं हैं ? दैट ईज टू बेड ! कैसे ? कैसे ? कैसे ? किरण, किरण, किरण का सान्निध्य चाहिए। किरण की सन्निधि में अपना स्वत्व, अपना सब कुछ खोना चाहता हूँ। अनंत दूरियों में बसे ....अनजाने लोकों की तरफ अनगिनत युगों का सफर करते मैं, किरण्मयी के साथ चला जाना चाहता हूँ। "किरण ! मेरी किरण !" पुकारते हुए, उसकी आँखों में मस्ती भरी निगाहें डालते हुए, उसके बाहों में झूलते हुए, उसके दिल से दिल

मिलाते हुए, इतने दिनों की तड़पन को, प्यास को बुझाना चाहता हूँ। वास्तव में इस दुनिया में पैदा होकर, जब से मैंने आँखें खोलीं, तभी से मुझे किरण्मयी की खोज रही। मैंने उसे पुकारा, तो इस पागल दुनिया ने उसे "चीख" का नाम दिया। दिमाग काम नहीं कर रहा है। केवल टिक्....टिक्....टिक्....कैसे ? कैसे ? कैसे ? टाइम....टाइम....टाइम....किरण....किरण....किरण....मुझे किरण चाहिए। जाना है, जाना है, किरण के लिए जाना है।

मुझे फर्स्ट क्लास की जरूरत नहीं है। ऐसी कृत्रिम जिंदगानी मुझे नहीं जीनी है। सलाम करके, झूठा विनय जताते....मुझे फर्स्ट क्लास नहीं पानी है। मुझे सिर्फ किरण्मयी चाहिए।

"रवि ! क्या सोच रहे हो ? ऐसे ही सोच में रहोगे तो इम्तिहानों में फेल हो जाना तो पक्का है।" — मुरली।

परीक्षा में फेल हो जाना तो निश्चित है। तब क्या होगा ? माँ ! माँ ! माँ ! माँ के सामने कैसे जाऊँगा ? उनके अरमानों के सारे महल ढ़ह जाएँगे। माँ का पक्का विश्वास है कि मैं कभी भी फेल नहीं होता। इसी बात को गर्व के साथ माँ कई लोगों से कहती भी थी कि मैं अब तक किसी भी परीक्षा में फेल नहीं हुआ। लेकिन अब की बार उसकी बात गलत साबित होगी। मैं फेल हो जाऊँगा। सचमुच ऐसा हो जाये तो माँ के दुश्मन उसे खूब सतायेंगे....नोच नोच कर गिद्धों की तरह खायेंगे।

माँ ! माँ ! माँ ! मेरी अपनी माँ ! नहीं, नहीं, कम से कम माँ के खातिर मुझे पास होना ही पड़ेगा। लेकिन, लेकिन....किरण्मयी, किरण्मयी, किरण्मयी का साथ भी तो मुझे चाहिए ! बिना किरण्मयी के मैं जी नहीं पाऊँगा।

माँ ! माँ ! माँ ! माँ ! !

किरण ! किरण ! किरण ! किरण ! !

परीक्षा ! परीक्षा ! परीक्षा ! परीक्षा ! !

टिक्, टिक्, टिक्, टिक् ! ! टाइम, टाइम, टाइम, टाइम ! जाओ, चलो, उठो, दौड़ो, भाग जाओ, भाग जाओ, यहां से कहीं दूर भाग जाओ....एंड्रिन या चूहों को मारने वाली जहर....एंड्रिन या चूहों को मारने वाली जहर....बस, बस। मेस बिल, हाल टिकट, इम्तिहान, श्रीशैलम....श्रीशैलम के टाइट पैंट वाले दोस्त....गुरुनाथम का उधार....बस....बस....बस....बस....बस....एंड्रिन या

चूहों की जहर, हिंसा, हिंसा, हिंसा, हिंसात्मक रचना ! ध्वंसात्मक रचना, ध्वंसात्मक रचना, ध्वंसात्मक रचना, अरे झा ! झा ! जटक-फटक-हिंसा न च ण, ध्वंस रचना, हिंसा न च ण, ध्वंस रचना, अरे झा ! फटक, फटक, जटक, फटक, फटक, फटक-झटक, फटक-पतित जनों....भ्रष्ट जनों....! बाधा सर्प द्रष्ट जनों....पतित जनों....! मैं खुद जो पतित हूँ, भ्रष्ट हूँ, बाधा सर्प द्रष्ट हूँ। लेकिन....कैसे ? कैसे ? कैसे ? कैसे ?

टाइम-टाइम-टाइम-टाइम-टाइम।

टिक्....टिक्....टिक्....टिक्....टिक्....।

समय बीतता जा रहा है। बारह दस हो गया। बारह दस, बारह दस, बस, अब मुझे यहाँ से जाना है। इस मानसिक तनाव को मैं बर्दाश्त नहीं कर पाऊँगा। इससे कहीं बेहतर है कि इसी मूसी नदी में डूब मरूँ। बस, यूँ इस मानसिक बोझ को बर्दाशत नहीं कर सकूँगा।

''अच्छा मुरली ! मैं चला। डायनिंग हाल का समय हो गया न ? तुम पढ़ते रहो।'' — रवि ने कहा।

''आल राइट।'' — मुरली।

''कम आन-कम आन — कोशिश करो तो पाँच रुपये मिलना कोई मुश्किल की बात नहीं है। शिकार करो। किसे पकड़ना है ? वेणु, रमेश, निधि....कोई फायदा नहीं है। वे लोग भी मेरे ही जैसे फकीर हैं। फकीर....दो फकीर आपस में मिल जायें तो वहाँ राख के सिवाय और कुछ नहीं मिलता। देखो, वह आ रहा है। इसे कभी देखा भी है या नहीं, याद नहीं आ रहा है। टेरीलीन शर्ट की जेब से 10 रुपये का नोट, ऐसे दिखाई दे रहा है जैसे चोली में से नीरजा का सीना। चोरी कर ले ? कैसे ? कैसे ? यूँ ही उधार माँग लूँ तो....मेरे चेहरे को उसने कभी देखा भी है या नहीं ? फिर कैसे पूछूँ ? वह तो पीरियाडिकल्स सेक्शन में चला गया है। निकल....चल....निकल....किरण्मयी न जाने फिर कब दिखायी देगी ? आगे छुट्टियाँ हैं। गर्मी की....जबरदस्त गर्मी की....मरीचिका — किरण्मयी को देखने का यह आखिरी मौका है। तिस पर किरण्मयी ने मुझे आने के लिए कहा है। मुझे किरण्मयी ने निमंत्रण दिया है। जाना है। अगर यह मौका हाथ से निकल गया तो समझना चाहिए कि मुझे किरण्मयी से सदा के लिए हाथ धो बैठना पड़ेगा। ''कम आन'', ''कम आन बाय''....बाहर चलो कहीं से उधार लो !

उधार ! किससे मिलेगा उधार ! लाइब्रेरी से होता हुआ बाहर निकला। पिताजी को जब कभी पैसों की जरूरत पड़ती तो वे महाजनों के पास जाते थे। वे महाजन पिताजी का खून चूसते थे। फिर भी मेरे पिताजी, महाजन से वादा करके पैसे लाते थे कि उनका बेटा खूब पढ़ लिख कर पैसे कमायेगा और उनके उधार के पैसे चुकाएगा। कल को महाजन उसका खून चूसेगा। ओ बुद्धू....तू बहुत बड़ा बुद्धू है ! इस वक्त किरण्मयी के लिए तू जा रहा है। इसी से साबित होता है कि तुम कितने बुद्धू हो। पीछे मुड़ो....। मुरली के पास जाकर पढ़ाई करो।" मन की बात को अनसुनी करते हुए तेजी से चल पड़ा।

गाँव का साहूकार पिताजी से कहेगा कि "इतने दिनों तक तुम अपने बेटे की ऊँची तालीम और बड़े ओहदेवाली नौकरी की कल्पना में डूब कर हमसे उधार लेते रहे। अब देखो, तुम्हारा लड़का फेल हो गया है। अब मेरे पैसे, पाई-पाई चुका दो।" सदियों से उस गाँव की गरीब जनता का खून चूसनेवाला, वह नररूपी राक्षस शैलाक....मात्र गालियाँ देकर चुप रहने वाला नहीं है। हमारा घर नीलाम पर रखेगा। माँ, बाप को बेघर कर देगा। हमारे खेत हड़प लेगा। माँ, बाप, बहिन — सब बेसहारे, खाली हाथ सड़क पर आ जायेंगे। गाँव के सभी लोग पिताजी की हँसी उड़ायेंगे।

मौका पाकर लोग ताने कसेंगे — "ऊँची-ऊँची उड़ाने भर रहा था। तुम जैसे लोगों के साथ तो ऐसा ही होना चाहिए। हमारे समझाने पर भी बेटे को ऊँची चोटी तक पढ़ाना चाहता था अच्छा हुआ; ऐसे लोगों के लिए तो ऐसी सीख मिलनी ही चाहिए।"

अपमान के घूँट पीने वाले माँ-बाप पर लोग पत्थर फैंकेगे। मैंने अपनी आँखें मूद लीं। मेरे आँखों के सामने पिताजी का वह चेहरा दिखाई देने जो पत्थरों के मार से विचलित है। शरीर में कँपकँपी हुई। पूरे शरीर में सिहरन सी हुई। क्या मैं सपना देखने लगा ? क्या इसका जिम्मेवार मैं (खुद) ही हूँ ? या नहीं ? क्या मैं इतना कुकर्मी, निर्दयी भी हो सकता हूँ ? माँ, बाप, साहूकार, नीलाम, सड़क पर माँ-बाप, पत्थर, गाँववाले पत्थर फैंक रहे हैं....जोर-जोर से चिल्ला रहे हैं। अरे, मैं ही हूँ। फेल हो गया हूँ। फेल होकर अपने माँ-बाप को सता रहा हूँ। "वही है", "वही है", "पीटो", "मारो", पत्थर मुझ पर भी पड़ने लगे। सब लोग हँसने लगे। ऐसे हँसने वालों में....वो देखो....चलपति, नलिनी, नीरजा....। यह क्या....? सचमुच नीरजा और नलिनी हँसती हुई आ रही हैं।

शायद लाइब्रेरी जा रही हैं। नलिनी से उधार मागूँ तो, पैसे निकाल कर....फर्रररर आवाज़ से....जिप खोल कर, जिप का इधर-उधर खींचना, इधर खींचना, उधर खींचना, पर्स का खुल जाना-बंद हो जाना, खुल जाना, बंद हो जाना, कुछ अज़ीब तमाशा जैसा लगता है। लड़कियों के पास जब भी इस तरह के वेनिटी पर्स देखता हूँ तो इसी तरह के ख्याल आते हैं। उस पर्स को खुद हाथ में लेते हुए फर्रररर से जिप खींचने की, पर्स खोलने की, बँद करने की, जिप को, पर्स को बँद करने की, खोलने की, बँद करने की....खोलने की, बंद करने की, खोलने की, उस लयात्मक सुंदरता को मानव अपने अंदरुनी परतों में गुप्त रखने की अस्पष्ट चेष्टा रखता है। यह एक आवेश है। कहीं कोई गुप्त बातें....अज़ीब लगती हैं। नीरजा, नलिनी हँसती हुई चली आ रही हैं। मैंने तो उधार माँगा ही नहीं। न ही उसने पर्स खोला। उसे कितना घमंड है ! सोचती हैं इस दुनिया में केवल एक वे ही खूबसूरत हैं ! किरण्मयी के सामने तो ये लोग कुछ भी नहीं हैं। सूरज के सामने मशाल की तरह बेरंग हैं ये सब ! ऐसी किरण्मयी मुझ से प्यार से बातें करती है। ऐसी किरण्मयी से मिलने के लिए मैं कुछ भी झेल सकता हूँ। बड़े से बड़े त्याग तक कर सकता हूँ। अंत में किरण्मयी तक पहुँचूगा। और कहूँगा कि "आ गया हूँ किरण....आ गया....तुम्हारे लिए....। सात समुद्र पार कर तुम्हारे लिये आ गया।" हम दोनों न मिले इसी उद्देश्य से लोगों ने हमारे बीच ऐसी गहरी खाईयों, को राक्षसों को, यहाँ तक कि जंगली जानवरों को खड़ा कर रखा हैं। उन सबको पार कर आ गया हूँ। रेगिस्तानों से गुजर कर जंगलों से होते हुए — तुम्हारे लिए आ गया हूँ किरण ! तब किरण थके माँदे मेरे शरीर को अपनी गोद में लेगी। सीने से लगायेगी। तब मैं सब कुछ भूल कर अपने सर्वस्व को किरण्मयी में समा कर, किरण्मयी में एकाकार होकर अद्वैत सिद्धि को प्राप्त कर लूँगा। दैवी शांति पा कर अपने जीवन को सार्थक बनाऊँगा। और, और तेजी से....पता नहीं समय क्या हुआ है....पहुँच पाऊँगा ? किरण्मयी के पास समय पर पहुँच पाऊँगा....? वो....देखो....चलपति, अपनी कार स्टार्ट कर रहा है। शायद शहर में उसे कुछ काम होगा। क्या मैं उससे पूछूँ कि मुझे भी शहर तक लिफ्ट दें ? चलपति से ? आज ही तो मैंने उससे झगड़ा किया था। क्या वह मुझे शहर ले जायेगा ? कार स्टार्ट कर रहा है। इधर देख कर भी उसने नज़रें घुमा लीं। कार चल पड़ी। ब्यूटिफुल ! जाने उस कार का क्या नाम है ? "रोल्स रायस ?" "काडिलाक ?" अगर ऐसी कार मेरे पास भी होती

तो....? तो क्या इसी पल जाकर किरण्मयी के सामने खड़ा न होता....? चलपति के लिए इतनी ब्यूटिफुल कार ? क्या मैं इसके लायक नहीं हूँ ? एम आइ नाट डिजर्वड ? सामने से जो आ रहा है शायद यह आदमी भी होस्टल में ही रहता है। जाना पहचाना चेहरा भी है। नाम तो नहीं जानता। उधार मागूँ तो.... हैलो ....! पाँच रुपये हैं ? "हैं ?" प्लीज दे दीजिए....कल ही लौटा दूँगा। कल मुझे एम०ओ० मिलने वाला है। चार-पाँच दिन से इंतजार कर रहा हूँ। आज या कल मिल ही जाएगा। मिलते ही मैं आपके पैसे लौटा दूँगा। अरे, वह जा रहा है। पूछ लो न ? (गैर) आदमी से पूछा भी कैसे जाये ? अज़नबी लोग भी कभी-कभी पैसे उधार देते रहते हैं। क्योंकि ये ही लोग हम से बड़े अदब से पेश आते हैं। इसलिए पूछ डालो। "जस्ट फाइव", केवल पाँच, लेकिन वह भी तो चला गया। कॉलेज की सीढ़ियाँ चढ़ता हुआ अंदर चला गया। मैं तो बाहर का बाहर ही रह गया। कैसे जाऊँ ? टाइम-टाइम-टाइम-टाइम....सामने वाले के पास घड़ी है। समय क्या हुआ है ? पूछूँ तो अच्छा होगा। यह पूछने के बजाय कि समय क्या हुआ है ? पाँच रुपये उधार माँगू तो बेहतर होगा। लगता है उसके पास पैसे हैं। टेरीलीन शर्ट के अंदर से अस्पष्ट दिखाई दे रहे हैं। बदमाश कहीं के, इसी प्रकार टेरीलीन की कमीज़ में पैसे रख कर मुझ जैसे लोगों को रुलाना चाहते हैं। दिखाना चाहते हैं कि उनके पास पैसे हैं। अब क्या करूँ ? किरण्मयी के पास कैसे पहुँचेगा? बस स्टैंड तक आ ही गया। बस के अड्डे पर खड़ा हो गया। कम से कम बस के किराये के पैसे भी मिल जायें तो अच्छा होगा न ? किरण्मयी मेरे लिए भी टिकट निकालेगी, "आइडिया" ! बस, थियेटर तक पहुँचना ही बाकी है। पहुँच जाऊँगा। बस चढ़ने के बाद जब कंडक्टर टिकट पूछेगा, तब बिना हिचक के कह दूँगा कि "आलरेडी टेकेन" ! वह चला जाएगा। कभी कभार स्टाइलिश अंग्रेजी भी काम आ जाती है। "एस", अब बस पकड़। कंडक्टर के आने पर "आलरेडी टेकेन" कह दूँगा। अगर वह टिकट दिखाने को कहेगा तो....नहीं, नहीं....वह ऐसा नहीं पूछेगा। इतने शान से बोलने के बावजूद भी क्या वह टिकट देखना चाहेगा ? नहीं, नहीं कहेगा। अगर पूछ भी ले तो....पूछेगा नहीं....नहीं ....नहीं ....नहीं पूछेगा। मान लो एक बार वह पूछेगा। नहीं-नहीं-नहीं-नहीं पूछेगा नहीं पूछेगा नहीं। अगर पूछ ही ले तो, नहीं, नहीं, नहीं पूछेगा नहीं, नहीं पूछेगा। बाप रे! मैं बर्दाश्त नहीं कर पा रहा हूँ।

"हैलो, रवि ! बस के लिए इंतज़ार कर रहे हो ? क्या शहर जा रहे

हो ? — जेम्स ! नागार्जुन टूर के सिलसिले में जेम्स दोस्त बना था। आइडिया ! जेम्स से उधार माँगू तो.... ! कम से कम 'बस' के पैसे मिल जायें तो काफ़ी है।

"मि० जेम्स ! मेरी एक मदद करोगे ?" — रवि।

"पैसों के अलावा कुछ भी कहिए, करूँगा।" — जेम्स।

मेरी आँखों में आँसू आ गये। दु:ख से गला भर आया। जेम्स के सामने खड़ा नहीं हो पाया। रुमाल लेकर मुँह पोंछने का बहाना करने लगा। फिर जेम्स कहने लगा, "मुझे मालूम है....कि आपको पैसे ही चाहिए। माफ करना भाई ! अभी-अभी मैंने भी किसी से उधार लिये और यह सिगरेट खरीदी। किसी और की खुशामदी करके ये 20 पैसे बस के किराये के लिए ले पाया था। अगर थोड़ी देर पहले हमारी मुलाकात हो गयी होती तो आपके लिये भी कुछ उधार का इंतजाम कर देता। अभी अभी तो उधार देने वाली वह पंछी उड़ गयी।"

इतने में बस आकर रुकी। जेम्स भी उड़ गया। जेम्स चला गया। कोई फायदा नहीं....कम से कम अब यह पागलपना छोड़ दो...। यह उन्माद ! यह तमन्ना ! यह भाग-दौड़ ! ऐसा पागलपना ! यह बौरापन ! ऐसी बेतुकी इच्छा छोड़ दो। छोड़ दो। न जाने समय क्या हुआ है ! कोई जा रहा है। घड़ी पहन कर....हैलो....पाँच होंगे ? नहीं हैं। ठीक है, "समय क्या हुआ है पूछूँ तो...." जा रहा है। उसके पीछे ही चल पड़ा, "समय क्या हुआ है जी....?"

"सवा बारह !" चिढ़ता हुआ वह आदमी चला गया। अब केवल पन्द्रह मिनट ही बचे हैं। पन्द्रह मिनट माने इस राकेट युग की रफ़्तार के सामने क्या चीज़ है ? कुछ नहीं। चंद्र मंडल तक भी चार बार जाकर वापस आ सकते हैं। भूमि के चारों ओर सौ बार चक्कर लगा सकते हैं। तो क्या मैं, थियेटर तक नहीं जा सकूँगा ? पागलपना, पागलपना, क्या इस पागलपने से मुझे छुटकारा नहीं मिलेगा ? यह पागलपना मुझे यूँ छोड़ने वाला नहीं है। बेकार है। अब तो लगता है मैं पागलखाने में ही जाऊँगा। दूर से कोई औरत चिथड़े कपड़े पहने आ रही है। कौन है ? पगली ? हाँ, वह पगली ही है ! यस, बिखरे बाल, चिथड़े कपड़े। हाथ में बर्तन। हाँ, वह पगली ही है ! कोई संदेह नहीं ! मेरी ओर आ रही है ! ऐसा, दृश्य तो मैंने कहीं पहले भी देखा है। कहाँ ? इससे पहले, कहीं, कहीं देखा है। भय, भय, पगली ! पगली मेरी ही ओर बढ़ रही है। अब मुझे क्या

करना होगा ? भाग जाना है। पैर जैसे जमीन से गढ़ गये। पैर तो ज़मीन में धंस से गये ! पैर तो पूरी तरह से धंस गये। हिल नहीं सकता। चिल्लाने की इच्छा हुई। आवाज़ नहीं निकल रही है। आवाज़ में डर समा गया है। कैसे ? क्या होगा ? पगली तो पास आ रही है। इधर-उधर बस के लिए इंतज़ार करने वाले लोग भी खड़े हैं। सब अपने अपने धुन में मस्त हैं। पगली को तो कोई देख भी नहीं रहे हैं। वह पगली तो मेरी ही ओर आ रही है। कैसे ? मैं अपने को कैसे बचाऊँ ? भाग क्यों नहीं पा रहा हूँ ? क्या मैं इतना कमज़ोर हो गया हूँ ? मेरे शरीर में हाडमाँस क्या अभी से सूख गये हैं ? आ गयी ? वह पगली मेरे निकट आ गयी। पगली हँस रही है। ''एक पैसा हो तो दे दो न बाबा ?'' इसका मतलब यह पागल नहीं है ? भिखारिन है ! मेरी ओर देखने लगी। बिखरे बाल, धँसी हुई आँखें, उन चिथड़े कपड़ों में जिसमें से बदन के सारे अंग दिखाई दे रहे हैं। उन्हें ओढ़ने की कोशिश भी नहीं कर रही है। ओढ़ने के लिए उसके पास है भी क्या....? आखिर साबित कपड़ा भी नहीं है।

''भूख'', ''भूख'', पेट पर मारने लगी। सचमुच पेट अंदर चला गया था। भूख, भूख उसके सारे अंगों से टपकने लगी। मुझे अब क्या हुआ है ? क्या सोच रहा हूँ मैं ? खुद मैं पैसों की तलाश में हूँ फिर भी भिखारिन को दान देने के बारे में सोच रहा हूँ। मैंने भिखारिन के टूटे बर्तन में झाँक कर देखा। पाँच पैसों के दो सिक्के, एक 10 पैसे का सिक्का, और एक पैसे के कुछ सिक्के। असल में वह औरत मुझसे ज्यादा अमीर है। अगर मैं उन पैसों की चोरी कर लूँ तो क्या मेरे लिए 'बस' का किराया मिल जाएगा। थियेटर तक जा सकूँगा। ''कम आन....'' कोई देख नहीं रहे हैं। उससे कहूँगा ''चिल्लर दो, अठन्नी दूँगा।'' फिर चिल्लर लेकर दौड़ता हुआ 'बस' पकड़ लूँगा। किरण्मयी से मिल पाऊँगा। —यह ख्याल कुछ अटपटा सा लगा। सारे बदन में कँपकँपी सी होने लगी। मज़बूरी, आदमी को पशु बना देती है। मैं भी एक पशु ही हूँ। पशु से भी बदतर हूँ। उस भिखारिन के पैसे चोरी करने को सोच रहा हूँ ! हे भगवान ! पागल होता जा रहा हूँ। सिर के बालों को नोचने का जी किया। सीने पर जोर-जोर से पीटने को मन किया। ''चली जाओ।'' यहाँ से चली जाओ। मेरे पास पैसे नहीं हैं। ''मैं भी तुम्हारे जैसा गरीब हूँ। प्लीज़, चली जाओ।'' भिखारिन मेरी ओर बौखलायी सी देखने लगी।

''एक पैसा साहब....'' फिर पूछने लगी। मुझ पर भरोसा नहीं करेगी। ''पैसे

नहीं हैं।" — मेरी बातों पर वह यकीन नहीं कर रही है। भरोसा मैं उसे दिलवा भी नहीं सकता। फिर उसके टूटे बरतन पर मेरी नज़र पड़ी। ठीक तीस पैसे होंगे। 'बस' के किराये के लिए काफी है। कोई फिर से मेरे अंदर प्रवेश कर रहा है। फिर से मेरे अंदर पशु....वह भयानक हैवान....प्रवेश कर रहा है। "चली जाओ। तुम और थोड़ी देर यहीं पर खड़ी रहेगी तो मैं पागल हो जाऊँगा। चली जाओ-चली जाओ।" जोर-जोर से चिल्लाने लगा। गुस्सा, गुस्सा, जाने किस बात पर गुस्सा आखिर यह गुस्सा मुझे इतना पागल क्यों बना देता है। पागल की तरह ज़ोर-ज़ोर से चिल्लाने लगता हूँ। मुझे पागल समझ कर सब लोग मेरी हँसी उड़ायेंगे ! मेरे साथ ऐसा ही होना चाहिए। मेरे साथ ही ऐसा क्यों होता है? शायद पागल हो जाऊँ तो ही ठीक है। मुझे पागल हो जाना चाहिए। ....हाँ....हाँ ....हाँ....हाँ, पागलपना मुझ पर हावी होने लगा है। सचमुच पागलपना मुझ पर सवार हो रहा है। पगली तो मेरे सामने से चली गयी। किसी और से वह भीख माँगने लगी है। "हट", "दूर हो जा", कहते हुए उस काले सूटवाले ने उसे दुत्कारा। "यहाँ भी भिख मँगों से मुक्ति नहीं मिल पायेगी क्या ?" वह गुस्से में चिल्लाने लगा। बेचारी, वह पगली....। अभी 20 साल भी उसके पूरे नहीं हुए होंगे। अभी से अपने पूरे यौवन को खो बैठी। इस देश के हर एक व्यक्ति में कोई न कोई भूख छिपी होती है, सेक्स की भूख, पद की भूख, फर्स्ट क्लास की भूख, सिनेमा की भूख और मुझमें....तो किरण्मयी की भूख है ! वह पगली औरत मेरी ओर फिर से देखने लगी है। शायद किसी ने कुछ भी नहीं दिया। उन आँखों को देखने पर ऐसा लगने लगा कि मैंने उसे कहीं देखा है। न जाने कब, कहाँ, कैसे ? याद नहीं आ रही है। दिमाग काम नहीं कर रहा है। इतने में सामने से कॉलेज की सीढ़ियाँ उतरता हुआ गुरुनाथम दिखाई पड़ा। आइडिया....ब्रिलियंट आइडिया ....गुरुनाथम से उधार माँगू....तो....वह जरूर देगा। वह उधार जरूर देगा। मैं माँगू और वह न कहे ऐसी बात हो ही नहीं सकती । देगा। जरूर देगा। आखिर में गुरुनाथम से उधार माँगू ? आज ही तो मैंने निर्णय लिया कि गुरुनाथम से उधार कभी नहीं माँगूगा। अरे, हमारे निर्णयों का क्या है ? "रिजोल्यूशन्स आर मेड इन हेवेन।" हम केवल मानव मात्र हैं। हमारे हाथों में है क्या ? जैसे लिख दिया गया है, वैसे ही होगा। बस, इसी पल मैंने गुरुनाथम से उधार लेने का निश्चय किया। बस। उस निर्णय को मैं अब अमल में ला रहा हूँ। बस, "दैट्स आल।" इट ईज सो सिंपिल। हम सब निमित्त मात्र हैं। जो कुछ होता है, हमारे हाथों में

नहीं है। हमें चलाने वाला कोई और है। इसीलिए आगे बढ़ो भाई ! "प्रोसीड।" इतने दिन इस गीता रहस्य को समझ न सकने के कारण ही मैं उलझन में पड़ गया।.....गिर गया हूँ। बहुत हद तक गिर गया हूँ ! तुम रोज़-रोज़ पतन की ओर जा रहे हो। गुरुनाथम से उधार माँगना....! आज ही तो तुमने....! गुरुनाथम की चाल को जानते हुए उसके चुंगल में फंस जाना क्या ठीक है ? गुरुनाथम के डर्टी ट्रिक्स में फंस जाओगे ? लेकिन....समय-समय-समय....किरण्मयी इंतजार कर रही होगी। जाना है, मुझे जाना है, जरूर जाना है। वर्णा मेरा जन्म ही व्यर्थ हो जाएगा। अगर मैं किरण्मयी से न मिल पाऊँ तो....नहीं, ऐसा नहीं होगा। चाहे कितने ही कष्ट क्यों न उठाने पड़े, कितने त्याग क्यों न करने पड़े, मुझे तो किरण्मयी के पास पहुँचना ही है। किरण्मयी, किरण्मयी के लिए, उस अलौकिक सुंदरता को हासिल करने के लिए, अपने जीवन लक्ष्य को प्राप्त करने के लिए....मुझे जाना ही है। कोई बात नहीं। इसके लिये गुरुनाथम जैसे लोगों का आश्रय लेना भी पड़े तो उस में भी कोई गलती नहीं है। वह देखो, अरे देखो....वह जा रहा है। गुरुनाथम होस्टल की ओर जा रहा है। एक ही मौका है मेरे पास। अगर गुरुनाथम चला जाये तो इस जन्म में मैं किरण को देख नहीं पाऊँगा। जा रहा है। "कम आन", "कम आन", गुरुनाथम को आवाज़ दो....नहीं....नहीं.... मैं अपने आप को गुरुनाथम के यहाँ गिरवी रख रहा हूँ । मेरे आदर्श....मेरे आशय....मेरे स्वतंत्र जीवन की कामना....सब गुरुनाथम के हाथों सौंप रहा हूँ। नहीं....नहीं....इतनी पतनावस्था तक मैं गिर नहीं सकता। नो, नो, वह जा रहा है उसे बुलाऊँ या न बुलाऊँ ? उससे उधार पूछूँ कि न पूछूँ ? पूछे या न पूछे ? पूछे ? न पूछे ? पूछे ? न पूछे ? जाने दो, जाने दो उस बदमाश गुरुनाथम को....मैं उससे उधार नहीं मागूँगा। मैं बिकूँगा नहीं। अगर गुरुनाथम के हाथों बिक जाऊँगा तो यह कहने का मुझे क्या अधिकार है कि "इंडिया अमेरिका के हाथों बिक गयी।" जिन आदर्शों का पालन मैं खुद ही नहीं कर पा रहा हूँ, तो दूसरों से कहने का अधिकार मैं कैसे पा सकता हूँ ? नो, नो, नो, "हीनता, चोरी से भी बदतर हीनता", जाने दो। गुरुनाथम को जाने दो, किरण्मयी को जाने दो। चाहे मेरा सर्वस्व ही लुट क्यों न जाये, फिर भी मैं गुरुनाथम से उधार नहीं माँगूगा। हाय राम ! दिल को तसल्ली मिल रही है। अरे, गुरुनाथम इसी ओर आ रहा है। कहीं वह मुझे देख ले तो मेरे पास आ धमकेगा। डर्टी फेलो ! क्यों आ रहा है ? फिर से मुझे "टेम्प्ट" करने के लिए ? 'नो', 'नो', मैं उसके बहकावे में

नहीं आऊँगा। मुझे वह कुछ नहीं कर सकेगा। उसके वश में कुछ नहीं है। मैं हरगिज नहीं सुनूँगा। उसकी बातों में मुझे नहीं आना है। नहीं आना चाहिए। नहीं आऊँगा। नहीं आऊँगा। नहीं आना चाहिए। नहीं आना चाहिए। नहीं आऊँगा, नहीं आऊँगा। ऐसा होना भी नहीं चाहिए। आ रहा है, भूत की तरह.....प्रेत की तरह....वह आ रहा है। मुझ पर काबू पाने....वह आ रहा है। लेकिन मैं आज उसकी बातों में नहीं आऊँगा। उसकी बातों से मैं टेम्प्ट नहीं हूँगा। नहीं होना चाहिए। मुझे ऐसा नहीं होना चाहिए। नहीं होना चाहिए। और हूँगा भी नहीं। होना भी नहीं चाहिए।

"क्यों रवि, डायनिंग हाल बंद होने का समय हो रहा है। अभी भी यहीं खड़े हो ?" — गुरुनाथम । उसकी बकवास शुरु हो गयी उसकी गंदी कुयुक्तियाँ। मेरे हाथ अपने हाथ में लेने के लिए वह कोशिश कर रहा है। जाँघों पर हाथ डाल रहा है अपने को उस से बचाना है। बिल्कुल नहीं। उसकी कुयुक्तियों से बचना होगा।

"चलो....रवि, चलें ?" — गुरुनाथम।

'बस' आ रही है। दूर से बस आ रही है। इस 'बस' पर चढ़ जाऊँ तो ठीक समय पर मैं थियेटर तक पहुँच सकता हूँ। हाँ मैं जा सकता हूँ। किरण्मयी से मिल सकता हूँ। देखो, टेम्प्ट हो रहे हो ! हो रहे हो ! उस विषवलय में चले जा रहे हो ! 'बस'....आ रही है। 'बस' आ रही है। समय नहीं है।

"शहर जा रहे हो....रवि ? अभी क्यों ?" — गुरुनाथम।

आ रही है। 'बस' आ रही है। टाइम, टाइम, टाइम, टाइम, 'टेम्प्ट', 'टेम्प्ट', 'टेम्प्ट'....। 'बस' रुकी। सब लोग 'बस' चढ़ने के लिए तैयार हो गये। "कम आन,.... पैसे माँगो....। पूछ लो, पूछ लो, समय नहीं है। पूछ लो, पूछ लो, समय नहीं है। 'बस' आकर रुकी। चलो, पूछो, पूछो, पूछ ही डालो, पूछ लो ....समय नहीं है। सब लोग 'बस' चढ़ने लगे। कंडक्टर घंटी बजायेगा। पूछ लो। आखिर पूछ ही डाला, "गुरुनाथम, पाँच रुपये हैं ?"

"अभी, कमरे में...." — गुरुनाथम।

"अभी चाहिए। इसी वक्त....।"

"पूरे पाँच रुपये तो नहीं हैं।"

"दे दो। जितने भी हो, काफी है। कम आन, 'बस' चलने लगी।"

गुरुनाथम ने जेब में हाथ रखा। वह हाथ बाहर निकाल ही नहीं पा रहा है। फिजूल की देरी कर रहा है। बदमाश कहीं का। कंडक्टर ने घंटी बजायी। "कम आन, गुरुनाथम !" मैंने जबरन उसका हाथ खींच कर बाहर निकाला। "पाँच रुपये का नोट !" झट मैंने उसके हाथ से खींच डाला। बदमाश कहीं का। पाँच रुपये रखकर भी कहता है कि "पूरे पाँच नहीं है।" झूठ बोलता है, बदमाश ! 'बस' चल पड़ी।

"इसके साथ तुम्हारे उधार के पैसे पूरे 50 हो गये।"

"कोई बात नहीं।" उसने कहा। तब तक 'बस' कुछ दूर चल पड़ी। दौड़ता हुआ चढ़ गया। एक मिनट की भी देर हो जाती तो 'बस' के नीचे आ गया होता। तकदीर अच्छी है। 'बस' में बैठे एक आदमी ने मेरी मदद के लिए अपना हाथ बढ़ाया। "क्यों मिस्टर, अगर पाँव फिसल गया होता तो सर पर पट्टी बाँधे अस्पताल में पड़े हुए रहते।" उस आदमी ने कहा। मुझे कुछ पता नहीं चल रहा था। सब सपने की तरह....होता जा रहा है। क्या हो रहा है कुछ समझ में नहीं आ रहा है। क्या....अब मैं 'बस' पर सवार होकर सफर कर रहा हूँ ? मैं 'बस' में ही हूँ न ? जा रहा हूँ न ? किरण्मयी के पास जा रहा हूँ न ? यह सब कुछ कैसे हुआ....पल भर में....आधे पल में....पलक झपकते ही....हो गया।

"बाप रे ! कितनी देर कर दी। इंतजार करते करते मेरी आँखें भी सूज गयीं।"....शायद किरण कहेगी।

"सच ! दिखाओ ज़रा ! तुम्हारी आँखें क्या सचमुच इतनी सूज गयी हैं ? मैं भी कहूँगा। कहते हुए किरण्मयी की आँखों में झाँक कर देखूँगा। किरण्मयी की सुंदर आँखों में तारों जैसी चमक देखूँगा। कितनी सुंदर आँखें हैं उसकी ! इस जगत का संपूर्ण सौंदर्य उसकी आँखों में समा हुआ है। किरण्मयी की आत्मा को देखूँगा। किरण और मैं — असल में हम दोनों एक ही हैं। न जाने किसके श्राप से हम लोग एक दूसरे से बिछुड़ गये। तब से सदा एक दूसरे की खोज में लगे हुए हैं। यह खोज अब ख़तम हो रही है। इतने दिनों के बाद एक दूसरे से हम मिल पा रहे हैं। एक दूसरे में लीन होने जा रहे हैं। इतने दिनों की मेरी यह तमन्ना, लालसा, अशांति — सब ख़तम होने जा रहे हैं। महान शांति पाने जा रहा हूँ। इसीलिए तो यह सफर कर रहा हूँ ! सचमुच ! अब तक मैंने कितने दरारों को पार किया, कितने ब्रह्म राक्षसों को ख़तम किया है, इन सब के बाद ही तो किरण के पास आ पा रहा हूँ ! अब कोई मुझे रोक नहीं सकता। जा

रहा हूँ। बस की रफ्तार बढ़ गयी। अब मुझे कोई रोक नहीं सकता, जा रहा हूँ। कंडक्टर ने घंटी बजायी। 'बस' रुक गयी। बिना कहीं रुके यह 'बस' थियेटर तक चली जाती तो कितना अच्छा होता ! इतनी मुसीबतें उठा कर जब मैं वहाँ पहुँचूँगा और अगर किरण्मयी वहाँ न हो तो ? तब क्या होगा ?

"इतनी देर क्यों कर दी, इंतजार करते-करते मेरी आँखें सूख गईं, देखो कहीं ऐसी बात वह कह दे तो....क्या मैं जिंदा रह सकूँगा ? किरण्मयी से मिले बिना....हाँ ! इससे पहले जैसे मैंने सोचा कि दूसरे लोक में....हम दोनों एक ही थे, और किसी अनजाने श्राप की वजह से हम इस लोक में बिछुड़ गये। तभी यह अशांति, यह आक्रोश मुझ पर हावी होने लगे हैं। 'बस' फिर से चल पड़ी। अब कोई बात नहीं। मैं जाऊँगा। जरूर जाऊँगा। जाकर ही रहूँगा। ....अब मुझे कोई रोक नहीं सकता।"

मेरे जीवन में किरण्मयी का प्रवेश बड़े विचित्र ढ़ंग से हुआ है। अंधकार में किरण की तरह, किरण्मयी मेरे जीवन में आयी। 'बस' की रफ्तार बढ़ गयी। 'बस'....'बस'....। न जाने मैं किन विचारों में खो गया....।

उस दिन सभी लोग बड़ी हड़बड़ी में 'बस' में चढ़ रहे थे। सामने की सीटें ही हर एक चाहता है। और लेडीज़ सीट्स के पास बैठना चाह रहे थे। उस रद्दी में मैं चढ़ नहीं पाया। आखिर सभी के चढ़ जाने के बाद ही मैं 'बस' के अंदर जा सका।

"रवि ! तुम्हारे लिए मैंने यहाँ सीट रखी है। आ जाओ।" मुरली ने आवाज़ दी।

आगे की सीट। लेडीज़ के बगल वाली सीट। जाकर आराम से मुरली के बाजू में बैठ गया।

"देर से आये, फिर भी रवि तुम्हें सीट अच्छी मिली रवि !" — जेम्स ने कहा।

"किस्मत का खेल है बेटा, किस्मत का खेल !" खान ने कहा। सब लोग हँस पड़े।

"असल में लड़कियाँ आ रही हैं या नहीं ?" — राव ने पूछा।

"आ रही हैं क्या ? वो देखो आ गयीं।" — किसी ने कहा।

"कोई ख़ास नहीं है यार, थर्ड क्लास स्टाक लगती हैं।" — राव।

"अरे, कुछ तो माल है, दोस्त ! समथिंग ईज बेटर धेन् नथिंग।" — खान।

सब हँस पड़े। सीटियाँ, तालियाँ, किलकारियाँ ! चारों ओर हँगामा....। किषकिंधा कांड ! लेडी स्टूडेंट्स आयी हैं अपने-अपने सामान लिये ! थर्मस फ्लास्क के साथ ! वेनिटी बैगों के साथ ! मेरी ही बगल में बैठ गयीं। मुझे किसी की ओर देखने की इच्छा नहीं हुई। राव ने ठीक कहा, थर्ड क्लास माल ही है। इसमें कोई शंका नहीं।

एक्स्कर्शन लीड करने वाले लेक्चरर नरसिंहाराव आये और ड्राइवर के बगल वाली सीट पर बैठ गये।

"सब आ गये ?" उन्होंने पूछा।

"यस सर, हमारी तरफ से तो सब के सब मौजूद हैं।" — जेम्स।

फिर हँसी के फुवारे।

"तुम्हारे साथी सब आ गयीं ?" लड़कियों की ओर देखते हुए उन्होंने पूछा।

"सब आ गयी हैं सर, बस, एक किरण्मयी है, जो विद्या नगर में चढ़ेगी।" — सुरेखा ने कहा।

"विद्या नगर तो रास्ते में ही है, कम आन स्टार्ट।" लेक्चरर ने कहा। 'बस' चल पड़ी।

'किरण्मयी' यह नाम सुनते ही मेरे अंदर कुछ हलबली मची। "किरण्मयी" यह नाम तो मुझे बहुत पसंद है। नाम से बँगाली लगती है।

"किरण्मयी कौन है मुरली ?" फुसफुसाते हुए मैंने मुरली से पूछा।

"नयी नयी आयी है, बी०एससी० में।" — मुरली।

बहुत बेसब्री से इंतजार करने के बाद विद्या नगर आया। बस स्टैंड में एक लड़की खड़ी हुई है। उसे देखते ही पहचान गया कि वह किरण्मयी ही है। सूरज इस लोक से जाते-जाते एक संध्या किरण शायद छोड़ गया होगा, शायद वही किरण इस किरण्मयी के रूप में बदल गयी होगी।

आँखों को चकाचौंध करने वाला ऐसा अद्वितीय सौंदर्य मैंने अपने बीस बरसों में कभी नहीं देखा। किरण्मयी 'बस' पर चढ़ी। 'बस' के सभी लोग चकित हो गये। उसके सौंदर्य प्रकाश से मानो सभी की आँखों के सामने अंधेरा छा गया।

सब ने सोचा कि उनके सामने विश्व सौंदर्य का साक्षात्कार यूँ अनायास ही हो गया। सब ने सोचा उनका जन्म सार्थक हो गया है।

सभी के चेहरों पर रौनक छा गयी। सभी के रगों में नया जोश था। किरण्मयी को देखते ही मुझे लगा कि इतने दिनों की मेरी खोज केवल इसी के लिए है। मेरे सपनों की रानी यही है। मेरी कल्पनाओं में, मेरी अपनी चेतनावस्था में, अपनी सुषुप्तावस्था में, इतने दिनों तक जो आकार धुँधुला सा दिखाई दे रहा था, उस रूप का स्पष्ट रूप शायद यह किरण्मयी ही है। इतने दिनों की मेरी तमन्ना, इतने दिनों तक झेली हुई मेरी अंशाति, पीड़ा है सब कुछ किरण्मयी को प्राप्त करने के लिए ही रहे हैं। ऐसा आभास हुआ कि मैं अपनी खुद की आत्मा को ही किरण्मयी में देख रहा हूँ। एक बात में कहा जाये तो लगता है मुझे किरण्मयी ने दूसरा जन्म दिया है। स्तब्ध बैठी लड़कियों में भी किरण्मयी नया उत्साह, नयी उमंगे ला पायी है। बस चढ़ते ही किरण्मयी अपनी संदुर हँसी के साथ सब को मुग्ध करती रही। खुद भी हँसने लगी। दूसरों को हँसाने लगी। सब लोग उन्मत्त होने लगे। सब के चेहरों पर हँसी झलकने लगी। अब तक मुँह पर ताला लगा कर बैठी लड़कियाँ भी खुल कर बोलने लगीं। मुझे लगा कि मैं कोई अचेतन स्थिति में पड़ गया हूँ। मुझे भी कुछ बोलना है। किरण्मयी की दृष्टि को आकर्षित करना है। किरण्मयी के साथ बातें करनी हैं। लेकिन कैसे ? मुरली से भी बातें करना है। खान, जेम्स, कव्वाली के गाने गाने लगे। सब लोग तालियाँ बजा रहे हैं। चिल्ला रहे हैं। हँस रहे हैं। किरण्मयी ने उस तरफ देखा जहाँ से शोरगुल की आवाज़ आ रही है।

''वेरी फन्नी ! अच्छा गा रहे हैं। कव्वाली मुझे बहुत अच्छी लगती है। ऐसे एदस्कर्शन्स भी मुझे बहुत अच्छे लगते हैं, जहाँ सभी जने इकट्ठे रहते हैं। जब डेडी ने कहा, ''बस में कैसे जाओगी बेटी, कार में चली जाना'' तो मैंने साफ इनकार किया। सब के साथ मिल कर इस तरह जाने में मजा आता है। आप लोगों ने ''कम सेप्टेंबर'' देखा है ? उसमें भी सारी लड़कियाँ एक्स्कर्शन्स जाती हैं। रॉक हडसन उनका पीछा करता है। इट वाज फन्नी। सो फन्नी। किरण्मयी बातें भी कर रही थी और हँस भी रही थी।

''मैंने ''कम सेप्टेंबर'' नहीं देखा।'' एक लड़की कहने लगी।

''कम सेप्टेंबर'' नहीं देखा, मुझे तुझ पर तरस आ रहा है मंजुला — किरण्मयी।

बस। मुझे बाते करने का रास्ता मिल गया....किरण की पसंद का पता मिल गया। वैसे तो मैंने निर्णय कर ही लिया कि उससे बातें तो करूँगा ही। अब तो यह भी समझ में आ गया कि किस तरह की बातें करनी चाहिए।

“ ‘कम सेप्टेंबर’ देखा है मुरली ?” — मैंने जोर से पूछा।

“देखा है यार, तुम्हीं तो ले गये थे।” — मुरली।

“बहुत अच्छी पिक्चर है न ? उस पिक्चर में जिनो लोलो ब्रिगडा कितनी एक्साइटिंग थी ? सिंप्ली एक्साइटिंग !” मैंने हर शब्द पर जोर देते हुए कहा। यस, किरण्मयी ने मेरी ओर देखा। मेरा खून गर्म हो गया।

बस, वह नज़र मुझ में चट्टानों को चूर करने की शक्ति दे गयी। “जिनो चाहे जिस किसी पिक्चर में भी हो, मैं जरूर उसे देखता हूँ। ख़ासतौर पर “रॉक हडसन” और “जिनो लोलो ब्रिगडा” की फिल्में मुझे बहुत अच्छी लगती हैं। उन दोनों की खूब जमती है। फिर दोनों — “स्ट्रेंज ब्रेड फेलोस” में भी आये। लेकिन ये पिक्चर “कम सेप्टेंबर” के स्तर की नहीं रही।” मैं बोलता ही गया।

“हाँ !” सच है, मुझे भी “स्ट्रेंज बेड फेलोस” उतनी अच्छी नहीं लगी। किरण्मयी ने मुझ से बातें मिलायीं। मेरे अंदर खून की रफ्तार बढ़ गयी। किरण ने बहुत ही महज़ता से मुझसे बातें की। अज़नबी आदमी से बातें करते वक्त की झिझक भी उसमें नहीं थी। वह ऐसा व्यवहार करने लगी है जैसे हम दोनों पहले से ही एक दूसरे को खूब जानते हैं, जिगरी दोस्त हैं, या हम दोनों के बीच किसी पुराने जन्म का अटूट संबंध है। बस, हम दोनों आस-पास के वातावरण को जैसे भूल गये। सब कुछ भूल गये। बस में बैठे दूसरे लोगों की नज़रें हम पर ही थीं। खान, जेम्स, राव आदि सभी लोग हम दोनों पर जोक्स डाल कर हँसने लगे। लेकिन हमें कुछ भी सुनाई नहीं दे रहा था। किरण्मयी ने कुछ सुनाया और मैं उससे कुछ कहता गया। अपने मनपंसद के क्रिकेटर्स, उपन्यासकार, और न जाने क्या सुनाता गया। ऐसी बातें करते-करते घंटे बीत गये। घंटे क्षणों में बदल गये और मीलों की दूरी इंचेस में परिवर्तित होती गयी। उस समय काश ! यह सफर शाश्वत हो जाता तो....! वाह कैसी अनूठी कल्पना है !

हम दोनों को लेकर खूब मजाक उड़ाने के बाद जेम्स, खान, राव, ताश खेलने में तल्लीन हो गये। सब अपनी-अपनी धुन में मस्त थे।

छोटा सा गाँव आया। लेक्चरर नरसिंहराव ने घोषणा की कि उस गाँव में

15 मिनट के लिए 'बस' रुकेगी। बगल में कॉफी होटल भी है। कॉफी पीने वाले जाकर पी सकते हैं। यह बात सुनकर सब लोग नीचे उतरने लगे। लड़कियाँ अपने अपने फलास्क खोलने लगीं। मुझे नीचे उतरने की इच्छा नहीं हुई।

''चलो, कॉफी पीकर आयेंगे।'' — मुरली ने कहा।

मुझे कॉफी पीने की इच्छा नहीं हुई। किरण्मयी को छोड़कर एक पल के लिए भी कहीं जाने की इच्छा नहीं हुई। ऐसे ही कुछ किताब पढ़ने का बहाना लेकर वहीं बैठ गया। किरण्मयी ने भी अपनी फ्लास्क खोली।

''कम आन, 'कॉफी' पीजिए मिस्टर !'' — किरण्मयी ने कॉफी कप मेरे हाथ में देते हुए कहा।

''मेरा नाम रवि है।'' -- मैंने कहा।

''कम आन मि० रवि ! 'कॉफी' पीजिए। मेरा नाम किरण्मयी है।'' हम दोनों का परिचय इस प्रकार हुआ।

''थैंक्यू ।'' उसके हाथों से 'कॉफी' का कप लेते हुए मैंने कहा। दोनों कॉफी कप हाथ में लिये धीरे-धीरे चुस्की लेने लगे। किरण्मयी की कॉफी मानो अमृत जैसी लगी।

''लगता है आपको पिक्चर्स बहुत पंसद हैं।'' — किरण्मयी।

''बहुत बहुत पसंद हैं। अच्छी पिक्चर हो तो खाने-पीने तक की सुध नहीं रहती।'' — मैंने कहा।

''किरण आदत भी कुछ ऐसी ही है। अच्छी पिक्चर हो तो खाना-पीना भी भूल जाती है।'' — मंजुला ने बताया।

मंजुला सुंदर है या नहीं, समझ नहीं पाया।

''चाहे कुछ भी कहो, सिनेमा देखने के लिये ऐसा पागल हो जाना मुझे अच्छा नहीं लगता बाबा !'' सुरेखा ने कहा। सुरेखा को देख कर ऐसा लगा कि वह खुद अपने को बहुत सुंदर समझती है और काफी घमंडी भी दिखती है।

''जैसे वह बहुत कम देखती है ! परसों ही तो ''गाइड'' सिनेमा छठी बार देख आई है ? शी ईज क्रेजी आफ देवानंद। वैसे देवानंद से ही शादी कर लेती। लेकिन उसकी शादी पहले ही हो गयी।'' — किरण्मयी ने उसे छेड़ते हुए कहा।

"यू....यू 'नाटी' किरण !" — सुरेखा ने किरण के सिर पर धीरे से थपकी दी। मैं दिल खोल कर हँस पड़ा।

"जीवन में अगर किसी से प्यार हो जाये या दिल लग जाये तो उसे पूरे दिल से प्यार करना मुझे अच्छा लगता है।" — मैंने कहा।

"हाँ, मुझे भी ऐसा ही लगता है।" — किरण। दोनों ने 'कॉफी' पीना ख़तम किया।

"आपके हाथों की 'कॉफी' सचमुच अमृत है। बहुत बहुत धन्यवाद !" — मैंने कहा।

"क्या आप एम०ए० के छात्र हैं रवि जी !" किरण्मयी ने फ्लास्क का ढ़क्कन बंद करते हुए पूछा।

"हाँ, एम०ए० प्रीवियस।" — मैंने कहा।

हम सब बी०एस०सी० की हैं। 'सुरेखा', 'मंजुला' और मैं थर्ड इयर की और 'सुनंदा', 'क्रिष्टि', सेकेंड इयर की हैं। आपके आर्ट्स कालेज की लड़कियों में से एक भी नहीं आयी क्यों ?" — किरण्मयी।

"हमारे आर्ट्स कालेज की लड़कियाँ कुछ अन-सोशल हैं।" — मेरा उत्तर।

एक-एक करके बस में सब लोग चढ़ने लगे। सब मेरी ओर घूर घूर कर देखने लगे। उनकी नज़रों में मेरे प्रति ईर्ष्या थी इसे मैं भांप सका। मुझे थोड़ा गर्व भी महसूस हुआ और खुशी भी हुई। सचमुच मुझे बहुत बड़ी संपत्ति मिल गयी। लगता है किरण्मयी का परिचय तो किसी दूसरे जन्म का पुण्यफल है। सब 'बस' पर चढ़ गये। 'बस' फिर से चल पड़ी। फिर आराम से किरण्मयी से बातें ....फिर एक बार, घंटों को पलों में, तथा मीलों को इँचों में बदलना शुरु हो गया।

"आप बँगाली लगती हैं, क्या मेरी कल्पना सच है ?" — मैंने पूछा।

"यस, आपने कैसे पहचाना ?" किरण्मयी ने आश्चर्य से पूछा।

"बहुत ही आसान है....आप के नाम से पता चलता है कि आप बँगाली हैं। वेरी सिंपिल ! इस सिलसिले में मुझे एक कहानी याद आ रही है।" — मैंने कहा।

"कहिए न ? क्या कहानी है ?" — किरण्मयी ने आतुर होकर पूछा।

आप कानन डायल को जानती होंगी डिटेक्टिव साहित्य का पितामह और

"शेर्लाक्सहोम्स" का सृष्टा। एक बार कानन डायल एक गाँव गये। ट्राइन पर चढ़ कर पोर्टर को उन्होंने ज्यों ही पैसे दिये। झट से उस पोर्टर ने कहा, "थैंक्यू मि० कानन डायल।" बड़े-बड़े रहस्यों को सुलझाने वाला 'डायल' दंग रह गया कि आखिर उसका नाम इसे कैसे मालूम हुआ ! उससे जब से पूछा भी कि "तुम मेरा नाम कैसे जानते हो ?" — तो पोर्टर ने जबाब दिया।

"बहुत आसान है साहब ! आप का नाम इस हैंड बैग पर स्पष्ट लिखा हुआ है।" किरण्मयी हँसी। उसकी बगल में बैठी बाकी लड़कियों को शायद यह मजाक समझ में नहीं आया। "बुद्धू लोग हैं।" — मैंने सोचा।

"आखिर आप ही बताइए कि 'किरण' बँगाली है, यह बात आप कैसे जान गये।" — सुरेखा ने पूछा।

"बता रहा हूँ। "किरण्मयी" नाम ही शायद बँगाली जैसा लगा बस।" — मैंने कहा।

"रवि साहब ! हम से भी कुछ बातें किया करो, यार !" पीछे की सीट पर बैठे-बैठे खान चिल्लाया। पूरी 'बस' हँस पड़ी। किरण भी हँसी। हम दोनों को देख कर समाज की आँखें जलने लगीं। किरण मेरे साथ प्यार से बातें कर रही है। इसे दूसरे लोग बर्दाश्त नहीं कर पा रहे हैं।

"सोचा था रवि साहब भोले हैं, लेकिन काफी चालाक निकले हैं।" — खान।

फिर हँसी....सीटियाँ.....किलकारियाँ। न जाने क्यों, मुझे यह बात सुनकर दुःख हुआ। किरण्मयी पर इन बातों का कोई असर नहीं दिखाई पड़ा। उनके साथ मिलकर वह भी हँसने लगी। हँसी के फुवारे धीरे-धीरे बंद हो गये। सब अपने-अपने धुन में लीन हो गये।

फिर से किरण्मयी के साथ बातें करने की इच्छा हुई। सुरेखा, मंजुला के साथ वह बातें कर रही थी। किरण्मयी के माथे पर बालों का एक लट गिरने लगा। खीज के साथ वह उसे पीछे की ओर ढ़केल रही थी। किरण को अपने बालों पर गुस्सा आ रहा था। यह उसके चेहरे से साफ दिखाई दे रहा था। लेकिन मुझे लगा कि किरण यह गुस्सा उस समाज पर उतार रही है जो हमारी दोस्ती के खिलाफ है। मुझे उस समय किरण्मयी अप्सरा, ऊर्वशी सी दिखाई दी और मैं खुद अपने आप को पुररवा समझने लगा। उसकी आँखों में ऐसा भाव स्पष्ट झलक रहा था मानों वह कहना चाहती है कि "न जाने यह कैसा संसार है ?

प्यार और समाज के बीच हर समय कैसा भयानक संघर्ष चलता रहता है ? इतने क्रूर और अंधाधुंध समाज में आप जी कैसे सकते हैं ? किरण के साथ मेरा परिचय तो सपने की तरह पल भर में हो चुका था। न जाने यह कैसे हो गया। शायद यही पुराने जन्म का संबंध है। किरण्मयी को देखते ही मेरे हृदय के द्वार एकाएक खुल गये। चलम* के उपन्यास के पात्र "दयानिधि" और "कोमली" की तरह शायद किसी दूसरे लोक में किरण्मयी और मैं एक ही साथ रहे होंगे। इस दुनिया में आते ही बिछुड़ गये। अब तो एक दूसरे में लीन हो जाने के लिए शायद हम दोनों को मिलकर कैलाश पर्वत के ऊपर से बफीर्ली नदी के प्रवाह में कूद कर, प्राण त्यागने होंगे। शायद यह सफर इसीलिए है। कहीं दूर हिमालयों पर, किसी नयागरा जलप्रपातों के समीप, भूमध्य समुद्र के किनारे न जाने कहाँ, एक अद्‌भुत दुनिया में, जिस दुनिया में हम दोनों के सिवाय कोई दूसरा प्राणी न हो, जहाँ हम एक दूसरे को अच्छी तरह से जान सकें, और जहाँ हमारे शरीरों का पवित्र संगम हो सके, और फिर हम दोनों एक महान अद्वैत स्थिति को प्राप्त कर सके। यह दुनिया शायद चलम द्वारा निर्मित ऊर्वशी — पुरूरवा का लोक नहीं है, बल्कि कालिदास वर्णित शकुंतला और दुष्यंत का और जयदेव वर्णित राधा माधव का संसार सा है। वहाँ उस लोक में मैं किरण्मयी के साथ, उसकी आँखों में जिनमें अद्‌भुत सौंदर्य झलकता है, उनमें झाँकते हुए, उसकी गोद में लेट कर सारे जगत को विस्मृत करता हुआ, उसके सीने पर सर रखकर गहरी सुषुप्ति को प्राप्त करता हुआ सफर करना। किरण के शरीर से निकलने वाली उद्‌दीप्त प्रकाश-पुंजियों को देखता हुआ अपनी मूक वेदना को, जो युग युगों की मूक वेदना है, उसका निवारण करता हुआ, कहीं किसी अनजानी जगहों में चले जायेंगे। वहाँ वे दोनों, सभी विश्व रहस्यों को भेदते हुए, सभी गहराइयों का शोध करते हुए, सभी शिखरों का अधिरोहण करते हुए, एक दूसरे में लीन हो जायेंगे। जब तक विश्व के रहस्यों को आत्मसात् न करें, तब तक इस मन को चैन नहीं मिलेगा।

ऐसे ही सपनों में खोया हुआ था कि सबने चिल्लाया कि नार्गाजुन सागर आ गया है। चारों ओर अँधेरा। लेकिन वहाँ पूरी जगह बिजली के बल्बों की चमक से वहाँ रोशनी फैली हुई है। सारे बल्ब नक्षत्रों जैसे चमक रहे हैं। सभी लोग रेस्ट हाऊस में ठहरे। रात भर के मीठे सपनों के साथ सबेरा हुआ।

सुबह सात बजे ही सब तैयार हो गये।

---

* श्री गुडिपाटि वेंकटचलम — तेलुगु साहित्य के स्त्रीवादी लेखक।

उस दिन किरण्मयी तो पहले दिन से भी ज्यादा सुंदर दिखाई दी। हल्के नीले रंग की साड़ी और सफेद रंग की स्लीवलेस ब्लाउज पहनी थी। मुझे ऐसा लगा कि वह केवल मेरे लिए ही स्वर्ग से भूमि पर अवतरित हुई है। स्वप्न में भी जिस सुंदरता की कल्पना करना असंभव है, वैसी सुंदरता साक्षात् मेरे सामने खड़ी है और मेरी ओर देख कर हँस रही है। आखिर कितने युगों का निरीक्षण है यह ! मैंने उसकी तरफ देखा। उसने भी मेरी तरफ देखा और मुस्कुरायी। मानों वह कह रही थी....''देखो, मैं आ गयी, तेरे लिए आ ही गयी, आखिर कितने युगों के बाद तुम दिखाई पड़े ?''

उसके होंठ ऐसे हिलने लगे मानों वह मन में ही सोचने लगी हो कि ''मैं तुम्हें आह्वान देती हूँ। यह मेरा अन्वेषण तुम्हारे लिए ही है। क्या सोच रहे हो ? मुझे तो कुछ सुनाई नहीं पड़ता है। तुम तक पहुँचने के प्रयत्न में ही थी। लेकिन नहीं हो पाया। तुम इस विश्वांतराल में किन नक्षत्रों में, किन लोकों में विचर रहे थे, मैं खोज नहीं पायी।''

मैं हतप्रभ हो कर खड़ा रह गया था। खुद के सपनों, आकांक्षाओं, सौंदर्य पिपासा, और कलात्मक अभिरूचि — इन सबको समाहित कर किरण्मयी मेरे सामने मूर्तिवत खड़ी है। मुझे पता नहीं चल रहा था कि मैं ख्वाबों से सच्चाई की ओर जा रहा हूँ या सच्चाई से ख्वाबों की ओर। मगर इतना तो सच है कि कुछ चंद लम्हें ख्वाब और सच्चाई की सरहद को छूकर फिर वापिस आ गये।

सब लोग 'डॉम' देखने चल पड़े। इतने लोगों के बीच किरण्मयी से मैं बातें कैसे कर सकता हूँ ? किरण की आँखों की सुंदरता को निहारता हुआ कैसे चुप रह सकता हूँ ? मेरे और किरण के बीच मानव समाज द्वारा निर्मित कितनी ही दीवारें हैं। कितनों को पार करना होगा ? इन मानव रूपी राक्षसों से छुटकारा कैसे मिलेगा ? किरण के पास कैसे पहुँच पाऊँगा ?

उस दिन हर कोई किरण को आकर्षित करने का प्रयास कर रहा था। सभी उसे आकर्षित करने में लगे हुए थे। जोक्स, बेहूदे नकल, भद्दे मज़ाक, चीखना-चिल्लाना....। बहुत शोरगुल हो रहा है। सब के साथ मैं भी चलने लगा। किरण के अलावा मैं कुछ देख नहीं रहा हूँ। बस....किरण....और उससे प्रज्वलित अनुपम कांति....। उसके उच्छवास-निश्वासों के अलावा कुछ सुनाई नहीं दे रहा है। सब को पार करता हुआ मैं किरण्मयी के पास आ गया।

"हैलो-गुड मार्निंग रवि।" किरण्मयी की आवाज़ में उल्लास। यह उसका स्वर नहीं है, बल्कि वीणा की झंकार है। कोयल की कूक है। मुझे लगा कि अगर किरण्मयी गाना गायेगी तो कितना सुरीला होगा।

"वेरी-वेरी गुड मार्निंग।" — मैंने जवाब दिया।

"गुड मार्निंग।" — सभी लड़कियों ने कहा। "इन कपड़ों में आप बहुत सुंदर लग रही हैं" — कहना चाहा। इतनी आत्मीयता जताऊँ तो न जाने आस-पास की लड़कियाँ क्या सोचेंगी ? शायद यह अपनापन भी कहीं खो न बैठूं ! लेकिन ऐसी बातें अब शायद इतनी अहमियत नहीं रखतीं। मेरे अंदर अक्स्मात साहस पैदा हो गया। किरण्मयी के साथ कुछ न कुछ बातें करनीं हैं। किरण्मयी के हृदय में स्थान पा लेना ही है। बस, उस पल में यही बात मन में थी और इसके अलावा और कोई भी बात ख़ास नहीं लग रही थी।

"इस ड्रेस में आप बड़ी खूबसूरत लग रही हैं।" — किरण्मयी की आँखों में झाँकते हुए कह डाला। तुंरत किरण्मयी हँस पड़ी। "सच ! जानते हैं सुरेखा ने कहा है क्या यह ब्लू कलर मुझ पर नहीं जँचती। लेकिन मुझे यह रंग बहुत पंसद है।" — उसने कहा। सुरेखा की ओर ऐसे देखने लगी कि "देख, आखिर मैं ही जीत गयी। मंजुला और दूसरी लड़कियों के चेहरे मुरझा गये।"

"मुझे भी 'ब्लू कलर' बेहद पसंद है। 'ब्लू ईज माइ फेवरेट कलर।' ख़ास तौर पर हल्का नीला रंग मुझे बहुत ही अच्छा लगता है।" — आखिर मन की बात कह ही डाली।

"तो फिर इस बात पर हम दोनों एक हो गये हैं।" — किरण्मयी। धीरे-धीरे सभी चलने लगे। दूर से 'डाम' पर काम करने वाले कई हज़ारों श्रमिकों की आवाज़ें, यंत्रों की ध्वनियाँ, कहीं दूर पर कृष्णा नदी, जो समुद्र में समाहित होने के लिए बड़े वेग से अनेक मोड़ों से गुजरती हुई बह रही है। वाह ! क्या नज़ारा है ! उस नदी प्रवाह को रोकने के लिए हज़ारों लोग पसीना बहाते हुए काम कर रहे हैं। प्रकृति को वश में करने के लिए मानव निरंतर संघर्षरत रहता है। लाखों लोगों की भूख को मिटाने वाला मधुर स्वप्न है यह नागार्जुन सागर डाम।

"बहुत सुंदर जगह है। — इठलाती चाल से बहने वाली उस नदी की मोहक चाल तो देखिए।" — मैं कहने लगा।

"हाँ, बहुत सुंदर जगह है।" — किरण्मयी ने कहा। धीर-धीरे डाम के करीब आये।

"ग्रेट ! वाट ए जाइगांटिक कनस्ट्रक्शन !" — किरण्मयी ने कहा।

"रियल्ली जाइगांटिक, टेरिफिक।" — मैंने भी उत्साह भरे स्वर में कहा।

हमारे साथ आया हुआ 'गाइड' डाम को दिखाते हुए समझा रहा था। वहाँ के स्टेटिस्टिक्स के बारे में बतला रहा था। दुनिया की सबसे ऊँची है, लंबी है, इतने करोड़ों रुपयों का खर्चा हुआ, इससे इतने लाखों एकड़ की ज़मीन उपजाऊ होगी, वगैरह वगैरह....! वह बड़े जोश के साथ कहने लगा और सभी लोग सुनने लगे। डाम के ऊपर हज़ारों लोग हैं। वहाँ से बड़े-बड़े पत्थरों के फिसलने की ध्वनियाँ....डाम के बगल में बड़े-बड़े पत्थरों के ढ़ेरों को डाम पर उतारने वाली क्रेन की जोरदार ध्वनियाँ....मजदूरों की आवाजें....चारों ओर का यह वातावरण मुझमें कुछ हलचल पैदा कर रहा था। यह एक निर्माणात्मक दुनिया है, जिसे मैं भी सभी के साथ मिल कर देखने लगा था। लेकिन मेरी आँखें किरण को देख रही हैं। मेरी नज़रें किरण्मयी से हट नहीं रही हैं। वहाँ एक ओर गाइड लगातार बोलता चला जा रहा है।

डाम की दूसरी तरफ जाने के लिए, डाम के अंतर्भाग की गुफा से होते हुए जाने के आदेश हमें मिले। उस गुफा से गुजरते समय जो घटना घटी उसे मैं अपने जीवन में कभी भूल नहीं सकता हूँ। वह एक अद्भुत अनुभूति है। एक अनोखा अनुभव है। बिजली के बल्ब न जले तो बस, वहाँ अंधकार ही अंधकार है। किसी ने कहा कि किसी भी क्षण ये बत्तियाँ बुझ सकती हैं। गुफा से जाना सभी के लिए कुछ अज़ीब सा, लगने लगा। सभी लोग काफी थ्रिल्लिंग महसूस करने लगे। कहीं कुछ डर भी लग रहा था। किरण और मैं साथ-साथ ही चलने लगे।

"मुझे तो बहुत डर लग रहा है।" किरण्मयी ने कहा। भय से आवृत वह चेहरा और भी सुंदर दिखने लगा।

"इतने लोग हैं, फिर कैसा डर ? बहुत ही अज़ीब अनुभव है न ? यहाँ का सफर प्रकृति के अंतर्भाग का सफर है। प्रकृति में समा जाने जैसा, आदिम मानव ऐसी ही गुफ़ाओं के अंदर जीते थे। इसलिए ये हमारे पूर्वजों के निवास स्थान कहलाते हैं। हमारे अंदर स्पंदन के मूल कारण शायद ये ही यादें हैं।" — मैंने कहा।

"मुझे नहीं मालूम कि आप क्या कह रहे हैं। मेरी समझ में कुछ भी नहीं आ रहा है। अब देखिये अगर अचानक ये बत्तियाँ बुझ जायें तो....!" किरण्मयी

ने बात पूरी भी नहीं की, उसी क्षण सारी बत्तियाँ बुझ गयीं। किरण्मयी जोर से चीखती हुई लिपट गयी। एक क्षण के लिए मैं अपनी सुध-बुध खो बैठा। तुरंत ही मैंने किरण्मयी को बड़ी हिफाज़त से अपने सीने से लगाया। दोनों के दिलों की धड़कनें तेज़ हो गयीं। अब तक मैंने अपने जीवन में ऐसा सुखद, अनुभव नहीं पाया। भय से कंपित किरण्मयी के शरीर ने मेरे अंदर शांति और अनिर्वचनीय अनुभूति को जागृत किया। यह आलिंगन शाश्वत हो जाए....तो ! यह मधुर क्षण यहीं पर रुक सके तो....! लेकिन दूसरे ही क्षण बत्तियाँ जल गयीं। बस ! किरण्मयी मुझसे दूर हट गयी। शर्म के मारे उसका चेहरा लाल हो गया था, बत्तियों की लाल रोशनी में वह और भी लाल दिखने लगी। उस क्षण वह एक गुलाब के फूल की तरह दिख रही थी। बस, सब कुछ एक पल में हो गया था। सब कुछ ख्वाब जैसा दिखने लगा। आज तक मैं समझ नहीं सका कि वह घटना सचमुच घटी या मेरी कोरी कल्पना थी। आजीवन न भुला सकने वाला वह अनुभव कितना रोचक है ! उस दिन के अनुभव की याद तब तक रहेगी जब तक इन रगों में खून का संचार होता रहेगा। उस क्षण के बाद मुझे कुछ भी करने की चाह नहीं हुई। कुछ भी देखने की इच्छा नहीं हुई। सब चीज़ों से दिल विरत हो गया। ऐसा लगा कि मेरा जन्म इस अनुभव को प्राप्त कर सार्थक हो गया है। गुफा पार कर चुके थे। नागार्जुन पहाड़ पर जाने को तय हुआ। फिर कहा गया है कि वहाँ जाना संभव नहीं है। फिर इधर-उधर घूमते-घामते रेस्ट हाउस पहुँचे। दुपहर हो गयी। लंच खाये। थोड़ी देर आराम। किरण्मयी के सपने....शाम हो गई। फिर सब सज-धज कर कुछ और नयी जगहों को देखने सब चल पड़े। संध्या की अरुण कांति में रागरंजित होती हुई कृष्णा नदी एक ओर, और नये कपड़ों में नये सौंदर्य को बिखेरने वाली किरण्मयी दूसरी ओर....! अब की बार उसने सफेद साड़ी और लाल रंग का स्लीवलेस ब्लाउज पहना था। पल-पल में परिवर्तित होने वाली किरण्मयी की यह अनोखी सुंदरता है। सुबह से भी सुंदर दीखने लगी।

‘‘क्या सुबह की किरण्मयी यही है ? लहरों पर पड़ने वाले सूरज़ की किरणों के प्रकाश की तरह, संध्या के समय अत्यंत वेग से आकाश में बदलने वाले रंगों के समान किरण्मयी, बहुत मोहक लगने लगी। यह ऐसी सुंदरता है जो साधारण मानव की बुद्धि के परे की चीज़ है। न जाने किरण्मयी का नाम किसने रखा है, सचमुच वह महान कवि रहा होगा। फिर 'डाम' के पास ही और कुछ देखने....।

“फिर डाम के पास ही — ‘बोर’। मैं नहीं आऊँगी बाबा, मेरे पैर दुख रहे हैं।” — किरण्मयी।

“मेरे पैर भी दुख रहे हैं।” — दूसरे की आवाज़।

“हम से और नहीं चला जाता, सर।” — किसी लड़की ने लेक्चरर से साफ-साफ कह दिया।

“आल राइट थैन ! जो जो चल नहीं सकते हैं, वे लोग यहीं पर रुक जायें। देखो, वहाँ सामने एक पार्क है। उसमें आप बैठ सकती हैं। हम जल्दी ही लौटेंगे।” — लेक्चरर ने कहा।

“थैंक्यू सर।” — किरण्मयी ने कहा।

सभी लड़कियाँ ठहर गयीं। मुझे भी जाने की इच्छा नहीं हुई। जिन लोगों में किरण्मयी नहीं है, उनके साथ में कैसे चल पाता ! मुझे लगा कि किरण्मयी के बिना मैं जी नहीं पाऊँगा। किरण्मयी मेरी आत्मा का, बुद्धि का, आँखों का, चेतना का एक अभिन्न अंग है। क्या मैं किरण्मयी के बगैर जी सकता हूँ ? सुंदर, शीतल शाम के समय, इस पार्क जैसी सुंदर जगह अगर मैं भी किरण्मयी के साथ रह सकूँ तो। उसकी आँखों में आँखें डालते हुए, उसे हँसाते हुए, उसके साथ जी भरके बातें करते हुए, उसे दूसरे किसी सुंदर लोक में ले जाते हुए, उसके और.... और करीब जाते हुए, उसके अंतरंग में अपने को प्रतिष्ठित कराते हुए ....बस। मैं दूसरे लोगों के साथ जा नहीं पाया।

“सिर में दर्द है। रेस्ट हाउस में जाकर कमरे में सो जाऊँगा।” — मुरली से कह कर पीछे लौट गया। किरण्मयी को खोज़ता हुआ मैं निकल पड़ा। जल्दी ही पार्क में ढूँढ़ पाया। सभी लड़कियाँ मिलकर इधर-उधर की बातें करने लगीं। मुझे देखते ही किरण्मयी की आँखों में चमक आ गयी।

“क्या है, रवि ! आप भी यहाँ आ गये।” — किरण्मयी।

“बोर है, बहुत थक गया हूँ। ऊपर से वह गाइड भी बड़ा बोर कर रहा है। सिर में भी थोड़ा दर्द है। सोचा, इस पार्क में थोड़ी देर बैठ कर आराम करूँ।” — मैंने कहा।

“गाइड को कुछ भला-बुरा मत कहिएगा। हमारी सुरेखा को गुस्सा आ जाएगा।” — किरण्मयी ने कहा।

किरण्मयी के अलावा और बाकी लड़कियों को मेरा वहाँ रहना पसंद ही नहीं है। यह बात उनके चेहरों के रंग से जाहिर होने लगा।

"आप का संकेत देवानंद के 'गाइड' से है ? उस 'गाइड' को कुछ नहीं कह रहा हूँ। सुरेखा का गाइड अच्छा है।" — मैंने कहा।

"मेरे सिर में दर्द है, उधर जाकर 'सारिडान' लेना है, कोई साथ चलेंगी ?" — सुरेखा ने पूछा।

"मुझे भी 'कॉफी पीनी' है। मैं आऊँगी।" किसी मुसलमान लड़की ने कहा।

"मैं भी तुम्हारे साथ आऊँगी....अगर "नेसकाफ़े" पिलायेगी तो....।" — मंजुला ने कहा।

"ठीक है, किरण्मयी ! तुम क्या करोगी ?" — सुरेखा ने पूछा।

किरण्मयी घास पर लेट गयी — "मैं कहीं भी नहीं आ सकती भई, मुझे कहीं ले जाना है तो टैक्सी ले आइयेगा।" आँखें मूँद कर, भौंहों को सिकोड़ती हुई बड़े अदब से जबाब दिया।

"हाँ ! तुम क्यों आओगी ? अब हमारा साथ तुम्हें अच्छा लगेगा ? चलो, हम चलते हैं।" कह कर सुरेखा गुस्से से चली गयी।

"बेचारी सुरेखा। चाइल्डिश सुरेखा ! अभी अचानक उसे सरदर्द कहाँ से आ गया ? आप से बचने के लिए ही चली गयी। बस।" — किरण्मयी वैसे ही घास पर लेट कर खीझ के साथ कहने लगी। मैंने अपने मन में सोचा मुझे भी यही तो चाहिए। इसी एकांत की ही तो जरूरत है। "ऐसे ही लोगों को छेड़ने का और मन करता है।" — मैंने कहा।

जैसा मैंने चाहा, वैसे ही किरण्मयी के साथ एकांत मिल गया। अब क्या करना है ? कैसी बातें करनी हैं ? कैसा व्यवहार करें ? सुबह की गुफा वाली बात याद आ गयी। सारी नसों में खून का बहाव तेजी से बहने लगा। फिर एक बार किरण्मयी को अपने बाहों में समेट लूँ तो....!

"कहिए, कुछ तो कहिए। सिनेमा के बारे में कहिए।" — किरण ने कहा।

"क्या सिनेमा है, सब बेकार। हिंदी और तेलुगु में तो अच्छे पिक्चर्स आते ही नहीं हैं, कभी कभार सत्यजित रे के पिक्चर्स के अलावा। हाँ, भूल ही गया, आप बँगाली हैं न, आप को बँगाली आती है ?" — मैंने पूछा।

बँगाली कैसे नहीं आयेगी ? हमारी मातृभाषा जो है ! "फिर भी ऐसा क्यों पूछा ?" — किरण्मयी।

"तो फिर आपको सत्यजित रे पिक्चर्स बहुत अच्छी तरह समझ में आती होंगी। आपने सत्यजित रे की फिल्में कितनी देखी हैं ?" — मैंने पूछा।

"बस, एक, दो देखी हैं। मुझे कुछ अच्छा नहीं लगा। 'बोर' हो गयी थी। आखिर उनका नाम इतना मशहूर हुआ कैसे ?" किरण गुस्से से कहने लगी।

"यही बात अगर बँगाल में कोई कहे तो सुना है कि वहाँ के लोग पीटने को दौड़ते हैं। एक ज़माने में देश भर में रवींद्रनाथ ठाकुर को जो आदर सत्कार मिला था वैसा ही आदर सत्कार सत्यजित रे को मिल रहा है।" — मैंने कहा।

"यही तो मेरी समझ में नहीं आता। क्या है उनके सिनेमाओं में ? नो एक्साइटमेंट....नो एंटरटेनमेंट....। कैमरा की गति इतनी धीमी होती कि कुछ कहा न जाये। लोरी की तरह धीरे-धीरे चलती है....उसकी सारी फिल्में ! आराम से सो सकते हैं ! न जाने इसमें कौन सी महानता है !" आवेश से उठ कर बैठते हुए किरण्मयी ने कहा।

"बहुत आश्चर्य की बातें कह रही हैं आप....मैं तो इसीलिए दुखित हूँ कि 'रे' की फिल्में देख कर समझने के लिए मैं बँगाली नहीं हूँ। बँगाली होकर भी आप उनकी इतनी आलोचना कर रही हैं।" — मैंने कहा।

"आप कुछ भी कहिए। हि ईज ए बोर। उन्होंने जितनी बोर फिल्में बनायी हैं सबने उन सभी को, उतनी महान फिल्में मानी हैं। असल में उनके पिक्चर्स को पसंद करना आजकल के लोगों के लिए फैशन सा हो गया है।" — किरण्मयी कहती जा रही थी।

"नहीं किरण्मयी जी ! आजकल के सभी निर्देशकों में से 'सत्यजित रे' वाकई महान् हैं। आपने क्या-क्या फिल्में देखी हैं ? न जाने उस समय आप कौन सी मूड में रहीं होंगी ?"— मैंने कहा।

मैं यकीन नहीं कर पा रहा हूँ कि किरण्मयी को 'सत्यजित रे' की फिल्में अच्छी नहीं लगती हैं। मेरी आत्मा को उजागर करने वाली किरण्मयी क्या मेरी पसंद को नापसंद करती है ? 'रे' की फिल्मों से नफरत है ?

"जिस पथेर पाँचाली" की सभी लोग इतनी प्रशंसा करते हैं, उसे मैंने भी देखा है और उस समय मेरा मूड़ काफी अच्छा था। लेकिन हे भगवान ! वाट

ए बोरिंग पिक्चर इट बाज ! बाप रे बाप ! कितनी स्लो चलती है पूरी फिल्म। एकदम नरक है नरक ! पिक्चर देखने का मज़ा तो दूर, उल्टा ऐसा अनुभव हुआ कि हम कोई डाक्युमेंटरी देख रहे हैं। शुरु से अंत तक बहुत बोर लगता है। न हँसी, न खेल....। नो चेंज....नो एक्साइटमेंट....नो थ्रिल्स....नो सांग्स.... नो कामेडी....। ऐसे पिक्चर्स देखने का मन कैसे होता है, भला आप ही बताइये। इन सारी बातों को सुनने से मेरे हृदय को ठेंस सी पहुँची। किरण्मयी, जो मुझे सुंदर सपनों की सैर करा सकती है, वह क्या यही किरण्मयी है ? मेरी किरण ऐसी बातें कर सकती है ? मुझे अपने कानों पर ही भरोसा नहीं हो रहा है। समथिंग ईज रांग समवेयर। दाल में कुछ काला है। हाँ....जरूर है !

मैंने किरण्मयी को समझाना चाहा कि "महान कला-चित्र ऐसे ही होते हैं। एक्साइट करना, थ्रिल्स दिलवाना....ये सब निम्न स्तरीय कला के लक्षण हैं। महान कला तो जीवन को प्रतिबिंबित करती है। इससे लोगों में रसानुभूति जागृत होती है। केवल उत्तेजित करना महान कला का लक्ष्य नहीं है।" — मैंने ये बातें उसे काफी सरल ढ़ंग से समझायी थीं।

लेकिन किरण ने खीझ के साथ कहा, "आप जो कुछ कह रहे हैं, मेरी समझ में कुछ भी नहीं आता है। अगर यही 'ग्रेट आर्ट' है तो ऐसा आर्ट मुझे हरगिज नहीं चाहिए।"

मेरा हृदय टूट रहा था। शायद मैंने इसे ठीक से पहचाना नहीं। मैं जिस किरण्मयी को जानता हूँ और उसके लिए मेरे अंदर एक अनोखा सुंदर संसार बसा हुआ है, वह यह नहीं हो सकती। जिस किरण्मयी में एक अलौकिक सुंदरता का आभास मैंने पाया है, शायद वह इस किरण्मयी में नहीं है। मेरी अपनी किरण्मयी तो बिल्कुल अलग है। क्या इतनी देर मैं ख्वाब देखता रहा ? क्या ख्वाबों से दूर मैं अब सच्चाई में कदम रख रहा हूँ ? क्या ख्वाब और हकीकत मुझसे आँखमिचौली खेल रहे हैं ? घड़ी भर पहले मैं न जाने किरण को लेकर कितनी सुंदर अनुभूतियों में खो गया था ! कुछ आशाएँ....कुछ सपने....कुछ अनुभूतियाँ....इस किरण्मयी में देखने का प्रयास कर रहा था।

"आप ही से पूछ रहा हूँ, क्या आपने टिकट ली है ?" मेरे कंधों को झकझोरता हुआ कंडक्टर पूछ रहा था। तब कहीं मैं जान पाया कि मैं कहाँ हूँ ?

"चौथी बार है जो मैं इस तरह आपसे पूछता जा रहा हूँ कि आपने टिकट

ली कि नहीं ली।'' —कंडक्टर का व्यंग्य स्वर....। लगा कि 'बस' में बैठे बाकी लोग मेरी ही ओर देख रहे हैं। और आपस में कुछ कह कर हँसने लगे हैं।

''माफ कीजिए ! कुछ सोचता रह गया।'' कहते हुए पाँच रुपये का नोट उसके हाथों में थमा दिया।

''वन टिकट टू कोठी।'' — कहा।

''फ्रॉम ?'' — कंडक्टर।

''आर्ट्स कॉलेज।'' — मैं।

कंडक्टर टिकट और कुछ चिल्लर देकर चला गया। मैं खिड़की से बाहर झाँकने लगा। बस तो अभी ''युवती मंडली'' के पास ही रुकी हुई है। बस ठसाठस भरी हुई है। बाहर के लोग अंदर आने के लिए बाहाबाही कर रहे हैं। न जाने इस समय क्या बजा होगा ? यह 'बस' तो बहुत ही धीमी गति से चल रही है। अभी भी युवती मंडली के पास ही है। मैंने बाजू वाले के हाथ की घड़ी की तरफ देखा और समय जानना चाहा। दूर बैठे हुए काले चश्मे और काले सूट वाले के पास ''रिस्ट वाच'' दिखाई दी। लेकिन वह तो बहुत दूर में बैठा हुआ है। कोई फायदा नहीं है। कंडक्टर ने घंटी बजायी। और भी अधिक लोगों का भार लेकर 'बस' निकल पड़ी।

''हाँ, इसके पहले मैं क्या सोच रहा था....हाँ....किसी मधुर सपने में खोया हुआ था कि कंडक्टर ने इस निस्सार जगत में लाकर पटक दिया। किरण को साथ लिये मैं मधुर यादों में खोया हुआ था। जब किरण्मयी ने ''रे'' पिक्चर्स को इस कदर निकाल फैंका तो मैंने बँगाली साहित्य की चर्चा शुरू कर दी। ''ठीक है....'रे' पिक्चर्स आप के लिए कुछ भी नहीं हैं। फिर भी साहित्य के बारे में ....बँगाली साहित्य के बारे में आप क्या सोचती हैं ? मुझे तो आपके साहित्य से बहुता गहरा लगाव है। शरत बाबू के उपन्यास, टैगोर की कविताएँ, विभूति भूषण बेनर्जी, ताराशंकर बेनर्जी की रचनाएँ....ऐसा लगता है, भारत भर में किसी दूसरी भाषा के साहित्य का उतना विकास नहीं हुआ जितना कि बँगाली भाषा साहित्य का हुआ है। आप ने कुछ पढ़ा है ?'' —मैं आशा करता रहा कि कम से कम इस बार तो उसका उत्तर मुझे सांत्वना देगा।

''शायद मुझसे बेहतर हमारे साहित्य के बारे में आप ही ज्यादा जानकारी रखते हैं। ज्यादा कुछ पढ़ा नहीं....किंतु शरत के दो उपन्यास मैंने पढ़े थे। वे

बहुत 'आउट डेटेड' लगे थे। शरत के रचनाकाल की दुनिया में और आज की दुनिया में ज़मीन-आसमान का फर्क है। उस ज़माने की विधवाएँ, "सेंटिमेंटल" ज़मींदार आजकल आपको कहाँ मिलेंगे ? आइ हेट सेंटिमेंट। कभी मैंने एक सिनेमा देखा। वह शरत के उपन्यास के आधार पर बनाया गया है। उस सिनेमा में इतना सेंटिमेंट था कि जिसे देखते बैठे रहना मेरे बर्दाश्त के बाहर है। मुझे लगा कि भारतीय साहित्य पूरा का पूरा वैसा ही है। आफुल्ली आर्थडाक्स, इंटालरब्ली सेंटिमेंटल, कट्टर सांप्रदायिकता....अरे, आलबर्ट मोरेवियों के उपन्यासों को लीजिए। हमारे यहाँ के लोग ऐसा क्यों नहीं लिख सकते ? उनकी किसी भी रचना को अगर आप हाथ में लेकर पढ़ने लगेंगे तो, बस, उसे तभी छोड़ेंगे जब उस उपन्यास की समाप्ति होती है।" — किरण आवेश के साथ कहने लगी।

मैंने महसूस किया कि मेरे साथ धोखा हुआ है। मेरा हवा-महल ढ़हने लगा और मेरे पैरों तले ज़मीन खिसकने लगी। यह किरण्मयी मेरी अपनी नहीं है। हो ही नहीं सकती। कोई अज़नबी किरण्मयी मेरी अपनी किरण्मयी का रूप धारण करके सामने बैठी है।

मैंने व्यंग्य करते हुए कहा, "आपके विचार अत्यंत आधुनिक लगते हैं। पश्चिमी सभ्यता के प्रति आपकी इतनी रुचि है !"

"हाँ, पश्चिमी देश मुझे अच्छे लगते हैं। ख़ासकर स्टेट्स ! मुझे बहुत पसंद है। बी०एससी० के बाद मैं स्टेट्स जाकर वहीं पढ़ूँगी।" — किरण्मयी कहने लगी। दोनों के बीच दूरी बढ़ती गयी। पास होकर फिर दूर हो गये हैं। मैंने सोच लिया कि इस जगत में किरण्मयी से दूर ही रहूँगा और ख्वाबों की दुनिया में ही आनंद लूँगा।

"पढ़ाई के लिए ? या यूँ ही घूमने....!" जवाब जानने में खास रुचि या दिलचस्पी नहीं थी। फिर भी यूँ ही पूछ लिया।

"पढ़ाई के लिए ही समझ लीजिए। दर असल पढ़ाई तो एक बहाना ही है। उस बहाने, विदेशों में घूमना ही असली उद्देश्य है। वहाँ मेरा भाई विसकानसिज़ यूनिवर्सिटी में रिसर्च कर रहा है। मुझे भी डेडी वहीं भेजना चाहते हैं।" — उसने कहा।

शायद किरण्मयी के पिताजी करोड़पति होंगे। मेरा दिल टूटने लगा। अव्यक्त

वेदना से मेरा गला भरता जा रहा था। मैंने जान लिया कि किरण्मयी से अब ज्यादा बातचीत संभव नहीं है।

"वाट एबाउट युवर प्लान्स ? एम०ए० होने के बाद क्या करोगे ? रिसर्च करोगे ?" — किरण्मयी।

किरण्मयी क्या अब तक मुझसे खिलवाड़ करती रही ? फिर एक बार इस सोच से मेरे अरमान जी उठे। उसे आकर्षित करने के प्रयत्नों को छोड़ नहीं सका। "पहले एम०ए० मेरिट में पास होना चाहता हूँ। मेरा मतलब है, मैं यूनिवर्सिटी फर्स्ट आना चाहता हूँ। तब शायद स्कालरशिप मिल सकती है। उसके बाद विदेशों में रिसर्च करने की चाह भी है।"—यूँ कह कर फिर सोचने लगा कि क्या मैंने ही ऐसी बातें कीं ? बड़ा अज़ीब है। ये बातें मेरे मुँह से अनायास ही निकल पड़ीं। उन बातों को कहते वक्त मेरी आवाज़ भी रुँध गयी है।

"ओह ! वंडरफुल ! आप भी विदेश आयेंगे। तो फिर हम वहीं पर मिलते हैं। लेटअस मीट देअर। किसी नयागरा फाल्स के पास....।" घास में लेटी हुई किरण्मयी खुशी से कहने लगी।

उन बातों से मुझे खुशी नहीं हुई। ऐसा लगने लगा कि कोई मुझे छेड़ रहा है, मेरी हँसी उड़ा रहा है। मुझे हाइस्कूल के दिनों सीखा हुआ रेखागणित का पाठ याद हो आया। समानान्तर रेखाओं का पाठ ! गणित टीचर की बात याद आयी कि समानान्तर रेखाएँ कहीं अनंत में मिलती हैं। तब से लेकर अब तक उस बात को समझने की कोशिश कर रहा हूँ। समानान्तर रेखाएँ कैसे मिलेंगी ? कहाँ मिलेंगी ? यह मेरे लिए बहुत बड़ी पहेली बन कर रह गयी। बहुत लोगों से पूछताछ भी की। समानान्तर रेखाओं का अनंत में मिलना कैसे संभव हो सकता है ? कोई भी सही जवाब नहीं दे पाये। आज उस पहेली को स्वयं मैं सुलझा सकता हूँ। समानान्तर रेखाएँ मिलेंगी....। जरूर मिलेंगी....जब किरण्मयी और मैं नयागरा फाल्स के सामने मिलेंगे, तब। 'कॉफी' पीने के बाद सुरेखा और दूसरी लड़कियाँ शोर मचाते हुए आ गयीं। किरण्मयी और मैं — दोनों खामोश बैठे हुए थे।

"आप दोनों को हम लोग डिस्टर्ब तो नहीं कर रहे हैं ? अगर कर रहे हैं तो....ठीक है, चले जायेंगे।" सुरेखा मुँह बनाती हुई व्यंग्य से कहने लगी।

"ऐसी कोई बात नहीं है सुरेखा ! हम पिक्चर्स के बारे में बातें कर रहे हैं। तुम्हारा देवानंद बहुत बड़ा एक्टर है। उस बात से रवि भी सहमत है।" — किरण्मयी ने कहा।

"आप की प्रशंसा की कोई जरूरत नहीं है। रवि न भी माने तो भी देवानंद का कुछ बिगड़ेगा नहीं। उसे चाहने वाले इस देश में लाखों लोग हैं।" — सुरेखा।

"लगता है आपका सिरदर्द भाग गया है। आपका हौसला बढ़ गया है।" — मैंने व्यंग्य किया।

"थैंक्यू ! हाँ ! वाकई मेरा सरदर्द गायब हो गया है।" — सुरेखा ने उत्तर दिया।

फिर थोड़ी देर तक खामोशी। दूर मशीनों की आवाजें। शाम के समय सभी लोग घर जाने की जल्दी में। उनके पीछे कलकल नाद से बहती चंचल कृष्णा नदी की धारा....वाह ! यह नज़ारा भी कितना खूबसूरत है ! अचानक मुझे वहाँ से उठ भागने की बलवत इच्छा हुई। इतनी देर वहाँ मैं कैसे रह गया....! खुद मुझे अचरज हुआ है। हर समय लड़कियों से दूर भागने वाला मैं....आज खुद उन्हीं के बीच आकर बातें करने लगा। मुझे लगा शायद मैंने अपना अपनत्व खो सा दिया। मैं अपने आप में कुछ अलग सा महसूस करने लगा।

"यूँ ही बैठने से तो अच्छा है....एक गाना हो जाए।" — मंजुला कह कर किरण की ओर देखने लगी। फिर उसी ने हम लोगों से कहा, "किरण बहुत अच्छा गाती है।"

जब मैंने किरण की आवाज़ सुनी, तभी मुझे लगा कि किरण्मयी गाती भी होगी। उसके गाने को सुनने की इच्छा हुई। ऐसा लगा उस शाम के रंगीन वातावरण में कृष्णा नदी के किनारे किरण्मयी का गाना बहुत अच्छा लग सकता है।

"आप पूछिये तो सही शायद गायेगी।" — मंजुला ने मेरे तरफ़ इशारा किया। मैं बहुत खुश हुआ — मुझे किरण्मयी पर अभी से इतना अधिकार है ? मंजुला ने मेरे अंदर बुझती आशा की बत्ती की लौ को बढ़ाया।

"अब कोई गाना-वाना नहीं।" किरण्मयी ने कहा। चारों ओर अंधेरा छा गया था। आकाश में नक्षत्रों की चमक के साथ-साथ भूतल में भी सागर के बाँध में बिजली का प्रकाश बहुत सुंदर लग रहा है। पहाड़,....पहाड़ पर और पेड़ — पेड़ पर सजायी गयी दीपमाला....खासतौर पर बाँध पर सजाये गये बिजली के बल्बों की कतार....एक दम मन को भा रहे हैं। नक्षत्र मंडल के साथ-साथ चंद्रोदय भी हो गया। दूर कृष्णा नदी की कलकल ध्वनि....। हरी घास में लेटी हुई किरण्मयी अधखुले नेत्रों से आसमान की ओर निहार रही थी। किरण्मयी

गाती है ? क्या मेरे लिए वह गायेगी ? मंजुला फिर से मेरी ओर इशारा कर रही थी कि अगर मैं उससे पूछूँ तो वह जरूर गायेगी।

"गाना ही है ! किरण्मयी को गाना ही है।" सब लोग ताली बजा-बजा कर उससे अनुरोध करने लगीं। किरण्मयी बैठ गयी।

"हाँ, मैं गाऊँगी। रवि के लिए जरूर गाऊँगी। आप सभी ने मेरा गाना सुना ही है। रवि ने कभी नहीं सुना। बोलिये, क्या गाना गाऊँ ? मैं हिन्दीं और बँगाली के गाने गा सकती हूँ। तेलुगु के गाने तो नहीं आते। कभी सीखना भी चाहा था मगर नहीं हुआ। 'कमान', बोलिये, क्या है आपकी पसंद ?" — किरण्मयी कहती जा रही थी। मैं बहुत खुश हो गया था। लगा कि यह किरण्मयी मेरी अपनी ही किरण्मयी है। सपनों में झुलाने वाली किरण्मयी यही है। शायद कुछ देर पहले मैंने एक बुरा सपना देखा होगा। अपनी ही किरण्मयी को पहचान नहीं पाया।

"गाइए।" "स्त्री" में लता का गाना...."ओ निर्दयी प्रीतम...." खुशी के साथ मैंने कहा।

"वह गाना बहुत पुराना है। पूरा याद भी नहीं है मुझे। फिर भी जो कुछ याद है, गाती हूँ।"

किरण्मयी ने गला ठीक किया। गाना शुरू किया। समतल प्रदेश में झरते हुए झरने की तरह.....कितना मधुर गाती है किरण्मयी ! आनंद की चरम सीमा में मेरा मन विचर रहा था। मैंने कभी अंदाजा नहीं लगाया कि किरण्मयी इतना मधुर गा भी सकती है। रवि शंकर के सितार की झंकार, बिस्मिल्ला खान का शहनाई वादन, हजारों लताओं, लाखों आशा भोंसलों का मधुर स्वर, करोड़ों कोयलों का मधुर स्वर....इन सबका सम्मिश्रित स्वर-धुनि मुझे किरण्मयी की आवाज़ में सुनाई दे रही है। मैं उसके गाने में तल्लीन हो गया था। न जाने मैं कहाँ, किन सुंदर जगहों में घूमने लगा। मुझे लगा कि यह किरण्मयी मामूली औरत नहीं है। केवल मेरे लिए आसमान से भूमि पर उतरी हुई परी है वह ! मेरा जन्म पुनीत हो गया। उसके गाने के सुर में मैंने अपना अस्तित्व मिटा दिया है। मुझे लगा यह मेरा यह दूसरा जन्म है। उस समय नागार्जुन सागर बांध के अंतर्भाग में. ...गुफा में....बिजली के बंद हो जाने पर....किरण्मयी को मुझ से उस प्रकार लिपट जाने पर महान् अनुभूति को पाना, ठीक उसी प्रकार की अनुभूति को मैं इस गाने में भी पा रहा हूँ।

अचानक गाना रुक गया।

"उसके बाद मैं भूल गयी, आइ एम सॉरी।" किरण ने कहा। फिर से इस लोक में मैं लौट आया।

"आप भी कैसे बेरहम हैं ! कोई दूसरा गाना लीजिए। मुझे नहीं मालूम कि आप इतना अच्छा गाती हैं। मीठी आवाज़ है आपकी ! और एक गाना गाइये।" — मैंने अनुरोध किया। खुद ऐसी अवस्था में हूँ कि मेरा अपना मन किसी मदहोश दुनिया में विचर रहा था। ऐसी मादक स्थिति से बाहर आकर उससे मैं अनुरोध करने लगा।

"पूछिये। मुझे जो गाने आते हैं, उन्हीं में से पूछिये।" — किरण्मयी।

तभी आकाश में चंद्रमा का उदय हो रहा था। मैं चुपचाप उस दृश्य को निहारने लगा।

"चाँद फिर निकला, मगर तू न आया।" — " 'पेइंगगेस्ट' का वह गाना गाइये।" मैंने उससे प्रार्थना के स्वर में कहा।

"यह तो बहुत ही अच्छा गाना है।" — सुरेखा।

"क्यों, इसीलिए कि उसमें देवानंद है !" लेकिन आप बहुत पुराने गाने चाहते हैं। यह भी मुझे आधा ही आता है।" — किरण्मयी।

"कोई बात नहीं, गाइये।" — मैंने कहा।

किरण ने फिर सुर ठीक किया। विरह वेदना मानों उसकी आवाज़ में उतर आयी। प्रेमियों के हृदयों को झुलसा देने वाली वेदना....! बहुत ही मुधुर गायन है उसका। वह गाना नागार्जुन सागर में गूँजने लगा। कृष्णा नदी भी मानों स्तब्ध हो गयी। ऐसा महसूस हुआ कि कृष्णा नदी उसका गाना सुनने कि लिए ही ठहर गयी। किरण्मयी जैसी गायिका हो तो नदी पर इतने बड़े बांध के निर्माण की जरूरत ही नहीं है। उसके गाने में मस्त होकर नदी अपने आप बहना भूल जाएगी। अनंत विश्व में — समानांतर रेखाओं के मिलने के उस स्थान पर — नयागरा फाल्स के पास — गाना ख़तम हो गया। सभी तालियाँ बजाने लगीं। फिर कहीं मैं इस संसार की ओर लौट आया।

भावुक होकर कहने लगा — "उधर देखिए, आपके गाने को सुनने की लालसा में नदी भी बहना भूल गयी। आप इसी तरह लगातार गाती रहेंगी तो नदी को रोकने के लिए बाँध बनाने की जरूरत नहीं होगी। इस तरह सरकार के करोड़ों

रुपयों की बचत भी आपकी दया से होगी।" मेरी बातें सुन कर सब ने तालियाँ बजायीं।

"ब्यूटिफुल ! बहुत अच्छा व्याख्यान किया है आपने रवि जी !" मेरी ओर प्रशंसा भरी निगाहें डालते हुए मंजुला कहने लगी।

"बाप रे ! आप कहीं शायर तो नहीं हैं !" — किरण्मयी।

"गाइये, और गाइये, प्लीज़...." मैंने फिर से अनुरोध किया।

"बोलिये आपकी बातें मुझ पर काफी असर दिखा रही हैं।" — किरण्मयी।

"रसिक बलमा....गाइये। 'चोरी-चोरी' का गाना।" — मैं।

किरण्मयी गायी। मेरे मन पसंद के सभी गाने गाती रही। एक गाने के बाद दूसरा। मुझे लगा कि यह चाँदनी, चाँदनी नहीं है और यह हवा, हवा नहीं है। किरण के गाने में तल्लीन होकर सारी प्रकृति ने अपने निज स्वभाव को खो दिया है। उसका अपना अस्तित्व ही इस गायन में समेट गया था। किरण्मयी वैसे गाती ही रही। मैंने जो जो गाने फरमाये थे, सब के सब गाने गाती ही रही। उस महान संगीत से सभी के दिल प्रक्षालित हो गये। न जाने कितने घंटे ऐसे बीत गये। कितनी चाँदनी यूँ ही बीत गयी। इस बीच न जाने मैं कितने दिव्य सुंदर लोकों का दर्शन कर गया था, कितनी अनुभूतियों को आत्मसात किया था। वहाँ सभी लोग मंत्रमुग्ध हो गये।

"बाप रे ! नौ बज गये !"— सुरेखा ने कहा।

"नौ बज गये ! चलो रवि !"— किरण्मयी ने कहा।

"प्लीज़, और एक गाना। बस, एक गाना....आखिरी है यह !" — मैं मनाने लगा।

"कहिए, लास्ट सांग, पूछिये।" — किरण्मयी।

" 'अभी न जाओ छोड़ कर कि दिल अभी भरा नहीं !' गाइये, 'हम दोनों' का गीत" — पूछा।

"इट ईज ए वंडरफुल सांग।" — सुरेखा ने कहा।

" "अभी न जाओ छोड़ कर".... किरण ने गाना गया। वह नग्मा भी कितना सही है ! 'अभी तो दिल भरा नहीं....अभी तो कुछ कहा नहीं....' कितना सच है ! मेरा दिल तो अभी भरा नहीं है। किरण्मयी के गाने सुनने के बाद और

भी सुनने की प्यास बढ़ती ही जा रही है। अभी से जाने के लिए सोच रही है किरण्मयी। वह गाना मेरे के अरमानों को व्यक्त कर रहा था। उस वक्त मेरे मन की स्थिति को गाने का रूप देकर किरण्मयी ने गाया था। "अभी तो दिल भरा नहीं....अभी तो कुछ कहा नहीं....अभी तो कुछ सुना नहीं।" — बस, हो गया ! सब कुछ ख़तम ! सारी दुनिया को कुछ समय तक स्थगित कर पाने की शक्ति रखने वाला वह अद्भुत गायन समाप्त हो गया था। दूर से कृष्णा नदी की कलकल ध्वनि सुनाई दे रही थी। इतनी देर से अपने प्रवाह को रोके रखी थी यह नदी। अब फिर उस में गति आ गयी। किरण्मयी के साथ सभी उठ खड़ी हुईं। लेकिन मैं खुद बैठा ही रह गया। अभी भी किरण्मयी के गाने कहीं दूर से ....ख्वाबों की दुनिया से धीमी....हल्की आवाज़ में मुझे सुनाई दे रहे थे।

"उठिये न रवि जी ! रेस्ट हाऊस चलते हैं, चलिये।" — किरण्मयी बुलाने लगी।

"अभी तो दिल भरा नहीं।" — मैं कहने लगा। सभी हँस पड़ीं। मैं भी उठ खड़ा हुआ। रेस्ट हाऊस जाते वक्त भी किरण्मयी गुनगुनाने लगी। जीवन में कभी न भुला देने वाला वह दिन यूँ ही बीत गया। जिंदगी में कभी न भुला सकने वाला वह सपना जैसे हकीकत में बदल गया। पूरा दिन ही ख्वाब की तरह बीत गया। सारी रात सपनों में गुजर गई। सुनहरे लोकों के नज़ारे....दिव्य भव्य प्रदेश....! कालिदास विरचित कण्वाश्रम का प्रांगण ! जयदेव विरचित यमुना नदी का तट....! "एंकी-नायुडुबावा*" के नहरों के तट....फूलों के बगीचे....चलम विरचित ऊर्वशी-पुरूरव की दुनिया....न जाने कहाँ-कहाँ घूमने लगा। ऐसे सुंदर प्रदेश में तेज आभा के साथ चमकती हुई, पलपल परिवर्तित होने वाली किरण के समान किरण्मयी....! मेरे हाथों में गुमसुम बैठने वाली किरण्मयी....मेरी राह देखने वाली किरण्मयी....फूलों की सेज पर लेटी हुई वह — चम्पा, चमेली, गुलाब, रात की रानी, आदि, ढ़ेर सारे फूलों में से एक सुकोमल फूल जैसी शोभित हो रही है। चारों ओर बिखरे पड़े उन फूलों के बीच....फूल की सेज पर....फूल जैसी किरण्मयी ....उसका फूल जैसा शरीर....। विरह वेदना से तप्त किरण्मयी का सुंदर शरीर ....रूप यौवन को दर्शाने वाली वह काया...."ओ निर्दयी प्रीतम" गाती हुई किरण्मयी की मधुर आवाज़....उस अलौकिक किरण्मयी को पाने की कामना से ही मैं चल रहा हूँ। ....एक भ्रमर किरण्मयी का पीछा करने लगा।

* तेलुगु कवि — नंडूरि सुब्बाराव के लोक-गीत के पात्र।

उस भ्रमर से पीछा छुड़वाने मेरी तरफ लाचार होकर निहारती हुई किरण्मयी ! लेकिन दूसरे ही क्षण....वहाँ किरण्मयी गायब हो गयी। मैं भागने लगा हूँ। पागल सा — आशा को साथ लिये — पाने की उत्कट इच्छा लेकर — भागते-भागते ....मैं काँटों पर गिर गया था। मेरे हाथ, पैर, चेहरे पर काँटों के चुभने से खून भी बहने लगा था। खून से लथपथ मैं अपने बदन को देख कर खुद ही डरने लगा। ठीक उसी वक्त मुरली, खान, जेम्स, सुरेखा, मंजुला — सब लोग मुझे घेर कर हँस रहे हैं। मैं बौखला गया था। ''हँसो मत....हँसो मत'' कह कर चिल्लाने लगा। लेकिन वे लोग हँसते ही जा रहे थे। धीरे-धीरे उनकी हँसी बढ़ती जा रही थी। आँखें खोलकर देखने लगा। यह कोई सपना नहीं था। सचमुच ही मुझे घेर कर मुरली, जेम्स, खान, राव, आदि, हँस रहे थे।

''सवेरा हो गया रवि जी, अभी भी सपनों की दुनिया में आप सैर कर रहे हैं। सब लोग 'बस' में भी चढ़ चुके हैं। चलो, उठो जल्दी !'' मुरली कहने लगा।

''सो जा भाई सो जा ! कोई आकर जगायेगी। सो जा राजकुमार सो जा !'' खान गाने लगा।

मैं फौरन उठ खड़ा हुआ। पल भर में तैयार होकर 'बस' में बैठा। उस दिन किरण्मयी पंजाबी ड्रेस में थी। हेयर स्टाइल भी बदल दी। कल की किरण्मयी और आज की किरण्मयी में कोई संबंध ही नहीं था। उसे देखते ही मेरे अंदरूनी परतों में खून की गति काफी रफ्तार को पा गयी थी। आज की किरण्मयी की सुंदरता देखकर मेरी सोई हुई इच्छाओं की शृंखलाएँ फिर से जग गयीं। यह किरण्मयी मुझे न केवल सपनों की दुनिया में ही ले जा रही थी, बल्कि खून में गर्मी पैदा करने वाली भी है। पहाड़ों से होती हुई, इठलाती चाल से प्रवाहित होने वाली कृष्णा नदी को छोड़ कर हमारी ''बस'' हैदराबाद की तरफ बढ़ने लगी। 'बस', में फिर से हँसी के फुवारे, किलकारियाँ, चीखें, सीटियाँ, जोक्स, गाने, ताश के पत्ते, जम्हाइयाँ, चिल्लाहट, शोरगुल — सब ज्यों का त्यों हो रहा था। मैं खुद किरण्मयी के सपनों में खोया हुआ था। अब की बार किरण्मयी मुझसे काफी दूर बैठी थी। बोलने का मौका ही नहीं मिला। बीच में जब कॉफी पीने उतरे तो किरण्मयी ने पूछा ''आप कहाँ रहते हैं?'' तो मैंने उत्तर दिया और किरण्मयी ने भी अपना पता दिया। और कभी कभार मिलने का वादा भी लिया। उसने यह भी बताया क़ि उसके बचपन में ही उनका परिवार कलकत्ता छोड़कर हैदराबाद आ गया और वे यहीं पर बस गये हैं। इस वजह से उसे तेलुगु में बोलना और पढ़ना भी आता

है। उनके पिताजी हाइकोर्ट के वकील हैं। ऐसे ही कुछ इधर-उधर की बातें हुईं। देखते ही देखते हैदराबाद आ पहुँचे। हर कोई अपने-अपने घरों के पास उतरने लगा। न जाने किरण्मयी को देखते ही मुझे लगा कि उसे गले लगाकर उसके होठों को चूम लूँ। ऐसा करूँ तो वह क्या करेगी ? सागर की गुफा वाली घटना याद आयी। अब भी मुझे यकीन नहीं हो रहा है कि वह घटना सचमुच घटी है। एक सपना सा लग रहा है। अगर उसी समय किरण्मयी के होंठों को मैंने चूम लिया होता तो वह क्या करती ? किरण्मयी के उतरने का स्टाप नजदीक आने लगा। 'बस' में ज्यादा लोग नहीं थे। केवल होस्टल वाले रह गये। किरण्मयी "अभी न जाओ छोड़कर" गाना गुनगुनाने लगी। मैंने पूछा, "वह गाना फिर से गाइये न ?" मेरा अपना प्यार सब इसी सवाल में समेटकर मैंने उससे मिन्नत की। उसने अपना सुर कुछ ऊँचा किया। मेरे अंदर इच्छाओं की बाढ़ सी उमड़ पड़ी। मेरी चाहत बढ़ती गयी। उस सुर को, कोमल कंठ को, उन हाथों को, गुलाब जैसे उसके बदन को, अपने हाथों में समेटने की, गले लगाने की इच्छा पहाड़ की ऊँचाई को छूने लगी। वह ड्रेस उसकी सुंदरता को छिपा नहीं रही थी बल्कि उसके शरीर के प्रत्येक अंग के मनमोहक सौंदर्य को दिखा रही थी, जिसे देख देख कर मैं और भी पागल होता गया। किरण्मयी गा रही थी। "अभी न जाओ छोड़ कर" ....आ ही गयी। किरण्मयी की मंजिल आ गयी।

"सो गुड बाय रवि ! थैंक्यू वेरी मच फार युवर एक्सलेंट कंपनी।" — हँसती हुई उतर गयी।

"थैंक्यू।" — भर्राये स्वर में मैंने भी उसे बिदा किया।

"सो गुड बाय, सी यू।" — फिर से किरण्मयी ने कहा। पुरूरव को छोड़ कर जाने वाली ऊर्वशी की याद आयी।

"जा रही हूँ। मेरे श्राप की घड़ियाँ शुरू हो गयी हैं। अब तुम्हारे साथ रहने की शक्ति मुझ में नहीं है। चिंता मत करना। युग के अंत तक तुम्हारा इंतजार करूँगी।" — किरण्मयी की आँखें मानों यही संदेश दे रही थीं।

"किरण जा रही हो ? जा रही हो ? मुझे छोड़ कर मत जाओ। तुम्हें जाने नहीं दूँगा...." मेरा हृदय रोने-बिलखने लगा।

"जीवन एक पल का होता है लेकिन हमारे प्रेम बंधन की अवधि अनंत है। मेरे लिए जितनी विरह वेदना में तड़पोगे, धीरे-धीरे मैं उतनी ही अधिक सम्मोहकता

के साथ, ज्ञान के साथ तुम्हारे हृदय में व्याप्त हो जाऊँगी। चिंता मत करो।'' — कहती हुई किरण्मयी को, मैंने अपने विचारों में स्पष्ट देख पाया।

''गुड बाइ, गुड बाइ, वुई हैड ए हैपी टाइम।'' — कहती हुई रुमाल हिलाने लगी किरण्मयी। 'बस' चल पड़ी। क्षण में वह कांतिपुंज नदारद हुई। वह सुकुमारी, वह सुनहरी किरण्मयी मेरी अपनी ही किरण है। मैं उदास बैठ गया। मन पर भारी बोझ सा है। सब कुछ मैं अपने सामने देख रहा हूँ। फिर भी मैं कहीं शून्य प्रदेश में घूम रहा हूँ। उस अकेलेपन में मेरे लिये सहारे देने वाले नहीं हैं। मेरे लिए कुछ बचा नहीं है। सर पर हाथ रख कर निर्लिप्त भाव से बैठा हुआ हूँ। मेरी सारी शक्ति चली गयी। निराशा ही निराशा है। अज़ीब सी हालत है मेरी। दिल तो टूट गया। उद्वेलित मन से पथविहीन पथिक की तरह मृगतृष्णा के पीछे भागता रहा हूँ —पागल सा....पतित सा....भ्रष्ट सा....बाधासर्पद्रष्ट सा....धोखा खाये भाई सा....।

'बस' होस्टल के निकट आ गयी। गला सूखा जा रहा था। आँसू उमड़ने लगे। खून ठंडा पड़ गया। होस्टल और वहाँ के लोग मुझे बिल्कुल अपरिचित लगने लगे। ऐसा लगा मानों मैं यहाँ किसी को जानता ही नहीं हूँ। अंदर से क्रोध उमड़ने लगा। क्रोध का बवंडर, आवेश, कुछ कर बैठने का आवेश, कुछ न कर सकने की विवशता....ये सब मेरे अंदर के संघर्ष को और भी भड़का रहे थे। 'बस' रुक गयी। 'बस' रुक गयी। लेकिन मुझे उतरने की इच्छा नहीं हुई।

मैं वैसे ही बैठा रहा। सब उतरने लगे। 'बस' रुक गयी।

''ऐ मिस्टर ! आपको कहाँ उतरना है ? 'कोठी' आ गयी। कोठी के बाद यह 'बस' और कहीं नहीं जाती।'' मेरा कंधा हिलाते हुए कोई बार बार कह रहा था। मैंने उसकी ओर देखा। कंडक्टर ! मैं 'बस' में हूँ। कंडक्टर मेरी तरफ ऐसा क्यों देख रहा है ? क्या मैं पागल हूँ ! उसके बात करने के ढ़ंग से ऐसा ही लगता है कि मानों वह किसी पागल से बातें कर रहा है। वह मुझसे पूछ रहा था, ''लगता है आप इस दुनिया में नहीं हैं शायद ! बात क्या है ?''

''माफ कीजिए। सचमुच मैं इस दुनिया में नहीं हूँ।'' कहता हुआ मैं 'बस' से उतर गया।

गहरी नींद से उठने का एहसास हुआ। अब मुझे क्या करना है ? इतनी

देर तक मैं क्या करता रहा ? न जाने किस दुनिया में विहार करने लगा था। हाँ, मुझे अब "जमरुद" महल जाना है। समय....समय क्या हुआ ? कैसे जाऊँ ? जमरुद महल....रिक्शा....! अब 'बस' में जाने का वक्त नहीं है। जल्दी-जल्दी चलने लगा। साढ़े बारह बज चुके होंगे ? देर हो गयी क्या ? कहीं एक रिक्शा भी दिखलाई नहीं दे रही है। कार का हारन सुनाई दिया, बिल्कुल मेरे बाजू से वह कार चली गयी। कुछ गड़बड़ हो जाता तो मैं कार के नीचे आ जाता।

"क्यों मिस्टर ! जीने की तमन्ना नहीं है क्या ?" मूँछ वाले ड्राइवर ने डाँटा। अगर मुझे जीने की इच्छा नहीं है तो यूँ मार देंगे ! बदमाश कहीं के ! चला गया ! मूछों वाला बदमाश ! और भी रफ़्तार से गाड़ी चलाने लगा। हाँ, वह रही रिक्शा ! "ऐ रिक्शा ! आवाज़ दी। "जमरूद महल" आओगे ?" पूछा।

"बैठो साहब !" — रिक्शावाला।

"क्या लोगे ? — पूछा।

"बैठो साहब !" — कहने लगा वह। उसके साथ बहस करने का मेरे पास न समय है और न शक्ति। "चलो" बैठ कर कहा। रिक्शेवाले के साथ बहस करते हुए सौदा तय करने की इच्छा नहीं हुई मुझे। गरीब लोग ! मेहनत का पसीना बहाते हैं। उन्हें चार पैसे ज्यादा भी दे दें तो क्या हरज़ है ? ये ऐसे दीन लोग जिनके पास रहने की जगह है न ही खाने के लिये कुछ मिलता है। रिक्शावाला तेज़ी से रिक्शा चला रहा था। कोई बात नहीं। "नाइस फेलो।" शायद इस रिक्शे वाले को मेरी जरूरत का एहसास हो गया होगा ! "नाइस फेलो", पाँच पैसे ज्यादा ही दूँगा। समय....समय....न जाने क्या हुआ है ! अब तक टिकट लेकर किरण्मयी हाल के अंदर चली तो नहीं गयी ! अँधेरे में किरण्मयी को पहचानूँगा कैसे ? किरण के बगल में बैठ कर "कागज के फूल" देखने की मेरी इच्छा अधूरी तो नहीं रह जायेगी ?

"जल्दी चलो भैया !" — मैं और जल्दी जाना चाहता हूँ।

बेचारा वह भी कैसे चलायेगा ! कोठी का चौरास्ता पार कर 'सागर' टाकीज़ तक पल भर में ले आया। यहाँ कौन सी फिल्म लगी है ? "वीराँजनेया" — वीर हनुमान की तरह मुझ में भी उतनी ताकत होती तो मैं भी सीधा होस्टल से जमरुद टाकीज़ एक छलांग मार कर आ गया होता ! समय....समय तो बीतता

जा रहा है। मेरी सारी मेहनत पर पानी फिर जायेगा ? मेरे पास रिस्ट वाच भी नहीं है ! सरासर अन्याय है। मेरे लिये घोर अन्याय की बात है ! हर पल मुझे समय जानने की जरूरत होती है और मेरे पास घड़ी नहीं है, यह क्या है ? यह अन्याय नहीं है तो और क्या है ? अब की बार घर जाऊँगा तो माँ से पूछूँगा। चाहे जो कुछ भी हो, घड़ी खरीदने के लिए कहूँगा। घड़ी के बिना पढ़ाई नहीं हो सकती। टाइम के अनुसार पढ़ाई नहीं हो सकेगी....तो एम०ए० पास होना नामुमकिन है। ऐसी वैसी झूठी बातों पर वह जल्दी विश्वास कर लेती है। नादान जो ठहरे ! माँ को फिर से कुछ बेचना पड़ेगा। मेरे पूछने पर माँ घड़ी ज़रूर खरीद कर देगी। लेकिन पूछने का अधिकार मुझे है क्या ? और कितने दिन उन्हें तंग करना पड़ेगा ? और कितना समय उनके साथ खिलवाड़ करना पड़ेगा ? आबिड्स चौरास्ता। अखबार ! लाखों अखबार ! शहर के सभी अखबार यहीं मिलते हैं ! "स्टार एंड स्टाइल" में शर्मिला टैगोर का बिल्कुल नंगा बदन। "फेयर सेक्स" के ऊपर न्यूड फोटो....एक नहीं, बहुत सारे नंगे चित्र। एक से बढ़कर एक है। न्यूड फोटो वाली वह मैग्जीन कितने रुपयों में मिलेगी ? सेक्स....सेक्स....बाजार में रख कर बेच रहे हैं। बाजू में ही एक थियेटर है। यहाँ कौन सी पिक्चर है ? वे ही आँखें ! स्विमिंग सूट में निर्मला। चार, पाँच लोग खड़े खड़े उस तस्वीर को देख रहे हैं। रिक्शा तेजी से जाने लगी। वो रहा है — जमरुद महल ! आ रहा है। पास आ रहा है। मेरी अपनी मंजिल आ रही है। हाँ....अपना लक्ष्य बहुत ही नज़दीक दिखाई देने लगा है, दिखाई देना क्या...., आ ही गया ! रिक्शा जैसी ही रुकी, मैं नीचे कूद पड़ा।

"क्या दूँ, बोलो !" बड़ी जल्दी में पूछने लगा।

"एक रुपया साहब !" — तीखी नज़र से देखते हुए उसने कहा। तब उसका चेहरा कितना भयानक दिखाई दिया.....हिंदी पिक्चर के खलनायक की याद आयी। "एक रुपया" सुनकर मेरे होश उड़ गये।

"कोठी से यहाँ तक एक रुपया ?" गुस्से से पूछा।

"और भी देना बाबू ! कितना चढ़ाव है, मैं आपको कितनी जल्दी ले आया।" अपनी उर्दू जबान में वह मुझे समझा रहा था। मैं कुछ भी समझने की हालत में नहीं हूँ। "आधा रुपया लो।" कहता हुआ देने लगा।

"नहीं लेते साहब !" लापरवाही से उसने कहा। नफरत सी हुई। मुझे जल्दी

जाना है अंदर। उसके साथ खड़े होकर लड़ने का वक्त नहीं हैं मेरे पास। उसकी बातें सुनकर किसी ने कहा, "पहले ही तय करना था न आपको।" "यही तो मेरी भूल थी !" — कह कर उसके हाथ में एक रुपया डाल दिया। वह हँस रहा था। उस समय रिक्शा चलाने वालों पर नफरत सी हुई। धोखा, धोखा अब जीवन भर रिक्शा वालों पर भरोसा नहीं कर पाऊँगा। जल्दी-जल्दी अंदर गया। किरण्मयी बाहर ही खड़ी थी। कोई बात नहीं। बाहर बहुत सारे लोग भी हैं। बुकिंग भी तो शुरू नहीं हुई। नाट बेड। बदमाश ! रिक्शा वाले ने एक रुपया ले तो लिया। फिर भी समय पर तो मैं पहुँच गया, न ? आइ एम नाट टू लेट ! कहाँ ? किरण्मयी कहाँ है ? दूर लड़कियों के बीच किरण्मयी, शशि, मंजुला। किरण्मयी हँसती हुई बातें कर रही है। उनके सामने गया ताकि वे मुझे देख सकें।

"हैलो रवि ! आ गये ? वेरी गुड ! लेकिन यहाँ बिजली नहीं है। इसीलिए तो खड़े-खड़े उसकी प्रतीक्षा कर रहे हैं। बुकिंग तो कब की शुरु होनी थी। अभी एक बज रहा है।" — किरण्मयी ने घड़ी देखते हुए कहा।

"अच्छा ! मैं डर गया था कि कहीं मुझे देर न हो जाये ! इसीलिए दौड़ते हुए आ रहा हूँ।" — मैंने कहा।

"आपको यह पिक्चर इतनी अच्छी लगती है ? यू आर टू सेंटिमेंटल रवि !" किरण्मयी ने खीझ भरे प्यार से कहा। जिन लोगों को मैं चाहता हूँ, उनके डाँट-फटकार भी मुझे बहुत अच्छे लगते हैं।

"नहीं किरण, "कागज के फूल" तो बहुत अच्छी पिक्चर है। एक बार देख तो लो, फिर दुबारा देखने के लिए दौड़-दौड़ कर आओगी।" शशि ने कहा।

"पता नहीं भई ! तुम दोनों मेरे पीछे ऐसे क्यों पड़े हो ? आज यह पिक्चर शुरु होगी भी या नहीं ? और कितनी देर खड़े रहना होगा....। उधर क्वालिटी जाकर 'कॉफी' पी कर आयेंगे, चलो।" — किरण्मयी ने कहा।

"क्वालिटी !" मैं कभी गया ही नहीं। "क्वालिटी" की कॉफी के बारे में होस्टल वाले बढ़ा चढ़ाकर प्रशंसा करते रहते हैं कि वहाँ की 'कॉफी' ऐसी है, वैसी है ! क्वालिटी जाने के बाद पैसे कौन देगा ? किरण को आखिर 'कॉफी' भी न पिला सकूँ तो उसे बुरा लगेगा न ? लेकिन....लेकिन मेरे पास जो पैसे बचे हैं, उनसे मैं उन्हें 'कॉफी' पिला सकता हूँ ? होस्टल वाले कहते हैं कि जब तक हाथ में सौ रुपये का नोट न हो तो क्वालिटी के आसपास भी नहीं रहना चाहिए। मेरी

जेब में खाली तीन रुपये और कुछ चिल्लर बाकी है। आखिर यहाँ कौन टिकट लेने वाले हैं, यह भी नहीं मालूम ? काश ! सभी 'टिकट्स' मैं ही खरीद पाता !

"कॉफी पीकर आने का समय कहाँ है किरण ! थोड़ी देर रुको न ?" शशि ने कहा। शशि ईज ए नाइस गर्ल ! उसे बाजू बुला कर दस रुपये उधार माँगू तो...? दस रुपये लापरवाही से काउंटर में फैंक कर "फोर टिकट्स" कह पाऊँ, तो किरण्मयी कितनी खुश हो जायेगी ! इतने में ही एक कार आकर मेरे सामने खड़ी हो गयी ! क्या चमक रही है यह कार ! उसमें से एक खूबसूरत नौजवान ने "हैलो किरण, यू आर हियर !" कहा।

"हैलो सतीश ! वंडरफुल ! वेन डिड यू कम ?" किरण्मयी ने पूछा। सतीश को देख कर किरण्मयी के चेहरे पर रौनक आ गयी थी।

"जस्ट हाफ ऐन अवर बैक ! युवर डाडी टोल्ड मि दैट यू वूड बि इन द कॉलेज। आइ वेन्ट स्ट्रेट टू युवर कॉलेज। वन आफ युवर फ्रेंड्स टोल्ड मि दैट यू वूड बि हियर। स्ट्रेट अवे आई ड्रोव माइसेल्फ टू दिस थियेटर। हाव लकी ....यू डिड नाट स्लिप इनटू द थियेटर आलरेडी।" — सतीश ने कहा।

उसके चेहरे पर भी रौनक झलक रही थी। उसने बहुत ही सुचारू भाषा का प्रयोग किया था। उसके बोलने के ढ़ंग में अदब था।

"ओ, रियल्ली, हाव लकी !" — शशि और मेरी तरफ घूम कर, "मीट माइ फ्रेंड सतीश ! हि ईज स्टडीइंग इन कलकत्ता यूनिवर्सिटी। अंड हिं ईज मिस्टर रवि, डूइंग एम०ए०। शी ईज शशि, शी ईज जया, माइ क्लासमेट्स।" — सतीश से हमारा परिचय भी करवाया।

"हाव डू यू डू ?" सतीश ने औपचारिकता निभाते हुए पूछा।

"सॉरी रवि ! सॉरी शशि ! आइ हाव टू गो। मेरे लिए सतीश कलकत्ता से आया है। सो....सी यू" कहती हुई कार में चढ़ कर किरण्मयी चली गयी। बस, क्षण भर में चमकती हुई वह कार किरण्मयी को अपने साथ ले गयी ! शशि और मैं एक दूसरे को देखने लगे। ऐसा लगा नरम चाकू से चुपचाप कोई मेरा गला काटता जा रहा है। मुझे लगा मेरा गला कोई घोंट रहा है। मैं सांस नहीं ले पा रहा हूँ। मेरे दिल को चुपचाप कोई ऐंठ रहा है। सतीश ! वाट ए हैंडसम फेलो ! किसी हालिवुड एक्टर के जैसा है। सतीश अमीर है। मुझे अपने आप पर घृणा

हुई। जाना है....चले जाना है....यहाँ से तुंरत निकल जाना है। भाग जाना है। "कागज के फूल",....यह फिल्म भी देखने की इच्छा नहीं रही है। मेरे अंदर. ...मेरे गले में भरा हुआ वह विषाद मेरे लिए काफी है। बस, उस पिक्चर के सदमे को सह नहीं पाऊँगा। मन में शांति हो, तभी कोई सिनेमा में व्यक्त दुःख-दर्द को समझ सकेंगे। उसका आस्वादन कर पायेंगे। तब तक बिजली भी आ गयी। टिकेट्स देने की घंटी भी सुनाई देने लगी।

"मुझे पिक्चर देखने की इच्छा नहीं है, आप लोग जाइये।" कह कर मैं चलने लगा। मेरी ओर शशि ने सुहानुभूति जताते हुए देखा। शशि ने मुझे समझा है। लेकिन शशि में किरण्मयी की सुंदरता का शतांश अंश भी नहीं है क्या ? हाल के बाहर पागल जैसे....आप बीती बातों पर सोचता गया। अभी कुछ ही क्षण पहले जिस हाल तक पहुँच पाना ही मेरा अपना लक्ष्य रह चुका था, उस हाल को छोड़ कर....आई बाज विड्रइन....बट, मिस्सड दि बस....हँसने लगा। चाहे कितना भी दुःखी क्यों न हो, हँसने की शक्ति को अभी मैंने खोयी नहीं। फुटपाथ पर चलने लगा।

"सिनेमा नहीं देखेंगे साहब !" पीछे मुड़ कर देखा — कि कौन मुझसे बातें कर रहा है। वही रिक्शावाला ! पहले उसकी तरफ ठीक से देखा नहीं। अब देखा। काला, मुरझाया चेहरा, लाल-लाल आँखें, बिखरे घुँघराले बाल, चेक्स बनियान, रंग बिरंगी धोती ! उसे देखकर डर लगा मुझे। रात के सपनों में अगर वह शक्ल दिखाई दे तो नींद गायब हो जायेगी। हँसने लगा। आखिर वह मेरे बारे में क्या जानता है ? मेरी ओर देख कर वह हँस क्यों रहा है ? सोच रहा होगा कि मैं गँवार हूँ ! या उसे पता चल गया है कि मैंने धोखा खाया है ! मैं किरण्मयी के पीछे पागल की तरह दौड़ता रहा। फिर निराश लौट आया। डर ! पूरे बदन में डर महसूस करने लगा। क्या करना है अब ? कहाँ जाना है ? पेट में चूहे कूदने लगे। अभी तक उस बात पर ध्यान नहीं दिया। होटल जाकर कुछ खा लूँ तो अच्छा है। बेकार में एक रुपया रिक्शेवाले को दे दिया। डर....फिर डर....उस रिक्शेवाले को याद करने से ही डर लगता है।

अब तक मेरे मनमें रिक्शेवालों के प्रति सहानुभूति थी। उनकी गरीबी, दीनता, नादानी पर तरस खाता था। उन पर रहम करना मैंने अपना फर्ज समझा। अपने आप को साम्यवादी ठहराना मुझे अच्छा लगता था। एक साम्यवादी होकर भी गरीबों की दशा पर तरस न खाये — यह भी कोई बात हुई। इसी तरह की बहुत सारी

चाहते हैं मुझ में। लेकिन सब की सब बेकारी की हैं। दरअसल इन रिक्शेवालों से सुहानुभूति ! वही रिक्शावाला मेरी आँखों के सामने घूमने लगा। तुरंत पीछे मुड़कर मैंने देखा। ....नहीं....मेरा कोई पीछा नहीं कर रहा है। तेज़ी से चलने लगा। इस डर के मारे मैं अपने आप से भी कतराने लगा हूँ। इन सारे कामों को क्या माँ देख रही होगी ? कहीं छुप कर....बिना बताये....माँ देख रही है ? जरूर देखेगी। माँ से छुपा कर मैं जो भी गलतियाँ कर रहा हूँ, उन्हें वह कहीं से भी सही, देखती रहेगी। वरना रात का वह सपना इतना खौफनायक क्यों रहेगा ? माँ ऐसी दीनवस्था में क्यों दिखाई देगी ? जरूर माँ को पता ही लग गया होगा। मेरी सारी करतूतें वह देखती ही रहती है।

"क्यों रे रवि ! तुम्हें हैदराबाद क्यों भेजा है ? हमने सोचा कि तुम वहाँ पढ़ रहे हो। तुम इस तरह आवारागर्दी करोगे — यह बात हमने कभी सोची ही नहीं। — माँ कहेगी।"

"नहीं, माँ नहीं ! मैं गधा हूँ। गँवार हूँ ! नीच हूँ ! मेरे बारे में कुछ भी नहीं जानती हो माँ ! मैं बहुत बुरा आदमी हूँ। मारो....माँ....मुझे मारो। खूब मारो ! मैं बहुत बिगड़ चुका हूँ ! बुरी नीयत वाला हूँ ! कुल्हाड़ी से मेरा गला एक ही वार से काट डालो माँ ! मुझ जैसे नीच को मारने से, भी तुम्हें कोई पाप नहीं लगेगा।"

"ऐ मिस्टर ! मोटर साइकिल दिखाई नहीं दे रहा है ?" — पीछे से मोटर साइकिलवाला बोला।

"हाँ," दिखाई नहीं दे रहा है। मुझे कुछ भी दिखाई नहीं दे रहा है। थोड़ी सी भूल हो गयी होती तो उसके नीचे होता ! पल भर में यह जीवन समाप्त हो गया होता ! कम से कम इस पापी जीवन से मुक्ति तो मिल गयी होती !

"मोटर साइकिल के नीचे एक विद्यार्थी का मरण।" — कल के अखबारों में यही बात छपेगा, और उसके नीचे मेरा पूरा ब्यौरा रहेगा। मेरा नाम "सुर्खियों" में....! खाक आएगा। कहीं किसी छोटे से कालम में डालेगा। सुर्खियों में मेरी मौत की खबर आने के लिए मैं कोई बड़ा आदमी नहीं रहा। शायद अपना नाम बनाने के लिये मुझे अब तुरंत कुछ करना पड़ेगा। हम मर भी जायें तो पत्रिकाओं में हमारे लिए थोड़ी सी जगह भी तो नहीं मिलती। ब्यूटिफुल पारडी....! हम भी लिख रहे हैं...."एक महाप्रस्थानम"। मिस्टर रेड्डी, हम भी लिख रहे हैं, लो, एक

"महाप्रस्थानम"। रेड्डी, श्रीशैलम, यहीं कहीं छिप कर तो नहीं देख रहे हैं मुझे ! उनके साथ वे टाइट पैंट वाले दोस्त भी जरूर होंगे। डर लग रहा है, बहुत डर....! मेरा कोई पीछा कर रहा है। वो देखो....सीटियाँ....चीखें.... आवाजें....! अब कुछ नहीं हो सकता ! पीछे मुड़ कर देखने के लिए भी डर लग रहा है। डर....डर....! वो देखो, दो, तीन लोग मेरे करीब आ रहे हैं। फिर मेरे कंधों पर हाथ डालेंगे। "हैलो रवि !" एक कहेगा। "क्या हाल-चाल है ?" दूसरा कोई पूछेगा। पीछे मुड़कर देख नहीं सकता। डर....! पीछे आने वाले लोग मुझे पार कर चले भी गये। हाय राम ! अब मेरा क्या होगा ?....लेकिन यह क्या ....यह तो श्रीशैलम नहीं है। आखिर ये लोग कौन हैं, इन्हें मैं जानता भी नहीं हूँ। बेकार ही, कितना डर गया था। आबिड्स....चौरास्ता....पैलेस टाकीज़ ....उसके अंदर जाकर स्टिल्स देखूँ....तो अच्छा रहेगा। समय तो कुछ कट जाएगा। समय....अब क्या टाइम हुआ होगा ! एक बजे से ज्यादा ही होगा। देखो....अखबार, ढ़ेर सारी पत्र-पत्रिकाएँ ! कितनी सुंदर पुस्तकें....उपन्यास....जासूसी उपन्यास ....पेरी मेसन—007 जेम्सबांड....सौ, सौ किताबें....। सीनकानरी के फोटो ....न्यूड फोटोज़....शरीर की पूरी नुमाइश....जुगुप्सा से मन भर जाता है। बाप रे ! क्या बदन है ! उसके अंग-अंग में क्या लचीलापन है ! जिस ओर चाहो जैसा चाहें वह उसे मोड़ सकती है। सीने उसके....गोल....गोल आकार में आबे हयात भरे उसके सीने....ऐसे नग्न चित्र देखें तो शरीर में कंपकंपी बढ़ जाती है। कौन-कौन सी तस्वीरें देखें....! बहुत सारी पड़ी हैं सामने....ढ़ेर सारी ....ये तस्वीरें सचमुच खींची गयी हैं क्या ? उस पत्रिका को खरीदने के लिए न जाने कितने पैसे लगेंगे ? कम से कम पूछ तो लूँ ! मेरे पास कितने पैसे हैं ? पहले दाम तो पूछ लूँ ?

"दाम क्या है इसका ?" मैंने पूछा।

"पाँच रुपये हैं, सर, दूँ ?" दुकानदार ने कहा।

"पाँच रुपये ?" न जाने उसमें ऐसे तस्वीर कितने होंगे ? दुकानदार ने फुसफुसाते हुए कान में पूछा "....'मधु' की किताब दूँ साहब, एक ही तो कापी है उसकी।"

"मधु की पुस्तकें, होस्टल में भजगोविंदम के द्वारा सुना था। क्या रहता है उस किताब में ? देखने की इच्छा हुई। इसमें इतनी फुसफुसाने की बात ही क्या है ?"

"कितना" ? मैंने भी हल्के स्वर में पूछा।

"पाँच रुपये, सर ! ओनली फाइव रुपीज़ ! यह ख़तम हो जायें तो फिर नहीं मिलेंगी, साहब ! होस्टल के लोग आते हैं तो 20 रुपये भी देकर ले जाते हैं। लेटेस्ट बुक है। इसके अलावा और कहीं नहीं मिलेगी।" उसने कहा।

"मैं भी होस्टल वाला ही हूँ।" कहने की इच्छा हुई। मेरे पास पाँच रुपये ....कहाँ होंगे ? क्या रहता होगा उन किताबों में ? आखिर लोग उन किताबों के पीछे ऐसे क्यों पड़ते हैं ?

"उन किताबों में क्या है ? एक बार दिखाओ।" — मैंने पूछा तो वह हँस पड़ा।

"मधु की किताबों में क्या है — यह भी नहीं जानते, साहब ! 'लव' साहब, 'लव' है। एक बार पढ़ोगे तो जिंदगी भर नहीं छोड़ोगे।" दुकानदार फुसफुसाया।

"लड़कियाँ भी खरीद कर ले जाती हैं, साहब ! आखिर दूँ कि नहीं ?" उसने फिर से पूछा। दुकानदार की बातों से मुझमें उस किताब को देखने और पढ़ने की उत्सुकता बढ़ती गयी।

"तो फिर देखने दो।" — मैंने कहा।

"नहीं साहब, पाँच रुपये निकालिये। इस कागज में लपेट कर घर ले जाना। बहुत डेंजर है, अगर कोई भाँप गया तो....पकड़ कर ले जाएँगे।" — दुकानदार ने कहा।

"क्यों पकड़ेंगे ?"

"हाय राम, आप को कुछ भी नहीं मालूम है साहब ! बोलिये, आप इस किताब को खरीदेंगे या नहीं ?" — गुस्से से उसने पूछा।

"मेरे पास उतने पैसे नहीं हैं।" — मैंने कहा।

"तो फिर अभी भी क्यों खड़े हो भूत की तरह....जाओ....जाओ।" दुकानदार ने चीत्कारा। अपमान....घोर अपमान सहना पड़ा। जेब में पैसे होते तो उसके मुँह पर पाँच रुपये फैंक कर, उस गंदी किताब को खरीद भी लेता ! यहीं बगल में और एक दुकान है। इसकी नज़रों में तो गिर गया हूँ। कम से कम यहाँ तो देख लें। शायद पीनपयोधर ये ही हैं। अमृत भरे स्वर्ण कलश के बराबर लगते हैं। सारे शरीर में सिहरन सी उठी। रोंगटे खड़े हुए। "गोपी पीनपयोधर मर्दन

चंचल करयुगशाली।" शायद ये ही हैं जो "पीनपयोधर" कहलाते हैं। मेरे भी दो हाथ हैं। लेकिन उनका अस्तित्व ही व्यर्थ है। निरा व्यर्थ ! आगे बढ़ गया। और एक बार दुकानदार से झिड़कियाँ खाऊँ इससे पहले ही दूसरी दुकान पर जाना ठीक होगा। थोड़ी दूर पर और एक किताबों की दुकान है। सैकेंड हैंड बुक शॉप है। इन दुकानों में अच्छी-अच्छी किताबें सस्ते दाम में मिलती हैं। इसलिए ऐसे दुकानों से मुझे काफी लगाव है। देख रहा हूँ, लेकिन यहाँ भी 'पेरीमेसन', 'जेम्स बांड' की ही किताबें दिखाई दे रही हैं। सौ सौ किताबें ! न जाने कौन पढ़ते होंगे इतनी सारी किताबें ! मधु की किताबों में क्या होगा ? वह दुकानदार धीमी आवाज़ में बातें कर रहा था ! आज राव बतला रहा था कि दो युवकों ने एक औरत के साथ....? होस्टल जाने के बाद भजगोविंदम से पूछूँगा इसके बारे में। ऐसे मामलों के बारे में उसकी जानकारी खूब है। एक किताब हाथ में लेकर देखने लगा। इसी आशा से कि कोई तो अच्छी किताब रहेगी। हाँ, एक ऐसी किताब मिली है....। "मार्लिन मन्रो"...."ए बयोग्राफी ऑफ मार्लिन मन्रो।" किताब के ऊपर मार्लिन मन्रो की तस्वीर ! आकर्षक मुद्रा में ! "सेवेन इयर ईच" की तस्वीर, जिसमें उसका स्कर्ट ऊपर उड़ने लगा। "सेवेन इयर ईच" क्या पिक्चर है ! हजारों बार देखने पर भी दिल नहीं भरता है। किताब देखने लगा। पुस्तक के बीचों-बीच भी "मार्लिन" की तस्वीरें थीं। एक से बढ़कर एक। मार्लिन को मैं बहुत पसंद करता हूँ। बेचारी मार्लिन ने आत्महत्या कर ली। हालीवुड के गिद्धों ने उस कोमल, सुकुमार सौंदर्य को अपनी गंदी चोंचों से चुभा-चुभा कर मार डाला। मार्लिन की जीवनी पढ़ना चाह रहा था बहुत दिनों से। बहुत बार सोचा भी। काफी तलाश की। अब जाकर मिली। ऐसा महसूस हुआ कि जिस संपत्ति को मैंने सपने में देखा था, वह सचमुच हाथ लगी। यह किताब तो मुझे हर हालत में खरीदनी ही है। फिर सोचने लगा कि जो पैसे मेरे पास हैं, वे काफी होंगे कि नहीं। सैकेंड हैंड बुक शॉप ही तो है। मिले या न मिले पूछ कर देखता हूँ। "यह किताब कितने की है ?" पूछा।

दुकानदार ने किताब हाथ में ली। इधर-उधर घुमा फिरा कर देखा। मैं बहुत आतुर हो रहा था। मेरे दिल की धड़कन तेज होती गयी। मैं डरने लगा कि कहीं दुकान वाला किताब का दाम ज्यादा न बोल दे। और पैसे कम पड़े तो किताब से हाथ धोना पड़ेगा। साँस रोक कर दुकानदार के होंठों की ओर देखने लगा।

"साढ़े तीन रुपये, साहब।" — दुकान वाले ने कहा। ओह ! मेरे पास इतने

पैसे तो हैं ! साढ़े तीन रुपये ! जेब में हाथ डाला। एक-एक रुपये के तीन नोट ! बस और नोट नहीं है। चिल्लर निकाला। 50 पैसे निकालने के बाद थोड़ा सा चिल्लर बाकी बचा। "यह लो साढ़े तीन।" कह कर दुकानदार के हाथ से किताब ले ली। मुझे डर था कि थोड़ी देर वहीं पर रुक जाए तो दुकानदार उस किताब का दाम न बढ़ा दे और किताब वापस न खींच ले। वहाँ से जल्दी-जल्दी चलने लगा। आज मैंने वाकई एक अच्छा काम किया है। "मार्लिन मन्रो" की जीवनी की किताब खरीदी। मुझे सपनों की दुनिया में ले जाने वाली देवी है मन्रो। सौंदर्य की परिभाषा मार्लिन को देख कर ही लिखी गयी है। हालिवुड के गिद्धों के हाथों फँसी हुई, कुचली गयी अनुपम सुंदरी है वह ! पूँजीवाद व्यवस्था पर प्रोलीटेरिएट की विजय है मन्रो। उसकी जीवनी मैं पढ़ने जा रहा हूँ। थ्रिल्लिंग ! "थ्रिल" शब्द में कितना थ्रिल है ! थ्रिल्लिंग शब्द भी मुझे बहुत अच्छा लगता है...."कनकनाहट"....।

तेज़ी से चलने लगा। आखिर मुझे अब जाना कहाँ है ? भूख लग रही है। काश, मुझे कोई होटल ले जाए ! जेब से पैसे निकाल कर गिनने लगा। ठीक चवन्नी बची। बस, 25 पैसे ! याने होस्टल जाने के लिए 'बस' का किराया ! तो अब मेरे पास फूटी कौड़ी भी नहीं है ? क्या करे ? न जाने क्या समय हुआ है ! होस्टल जाऊँ भी तो क्या डायनिंग हाल खुला होगा ? भूख के मारे आँतड़ियों में दर्द होने लगा। पैलेस टाकीज़ के सामने खड़ा हो गया। लोग अभी लाइन लगा रहे थे। शायद मैटनी शो के लिए होगा। अंदर जाकर फिल्म के स्टिल्स देख लूं तो ! भूख मिट जायेगी। अंदर....पैलेस टाकीज़ के अंदर जाने लगा। पतित, भ्रष्ट, बाधासर्पद्रष्ट, ये ही लोग स्टिल्स देख रहे हैं। आने वाली फिल्म के पोस्टर्स भी लगे हैं। शर्मीला टैगोर, धर्मेन्द्र ! अरे, यहाँ शर्मीला टैगोर कपड़े पहनी हुई है। अचरज़ की बात है। "अनुपमा"....अनुपमा भी बड़ा प्यारा नाम है। यह फिल्म मैं जरूर देखूँगा। बाजू हटकर देखने लगा। कुछ दूर पर टँगी तस्वीरें देखने के लिए काफी भीड़ जमा हुई। शायद सेक्स की तस्वीरें होंगी। देखने के लिए मैं भी वहाँ गया। वहाँ अंग्रेजी फिल्म की तस्वीरें हैं। नंगे बदन की कुछ औरतों की तस्वीरें ! हाय ! पूरा का पूरा नंगा बदन ! शायद कोई जेम्स बांड की मूवी होगी। उन किताबों में छपी तस्वीरों से भी ज्यादा उकसाने वाली तस्वीरें हैं ये ! और एक बार खून में बिजली सी कौंध गयी। शरीर अपने वश से बाहर होता गया। भूख ! आँतड़ियों को जला देने वाली भूख ! वहाँ एक आदमी खड़ा-खड़ा मुँह से

लार टपकाता हुआ कुछ देख रहा है। सभी लोगों को पीछे ढ़केल कर आगे बढ़ता हुआ कुछ देखने का प्रयास कर रहा है। "क्या पोज है भाई ! कौन सी पिक्चर है ?" पीछे से कोई पूछ रहा है। उसने पीछे मुड़ कर देखा। वह कोई रंगीन धोती पहने हुआ है। तमतमाता चेहरा लिये खड़ा है। डर सा लगा। ऐसे लोगों को देखने लगूँ तो डर लगने लगता है। कहीं इसे श्रीशैलम ने तो नहीं भेजा है ! फिर डर....डर....भूख....भूख....! भूख से, डर से, डर से....भूख से ....देखने लगा। उन तस्वीरों को देखने लगा। देखता जा रहा हूँ, लेकिन मन को राहत नहीं मिल रही है। जितनी देर भी चाहे पी जायें, लेकिन यह न बुझने वाली प्यास की तरह है। पीनपयोधर मर्दन....पीन पयोधर...."पीन" माने "बहुत मजबूत" है....। कभी बचपन में तेलुगु के अध्यापक ने टीका टिप्पणी की। पयोधर....जो दूध से भरे हैं ! गोपी पीन पयोधर मर्दन....मर्दन....मर्दन....कितना सेक्सी है यह शब्द ! मर्दन शब्द में ही कितना सेक्स भरा हुआ है ! फिर से मुझे कुछ हो रहा है। लगा मेरे शरीर पर मेरा कोई वश नहीं है। एक बार....बस, एक बार....उन स्तनों को छू सकूँ ! जैसे....किरण्मयी के साथ नागार्जुन सागर की गुफा में....उस अंधकार में....उसके सीने से चिपटने का वह क्षण....सचमुच वह क्षण कितना महान था ! ऐसा पल फिर मेरे जीवन में कभी आयेगा ? उस वक्त मुझे कितनी शाँति, कितना सुकून....और कितना आनंद मिला है ! फिर कहीं से रत्ति की याद ! रत्ति को भूल ही गया। रात के सपने में रत्ति आयी। रत्ति मरी नहीं थी ! जिंदा ही है ? रत्ति के साथ कभी बचपन में खेला करता था। या यों कहना ठीक है कि रत्ति ही मेरे साथ खेला करती थी। रत्ति के सीने को एक बार...हाँ, एक बार रत्ति के स्तनों को, यौवन से भरे रत्ति के स्तनों से, उसके इन्हीं स्तनों से कई लोग खिलवाड़ कर चुके थे। उस दिन....उस दिन ....रत्ति को, रत्ति को उसके गाँव वाले पत्थर मारते हुए उसे बेहाल कर रहे थे। उस समय डर के मारे मैं काँप रहा था। किसी समय की उस भूली-भटकी घटना को ही रात के सपने में मैंने देखा था। कितनी अज़ीब सी बात है ! मैंने जाते-जाते रत्ति पर एक पत्थर फैंका था। सबके साथ मिलकर मैंने उसका अपमान किया। आगे बढ़ा जहाँ और तस्वीरें टँगी थीं। आँखें तो तस्वीरें देख रही हैं, लेकिन मन में रत्ति वाली बात ही याद आ रही है। मैंने भी उस वक्त रत्ति के ऊपर पत्थर फैंका। इसी बात के लिए मुझे अपने पर घृणा सी होने लगी। अपने बालों को नोचने का मन हुआ। बौखलाया हुआ था। चीखते चिल्लाते सब के सामने उछल-कूद

करने की मेरी इच्छा हुई। मैं पागल बनता जा रहा हूँ। पागलपन का नशा चढ़ने लगा। "दूसरी बार जब पागलपन का नशा चढ़ा....दुबारा जब मैं पागल हो चुका था....तब आधी रात को सीटी बजायी। जंजीरें खींचीं। लाल झंडा फहराया। खोपड़ी .....दो हड्डियाँ लेकर चौरास्ते पर खड़ा हो गया। दो बंदरों को कंधों पर लिये बाज़ारों में घूमा। तोताओं से भविष्यवाणी सुनाई। रामजोगी की दवाओं को सज्जनों में बाँटा। फुटपाथ पर जादूटोना किया !" ठीक मुझे भी वैसा ही करने की इच्छा हुई। न जाने ये दिगंबर कवि कैसे होते हैं ? क्या नंगे घूमते रहते हैं ?

भूख, भूख....अब भूख को और दबाना मुश्किल है। भूख की चीखें सुनाई दे रही हैं। देखूँ तो 1.50 रुपये वाले कतार में मेरे क्लासमेट्स कोई खड़े हैं। इस तरह घंटों धूप में खड़े-खड़े ये न जाने कैसे रह सकते हैं ? शायद सिनेमा देखना ही इनका लक्ष्य है। काश, मुझे भी ये लोग सिनेमा ले चलें तो कितना ही अच्छा होता ! अब होस्टल जा कर करना भी क्या है ? सिनेमा देखने पर शायद इतनी भूख महसूस नहीं करूँगा....लेकिन वे लोग मुझे क्यों ले जायेंगे ? जाने दो, न भी ले जायें, एक रुपया उधार भी दे दें तो भी काफी है। मुझे देख कर भी अनदेखी कर रहे हैं। ऐसे लोग मुझे क्यों सिनेमा ले जायेंगे ? और उधार भी क्यों देंगे ? बेकार है। भूख, भूख, भूख से पेट के अंदर बड़ा संघर्ष मच गया। लगता है, पेट के अंदर राइफिल की गोली इधर-उधर घूम रही है। भूख से कैसा छुटकारा पाया जाये ? चल नहीं पा रहा हूँ । कमजोरी....कमजोरी की वजह से आँखों तले अंधेरा छा गया। गिरने वाला हूँ। किसी कार के नीचे आ भी जाऊँ तो फिर मेरा काम तमाम हो जायेगा। किरण्मयी के पीछे पागल सा भागते हुए प्राण देने वाला एक नादान युवक ! किरण्मयी....फॉरगेट हर...."यू आर ए फूल" देखते-देखते ही गड्ढ़े में गिर पड़ा। किरण्मयी कभी भी मेरे साथ 'कमिट' नहीं हुई। खुद मैंने ही कल्पना की थी। उस पर बहुत सारे अरमान रखकर उसके पीछे-पीछे भागता गया। "दास केफै" — यहाँ की चीजें बड़ी स्वादिष्ट होती हैं। जब भी मेरे पास पैसे होते थे वहाँ जाकर पुलाव खाता था। क्या अब भी जाकर खा लूँ तो....? अरे, हाथ में फूटी कौड़ी भी तो नहीं है। खाने के बाद बिल दिये बिना आ जाऊँ तो...? "आइडिया...." पहले पेट भर खा ले, फिर कुछ भी हो जाये परवाह नहीं। क्या होगा ? धीरे से चोरी छुपे बाहर आ जाऊँगा। चुपचाप किसी गली में फिसल जाऊँगा तो मामला ख़तम ! कोई पकड़ नहीं पायेगा। भजगोविंदम कहता है कि वह कभी भी किसी भी होटल में "बिल" नहीं भरता है। कहता

है बहुत ही होशियारी से बाहर आ सकता है। क्या मेरे पास वह चालाकी है ? चलो, अंदर चलो भाई ! "पुलाव" का आर्डर दे दो। खाने के बाद देखा जायेगा। होटल के अंदर से दो खद्दरधारी डकार लेते हुए आ रहे हैं। दोनों मजबूत साँडों जैसे हैं।....आइडिया....उनकी जेब काट लें तो....। धीरे से पीछे-पीछे जाते हुए उस कालिये की जेब से पर्स निकाल लूँ....तो, पर्स ऊपर ही है। "कम आन", "कम आन"....इतना भी नहीं कर सकूँ तो....मैं बेकार हूँ।

भूख, भूख....."दास केफै" में जाकर ही इसे मिटा सकता हूँ। खद्दरधारी, रिक्शे वाले से बातें करने में लगे हुए हैं।

"गाँधी भवन....क्या लोगे ?"

"दस आने दिलाओ, साहब !"

"दस आने ? क्या नये लोग समझ रखे हो क्या ? पूरा हैदराबाद जानते हैं हम। हमारे साथ मजाक करने लगे हो ?"

"क्या देते साहब ?"

"चार आने, आना है तो आओ, वरना जाओ।"

"चार आना बहुत कम पड़ता है साहब ! दो सवारी, चार आना !"

"हमारा भी तो पेट है साहब !" — कहता हुआ रिक्शा वाला चला गया। दुबला-पतला है हड्डियाँ बाहर ही दिखने लगीं। और ये लोग पेट भर खा खाकर निकाले और रिक्शे वाले को चार आने से ज्यादा देने को तैयार ही नहीं हैं। ये लोग चोर, लंपट नहीं तो और कौन होंगे ? एक ही गोली से इन्हें मार देना चाहिए। अरे, बेकार ही रिक्शे वाले का साथ दे रहा हूँ। ये रिक्शे वाले भी चोर लफंगे ही हैं न ? इन पर भरोसा कैसे किया जाये ? मेरे पास इतने कम पैसे होने का कारण एक रिक्शा वाला ही तो है ! उसीने मुझसे एक रुपया ले लिया था। ऊपर से नादान जैसा दिखते हैं, लेकिन ये भी चोर ही हैं। अच्छा हुआ इन बदमाशों के साथ ऐसा ही बर्ताव ठीक रहेगा। चार आने ही देने चाहिए। मुझसे एक रुपया लूटता है बदमाश कहीं का। अगर वही एक रुपया अब मेरे पास होता तो क्या मैं भूख से इस तरह तड़पता ? मेरी भूख का कारण तो ये ही लुच्छे हैं। उन पर तरस खाने से बढ़कर इस दुनिया में और कोई बेवकूफी नहीं होगी। भूख ....पेट को काटने लगी है। पेट को, आरे से काटने लगी है। एक-एक पसली को पकड़-पकड़ कर निचोड़ रही है। भूख चिल्ला रही है। कठघरे में बंद शेर

की तरह गुर्राने लगी है। अरे, हमें भी शायरी करनी आती है। किरण्मयी ने पूछा — "अरे, बाप रे ! आप कविता भी लिखते हैं ! फॉरगेट हर....! "क्या तुम लिख नहीं पाओगे एक "महाप्रस्थानम" ? तुम्हें भी रूस से दस हजार रुपये मिलेंगे।" मिस्टर रेड्डी ने मुझ पर व्यंग्य कसा ! फिजूल में ही उसके साथ मैंने झगड़ा मोल लिया। थोड़ी सी दोस्ती का हाथ बढ़ाने का नाटक कर पाता तो ....और चुनावों में उसे स्पोर्ट करता तो....क्या आज मुझे इन मुसीबतों को झेलना पड़ता ! 'नेवर' ! क्या इस कदर भूख से तड़प-तड़प कर मरता ! नेवर ! पर अब कुछ नहीं कर सकता। भूख, मेरे अंदर एक एक रक्त की बूँद, भूख के होम में आहुति होती जा रही है। आँखों के सामने अँधेरे के सिवाय और कुछ नहीं है। कमज़ोरी छायी जा रही है आँखों के सामने अँधेरा छाता जा रहा है। शरीर डगमगाने लगा है। कभी गिर भी पड़ूँगा। कोठी तक....वहाँ के बस स्टाप तक चल नहीं पाऊँगा। शरीर की सारी शक्ति ख़तम होती जा रही है। दुःख के साथ आँखें बंद होती जा रही हैं। अँधेरा ! चारों ओर अँधेरा ! दूर कहीं रोशनी की झलक ! माँ....माँ ! करुणा की मूर्ति माँ ! मुझे तरसाई नयनों से निहार रही है। सारा शरीर सिहर उठा। सिहरन सी दौड़ी। माँ....माँ अगर माँ जान पाती कि मैं भूख से इस तरह तड़प रहा हूँ तो वह दुःख से बिलख उठती। आँखों में आँसू आ गये। अब रोक नहीं पाऊँगा। उन आँसुओं को रोक नहीं पाऊँगा। कभी वह ज़माना था जब घर में मेरी पसंद की चीज़ अगर न मिलती, तो खाना भी छोड़ देता था। उस वक्त माँ कितनी दुःखी होती थी ! कितना मनाती थी ! थोड़ी देर तक वैसे ही गुस्से में रहकर माँ से मनवाना मुझे अच्छा लगता था। इस क्षण अगर माँ मुझे देखती तो सीने से लगा लेती ! चले जाना है, माँ के पास दौड़-दौड़ कर जाना है। वहीं......वहीं.....मुझे शांति मिल सकती है, बस, इसी क्षण जाकर माँ के पाँव पड़ूँगा। आँसुओं से उन पैरों को धो डालूँगा। तब कहीं मेरे मन को शांति मिल सकती है ! जल्दी से लौट कर जाना है। इस चक्रव्यूह से, इस विषजाल से, इन धोखेबाजों से, इस बेदर्द दुनिया से मुझे दूर जाना ही है। नहीं....नहीं ....मुझे कुछ भी नहीं चाहिए। ये इम्तिहान ! फर्स्ट क्लास ! किरण्मयी ! कुछ भी नहीं चाहिए। बस, इसी क्षण मुझे माँ चाहिये। उसे इसी वक्त मैं कैसे देख पाऊँगा ? 150 मील कैसे चलूँ ? 'नॉपल्ली' स्टेशन जाकर बिना टिकट के ही सही, ट्रेन चढ़ जाऊँगा। चला जाऊँ तो ठीक है, वरना पकड़ा जाऊँ तो कुछ दिनों के लिए जेल की हवा खानी पड़ेगी। कोई बात नहीं। जब रिमांड में रहूँगा तो शायद

खाना वे ही लोग देंगे न ! इस तरह वहाँ भूख से मरने की नौबत तो नहीं आएगी। भूख.....भूख से पेट की आँतड़ियाँ गुर्राने लगीं। भूख तो मुझे तेज़ाब की तरह खाये जा रही है। भूख....सारे शरीर को शिथिल कर रही है। आँतड़ियों को कतर-कतर कर खा रही है। शेर की तरह निगलती जा रही है। भूख ! भूख ! चक्कर आ रहा है। पैर लड़खड़ाने लगे। गिर जाऊँगा, कहीं गिर जाऊँगा ! इससे बच नहीं पाऊँगा। गिर जाऊँगा ! अनाथ की तरह मर जाऊँगा। "भूख से विश्वविद्यालय छात्र का विषाद मरण" "हैदराबाद के सड़कों के बीचों-बीच घटी एक दुर्घटना" — कल के समाचार पत्रों का प्रधान शीर्षक ! नहीं-नहीं मैं इतना भाग्यशाली नहीं हूँ जिससे मेरी खबर प्रधान शीषकों के अन्तर्गत छपे।

फलों की टोकरी....चमकने वाले सेब, आम, केले, कितने अच्छे हैं ! कितने सुंदर हैं ? सेब कितना गोल-गोल है ! चमकते हुए, गोल, मोटा, भरा-भरा ....उस किताबों की दुकान में देखे गये नंगे तस्वीरों के जैसा....न जाने क्या दाम है ! यहाँ असल में कोई नहीं है। इधर-उधर झाँक कर देखा। वह सेब कितने का होगा ? इतने सारे फलों को छोड़ कर दुकानदार कहाँ गया होगा ? मौका ....सुनहरा मौका....ले लो तीन चार सेब....उठा लो। भाग जाओ....कोई देख नहीं रहा है। इतना अच्छा मौका फिर जीवन में कभी नहीं मिलेगा। भूख, भूख, उठा लो, सोचो मत, सोचो मत-मत-मत-मत-मत ! प्लीज़, प्लीज़, प्लीज़, कमान, कमान, कमान, ले लो। दो सेब उठा दो। जल्दी-जल्दी चलो। भागो। कुछ नहीं होगा। कोई देख नहीं रहा है। सड़क पर भी लोग बहुत कम ही हैं। ले लो....सोचो मत-मत-सोचो मत ! भूख तो पेट में आग लगा रही है। भूख, पेट को फाड़ रही है। तुम अब भी सोच में पड़े हुए हो ! सोचते ही जा रहे हो ! सोचते जाओगे तो कुछ नहीं कर पाओगे। सोचो मत। देर करता जा रहा हूँ। भूख से पेट जल रहा है। वह आ जायेगा। यम की तरह आ जायेगा। भूत की तरह आ जायेगा। कलकत्ता से किरण्मयी को खोजते हुए आने वाले सतीश की तरह आ जायेगा। किरण्मयी....फारगेट हर ! लो....ले लो....फल ले लो.... फल ले लो —फल बेचने वाला कहीं गया है। ले लो —प्लीज ले लो — प्लीज ले लो ! हाथ काँप रहे हैं। दिल में कहीं कोई दर्द....कहीं कोई कंपन....अगर कोई देख ले, पकड़ा जाऊँ तो भरे सड़क में खड़ा होकर गाली दें तो....। तुम बुद्धू हो, सारा समय बरबाद कर रहे हो। तुम बिल्कुल बुद्धू हो, चिल्ला रही है, भूख चिल्ला रही है। पेट से गुर्राने की आवाज़....बहुत पीड़ा, दर्द, दुःख, हृदय

में धंसी राइफिल की गोली इधर-उधर हिल रही है। दर्द, दर्द, दर्द, सेब, सेब, सेब ले लो, ले लो, सोचो मत, सोचो मत, सोचो मत, दर्द, दर्द, दर्द, भूख, भूख, भूख, अँधेरा, अँधेरा, अँधेरा, आँखों तले अँधेरा छाता जा रहा है। स्पष्ट रूप से कुछ भी दिखाई नहीं दे रहा है। काँपते हुए मैंने सेब को छुआ। कैसी चिकनाहट ! कितना सुकून मिलेगा इसे खाने पर ! एक बड़ा फल हाथ में ले लिया। सेब हाथ में लिया। हाय राम ! अब भागना है। फिर भी पैर हिल नहीं रहे ज़मीन से। मानों गढ़ से गये हों।

"ये सेब चाहिए, लेंगे, साहब ?" दुकानदार की आवाज़ बिजली सी छुई। बगल में खड़ा हुआ आदमी दिखाई दिया। इतना करीब था, फिर भी मैं उसे देख नहीं पाया। काँपते हाथों से सेब को उसी जगह पर रख दिया, जहाँ से मैंने उठाया था। फल वाले की ओर देखा, बच्चा ही है। 10-12 के बीच की आयु होगी। अपने ही ऊपर मुझे नफरत सी हुई। उस बच्चे के सामने अपराधी की भाँति खड़ा रह गया। कठघरे में खड़े दोषी की तरह ! पुझे लगा कि वह बच्चा मेरी ओर तरसायी नज़रों से देखने लगा है। मैं वहाँ खड़ा रह नहीं सका। दुनिया में कुछ भी बर्दाश्त किया जा सकता है। मगर दूसरों से दी जाने वाली सहानुभूति को बर्दाश्त करना मुश्किल है। मेरी ओर तरसाई नज़रों से कोई मुझे देखे यह मुझसे बर्दाश्त नहीं होगा। जाना है, यहाँ से तुरंत....जल्दी-जल्दी जाना ठीक है।

"इस सेब का क्या दाम है ?" मेरी आवाज़ ही मुझे अजनबी-सी लगी।

"डेढ़ रुपया, साहब !"

"एक रुपये में दोगे ?" — मैंने सोचा वह इस दाम में कभी नहीं देगा।

"लीजिए साहब !" सेब निकाल कर देने लगा। बेकार में ही, मैंने बात को बढ़ाया। रुपया....."मेरे पास एक रुपया तक नहीं है।" — यह बात उस बच्चे से कैसे कहूँ ? अब एक क्षण के लिए भी मैं यहाँ रुक नहीं सकता हूँ। मुझे तुरंत जाना चाहिए।

"अभी आऊँगा।" कह कर वहाँ से निकल पड़ा।

"दुकान पर कोई नहीं है तो चोरी कर लेते न साहब !" — पीछे से स्पष्ट सुनाई दिया। उस बच्चे ने कहा। मैं ऐसा विचलित हो उठा। लगा मेरे नंगे बदन पर कोई कोड़ों से मार रहे हों।

पीछे मुड़ कर देखने का साहस नहीं हुआ। ऐसा लगा कि वह जरूर हँस

रहा है। सचमुच हँस रहा होगा या सिर्फ मेरी कल्पना ही है ? न जाने मुझे ऐसा क्यों लगा कि वह अभी भी हँस रहा है, पीछे मुड़कर देखना चाहा। तभी पता चलेगा कि वह हँसता है या नहीं, नहीं....नहीं...मैं ऐसा कर नहीं सकता। उतना साहस मैं कर नहीं पाऊँगा। हँसने दो, हँसने दो, हँसने दो, सब मुझे देख कर हँस लें, यही ठीक है, मेरे साथ ऐसा ही होना चाहिए। ऐसा ही व्यवहार मेरे साथ ठीक रहेगा। चलने लगा। कदम लड़खड़ाने लगे। आइडिया ! जल्दी होस्टल की कैंटीन पहुँच जाऊँ तो कुछ खाने को मिलेगा। खाता खोलूँगा। काम सीधा हो जायेगा। नहीं तो उसे डरा धमका कर भी सही, खाता रखवा सकता है। 'कमान', बस के लिए किराया हाथ में है ही। जल्दी से यूनिवर्सिटी पहुँचना ही ठीक है। अब जी नहीं सकता। बस चढ़ने तक, यूनिवर्सिटी जाने तक क्या मैं ज़िदा रह पाऊँगा ? न जाने मैंने खाना कब खाया है ! पेट भर खाना....पता नहीं....कब खाया था ! दशहरे के दिन माँ के हाथ का खाना खाया था। पेट भर खाना खाकर अब तक तो 5 या 6 महीने बीत गये ! उस दिन से अब तक हर दिन भूख ....हर पल भूख ही भूख....! कल रात को शहर से देर से लौटे। ताजमहल में बैठे किसी मामले को लेकर लंबी बहस में खो गये थे। निधि, वेणु के साथ होस्टल दस बजे करीब पहुँचा। डायनिंग हाल कब का बंद हो चुका था। कैंटीन की कुछ बेकार चीजें खाकर रात भर भूख से सो भी नहीं पाया। सबेरे कहीं जाकर कुछ आँख लगी। रात के सपने भी कुछ अजीबो गरीब के आये। कहीं किसी ईरानी होटल में से बिरयानी की खुशबू आ रही थी। कुछ खा लूँ ? कम से कम थोड़ा सा पानी पी लेता....पैर किसी पत्थर पर पड़ा....तो गिरने की नौबत आयी। पलक झपकते मैं नीचे गिरने ही वाला था। बिजली का खंभा मिला तो आसरा बना कर संभल पाया। हाथ से मार्लिन मन्रो की जीवनी धूल में जा गिरी। फिर उसे उठा कर हाथ में लिया, ऐसा लगा कि यह किताब बहुत पुरानी है। पसीने से भीगी हुई है। मुझे लगा कि यह किताब मैंने बेकार में खरीदी। इस किताब के कारण ही ये सारी मुसीबतें आ खड़ी हुई हैं। अगर यह किताब न खरीदता तो आराम से किसी शाही होटल जाकर खाना खा लिया होता। आगे की कुछ सुध होती तो अच्छा था। किताब देखते ही खरीद ली। पागल कहीं का ! ईरानी होटल में जा बैठा। आगे की सीट पर बैठा आदमी बिरयानी बड़े-बड़े कौर बना कर जल्दी-जल्दी खा रहा था। उसे एक झापड़ देकर बिरयानी छीन लूँ....! और कोई आम्लेट खा रहा है। मेरे बाजू वाले दोनों चाय पी रहे हैं। होटल की दीवार

पर बड़े-बड़े आइने टँगे थे। आइने में देखा। क्या मैं ही हूँ ! क्या यह मेरा ही चेहरा है ? इस दशा में नलिनी मुझे देख ले तो....किरण्मयी देख ले तो फिर ....फॉरगेट हर....! आँखें लाल-लाल ज्योतियों के समान चमक रही हैं। बाल बिखरे हुए हैं। अपने प्रतिबिंब को देखने पर लगा कि मुझे अपनी आँखों में माँ की तस्वीर दिखाई दे रही है। सभी कहते थे — "बिल्कुल माँ पर गया है।" लगता है माँ के मुँह से निकला हूँ। हाँ, अब पता चल रहा है, ओ देखो....मेरी अपनी आँखों में माँ का रूप ! ऐसी ही होती है माँ की आँखें भी। माँ की भौंहे भी तो ऐसी ही हैं। माँ का चेहरा भी अपने चेहरा जैसा ही तो है। माँ, मुझे इस दशा में....माँ ने देख लिया तो....!

"क्या होगा साहब ?" — होटल का लड़का हँसता हुआ मेरे सामने खड़ा हो गया।

"थोड़ा सा पानी।" — कमज़ोर स्वर में पूछा। पानी के अलावा मुझे इस होटल में कुछ नहीं मिलेगा। अभी तो पानी के लिए भी बिल भरने के दिन नहीं आये। पानी लाने के लिए कहा तो सर्वर के चेहरे पर अवहेलना स्पष्ट दिखायी दी। दो गिलास भर पानी लाकर उसने टेबुल पर रख दिया। मैंने दो गिलासों का पानी झट से पिया। मीठा, ठंडा....पानी मुझे अमृत सा लगा। मेरे शरीर में नई शक्ति, स्फूर्ति, नयी जिंदगी....नया खून आ गया है। उस सर्वर के वापस आने से पहले ही मुझे यहाँ से निकल जाना चाहिए। नहीं तो फिर से वह पूछेगा, "क्या चाहिए साहब !" मेरे मुँह से "कुछ नहीं" जवाब सुनकर वह फिर से हँस पड़ेगा। उस हँसी को मैं सहन नहीं कर पाऊँगा। बिरयानी खाने वाला व्यक्ति डकार ले रहा है। मेरे मुँह में भी पानी आया....बदमाश ! देखने में तो गरीब सा दिखता है। बिरयानी खाने के लिए पैसे कहाँ से आये होंगे ? शायद घर में बीबी बच्चों को रुला रुला कर उन पैसों से खाया होगा। "आइडिया"....उसे देखने पर एक कहानी की कथावस्तु मिल रही है। होटल के बाहर आया। गरीब परिवार.....बहुत सारे बच्चे। बीबी बीमार रहती हुई भी बच्चों को जन्म देती रहती है। पति घर का ख्याल नहीं करता। किसी फैक्टरी में काम करता रहता है। तनख्वाह मिलने पर भी घर की जरूरतों के लिए पैसे दिये बिना फिजूल खर्च करता रहता है। मनमानी ढ़ंग से खाता है, पीता है। ख़ासतौर पर बिरयानी से उसे विशेष लगाव है। उसे इरानी होटल में बिरयानी खाना अच्छा लगता है। दो, तीन दिनों में एक बार वहाँ जाकर बिरियानी खाये बिना उससे रहा नहीं जाता। अगर समय पर पैसे न भी

मिले तो पैसों के लिए कोई भी घटिया काम करके भी किसी तरह पैसे कमा लेता है और उन पैसों से बिरयानी खाकर ही आराम लेता है। एक दिन उसे किसी भी हालत में पैसे नहीं मिलते ! घर गया। छोटे बच्चे के लिये दूध खरीदने उसकी पत्नी बाहर जाने के लिए तैयार थी। पत्नी से उसने पैसे माँगे। पत्नी ने देने से इन्कार किया। देर तक पैसों के लिये ज़िद करता रहा। जब पत्नी ने नहीं माना तो उस पर झल्लाया और जबरदस्ती से उसकी मुट्ठी से पैसे खींचने की कोशिश की। पत्नी ने छुड़वाने की कोशिश की। दोनों झगड़ पड़े। इनके झगड़े से घबराकर छोटी बच्ची जोर से चीख-चीख कर रोने लगी। अंत में पति जोर से पत्नी का हाथ काटता है। खून बहने लगता है मुट्ठी खुल जाती है। उन पैसों को लेकर पति होटल चला जाता है। उन्हीं पैसों से वह आज इरानी होटल में बिरयानी खा रहा है। चोर बदमाश ! "दैट ईज दि स्टोरी", बहुत अच्छी है। बच्चों के लिए पति से जी जान से लड़ने वाली पत्नी और उसे घेरे हुए रोते बिलखते बच्चे — यह सब आँखों के सामने घूमने लगा। पत्नी की मुट्ठी को पशु की तरह काटते हुए पैसों को हड़पने वाले उस पति के प्रति घृणा....घृणा....जबरदस्त घृणा हुई। कहानी का नाम "बिरयानी" रखूँ ? अद्भुत ! एक निराला नाम ! शायद इससे पहले किसी ने रखा नहीं होगा। सब लोग उस कहानी को पसंद करेंगे। "आँध्र प्रभा" जैसी पत्रिका में दीपावली अंक के लिए भेजूँ तो कहानी छप जायेगी। शायद इस कहानी को कहानियों की प्रतियोगिता में प्रथम पुरस्कार भी मिले तो भी कोई अचरज़ की बात नहीं है। प्रतियोगिता में जो कहानी सर्वप्रथम मानी जाती है, उसे प्राइज के रूप में दो हजार रुपयों से ज्यादा मिलते हैं। इतनी ट्राजिडी ....इतनी करुणा भरी कहानी के लिए क्या फर्स्ट प्राइज भी नहीं मिलेगा ? अंत में पत्नी को मार दिया जाये तो....पति द्वारा फैंके गये सिगरेट के कारण घर में आग लग जाती है। उसमें झुलस कर पत्नी और बच्चे मर जाते हैं....ऐसा अंत कर दूँ....तो फर्स्ट प्राइज जरूर मेरा ही होगा। और एक काम भी कर सकते हैं — कहानी को अपने नाम के बजाय किसी स्त्री के नाम पर भिजवायें तो....! ऐसा कोई उपाय न ढूँढूं तो फायदा नहीं है। मैं जो ठहरा सतयुग का ! होस्टल जाते ही इस कहानी को लिख डालूँगा। लापरवाही करने पर कहानी भूल भी सकता हूँ। असल में कहानी के कथानक को संक्षिप्त रूप में डायरी में लिख देना अच्छा है। सुना है, महान लेखक सब ऐसे ही करते हैं। अगर मैं इस आइडिया को भूल जाऊँ तो, क्या बचेगा ? दो हजार रुपयों से हाथ धोना

पड़ेगा ! दो हजार रुपये हाथ में आ जायें तो सारे के सारे उधार चुका सकता हूँ। सबसे पहले गुरुनाथम का उधार चुका दूँगा। फिर मेसबिल भी तो भरना है। हाल टिकट लेना है। और फिर इम्तिहानों के लिए पढ़ना भी है। बदमाश कहीं के, आखिर चलपति और नलिनी मुझे समझते क्या हैं ? एक बार फर्स्ट प्राइज मिल जाये — तब समझेंगे आखिर मैं किस चीज़ से बना हूँ। मेरा नाम, फोटो — सब पत्रिकाओं में छपेंगे। मैं ले जाकर नलिनी को दिखाऊँगा तो उसका चेहरा कैसे फीका पड़ेगा ? मेरे प्रति जलने वाला चलपति मुझे कम से कम बधाई तो देगा ही। तब मैं भी शान से "थैंक्यू" कहूँगा। पत्रिका में छपे फोटोग्राफ देखकर माँ कितनी खुश होगी ! उस वक्त माँ का चेहरा देखने लायक होगा। हर वक्त मेरे बारे में सोचने वाली माँ....अपने बेटे की कामयाबी पर कितना गर्व करेगी ! जीवन के हर क्षण में केवल दुःख ही दुःख झेलती आयी है वह। ऐसी माँ उन क्षणों में कितना आनंद पायेगी ! लिखना है ! इस कहानी को लिखूँगा। होस्टल जाते ही यह कहानी लिखूँगा। दो हजार रुपये मुझे मिल जायें तो सारी मुसीबतें ही टल जाएँगी। मैं अपने मनपसंद के कपड़े सिलवा सकता हूँ। मनपसंद सिनेमा देख सकता हूँ। मेसबिल भर सकता हूँ। हाल टिकट ले सकता हूँ। अच्छी पढ़ाई कर सकता हूँ। हो सके तो पिताजी के लिए भी कुछ भिजवा सकता हूँ। माँ-बाप कितने खुश हो जायेंगे ! उनका लड़का इतना लायक और कामयाब होगा तो उनको आनंद ही मिलेगा न !

चलते-चलते सामने वाले एक मोटे आदमी से टकरा गया। वह झल्ला कर कहने लगा, "क्यों दिखाई नहीं देता है क्या ? सच में ही आँखें इस जगत को नहीं देख रही है न ! हाँ, सचमुच आँखों से कुछ दीख नहीं रहा है। आँखें बंद होती जा रही हैं। भूख फिर से अजगर की तरह फुफकार रही है। अजगर की तरह जम्हाई ले रही है। लगता है पानी का असर घट गया। भूख फिर से गुर्राने लगी है। भूख, भूख, पाँव लड़खड़ाने लगे। सामने 7 नं० डबल डेकर की बस खड़ी है, आँखों से ठीक से दिखाई नहीं दे रहा है। धुँधला सा दीख रहा है। पाँव तले ज़मीन खिसकने लगी है। उस दुमंजिले बस के नीचे जा गिरे तो चटनी....चटनी ....अचार, चटनी, और गरम-गरम खाना घी के साथ....ओह ! क्या मज़ेदार खाना है ! कितना स्वादिष्ट होगा। मुँह में पानी आ रहा है। क्या करना होगा अब ! भूख को कैसे मिटा सकता हूँ ? यूनिवर्सिटी कैंटीन....! लो....कोठी का चौरास्ता नज़दीक ही है। काश, ताजमहल होटल....ताजमहल में कोई जाना पहचाना

चेहरा दिखाई दे तो कितना अच्छा होगा ! नहीं....कोई फायदा नहीं। अब कुछ भी नहीं हो सकेगा, गिर जाऊँगा बेहोश ! मेरे ऊपर से कोई कार....बस.... डबल डेकर....वगैरह और मैं खून से लथपथ....खून के कै करते हुए....फर्श पर गिर जाऊँ तो....बस, ख़तम हो जायेगा। ख़तम हो जाऊँ तो....''अंगारे बरसाते अनंत विश्व की ओर प्रस्थान करने लगूँ तो....नाक पर ऊँगली दबाये देखने वाली यह जनता, खून की उल्टियाँ कर-करके धराशयी हो जाऊँ....तो बेरहमी से ये ही जनता — !'' वाह ! कैसी पंक्तियाँ हैं ये ! किरण्मयी के साथ मैं भी आसमान में उड़ना चाहा। लेकिन खून के कै करके लुढ़क चुका हूँ। मन में संघर्ष है। किरण को भूल जाओ। भूल जाओ भूख को। भूख को मिटा देना है। किरण्मयी की जरूरत नहीं है। किरण्मयी की सुंदरता नहीं चाहिए। ये इम्तिहान नहीं चाहिए। फर्स्ट क्लास नहीं चाहिए। बस, खाना चाहिए। मुट्ठी भर खाना ! माँ....कहाँ हो तुम ! खाना नहीं देगी ! माँ ! माँ ! अगर मुझे अभी देख लेती तो माँ का दिल टूट जायेगा। उसका दिल पसीज उठेगा। अपना सर्वस्व दाँव पर लगा कर ही सही, मुझे वह बचायेगी। लेकिन माँ है कहाँ ? कहाँ ? माँ के पास पहुँच नहीं पाऊँगा ! मेरे और माँ के बीच अथाह खाई है। अनंत दूरियाँ हैं। अभेद्य दीवारें हैं। इस चक्रव्यूह को बेंधकर, इस विषजाल को लाँघ कर माँ के पास मैं नहीं जा पाऊँगा। मैं इसी बीच ऐसे ही भूख से तड़प तड़प कर मर जाऊँगा। ताजमहल होटल में आने जाने वालों की भीड़ लगी हुई है। सभी डकारें लेते हुए बाहर आ रहे हैं, बदमाश कहीं के ! भूख हो या न हो — फिर भी ताजमहल जाते हैं। लेकिन सचमुच मेरे जैसे भूखे लोग जा नहीं पाते। स्वादिष्ट 'सेव' एक तरफ तो दूसरी तरफ ''बड़े'' हैं। तेल की खुशबू एक ओर तो....बिखरे गंदे बाल दूसरी ओर ! भीतर ही गुनगुनाता हुआ खड़ा हो गया। मेरे मन में यही आशा थी कि कोई न कोई दोस्त दिखाई देगा, जो मेरी भूख को मिटायेगा। कोई तो दिखेगा। जरूर कोई दिखेगा। आने जाने वालों की ओर आस भरी नज़रों से देखने लगा। सफेद इनशर्ट पहना हुआ एक आदमी उस होटल के आस-पास घूमता हुआ मेरे बगल में आ खड़ा हुआ। ''वाट ईज दैट बुक !'' पूछने लगा। ''मार्लिन मन्रो की बायोग्राफी'' है, कहते हुए किताब को उस अज़नबी की ओर बढ़ाया। वह आदमी अंदर की तस्वीरें घूर रहा था। इससे उधार माँग सकूँ तो ? ठीक है, किताब लेकर दो रुपये देने के लिए कहूँ तो ? जिस किताब को इतने अरमानों के साथ खरीदा ऐसी किताब को क्या मैं बेच दूँ ? बेकार की किताब। इसके कारण ही तो भूख से मैं इतना तड़प रहा

हूँ। मौका मिल जाये फिर कभी खरीद भी सकता हूँ। हाँ, उससे पूछ कर देख तो ले....क्योंकि अभी-अभी तो साढ़े तीन रुपये देकर इसे खरीदा है। "चाहे तो दो रुपये में लीजिए" कहूँ तो....शायद ऐसा कहना अच्छा नहीं होगा। न जाने वह है कौन, देखने में तो पैसे वाला ही दिखता है। साढ़े तीन रुपये देकर बड़ी चाव से मैंने यह किताब खरीदी है। और यह आदमी उसमें से मार्लिन मन्रो की सारी तस्वीरें देखता जा रहा है। ओ....देखो....वह फोटो....मार्लिन मन्रो की पूरी नंगी तस्वीर....बेचारी मन्रो, मेरी ही तरह भूख से तड़पती रही। कहते हैं, लाचार होकर ही इस तरह नंगे फोटो खिंचवाने के लिए तैयार हुई थी। नहीं तो कभी वह अपनी सहमति देती नहीं थी। बेचारी मार्लिन....भूख....आदमी को किसी भी हद तक गिरा सकती है। क्या करें, इस व्यक्ति से दो रुपये पूछूँ या न पूछूँ ? पूछना है कि नहीं ? टू आस्क हिम आर नाट टू आस्क हिम, दैट ईज दि क्वश्चन। कहूँगा, बहुत सारे अरमानों से खरीदी इस किताब को तुम्हें दे रहा हूँ। तुम नहीं जानते हो, यह किताब मेरे लिए क्या है। "कमान" पूछ लो — पूछ डालो.... दो ही रुपये ! उस आदमी ने किताब दे दी। कवर पेज पर मार्लिन की तस्वीर देख रहा है। किताब को वापस लौटाने जा रहा है। जाने दो। मार्लिन की किताब मैंने फिर वापस ली। क्या पाया ? भूख, भूख, भूख....इससे छुटकारा कैसे पा सकता हूँ ? फिर दो गिलास पानी पी लूँ तो ? पानी, पानी-पानी — मुझे पानी से बहुत प्यार है। पानी पी लूँ तो और थोड़ी देर तक मैं भूख को मिटा पाऊँगा। तब तक यूनिवर्सिटी पहुँच ही जाऊँगा। वहाँ किसी से उधार लेकर कुछ भी खा सकता हूँ । "कमान" पानी....पानी। फिर दो गिलास पानी। जब तक यहाँ "गंडिपेटा" है, तब तक कम से कम पानी तो मुफ्त मिलेगा ही। किताब हाथ से छूटकर नीचे गिर पड़ी। यह किताब तो बोझ सी बन गयी। आइडिया ! इस किताब को किसी भी सैकेंड हैंड स्टाल में बेच दूँ तो....हाँ, अच्छा उपाय है यह ! बहुत अच्छा उपाय ! जल्दी किताब को सैकेंड हैंड बुक स्टाल में बेच दो। जरूर खरीदेंगे। मार्लिन की बायोग्राफी है। अच्छी खासी माँग होगी। अभी-अभी तो खरीदा है साढ़े तीन रुपयों में ! कम से कम दो रुपये तो आ ही जायेंगे। उन दो रुपयों से पेट भर तो खा जाँऊगा। अभी ये ही दो रुपये मेरे लिए दो लाख के बराबर हैं। "कमान", इट्स ए गुड आइडिया ! कोठी में सैंकेड हैंड बुक स्टाल्स बहुत हैं। पीछे मुड़ा। बेच दोगे ? इतने अरमानों से खरीदी किताब, बेच डालोगे ? बिना पढ़े ही ? "वाट ए ट्राजडी" ? "ट्राजडी" नहीं, कुछ भी नहीं।

भूख से मरने से बढ़कर कोई ''ट्राजडी'' हो भी सकती है ? ''कमान'', ''कमान'', अब सोचो मत, भूख, भूख, भूख तो जला रही है। उन लपटों को बुझा न डालूँ तो वह मुझे पूरी तरह जला डालेगी। नया जोश, न जाने कहाँ से खून में आ गया। जल्दी-जल्दी चलने लगा। कोठी के चौरास्ते पर पहुँचा। सैकेंड हैंड बुक स्टाल की तरफ गया। ''यही आखिरी बार है।'' सोचकर, किताब की ओर, मार्लिन की तस्वीर की ओर देखने लगा। एक बार किताब खोल कर देखने लगा। मार्लिन चमक रही है। इसे बेच डालोगे ? भूख, भूख, सोचो मत, सोचो नहीं, मत सोचो। बेच डालो। बेच ही डालो। मार्लिन मन्रो ने अपना शरीर भूख के खातिर बेचा था। ओ....रहा, मार्लिन का पूरा नंगा बदन !

''इस किताब को खरीदेंगे ?'' —किताब दे डाली। मन में कुछ हलचल मचने लगी। अपना नाम भी तो उस किताब पर नहीं लिखा। सोचा पेन लेकर किताब पर अपना नाम लिख डालूँ तो अच्छा होगा। दुकानदार किताब देखने लगा। कितना देगा ? न जाने कितना देगा ! कम से कम तीन रुपये भी दे दे तो चलेगा। हाँ, कम से कम तीन रुपये ! पचास पैसे छोड़ दो। अभी भी दुकानदार उस किताब को ऊपर से नीचे तक देख ही रहा है।

''क्या देना बाबू ?'' उसने पूछा।

''क्या दोगे ?'' — मैंने कहा।

''बारह आने।''

बारह आने ! बारह आने ! ! इतना गुस्सा आया उस क्षण कि उसके ऊपर पेट्रोल डालकर उसे आग में जला डालूँ तो भी कोई गलती नहीं है। इस किताब का दाम पचहत्तर पैसों तक गिर गया ? ''अरे, अभी-अभी तो उस किताब को साढ़े तीन रुपयों में खरीद कर लाया हूँ। इतना धोखा !'' गला गद्गद हो उठा। अचानक दुःख की बाढ़ उमड़ पड़ी। न जाने क्यों आँखों में आँसू आ गये। बस, वहाँ और खड़ा नहीं रह पाया।

''साढ़े तीन साहब....! इस किताब के लिए आपने साढ़े तीन दिये ? किसी ने आपके साथ धोखा किया है। यहाँ देखिये। पेन्सिल से लिखा हुआ है। ''प्रेस : 2.50''। माने नई पुस्तक का दाम ही ढ़ाई रुपये है। फिर सैंकेंड हैंड दुकान में आप को यह किताब एक रुपये पच्चीस पैसे में तो मिल जाती। फिर आप बेच रहे हैं तो मैंने बारह आने पूछा है।'' — उसने सफाई दी।

सच तो है, पर अपनी ही आँखों पर मुझे भरोसा नहीं हुआ। उस किताब पर साफ साफ 2.50 पैसे लिखा हुआ है। धोखा....दगा....आबिड्स वाले ने मुझे धोखा दिया। मेरी आतुरता को पहचान लिया। इसीलिए तो रुपये 3.50 बताया। और मैंने आँखें मूँद कर खरीद ली। धोखा....धोखा....धोखा....दगाबाज ! हर कोई मुझे धोखा देने पर तुला हुआ है। — वह रिक्शा वाला, यह दुकानदार ....! सारा संसार लुच्चे और लफंगों से भरा पड़ा है।

"क्यों साहब ! देंगे बारह आने में ? — पूछ रहा है। उसके हाथ से झट से किताब छीन ली। मरने दो मुझे, भूख से मरने दो ! भले ही मैं भूख से मर भी जाऊँ फिर भी यह किताब नहीं बेचूँगा। इतना घोर अन्याय मैं सहन नहीं कर सकता। फिर से आँखों में आँसू....वहाँ से मुझे जाना है —चल पड़ा — आँखों के सामने कुछ दिखाई नहीं दे रहा था। आँसुओं के कारण सब कुछ धुँधला दिखाई दे दिखाई दे रहा था।

"आखिरी बात — एक रुपया दूँगा साहब !" — दुकानदार कहने लगा। मैंने उसकी बातें सुनी भी नहीं। मरने दो। सुना नहीं। मैं सुनना भी नहीं चाहता और सुना भी नहीं। मरने दो। मरने दो। मरना ही चाहिए। भूख से तड़पते हुए मरना ही ठीक है। मुझे जीने का हक नहीं है। इस धोखेबाज दुनिया में मैं जी नहीं सकता। यहाँ मैं — "मिसफिट" हूँ। "मिसफिट", बढ़िया पिक्चर है। मार्लिन और क्लार्क का एक्टिंग कितना अच्छा है। क्लार्क गोबिल की आखिरी पिक्चर भी वही है। शायद मन्रो की भी आखिरी पिक्चर होगी। आर्थर मिल्लर ने अगर मार्लिन को तलाक न दिया होता तो क्या मार्लिन आत्महत्या करती ? न जाने उसके कोमल हृदय को कितना ठेस पहुँचा होगा ! बेचारी मार्लिन ! कोई सहारा देने वाले भी नहीं थे शायद ! अकेलेपन को झेल न सकी होगी। हॉलीवुड के गिद्धों के बीच न रह पाने के कारण....नींद की गोलियाँ खा खाकर धीरे-धीरे इस दुनिया से बिदा लेती हुई न जाने उसने कितनी निराशा का अनुभव किया होगा ! अपने आपको ख़तम करने की अंतिम घड़ियों में भी उसने लाखों लोगों के दिलों में मधुर सपनों को जगाया। अपने सौंदर्य ज्योति से करोड़ों लोगों की आँखों की रोशनी को उद्दीप्त करने में उसकी महानता निहित है। उसने सारी दुनिया को अपने पैरों तले रखा, फिर भी सब कुछ देकर भी प्यार के लिये उसका दिल कितना तड़प गया होगा ! जीवन के प्रति आशा को जगाते हुए उसे ढ़ाढ़स देने वाले ही नहीं थे। उसके लियं रोने वाले, आँसू बहाने वाले आस-पास में कोई मित्र ही न रहे

और न ही कोई रिश्तेदार ! उसकी इतनी विषादभरी कहानी है। मार्लिन-मार्लिन ....''माइ पूर लिटिल मार्लिन''....पुस्तक के मुख पृष्ठ पर मार्लिन की तस्वीर देखने लगा। तुम्हारा हर एक अंग, सौंदर्य की परिभाषा दे रहा है। जब सारी दुनिया तुम्हारी अलौकिक सुंदरता को देखकर भौंचक्का हो गयी थी, तब न जाने तुम किस अलौकिक सौंदर्य को ढूढ़ने के प्रयास में दूर चली गयी ! हे सुंदरी ! आखिरी घड़ी तक तुम्हारे होंठ न जाने कितने दिलों में प्यार के दीप जला रहे थे ! तुम्हारे वे खुले होंठ तुम्हारे दिल की बातों को स्पष्ट कर रहे हैं। एक महान भावना को दर्शाने वाले हे कवि ! तुम्हें सौ-सौ प्रणाम ! यह क्या....इस ओर मैं कैसे आ गया हूँ ? यह तो गौलीगूडा चौरास्ता है। कैलेंडर....ओ देखा....कैलेंडर ! वह कैलेंडर मुझे बहुत अच्छा लगता है। माँ और दूध पीता बच्चा ! वह माँ कितने प्यार से अपने बच्चे को दूध पिला रही है ! कितना बढ़िया चित्र है यह ! उस माँ के चेहरे पर कितनी शांति लायी हुई है ! उस चित्र में उदात्त मातृप्रेम अंकित है। कितने आनंद से वह बच्ची अपनी माँ की गोद में सो रही है ! माँ के चेहरे पर एक अलौकिक अनुभूति झलक रही है। उस कैलेंडर को खरीद लूँ....रोज़ एक बार उस तस्वीर को देख सकूँ तो शायद इस महान अनुभूति से दिल भर जाएगा। न जाने उस कैलेंडर का दाम कितना होगा ! ठीक है पूछ लूँ कि क्या वह इस किताब के बदले में वह कैलेंडर दे सकता है ?

''ऐ बाबू ! वह कैलेंडर कितने का है ?''

''साठ पैसे साहब !''

मेरे बगल में खड़ा एक व्यक्ति हीरोइन के स्तनों को देखने में तल्लीन है। और दूसरा कोई स्विमिंग सूट में 'साधना' की फोटो खरीद रहा है। साठ पैसे ! मतलब ! चवन्नी तो मेरे पास है ही ! और पैंतीस पैसों की जरूरत है। ''इस किताब को लेकर वह कैलेंडर दोगे ?'' आज मुझे हुआ क्या है ? दिमाग पूरा खराब हो गया है। फिर आगे की ओर चला। उस माँ-बच्ची की तस्वीर को देख कर मेरे शरीर में कँपकँपी शुरु हुई। कहीं....किसी पिछले जन्म के अनुभव कुछ अस्पष्ट रूप से मेरे दिल को कुरेद रहे हैं। उस तस्वीर में कोई महान शक्ति है। आगे....आगे जा रहा हूँ। नवरंग टाकीज़ की ओर....। नवरंग टाकीज़ की ओर क्यों....? भूख, भूख ने शोर मचाना छोड़ दिया। बड़ी अजीब सी बात है। शायद हर काम की अपनी सीमा होती है। इस तरह और कितनी दूर ? क्यों ? बाजू में पेवमेंट पर जादू करने वाला खड़ा है और उसके हाथ में चाकू है, बगल में

अपने लड़के को खड़ा किये कुछ तमाशा दिखा रहा है। कह रहा है कि उस लड़के का सिर वह काट देगा। इन जादूगरों से मुझे बहुत डर लगता है। चारों तरफ लोग इकट्ठे हो रहे हैं। आखिर वह अपने बच्चे का सिर काट रहा है तो ये लोग इतना आनंद क्यों लेते हैं ? आक्रोश और नफरत से सारी दुनिया भरी पड़ी है। मेरे दिल में घृणा, खीज, क्रोध....। तुम्हारे सामने मेरी यही प्रतिज्ञा है। तुम्हारे पाँव के सामने मेरी कलम की स्याही से, काली स्याही से तुम्हें अभिषेक करूँगा। तुम्हें अपना हृदय भेंट करूँगा। आओ....तुम्हारे अंदर की कटुता मेरे कलम में भर जाये। खड़ा नहीं कर सकता। जाना है। सारी मित्रता, प्रेम, धर्म....ये सारे शब्द फिजूल ही हैं। कैसे मूर्ख हैं....अमीना कहाँ है ? सच में 'चलम' की कलम से निकली विश्रृंखलता ने लोगों के दिलों को झकझोर दिया है। कमाल है उसकी शैली में। उसके अक्षर गरजते हैं, बुराई का चीरफाड करते हैं, अच्छाई को ऊँचे शिखरों तक ले जाते हैं, जीवन को प्रभावित करते हैं, और खून में जोश पैदा करते हैं। सदियों की मूक वेदना, अंधकार में अन्वेषण, मेरे जैसे दुःखी लोगों के दिलों में भरा हुआ विषाद....अनाथ दुर्बलों का आक्रोश....किसी के सामने प्रकट न कर सकने वाले गरीबों का शोक....यह सब उसकी शैली में हमें दिखायी देते हैं। तीखे नज़रों में हृदय को भेदने वाली श्यामला....नहीं....नहीं....किरण्मयी। हृदय को भेदने वाली किरण्मयी की तीखी नज़रें....जंजीरों से भी मज़बूत किरण्मयी की बाहें....मन को बाँध सकने वाली इस्पात की जंजीर जैसी है किरण्मयी....। फॉरगेट हर....फॉरगेट हर....बेचारी अमीना, बच्ची अमीना, पगली अमीना, मुसलमानी अमीना, बिखरे बालों वाली अमीना को याद करो। कहाँ है, कहाँ है, कहाँ है ? अमीना कहाँ है ? अरे ! मेरे सामने से गुजरने वाली इस लड़की के हाथ में कोई पैकेट है। वह बिल्कुल सुशीला जैसी है। सुशी, सुशी....बिल्कुल सुशी जैसी है। सुशी को तो भूल ही गया। सुशी को भूल ही चुका हूँ मैं !

"भैया, भैया, शहर से मेरे लिए क्या लाओगे ?"

"बोलो री, तुम्हें जो चाहिए, माँगो, वही लाऊँगा।"

"जाओ भैया, तुम कभी कुछ भी लाते-वाते नहीं हो। बस, बातें बनाते हो।"

"अब की बार जरूर लाऊँगा। आखिर बोलो भी, तुम्हें क्या चाहिए ?"

"बोल दूँ, जरूर लाओगे न ? "बतकम्मा" त्यौहार में पहनने के लिए रंगीन फीते लाना।" चार चार रंगों में....!" और फिर नीले रंग की टेरीलीन फ्राक भी। मेरी टीचर की लड़की एक बार ऐसी ही फ्राक पहनकर आयी थी। कितनी

अच्छी फ्राक थी वह ! मेरे लिए ऐसी ही फ्राक जरूर लाना। सुना है, ऐसे फ्राक तो हैदराबाद में ही मिलते हैं।" प्यार से वह बोलती गयी।

"ओ यस, इस बार जरूर ले आऊँगा। रिबन भी, नीले रंग का फ्राक भी। इतना ही न ?"

"नीले रंगवाली टेरीलीन फ्राक !"

"हाँ....हाँ....वही नीले रंग वाली टेरीलीन फ्राक।"

"और....और....स्कूल की किताबें रखने के लिए एक अच्छा सा बैग।"

"ठीक है....एक बैग....और कुछ ?"

"पहले ये सब चीजें तो ला दो भैया ! जरूर लाओगे न ?"

ये सब चीजें उसके लिए कभी ले जा सका ? आखिर रिबन तक नहीं खरीद सका उसके लिए ! घर जाते समय तो मेरे पास बिल्कुल पैसे रहते ही नहीं हैं। 'बस' के किराये के लिए भी किसी से उधार लेकर जाना पड़ता है। पिछली बार जब खाली हाथ घर गया तो सुशी उस दिन कितनी दुःखी हुई ! उसके दिल को कितनी ठेस पहुँची ? यही कहकर रोती रही कि कम से कम रिबन तो ला देते। उस दिन रूठ कर उसने खाना तक नहीं खाया।

"तुम्हारे लिये ये सब लाने के लिए उसके पास पैसे कहाँ से आयेंगे ? कल को जब वह नौकरी करेगा तो तुम जो माँगोगी लाकर दे देगा।" — माँ ने कहा।

नवरंग टाकीज़ के सामने भीड़ दिखाई दी। नवरंग टाकीज़ में बड़ा आराम मिलता है। यहाँ कोई जाना पहचाना चेहरा मिल जाये तो अच्छा है। अरे, देखो, अभी भी मुझ में कितनी आशायें है ! थियेटर के सामने से गुजरने लगा तो सिनेमा देखने की इच्छा हो रही है। कॉफी-होटल देखने पर कॉफी पीने की इच्छा। लगता है मुझमें अभी तक बचपना गया नहीं। आखिर मेरी उम्र ही क्या है ? माँ तो यही कहती है कि अभी तो उन्नीसवाँ चल रहा है। शायद बीस तक होंगे ही। माँ का कहना है बेटे की आयु में से हमेशा एक साल घटा कर ही बोलना चाहिए। आखिर मैं अब किधर जा रहा हूँ ? इस तरह कितनी देर घूमूँगा ? समय ....न जाने समय क्या हुआ है ? वापस चलना भी तो है। बेकार में इतनी दूर चला आया। अभी तक भूख एकदम मिट सी गयी है। बेचारी भूख....पीछे मुड़ ....फिर से मैं वापस चलने लगा। आइडिया....यहीं....कहीं....लेक्चरर उपेंद्र बाबू का घर है। "एक बार हमारे घर आओ रवि", उन्होंने बहुत बार निमंत्रण

दिया। जब मैं वरंगल में कॉलेज में पढ़ता था, तब यह लेक्चरर मुझको बहुत चाहते थे। न जाने क्यों उपेंद्र बाबू मुझे इतना चाहते हैं ! मेरे मन में भी उपेंद्र बाबू के प्रति आदर की भावना थी। अब तक के सभी लेक्चररों में से उपेंद्र बाबू से ही ज्यादा लगाव है। उनसे संबंधित सभी बातें मुझे अभी तक याद हैं। उनकी कलास में कभी "बोर" महसूस नहीं होता था। पाठ पढ़ाने का उनका कुछ अपना ही तरीका है। उनकी अंग्रेजी, उनके जोक्स, उनकी वेष-भूषा—सभी में उनका अपनापन है। एक अनोखा आकर्षण उन में छिपा हुआ है। ....वैविधता से भरा हुआ उनका व्यक्तित्त्व....सदा मुझे उनकी ओर खींचता रहता था। एक तरह से वे सदा व्यस्त रहा करते थे। इतना करीब आ ही गया हूँ तो उनके घर जाने में क्या हर्ज है ? बस, एक और गली....तो उनका घर आ जायेगा। मुझे देखकर वे बहुत खुश भी होंगे ! बाजू की गली में घूमा। उपेंद्र बाबू....उन दिनों की याद आयी जब मैं पी० यू० सी० पढ़ता था। हाईस्कूल से ही कालेज के सपने देखा करता था। ख़ासतौर पर लेक्चरर्स के बारे में....न जाने क्यों पहले से ही मुझ में "लेक्चरर" प्रोफेशन से इतना लगाव है ! अपने आप में कल्पना करता रहता था कि लेक्चरर बनूँ तो ऐसा रहूँगा, वैसा रहूँगा। एक अस्पष्ट रूपरेखा अपने आप मन में खींचा करता था। कॉलेज में मैंने देखा तो वहाँ मेरे मन की रूपरेखा, लेक्चरर उपेंद्र बाबू के लिए सटीक बैठी। बस, तब से उपेंद्र बाबू मेरे लिए आइडियल लेक्चरर बन गये। तभी से मैंने मन में ठान लिया कि मुझे भी एम.ए. करनी है और उपेंद्र बाबू की तरह लेक्चरर बनना है ! लो....उनका घर आ ही गया। बाहर "नेम बोर्ड" है। "एस. उपेंद्र बाबू, एम.ए., लेक्चरर" कितना सुंदर बोर्ड है ! साफ-सुथरे सुंदर अक्षर ! क्या कभी मैं भी अपने घर के सामने "एम. रवींन्द्र, एम.ए., लेक्चरर" नेम बोर्ड लगा पाऊँगा ? उनका घर भी बहुत सुंदर और शांत सा दिखाई दिया।

"सर" मैंने आवाज़ दी। अंदर से कोई आवाज़ नहीं आयी।

"सर" मैंने फिर से बुलाया। दरवाजा खुला। ....उपेंद्र बाबू !

"हैलो रवि ! कमान कम इनसाइड !" वही उत्साह, वही प्रसन्नता ! वही प्यार !

यहाँ आकर मैंने अच्छा ही किया। बैठक में पंखा चल रहा है। कमरा साफ सुथरा है। सब चीजें अपने-अपने स्थान पर हैं। टेबिल पर एक सुंदर रंग-बिरंगा कपड़ा बिछा हुआ है। दीवारों पर गाँधी, नेहरु, टैगोर की तस्वीरें टँगी हैं। एक

ओर अंजता शिल्प की पेइटिंग है। बाहर कड़ी धूप में घूमने के कारण यहाँ कमरे में मुझे बहुत आराम मिला।

"बैठो रवि ! टेक युवर सीट !" — उपेंद्र बाबू ने कहा। रवि बैठ गया।

"क्या बात है ? यूनिवर्सिटी से ही आ रहे हो क्या ? चेहरा ऐसा उतरा-उतरा क्यों है ? बहुत कमज़ोर भी हो गये हो ! पढ़ाई तो अच्छी चल रही है न ?"

"पहले कुछ पानी पिलाइये सर ! बहुत प्यास लगी है।"

"जरूर ! क्यों नहीं ? सुनीता ! पानी लाओ, बेटा !" अंदर चूड़ियों की खनखनाहट सुनाई दी। गिलास में पानी उडेलने की आवाज़ !

न जाने मास्टर साहब की धर्म पत्नी कैसे होगी ? एक बार उन्हें देखने की इच्छा हुई। सुंदर तो वह जरूर होगी। सुनीता, उपेंद्र बाबू की बेटी है। अपने छोटे-छोटे हाथों से वह गिलास ला रही है। सुशी भी ऐसी ही होगी।

"वेरी गुड ! अंकल को दो बेटी ! वेरी गुड !" — उपेंद्र ने कहा।

सुनीता के मासूम चेहरे को देखते हुए पानी पी गया।

"आप की बेटी है सर ?"

"हाँ, अंकल को नमस्ते करो बेटी !" — उपेंद्र।

दोनों हाथ जोड़ कर प्यार से "नमस्ते" कहा सुनीता ने।

"नमस्ते ! एक्सलेंट ! इधर आओ बेटी !" कहते हुए सुनीता को बुलाया और उसे अपने गोद में लेना चाहा। लेकिन वह भाग गयी।

"क्या समाचार है रवि ! अच्छा पढ़ रहे हो ? आशा है तुम्हें फर्स्ट क्लास जरूर मिलेगी।" — उपेन्द्र।

"नहीं, सर, ऐसी कुछ उम्मीद नहीं है।"

"क्यों ? तुम्हें फर्स्ट क्लास क्यों नहीं मिलेगी ?"

"कुछ पढ़ नहीं पा रहा हूँ, सर !"

"क्यों....वरंगल में इतना अच्छा पढ़ते थे। तुम्हारे ज़वाब पढ़ कर हम लोगों को खुशी होती थी। अब क्या हुआ ?"

"यह मुझे भी नहीं मालूम ! मुझे क्या हुआ है, वरंगल और हैदराबाद — इन दोनों में बहुत फरक दिखाई दे रहा है। यहाँ जब से आया हूँ, तब से मन

में अशांति ही अशांति है। कभी भी चैन की नींद नहीं सो पाया। क्लास जाने की इच्छा ही नहीं होती। किसी न किसी तरह चला भी जाऊँ तो भी बैठने की इच्छा नहीं होती। जो कुछ पढ़ाया जाता है, उस पर मन लगता नहीं है। बात यह है कि यहाँ के लेक्चरर्स ठीक तरह से पढ़ाते नहीं हैं। अपनी मनमानी से पढ़ाते हैं। ऊपर से हमारा विभाग तो बस पालिटिक्स से भरा हुआ है। अक्सर छात्र कहते रहते हैं कि प्रोफेसर लोगों की खुशामदी न करें तो क्लास मिल ही नहीं सकती। असल में मुझे लगता है कि किसी भी यूनिवर्सिटी में पढ़ने का माहौल अब है ही नहीं। यह सब देखने के बाद मुझमें पढ़ने की इच्छा ही मिट गयी। अब तो पास होने की उम्मीद भी छोड़ चुका हूँ, सर।"

"इट ईज टू मच, ऑफकोर्स ! यह मैं भी मानता हूँ कि हमारे सारे यूनिवर्सिटीज़ रोटीन से चलाये जा रहे है। दिन-ब-दिन यह हालात और भी बदतर होते जा रहे हैं; सुधरने की कोई आशा या गुंजाइश भी दूर तक दिखाई नहीं देती। पढ़ाई के प्रति किसी में भी सच्ची लगन ही नहीं है। सभी अपने-अपने फायदे को ही देखते हैं। "आदर्श" या "सिद्धांत" किसी में नहीं हैं। ऊपर से नीचे तक ऐसा ही है। लेकिन हम कर भी क्या सकते हैं ? हमें भी तो अपने आप को ऐसा ही तैयार करना होता है। वरना इस दुनिया में जी नहीं पायेंगे। "अस्तित्व के लिये संघर्ष" जानते हो उसका क्या सूत्र है ? मैं जानता हूँ तुम बड़े शर्मीले और स्वतंत्र व्यक्तित्व वाले हो। लेकिन इससे कोई फायदा नहीं होने वाला है। तुम्हें भी अपने आप को बदलना होगा। वुई मस्ट बि प्रैक्टिकल। हमें भी वास्तविक और व्यावहारिक जिंदगी जीनी है। आदर्श....सिद्धांत....नीति-नियम इन सब से काम नहीं चलता। इनका कोई महत्व ही नहीं है। ये सारे मुँह से निकलने वाले कुछ लफ़्ज़ ही हैं। हर क्षेत्र में यही हो रहा है। सो....बि प्रैक्टिकल....तुम दूसरों पर विजय पाना चाहते हो न ? यू हैव टू बीट हिम इन हिज ओन गेम। सामने वाला अगर चालाक है तो हमें भी उससे बढ़कर चालाक बनने की जरूरत है। बस, दूसरे लोग चमचागिरी करते हैं तो हमें भी उससे बढ़कर चमचागिरी करनी होगी। तुम्हारे प्रोफेसर के बारे में मैं अच्छी तरह से जानता हूँ। बस, थोड़ी सी चापलूसी कर लो....फिर देखना वे कैसे तुम्हारे रास्ते पर आते हैं ! द फैलो मेल्ट्स लाइक एन आइस....! तुम्हें चमचागिरी पर मास्टरी करनी है। यह सब मैं कहता हूँ तो सिर्फ तुमसे ही ! क्योंकि तुम अब भी वही रवि हो। वरंगल कॉलेज में पढ़ते वक्त जो मासूमियत है वही अब भी तुम में है। वरंगल और हैदराबाद में काफी अंतर

है। वहाँ के लोगों में ग्रामीण वातावरण में पलने के कारण अभी भी नादानियत मौजूद है। उससे भी बढ़कर बी.ए. के विद्यार्थियों में स्पर्धा उतनी नहीं होती है। लेकिन एम.ए. स्तर पर लोग बहुत ईर्ष्यालु हो जाते हैं। हर एक व्यक्ति दूसरे व्यक्ति से आगे बढ़ना चाहता है। इसी वज़ह से वे घटिया से घटिया काम करने के लिए भी पीछे नहीं हटते। इसलिए नादान बने रहने से काम नहीं चलेगा। बहुत जागरूक रहना पड़ता है। हर एक व्यक्ति को, उसी के फील्ड में हराने की कामयाबी हममें होनी चाहिए। कुछ गलत काम करने का एहसास या कुछ सिद्धांतों पर चलने की चाह आदि यहाँ नादानियत कहलाते हैं। सिद्धांत केवल बातें करने तक ही सीमित हैं, इस दुनिया में सिद्धांतों का पूरा-पूरा पालन कोई भी नहीं कर रहा है। हर आदमी में ज्यादा या कम, खुदगरज़ी की भावना तो होती ही है। इस वज़ह से सिद्धांतों की परवाह मत करो। सिंप्ली बी प्रैक्टिकल ! एंड एंटरप्राइजिंग ! ऐसा अपने आप को बना लोगे तो तुम्हें फर्स्ट क्लास मिल जायेगी ....बस....तब जिंदगी भर आराम से रह पाओगे। अपनी नादानी से अगर इस मौके को खो बैठोगे तो जीवन भर पछताओगे ! तुम से इतना जोर देकर इसीलिए कह रहा हूँ क्योंकि मैं भी कभी सिद्धांतों की ही बातें किया करता था। और उनका पालन भी पूरे दिल से करता था। अब तो हाथ जल चुके हैं। मैंने बहुत दिनों के बाद जाना कि इस निष्ठुर स्पर्धापूर्ण संसार में आदर्श, मासूमियत....इन सबका कोई मतलब ही नहीं रहता। कहीं और नहीं....हमारे ही यूनिवर्सिटी में, हमारी ही आँखों के सामने ऐसे नीच काम रोज़-रोज़ होते रहते हैं। यहाँ भी जाति, धर्म, मार्क्सवाद, घटिया पोलिटिक्स सब चलते रहते हैं, अब बोलो, बेकार के सिद्धांतों से क्या लाभ ? टेढ़े रास्ते में ऊपर जाकर अपने को कामयाब सिद्ध नहीं करोगे तो यही समाज तुम्हें बुद्धू समझेगा। नालायक कहेगा। समाज के लिए तुम्हारी योग्यता, ईमानदारी की जरूरत नहीं है, उसे चाहिए तो सिर्फ इतना कि तुम्हारी जीत हुई या हार हुई, बस ! अगर तुम विजयी हो, तो समाज तुम्हारी इज्जत करेगा। हार जाओगे तो यही समाज तुम्हें बुद्धू कहेगा। चाहे कुछ भी रास्ता अपना लो, तुम सफलता हासिल कर लो। बस, तब जाकर अपने आशय व सिद्धांतों की ईमानदारी व वफादारी की दुहाई देते फिर सकते हो। तब सब लोग चुपचाप सुनेंगे। इतना भी क्यों ? तुम मेरा ही उदाहरण ले लो न ! मेरे सभी साथी डाक्टरेट पा चुके। रीडर्स भी बन गये। कल के दिन वे प्रोफेसर भी बन जाएँगे। मैं तो लेक्चरर के रूप में ही रिटाइर हो जाऊँगा। जानते हो क्यों ? मैं भी तुम्हारी तरह नादान बन कर,

सेन्सिटिव होकर, ईमानदारी की बातें करते हुए अपना समय गँवा चुका। मैं अपने ही सहयोगियों के सामने एक बुद्धू बन कर रह गया। मैं आगे बढ़ना जानता ही नहीं हूँ। ज़रा देखो। ऐट वाट कास्ट ए सिन्सियर मैन ईज लिविंग इन दिस सोसाइटी, सो यू यूज एनी क्रूकेड मेथड, बट गो टू द टाप....गो टू द टाप ....दैट्स आल ....नथिंग सक्सीड्स लाइक सक्सेस।" मैं बहुत उत्साह से सुनने लगा। उपेंद्र बाबू की बातों की तीव्रता, आवेग सचमुच दिल को छूने वाली थीं। उनके मुँह से निकली हर बात महान है। "बी प्रैक्टिकल।" "बी प्रैक्टिकल।"....ये ही शब्द कानों में गूँज रहे हैं। अंदर से चूड़ियों की खनखनाहट....गिलासों की ध्वनि....।

"ये ले जाइये।" अंदर से मास्टर जी की पत्नी का स्वर सुनाई दिया। एक बार देख पाऊँ तो....जीवन में उच्चकोटि की सफलता प्राप्त कर सकने की शक्ति रखने वाले उपेंद्र जैसे लेक्चरर में कितनी वेदना....कितना संघर्ष घर कर गया है ! बात सही है कि उनके साथ अन्याय हुआ है। इतने काबिल लेक्चरर को अभी तक पदोन्नति नहीं मिली, यह अचरच की बात ही है। उपेंद्र बाबू अंदर गये। दो गिलासों में बोर्नविटा ले आये। एक गिलास अपने सामने रखा दूसरा मेरी ओर बढ़ाया। मुझे तो जैसे जान में जान आयी। अंदर की भूख तभी धीरे धीरे उठ रही थी।

"कमान, हैव इट।" — एक-एक घूँट पीते हुए उपेंद्र ने कहा।

"आपका घर बहुत अच्छा है सर ! किराया क्या दे रहे हैं ?"

"डेढ़ सौ रुपये । बिजली का बिल अलग से। वेतन में आधा हिस्सा ऐसी ही जरूरतों में निकल जाता है। सच रवि, जब वरंगल में रहते थे, तब आराम से दिन कट जाते थे। यहाँ तो पैसे पानी की तरह बह जाते हैं। मेरे साथी लोग प्लाट्स खरीद चुके हैं। घर भी बनाया और किराये पर भी दे दिया है।

"आप भी एक प्लाट खरीद लेते, सर !"

प्लाट खरीदने और घर बनवाने के लिए क्या-क्या गुल खिलाने पड़ते हैं, तुम नहीं समझोगे। तुम्हें तो इतना समझा रहा हूँ....लेकिन मैं अब तक प्रैक्टिकल आदमी नहीं बन पाया। बात समझ में नहीं आती कि पढ़े-लिखे लोग इतना व्यवहार कुशल कैसे बन पाते हैं ? जब भी देखो, तनख्वाह, डी.ए. की बातें, पैसों के खातिर परीक्षाओं के काम, पर्चों को जाँचने का काम, बिल्स, बैंक खाते, ज़मीन की खरीददारी, घर बनवाना, किराये पर देना, बस....इनके अलावा कोई भी सही रूप से पढ़ाने

पर ध्यान नहीं देते। मैं मानता हूँ....पैसे कमाना जरूरी है। लेकिन हमारा व्यवसाय एक आदर्श व्यवसाय है। कुछ ऐसे वैसे बुरे काम हमें करना नहीं चाहिएं। छात्रों के सामने हमें कुछ आदर्श रखने हैं। लेकिन ऐसे विचार किसी में हैं ही नहीं। "मैंने घर बनवाया", "मैं इतना कमा रहा हूँ", बस ये ही बातें चलती रहती हैं। यह कोई नहीं कहता कि मैंने छात्रों को क्या पढ़ाया है ! देश के सामने एक आदर्श की सृष्टि करने वाले हमीं लोग इतना अनैतिक व्यवहार करें तो इस देश का भविष्य क्या होगा, भगवान ही जाने !" — उपेंद्र बाबू ने कहा।

मैंने बोर्नविटा पीकर ग्लास मेज़ पर रखा। मुझे महसूस हुआ कि काफी ताकत हासिल कर चुका हूँ। उपेंद्र बाबू कहते जा रहे थे....उनकी बातों में दर्द है, हमदर्दी है, मन की पवित्रता है।

"अंत में एक ही बात कहे देता हूँ रवि ! कुछ भी करो। बट बी ए सक्सेसफुल परसन इन युवर लाइफ। फिर से कहता हूँ, नथिंग सक्सीड्स लाइक सक्सेस। तुम्हारे जैसे लोगों के लिए फर्स्ट क्लास पा लेना मुश्किल की बात नहीं है। जस्ट बी टेक्टफुल। थोड़ी सी समझदारी से काम लो।" — उपेंद्र बाबू ने मुझे प्रोत्साहित किया।

"पता नहीं है सर, क्यों मैं किसी भी बात पर मन नहीं लगा पा रहा हूँ ! वरंगल में क्लास जाने की इच्छा होती थी। लेक्चरर्स से मिल कर समस्याएँ हल करने की चाह होती थी। कॉलेज की सभी प्रतियोगिताओं में भाग लेने की इच्छा होती थी। पता नहीं मुझे क्या हो गया है, सर यहाँ आने के बाद क्लास में बैठने की इच्छा भी नहीं हो रही है।" — मैं अपने बारे में बताने लगा।

"बता दिया न, यहाँ और वरंगल में काफी अंतर है। वहाँ अभी ग्रामीण वातावरण की सहजता अभी गयी नहीं है। वहाँ के लोगों के बीच अभी भी कुछ मानवीय मूल्य बचे हैं। हर एक के प्रति वैयक्तिक सावधानी बरती जाती है। लेकिन यहाँ हर आदमी दूसरे को निगलने की कोशिश करता है। वहाँ आदमी-आदमी के बीच के रिश्ते दिल की गहराई से बनते हैं। यहाँ के हर व्यक्ति के व्यवहार में बनवाटीपन साफ नज़र आता है। हर व्यक्ति विदेशी लोगों के जैसे शान जताता रहता है। अंदर ज़हर भर कर भी, बस, दिखावे के लिए होंठों पर मुस्कान दिखाता है, क्या तुम यह सब समझ सकते हो ? यहाँ विद्यार्थी और अध्यापकों के बीच भी वह रिश्ता नहीं पाया जाता जो होना जरूरी है। हर कोई अपने बंद कमरे में रहता है। चमचागिरी न करें तो छात्रों के प्रति, रीडर्स और प्रोफेसर्स ध्यान ही नहीं देते।

इसी वजह से कुछ तुम्हारे जैसे लोग हताश हो भी जाते हैं और अपना समय सिनेमा हॉलों में बिताते हैं। सबसे अहम् बात यह है कि आजकल हर विद्यार्थी असुरक्षा महसूस कर रहा है। किसी को भी भविष्य में किसी अच्छी नौकरी मिलेगी — यह आशा नहीं है। ऐसी हालत में छात्र पढ़ाई के प्रति ध्यान कैसे दे सकते हैं, कहो ! दूसरी बात यह है कि इम्तिहान चलाने का तरीका भी दोषपूर्ण ही है। जुए में हार-जीत के बराबर ही है। साल भर पढ़ाई करके सिर्फ तीन घंटों में कैसे छात्र लिख सकता है या हम उसके ज्ञान की क्या परीक्षा ले सकते हैं ? बोलो। लेकिन इन सब को अलग हटा कर भी तुम ऊपर उभर सकते हो। जस्ट बी टेक्टफुल ! यहाँ के प्रोफेसरों से वास्ता रखना और थोड़ा सा विषय ज्ञान — इनके सहारे क्लास पाने की सहूलियत है। प्रोफेसरों से अच्छे संबंध रखना तो जरूरी है। पुराने प्रश्न पत्रों को देखोगे तो पता चल जाता है कि अक्सर किस अध्याय से प्रश्न पूछे जाते हैं, बस, वही पढ़ो। पूरा सिलेबस कभी मत पढ़ो। ऐसे ही चार-पाँच लेखकों की समीक्षात्मक किताबें भी पढ़ने की भी जरूरत नहीं है। एक अच्छी गाइड मिले तो पढ़ने के लिए मैं सिफारिश करूँगा। परीक्षा में तीन घंटे लिखने के लिए तुम्हें बड़े-बड़े ग्रंथों की उलट-फेरी करने की कोई जरूरत भी नहीं है। तुम्हारी बुद्धि की सूक्ष्मता परखने के लिये परिक्षाएँ काम नहीं आतीं। सब लोग ढ़ेर सारी किताबें पढ़ते रहते हैं और अपने आप को संदिग्धता में डाल देते हैं। ऐसी पढ़ाई से कोई ख़ास फायदा नहीं होने वाला है। वही आचरणीय है, यह बात मैं भी मानता हूँ। इसीलिए "मैं ध्यान नहीं दे पा रहा हूँ," — यह सोचने के बजाय, कुछ ऐसी वैसी बातें कर लो तो परीक्षा में पास होना कोई बड़ी बात नहीं है, ख़ास कर तुम जैसे लोगों के लिए।" — उपेंद्र।

उपेंद्र बाबू की बातों से ऐसा लगा कि कई दिनों से अंदर दबी-दबी रहने वाली मेरी आकांक्षाएँ, मेरा अपना आत्म-विश्वास फिर से जग चुका हो। नये जोश, नयी उमंग से मेरी रगों में खून बहने लगा। उपेंद्र बाबू के कथन से मुझ में नयी स्फूर्ति का संचार होने लगा। "आइ विल वर्क," "आइ विल वर्क" — मैं जरूर पढ़ूँगा। आपके कहे अनुसार एम०ए० पास होना कोई बड़ी बात नहीं है। आज से मैं पूरी मेहनत करूँगा, सर ! अब मुझे इज़ाजत दीजिए, सर !" — कहता हुआ मैं खड़ा हो गया।

"आल राइट रवि ! कभी-कभी इस ओर आया करो।" — उपेंद्र बाबू।

"अच्छा सर ! थैंक्यू सर !" तभी सुनीता आयी। अंकल को बिदा करो बेटी !" — उपेंद्र जी ने बेटी से कहा।

"टाटा अंकल जी !" हाथ घुमाती हुई सुनीता कहने लगी। प्यारी सुनीता को देख कर एक पल के लिए इतनी खुशी हुई कि मैं अपने सारे ग़म भूल कर उसकी ओर एकटक देखता रह गया। "टाटा, सुनीता" उत्साह के साथ मैंने भी कहा। फिर से सड़क पर आ गया। उपेंद्र बाबू के घर का शांत वातावरण और उनकी बातें — मेरे अंदर नयी आशा जागृत करने लगे। "बी प्रैक्टिकल बोय !, बी प्रैक्टिकल ....", "बस, वही तो लक्ष्य है जीवन का। "आजकल के ज़माने में व्यवहारकुशल न हो तो जीना मुश्किल है।" किसी भी तरह सफलता हासिल करनी ही है। "नथिंग सक्सीड्स लाइक सक्सेस !" उनकी बातें मैं कभी भी भूल नहीं सकता। इससे पहले उन्हें अध्यापक के रूप में जानता था। लेकिन आज पता चला कि उन्होंने जीवन के कटु सत्यों का सारांश और अपने अनुभवों से जोड़ कर उस घोल को मेरे अंदर डाल दिया। मैं चलने लगा। तेजी से चलने लगा। जल्दी से होस्टल पहुँचना है। पिताजी को एक ख़त भी लिखना है कि फौरन तीन सौ रुपये भिजवाएँ। वे जरूर भेजेंगे। चाहें उन्हें कितनी ही मुश्किलों का सामना क्यों न करना पड़े, फिर भी किसी न किसी तरह जरूर भिजवायेंगे। फिर तो झटसे मेस बिल भर दूँगा। कम से कम हाल टिकट न मिलने का डर तो दूर हो जाएगा। मेस बिल भरने के बाद बचे पैसों से बदमाश गुरुनाथम का उधार चुका दूँगा। एक वह है जो इस होस्टल में मेरा दिमाग खराब करता रहता है। आगे से उसकी मदद कभी नहीं लूँगा। आगे किसी के साथ झगड़े-वगड़ों में भी नहीं पड़ूँगा। ख़ास कर रेड्डी से....और श्रीशैलम से भी....हो सके तो उनसे दोस्ती बढ़ा लूँगा। "सॉरी" कह दूँगा। शायद "टेक्टफुल" का मतलब यही है। श्रीशैलम से माफी माँगना ? ....षट अप, बी प्रैक्टिकल, दरअसल आदर्शों को कूड़ेदान में फैंक दो, समझे ? नवरंग टाकीज़ के आगे खड़े लोग शायद अंदर गये होंगे। मैटिनी शो आरंभ हो चुका होगा। कोई जासूसी पिक्चर चल रही है। "जेम्स बांड...." जासूस तो मैं भी बनना चाहता हूँ। बस, जो भी सामने दिखाई दे तो ख़तम करने की इच्छा होती है। आगे बढ़ने से मुझे जो कोई रोकेगा तो उसको ख़तम कर देना चाहिए। चुपचाप चलपति को, एक दिन....नहीं....नहीं....एक रात चुपचाप ख़तम कर दूँगा। न जाने उसका घर कहाँ है ! एक पिस्तौल पा लूँ....तो एक रात उसके घर की दीवार कूद कर घर में घुस कर कह दूँगा...."मिस्टर चलपति ! हैंड्स

अप !" तुम किसके साथ मुकाबला कर रहे हो जानते हो ? जैम्स बांड के साथ ....जेम्स बांड के साथ मुकाबला करने वाला अभी तक जिंदा नहीं बचा। समझे ? अहा हा....हा....हा....हा...हा....हा ! ! ट्रिगर दबा दूँगा। बस, ख़तम ! गिर जायेगा। चलपति, ब्लडी फूल....उसके साथ ऐसा ही व्यवहार करना है। कितना घमंडी है ! लुच्छा कहीं का। उसे तेलुगु में बोलना नहीं आता है। "वाट्स दैट?"...."वाट्स दैट ?" बदमाश ! इसी तरह एक रात को प्रोफेसर से भी निपटूँगा। उसके क्वार्टर पर जाऊँगा, कुछ देर बातें करने के बहाने उसके कमरे तक पहुँचूँगा। पिस्तौल उसके सीने पर तान कर पूछूँगा कि "ऐ मिस्टर !....नहीं....नहीं.... ऐ राघवराव !" मुझे फर्स्ट क्लास देते हो कि नहीं ? नहीं दोगे तो तुम्हारा अंत कर दूँगा। यह पिस्तौल की गोली तुम्हारे सीने को पार कर जायेगी। मुझे तुम क्या समझ रहे हो ? मैं "जेम्स बांड" हूँ...."जेम्स बांड !" तब उस प्रोफेसर के चेहरे के रंग कैसे उड़ जाते हैं, यह देखते ही बनता है। मुझे उस प्रोफेसर से बहुत नफरत है।

"ठीक है रवि ! तुम जो कुछ कहोगे वही करूँगा। तुम्हारे अलावा फर्स्ट क्लास और किसे मिलेगी ? तुम्हीं को मिलेगी। तुम्हें जरूर मिलेगी। पिस्तौल तो दे दो पहले ! फर्स्ट क्लास, फर्स्ट क्लास तो तुम्हीं को मिलेगी !"

"अहा हा....हा....हा....हा ! ऐसा कहो न ! तुम भूल भी जाओ, लेकिन यह जेम्स बांड तुम्हें नहीं भूलेगा। तुम्हारे सीने में सो जायेगा ! क्या समझ रहे हो ?"

तब से प्रोफेसर मेरे नाम से ही डर जायेगा। पसीना छूटने लगेगा। फिर तो फर्स्ट क्लास मिलेगी ही। "लातों के भूत बातों से नहीं मानते।" हर रोग मार-पीट से ठीक हो जाते हैं। इसी तरह श्रीशैलम के पास जाऊँगा। उसमें दिखावटीपन ज्यादा है। वह एक पेपरटाइगर है। लाइक आल इंपीरियलिस्ट्स एंड रिविजनिस्ट्स ! रास्केल, एक बार पिस्तौल लेकर उसके पास जेम्स बांड बन कर जाऊँ तो बदमाश कहीं का, घबरा जायेगा।

"मिस्टर श्रीशैलम ! तुम अपने आप को बड़ा गुंडा समझते हो न ? मैं तुमसे भी बड़ा गुंडा हूँ। पल भर में खोपड़ी बदल सकता हूँ। ऊपर से नादान दिखता हूँ न ? समझ रहे हो कि मैं कुछ करता-धरता नहीं हूँ, लेकिन पहले मेरी असलियत जान जाओगे तो ऐसा नहीं सोचोगे। इस पिस्तौल को देखो। हमारा निशाना अचूक है। एक ही निशाना....फिर गोली....तुम्हारे सीने में चली जायेगी। बस, सब कुछ

ख़तम....दूसरे ही क्षण यमपुरी में रहोगे। खबरदार, ऐसी वैसी हरकत मत करना। अहा हा....जेम्स बांड तुम्हें ख़तम करेगा। इसके पहले जिस जादूगर को मैंने देखा था, वह फिर से खड़ा हो गया मेरे सामने। उसके चारों ओर और भी लोग इकट्ठे हो गयो। देखने वालों के चेहरों पर कितनी आतुरता दिखाई दे रही है ! जादूगर ने अपने लड़के को फर्श पर लिटाया। उसका सर दिखाई नहीं दे रहा था। क्या उसने सचमुच काट दिया ? बाप रे ! डर....! इसीलिए तो जादूगर को देखने से डर लगता है। यहाँ से दूर चले जाना है। न जाने मुझे ऐसा क्यों लगा कि वह आदमी मेरा सर भी काट डालेगा। उन लोगों से बच कर दूर चले जाने की इच्छा हुई। मैं जल्दी-जल्दी वहाँ से चलने लगा। मुझे जल्दी जाना है। होस्टल पहुँचना है। जाते ही शॉवर के नीचे नहाऊँगा। धूप, पसीना, पागल जैसा घूमता रहा, पागल जैसा....घूमता रहा....घूमता ही रहा। मृगतृष्णा लिए भागता रहा। किरण्मयी एक मृगतृष्णा है। किरण्मयी को भूल जाओ। भूल जाओ। मैंने आँखें मूँद लीं। नागार्जुन सागर की गुफा....बत्तियाँ बुझ गयीं। ....मेरी बाँहों में किरण्मयी ! पलक झपकते हो गया। यू फूल....फॉरगेट हर....सतीश ने उसे तुमसे छीन लिया। गिद्ध की तरह कलकत्ता से आया और मुझसे किरण्मयी को छीन लिया। उसे उठाकर आकाश में उड़ गया। ....आई टेल यू फॉरगेट हर....! कैलेंडर जो अभी-अभी मैंने देखा है....कहाँ है ? माँ और बच्ची का वह कैलेंडर ! कैलेंडर....वो कैलेंडर....जिसे देख कर मैं अनोखे संसार में विहार कर रहा था, वह कैलेंडर....कहाँ है ? पूरा दिल किसी अव्यक्त अनुभूति से भर जाता था....अरे....वह कैलेंडर गिर गया है। हवा के झोंकों के कारण धूल में गिर गया है। मैंने वह तस्वीर हाथ में ली। न जाने कैसी महान शक्ति है उस कैलेंडर में....उस बच्ची में एक अलौकिक शांति दिखाई दी जो अपनी माँ के स्तनों से दूध पी रही थी। उस बच्ची से मुझे ईर्ष्या होने लगी। ऐसी शांति मुझे कहाँ मिलेगी ? उस माँ-बच्ची के चेहरों पर छाई हुई वह अपूर्व शांति मुझे कैसे, कहाँ मिलेगी ? कहाँ....कहाँ....कहाँ....! शायद उस शांति को पाने के लिए ही मेरी यह भाग-दौड़ अब भी जारी है ! मेरा अपना पागलपन, आक्रोश — ये सब इसीलिए इतने जोर-शोरों पर हैं !

"उस कैलेंडर को लेना चाहते हैं, साहब ! 60 पैसे !"

"साठ पैसे !" ....हाँ, साठ पैसे हों तो मैं उस तस्वीर को अपना सकता हूँ। बुद्धू की तरह बहकता जा रहा हूँ। ज़रा सी भी दुनियादारी नहीं सीखी मैंने ! अब तक मुझे क्या समझाया गया है ? मैं क्या कर रहा हूँ ? अभी मेरे

पास 60 पैसे नहीं हैं। कल खरीद कर ले जाऊँगा। तब तक हिफाज़त से रखना। ऐसे धूल में क्यों फैंकते हो ?" आखिर मुझे क्या पड़ी है ? "दुकानदार का कैलेंडर है....वह चाहे, जो करे....यही....यही तो मना किया है।" — मेरा मन मुझे खूब कोसने लगा है।

"मैं उसे कुछ भी करूँ, उससे आपको क्या मतलब ? मैं जो भी करूँगा, अपनी मर्जी से करूँगा। उसे मिट्टी में फैंकूँ या कूड़ेदान में फेंकूँ। खरीदना हो तो खरीदये। वरना अपना रास्ता नापिये।" — खीज़ के साथ दुकानदार ने कहा।

बदमाश कहीं का ! उससे बात करना ही गलत था। उस महान चित्र को कूड़ेदान में फैंकने की धमकी देता है ! हाथ में अगर पिस्तौल होता तो मैं उसे मार ही डालता ! जेम्स बांड के पिस्तौल के बिना इस दुनिया में कुछ भी हासिल नहीं होता। "पावर ग्रोस आउट आफ ए बारल आफ दि गन।" हाव करेक्ट ! सावधान ! यह बात मैं और कहीं कह दूँ....तो श्रीशैलम मुझे 'माओ' का एजेंट साबित करेगा। इस देश में पिस्तौल और राइफिल पा लेना भी कितना कठिन है ! विदेश की बात ही कुछ और है। वहाँ हर आदमी अपने हाथ में पिस्तौल रख सकता है और मनमानी चला भी सकता है। केनेडी जो अमेरिका का अध्यक्ष था, जिसके चारों ओर सुरक्षा दल हमेशा पहरा लगाता था, उस पर भी पिस्तौल के द्वारा ही तो हमला हुआ था। एक पल में उसे ख़तम कर दिया गया था। दिल की गहराइयों में चोट पहुँची। केनेडी सचमुच महान नेता था। दुनिया को अणुबम के विषैले वातावरण से बचाने के लिए दिलो जान से उन्होंने प्रयास किया। बेचारी जाक्विलिन ! सो ब्यूटिफुल ! सो....यंग ! एक क्षण के पहले पति के साथ हँस-हँस कर बातें कर रही थी, दूसरे ही क्षण पति को खून से लथपथ देखा। तब उसके दिल पर क्या गुजरी होगी ? बाप रे ! इसकी कल्पना भी नहीं की जा सकती है। शायद अध्यक्ष बनने के लिए जान्सन ही ने उसे मरवा दिया होगा। मैं उसे सख्त नफरत करता हूँ। वियतनाम की मासूम प्रजा को बेरहमी से चींटियों की तरह मसल रहा है। वह एक होमीसाइडल मेनियाक है....आत्मघातक पागल ! उसे वाइट हाऊस में नहीं, बल्कि पागलखाने में भिजवाना चाहिए। मैं कोठी के चौराहे पर आ गया। अरे, वहाँ देखो, आनंदराव....! दुपहर के तीन चार बजे के बीच वह ताजमहल होटल के पास ही मिलेगा। उसने मुझसे एक बार कहा कि दिन में कम से कम एक बार ताज का 'कॉफी' न पिया तो वह पागल हो जाता है।

"हैलो आनंदराव !"

"हैलो रवि ! ऐसे कहाँ निकल पड़े ? क्या कॉलेज नहीं है ?"

"कॉलेज क्यों नहीं है ? है, लेकिन...।"

"क्या कोई मार्निंग शो में आये हो ?"

"हाँ, मार्निंग शो के लिए ही आया।"

"कौन सी पिक्चर ?"

" "कागज के फूल।" लेकिन देखा नहीं। पावर नहीं थी। जब तक पावर आयी, मेरा पिक्चर देखने का मूड ही नहीं रहा।"

"अभी इम्तिहानों के लिए एक महीना भी नहीं बचा है। ऐसे घूमते रहोगे तो कैसे रवि ! मेरे जैसे थर्ड क्लास में पास होओगे तो सारी जिंदगी पछताना पड़ेगा। मेरी हालात देख रहे हो ? सच कहता हूँ। इस जिंदगी से नफरत सी हो रही है। एम०ए० पढ़ने के बाद एल०डी०सी० की नौकरी करना नरक के बराबर है। दफ्तर में मुझे देख के सभी लोग हँसते हैं। मैट्रिक पास करने वाले मेरे सूपरिंटेंडेंट बने हुए हैं। आजकल एम०ए० पढ़कर भी लोग बेकार घूमते रहते हैं। हमारा सूपरिंटेंडेंट रोज किसी न किसी वजह से मुझे डाँटता ही रहता है। कहता है कि एम०ए० पढ़ने वालों को कुछ भी नहीं आता। वहाँ काम करना नरक से भी बदतर बनता जा रहा है। और मेरे सहकर्मी मुझे ऐसे देखते हैं जैसे मैं कोई विचित्र जानवर हूँ। एम०ए० पढ़कर भी मैं एल०डी०सी० नौकरी कर रहा हूँ न ? वे बार-बार मुझे यह बात याद दिलाते हैं। एम०ए० पास करने वालों पर मजाक करते रहते हैं। वे अक्सर कहा करते हैं कि अगर तुझे एल०डी०सी० ही बनना था तो पहले ही बन जाते, उसके लिए एम०ए० पढ़ने की कोई जरूरत नहीं। हे भगवान ! नरक है....नरक ! वहाँ कोई नाजुक मिज़ाज़ वाला रह ही नहीं सकता। उनसे निपटना बहुत ही मुश्किल है। मैं अभी जिंदा हूँ....इसका मतलब है कि मैं पत्थर दिल वाला हूँ। तभी तो मशीन की तरह हर रोज आफिस आया जाया करता हूँ। ऐसी फिजूल नौकरी करते हुए, सारे अपमान सहते हुए....मैं क्या हासिल कर पा रहा हूँ ! महीने की तनख्वाह तो उसी दिन ख़तम हो जाती है, जिस दिन मिलती है। अगले दिन से ही पैसों की तलाश जारी रहती है....। किसी से उधार मिलने की आशा लिये बैठता हूँ। यूनिवर्सिटी में रहते वक्त शान से जीने की आदत-सी हो गयी थी। घर से मिले पैसों से मौज-मस्ती करता था, होटल,

सिनेमा....सभी आदतों में फँस गया। अब उनसे छुटकारा नहीं मिल रहा है। छुड़वाने की ढ़ेर सारी कोशिशें नाकामयाब साबित हुईं। यह सब तुम समझ नहीं पाओगे। विद्यार्थी जीवन की आदतों से छुटकारा पाना बहुत मुश्किल है। मेरी एक बुरी आदत है जो तुम भी जानते हो कि शाम के तीन चार बजे के बीच अगर ताज में 'कॉफी' न पीऊँ तो पागल हो जाता हूँ। लेकिन पीने के लिए पैसे नहीं होते। इसी आशा के साथ यहाँ खड़ा हो जाता हूँ कि कोई जान पहचान वाला मुझे 'कॉफी' पिलायेगा। सच है रवि ! कभी-कभी सोचता हूँ कि खुदकुशी करके इस घटिया जिंदगी को समाप्त कर डालूँ।

आनंद राव थोड़ी देर के लिए चुप हो गया। उसकी दर्दभरी कहानी सुनकर मैं अचरच में पड़ गया। आज जिस किसी से भी बातें कर रहा हूँ तो लगता है मैं अनजाने में कोई अग्नि पर्वत कुरेद कर उसके फटने का मूल कारण बन रहा हूँ। आनंद राव ने रुमाल से अपना मुँह पोंछा। जब वह होस्टल में रहता था तो कितना हौसलामंद, कितना सुंदर दिखाई देता था ! हर समय हँसता रहता था। यही लगता था कि 'आनंद राव' नाम उसके लिए सार्थक ही है। ऐसा आनंद राव जब से उसने होस्टल छोड़ा तो कुछ ही महीनों में उसकी यह हालत हुई ! विद्यार्थी दशा के सपनों में और निजी जीवन की अनुभूतियों में कुछ भी संबंध नहीं है, उस समय भविष्य के, न जाने कितने सुंदर सपने सजाते थे, लेकिन उनका कोई रूप स्पष्ट नहीं होता है। यही आशा रहती है कि भविष्य में जरूर कहीं कुछ अनहोनी सुनहरा मोड़ आने वाला ही है। हमें बड़ा आदमी बनाने वाले, खुशियों को ला देने वाले कहीं से, कोई....हमारे जीवन में आयेंगे, ऐसी काल्पनिक जगत में सीने की सभी को आदत सी हो जाती है। लेकिन आशा का वह पल कभी हासिल नहीं कर पाता है। उस काल्पनिक क्षण की इंतजारी में ही हम अपनी सारी शक्ति खो देते हैं। ठीक है, इन बातों को छोड़ दें, तुम मेरे जैसे घुमक्कड़ बन कर थर्ड क्लास में पास मत होना ! मैं अपने पर ज्यादा ही भरोसा रखता था। यही मेरी तबाही का प्रमुख कारण है। लगता है तुममें भी इस "ओवर कान्फिडेन्स" का भूत है। बाद में मुसीबत में पड़ जाओगे। तुम्हारी भी मेरी ही जैसी आदते हैं। तुम्हारी ही तरह मोर्निंग शो देखा करता था। टेक्स्ट बुक्स के अलावा और सभी फिजूल किताबें पढ़ा करता था। उन्हीं किताबों ने मुझे बरबाद किया। उन किताबों को पढ़ कर भविष्य की सुनहरी कल्पनाओं में डूब जाता था। ऐसा साहित्य हमें जीना नहीं सिखाता है। पढ़ाई के दिनों में ये सब बातें अच्छी

लगती हैं। लेकिन पढ़ाई के बाद जब वास्तविक जीवन में आते हैं तो कदम-कदम पर धक्का लगता है। और हताश भी होते रहते हैं। मुझे पता चला है कि तुम भी ऐसे उपन्यास बहुत पढ़ते हो। तुम्हें यह सब छोड़ देना चाहिए। बी प्रैक्टिकल ! मैं अपने अनुभवों को तुम्हारे सामने इसलिए रख रहा हूँ क्योंकि मैं नहीं चाहता कि तुम भी मेरे जैसे बनो। कुछ ज्यादा कह गया तो माफ करना।

"प्लीज ! ऐसी बात मत करो। तुम्हारी बातों को मन में रख लूँगा। मुझसे जितना बन पड़े, मैं कोशिश करूँगा। अभी मैं उपेंद्र बाबू जी के घर से लौट रहा हूँ। उन्होंने भी ऐसा ही सुझाव दिया है। ठीक है ! अब मैं चलूँगा। नहीं तो हमारे सूपरिंटेंडेंट साहब चिल्लायेगा।"

हाथ मिला कर आनंदराव चला गया। आनंद राव....बेचारा आनंद राव....चला गया। इतनी छोटी आयु में ही जीवन के प्रति इतनी वितृष्णा....कितनी अनासक्ति दिखा रहा है ! हर एक के दिल में जीवन के प्रति अनासक्ति ही भरी हुई है।....मैं किस ओर जा रहा हूँ ! बस स्टैंड है ! नंबर 3 बस स्टैंड....। भूख की खलबली फिर से मचने लगी। शायद बोर्नविटा का असर ख़तम हो गया होगा। उपेंद्र बाबू, और उनका घर....कितनी शांति भरी हुई है वहाँ के माहौल में ! उनकी सुंदर पत्नी, बिना देखे ही कैसे समझेंगे कि वह सुंदर है ? अरे, देखने की क्या जरूरत है ? क्या उस घर की सजावट को देखने पर समझ में नहीं आता ? उस स्त्री के स्वर का माधुर्य काफी नहीं है ? इतना ही क्यों ? सुनीता को देखने से पता नहीं चलता कि उसकी माँ कितनी सुंदर है ? हाँ, ऐसा घर, ऐसी पत्नी, सुनीता जैसी बेटी....ये सब मेरे जीवन में न जाने कब मिलेंगे ? कब तक ऐसे रेगिस्तानियों की जिंदगी जियें ? "प्रेक्टिकल मैन ! बीट युवर अपोनेंट इन हिज ओन गेम !" उन बातों को मैं कभी नहीं भूलूँगा ! कितना दम था उन बातों में ! कितना अर्थ छिपा हुआ था ! आजकल के उपन्यासों ने दिमाग खराब कर दिया। आजकल की कविताओं ने जीवन को बरबाद कर दिया। आनंद राव, बेचारा आनंद राव....! मेरा सीनियर, कितने शान से जीता था ! इस समय इसकी क्या दशा मैं देख रहा हूँ ! एक ज़माना था जब उसके चारों ओर दोस्त ही दोस्त रहा करते थे ! सब को कॉफी, नाश्ता दिलवाता था। लेकिन आज खुद कोठी के चौराहे पर खड़े किसी दोस्त के इंतजार में रहता है कि कौन दोस्त आकर उसे कॉफी पिलायेगा ! फाल....! वाट ए ग्रेट फाल....! आनंद राव ने भी मेरी भलाई की बात कही थी। न जाने क्यों उपेंद्र बाबू के मन में मेरे प्रति इतना प्यार है। मुझ

में आखिर ऐसी कौन सी बात है जो उन्हें इतना अच्छा लगा ! ये दोनों — आनंद राव और उपेंद्र — मेरे बारे में एक ही जैसा सोचते हैं कि मैं थर्ड डिविजन में पास न होऊँ ! ....ऐसा कभी नहीं होगा....नहीं....नहीं....मैं फर्स्ट क्लास में ही पास हो जाऊँगा। जल्दी-जल्दी कदम आगे बढ़ाने लगा। यूनिवर्सिटी जाते ही पढ़ाई शुरू कर दूँगा। बस, अब से घूमना-फिरना सब बंद ! न जाने अब समय क्या हुआ होगा ? सुबह साढ़े पाँच उठा। अब तक मैंने किया ही क्या ! सारा समय बरबाद कर डाला। किरण्मयी के पीछे पागल सा दौड़ता रहा। जानते हुए भी कि किरण्मयी को हासिल कर पाना मुश्किल है। "लेट अस मीट देअर।" — कहाँ ? वहाँ....नयागरा फाल्स के पास....! वहाँ, जहाँ....समानातर रेखाओं के मिलन का स्थान है ! वह दिन....वह क्षण....नागार्जुन सागर डाम के अंतर्भाग में उस गहरे अंधेरे में किरण्मयी का स्पर्श....काल चक्र को स्थगित करने वाला वह क्षण....! क्षण भी कहाँ....आधा क्षण....! सैकेंड में भी आधा भाग ! उसी की याद रह गयी। अनादि काल से सुनायी देने वाली उसकी वही आवाज़ ! उसके बालों के स्पर्श के स्वप्निल अनुभव, न जाने कितने युगों से, सुदूर तटों से, मुझ से मिलने का वादा वह करती रही है ! बस, ये ही तो वादे रहे, मेरे जीने के सहारे बनके ! अरे....! फिर से मैं कविता के जगत में जा रहा हूँ ! फिर से उपन्यासों की दुनिया में चला जा रहा हूँ। बी प्रैक्टिकल मैन ! बी प्रैक्टिकल ! नंबर 3 का 'बस स्टैंड' ! क्यू ! हनुमान की पूँछ की तरह लंबी होती जा रही है। खड़ा होना पड़ेगा। इंतजार करना पड़ेगा। 'बस' नहीं आयेगी, आयेगी भी तो रुकेगी नहीं ! रुकेगी भी तो चढ़ नहीं पाऊँगा। चढ़ भी जाऊँ तो, जिस रास्ते से मुझे जाना है, उस रास्ते से नहीं जायेगी। फिर भी लाइन में मैं खड़ा हो गया। तुम्हें जो बस पकड़नी है, वह एक जीवनकाल के बाद आयेगी। बस....एक जीवन काल के बाद ही तो है। कितने महान वाक्य हैं ? "त्वमेवाहम" — तुम्हीं मैं, और मैं ही तुम, तुम-मैं ? या मैं-तुम ? मैं। या तुम और मैं — कैसे साध्य है ? आज राव ने बताया दोनों मिलकर एक लड़की के साथ....कैसे संभव है ? केवल अफवाह ही है ? नहीं तो सचमुच घटी है ? कैसे मुमकिन है ? दोनों ....एक के साथ ? कैसे हो सकता है ? कौन इस पहेली को बुझायेगा ? इस पहेली को कौन सुलझायेंगे ? दोनों मिलकर एक के साथ....झगड़ेगें नहीं ? मुरली के मुताबिक एक व्यक्ति दूसरे को ट्रेनिंग दे रहा होगा ! पता नहीं ! 'बस' नहीं आ रही है। मैं जिस 'बस' को पकड़ना चाहता हूँ वह 'बस' जल्दी कभी नहीं

आती। डियर मधु ! फक मि क्विक, फक मि क्विक—युवर्स, सरला। सरला तो इतनी मोटी है — "डनलप पिल्लो" की तरह ! उसे मधु लावेटरी की खिड़की से कैसे ले आता होगा ? कैसे ? कैसे ? कैसे हो सकता है ? सरला जो इतनी मोटी है, उसे लावेटरी की खिड़की से कैसे....कैसे....कैसे लाता होगा ? "एक पैसा दीजिए बाबू।"....भिखारिन ! "थैंक गाड !" यह भिखारिन वह नहीं जिसे मैंने यूनिवर्सिटी में देखा है ! इसका रूप तो उतना भयानक नहीं लगता है। वहाँ ....यूनिवर्सिटी बस स्टैंड के पास....उसे देख कर मुझे इतना डर क्यों लगा ? इस भिखारिन को देखने पर ऐसा लगता है कि मैंने इसे कहीं देखा है ! एक पगली थी, सपनों में....रात के सपनों में देखा है। बाप रे ! वह कितना भयानक सपना रहा ! असल में वह भिखारिन नहीं है ! रत्ति है, रत्ति तो मर चुकी है ! मरी हुई रत्ति फिर कैसे जीवित हो उठेगी ! कैसे इससे दूर जा सकता हूँ। कैसी विडंबना है ? उस बस स्टैंड वाली भिखारिन में और रत्ति के नाक नक्श में कितनी समानता है ? शायद रत्ति मरी नहीं होगी ! जिंदा ही होगी ! फिर मेरा....शरीर काँपने लगा ! मुझे आखिर इतना डर क्यों लगता है ? जब भी रत्ति की याद आती है न जाने मेरा सारा शरीर डर से क्यों काँप उठता है ? आखिर ऐसा मैंने क्या किया ? सब ने जो किया, मैंने भी वही किया। फिर मैं ही क्यों इतना डर रहा हूँ ? 'बस' नहीं आ रही है अभी भी ! आयेगी भी तो रुकेगी नहीं। रुकेगी भी तो मै चढ़ नहीं पाऊँगा। चढ़ने पर भी सीट मुझे नहीं मिलेगी। अगर सीट मिल भी जाये तो वह 'बस' मेरी नहीं होगी। असल में मुझे जिस 'बस' को पकड़ना है, वह तो एक जिंदगी के बीत जाने पर ही मिलेगी। पीछे से तीन, चार औरतें बातें कर रही थीं.....कान्वेंट स्टाइल में ! सामने दो टाइट पैंट वाले बार-बार पीछे मुड़ कर उन औरतों को देख रहे थे। सेक्स, सेक्स, सेक्स, सेक्स। सेक्सेस ....सेक्सेस....फन्नी, वेरी फन्नी, कहते हैं हेनरी मिल्लर काम संबंधी किताबें बहुत अच्छा लिखता है। "ट्राफिक्काफ कान्सेर" पढ़ा है ? प्रकाश....प्रकाश तो अंग्रेजी उपन्यासों के बारे में बहुत अच्छा बतलाता है। कभी एक दिन प्रकाश ने कहा, "युवर नलिनी गाट ए ब्यूटिफुल कंट !" "कंट" का मतलब मैं नहीं जानता था। डिक्शनरी देखा। मिला नहीं। प्रकाश ने कहा, हेनरी मिल्लर के उपन्यास पढ़ो, तब "कंट" क्या होता है, जान जाओगे। आखिर बाद में बता भी दिया कि "कंट" का मतलब "नास्टी फैलो।" बस आयी तो लगा जैसे भगवान के दर्शन हो गये है। क्यू में शोर होने लगा। 'बस' आकर रुक गयी। 'बस' के अंदर भी

लोग एक दूसरे से उलझ रहे हैं। सबसे आगे जाने के लिए हमारी ऐसी हैसियत भी क्या है ? क्यू के आगे खड़े लोग एक दूसरे से झगड़ने लगे। धक्का मुक्का शुरू। ऐसे ही बस में चढ़ते रहे। "नो रूम...." कम बाइ नेक्सट बस।" — कंडक्टर चिल्ला रहा है। घंटी बजी...."टंग....टंग...." बस चली गयी। "गयी रे....मुझे अब तज़ि...." अंदर ही अंदर गुनगुनाने लगा। आगे खड़े आदमी ने पीछे मुड़कर देखा। काला आदमी...., तिरछी मूँछों वाला...., लाल-लाल आँखें लिये....काला पैंट और बुश-शर्ट में....बड़े क्रोध से मेरी ओर देख रहा है....। दूर से चला आ रहा है वह आदमी....हाँ, वह आदमी....धोती का छोर पकड़े....तौलिया कंधे पर रखकर....चला जा रहा है। वह बिल्कुल पिताजी की तरह ही चल रहा है। हाँ, वही चाल....बिल्कुल....! पिताजी भी ठीक ऐसे ही चलते हैं। न जाने बाबूजी अब क्या कर रहे होंगे ! वहाँ हमारे गाँव में पक्का ग्रामीण वातावरण दिखाई देता है। वहाँ के लोग अभी बीसवीं सदी के नहीं.... बल्कि 15 वीं सदी के विचारों के लिये जी रहे हैं। उस दिन की बात याद आयी जब बाबूजी माँ से कह रहे थे, "अब मुझ से नहीं होगा ! इसे पढ़ाना मेरे बस की बात नहीं है। कुछ भी करूँ, एक कौड़ी भी तो नहीं मिल रही है। अब और उधार ले भी नहीं सकता। अब तक जो उधार लिया, उसे चुकाने के लिए मुझे नानी याद आयेगी।"

तब माँ कहने लगी — "ऐसा मत कहना। वह कह रहा है, कल परसों उसकी छुटिट्याँ ख़तम हो जायेंगी। और उसे वापस भी जाना है। कम से कम दो सौ रुपये माँग रहा है। हमीं को कोई न कोई रास्ता दिखाना पड़ेगा, नहीं तो वह और किससे पूछेगा ? तब बाबूजी ने कहा, "कैसे ? आखिर मुझे क्या करने को कहते हो ? कहीं मेरा सर ही गिरवी रख दूँ ? बताया न, एक फूटी कौड़ी भी नहीं मिलने वाली है।

"बीच में कैसे छोड़ दें, बोलिये। परीक्षा तो देनी है उसे !" —माँ ने पिताजी से कहा।

"छोड़ देने को कहो, अभी छोड़ने को कहो। जो कुछ पढ़ चुका है, काफी है। नौकरी ढूँढ़ने को कहो। इस तरह मेरे प्राण खाये जाने से कोई फायदा नहीं है।" — पिताजी गुस्सा करने लगे।

"इतने दिनों तक तो कष्ट झेलते ही रहे हैं। एक साल और सह लें तो उसकी

पढ़ाई ख़तम हो जायेगी। बस, एक साल और....। थोड़ा सा कष्ट सह लेंगे, तो इसके बाद हमारी सारी मुश्किलें दूर हो जायेंगी।" माँ उन्हें समझा रही थी।

"क्या दूर हो जायेंगी ? क्या इसके बाद वह हमारा उद्धार करेगा ! जो पैसे इसको तनख्वाह में मिलेंगे, वे तो उसी के लिए काफी नहीं होंगे। यह बात तो सारा गाँव कह रहा है। सब कहते हैं — "अब और कितने दिन तुम अपने लड़के को पढ़ाओगे, सारा परिवार तहस-नहस कर चुके हो, आजकल पढ़ने पर नौकरियाँ थोड़े मिल रही हैं ! ऊपर से इतनी ऊँची तालीम दिलवा रहे हो तो फिर क्या यह कल तुम लोगों की बात सुनेगा ? ऐसे उधार लेकर पढ़ाओगे तो कल को डूब जाओगे।" घर में कुछ भी नहीं है, फिर भी उधार की पढ़ाई चालू है। यह कैसा पागलपना है ? उधार लेकर पढ़ा रहा है।" सब लोग मेरी हँसी उड़ा रहे हैं। क्या यह तुम जानती हो ? इस लड़के के कारण गाँव वालों के बीच सिर उठा कर चल नहीं पा रहा हूँ।" — पिता जी।

"कोई कुछ भी कहे, उससे हमारा क्या वास्ता ? जो बातें बना रहे हैं, वे क्या हमें कुछ देने वाले हैं ? हर एक की अपनी-अपनी राम कहानी होती है। असल में लगता है गाँव वाले हम से जलते हैं। वे सोचते हैं कि इनकी ऐसी कौन सी हैसियत है, जो अपने लड़के को इतनी ऊँची तालीम दिलवा रहे हैं ?"

माँ कुछ बातें जल्दी ताड़ जाती है। गाँव वाले मेरी पढ़ाई रुकवाने के लिए पिताजी के कान भरते हैं। पिताजी को मालूम नहीं पड़ता कि वे ऐसी सलाह क्यों दे रहे हैं। लेकिन माँ ने उनके मन की बात ताड़ ली। माँ को पोथियों का ज्ञान भले ही नहीं है। फिर भी लोगों के अंतरंग को क्षण में ताड़ लेती है।

"तुम कुछ भी कहो। अब इस गाँव में पैसों का इंतजाम होना नामुमकिन है। दो सौ रुपये क्या....दो सौ पैसे भी तो नहीं मिलेंगे। ठीक है। अगर चाहे तो हमारी जमीन और घर बेच देंगे।" — पिताजी।

"अरे, आप तो बात का बतंगड़ बना रहे हैं। नामुमकिन है तो एक एकड़ ज़मीन गिरवी रखकर पैसे ले लीजिए। हमें अपनी संतान से बढ़ कर क्या ज़मीन जायदाद ज्यादा प्यारी है ? हमें क्या करना-धरना है ? कल को बड़ी नौकरी मिलेगी, तो ज़मीन छुड़वायेगा।" — माँ।

"देखना अच्छी तरह ! खाली हाथ दिखायेगा कल को, तुम्हें भी और मुझे भी। जो पढ़ाई यह कर रहा है, उससे इसे केवल टीचर की नौकरी मिलेगी,

बस ! हमारे गाँव का टीचर यही बता रहा था। हमारे बेटे की पढ़ाई न तो डाक्टरी की है और न इंजनियरिंग की। इस पढ़ाई से ज्यादा से ज्यादा टीचर की नौकरी मिल सकती है। यह टीचर बन कर हमारा उद्धार करेगा ! खाली हाथ दिखायेगा ....री....खाली हाथ ! अभी भी तुम उसकी वकालत करोगी ? लेकिन यह सब तब तक करती रहोगी, जब तक वह मुझे और तुझे ठग न जाये।" पिताजी की बातें मेरे दिल को बेंध कर गयीं। उनके प्रति बहुत घृणा हो गयी: ये तो हर समय ऐसे ही बातें सुनाते रहते हैं। ऐसी ही बर्छियों से दुःख देने की कोशिश करते रहते हैं। गुस्सा....उनके प्रति गुस्सा....! लगा कि उनसे दूर कहीं भाग जाऊँ। उनके पैसों को उनके मुँह पर फैंक कर उस घर से भाग जाने की इच्छा हुई। माँ कहने लगी — "आपको दूसरों पर ज्यादा विश्वास है। आखिर वह टीचर है कौन ? हमारे बेटे की पढ़ाई के बारे में उस गँवार को क्या मालूम है ? हमारे बेटे को सचमुच बड़ी नौकरी मिलेगी। इतना ही नहीं, वह हमारे सारे कर्ज चुकायेगा। बस, एक साल की तो बात है। मुसीबत उठाकर पढ़ा लें तो हमारा बेड़ा पार हो जाएगा।"

"बड़ी नौकरी का मतलब तुम क्या जानो ? तहसीलदारी बड़ी नौकरी है, कलक्टरी बड़ी नौकरी है। अमीना साहब की पुलिस कहो तो बड़ी नौकरी है। हर दिन सौ सौ रुपये देखते हैं। हर कोई उसके पैर छूता है। ऐसी नौकरियाँ इसको कैसे मिलेंगी ? आखिर बहुत हुआ तो टीचर बनेगा।" — पिताजी।

"छिः कैसी बातें करते हैं ? बाजू के कमरे में ही लड़का है। इन बातों को सुनेगा तो उसे कितना दुःख होगा ?" — माँ।

उस समय मुझे इतना गुस्सा आया कि मन हुआ पिताजी की हत्या कर डालूँ। खून खौल उठा। मन पीड़ा से चीख उठा। मेरे प्रति उनके अंदर कितनी हेय भावना ....कितनी गहराई तक जमी हुई है ! इसलिये न, मैं उनका दिया खाता हूँ ! मैं कुछ कमाता नहीं हूँ ? निकम्मा हूँ ? खून के रिश्ते की भी उन्हें परवाह नहीं है ? जब तक पैसे कमा कर नहीं दिखाता, तब तक इनके दिल में मेरे लिये कोई जगह नहीं है। पैसे, पैसे, पैसे, तहसीलदार, कलेक्टर....आखिर पुलिस इन्स्पेक्टर भी उनके लिये बड़ी बड़ी नौकरियाँ हैं। ऐसी नौकरियों को ये बहुत चाहते हैं। रिश्वत, रिश्वत के पैसों से उनका मतलब है। लेकिन मुझे नहीं है। नैतिक मूल्यों से अर्जित टीचर की आमदनी उन्हें नहीं भाती। "नेस्टी वर्ल्ड....नेस्टी वेल्यूस ....।" न जाने मुझे पिताजी पर, उस गाँव पर, गाँव वालों पर, नौकरियों पर,

पैसों पर, सब पर घृणा सी होने लगी। सही मानवीय मूल्यों की यहाँ कोई कदर नहीं है। पैसे, पद, रिश्वत, चापलूसी, यही तो सब कुछ है यहाँ ! इनसे कहीं दूर बहुत जल्दी भाग जाने की इच्छा हुई। लेकिन....माँ ! इस दुनिया में एक ही रिश्ता बचा हुआ है, वह है....माँ ! हर क्षण मुझे नोच-नोच कर मार डालने वाले गीधों से मेरी रक्षा करती रहती है माँ। उसका हृदय कितना सरल है ! कितना कोमल है ! माँ ही मेरे दिल की ठेस को जानती है। अगर मैं भाग जाऊँ तो क्या माँ जीवित रहेगी ? माँ को छोड़ कर कैसे जा सकता हूँ ? कहाँ भाग सकता हूँ ? 'क्यू' में फिर से हलचल....'बस' आ कर रुकी। धक्का देना, कुश्ती लड़ना, ऊपर गिरना, हाय राम ! जैसे-तैसे भी 'बस' में चढ़ गया। सीट भी मिल गयी। "अच्छा हुआ।" होस्टल जाते ही पढ़ाई की शुरुआत करनी है। कंडक्टर ने घंटी बजायी। 'बस' चली। गंदे शहर को छोड़ रहा हूँ। इस शहर में मैंने बहुत मुश्किलें झेली हैं। निष्ठुर शहर है यह ! बेहुदा शहर....नादानों को लूटने वाला शहर ! कंडक्टर। टिकट के लिए 25 पैसे, जेब में ही हैं कि गिर गये ? गुरुनाथम के दिये पैसों में से सिर्फ पच्चीस पैसे बचे हैं। मैंने "आर्ट्स कॉलेज" की टिकट माँगी। और टिकट लिया। 'बस' चल पड़ी। मैं इससे पहले घर की बातें सोच रहा था। हाँ, उस शाम की बात है जब पिताजी मुझ से पूछने लगे कि तुम क्या बनोगे ? उनका कहना है कि गाँव वाले उन्हें पूछ-पूछ के सता रहे हैं कि तुम्हारा बेटा क्या बनेगा ? उनसे निपटने के लिए कोई न कोई उत्तर तो उन्हें चाहिए ही। इसलिये उन्होंने मुझ से पूछा कि मैं क्या बनने वाला हूँ। "आखिर तुम्हें कौन सी नौकरी मिलेगी ? क्या तहसीलदार बनेगा ? अमीन साहब बनेगा ? असल में मैं जानना चाहता हूँ कि जो पढ़ाई तुम कर रहे हो उससे कौन सी नौकरी मिलने वाली है, इसका पता अभी से मालूम हो जाये तो अच्छा है न ?"

न जाने क्यों मुझे उस पल में पिताजी को तसल्ली देने की इच्छा हुई। मैंने रोब से उत्तर दिया "एम०ए० की पढ़ाई के बाद लाखों नौकरियाँ मिलेंगी। एम०ए० पढ़ने के बाद आइ०ए०एस० की परीक्षा पास हो जाऊँ तो कलेक्टर की नौकरी मिल जायेगी। जानते हो ? 'कलेक्टर' की नौकरी !"

"कलक्टर की नौकरी ! और तुम्हें ! क्या तुम इतने खुश नसीब वाले हो बेटा ! ऐसी नौकरी तुम्हें मिलेगी, ऐसी आशा मुझे नहीं है।" — पिताजी ने साफ कह दिया।

"आप क्यों विश्वास करेंगे ! कोई ऐरा गैरा कह दे कि "तुम्हारा लड़का किसी

नौकरी के लायक नहीं," तो उन बातों पर विश्वास करेंगे। और हम पर गुस्सा उतारेंगे। लड़के की बातों पर तो आप यकीन नहीं करेंगे।" माँ ने कहा।

"वे क्यों विश्वास करने लगेंगे माँ ! हम से ज्यादा उन गाँव वालों पर भरोसा रखते हैं।" मैंने कहा।

"सच बोलो रे ! तुम्हें कलेक्टर की नौकरी मिल जायेगी ?" सच बोलो ! "हमें धोखे में मत रखना।" — पिता ने कहा।

अंदर कुछ डर सा लगने लगा। पिताजी का इस प्रकार पूछना मुझे कुछ अजीब सा लगा। मैंने जवाब दिया — "आइ०ए०एस० परीक्षा पास करूँ तो जरूर मिलेगी।"

"क्या उस परीक्षा में तुम पास हो सकते हो ?" — पिताजी।

"क्यों नहीं हो सकता ? अब तक कोई परीक्षा फेल हुआ है क्या ? जरूर पास होगा।" — माँ।

"तुम चुप रहो। बाकी परीक्षाओं की बात अलग है, यह परीक्षा अलग.... है न....?" मेरी ओर देखा।

"इतना मुश्किल भी नहीं है। कुछ मेहनत कर पढ़ लूँ....तो पास हो जाऊँगा।" सहमते हुए भी मैंने जवाब दिया।

"तुम्हें सचमुच कलक्टर की नौकरी मिलने वाली है तो, सिर गिरवी रख कर ही सही, सभी मुसीबतें झेल कर भी सही, पैसे ला दूँगा। लेकिन सोचता हूँ कि तुम उस परीक्षा में पास हो जाओगे या नहीं।" — पिताजी ने मुझ से पूछा।

"इतने भरोसे के साथ वह कह रहा है ! आप समझते क्यों नहीं ? न जाने कैसी अकल है !" माँ ने डाँटा।

"तो ठीक है। कल साहूकार से बात करूँगा।" — आखिरकार पिताजी ने हामी भर दी।

रात भर नींद नहीं आयी। मैं सोचने लगा कि कहीं इन्हें धोखा तो नहीं दे रहा हूँ ? इन नादान प्राणियों को धोखे में तो नहीं रख रहा हूँ....? नहीं.... नहीं....! आइ०ए०एस० पास होना कोई दर्शन शास्त्र के उलझनों को सुलझाना तो है नहीं ! कोशिश करूँ तो मैं जरूर पास हो सकता हूँ। पिता को दिया हुआ वादा और माँ के दिल के सपने....सभी पूरे हो जाएँगे। मैं पूरा करूँगा मुझे आइ०ए०एस० पास करना ही है। कलक्टर बनना ही है। मेरी पढ़ाई से जलने

वाले उन सभी बदमाशों को मैं याद रखूँगा। कल कलक्टर बनते ही सभी लोगों की खबर लूँगा। हर एक को जेल भिजवाऊँगा। कलक्टर के लिए कोई भी काम ऐसा नहीं होता जो मुमकिन न हो। मैं जब कलक्टर बनूँगा तो बहुत सख्ती से कम करूँगा। रिश्वत नहीं लूँगा। गरीबों को न्याय दिलाने के लिए हर समय कोशिश करूँगा। इन्हीं ख्वाबों में खो कर उस रात को सो गया था।

दूसरे दिन पिता जी, अपनी खेती बाड़ी संबंधी झमेलों को बताने लगे कि हमारे पास ज़मीन है तो बहुत कम....लेकिन उपजाऊ है। वहाँ सोना उग सकता है....सोना....! लेकिन क्या फायदा ? कुछ भी उगाने के लिये हमारे पास पैसे कहाँ से आयेंगे ? पानी का बंदोबस्त कैसे करें ? कई दिनों से एक कुँआ खुदवाना चाहता था, लेकिन कैसे ? असल में खेतीबाड़ी में जो आमदनी हो रही है वह तो बहुत कम है। सब पैसे खर्च हो रहे हैं, कुछ बचता ही नहीं है। ऊपर से ये सभी उधार तो बस, तेरे लिये कर रहा हूँ।" — पिताजी।

"सुना है आजकल सरकार कुछ कर रही है न....? गरीब किसानों के लिए कुँआ खुदवाने के लिये थोड़ी सब्सिडी दे रही है ! उसके लिए आप कोशिश क्यों नहीं करते ?" — मैंने सलाह दी।

"ये सब हम तक कहाँ पहुँचते हैं ? नेता लोग आपस में बाँट लेते हैं। गरीब किसानों को देने के लिए वादे तो हैं। लेकिन सब कुछ तो रईस लोगों के हाथ ही लगता है। जो पद सँभालते हैं, वे अपने ही समर्थकों को ये सब दिलवाते हैं। हम तो किसी भी पार्टी के नहीं रहे। फिर हम जैसों को कौन पूछता है ? रियायत की बात ही नहीं, "ब्लाक" से भी बहुत कुछ मिलता है। अच्छा अनाज, अच्छी खाद, खेतीबाड़ी के उपकरण, ज़मीन की गैरंटी पर बैंकों से उधार....ऐसे ही बहुत कुछ.....! इन सब को पाने के लिए भी फिर नेता लोगों की मदद की जरूरत होती है। नेताओं को खूब रिश्वत देनी पड़ती है। ये सब झमेले हैं। इन सब के लिए पैसों की जरूरत होती है। अगर इतने पैसे हमारे पास न हों तो फिर इन चीज़ों की आशा ही नहीं कर सकते ?" — पिताजी कहने लगे।

आज की खेतीबाड़ी की स्थिति ऐसी ही है। उस दुपहर को बाज़ार जाकर पिताजी जल्दी-जल्दी लौटे। पिताजी आते ही झुंझलाते हुए कहने लगे। "उसने साफ इन्कार किया है। कहता है कौड़ी भी नहीं मिलेगी। चाहे हम ज़मीन गिरवी ही क्यों न रखें ! ऊपर से गुस्सा दिखाता है कि दो तीन महीने उसके पास उधार

माँगने न ही जाऊँ तो अच्छा है। अब तुम और तुम्हारा बेटा....दोनों जाकर गंगा में जाकर डूब मरो। अब मैं उसे आगे पढ़ा नहीं सकता।"

"ज़मीन गिरवी रख कर, देने में उसे क्या हर्ज है ? मरते वक्त सब अपने साथ लेकर जायेगा क्या ?" — माँ ने कहा।

"हमारे पास पैसे नहीं हैं। हम उतनी ऊँची तालीम हासिल नहीं कर सकते हैं, यह बात न यह लड़का समझता है और न तुम समझती हो। क्या करेंगे, बोलो ! अब तक उसकी पढ़ाई के लिए जो भी पैसे खर्च किये, सब कुछ सत्यनाश हो गया है। जाओ। दोनों मिलकर मरो।" — पिताजी ने गुस्से के साथ कहा।

हे भगवान ! कैसी बातें कर रहे हैं ? मेरे पास थोड़ा बहुत सोना है, बेच डालिये। सौ से ऊपर तो मिलेगा ही।" — माँ !

"बेच देंगे। इसकी पढ़ाई होने तक घर-बार, ज़मीन-जायदाद सब बेच कर झोली लिये भीख माँगेंगे। तब तक तुम्हारे बेटे को तसल्ली नहीं होगी। इस घर में उसने जन्म लिया तो उसी ख्याल से...! इस घर की तबाही देखना चाहता है।"

पिताजी की बेबसी, गुस्सा, घृणापूर्ण बातें सुनकर मुझे बेहद दुःख हुआ। बहुत ठेस लगी।

"अब बस भी कीजिए। पैसे लाकर उसे कैसे भेंजे....इस पर विचार कीजिए।" — माँ।

"मैं क्या सोचूँ ? तुम्हीं सोच रही हो न ? सोना भी कितना बचा है ? बहुत ही कम। उसे भी बेच दोगी। और आगे क्या बेचेगी ?"

"इसे बेचने पर भी उसकी जरूरत पूरी थोड़ी होगी ? दो सौ माँग रहा है। बाकी पैसों के लिए हमारे बछड़ों को बेच डालिये। परसों कभी कह रहे थे न आप कि उन बछड़ों को बेचना है !" — माँ।

"क्या ? गाय की बछड़ी को ? हमारे घर में वही तो एक ऐसा प्राणी है, जिसे हम अपनी संपत्ति मान सकें ! उसे भी बेचना चाहती हो ? सब हमारी हँसी उड़ायेंगे !" — पिताजी।

"फिर से शुरु हो गया आप का बड़बड़ाना। काम कैसे होगा ? पहले इसके बारे में सोचिये। कल उसे वापिस जाना है।" — माँ।

उस दिन माँ के गहने और गाय की बछड़ी — दोनों बिक गये। घर में एक

बछड़ी ही थी, जिसे लेकर माँ-बाप गर्व करते थे, अब उसे बेच देना पड़ा। उस दृश्य को मैं कभी नहीं भूल सकता जब वह बछड़ी बेची जा रही थी। उस बछड़ी से मैं भी बहुत प्यार करता था। सफेद, सुंदर, होशियार बछड़ी थी वह ! मुझे देखते ही वह अपनी खुशी को किस तरह इज़हार करती थी इसे मैं भूल नहीं सकता। शहर से आता तो मैं काफी वक्त उसी के साथ बिताता था। सिर्फ मुझे ही नहीं, बल्कि वह घर के सभी सदस्यों — माँ, पिताजी, सुशी, सब की प्यारी थी। सुंदर सी वह बछिया हर समय चौकन्नी रहती थी। जब भी घर के लोगों को देखती थी तो ऐसी भाग आती थी जैसे वह अपनों से मिल रही थी। उसे बेचते वक्त सब के दिल भर गये थे। मन में ऐसा लगा कि कहीं मैं पाप तो नहीं कर रहा हूँ ! ऐसी गलती....जो कभी माफ नहीं की जा सकती है ! उस नादान प्राणी को....जिसने हमारे घर को सब कुछ माना, उसे जबरदस्ती वहाँ से ढ़केल रहे थे। तोल-मोल जारी रहा। पिताजी ने डेढ़ सौ रुपये का सौदा किया। खरीदने वालों ने एक सौ से ज्यादा देने से इनकार किया। आखिर एक सौ बीस रुपयों पर सौदा पक्का हुआ। पैसे दे दिये। उस क्षण से वह बछड़ी हमारी नहीं रही। उसके बाद की घटना से हम सब के दिल भर आये। मार खा-खा कर भी वह बछड़ी अपनी जगह से हिली नहीं। उस मूक प्राणी को न जाने कैसे पता चला कि उसे हम बेच चुके हैं और दूसरों के हवाले कर रहे हैं। रस्सी के साथ खींचने पर भी, पीछे से ढ़केलने पर भी अपनी जगह से वह हिली नहीं। एक पग भी उसने आगे नहीं बढ़ाया। खरीदने वालों ने उसे पीट-पीट कर लकड़ियाँ तोड़ डालीं। उस बछड़ी पर पड़ने वाली एक एक मार....मेरे दिल पर पड़ती रही। बहुत दुःख हुआ। आँखें पसीज गयीं। बच्चों की तरह मैं रो पड़ा। देखा कि पिताजी की आँखें भी भीगी हुई थीं। वे भी आँसू पोंछ रहे थे। आखिर किसी तरह उस जगह से बछड़ी को हिला सके। सारा दिन मन उदास रहा। सुशी भी उस बछड़ी को बेचने की बात सुन कर बहुत दुःखी हुई।

सुबह को ही मुझे निकलना था। पिताजी ने दो सौ रुपये हाथ में दिये। ''देख रहे हो न, इन पैसों के लिए हमें कितनी मुश्किलें उठानी पड़ीं ? मुसीबतें, जरूरतें, उधार....ये सब अपनी अपनी जगह हैं। फिर भी तुम्हें दो सौ रुपये दे रहे हैं। इसलिये समझ लो ये दो सौ रुपये, दो हजार के समान हैं। तुम जो भी करो, लेकिन खर्च करते समय सोच समझ कर खर्च करना। समझे ?'' — पिताजी।

''पिताजी की बातों का बुरा मत मानना। अगर फिर पैसों की जरूरत हो

तो ख़त लिखना। जैसे-तैसे भिजवायेंगे। ये मुसीबतें तो हर समय रहती ही हैं। इन पर ध्यान मत दो। कल को पढ़ाई ख़तम हो जायेगी और बड़ी नौकरी मिल जायेगी तो ये सारी मुसीबतें आप ही आप दूर हो जायेंगी। तब हम सुशी की शादी बड़ी धूम धाम से करेंगे। शहर में ज़रा होशियारी से रहना। सुना है वहाँ चोर बहुत होते हैं, जहाँ भी जाओ....ज़रा सँभल कर जाओ। सारे पैसे एक साथ खर्च मत करना वरना मुसीबत में पड़ जाओगे। शहर में पैसे न हो तो एक क्षण भी जी नहीं सकते।'' — माँ।

''आते वक्त टेरीलीन फ्राक, रिबन, पुस्तकें रखने के लिये एक बैग....लाओगे न भैया !'' — सुशी। फिर क्या....दिल पर पत्थर रख कर चल पड़ा। न जाने माँ को छोड़ कर जब भी गाँव से शहर आता हूँ तो बहुत उदासी होती है। तो बहुत उदासीपन छा जाता है। माँ से कहते वक्त कि ''माँ, अब मैं चलता हूँ'', तो गला रुँध जाता है। गाँव के वातावरण से दूर जाने तक दुःख और उदासी मन से दूर नहीं होती है।

आते-आते रास्ते में मैंने न जाने कितनी बार सोचा कि इन दो सौ रुपयों से हर एक पैसे को अपने प्राणों से भी ज्यादा मानूँगा। उन दो सौ रुपयों में मेरे परिवार की आत्मा है। उन दो सौ रुपयों में माँ, बाप का पसीना, आँसू, और आशाएँ हैं। ये पैसे मेरे लिये बहुत ही पवित्र हैं। बहुत जरूरत आ पड़ने पर ही खर्च करूँगा। उन दो सौ रुपयों के हर एक पैसे को, माँ-बाप की आशाओं की पूर्ति के लिये, उनके सुनहरे स्वप्नों को साकार बना कर सुंदर भविष्य के निर्माण के लिए ही खर्च करूँगा। आँखों के सामने वह दृश्य घूमा जब माँ अपने गहनें बेच रही थी। और फिर वह दृश्य सामने आया कि अपने परिवार की अत्यंत प्रियतम बछड़ी....उसे जबरदस्ती अपने घर से निकालने का वह दृश्य आँखों के सामने मंडराने लगा। इन सब अनुभूतियों से भरे ये पैसे कितने पवित्र हैं ? आखिर मैं इन पैसों को खर्च करने का अधिकार रखता भी हूँ या नहीं, मुझे नहीं मालूम ! होटल के लिए, सिनेमा के लिए....नहीं, नहीं, इस जन्म में कभी ऐसा काम नहीं करूँगा। इन पैसों को ऐसा खर्च करने का मतलब है कि अपने पैरों पर आप ही कुल्हाड़ी मारना। जब तक मुझ में प्राण है, ऐसा नहीं होने दूँगा। अपनी राय में कभी बदलाव नहीं होगा। इन पैसों से मुझे पढ़ना है। केवल पढ़ाई के लिए इन पैसों को खर्च करूँगा। मुझे पास होना है। उसके बाद आइ०ए०एस० की परीक्षा में फर्स्ट क्लास पाना है। बाद में कलक्टर भी बनना है। माँ, बाप को

खुश देखना है। जब माँ मुझे कलक्टर बनते देखेगी तो वह कितना गर्व महसूस करेगी ? जब मैं पैसे कमाऊँगा तो मुझे देख पिताजी कितने खुश हो जायेंगे ? सुशी के लिये रिबन ही क्या, दुनिया भर की चीजें, जो कुछ वह माँगेगी, मैं ला दूँगा। ऐसे ही सोचते-सोचते सुनहरे सपनों में तल्लीन होकर वरंगल के चौराहे पर बस से उतरा। कुछ ही क्षणों के बाद बी०ए० के कुछ दोस्त मेरे पास आये।

"हैलो रवि ! घर से ही आ रहे हो न ? शायद जेब काफी भरी-भरी लगती है ? गरम भी है !"

"गरम ! अरे, जल भी रहा है।" सभी ने मेरी जेब पर हाथ फेरा।

"बी०ए० पास हो गये हो। और एम०ए० भी पढ़ रहे हो। क्या हमें पार्टी नहीं दोगे ? यह तो अन्याय है भई !"

"उसने कब मना किया। यह 'अन्याय', 'अन्याय'....यह क्या रट लगा रखा है ? पार्टी देने के लिए ही तो वह आज हम से मिला है।"

"यस....पार्टी....कमान, चिकन बिरयानी, कोहिनूर होटल चलें ?"

"एक चिकेन बिरयानी ही क्या ? उसके बाद अलंकार में एक अच्छी पिक्चर भी चल रही है। सुना है उसमें सभी नेकेड सीन्स ही हैं। कम से कम बीस बार किस्सिंग सीन्स हैं।"

"सो, कमान रवि !"

"अब क्या करना है मुझे ? ये सब मेरे दोस्त ही हैं। कभी किसी ज़माने में उन्हें पार्टी देने का वादा किया था। सभी ने सिनेमा भी कभी कभार मुझे दिखाया भी था। बिरयानी खिलाये....? तो अब उन से दूर भागूँ ?"

"क्या सोच में पड़ गये हो यार ! बड़े कमीने हो। अभी तो घर से आ रहे हो। इतनी सी बात के लिये और कितना समय सोचोगे ? अगर मैं तुम्हारी जगह होता न, झट से मान लेता।" — राजाराव ने कहा।

राजाराव रईस लड़का है। पैसों को पानी की तरह खर्च करता है।

"आइ एम सारी ! मेरे पास जो पैसे हैं, वे शहर में मेरे खर्च के लिये ही काफी नहीं होंगे। मैं पार्टी नहीं दे सकता। फिर कभी दूँगा। अब की बार मुझे छोड़ दो प्लीज !" — मैंने कहा।

"नहीं, नहीं, हमें पार्टी चाहिये। हमें पार्टी चाहिये।" — सभी ने चिल्लाया।

"मेरी बात सुनो। मेरे पास बहुत कम पैसे हैं। प्लीज, प्लीज, अब की बार छोड़ दो, प्लीज, फिर कभी....जरूर दूँगा।" — मैंने उन्हें मनाते हुए कहा।

"नोटों का बंडल दिखाई दे रहा है। फिर भी पैसे नहीं हैं....कह रहे हो ! हमने कभी नहीं सोचा था कि तुम भी इतना कंजूस बनिया निकलोगे। हैदराबाद में एम०ए० पढ़ रहे हो न तुझे हम कहाँ दिखाई देंगे ? हम कुछ नहीं सुनेंगे। तुम्हें पार्टी देनी ही होगी।" — राजाराव।

"रवि....रवि....पार्टी, पार्टी....रवि, पार्टी, रवि, पार्टी, रवि पार्टी, पार्टी, रवींद्र, हिप हिप हुर्रे....पार्टी"....सीटियाँ, चीखना, चिल्लाना, बस....। मुझे होटल घसीट कर ले गये। मेरी इजाजत के बैगर ही आर्डर भी दे दिये। क्या खाया ! पीया ! डकारते बाहर आये। सर्वर बिल ला कर दे देगा। 35 रुपये। अपने ऊपर ही मुझे बेहद घृणा हुई। 35 रुपये देते वक्त हाथ काँपे थे। जिंदी लाश की तरह दस रुपये के चार नोट होटल वाले को दे डाले।

"पैंतीस ही हुए। मैंने सोचा, कम से कम 50 तो होंगे ही। अब रही पिक्चर की बात ! बचे हुए 15 रुपयों में से पिक्चर देख लेते हैं। — राजाराव।

"अरे, जाने दो यार ! वह तो अभी रो रहा है। चेहरा तो देखो, कैसे उतर गया है ! बेचारा, पिक्चर छोड़ देंगे।"

"थैंक्यू वेरी मच ! थैंक्यू वेरी मच !" कहते हुए सभी लोग चले गये।

सब कुछ एक सपने समान हो गया। मेरी मर्जी के बगैर ही मुझे खिलौना बनाया गया और वे लोग अपनी मनमानी कर चुके थे। मुझे शतरंज के मोहरे समान इस्तेमाल करके चले गये। सब कुछ लूट कर चले गये। मैं कमजोर आदमी हूँ। जो मुझे करने की इच्छा नहीं होती है, वही कर बैठता हूँ। पैंतीस रुपयों को होटल वालों के हाथ सौंपते समय मुझे उत्कट इच्छा हुई कि उसे ये पैसे देने से पहले मैं जहर पीकर मरूँ ! किसी न किसी समय मुझे जहर खाकर ही मरना पड़ेगा। लेकिन फिर....माँ ! ज़हर खा कर मर जाऊँ तो माँ का क्या होगा ? माँ का क्या होगा ? मेरे बिना माँ की जिंदगी कैसे कटेगी ? इसकी कल्पना तक नहीं कर सकता। आँखों के सामने अँधेरा छाने लगा। असल में अब मैं कहाँ हूँ ? चारों तरफ नज़रें दौड़ायीं। मैं "ला" कॉलेज के पास हूँ ! वहाँ 'बस' खड़ी थी। आ गयी। आ गयी। यूनिवर्सिटी आ गयी। होस्टल पहुँचना है। पढ़ना है, बस। घूमना फिरना अब तक बहुत हो चुका है। अब पढ़ाई शुरु करनी है। कंडक्टर

ने घंटी बजायी। बस चल पड़ी। यूनिवर्सिटी लाइब्रेरी। शायद मुरली अब भी लाइब्रेरी में ही होगा। बेचारा, चाहे वह कितना भी क्यों न पढ़े, समझ नहीं पाता है। यूनिवर्सिटी और उस होस्टल में कोई "सिनिस्टर फोर्स" जरूर है। वही सब को पढ़ने से रोकती है। हर जगह रोक लगा रही है। पीड़ा पहुँचा रही है। नहीं। उस "सिनिस्टर फोर्स" पर मैं विजय पाऊँगा। विजय पा कर ही रहूँगा। बी प्रैक्टिकल मैन, बी प्रैक्टिकल !" छोड़ दो, सेंटिमेंट्स, आदर्श....जीवन में इन सबकी कोई अहमियत नहीं है। सिर्फ यही कि तुम जीत गये हो या हार गये ? 'बस'....यही तो बात है। कंडक्टर चिल्ला रहा है; "आर्ट्स कॉलेज।" 'बस' से उतर गया। न जाने समय क्या हुआ होगा ! चार से शायद ज्यादा ही होगा ! डायनिंग हाल सात बजे खुलेगी। भूख....अभी भी वह अपने अस्तित्व की बात बार-बार जता रही है। सात बजे तक पढूँगा। सात बजे के बाद भी मेरा डायनिंग हाल में क्या काम है ? बाप रे, बिना खाना खाये क्या मैं जिंदा रह पाऊँगा ? रात भर सो सकूँगा ? यह लो, भूख शुरु हो गयी। आँतड़ियों को काट रही है। जैसे बुझी हुई आग में पेट्रोल छिड़कने से जैसी आग की लपटें उठती हैं उसी तरह इस भूख की ज्वालाओं से पेट में जलन बढ़ती जा रही है। चलता जा रहा हूँ। होस्टल की तरफ चलता जा रहा हूँ। एक रुपया उधार मिल जाये तो खाना खा सकता हूँ। लेकिन सात बजे तक पढ़ना तो है ही। अब समय बरबाद नहीं करूँगा। ज्ञानोदय हो गया है। पूरी तरह से समझ गया हूँ। उपेंद्र बाबू और आनंद राव की बातें कानों में गूँज रही हैं। जल्दी-जल्दी चलने के कारण तो थकान महसूस हो रही है, हाँ ! थकान क्यों नहीं होगी ! कल रात बारह बजे का खाया खाना....! चौबीस घंटे हो गये। पेट अंदर चली गयी। आँखों के सामने अँधेरा। इस हालत में जाकर पढ़ पाऊँगा ? कैंटीन जाकर कुछ खा लूँ तो अच्छा है। हाथ में मार्लिन मन्रो की बायोग्राफी बड़ी भारी लग रही है। इतनी देर से मेरे हाथ में यह किताब है ? इसका भी मुझे पता नहीं चला। 'बस' स्टैंड पर किसी ने इस किताब को देख कर लौटाया भी। इतनी मुसीबतों के बाबजूद भी मैं इस किताब को हासिल कर पाया। दुकानदार ने एक रुपया ज्यादा लिया। ठीक है, लिया तो लिया। लेकिन पचहत्तर पैसों में तो इसे नहीं बेच सकता। नहीं बेचा न....? ग्रेट थिंग। बहुत बड़ा काम किया। होस्टल पहुँचा। जाते ही नहा लूँ तो आराम मिल जायेगा। जल्दी से पढ़ाई शुरू कर दूँगा। आ ही गया। होस्टल के सामने भीड़ जमी है। सभी स्टूडेंट्स जमा हो गये। क्या हो गया है ? होस्टल में जरूर कोई बात हुई होगी। नज़दीक

गया। ऐसा लगा यहाँ सभी कोई कुछ तमाशा देख रहे हैं। अभी-अभी बाजार में वह जादूगर तमाशा दिखा रहा था और बाज़ार में खड़े-खड़े सब आँखें फाड़े इस तमाशे को देख रहे थे, ठीक उसी तरह....! असल में क्या हुआ ? मैं भी भीड़ में शामिल हो गया। वहाँ मधु, भजगोविंदम का कालर पकड़ कर कह रहा है, "तुम्हीं हो सकते हो, ऐसे बदमाश, ऐसे लुच्छे काम, तुम्हारे अलावा इस होस्टल में कोई नहीं करता।" मधु के हाथों को अपने कंधों से झटकते हुए भजगोविंदम कहने लगा। "अरे, मैं नहीं हूँ।....मैं नहीं....मेरी लिखावट देखो ! मेरी लिखावट ....ऐसी नहीं होती।"

सभी लोग हँस पड़े।

"सच है मधु ! यह लिखावट उसकी नहीं है। वह बकता जरूर है लेकिन ऐसी बातें लिखेगा नहीं।" — श्रीधर।

"मैं तब से यही बात कह रहा हूँ, विश्वास क्यों नहीं करता यह ? यह कौन नहीं जानता है कि तुम हर रोज़ नलिनी को फक करते हो और उसे लावेटरी की खिड़की से ले आते हो ? यही बात कोई लिख दे तो बुरा लगता है ?" — भजगोविंदम।

सब लोग फिर से हँस पड़े। भजगोविंदम जो भी बातें करता है उसे सुनते ही सभी लोग हँसने लगते हैं। गंदी बातें करने के लिए लोग उसे उकसाते रहते हैं। मुझे हँसी नहीं आ रही है। घृणा....दिल घृणा से भर गया था।

"सँभल कर जबान खोलना, रास्केल ! फिर कभी ऐसी बातें करोगे तो मुँह तोड़ दूँगा।" — मधु।

"रास्केल कहते हो, बदमाश कहीं का....हड्डी पसली एक कर दूँगा।" भजगोविंदम मधु पर गिर पड़ा। दोनों भिड़ गये। मधु ने जूता निकाला। भजगोविंदम ने मधु के मुँह पर दे मारा। मधु, भजगोविंदम का गला पकड़ कर पीठ पर जूते से मारने लगा। चारों ओर घिरे विद्यार्थी खड़े-खड़े तालियाँ बजाने लगे....हँसने लगे....सीटियाँ बजाने लगे। उकसाने लगे। एक भी उन्हें छुड़ाने की कोशिश नहीं कर रहा है। होस्टल के कमरों की खिड़कियाँ खुलीं। उनमें से कुछ छात्र नीचे की ओर झाँक कर देखने लगे। और कई नीचे इकट्ठे हुए। श्रीधर उन्हें अलग करने लगा। इतने में कई लोगों को साथ लेकर श्रीशैलम, रेड्डी के साथ वहाँ आया। श्रीशैलम ने भीड़ को एक ओर हटाया। अंदर घुसा। दोनों को पकड़ कर कुछ

लोगों ने अलग किया। श्रीशैलम ने उन्हें अलग करने की कोशिश की तो लोगों ने उसकी सहायता की। मधु और भजगोविंदम....दोनों को लोगों ने कस कर पकड़ा। भजगोविंदम का शर्ट फट गया। गले पर नाखूनों के निशानों से खून बहने लगा। मधु के मुँह से भी खून बहने लगा। भजगोविंदम गालियाँ देता जा रहा था। गंदी-गंदी गालियाँ....माँ, बहनों को लेकर....! अशिक्षित....असभ्य, गँवार भी ऐसी गंदी जबान शायद ही बोलता हो। एक-एक शब्द सुनने पर ऐसा लगने लगा कि कोई मुझे ही गाली दे रहे हैं। ऐसी गालियाँ सुन कर बहुत दुःख हुआ।

"क्या है यार। झगड़ा क्या है" — रेड्डी।

"बदमाश, इसके गंदी गलीच कामों को न जाने किसने लावेटरी की दीवारों पर लिखा। कहता है मैंने ही लिखा। बदमाश कहीं का....लुच्चा....धत तेरे की !" भजगोविंदम के मुँह से गंदी गालियों का सिलसिला फिर से जारी रहा। यह सुनकर कठघरे से निकले भूखे बाघ की तरह मधु सब से अपने आप को छुड़वा कर भजगोविंदम पर झपट पड़ा। मधु को देख कर सब का खून खौलने लगा। मेरे अंदर भी जोश उमड़ने लगा। अब की बार मधु का पलड़ा ही भारी रहा। लोगों ने भजगोविंदम को कस कर पकड़ा। मधु ने उसकी खूब पिटाई की। दूसरे ही क्षण मधु को कुछ लोग पकड़ कर दूर ले गये। इस बीच भजगोविंदम उनसे छुड़वा कर फिर मधु से झपट पड़ा। मधु की पिटाई की। फिर भजगोविंदम को दो, तीन आदमियों ने कस कर पकड़ा।

"बदमाश कहीं के....! वह मुझे मार रहा है, तुम लोग मुझे ही क्यों पकड़ने लगे? तेरी माँ...." कह कर पकड़ने वालों को भी भजगोविंदम गाली देने लगा। फिर से सब लोग हँस पड़े। मुझे भी हँसी आयी। दोनों को दूर ले गये। श्रीशैलम उनके साथ जाने लगा। न जाने कुछ देर मुझ में डर छा गया। बिजली की तरह भय मेरे शरीर में छा गया। क्या रेड्डी और श्रीशैलम मेरी भी ऐसी ही पिटाई करेंगे ? मधु के मुँह से खून बह रहा है। वे दोनों मजबूत थे, लेकिन अगर दस लोग मिल कर मुझ पर एक साथ हमला करें तो....लाठियाँ....साइकिल जंजीर लेकर....तो....पिटाई करेंगे तो मेरा सिर तो फट ही जायेगा। खून से लथपथ हो जाऊँगा। आँखें मूद कर, मैं अपने खून से लथपथ काया की कल्पना करने लगा। चक्कर आ गया। सारी भीड़ बातें करते....हँसते होस्टल में अपने-अपने कमरों की तरफ चल पड़ी। उस भीड़ में से रमेश ने मुझे देखा।

"कब लौटे शहर से ? सिनेमा देखा है कि नहीं ? कैसी है ?" रमेश मेरे हाथ से किताब लेते हुए पूछने लगा।

"अभी-अभी आ रहा हूँ। पिक्चर देखी नहीं।" — मैंने कहा।

"वंडरफुल, "मार्लिन मन्रो की बायोग्रफी" की किताब खरीदी ? "एक्सलेंट", अभी यहाँ जो कुछ हुआ, देखा है न ? बड़ी इंटरेस्टिंग, रियल्ली फन्नी।" — रमेश ने किताब बंद करते हुए कहा।

होस्टल के अंदर, उसके कमरे की लावेटरी के सामने बहुत लोग इकट्ठे हुए। "डियर मधु, प्लीज फक मि क्विक, युवर्स सरला।" — सभी के मुँह से वही चर्चा।

"वेरी फन्नी। जिसने भी लिखा है साथ-साथ उसकी तस्वीर भी खींची है।" — रमेश।

"डियर मधु, फक मि क्विक, फक मि क्विक। युवर्स सरला। युवर्स सरला।" दो तीन लोग मिल कर कोरस में गाने लगे।

"सरला कौन है ?"

"सरला को नहीं जानते हो ? वही....डनलप पिल्लो, वही....टुनटुन !"

"मधु आराम से डनलप सोफे का आनंद महसूस करता होगा। दूसरे बिस्तर की भी जरूरत नहीं है।" फिर सब लोग हँसे। उनकी हँसी का सुर होस्टल की छत को भी चूर चूर कर गिरा देने वाला था। यहाँ....यहाँ....इस माहौल में....इनके बीच रह कर, मैं पढ़ सकूँगा ? सारे मन में कड़वाहट छा गयी। गंदी-गंदी बातें, कानों में गूँजने लगीं। कमरे के पास आ गया....कमरे का ताला खोला। मेरे पीछे-पीछे रमेश भी कमरे में आ गया। पिता का लिखा कार्ड टेबिल पर पड़ा हुआ था। कार्ड हाथ में लिया।

"श्रीरस्तु, चिरंजीवि रवि को शुभ कामनाओं सहित — यहाँ हम सब भगवान की कृपा से कुशल मंगल हैं। बहुत दिनों से तुमने ख़त नहीं लिखा। इसलिए तुम्हारी माँ परेशान है। अपने कुशल समाचार के संग एक ख़त जल्दी लिखना। शायद तुम्हारे इम्तिहान पास आ गये होंगे। परीक्षाओं के लिए रात-दिन पढ़ कर अपनी सेहत मत बिगाड़ना। यहाँ हमें पैसों की बड़ी तंगी हो रही है। तुम किसी न किसी तरह उन्हीं पैसों से काम सँभाल कर, इम्तिहान ख़तम होते ही आ जाना। सुशीला आते वक्त रिबन लाने के लिए कह रही है। हो सके तो लाना जरूर ! अपनी

तबियत का ख्याल रखना माँ बहुत परेशान रहती है। समय पर खाना खाना और ज्यादा देर तक मत जागना। फिजूल में शहर में घूमना भी नहीं। अपने कुशल मंगल के साथ ख़त जरूर लिखना। तुम्हारे ख़त आने तक माँ अपने आप में नहीं रहेगी। तुम्हारे ख़त की इंतजार में।" तुम्हारा — पिता।

`आँखों में आँसू आ गये। मेरे आँसू कहीं रमेश न देखे इसी ख्याल से बगल में जाकर तौलिया से मुँह पोंछा। माँ....माँ....सारे ख़त में माँ का ही रूप है। मेरी तरफ माँ की प्यार भरी नज़रें....। मैं उसके लायक नहीं हूँ। मैं बदमाश हूँ, धोखा दे रहा हूँ। माँ को धोखा दे रहा हूँ। यह पाप मेरे पीछे-पीछे आयेगा ही। मुझे कई जन्मों तक जलाता रहेगा। मेरे लिये कोई मुक्ति का साधन नहीं है। इस पाप का कोई परिहार भी नहीं है। आँसू उमड़ने लगे। काश ! इन आँसुओं से माँ के पैरों को मैं धो पाता।

"माँ !....ओ....माँ ! तुम्हारे साथ बड़ा अन्याय कर रहा हूँ। मुझे क्षमा मत करो माँ !....तुम्हारे प्रेम के मैं काबिल नहीं हूँ। हाँ, मैं काबिल नहीं हूँ। इस अधम....इस नीच को तुम सजा दो ! जरूर सजा दो।"

यह क्या ! मैं ऐसा क्यों होता जा रहा हूँ ? इन आँसुओं पर काबू नहीं रख सकता ? अगर रमेश ने देख लिया तो,....! रमेश उस किताब की तस्वीरें देखने में लीन हो गया। ....मार्लिन की किताब ! थोड़ी देर बाद रमेश ने सिर उठा कर देखा।

"क्या हुआ रवि ! क्या बात है ? ऐसे उदास क्यों हो ?" — उसने पूछा।

"नहीं....कुछ नहीं हुआ।" — हड़बड़ा कर बोल उठा और रुमाल से चेहरा पोंछ लिया।

"खत में कोई बुरी खबर है क्या ?" — रमेश ने पूछा।

"नहीं, कोई बुरी खबर नहीं है। मैं कभी-कभी ऐसा हो जाता हूँ। ठहरो, हाथ मुँह धोकर अभी आया।" अपने आप को सँभाल लिया। साबुन, तौलिया लेकर बाहर आया। लावेटरी के सामने की भीड़ छँट गयी। आचारी के कमरे पर ताला लगा हुआ था। अभी भी शायद वह लाइब्रेरी में ही होगा। आचारी की तरह मैं भी रह पाता तो कितना अच्छा होता ! तब जरूर मैं फर्स्ट क्लास में पास हो सकता हूँ। पास होकर चुप रहूँगा क्या ? फिर आइ०ए०एस० परीक्षा भी पास करूँगा। जरूर कलक्टर की नौकरी हासिल करूँगा। आचारी के चेहरे पर

जो शांति है और उसमें जो लगन है....उन्हें मैं भी पा सकूँ तो....? क्या मैं उतनी शांति को पा सकता हूँ ? क्या रोज़ रोज़ पूजा पाठ करने से शांति मिल सकती है ? कहा जाता है किसी चीज़ पर विश्वास जमा ले तो लगन अपने आप ही आ जाती है। मुझ में ऐसा कुछ नहीं है। मैं किसी बात पर भरोसा नहीं करता। इसी वजह से मैं अशांति से तड़प उठता हूँ। वाश बेसिन के नल से पानी....। इट्स ए प्लेजेंट साइट ! पानी से मुझे बेहद प्यार है। चमकता हुआ वाश बेसिन शायद अभी-अभी विम पाउडर से धोया गया है। मुँह धो लूँ तो कुछ आराम मिल जायेगा ! दिन भर चेहरे पर जमी हुई खीझ, उदासी, दुःख, अशांति को धो डालने लगा। फिर भी मेरे अंदर जो बैचेनी है, वह मुझ से दूर नहीं होती। आचारी की तरह मैं भी पूजा पाठ कर लूँ तो....! हाँ, आइडिया ! ए ग्रेट आइडिया ! आचारी के यहाँ आते ही आज पूछूँगा कि हर रोज वह पूजा कैसे करता है ? उसी मंत्र को मैं सीखूँगा। उस मंत्र का जाप कितने समय तक करना होगा, यह भी पता लगाऊँगा। बस, हर रोज़ आचारी की तरह पूजा करूँगा। फिर मेरे मन के अंदर भी विश्वास जम जायेगा। मुँह पोंछ डाला। मेरी आँखें जैसे आग के शोलें जैसी लग रही हैं। खूब लाल हो गई हैं। खुद को आइने में देखने पर डर सा लगने लगा। न जाने आज इन आँखों से कितने आँसू बहे होंगे। न जाने मेरे बारे में लोग क्या सोचते होंगे। मेरे अंदर दुःख की परतें हैं। मैं जी भर कर रोना चाहता हूँ....यह भी नहीं करने देते....मेरे लिये कोई आँसू बहाने वाले भी नहीं हैं। जहाँ कृष्णाशास्त्री* की व्यथा, दुनिया की व्यथा है, वहाँ दुनिया की व्यथा ही 'श्री श्री'* की व्यथा हो गयी। ग्रेट ! ये सचमुच महान वाक्य हैं। आज तो आचारी से बात करनी ही पड़ेगी। मुझे भी एकाग्रता सीखनी है। इस अशांति से दूर भाग जाना है। उसके लिए कुछ भी करने को तैयार हूँ। कुछ भी कर सकता हूँ उसके लिए। आचारी से पूजा पाठ में जानकारी हासिल कर लूँगा। यह सच है आचारी में पायी जाने वाली एकाग्रता का मूल कारण है यही पूजा पाठ। आज से मैं भी शुरु करूँगा। स्वयं मैं भी इस एकाग्रता को प्राप्त कर लूँगा। पाकर ही रहूँगा। मेरे अंदर से आवाज़ आयी....''तुम....तुम पूजा पाठ करोगे ? सदा तर्क से काम लेने वाले तुम....भगवान....धर्म....सांप्रदाय....आदि सब बातें जो तुम्हारे लिये लगता है कि ये बातें सदियों से इस देश का नाश करती आ रही हैं, और तुम चले अब पूजा करने ? क्या विसंगति है ? ''अब्सर्ड।'' सब हँसेंगे। इतने दिनों

---

* कृष्णाशास्त्री और श्री श्री — तेलुगु के महान् कवि हैं।

का तुम्हारा अपना आत्म-विश्वास क्या हो गया हैं ?" मैंने अपनी आत्मा को चुप कराया। "चुप ! चुप ! मुझे बस....शांति चाहिए। शांति के साथ मुझे पढ़ना है। जाने दो मेरे तर्कों को....! मिट्टी में मिलने दो। मैं परवाह नहीं करूँगा। मुझे तो पढ़ना है। पास होना है।" मैं फर्स्ट क्लास में पास हो जाऊँ तो माँ के पैरों को छूने का अधिकार प्राप्त करूँगा। "दैट्साल।" और कुछ नहीं चाहिए। कमरे के अंदर चला गया। रमेश ताले से खेल रहा था। निकाल रहा था....लगा रहा था....निकाल रहा था....लगा रहा था....निकाल रहा था....टक्....टक्....टक् ....टक्....टक्....टक्....यह शब्द....इसमें एक अज़ीब आकर्षण है। जुनून है। पागलपन है। रमेश के इस काम को न जाने मैं क्यों बर्दाश्त नहीं कर पाया। बहुत गुस्सा आया। "क्या काम है ? यह ताले को खराब क्यों कर रहे हो ?" मैं उस पर झल्लाया।

"फन्नी ! मुझे खुद नहीं मालूम, यह ताला मेरे हाथ में कैसे आया ? कुछ काम हम ऐसे ही करते रहते हैं। हम खुद भी समझ नहीं पाते हैं कि हम ऐसा क्यों करने लगते हैं।" — रमेश।

मैं आइने में देखते हुए कंघी करने लगा।

"ठीक है रवि ! मैंने कुछ फोटो निकाले। देखोगे ? एक्साइटिंग फोटोज़ !" — रमेश ने उत्साह के साथ कहा।

"हाँ....हाँ....आजकल तुम फोटोग्राफी सीख रहे हो न ? लाओ....देखूँगा। कितने होंगे ? ठीक है रात को दिखा देना। अभी कुछ देर पढ़ना चाहता हूँ।"

"सिल्ली ! अभी क्या पढ़ना ! चार बजे हैं। लाऊँगा अभी। उन फोटोज़ को देखोगे तो तुम सचमुच 'एक्साइट' हो जाओगे।" — रमेश।

मैंने आँखे मूद लीं। जम्हाई ली। नींद....कमजोरी....आँखों में अपनी जगह खोजने लगीं।

रमेश कमरा खोल कर बाहर चला गया, आँखें मूँद कर सिर पकड़ कर बैठ गया। न जाने क्या-क्या दृश्य दिखायेगा....अबिड्स में उसने ऐसा भी क्या देखा होगा ?

"हे रवि ! फन्नी, इधर आ !" रमेश अचरज से चिल्लाने लगा। रवि बाहर आया।

“मधु और भजगोविंदम — दोनों मिल कर आ रहे हैं। एक दूसरे के कंधे पर हाथ डाल कर। लगता है समझौता हो गया है।” — रमेश।

“अपनी ही आँखों पर भरोसा नहीं हुआ। कुछ देर पहले की तो बात थी, जंगली भेड़ियों जैसे आपस में लड़ते रहे थे ! अब एक दूसरे के कंधे पर हाथ डाले जा रहे हैं। उनके ईद-गिर्द बहुत लोग हैं। रेड्डी, श्रीशैलम, श्रीधर....सब हँसते हुए....किलकारियाँ भरते हुए....तालियाँ बजाते हुए....सीटी बजाते हुए ....उनके पीछे-पीछे चल रहे हैं।

“शायद रेड्डी, श्रीशैलम ने ही उन के बीच समझौता करवाया होगा।” — मैंने कहा।

“हाँ। रेड्डी, और श्रीशैलम ने ही उन्हें मिलाया है।” — रमेश।

“हाँ ! रेड्डी और श्रीशैलम चाहते हैं तो शत्रुओं में मेल करा सकते हैं और ज़िगरी दोस्तों को भी अलग कर सकते हैं। इस कैंपस में उन लोगों के लिए कोई भी काम नामुमकिन नहीं है।” — मैं।

“कुछ भी हो, फोटो ले आऊँगा, ठहरो।” — रमेश।

रमेश चला गया। मैं तो ऐसे ही खड़े होकर देखने लगा।

रमेश ने जाते-जाते ट्यूब लाइट का स्विच “आन” किया। आफ किया। मैं भी तो ऐसा ही करता हूँ। नेस्टी फैलोस ! सब के सब नेस्टी फैलोस ही हैं। इस होस्टल को छोड़ जाऊँ तभी सुधर पाऊँगा। कमरे के अंदर गया। कह रहा है कि फोटोज़ बहुत एक्साइटेड हैं। उत्तेजना और उद्विग्नता से आँखें बंद कर लीं। नींद, जम्हाई....सब मुझ पर हावी हो रहे हैं। कुछ नहीं कर सकता। पेट की अँतड़ियाँ फिर गुर्राने लगीं। भूख चिल्ला रही है। पेट में भूख हलचल करने लगी। अँतड़ियाँ हिलने लगीं। “तुम्हारा खून खौल-खौल कर....नसें तुम्हारी हिला-हिला कर....तुम्हारी अँतड़ियाँ झुलस-झुलस कर....मत रोओ....मत रोओ....” रोयें नहीं तो करें भी क्या ? रोने के सिवाय रखा ही क्या है ? यही तो बचा है। टेक्स्ट बुक हाथ में ली। आँखों के सामने अँधेरा....अब क्या पढ़ूँगा ? क्या पढ़ पाऊँगा ? सिरदर्द भी शुरु हो गया है। माथा जोर जोर से फड़क रहा है। सिर पकड़ कर दुखित होते हुए यूँ ही बैठा रहा। आँखों से दो आँसू की बूँदें टपक पड़ीं। चमकती हुई किरण्मयी। “हि ईज सतीश। कलकत्ता से मुझे मिलने आया है।” उस वक्त किरण्मयी के नेत्रों की चमक को मैं जिंदगी भर नहीं भूल सकता।

भूल जाओ, ''फॉरगेट हर'', ''कागज के फूल'' के लिये दौडें....! मृगतृष्णा की दशा में....भागे....! उस मृगतृष्णा....उस सौंदर्य के पीछे....भागते हुए मुझे देख कर सारी दुनिया ही हँस पड़ी। नक्षत्र रो पड़े। दुःख, हल्का दर्द....। तेज और चिकने चाकू की धार से होने वाला दर्द....। ''माइ स्वीटेस्ट सांग्स आर दोज दैट टेल द साडेस्ट टेल।'' मैं और किरण्मयी ऐसे ही गीत चाहते हैं। मगर अंत में हमारी कहानी ''साडेस्ट टेल'' ही है। 'ओ गाड' ! 'आइ फाल अपान द थार्न्स आफ लाइफ।' यह वाक्य मुझे बहुत अच्छा लगता है। आँखें बंद किये बैठ गया। 'नो सेंटिमेंट्स....नो पोयट्री....।' बाप रे....इस पोयट्री ने मुझे बरबाद कर दिया। जम्हाई ली। फिर नींद ! कुर्सी से हट कर पलंग पर लेट गया। सिर फटा जा रहा है। माथा दबाने लगा। माथा बहुत गरम लगा। माथा....क्या बुखार भी ....बुखार भी आयेगा ? दुःख और दर्द से पहले ही हाल बेहाल हो रहा है अब अस्पताल में कौन भर्ती करेगा ? अस्पताल जाने तक जिंदा रह पाऊँगा ? इस महानगर में मेरी देखभाल करने वाले नहीं हैं। मर जाऊँगा ? बुखार से....अस्पताल में....इस निर्दयी दुनिया में मुझ पर हमदर्दी जताने वालों की कमी है ! इस हालात में मैं क्या मर जाऊँगा ? माँ को तार दे दूँ तो...! उस के पंख हो तो उड़ कर आ जायेगी। लेकिन मेरे गाँव तक तार पहुँचता ही नहीं है। कार्ड भी लिखूँ तो न जाने कब पहुँचेगा....तब तक क्या जीवित रह पाऊँगा ! सेहत का ख्याल रखो। समय पर खाओ....समय पर सो जाओ। यूँ ही बेकार मत घूमना। ऐसी ही बातें न जाने कितनी बार पिताजी के द्वारा लिखवाती है। मुझ से भी कहा करती है। फिर भी क्या मैंने इन बातों पर कभी गौर किया ? उन बातों की क्या मैंने कभी परवाह की ? नतीजा....सेहत खराब हो गयी....समय पर खाना नहीं खाता था ....फिजूल अवारागर्दी करते हुए स्वास्थ्य को बिगाड़ दिया....अपनी सेहत खुद ही मैंने बिगाड डाली। समय पर खाना न खाना और न सोना, बस....बुखार तो आना ही है। लेकिन अब कैसे ? कैसे ? कैसे ? सिर फटा जा रहा है। सारिडान लेना है। जब तक कॉफी न पिऊँ तो यह सिरदर्द कम नहीं होगा। लेकिन कैसे ? पैसे कहाँ हैं ?....सारिडान खरीदने के लिए भी या कॉफी पीने के लिए, पैसे तो होने चाहिये न। कहाँ हैं पैसे ? कौन देंगे ? गुरुनाथम को पता लग जाये कि मुझे सिरदर्द है तो जरूर सारिडान लाकर देगा। ''हाय रवि ! सिर में दर्द है ? अमृतांजन लगाऊँ ? सारिडान लोगे ? कहते हुए करीब आने की कोशिश करेगा। मेरे सिर को हाथों में लेने की कोशिश करेगा। मुझे धीरे-धीरे सहलायेगा।''

यह सोचते ही मुझे बिज़ली सी लगी। झट से उठ कर बैठ गया। ब्लडी फूल ! गुरुनाथम इस होस्टल से कब जायेगा ?

दरवाजे पर खट-खट सुनायी दी। फोटो लेकर रमेश आया। "कल बहुत अड्वेंचर किया तब कहीं जाकर यह फोटो खींचा।" कुर्सी पर बैठते हुए उसने कहा।

"क्या है वह एड्वेंचर ?" — मैंने पूछा।

"देखो, मैंने न्यूड फोटो खींचा है।" फोटो हाथ में दिया।

मैंने फोटो देखा। मन में नफ़रत सी जगी। सारे शरीर में कंपकंपी दौड़ी। थोड़ी देर के लिए मैं स्तंभित रह गया। भूख....घृणा....असभ्य....खीझ....कहीं देखा है, कहीं तो देखा है। कहाँ ? कहाँ ? असल में यह शरीर किसी स्त्री की नहीं है। भूख....घृणा....जुगूप्सा....खीझ....इस फोटो को देखने के बाद भी अगर कोई अपने मन में जीने की चाह रखता है तो ताज्जुब की बात ही होगी। कहाँ देखा ? इस फोटो को सीधे आँखों से देखने की हिम्मत नहीं हुई। कहाँ ? कहाँ देखा है ? इस औरत को मैंने जरूर कहीं देखा है। क्या मैंने जीवन में कभी इस औरत से मुलाकात की है ? कौन कौन ? ख्वाबों में जो रूप दिखाई दिया.... वही पगली....वही पगली ? आज बस स्टैंड में भी दिखाई दी। वही ! वही ! वही ! ऐसा लगा दिल को कोई मरोड़ रहा है। रत्ति मरी नहीं ? यह क्या ? आज रत्ति मेरा पीछा ऐसा क्यों कर रही है ? क्या रत्ति मरी नहीं ? या मर कर भूत बन गयी ? भूत बन कर मुझे ख़तम करने इस यूनिवर्सिटी को खोजती आयी ? कौन है इस फोटो में ? भय....भूख....खीझ....जुगुप्सा....घृणा....चार साल पहले मैंने रत्ति को देखा....क्या वही आज यूनिवर्सिटी के बस स्टैंड में भिखारिन बन कर आयी है ? दिल की धड़कन तेज हो गयी। मुझ में इतना डर क्यों ? मैंने क्या किया ? क्या किया ? फिर उस फोटो की तरफ देखा। ....भय.... नफरत ....क्रोध....प्यास....दिल को झकझोर देने वाला यह रूप !

"कैसे ? कैसे ? कैसे लगी यह फोटो ? एक्साइटिंग नहीं है ? मैंने ही खींचा है....मैंने खुद निकाला है।" — रमेश।

"फोटो की खूबियत के बारे में मैं क्या बता सकता हूँ ? पहले यह तो बताओ कहाँ ली यह फोटो ? आज मैंने ठीक ऐसी ही भिखारिन को बस स्टैंड पर...." — मैंने कहा।

“ “आफुल” है, “हारिबुल” है, “सिनिस्टर” है, क्यों खींचा है यह तस्वीर ? पूरा मन नफरत से भर गया है, रमेश।” मैंने खीझ कर कहा।

“क्यों खींचा है ?” अरे, यह भी कोई सवाल है, यार ! खींचने का मन है, खींच लिया ! बस ! जानते हो, महान फोटोग्राफर्स और पेंटर्स सभी लोग न्यूड्स को “मोडल” बना कर चित्र निकालते हैं। हमारे देश में आसानी से ऐसे मोडल्स मिलते नहीं हैं, संयोगवश कल मिली। लेकिन तुम्हें इतना गुस्सा होने की क्या जरूरत है ?” — रमेश।

“जानना चाहते हो ? मेरे गुस्सा होने की वजह जानना चाहते हो ? एक बार उस फोटो की तरफ देखो। क्या उसने यह पोज दिया है ? उस चेहरे में कितना डर....कितनी घृणा....उसके हर अंग में कितनी भूख....कितना दर्द....यह सब तुम्हें नहीं दिखाई दे रहा था ! तुम्हें यह फोटो खींचने का मन ही कैसे हुआ ? आखिर वह मान कैसे गयी ? न जाने उस फोटो को देखने पर डर सा लग रहा है कि कहीं मैं पागल न हो जाऊँ ?” — मैंने रमेश की काफी आलोचना की।

“डोंट बी सेंटिमेंटल ! इस फोटो को पोज देने वह कैसे मान गयी ?” मुझे बहुत अचरच भी हुआ।

“कैसे मनाया....बताऊँ ? एक छोटी सी कहानी बताऊँगा। सुन कर सह सकोगे ?” — रमेश।

“क्या किस्सा है, बोलो भी !” — मैंने जानना चाहा।

“सुनो फिर ! तुम जानते हो कि आजकल मैं फोटोग्राफी सीख रहा हूँ। बहुत इंटरेस्ट होने लगी है इस फोटोग्राफी पर। कल मैंने अपने दोस्त से कैमेरा माँगा और गार्डेन्स की तरफ चल पड़ा सोचा कोई बढ़िया सीन खींच लूँ। रास्ते में यह भिखारिन मिली। उसके शरीर पर कपड़े इतने चिथड़े हो गये कि उनका होना या न होना एक ही है। कपड़े सब फट गये हैं। सारा शरीर इनमें से दिख रहा था। झट से मुझे एक उपाय सूझा। बहुत दिनों से औरतों की नंगी तस्वीरें खींचने की चाह थी मुझ में। लगा यह भिखारिन इसके लिए जरूर मान जायेगी। सोचा, थोड़े पैसे दे दूँ तो शरीर पर लटकने वाले बचे-खुचे ये चिथड़े भी हटा कर कैमेरा के लिए पोज देगी। वह भिखारिन जरूर है, लेकिन युवती तो है। थोड़ा सजा कर, अच्छे कपड़े पहना ले तो सुंदर लगेगी। इस ख्याल से मैंने उसे बुलाया। जेब से आधा रुपया निकाल कर दिखाते हुए पूछा, “यह दूँगा। एक काम करेगी ?” पता

नहीं, उसने क्या समझा है, मुझसे दूर भागने लगी। उसने मुझे कुछ और "किस्म" का समझा है। उसका पीछा किया। फिर थोड़ी दूर पर उससे मिला। "तुम्हें कुछ नहीं करूँगा, कैमेरा के लिए एक "पोज" दे दो, काफी है।" कहने लगा। वह ना समझ सी मुझे देखने लगी। फिर यूँ खड़ी हो गयी मानों वह तस्वीर खिंचवाने के लिए तैयार हो गयी है।

"ऐसे नहीं, पहले पेड़ के पीछे जाकर सारे कपड़े उतार देने होंगे। तभी तस्वीर लूँगा। एक मिनट में हो जायेगा।" मैंने कहा। यह बात सुनते ही वह बौखलायी सी देखने लगी। फिर भागना शुरु किया। यूनिवर्सिटी के पीछे पेड़ों के पास। मैं भी गया। फिर पूछा, "एक मिनट में हो जायेगा।" अब की बार वह बिना कुछ कहे पेट पर मारने लगी। अंदर धंसी हुई पेट पर। मुझे कुछ डर सा लगा। सोचा अब छोड़ दूँगा। फिर ऐसी ही पेट पर मारती हुई "भूख, भूख" कह कर चिल्लाने लगी।

"अच्छा, यह बात है, यहीं ठहरो, खाने के लिए कुछ लाऊँगा। फोटो खिंचवाने दोगी ? फिर ?" मैंने पूछा।

मानती हुई सिर हिलायी। झट से कैंटीन की तरफ दौड़ पड़ा। बड़ा, इड्ली, पूरी पैक करवा कर लाया। मैं जब तक वहाँ गया, तो वह वहाँ दिखायी नहीं दी। दूर और घने पेड़ों के बीच वह भिखारिन थी। उसके पीछे-पीछे कपड़े ठीक करता हुआ एक इनशर्ट वाला। मैं समझ गया कि वहाँ क्या हुआ होगा ! जब तक मैं कैंटीन जा कर आया। इतने में उसने अपना काम पूरा कर लिया।

"रमेश, अब कुछ मत कहना। मेरा दिमाग खराब मत करो।" — मैंने उससे साफ-साफ कहा।

"बस, हो गयी। थोड़ी सी रह गयी, वह भी सुन लो। मुझे देखते ही वह इनशर्ट वाला तिरछी नज़रों से मुझे देखने लगा, और व्यंग्य भरी मुस्कान से वहाँ से चल दिया, मानों वह कह रहा था कि अब मेरी बारी है। वह हमारे ही आफिस में काम करता है। हर एक को सेक्स की भूख है। क्या करेंगे ? भिखारिन के लिए पेट की भूख है। मेरे हाथ की पार्सिल की ओर दीन होकर देखने लगी वह पैकेट उसे दे दी। वह वहाँ पेड़ों के पीछे चल पड़ी। "वह चोर है।" रुपया देने का वादा करते हुए यह दे गया।" उसने चवन्नी दिखायी। पार्सिल खोल कर इड्ली, बड़े, और पूरी जल्दी-जल्दी खाने लगी। न जाने कितने दिनों से भूखी थी वह !" ....रमेश और भी कहता ही जा रहा था।

''रमेश, रमेश....अब बस भी करो। सच में यह सब हुआ है क्या ? दिल में ये सारी बातें चुभ रही हैं।'' — मैंने उत्तेजित स्वर में कहा।

''होना क्या, मैंने अपनी आँखों से देखा है, पेड़ों के पीछे जाते ही बिना कुछ कहे अपने शरीर के ऊपर से चिथड़े हटा दिये। उसके बदन पर उस व्यक्ति का स्पर्म भी उस समय था। झट फोटो खींचा। उसके बाद मैंने उसे अठन्नी भी दी। और वह अपने रास्ते चली गयी।'' — रमेश ने ख़तम किया।

''इट ईज ए हारिबुल टेल ! तुम ने जो काम किया, वह भी क्या कम है ? उसकी भूख से तुम ऐसे खेलोगे ? फोटों खींचने के लिये इसमें है ही क्या ? इसकी भूख को, या उसकी नफरत को ? जीवन के प्रति उसके अंदर की खीझ को ? किसे तुम फोटो खींचना चाह रहे थे ? विदेशी सभ्यता की बात अलग है। वहाँ तंदरुस्त लोगों को ही ''मोडल्स'' के रूप में लेते हैं। ऐसे तंदरुस्त शरीरों को देखते ही सभी को नशा चढ़ जाता है। बेचारी ! इसके शरीर में है क्या ? भूख ? भूख ! भूख ! न जाने क्यों यह फोटो मेरे दिल को ठेस पहुँचा रही है। मुझे लग रहा है....मैंने....मैंने ही उसके साथ कुछ अन्याय किया है। असल में उस....उस भिखारिन का रूप ही शायद मेरी यादों में किसी रूप....किसी भूली-बिसरी भावना को कुरेद रही है। सारे बदन को जला रही है।

''क्या हुआ रवि ! कुछ अज़ीब ढ़ंग से बातें कर रहे हो, बिल्कुल तेलुगु सिनेमा के हीरो के जैसा....कौन सी यादें हैं ? — रमेश।

''याद ही नहीं....मेरे अंतरंग में....मेरी अंदरुनी परतों से उभरने वाली गंदगी है। उस गंदगी को यह फोटो दिखा रही है। इस फोटो को देखते ही मेरे दिल में दर्द होने लगा है। मैं उस भावना को ठीक-ठीक व्यक्त नहीं कर पा रहा हूँ।'' — मैंने अपनी व्याकुलता दिखलायी।

''बोलो भई ! सेंटिमेंटल बातें छोड़ दो। किस्सा क्या है, सीधा-सीधा बोलो।'' — रमेश।

''पता नहीं रमेश ! आज का दिन मैं जिंदगी भर भूल नहीं सकता। एक के बाद एक सारी घटनाएँ इतनी जल्दी घटती गयीं कि उतनी जल्दी मैं साँस भी नहीं ले सकता हूँ। मैं भी अज़ीब सी हरकतें कर रहा हूँ। शहर में जो दो, तीन घंटे मैंने बिताये, अशांति और थकावट में ही बीत गये। अब कम से कम कमरे में

आराम करना चाह रहा था तो तुमने यह फोटो दिखा कर दुःख को बढ़ाया। शायद इसकी तुमने कल्पना नहीं की।" — मैं।

"बाबा, असली बात तो बताओ। क्यों बेकार के आँसू बहाने लगे हो ? प्लीज, बताओ न ?" — रमेश ने पूछा।

"बताऊँगा। बताने पर शायद कुछ शांति तो मिल जायेगी। बस, यह भी एक छोटी सी कहानी ही है। अब तक किसी को बताया भी नहीं। कहीं दिल के परतों के अंदर छिपा रखा। आज तुम्हें बता रहा हूँ। हमारे गाँव में रत्ति नाम की एक लड़की रहा करती थी। मैं जब आठवीं में पढ़ता था, तब वह बारह साल की थी। मैंने उस लड़की में कुछ अज़ीब सी कशिश पायी। चालाकी जताने वाला वह चेहरा, बड़ी-बड़ी आँखें। हर समय चुस्त रहा करती थी। जब भी छुट्टियों में गाँव जाया करता था रत्ति मुझे देखा करती थी। बड़ी खूबसूरती अदा से अपने अंदर की खुशी को जताती थी। जब भी मैं छुट्टियों में गाँव जाता था, उसे देखे बिना रह नहीं पाता था। जानबूझ कर उसकी झौंपड़ी में जाकर जी भर रत्ति को देख आया करता था। जब भी रत्ति मुझे देखती, बड़े खूबसूरत अंदाज में लाज जताया करती थी। शायद उसने जान लिया कि मैं उसी के लिए आ रहा था। बस, उन दिनों ऐसे देखने के अलावा मुझ में कुछ करने की इच्छा नहीं होती थी। ऐसे देखने में ही आनंद पा लेता था। आठवीं से नवीं कक्षा....बस, एक साल तक रत्ति में कुछ परिवर्तन....किशोरावस्था की तब्दीलियाँ....यौवन, और उसकी झलकियाँ रत्ति के हर अंग में प्रस्फुटित होने लगीं। मैं जहाँ भी उसका आमना-सामना करता तो, बस....वह एकटक मुझे देखा करती थी। रत्ति और भी सुंदर और आकर्षित हो गयी। मूक नजरों की उसकी भाषा मैं उन दिनों समझ नहीं पाया। मैं भी देखा करता था और रत्ति भी देखा करती थी। एक बात भी करने की इच्छा नहीं होती थी। ऐसे देखते रहने में ही खुशी महसूस होती थी। रत्ति उस समय मेरी तरफ ऐसे क्यों देखती थी, यह बात आज भी समझ नहीं सका। उतनी छोटी उम्र में ही शायद मेरे लिये उसके अंदर कुछ चाह थी या केवल नादानी से ही मेरी ओर निहारती रही थी, यह बात अब भी मेरे लिये पहेली ही बन कर रह गयी। नौवीं कक्षा से दसवीं में आ गया। उसके बाद छः महीने तक रत्ति को देख नहीं सका। इस बीच मुझ में भी थोड़ा परिवर्तन आया। सिनेमा देखने में काफी दिलचस्पी बढ़ती गयी। पहले खड्ग-युद्ध वाले पिक्चर अच्छे लगते थे। लेकिन उसके बाद नायिकाओं के उभरते सीने देखने में रुचि जग गयी। सेक्सी डान्स,

सेक्सी सीन, सेक्सी गाने वाले पिक्चर्स अच्छे लगने लगे। ठीक इसी समय मैंने रत्ति को देखा। रत्ति बिल्कुल बदल गयी। मैं अपनी आँखों पर ही यकीन नहीं कर सका। बहुत बड़ी हो गयी उसके सभी अंगों में यौवन झलकने लगा था। जवां दिलों में आग को भड़काने वाला सौंदर्य था रत्ति का ! इतने दिनों तक रत्ति को देखते रहने में ही आनंद पाया करता था लेकिन एकदम न जाने रत्ति के साथ कुछ करने की इच्छा सी हुई। रत्ति में भी पहले की मासूमियत नहीं रही। तिरछी नज़रें, शरारती बातें—ये सब उसमें स्पष्ट दिखायी देती रहीं। इसके पहले मासूमियत और लज्जा के साथ मेरी ओर देखती थी। लेकिन एक दिन मुझे देखते ही बिना झिझक के साथ बोल उठी, "क्यों बाबू जी, ठीक हो ?" रत्ति का इस प्रकार बेझिझक बर्ताव...."बाबूजी" की पुकार....मुझे पागल करते गये। "बाबूजी" कह कर मुझे कोई पुकारे तो मुझे बहुत अच्छा लगता है। तिस पर रत्ति अपनी भरी-भरी जवानी को लेकर मुझे "बाबूजी" कहकर पुकारे तो मेरे अंदर की सारी सुषुप्त इच्छाएँ जग गयीं। उसकी पुकार से ऐसा लगा कि मानों रत्ति अपने पास आने का मुझे निमंत्रण दे रही है। मुझ में भी नयी-नयी जवानी की नयी चेतना एकदम भड़क उठी। सारी रात मुझे नींद नहीं आयी। हर क्षण, मेरी आँखों में, मेरी अपनी कल्पनाओं में रत्ति ही बसा करती थी। रत्ति के शरीर में सबसे अधिक आकर्षक अंग....उसके सुंदर, स्वस्थ उरोज थे, जो मुझे उकसाया करते थे। मेरी आँखों में दिखायी देते थे। लेकिन क्या करना है ? रत्ति की झौंपड़ी में कैसे जाऊँ ? दूसरी मुसीबत यह थी कि उस गाँव में सभी लोग मुझे नेक इंसान समझते थे। "गंदी हरकतें न करने वाला", "बुरी संगत में न पड़ने वाला", और "लगन से पढ़ाई करने वाला" आदि न जाने ऐसी कितनी ही बातें मेरे लिये लोग किया करते थे। इसलिए मैं भी उसी तरह रहने की कोशिश किया करता था। समाज में जब हमारा "इमेज" एक बार जम जाता है, अगर उसी "इमेज" को हम चाहते हैं तो जीवनभर उसी इमेज को कायम करने की कोशिश करते हैं। गाँव वाले क्या कहेंगे ? कहीं मेरा अच्छा नाम बिगड़ तो नहीं जायेगा ? ऐसे ही विचार ....बस, इसी कारण मुझे पता नहीं लगा कि मैं क्या करूँ ? "इट वाज ए टार्चरस नाइट"....ऐसे ही हर दिन....रत्ति का उकसाना-भड़काना ज्यादा होता गया। मुझे समझ में नहीं आया कि क्या रत्ति मुझे ही उकसा रही है या सभी के साथ उसका यही व्यवहार रहा है ! मुझे ही "बाबूजी" कहकर पुकारती थी या सभी को ऐसा पुकारती थी ? पता नहीं ! लेकिन रोज रत्ति को देखे बिना रह नहीं पाता था।

हर शाम कुएँ के पास आती थी। घड़े को कंधों पर रख कर कोई चार, पाँच बार पानी ले जाया करती थी। गाँव में निम्न वर्ग के लोगों का "ड्रेस" तुम ने कभी देखा है? "हालीवुड नायिकाओं का ही ड्रेस" समझो। ये लोग शरीर की खूब नुमाइश करते हैं। आजकल शहर के मिनी स्कर्ट की तरह साड़ियाँ घुटनों के ऊपर तक ये लोग पहनती थीं। टाइट ब्लाउज, पल्लू तो होता ही नहीं। असल में रत्ति को कोई भी युवक देखे तो उत्तेजित हुए बिना नहीं रह पाता था। ऊपर से रत्ति को उस नज़रिये से देखना मेरे लिए नया था। दो, तीन बार पानी ले जाने के कारण उसका सारा शरीर भीगा-भीगा रहता था। उस गाँव के सारे युवक उसे आँखों से ही खा जाते थे। दिन-ब-दिन मेरी उलझन बढ़ती जाती थी। उलझन को सुलझा नहीं पा रहा था। बस, मेरी मनपसंद कल्पनाओं में, मानसिक रूप से ही उसके साथ सुख प्राप्त करने का आनंद पा लेता था। सारी रात ऐसे ही सपनों में खोया-खोया रहता था। क्या मेरी यह कल्पना, यह इच्छा कभी पूरी हो सकेगी ? नहीं, और तो और मेरी अंदरुनी इच्छाएँ और भी बढ़ती गयीं। खीझ कर सोने का प्रयास करता तो कभी भोर के समय सो पाता था। जब एक दिन मैं अपने खेत की ओर जा रहा था तो रास्ते में रत्ति मिली। "क्यों बाबूजी ? अच्छे हो तो ?" — फिर वही सवाल ! भड़काने का वही अंदाज ! मुझ से ....ललकारने वाली वही निगाहें ! क्या बोलूँ ? मुझे कुछ समझ में नहीं आया। शुरु से ही मैं बहुत संकोची स्वभाव वाला हूँ। दूसरों से बात करते वक्त में बहुत झिझकता था। "इंट्रावर्ट" हूँ। केवल मैं अपनी ही, सिर्फ अपनी ही कल्पनाओं में जीता था। कुछ कर नहीं सकता था। खुल कर बोल भी नहीं पाता था।

"बस, नज़रों के जरिये ही बोलते हो बाबूजी, क्या तुम्हें बोलना नहीं आता ?" रत्ति पूछने लगी।

"क्या बोलूँ ?" बुद्धू की तरह पूछा।

"हाय राम ! शहर में पढ़ते हो। मैं तुम्हें बताऊँ कि क्या बोलना है ?" रत्ति ने कहा।

लज्जा....भय....संकोच....। लेकिन मेरे अंदर इच्छा की आग लगी हुई है। नस-नस में बहने वाला गर्म खून। कुछ करने की जबरदस्त चाह। यह एक अच्छा मौका है। बाजू में ही घने पेड़....रत्ति को उन पेड़ों के पीछे बुलाता तो रत्ति बेझिझक आ जाती। लेकिन ऐसे पूछने के लिए मेरे अंदर कई सालों से जमी कायरता नहीं मान रही है। ऐसी आशा भी कि रत्ति अपने आप मुझे ले जाती तो कितना अच्छा

होता ! मेरे पास एक क्षण का समय था। उस समय मैं कुछ भी निर्णय नहीं ले पाया। इतने में ही...."अच्छा बाबूजी।".....हाय रे दैया ! उन्होंने आपको बोलना नहीं सिखाया कह कर चली गयी। ठहरने के लिए कह नहीं पाया। संघर्ष....बचपन से ही यही आदत थी कि कोई भी काम निःसंकोच नहीं कर पाता था। हर बात के पीछे संघर्ष महसूस करता था। मन में छोटी सी लड़ाई ही भिड़ जाती थी। उस दिन रत्ति को यों ही खो बैठा। बुद्धू की तरह घर जाकर अपने आप को कोसता रहा। इतने में हमारी गर्मी की छुट्टियाँ ख़तम हो गयीं। वरंगल चला गया। वहाँ, पढ़ाई, दोस्त, और सिनेमाओं की रंगीली दुनिया में रत्ति को भूल ही गया। फिर छः महीने बाद....हमारे गाँव...." मैं रुक गया।

"वेरी इंटरेस्टिंग....वेरी इंटरेस्टिंग....बोलो — बोलो-यार कंटिन्यू....। बोलते जाओ।" — रमेश ने आतुरता से कहा।

"अब आगे की कहानी कहने से पहले, तुम शहर के रहने वाले हो न, इसलिए एक बात बताऊँगा। गाँव में निम्न वर्ग के लोगों में, जो काम-काज करती रहती हैं, उनमें आदर्शों की उतनी परवाह नहीं होती जितने मध्यवर्गीय लोगों में पायी जाती है। वहाँ स्त्रियाँ बहुत फ्री रहती हैं। शादी होने पर भी पति की ही होकर रहें...ऐसा कोई नियम-कानून उन्हें बाँध कर नहीं रखता। जब चाहे तब पति को छोड़ सकती हैं। दूसरे को अपना भी सकती हैं। यह वर्ग काम-काज वर्ग का है। इसलिये यहाँ स्त्रियाँ भी कमाती हैं। इस कारण वहाँ की स्त्रियाँ....हमारी स्त्रियों की तरह पतियों के हाथ मार-पीट सह कर भी उन्हीं पर निर्भर होने की दीन स्थिति में नहीं रहती हैं। किसी भी क्षण पति को बदल सकती हैं। और दूसरी बात यह है, उनके परिवारों में प्रोस्टिट्यूशन तो बहुत ही आम बात है। गाँव में उच्च वर्ग के पुरुषों का और निम्न वर्ग की स्त्रियों का तो संबंध रहता ही है। इसे रोकने का प्रयास कोई करता भी नहीं है। यह तो एक साधारण सी बात है। अब असली बात पर आता हूँ। छः महीने बाद फिर गाँव में कदम रखा तो पता चला कि रत्ति की शादी हो चुकी है। मैं विश्वास नहीं कर पाया। अब तक यही सोचता रहा कि रत्ति पर मेरा ही अधिकार है। वह विचार टूट गया। एक और बुरी खबर मिली कि रत्ति ने पति को छोड़ दिया और गाँव में "हीरोइन" बन घूम रही है। गाँव के सभी युवकों को अपनी खूबसूरती बाँटती फिर रही है। मुझे बहुत दुःख हुआ। मुझे लगता था रत्ति मेरे लिए इंतजार करती रहेगी। मेरा अंधाधुंध विश्वास एक यह भी था कि रत्ति मेरे अलावा किसी की भी हो नहीं सकती

थी। उस रात को फिर मैंने बहुत दुःख झेला। "उसकी जवानी केवल मेरे लिये ही है। यह विचार....यह वहम् बह गया। मेरा अहम् चूर चूर हो गया। सुबह के होते ही रत्ति को मैंने देखा। बहुत बदल गयी। रत्ति की सुंदरता को लेकर मेरी जो कल्पनाएँ थीं, सारी की सारी बिखर कर रह गयीं। उसका सौंदर्य प्राकृतिक सौंदर्य था। चाहे वह कितनी भी चालाक हो, फिर भी वह नादान ही है। सोचा करता था कि हम दोनों — मैं और रत्ति — ब्रह्मानंद की अनुभूति को प्राप्त करने वाले हैं। मेरे सारे सपनों को उसने झकझोर दिया है। रत्ति के कपड़े पहनने में....चाल-चलन में....एक प्रकार की बेपरवाही साफ दिखाई देने लगी। यह बेबसीपन किस पर दिखा रही थी ? अपने ही ऊपर ? या दुनिया पर ? मुझे देखते ही शरारत भरी मुस्कान लिये बेपरवाही से पूछने लगी, "बाबूजी, आ गये हो ? मेरे लिए क्या लाये हो ? मेरे प्यारे बाबूजी, कहती हुई बेहय्या सी और भी जोर से हँसने लगी। दूसरे दिन पता लगा कि रत्ति क्यों बदल गयी ! उसी गाँव के मेरे बचपन के दोस्त ने मुझे बताया था।

बहुत दिनों तक रत्ति ने अपनी जवानी किसी के हाथों नहीं सौंपी। जब से रत्ति सुंदर-सलौनी बन गयी तब से गाँव के सारे युवकों की नज़रें उसी पर गड़ गयीं। फिर भी सभी को छेड़ती रहती थी लेकिन किसी को छूने भी नहीं देती थी। रत्ति का बाप उन दिनों में गाँव के एक छोटे मोटे नेता के पास काम करता था। नया नया अधिकार मिला था उस नेता को। इससे वह नेता काफी अहंभावी हो गया था। गाँव में किसी की परवाह नहीं करता था उल्टा सभी को डरा-धमका कर मुफ्त में काम करवा लेता था। अपने साथ के गुंडों को खूब खिला-पिला कर रखता था। अगर कोई उसके खिलाफ बात करता तो इन गुंडों के साथ पिटवाता था। इस छोटे नेता का नाम शायद गोविंदराव था, उसकी नज़र औरतों पर पड़ी। उसकी मनपंसद औरत को....ख़ास कर निम्न जात की स्त्रियों को अनुभव करने का वह आदी हो गया। अगर कोई न मानती तो अपने गुंडों की सहायता से रात ही रात जबरदस्ती लिवा लाया करता था। इस बास्टर्ड गोविंदराव की नज़र रत्ति पर भी पड़ी। पहले तो सीधे-सादे रूप में ही पेश आया था। यहाँ-वहाँ की चीजें खरीद कर देने के बहाने रत्ति को बुलाता रहा, रत्ति ने बहुत जोर लगा कर ही उसको ठुकराया था। लेकिन दुःख की बात यह है कि निम्न वर्ग की औरतें अगर अपना शील बचाना भी चाहें तो कोई उनकी रक्षा करने वाला भी नहीं होता है। इनकी स्थिति ठीक बहाव के विपरीत दिशा में तैरने की जैसी होती है। माँ-बाप

भी उसकी रक्षा करने में साथ नहीं देते ! उल्टा सलाह देते हैं कि "पैसेवाला है ....एक बार जाकर आने में क्या हर्ज है !" रत्ति का बाबा, गोविंदराव के यहाँ नौकर था न ? ऊपर से उधार भी बहुत लिया। रत्ति को गोविंदराव तंग कर रहा है, यह बात जान कर भी उसका बाबा अनजान बन बैठा। इतना ही नहीं, किसी न किसी बहाने रत्ति को उसके पिता ने ही गोविंदराव के यहाँ भिजवाया। यह जानने के बाद न जाने क्या सोचा है रत्ति ने....खुद ही जाकर एक रात गोविंदराव के पास गयी। बस ! इस घटना के बाद रत्ति पूरी तरह बदल गयी। जो भी मिल जाते है उसी के साथ फ्री होकर समय बिताती थी, इतना ही नहीं खुद ही उनके घरों में घुस कर भी....पता नहीं....उस घटना के बाद रत्ति ऐसा क्यों बदल चुकी है — समझ में नहीं आता। क़ेवल पैसों के लिए — यह नहीं हो सकता ! बस, पागल सी हो गयी है। इसे जानने के बाद मैंने अपने आप को कोसा। रत्ति मेरी तरफ बहुत नादानी से देखा करती थी, इबादत भरी नज़रें भरती थी। लगता था रत्ति ने मुझ से शायद प्यार किया है। जब भी उन नज़रों को मैं याद करता हूँ ....तो सोच में पड़ जाता हूँ कि उस वक्त अपनी जड़ता को छोड़ कर समाज को धिक्कारते हुए रत्ति से अगर मैं शादी कर लेता तो शायद ही रत्ति इतनी पतनावस्था में न गिरती।" — मैं दुखित होते हुए आँखें मूद कर रह गया।

"क्या हुआ....बस....इतना ही है कि और भी कुछ है ? असल में मेरे फोटों का और रत्ति का क्या संबंध है ?" — रमेश ने पूछा।

"बताये देता हूँ। हर रोज़ मेरी आँखों के सामने रत्ति का किसी न किसी मर्द के साथ बेहय्या सा बर्ताव करना और जो भी झौंपड़ी दिखाई दे, उसमें घुस जाना....ये सब बातें मुझसे सही नहीं गयीं। मुझे देखते ही रत्ति और भी उत्साह जताती हुई पुरुषों को उत्तेजित करती हुई झौंपड़ियों में घुस जाया करती थी। मेरी समझ में यह नहीं आता था कि आखिर रत्ति मुझे इस प्रकार सता क्यों रही है ! जल्दी ही उस गाँव में रत्ति का नाम "आठाना" हो गया था। आठ आना कहा करते थे उसे ! सभी लोग उसी के सामने "आठ आना" "आठ आना" कह कर बुलाते थे, खूब चिढ़ाते थे। ऐसा कहने पर रत्ति और भी उत्तेजित होकर कहती थी, "मर्द हो तो आओ, आठ आने का मजा दिखा दूँगी, आओगे ?" मेरे साथ भी दो तीन बार ऐसा ही भद्दा मजाक किया, "बाबूजी, आठ आने का मजा दूँगी, आओगे ?" रत्ति के ऐसे कहते वक्त मुझे लगता था कि कोई मेरे दिल को जोर से मरोड़ रहा है। उस पाश्विक दुनिया से रत्ति की रक्षा कैसे करूँ, यम

जैसे लोगों से उसकी कैसे रक्षा करूँ ? दिन-ब-दिन रत्ति के साथ अनुभव पाने की लालसा मुझे खाती जा रही थी। तभी मैंने "चलम" की किताबें पढ़ना शुरू किया। उस वक्त ठीक तरह से मैं चलम को समझ नहीं पाया। "मैदानम" पढ़ कर रत्ति को "राजेश्वरी" समझने लगा। जानते हो उन किताबों को पढ़ने के बाद मेरे नैतिक मूल्य एकदम जड़ सहित हिलने लगे। इससे पहले वेश्या के पेशे को बहुत बड़ा पाप और अपराध मानता था। इसी कारण रत्ति से संबंध जोड़ नहीं पाया। लेकिन चलम की किताबों को पढ़ने के बाद मुझ में काफी परिवर्तन हुआ। मैंने वेश्या-वृत्ति में कोई गलती नहीं देखी। तुरंत मेरी आँखों के सामने एक आदर्श नायिका...."रत्ति" खड़ी हुई। रत्ति को पाने की लालसा मेरे अंदर और भी मजबूत हो गयी। उस समय मैं किशोर अवस्था में कदम रख रहा था। पंद्रह साल पार कर सोलहवें में पहुँचा। सेक्स सिनेमाओं को पागल की भाँति देखा करता था। बस, स्त्री को देखते ही कुछ करने की प्ररेणा मन में जग जाती थी। मेरे अंदर किसी कोने में नैतिक मूल्य दब कर रह गये। कुछ करना है, मेरी नज़र हर समय कुछ करने की ओर ही थी। कल्पनाओं में जीवित रहना....मानसिक व्यभिचार आदि को सह नहीं सका। सोचा कि इस मानसिक व्यभिचार से अच्छा है कुछ कर ही डालूँ...."सचमुच"....तो सेहत के लिए अच्छा होगा। बस ! इतने दिनों से अंदर छिपायी हुई बात को रत्ति के सामने आखिर प्रकट कर सीधा-सीधा....सवाल पूछा, "आओगी ?"

"बाप रे ! इतना साहस ! बाबूजी को कितने दिनों के बाद इतनी सी बात कहने की फुरसत मिली !" कहने लगी।

"आओगी ?" फिर पूछा।

"कहाँ ?" "क्या करने के लिए ?" कहती हुई हँस पड़ी। उस हँसी में ऐसा व्यंग्य का पुट मिला कि "तुम क्या कर सकोगे ?" बस, उत्तेजित हो गया और रत्ति के शरीर पर झपट पड़ा। अंदर से उभरता आवेश, कई दिनों से दबी मेरी अंदरुनी आकांक्षा, अब तक नैतिक मूल्यों में आबद्ध मेरी जवानी। मेरे खून की एक-एक बूँद की शक्ति, मेरे अंदर छिपी हुई मर्दानगी, जो इतने दिन रत्ति के लिए अपरिचित थी, उस दिन उसे दिखाने के लिए बेकाबू हो रहा था। उसके एक ही वाक्य से मुझ में इतना आवेश उभर कर आया। उस रात, आधी रात को इतना साहस मुझ में न जाने कहाँ से आया। माँ-बाप के सोने के बाद दरवाज़ा खोल कर रत्ति के घर गया। वह मेरी इंतजार कर रही थी। दोनों उस गाँव के

पुराने शिव मंदिर की तरफ चल पड़े। कहते हैं उस मंदिर में भूत रहले हैं और चमगीदड़ों का संचार होता है। सुबह के समय में भी उस मंदिर में जाने से लोग कतराते हैं। लेकिन उस समय कुछ भी याद नहीं आया। रत्ति.....रत्ति का शरीर। भूख से तड़पता आदमी खाने की थाली पर जिस तरह झपट पड़ता है, उसी तरह मैं रत्ति पर टूट पड़ा। उस समय मुझ पर भूत सवार था। मेरे अंदर आदमी नहीं रहा। जलती हुई आग की लपट की तरह मैंने रत्ति के बदन को जला डाला। उसने अपने शरीर से मुझे खेलने दिया। अपने शरीर से मेरे अंदर की आग बुझाने दी। बच्चा बनाकर मुझे खिलाती रही। प्रेम-पाठ सिखाया। क्या किया....कैसे हुआ ....मुझे अब कुछ याद नहीं। सब कुछ एक सपने की तरह हो गया था। उस समय की यादें, अब सोचने लगता हूँ....तो....।" मैंने कनपटियाँ दबायीं।

"अरे, मैंने कुछ और ही सोचा। तुम तो बड़े हीरो निकले। नादान समझा ....बहुत खूब ! मुझ से तो भले हो। अच्छा मौका मिला। मुझ से तो कहीं बेहतर हो।" — रमेश ने ताला हाथ में लिया। फिर वही काम — लगा रहा है — खोल रहा है — लगा रहा है — खोल रहा है — टिक्.....टिक्.....टिक्.....टिक् .....टिक्....की ध्वनि।'झट से उस ताले को खींच लिया। टेबिल पर रख दिया।

"इस ताले को सही सलामत रहने नहीं दोगे ?"

"अरे, ताले को रहने दो, लेकिन तुमने अच्छी-खासी कहानी सुनायी। और भी है कि ख़तम हो गयी ? अच्छा मूड जम रहा है।" रमेश ने कहा।

"अगले दिन हमारी छुट्टियाँ ख़तम हो चुकी थीं। शहर जाना ही था। मेरे कहने से पहले ही घर वालों ने मेरे शहर जाने की सारी तैयारी कर दी। मुझे डर लगा कि मैंने जो काम किया उसे वे जान चुके थे। सुबह रुक जाना चाहता था। मगर रह नहीं सका। गाड़ी तैयार कर दी गयी और मुझे चढ़ने को कहा गया। रास्ते में रत्ति मिली। उस समय की करतूत अब भी मेरे दिल को साल रही है। वह काम मैंने क्यों किया अब भी मेरी समझ में नहीं आता है।

"कौन सा काम ? क्या किया तुम ने ?" — रमेश।

"यह लो, तुम्हारे आठ आने।" कहते हुए रत्ति के हाथों में मैंने पैसे थमाये। उस समय मेरे पास काफी रुपये भी थे। आठ आने ही मैंने उसे क्यों दिये ? कुछ दिये बगैर भी रह नहीं पाया। लेकिन मैं क्यों चुप नहीं रह पाया ? उस समय मुझे लगा कि आठ आने रत्ति को देना मेरा फर्ज़ है। गाँव के सभी लोग

रत्ति से सुख लेकर आठ आने देते हैं तो मेरा आठ आना देना भी मैंने अपना फर्ज़ माना। उस आठ आने को लेकर रत्ति ने जो बात कही वह मुझे काँटे की तरह चुभ गयी।

"क्या कहा उसने ? क्या कहा ?" — रमेश।

"तुम भी आठ आने दोगे बाबूजी ?" रत्ति ने पूछा। यह बात कहते वक्त रत्ति के मुँह पर क्या-क्या रंग बदले, सब कुछ मुझे याद है। वह अपनी नज़रों में मुझे सबसे अलग समझती थी। शुरु से मेरे लिये अपने दिल में अरमान, ख्वाब संजोये रखती थी। ऐसी दशा में मैंने भी दूसरों की तरह रत्ति के हाथ में पचास पैसे थमा दिये। रत्ति को इस काम से कितना ठेस पहुँची होगी....इसका अंदाजा भी मैं लगा नहीं सकता।"

"क्या इसीलिये उस भिखारिन को मेरे आठ आने देने से इतने दुःखी हो रहे हो ? उसके बाद क्या हुआ ?" — रमेश।

गाँव में उसके पास आने वाले सभी लोग "आठाना" कहकर चिढ़ाते थे। मैं भी आठ आने देकर उन लोगों में शामिल हो गया। शायद उस समय मेरे अंदर कोई "ईविल फोर्स", कोई एक पाश्विक प्रवृत्ति हुई होगी, इसी कारण मैंने ऐसा किया। उसके बाद रत्ति की हालत और भी बिगड़ गयी। हर रात उसके घर के सामने भीड़ जम जाती थी। एक के बाद एक....कभी तीन-चार लोग एक साथ आ जाते थे....रत्ति के लिए झगड़ते थे। आखिर रत्ति का मूल्य आठाने से चार आने को गिर गया था। एक बार गाँव के मुखिया लोग इकट्ठे हुए। उस गाँव का मुखिया, गोविंदराव ने भाषण दिया कि दिन-दहाड़े गाँव में होने वाली इस अनैतिकता को दूर करने का एक उपाय है, वह यह है कि रत्ति को गाँव से बाहर निकाल देना। गाँव के सभी लोग इस बात से सहमत हो गये। रत्ति के पिता से कहा गया कि गाँव के सभी युवकों को रत्ति खराब कर रही है....उसे गाँव छोड़ कर जाना ही है — अगर न जाये तो वे खुद ही उसे भगा देंगे। इसके लिए रत्ति राजी नहीं हुई। सभी को गालियाँ सुनायीं। उसके मुँह लगने से डर कर कुछ दिनों तक कोई भी उसके पास नहीं गया। उन्हीं दिनों छुट्टियों में मैं फिर गाँव गया। रत्ति को देखा। अपनी ही आँखों पर भरोसा नहीं हुआ। जानते हो तब वह कैसी थी ? बिल्कुल इस फोटो की भिखारिन की ही तरह ! दुनिया को अपने कदमों में रख सकने वाली सुंदर आँखें अब डरावनी सी लग रही थीं। हर पल चहकने वाले उस चेहरे पर घृणा....खीझ, मानों द्वेष....घर कर गये। उसके

काले-काले सुंदर बाल सूखे घास की तरह बन गये। उसके शरीर पर कपड़े नहीं, बल्कि वे चिथड़े कहलाने योग्य थे। उन चिथड़ों में खोयी हुयी उसकी जवानी ....वह अपने सीने को छिपाने का नाम भी नहीं लेती थी।

"चार आने दोगे ? आऊँगी।"— कहती फिरती थी। पागल सी हो गयी। मुझे देखते ही उसने क्या कहा मालूम, "बाबूजी, पहले आठाना था। अब तो चार आने ही हैं।" कहती हुई हँस पड़ी। "अपमान और पीड़ा से मुझे लगा कि मेरा सिर फट क्यों नहीं जा रहा है ! अचरज की बात यह है कि यह पीड़ा और यह दर्द सह कर भी मैं अभी तक जिंदा हूँ, सही-सलामत हूँ।" दुःख से भरी आँखें मलते हुए, कनपटियाँ दबाते हुए मैं कहने लगा। "क्या बोल रहा था ?....यह तो मुझे खुद भी समझ में नहीं आ रहा है।" फिर भी दिल में कुछ हल्कापन का आभास होने लगा। मेरे मुँह से निकली हर बात मेरे आंतरिक दर्द और ग़म को कम करने लगे। मैंने सोचा कि रत्ति की कहानी इसी प्रकार सुनाता जाऊँ तो शायद मुझे कुछ तसल्ली होगी।

"आखिर क्या हुआ ?" — रमेश।

"क्या हुआ ? रत्ति मर गयी। मर गयी। हमारे गाँव के बदमाश गुंडों ने उसे मार डाला।"

"मार डाला ? सच ? मगर क्यों ?" — रमेश।

"रत्ति ने उसी गाँव के एक हरिजन युवक से संबंध रखा। उसी की झौंपड़ी में रहने लगी। उसी के साथ खाने-पीने लगी। गाँव के लोग अब तक चुप थे। लेकिन रत्ति को इस तरह हरिजन युवक से संबंध बनाये रखने को उस गाँव के मुखिये ने विरोध किया। उस गाँव के बड़े-बड़े लोग और रत्ति के जात वाले — सभी रत्ति के किये पर नाराज थे। सभी लोगों ने मुखिया लोगों की हाँ में हाँ मिलाया। अब भी गाँव वालों में हरिजनों के प्रति अछूत की भावना दूर नहीं हुयी। निम्न वर्ग के लोग भी हरिजनों से दूर ही रहना चाहते थे। गाँव में निम्न जात के लोग भी कुछ नियमों के अनुसार ही चलते थे। वे इसे जरूरी मानते हैं कि मुखिया उनके लिए जो नियम-कानून बनाये उसे ज्यों का त्यों अमल करें। अगर कोई नियमों को तोड़ता भी है तो सजा देने का हक भी मुखिया को रहता है। रत्ति का हरिजन युवक से संबंध बनाये रखना, उनके कुल के मुखिये से सहा नहीं गया। अब तक जितने लोगों ने रत्ति से संबंध रखा, वे हरिजन नहीं थे। इस

कारण रत्ति के कुल वालों को उसका तवाइफ बनकर फिरना कोई आपत्ति की बात नहीं लगी। अब रत्ति का हरिजन युवक के साथ यह संबंध उन्हें मानों पागल-सा बना दिया। एक दिन गाँव के सभी मुखिया लोग उस हरिजन के घर पर टूट पड़े। वहाँ से दोनों को बाहर खींच कर रस्सी से बाँध कर ले आये। सारी रात दोनों को पंचायती बोर्ड आफिस में ऐसे ही बाँध कर रखा गया। गाँव के सभी लोग रत्ति के मुँह पर थूक आये। कहने लगे, "रंडी, तेरा घंमड बढ़ता जा रहा है....मारो, पीटो....साली को....दोनों को खड़े-खड़े जला डालो। पाँव तले कुचल डालो....साली....! काट डालो....चीर डालो....इन कुत्ते को....!" उस गाँव के सभी युवकों ने जो जवान रत्ति के साथ रातें गुजारीं। लेकिन उस पल कोई भी रत्ति को बचाने नहीं आया था। गोविंदराव ने ही सब से पहले रत्ति के साथ अपना संबंध बनाया। वही रास्केल उस समय....वह पंचायती बोर्ड का अध्यक्ष था। उसने कहा, "रंडी के लिए यही सजा ठीक है। तब मैं भी गाँव में ही था। लेकिन मैं अकेला क्या कर सकता था ? अंदर ही अंदर घुट-घुट कर रोने लगा। रत्ति को बचाना चाहा। उन बदमाशों से, गुंडों से, नर रूपी भेड़ियों से रत्ति की हिफाजत करना चाहा। लेकिन मेरे जैसे नाकामयाब की बातें कौन सुनेंगे ? एक और बात यह भी थी कि रत्ति की वकालत लूँ तो उससे मेरे पुराने नाजायज रिश्ते को कोई भी भाँप सकता था। बोल रहा हूँ न, मैं एक कमजोर दिल वाला हूँ। रत्ति को बेरहमी से जब किराये के गुंडे सता रहे थे तब भी मैं कुछ नहीं कर पाया। सारा दिन, हर क्षण ऐसे दुःख को महसूस करता रहा जैसे मेरे सीने पर जलती हुई अँगीठी रख दी गयी हो। अगले सुबह, जानते हो, क्या हुआ ?"

"क्या हुआ है ?" — रमेश।

"रत्ति की लाश उस गाँव के कुएँ में मिली। उसकी लाश कैसे थी जानते हो, बिल्कुल इस फोटो की ही तरह।" — मैंने स्पष्ट किया।

"रत्ति कुएँ में कैसे मिली ?" — रमेश।

"उस रात रस्सी के गाँठ को ढ़ीला कर कुएँ में गिर गयी। वह हरिजन युवक जिसे रत्ति के बगल में ही बाँधा गया था, उस समय सो रहा था।" बाद में वह रोते बिलखते कहने लगा कि "अगर मैं जगा होता तो रत्ति को बचा पाता।" रत्ति की लाश पर गिर कर बिलख-बिलख कर रोने की उसकी आवाज़ आज भी मेरे कानों में गूँज रहीं है। जो लोग रत्ति को गालियां देते हुए थके नहीं वे ही अब उसकी आत्महत्या की खबर पाकर उस पर तरस खाने लगे। सब कहने

लगे कि अरे, पगली को मार डाला, बेचारी रत्ति को मार डाला ! यही है रत्ति की कहानी ! अब तक मैंने किसी को बताया नहीं। अब तक मैंने सीने की गहरी परतों में छुपाके रखा। कभी-कभी दिल में सुई की तरह चुभती रहती है। रत्ति की याद मेरे अंदर "अपराध की भावना" जगाती है। रत्ति को इस कदर निर्मम लोगों के हाथों तक पहुँचाने में मैंने भी कोई कसर नहीं छोड़ी। यह भावना कभी मेरा पीछा नहीं छोड़ती। आज एक और अज़ीब घटना घटी। ख्वाब में रत्ति दिखायी दी और वह पगली बनकर मुझे डराने लगी। आज बस स्टैंड की भिखारिन की भी ऐसी ही निगाहें हैं, जिन्हें देख कर मुझे वह सारी भूली बिसरी बातों की याद आने लगी है। अभी अभी जिस फोटो को तुमने दिखाया, वह मेरे दिलो दिमाग में बसने वाली रत्ति के रूप से बिल्कुल मिलती जुलती है। इस कारण इस फोटो ने मुझे बहुत हिला दिया है। यही नहीं। तुमने जिस ढ़ंग से फोटो खिंचवाने के लिए उसे मनाया, उससे भी मैं बहुत विचलित हुआ हूँ। तुम्हारे प्रति मैं सदा आभारी रहूँगा। अपने आप को बहुत हल्का महसूस कर रहा हूँ। सीने से जैसे सौ-सौ मन का बोझ उतर गया है। दिल में चुँभने वाले उस काँटे को आज मैं निकाल पाया। इस घटना को मैं दो तीन सालों से किसी को नहीं बता पाया। अपने अंदर ही मैंने इसे छिपा लिया। जब भी यह बात याद आती थी तो अकेले में ही दुःख झेला करता था। आज इस राज को तुम्हें बता कर मैंने अच्छा ही किया। अपने आप को आज हल्का महसूस कर रहा हूँ।

रत्ति के किस्से को समाप्त कर मैं दोनों हाथों से सिर पकड़ कर बैठ गया। गले में दर्द होने लगा। कितनी देर से बोल रहा था ? क्या मैंने खुद ये सारी बातें कीं ? रमेश से कह पाया ? लो, रमेश फिर वही काम कर रहा है....ताले से खेल रहा है। अब की बार धीरे से लगा रहा है....खोल रहा है....लगा रहा है....खोल रहा है....ठीक है खेलने दो। मेज पर घड़ी है, उसकी ओर देखा। पाँच बज कर सत्रह मिनट। तो लगभग एक घंटे से मैं बातें कर रहा था। इसीलिए तो गला सूख गया ! इतनी देर कभी भी मैंने किसी से बातें नहीं कीं। बड़ी अज़ीब बात है। मैंने रत्ति की कहानी किसी को बताना नहीं चाहा था। मेरे जीवन का यह ख़ास राज रहा। सोचा कल को शादी होगी और एक दूसरे से अपने-अपने मन की बातें कहेंगे तब भी भूल से यह राज होंठों पर नहीं लाऊँगा। इस राज को छुपाना चाहता था। लेकिन वह आज कह डाला। कोई अनदेखी शक्ति थी, जिसने मेरे मुँह से उस राज को उगलवा दिया। उस शक्ति को मैं रोक नहीं सका।

अपने अंदर बहते उस तेज शक्ति की वजह से अनायास ही उन बातों को मुँह पर लाने के लिए मैं विवश हो गया था। जो काम मैं नहीं करना चाहता था, वही कर रहा था और जो काम करने को ठान लेता था, उसे कर नहीं पा रहा था; बड़ा अज़ीब दिन है आज ! पता नहीं, मेरे साथ इतनी उल्टी-सीधी बातें क्यों हो रही हैं ! सिर फटा जा रहा है। पेट की भूख मुझे निगलती जा रही है। आंतड़ियों को अपने नुकीले दाँतों से काटने लगी। भूख मुझे सताने लगी। गाँव वालों ने जिस तरह रत्ति को सताया, ठीक उसी तरह....मैंने फिर से देखा....बस.... बस....रत्ति अपने आखिरी दिनों में बिल्कुल ऐसी ही थी। उस फोटो को अब बिना किसी भावावेश लिये मैं देख पा रहा हूँ। न जाने क्या है जिसे देख कर रमेश यह फोटो खींचने को मजबूर हो गया है ! रमेश गहरी सोच में है। हाथ के ताले को लगाने और खोलने की रफ्तार बढ़ गयी। टक्....टक्....टक्....टक्....टक् ....लगा रहा है। खोल रहा है। लगा रहा है। खोल रहा है। इसमें एक धुन है। एक लय है। उस लय में कुछ करने का संकेत है। कोई अज़ीब सौंदर्य है। कोई अनकही प्रेरणा है। उस काम को करने में कुछ मानसिक आनंद छिपा हुआ है। बस, वह क्या है, यह मुझे खुद भी नहीं मालूम ! ऐसे पागल कामों के लिए भी क्या मतलब होते हैं ! ऐसे ही देखने लगा। रमेश ताला लगा रहा है। खोल रहा है। फिर से लगाना....खोलना....इस काम को मैं ऐसे देखने लगा जैसे यह कोई नयी बात है। यह दृश्य अनजाने ही कोई आनंद, और आराम मुझे दिलाने लगा है। लेकिन इस दृश्य को देखते-देखते बर्दाश्त करना हद से बाहर होता गया। उसे रोकना होगा। ताले और चाबी मुझे अपने हाथ में लेने होंगे। खुद लगाऊँगा। और खोलूँगा। खोलूँगा....लगाऊँगा। इस ताले पर रमेश का क्या अधिकार है ? अनजाने ही रमेश से नफ़रत करने लगा। फिर किसी तरह संभल गया। अपने आप पर काबू पाया। सब कुछ बेसिर पैर के विचार....बेसिरे ढ़ंग के काम। फिजूल कल्पनाएँ ही हैं। दरवाज़े पर खटखटाहट....।

"कमान" रमेश ने कहा। दरवाज़ा खोल कर वेणु और निधि अंदर आये।

वेणु ने पूछा, "कहाँ चले गये थे ? मैं दो तीन बार तुम्हारे रूम आया था।"

"शहर गया, एक घंटे पहले ही वापिस आया।" — मैं।

"शहर ? क्यों ? सिनेमा देखने ?" — निधि।

"हाँ ! पिक्चर के लिए ही।" — मैं।

"कागज के फूल" के लिए है न ?....कैसी है ?" — निधि।

"हाँ ! पिक्चर तो वही। लेकिन देखने की इच्छा नहीं हुई। वापस लौट आया।" — मैं।

"क्या मतलब ? हम समझ नहीं पाये ?" — वेणु।

"मेरी समझ में भी कुछ नहीं आया है। समझने की भी बात क्या है इसमें ? कुछ नहीं। पिक्चर देखने गया। बिजली नहीं थी। बहुत देर इंतजार करना पड़ा। उस इंतजार में ही सारी शक्ति निकल गयी। पिक्चर देखने की इच्छा नहीं रही। बस। आ गया।" मैंने कहा।

"तो इतनी देर क्यों की ? कहाँ रहे हो ? पिक्चर देखने तुम्हारे पास पैसे कहाँ से आये ?" — वेणु।

"गुरुनाथम से पाँच रुपये उधार लिये।" — मैं।

"गुरुनाथम से उधार न लेने की कसम खायी न तुमने ? इतना ही नहीं सिनेमा न देखने की और दिल लगा कर पढ़ाई करने की भी बातें कीं थी तुमने।" — निधि।

"यही तो ट्राजडी है। काश ! मैं वही करता, जो सोचता !" मैंने विषाद भरे स्वर में कहा।

"ठीक है, गार्डेन तक चलेंगे, चलो।" — वेणु।

"वाकिंग ! मुझे जोरों की भूख लगी है। उठ कर खड़ा भी हो जाऊँ तो गिर जाने की आशंका है। कल बारह बजे जो खाया सो खाया। बस, अब तक अंदर कुछ नहीं गया। मैं नहीं आ सकता। तुम लोग जाओ।" — मैं।

"खाना नहीं खाया ? शहर में किसी होटल में खाकर आ जाते ! पाँच रुपये पास रखे, और सिनेमा भी नहीं देखा ?" — वेणु।

"पाँच रुपये कब के ख़तम हो गये। आबिड्स के सैकेंड हैंड बुक स्टाल में मार्लिन मन्रो की बॉयोग्रफी दिखायी दी। खरीदने की इच्छा हुई।" — मैं।

"खरीदा ? कहाँ है किताब ! फोटोज़ भी हैं ?" — निधि।

"यह देखो !" — मैंने किताब उसकी ओर बढ़ा दी।

"वंडरफुल ! अच्छा काम किया। जल्दी से पढ़ डालना है।" — निधि। दोनों

वेणु और निधि किताब को देखने लगे। थोड़ी देर खामोशी। पल-पल भूख बढ़ती गयी। कम से कम एक घंटे तक तो और इंतजार करना पड़ेगा।

"भूल ही गया। आज मुझे एम०ओ० मिल गया है। उधार और ड्यूस सब भरने के बाद और दस रुपये बचे थे। इनमें से पाँच रुपये तुम्हें देने के लिये बचाकर रखे। जब तक तुम्हारा एम०ओ० न आ जाये तब तक इन पैसों से मेस में खा लेना। फिजूल खर्च करोगे तो भूखे रहोगे।" — वेणु ने पाँच रुपये देते हुए कहा। मैंने हाथ बढ़ा कर उन पैसों को ले लिया।

"अरे ! प्लाजा में एक अच्छी अंग्रेजी पिक्चर है, चलें ?" — निधि।

"अंग्रेजी पिक्चर नहीं, कुछ नहीं। चलो। ऐसे ही पैदल चलते हैं। शाम के समय कमरे में बैठे रहना अच्छा नहीं लगता। चलो रवि ! कोई बात नहीं....धीरे चलेंगे। चलो, एक आधा घंटा घूम आयेंगे।" — वेणु।

तो चलो, रास्ते में कहीं गिर भी जाऊँ तो अस्पताल तक इस शरीर को ढ़ोने का जिम्मा तो आप ही लोगों का है।" — मैं।

"ओ यस, ठीक है, चलो।" — वेणु।

सब लोग उठे। कमरे में ताला लगाया। लगता है आचारी कमरे में ही है। पूरे होस्टल में हलचल है। किसी के कमरे से ट्रान्सिस्टर की बररररररररर की आवाज़ आ रही है। किसी और कमरे में कुछ लोग इकट्ठे होकर हँस रहे हैं, कूद रहे हैं, चिल्ला रहे हैं। निधि, वेणु, रमेश और मैं चुपचाप चलने लगे हैं। अब की बार निधि ने ट्यूब लाइट्स आन करना, आफ करना, आफ करना, आन करना, आफ करना — शुरु किया।

"आज होस्टल में एक विचित्र घटना घटी है, जानते हो ?" — रमेश।

"क्या है ?" — वेणु।

"भजगोविंदम और मधु के बीच लड़ाई हुई है।" — रमेश।

"सच ? खूब लड़ पड़े ?" — वेणु।

"अच्छी-खासी लड़ाई हुई। लेकिन जल्दी ही फिर से घुल-मिल गये। रेड्डी, श्रीशैलम ने दोनों के बीच समझौता करवाया है।" — रमेश।

"भजगोविंदम मज़ेदार आदमी है। उसकी जुबान खुलती कि नहीं हँसी के मारे पेट फूल जाता है।" — निधि।

होस्टल से बाहर आये। बाहर निधि के दोस्त विजय कुमार, गोविंद रेड्डी, गोपाल राव खड़े थे। तीनों ने टाइट पाइंटेड शूज़ पहने हुए थे। उनकी भी तनी हुई मूँछे थीं। उनमें से दो लोगों ने सिर मुँडवाये हुए थे। न जाने उन्हें देखते ही मुझे क्यों भद्दा सा लगा। ख़ास कर गोपाल राव को देख कर।

''हैलो रवि ! वाकिंग के लिए ? हम भी आयेंगे, चलो।'' गोपाल राव।

''कमान।'' निधि। वे तीनों भी शामिल हो गये।

''आजकल दिखायी नहीं दे रहे हो ? क्या तिरुपति गये हो ? सिर मुँडवाकर आये ?'' — निधि।

''माँ ! एक हफ्ता तिरुपति जाकर आया।'' गोपाल राव।

''तुम भी तिरुपति गये हो क्या गोविंद रेड्डी ?'' ''तुम ने भी सिर मुँडवाया।'' — वेणु।

''जी'', न जाने क्यों गोविंद रेड्डी शर्माने लगा।

''कोई मिन्नत माँगता है तो उस के पूरा होने के बाद ही भगवान के दर्शन करने जाता है। इम्तिहान देकर नतीजा निकलने के बाद लोग तिरुपति जाते हैं। तुम पहले ही क्यों जाकर आये ?'' — वेणु।

''इम्तिहान होने के बाद तो एक बार जाना ही पड़ता है। लेकिन पास होने पर और एक बार फिर से आने का वादा करना मैंने ठीक समझा। ऐसा करने पर बालाजी मुझे पास कर देंगे न ?'' — गोपाल राव।

चुपचाप बाग की तरफ चल पड़े।

''मैं तो जब तक परीक्षा पास न हो जाऊँ तब तक नहीं जाता। आजकल भगवान पर भी भरोसा नहीं किया जा सकता है।'' — विजय कुमार।

सब हँस पड़ें।

''अच्छी बात कही तुमने।'' — निधि।

फिर थोड़ी देर सन्नाटा।

''आखिर पढ़ाई कैसे चल रही है ? क्या सब कुछ ''बालाजी'' के ऊपर ही छोड़ दिया या कुछ अपनी ओर से भी कोशिश कर रहे हो ?'' — निधि।

''हमारी ओर से तैयारी का मतलब जानते हो ? बस, छोटे छोटे अक्षरों में

जवाबी पर्चे तैयार करना ही है। हमारे विजय की लिखावट मोतियों जैसी सुंदर है। उसी से पर्चे बनवा रहे हैं। यही हमारी ओर से तैयारी है !" — गोपाल राव।

"अरे, क्यों बक-बक किये जा रहे हो ?" — विजय कुमार। "डरना काहे को ? किसे नहीं मालूम ? हमारे होस्टल के हर एक कमरे में पर्चे तैयार हो रहे हैं।" "निधि ! तुम कुछ तैयार कर रहे हो ? वरना हमारे साथ हो जाओ। पर्चे हमीं देंगे।" — गोपाल राव।

"मुझे कुछ नहीं चाहिए बाबा ! मैं तो परीक्षा दूँगा ही नहीं।" निधि ने कहा।

"परीक्षा न देने का क्या मतलब ? नान्सेन्स। तुम "हाँ" कहो, तुम्हें पास करवाने का जिम्मा मेरा है।" — गोपाल राव।

"कैसे करवाओगे ? मुझे तो अभी तक यह भी नहीं मालूम कि हमारी टेक्स्ट बुक्स कौन सी हैं ?" — निधि।

"मुझे कौन सी बड़ी जानकारी है ? पर्चे हैं भई पर्चे ! तुम्हारी सीट अपनी बगल में डलवाऊँगा। मैं जो पर्चे दूँ, वही आन्सर बुक में लिख दो, दैट्साल, पास हो जाओगे।" — गोपाल राव।

"मेरी कुर्सी अपने बगल में कैसे डलवाओगे ? इसका भी क्या भरोसा है कि ऊपर से जो पर्चे तुम लाओगे, उसी से संबंधित प्रश्न आयेंगे ?" — निधि।

"तुम बड़े नादान निकले। किसी भी क्लर्क के हाथ गरम कर दो तो तुम्हारी सीट मेरे बगल में होगी। यहीं नहीं ! हम दोनों की कुर्सियाँ, इनविजिलेटर्स की नज़रों से दूर डलवाऊँगा। असल में इनविजिलेट्र देख भी ले....तो भी मुझे कोई परवाह नहीं है। मार डालूँगा। परसों सप्लिमेंटरी में क्या हुआ है, जानते हो ? एक इनविजिलेटर ने मुझे पर्चे में से नकल उतारते देखा। मेरे पास आया। शायद नया-नया लेक्चरर बना है। बेचारा बहुत ईमानदार दिखाई दिया। मैंने उसकी तरफ गुस्से से देखा। बस, दूर चला गया। न जाने क्या सोचा, फिर आ गया। तब जानते हो मैंने क्या किया ? मेरी जेब में हर समय छोटा चाकू रहता है। यह देखो ! इस चाकू को मैंने मेज़ पर रखा। तब तो वह बस, थर-थर काँप गया। झट से जाकर दो गिलास पानी पी डाला। कसम से, तब से मेरे पास फटका तक नहीं।" — गोपाल राव।

फिर सब हँस पड़े।

"इतना साहस तो मैं नहीं करूँगा।" — निधि।

"तुम्हें कुछ करने की जरूरत भी नहीं है। मेरे बगल में बैठ कर मेरे दिये पर्चे की नकल मार लो। बस। तुम्हें कोई पकड़ ले तो मैं बात कर लूँगा। एक बार मूँछों को तान कर दिखा दूँ तो....बस। शेर की नज़रे हैं हमारी। ....शेर की ! कोई भी हो उसे भागना ही होगा। हमारे विज्जी और गोविंदम को देखो ....पहले बिल्कुल डरपोक पिल्ले थे। नकल उतारने में उन्हें बहुत झिझक होती थी। हिम्मत ही नहीं होती थी। कांप जाते थे। एक अक्षर भी नहीं लिखते थे। हमने ट्रेनिंग दी। अपने पास बिठाया। अब देखो ! नकल उतारने में हमारे विज्जी से बढ़ कर कोई नहीं है। इतना माहिर बन गया। गुरु से भी चेला आगे निकल गया।" — गोपाल राव।

"अरे ! गोपी ! थोड़ी देर चुप भी रहो न ! क्यों नाक कटवाने पर तुले हो ? थोड़ी देर मुँह बंद भी करो।" — विजय कुमार।

"क्यों डरना यार ! जो करते हैं उसे कबूल करने में डर क्यों ?"

"वेणु, रवि, रमेश — शायद एम.ए. के विद्यार्थी हैं। भला वे नकल न करें, लेकिन यहाँ जितने भी लोग हैं, सभी के सभी नकल मारते हैं। बस, एक निधि को थोड़ी बहुत ट्रेनिंग दे दें तो वह भी हमारे साथ शामिल हो जायेगा।" — गोपाल राव।

धीरे-धीरे चलने लगे। मुझे कुछ बात करने का मन नहीं हुआ। बोलने की शक्ति भी नहीं रही। गोपाल राव घटिया इन्सान है यह तो जानता हूँ। यूनिवर्सिटी के 'बस' स्टैंड के पास तीन चार लोग हैं। उनमें एक औरत भी है। सब लोग 'बस' के लिये इंतजार कर रहे हैं।

"यह कहाँ का माल है यार ! शाम ढलने को है फिर भी यहीं खड़ी है। होस्टल तक आयेंगी कि नहीं ? पूछे ?" — गोपाल राव। उस औरत को सुनाने के मकसद से उसने जोर से कहा।

मेरे दिल को बहुत धक्का लगा। मेरा मन दुःख से कराहने लगा ! बेचारी उस औरत को कितना दुःख हुआ होगा !

"क्यों यार ! बिल्कुल घटिया किस्म की लगती है।" — विजय।

"चाहें कितनी भी घटिया क्यों न हो, आखिर औरत ही है न ! हमारे लिये कोई भी सही, बस फक्कबुल होना चाहिए।" — गोपाल राव।

ऐसा लगा कि मेरे शरीर पर कोई काँटे-से चुभा रहे हैं। मन में पीड़ा जगी। अपने को उन लोगों के बीच पाकर घृणा सी हुई। मैं जानता हूँ कि वह औरत ये सारी बातें सुन रही है। उस औरत का चेहरा देख नहीं पाया। ऐसा लगा कि ये बातें मैं खुद अपने मुँह से ही कह रहा हूँ। मैंने अपराध किया है। मैं क्यों इन बदमाश कुत्तों के मुँह पर थूक नहीं रहा हूँ ! सब उस औरत से दूर चले गये।

"क्यों सर ! आप कुछ बोलते ही नहीं !" मेरी और निगाहें डालते हुए गोविंद रेड्डी ने पूछा। गोविंद रेड्डी हमारे साथ कुछ नर्मी से पेश आता है।

"बोलने के लिए क्या है ? आप बोल रहे हैं न ?" — वेणु।

सभी लोग बगीचे के करीब आ पहुँचे। प्रकाश किसी गर्ल फ्रेंड से बातें कर रहा था। प्रकाश जर्नलिज्म का स्टूडेंट है। ऐसा दिखाता है जैसे वही दुनिया भर की खबरों की जानकारी रखता है। होस्टल की तरफ से हम सब को आते देख गर्ल फ्रेंड को उसने भेज दिया। और हमारे साथ शामिल हो गया।

"क्या है सर, किसको लाइन मार रहे हैं ? कमरे तक ले जाने का इरादा है क्या ? आपको इतनी सारी गर्ल फ्रेंड्स मिलती भी कैसे हैं, सर ! कैसे पटा लेते हैं, हमें भी तो बताइये न ? राज क्या है....? मर खप रहे हैं दिन रात !" — गोपाल राव।

"क्यों मरना ! थोड़ी सी हिम्मत से काम लो....लिल्ली नहीं है ! ....एक बार जाइये न ?" — प्रकाश।

"लिल्ली के पास जाने वालों को गुप्त रोग लग रहे हैं। इसलिये मुझे डर लग रहा है। जिन लड़कियों को तुम पटाते हो, साफ और सुंदर रहती हैं, कौन है वह लड़की ?" — गोपाल राव।

"नयी चिड़िया है। मुझ पर मर मिटती है। थोड़ी सी सेंटिमेंटल है। प्रेम-पत्र वगैरह लिखती रहती है। इसी तरह की कुछ हरकतें करती रहती है।" — प्रकाश।

"एक बार बिस्तर पर ले जाकर मजा चखा दो, तो सब झमेला ख़तम। उस स्वाद को चखने तक ही तो यह प्यार-प्यार सब चलता रहता है।" — गोपाल राव।

"यही तो मुसीबत है। शादी करने के लिए कह रही है। शादी के बगैर यह चिड़िया बिस्तर पर आने वाली नहीं है। हर समय बहाने बना कर टाल रहा हूँ।

फिर भी लाख कोशिशों के बाबजूद भी वह बिस्तर पर आने के लिए तैयार नहीं है। तेलुगु सिनेमा की हीरोइन के ''डायलाग्स'' बोलती रहती है। एक बार बिस्तर पर ले जाकर मैं भी इससे पिंड छुड़वाना चाहता हूँ।'' — प्रकाश।

''अरे ! तुम पर इतनी सारी लड़कियाँ कैसे मर मिटती हैं ? किस्सा क्या है, हमें भी कुछ बताना !'' — रमेश।

''ट्रेड सीक्रेट्स'', क्या कोई कुछ बतायेंगे ? आप मजबूर भी करे तो भी मैं बताऊँगा नहीं। ''मैं एक किताब लिखने जा रहा हूँ। बस, उसे खरीद कर पढ़ लीजिए।'' — प्रकाश ने साफ-साफ बता दिया।

''कौन सी किताब ?'' — रमेश।

''हाव टू इन्फ्लयेन्स गर्ल्स एंड मेक लव।'' ....किताब का नाम है। ''हाव टू मेक फ्रेंड्स एंड इन्फ्लूयन्स पीपुल....'' की तरह होगी। सेल्स भी अच्छे होंगे। अभी तक एक हज़ार कापियों का आर्डर मिला है। — प्रकाश।

''सच ? किताब आ भी गयी ? हमें दिखाया क्यों नहीं ? क्या दाम है ? हम सभी लोग खरीदेंगे।'' — रमेश।

''थोड़े दिन और रुको। अभी बाज़ार में नहीं आयी है। पब्लिशर्स ने पहले थोड़ी बहुत पब्लिसिटी दी है। उस पब्लिसिटी के दौरान ही हजार कापियों के आर्डर मिले हैं। तो बात यह है हमारी किताबें मधु की किताबों से भी ज्यादा मशहूर होने जा रही हैं....देखते रहिए।'' — प्रकाश ने कहा।

''तेलुगु में लिखो न ! अंग्रेजी हमारे पल्ले थोड़े ही पड़ेगी ! मधु की किताबें देखो....इतने साफ-साफ समझ में आ जाती हैं।'' विजय कुमार। समझ में न भी आयें, तब भी कोई बात नहीं हैं। उसमें कहीं-कहीं एक्साइटिंग फोटोज़ छपवा रहा हूँ। उन तस्वीरों को देखेंगे, तो आप समझेंगे कि जैसे आप का जन्म ही सफल हो गया है।'' — प्रकाश।

''कौन सी तस्वीरें, कभी तुम ने न्यूड्स दिखाये थे न ! वे ही फोटोज़ हैं क्या ?'' — रमेश।

''हाँ ! वे ही तस्वीरें हैं। लोगों को पागल बना देने वाले न्यूड्स हैं।'' — प्रकाश।

''प्रकाश ! वे न्यूड्स तुम ने ही खींचे थे ? तुम्हें 'मोडल्स' कहाँ पर मिलीं, मुझे भी बताओ न ?'' — रमेश।

"हैदराबाद में 'न्यूड्स' का मिलना मुश्किल है। न्यूड्स के लिए विजयवाड़ा ही जाना पड़ता है। उनका किराया भी बहुत कम है, मैंने करीबन एक सौ न्यूड्स विजयवाड़ा में ही खींचे थे। जल्दी ही मेरी किताब में देखेंगे।" — प्रकाश।

"सौ न्यूड्स ! कल मुझे केवल एक न्यूड निकालने के लिए मुझे कल एड़ी चोटी का पसीना एक कर देना पड़ा।" — रमेश।

"अच्छा ! तुम भी न्यूड्स फोटोज़ खींच रहे हो ? अरे ! तुम्हें कहाँ मिल गयी", "मोडल्स" ? — प्रकाश।

"एक भिखारिन की बच्ची मिल गयी।"

"हा....हा....हा....हा ! एक भिखारिन को न्यूड फोटो के लिए मोडल बनाया। बेचारा ! लिल्ली के पास चले गये होते ! एक पंथ दो काज ! एक शाट, एक शाट" "वह....!" — प्रकाश।

सभी ठहाके मार कर हँस पड़े। विजय कुमार बंदर जैसा....इषिक....इषिक ....कह कर हँस रहा था। हा....हा....हा....हा....गोपाल राव ने ठहाका मारा।

"आखिर आप की किताब कब छपने वाली है ? बताया नहीं। किताबें हमें कहाँ मिलेंगी ? असल में मिलेंगी भी या नहीं ? या पहले से ही रिजर्व करानी पड़ेंगी ? हम तुम्हें अभी से पैसे दे दें ?" — गोपाल राव।

"यही अच्छा होगा, रिजर्व करवाना ही ठीक होगा। पैसे दो। एक प्रति केवल दस रुपये ही है।" — प्रकाश।

"यह ले। मेरे दस रुपये।" — गोपाल राव ने दस रुपये का नोट दिया।

"अरे गोपी ! मेरे दस भी देना। रूम जाकर दे दूँगा।" — विजय कुमार।

"सचमुच दोगे न ?" — गोपी।

"मुझ पर भरोसा नहीं है ? परसों ही तो मुझे एम०ओ० मिला है।" — विजय कुमार।

"ये लो, विज्जी के दस रुपये भी ! गोविंद ! तुम्हें नहीं चाहिए ?" और एक दस का नोट निकाला।

"मुझे नहीं चाहिए। तुम्हारे पास से ले जाकर पढ़ लूँगा।" — गोविंद रेड्डी।

"मैं भी दे देता, अभी फिलहाल मेरे पास पैसे नहीं हैं। मुझे भी अपनी लिस्ट में शामिल कर लो।" — रमेश।

''ऐसी कोई मेहरबानी नहीं करेंगे। जो पैसे देंगे, उसी का नाम रिजर्व होगो। कमान, और किसी को चाहिए ?'' — प्रकाश।

''हमें नहीं चाहिए।'' — वेणु।

''बस....! बीस ही रुपये ? मैंने पचास की उम्मीद की। कुछ भी हो.... हमारा 'जोक' सही निशाने पर जाकर लग गया।'' दो दस रुपयों के नोट अपनी जेब में रखते हुए प्रकाश ने कहा।

'' ''जोक'' क्या है ?'' — रमेश और गोपाल राव ने एक साथ पूछा।

''मुझे पचास रुपयों की जरूरत आ पड़ी। पूछने पर कोई नहीं दे रहा था। इसलिए मैंने सोचा कि लोगों से कह दूँ कि मैं एक किताब लिखने जा रहा हूँ ....जल्दी ही बाजार में आने वाली है। रिजर्व करवाना चाहो तो करवा लीजिए। लोग इस बात पर यकीन करेंगे....यही मैंने चाहा भी था और हुआ भी यही। सभी मेरे चाल में फँस गये। ये बीस रुपये बाद में दे दूँगा, भई !'' — प्रकाश।

निधि, वेणु, गोविंद रेड्डी खूब हँसे और मैं भी हँसने लगा। इस माहौल में अभी मुझे कुछ चैन मिल रहा है।

''रास्केल, कितना नाटक किया, मारूँगा तुम्हें !'' — गोपाल राव।

''गाली दो तो भी ठीक है ! जो बीस रुपये दिये, बस, उन्हें वापिस मत माँगना।'' ठीक है, बता दूँगा कि लड़कियों को कैसे पटाना है ? गिरीशम के जैसे एक भाषण दूँगा....बता दूँ....आप सब लोग कब सुनेंगे ?'' — प्रकाश।

''अरे, पहले वे बीस रुपये जेब से निकाल ! फिर जो कहना है, कहो।'' — गोपाल राव।

''ठहरो, ठहरो रे ! तुम्हारे बीस रुपये दे दूँगा, लेकिन एक कहानी सुनाऊँ ....कहानी....यानी कहानी भी नहीं, परसों सचमुच यूनिवर्सिटी में घटी घटना है।'' — प्रकाश।

सभी बगीचे में आ गये।

मैं और वेणु घास पर बैठ गये। निधि, रमेश, गोविंद रेड्डी, विजय कुमार, गोपाल राव प्रकाश की ओर देखने लगे।

''क्या हुआ ? क्या हुआ ? बताना जल्दी !'' — गोपाल राव ने आतुरता से पूछा।

"आ गये हो न लाइन पर ! परसों कॉलेज के एक रूम में दो लड़के और एक लड़की के साथ-साथ गये। दे वर मेकिंग लव !"

"बलात्कार क्या होता है यार !" — विजय कुमार। सभी लोग हँस पड़े। आजू-बाजू के लोग भी इनकी ओर देखने लगे।

"बलात्कार का मतलब नहीं जानते, बेटा ! जाकर अपनी नानी माँ से पूछ लो, बता देगी।" — प्रकाश।

फिर हँसी की फवारें। अब की बार वेणु और मैं भी हँसी को रोक नहीं पाये।

"यह भी एक नयी कहानी तो नहीं है। जिसे आप भविष्य में लिखने वाले हैं ?" — निधि।

"नहीं, सच्ची है। अभी फिलहाल कॉलेज में यही किस्सा चल रहा है। कई लोगों को अभी मालूम भी नहीं है। कल, परसों देखना। सभी के मुँह पर यही बात होगी।" — प्रकाश।

"लगता है हमारा भजगोंविदम अभी तक नहीं जानता है ! वरना हम सबको कब का मालूम हो गया होता !" — निधि।

"भजगोविंदम को कैसे नहीं मालूम ? उसीने तो मुझे बताया है।" — प्रकाश।

"यह कैसे हो सकता है ! दोनों....एक के साथ ? — गोपाल राव।

"शायद....एक के बाद, एक होगा। उस लड़की ने चिल्लाया नहीं ?" — रमेश।

"क्यों चिल्लायेगी ? जब उसी की सहमति से हो रहा है तो।" — प्रकाश।

"जब उसकी ही सहमति से हो रहा है तो उसे बलात्कार कैसे कहें ?" — मैं।

"बलात्कार" शब्द मैंने यूँ ही प्रभाव दिखाने के लिए इस्तेमाल किया है।" — प्रकाश।

"जर्नलिस्ट होने के लक्षण आप में नज़र आ रहे हैं। आप 'फ्रांक मोरेस' को भी मात दे सकते हैं।" — वेणु।

"मेरी तुलना फ्रांक मोरेस से मत कीजिए, सर ! उससे मैं बहुत चिढ़ता हूँ। 'रियाक्शनरीस' के हाथों बिक गया।" — प्रकाश।

"अपने आप को प्रगतिवादी साबित करने में प्रकाश को बहुत आनंद मिलता है।

"असली बात बताना, यार ! यह बात बाहर कैसे आ गयी ?" — गोपाल राव।

"अरे, बाहर आना क्या है ? प्रिन्सिपल ने खुद देखा। शाम का समय....यही समय समझो....सभी लोग चले गये। कमरा बंद करने चपरासी गया। कमरा अंदर से बंद था। दरवाज़ा खटखटाने पर भी कोई जवाब नहीं मिला। अंदर किसी के रहने की आशंका से चपरासी ने जाकर प्रिंसीपल साहब को बताया। प्रिंसिपल ने जाकर जोर से आवाज़ दी तो उन्होंने कमरा खोला। अंदर दो लड़के और एक लड़की !" — प्रकाश।

कहानी में अभी से नयापन आ गया है। सुबह राव के कथन में और अब प्रकाश के कथन में बहुत फ़रक है।

"उस लड़की पर बलात्कार हुआ है, यह कैसे कह सकते हैं ?" — निधि।

"अरे, कहना क्या ? उस समय बंद कमरे में दो लड़कों के संग एक लड़की के रहने का क्या मतलब है ?" — प्रकाश।

"यह....बस....एक स्कैंडल है। इसे मैं नहीं मानता हूँ।" — निधि ने कहा।

"तुम न मानो तो इस देश का कुछ बिगड़ने वाला नहीं है। कॉलेज में सभी लोग यही बोल रहे हैं। असल में प्रिंसीपल साहब भी यही सोच में पड़े हैं कि यह बात बाहर न निकले। इस कहानी को मज़ेदार शैली में लिख कर "ब्लिट्ज" पत्रिका के लिए भेजना चाहता हूँ।" — प्रकाश।

"आखिर वह लड़की है कौन ? हम ने कभी देखा भी है या नहीं ?" — गोपाल राव।

आपने देखा है या नहीं, मुझे नहीं मालूम, मगर मैंने देखा है। अच्छी खासी पर्सनालिटी है। बड़े-बड़े उरोज हैं। अनिता की तरह एक न्यूड निकालो तो अच्छी खासी आयेगी। न्यूड निकालनी हो तो ऐसी ही मोडल को लो....रमेश ! भूखी भिखारिन की नहीं।" — प्रकाश।

बगीचे में बत्तियाँ जलीं। घास पर कई लोग बैठे हुए थे। और कई इधर-

उधर बैठ कर बातें करने लगे। मुझे भूख लगी। अभी तो समय नहीं हुआ है। उठ कर जाने की इच्छा हुई। घास पर लेट कर वेणु कुछ सोचने लगा।

"असल में आपने मुझे बताया ही नहीं कि आखिर "रेप" किसे कहते हैं ?" विजय कुमार ने पूछा तो सभी लोग हँसने लगे।

"अरे, अभी भी तुम यहीं हो, नानी के पास नहीं गये !" प्रकाश ने उससे मज़ाक किया।

"अरे, विजय ! इतना भी परेशान क्यों होते हो ? होस्टल जाते ही डिक्शनरी खोल कर देख लेना, पता लग जायेगा।" — निधि।

"अगर उसे डिक्शनरी देखना आता तो यह देश कब की प्रगति कर लेता !" — गोपाल राव।

"मुझे तानें दे रहे हो, जैसे तुम माहिर हो।" — विजय।

"क्यों रे विज्जी ! इतना भी गुस्सा ! मैंने तो पहले ही बता दिया न कि हम दोनों गुरु-शिष्य हैं। तुम शिष्य होकर भी गुरु से आगे निकल गये हो।" — गोपाल राव। सभी लोग फिर हँसे पड़े।

"मुझे नहीं मालूम था कि हमारे कॉलेज में इतनी सारी मोडर्न गर्ल्स भी हैं। एक ही साथ दो दो को बुलाने वाली लड़कियाँ ! अच्छा है, हमारी लड़कियाँ भी पाश्चात्यों से कुछ कम नहीं हैं।" — रमेश।

"अरे, पाश्चात्य लड़कियों से आजकल हमारी ही लड़कियाँ बहुत आगे निकल चुकी हैं। बेचारी, उन्हें भी तो भूख सताती है....सेक्स की भूख....। मर्द कहीं दीख पड़े तो उनमें भी 'काम' संबंधी ख्यालात उठते जरूर हैं। मुँह से तो बोलती कुछ भी नहीं, पर वे चाहती हैं कि उन पर अत्याचार हो जाएँ। असल में एक बात कहूँ आप लोगों से ? ट्रेड सीक्रेट बता रहा हूँ। गर्ल फ्रेंड्स चाहती हैं तो, सीधे तौर पर उन्हें पटा लेना चाहिए। शर्माते, हिचकते मर्दों को कोई लड़की नहीं चाहती है। "डेयर डेविल्स" को ही लड़कियाँ पसंद करती हैं।" — प्रकाश।

"अब चलें, मुझे बड़ी भूख लगी है।" — मैंने खड़े होते हुए कहा। वेणु भी मेरे साथ खड़ा हो गया। सभी लोग चल पड़े।

"भूख लगी है ? सेक्स की भूख ही न ? आप के क्लास में तो बहुत सारी लड़कियाँ हैं न ? किसी नलिनी या नीरजा को ही पटा लेते ?" — प्रकाश।

"हाँ, नीरजा ! उसकी नज़रें, ड्रेस, चाल सभी मर्दों को उकसाती रहती हैं, जोर से भींच लेने की इच्छा होती है।" — गोपाल राव।

"मेरे चंगुल में आते-आते बच गयी। और दो तीन मुलाकातों में उस खूबसूरत "बिच" को बिस्तर पर ले जाकर ही चैन की साँस लूँगा। माफ कीजिए, रवि जी ! गुस्सा तो नहीं आ रहा है कि आप की सहपाठी के संबंध में ऐसी बातें मैं कर रहा हूँ ? जस्ट फार फन ! बुरा मत मानिये।" — प्रकाश।

"मैं क्यों बुरा मानने लगूँ ? मैंने उसे खरीद थोड़े ही रखा है।" — मैं।

"अरे, चंगुल में आते-आते कैसी फिसल गयी ? ज़रा हमें भी तो बताना वह बात !" — गोपाल राव।

"मेरी 'गर्ल फ्रेंड' की दोस्त है नीरजा ! उसी के द्वारा एक दिन "लिडो" में नीरजा के साथ परिचय हुआ। लड़कियों को पटाना हो तो — और एक सीक्रेट बता रहा हूँ, नोट कर लो। बस, उनकी तारीफों के पुल बाँधते जाइये। "यू आर एक्स्ट्रीमली ब्यूटिफुल," "यु आर लुकिंग लाइक एलिजबेथ टेलर", "यू आर लुकिंग लाइक वैजयंतीमाला," आदि आदि कहते जाइये। इतना ही नहीं, "यू आर लुकिंग वेरी सेक्सी", कहो तो और भी खुश हो जाएंगीं। ऐसा कहने से कहीं लड़कियाँ खफा न हो जायें इसी डर से कुछ लड़के सेंटिमेंट्स की बातें करने लगते हैं। ऐसे लड़कों से लड़कियाँ सख्त नफरत करती हैं।" — प्रकाश।

"वाह, अच्छे नुक्से बता रहे हो, यार ! नोट बुक नहीं है, वरना सभी पाइंट्स नोट कर लेता। सभी पाइंट्स नोट करने लायक हैं।" — विजय कुमार।

"तुम क्या खाक नोट करोगे ? पत्नी के पास जाने से तो कांपते हो ?" — गोपाल राव।

"विजय कुमार की शादी हो गयी ? बीबी मेच्यूर भी हो गयी ?" — प्रकाश।

"अहा.....कल परसों सुहाग रात भी होने वाला है। सुहाग रात में क्या करना है, यह सोच कर पागल मत बनो। चाहो तो लिल्ली के पास लेजाकर ट्रेनिंग दिलाऊँगा।" — प्रकाश।

"बाप रे, आप लोगों ने कहा है कि लिल्ली के पास जाने से यौन-रोग लगेंगे। मैं नहीं जाऊँगा रे बाबा !" — विजय कुमार।

बगीचे से बाहर आ गये। भूख बढ़ती ही जा रही है। न जाने प्रकाश की बातें मेरी भूख को और भी क्यों बढ़ाती जा रही हैं।

"अहा....हा....हा....हा....कोई फायदा नहीं है विज्जी ! इतने डरपोक हो। तुम किस काम में आ सकते हो ? ठीक है, आखिर रवि जी कुछ बोल ही नहीं रहे हैं। लगता है हमारी बातें आपको बहुत बोर किये देती हैं। माफ़ कीजिये ! टापिक बदलेंगे।" — प्रकाश।

थोड़ी देर सन्नाटा। सब लोग डायनिंग हाल की तरफ चलने लगे। 'बस' स्टैंड में एक दो लोग खड़े 'बस' के लिए इंतजार कर रहे हैं। उन लोगों के पीछे ही कुछ और लोग भी खड़े हैं। अगल-बगल के घरों में बिजली का प्रकाश दिखायी दे रहा है।

"भूल ही गया ! आज कैफेटेरिया में भजगोविंदम बतला रहा था कि आपके और श्रीशैलम के बीच झगड़ा हुआ है। क्या यह सच है ?" — प्रकाश।

"हाँ, सच ही है।" — वेणु।

"वह बहुत खतरनाक आदमी है। उससे क्यों झगड़ा मोल लिया आपने ! बात क्या है ?" — प्रकाश।

डर ! श्रीशैलम बहुत खतरनाक आदमी है। सभी लोग ऐसे ही कहते हैं। कल को अगर वह मुझे मार ही डाले तो लोग मुझे ही दोषी समझेंगे। मुझे ही अपराधी ठहरायेंगे। "वह खतरनाक आदमी है।" ....यह जानते हुए भी ऐसे आदमी से झगड़ा क्यों मोल लेना....इसमें सभी को मेरी ही गलती नज़र आयेगी।

"हूँ ! डेंजरस फैलो ! सभी "डेंजरस फैलो" कहते हुए उसकी सलामी-गुलामी करते जायेंगे तो वह सब के सिर पर तो चढ़ेगा ही। सर, मैं तो यहीं कहूँगा कि आपने जो कुछ किया अच्छा ही किया।" — गोपाल राव।

"अच्छा ही किया। आई हार्टिली कॉंग्रेच्युलेट रवि एंड वेणु। लेकिन इनके पीछे कोई ग्रुप भी तो नहीं है....कल के दिन श्रीशैलम उन्हें कुछ कर बैठे तो उनकी हिफाजत करने क्या तुम आओगे ?" — प्रकाश।

गोपाल राव की बातों से मुझे अपने आप पर विश्वास हो गया। श्रीशैलम के इर्द-गिर्द घूमते फिरते इन तनी मूँछों वालों के सामने, गोपाल राव भी कुछ कम नहीं है।

"हाँ, सर ! उससे आखिर हम क्यों डरें ?....हम सब मिलजुल कर रहें तो वह हमारा क्या बिगाड़ सकता है ?" — गोविंद रेड्डी।

"क्या हम मिलजुल कर रह पायेंगे ?" — प्रकाश।

"क्यों नहीं रह पायेंगे ? होस्टल के लोगों पर अपने पैसों और गुँडागर्दी के बलबूते पर डरा-धमकाने वाले रेड्डी को और उसके चम्चे श्रीशैलम से होस्टल के कई लोग नफरत करते हैं। लेकिन हर एक व्यक्ति यही सोच कर चुप रह जाता है कि श्रीशैलम खतरनाक आदमी है, इन फ़िजूली झगड़ों में आखिर क्यों फँसे ! ऐसे लोगों को अपनी ओर आसानी से हम लोग ला सकते हैं।" — वेणु।

"आप ने भी खूब कही। चलो आज से हम सब मिलजुल कर रहेंगे। यही हमारा वादा है। अगर श्रीशैलम, रवि पर या वेणु पर हाथ उठाता है तो हमें जान लेना चाहिये कि उसने हमीं पर हाथ उठाया है। क्या कहते हैं ? वेणु ! हिपहिप हुर्रे !" — प्रकाश।

सभी लोग जोश में आ कर एक ही साथ चिल्ला उठे — "हिपहिप हुर्रे !" ऐसा लगा कि मुझमें हजारों हाथियों का बल समा गया है। अब कोई परवाह नहीं है। मैं अकेला नहीं हूँ। मेरे पीछे भी लोग हैं। एक लक्ष्य साधने इतने लोगों में एकता की बीज़ बो पाया हूँ। इसी बात से मैं पुलकित हो उठा।

डायनिंग हाल ! रेगिस्तानी सफर के बीच यह डायनिंग हाल मृगतृष्णा के समान दिखायी दिया।

"अच्छा ! हम चलते हैं। फिर कभी बातें करेंगे।" — प्रकाश।

प्रकाश, गोपाल राव, गोविंद रेड्डी, विजय कुमार नान-वेजिटेरियन मेस की तरफ चल पड़े। निधि, रमेश, वेणु के साथ मैं वेजिटेरियन मेस की ओर गया। पकवानों की खुशबू से मानों मेरे खोये हुए प्राण फिर से लौटे। सफेद, गोलदार, चमकते वाश बेसिन्स में हाथ धोकर हम सब डायनिंग हाल के अंदर आ गये। पूरा डायनिंग हाल भरा हुआ था। दो, तीन जगह ट्रान्सिस्टर्स चल रहे थे।

"आइये साहब ! आपके लिए मैंने यहाँ सीट रखे हैं। सुबह क्यों नहीं आये साहब !" — नरहरि। उसके पीछे-पीछे चल कर उन्हीं सीटों पर बैठ गये, जहाँ उसने बताया।

"सुबह शहर गया था।" मैं खाने पर झपट पड़ा। टमाटर की सब्जी, खूब स्वादिष्ट है, जल्दी-जल्दी खाने लगा। इस मेस में इतना जायकेदार खाना तो पहले कभी खाया ही नहीं। माँ की याद आयी। माँ का दिया खाना इतना स्वादिष्ट होता था।

"आज मेस का प्रिप्रेशन बढ़िया है।" — मैं।

“कुछ भी नहीं। रोज़ के जैसे ही है। तुम भूखे हो, इस वजह से तुम्हें ऐसा लग रहा है।” — वेणु।

“बस ! यही बात है ! टमाटर की सब्जी अच्छी है न ?” — मैं।

“चलता है।” — वेणु।

एक ओर मेस में बैठा आड़ी तिरछी मुँछों वाला चिल्लाकर कहने लगा, “पानी लाओ।”

“ला रहा हूँ, साहब !” — बेरा कह रहा है। लेकिन इतने ही में उस मूँछ वाले ने गिलास नीचे पटक दी। जोर की आवाज़ हुई। सब पीछे मुड़ कर देखने लगे। गिलास चूर-चूर हो गया।

“इतना भी गुस्सा काहे को साहब !” — खान गिड़गिड़ाने लगा।

“एक घंटे से चिल्ला रहा हूँ....मस्ती चढ़ गयी है क्या ! लफंगा कहीं का !” — तनी मूँछें वाले ने कहा। खान वहाँ से कुछ कहे बिना ही खिसक गया।

“बदमाश को अच्छी सबक मिली है। अगर यही काम हम करते तो खान नियमों की बात करता है रोब जमाता है। हम जैसे नादान लोगों पर ही जुल्म करता रहता है।” — निधि।

भूख मिटने लगी। उस तनी मूँछों वाले ने खान को गाली दी। मैं भी इसे सुनकर अंदर ही अंदर खुश हो रहा था। खान के साथ ऐसे ही पेश आना चाहिए। खान जा रहा है। आराम सा महसूस हुआ। भूख मिटने लगी। दिन भर मुझे काट-काट कर....कुतर-कुतर कर खाने वाली यह भूख....मिटने लगी। खान इस ओर आते हुए दिखाई दिया। मैंने अपनी जेब में से पाँच का नोट निकाला।

“क्या मेस बिल भर चुके साहब !” — खान।

लापरवाही से पाँच रुपये दे दिये। उनमें से एक रुपया काट कर बाकी पैसे लौटा कर चला गया।

“बहारों....फूल बरसाओ....मेरा महबूब आया है।” मेरा मनपसंद गाना....।

आज पूरे मेस में मस्ती भरा माहौल दिखायी देने लगा।

“आज तक किसी ने टमाटर पर कविता लिखी ?” — निधि।

“जहाँ तक मैं जानता हूँ किसी ने नहीं, मगर क्यों ?” — वेणु।

"टमाटर तो बहुत सुंदर फल है। ख़ासतौर पर लाल-लाल टमाटर....बहुत ही खूबसूरत होता है देखने में....कोई टमाटर पर गीत लिखे तो क्या ही मजा आता !" — निधि।

"हाँ, टमाटर तो बहुत ही सुंदर फल है। ए थिंग आफ ब्यूटी !" — निधि ने जैसे कहा लाल-लाल टमाटर ! शर्मीली किशोरी युवती के "लाल टमाटर सुंदर गालों की याद दिलाते हैं। सच में अब तक किसी कवि का ध्यान टमाटर की ओर गया नहीं यह तो आश्चर्य की बात है।" — मैं।

"तुम्हारे ख्याल में हर सुंदर वस्तु पर कविता लिखना जरूरी है ! लेकिन यह काम तो प्रबंध कवियों का है, और वह बहुत पुरानी रीति भी है। कोई भी वस्तु कविता के लिये नाकाम कभी नहीं हो सकती है।" — वेणु।

"ठीक है, इस दृष्टि से ही सही, टमाटर तो कविता की वस्तु बन सकती है न ?" — मैं।

"तुम्हारी दृष्टि में टमाटर की सुंदरता के पीछे एक कारण है। यही टमाटर तुम्हारी भूख मिटा रही है। इसीलिए तुम्हें आज इतनी सुंदर दिखायी दे रही है। कविता लिखने के लिए इसी कारण तो कह रहे हो। सृष्टि की किसी भी वस्तु में तब तक हमें सुंदरता नज़र नहीं आती, जब तक उस वस्तु से हमारी आवश्यकता की न पूर्ति न हो या हमारी अतृप्ति का दमन न हो।" — वेणु।

"छोटी सी बात को लेकर इतना भाषण ! लंबा चौड़ा व्याख्यान ! बाप रे बाप !" — मैं।

"चाहे बात कितनी भी छोटी क्यों न हो, लेकिन है महत्त्वपूर्ण। उसमें जीवन का परम सत्य छिपा हुआ है।" — वेणु।

थोड़ी देर तक सभी लोग चुपचाप खाने में लग गये।

"फिर भी रवि ! तुम्हें तो मार्निंग शो जाकर "लंच" खाने की आदत तो है ही, फिर आज इतने भूखे कैसे हो गये भई !" — वेणु।

"इसके पहले तो मार्निंग शो जाने से पहले ही होटल जा कर नाश्ता करते थे। आज कुछ भी नहीं खाया। कल रात को भी नहीं। सच, वेणु ! आज के दिन को मैं जिंदगी भर नहीं भूल पाऊँगा। आज, मैं दिन भर भूखा प्यासा....पीड़ा से तड़पता रहा, तुम्हें क्या मालूम वेणु ! एक क्षण के लिए ऐसा भी सोचा था कि कहीं से फल चोरी करके खा जाऊँ ! होटल में खाकर बिना बिल दिये बाहर आ

जाऊँ ! लेकिन अब वे ही क्षण कितने बेहूदे भी लगते हैं। चाहे अपने आप को कोई भी कितना भी सभ्य क्यों न मानें, फिर भी भूख के आगे सब सभ्यता ख़तम हो जाती है। पशु बन जाता है। भूख न मिटे तो आदमी और जानवर में कोई फरक नहीं है।'' — मैं।

''और क्या ? भरपेट खाकर बिस्तर पर लेटे-लेटे....आजकल के आधुनिक कवि....भूख की कविताएँ लिखने लगे हैं। अरे, ये लोग क्या जाने कि भूख क्या होती है ? उसका वर्णन तो भूख से तड़पने वाले ही कर सकते हैं। कहते हैं कि दो तीन दिन खाना न मिले तो राधा भी 'कृष्णा', कृष्णा' कहना छोड़कर 'माँ', 'माँ' चिल्लायेगी।'' — वेणु।

''मैंने आज और एक अज़ीब काम किया है। बिना कुछ आगे-पीछे सोचे 'मार्लिन मन्रो' की बायोग्राफी देखते ही खरीद ली। बाद में भूख मिटाने को लिए उस किताब को सैकेंड हैंड बुक स्टाल के पास बेचने गया। उस क्षण इतना दुःख हुआ जैसे स्वयं मैं अपने आप को ही बेचने जा रहा था। उससे पहले ही मैंने उस पुस्तक को साढ़े तीन रुपये में खरीदा। लेकिन अब वह दुकानदार बारह आने पर खरीदना चाह रहा था। उसकी बात सुनते ही मुझे दुनिया पर बहुत गुस्सा आया। इट्स ए मर्सीलेस वर्ल्ड। हर कोई दूसरे को लूटने की ही सोचता है। हर कोई दूसरे को डूबो देने का ही प्रयास करता है। प्रतियोगिता..... कांपिटीशन....। डार्विन की थियोरी की तरह ''सर्वाइवल दि फिट्टेस्ट'' लागू हो रही है।'' — मैं।

''यह कैपिटलिस्ट सोसाइटी का लक्षण है। कांपिटीशन ! हर कोई एक दूसरे को पीछे धकेल कर आगे-आगे जाना चाहता है। सब होड़ में रहते हैं। रास्ता कोई भी हो, एक दूसरे को हराने का प्रयास तो जारी रहता है। अच्छे लोगों के लिए मानों इस दुनिया में कोई जगह ही नहीं है। आत्मीयता और प्यार के लिए यहाँ गुँजाइश नहीं है। दूसरे का सिर काटते जाना ही इस समाज का लक्षण है। यहाँ मानवता को फिर से उजागर करना है तो साम्यवादी व्यवस्था ही स्थापित करनी होगी। यही एकमात्र उपाय हो सकता है। जब तक साम्यवादी राज्य की स्थापना हमारे देश में नहीं होगी, तब तक देश की रीति ऐसी ही होगी।'' — वेणु।

''कैसे कायम हो सकेगी वैसी साम्यवादी व्यवस्था ? जब तक नेहरुजी थे, तब तक कुछ मार्ग दिखायी दे रहा था। नेहरू की मृत्यु के साथ-साथ वह मार्ग

भी खो गया था। अब तो यह देश न जाने साम्यवादी व्यवस्था से कितने मील की दूरी पर फैंका गया है ! नेहरु के मरने के बाद देश भर में रियाक्शनरी एंड कम्यूनल शक्तियों का बोलबाला बहुत बढ़ गया। जहाँ देखो वहाँ अनैतिक आचरण, अराजकता....! शायद केवल नैतिक आदर्शों के अभाव के कारण ही ऐसी दशा उत्पन्न हुई होगी। आज एक अज़ीब बात हुयी है, जानते हो ? उपेंद्र बाबू जो हमें बी०ए० में पढ़ाते थे, उनसे मिला। उन्होंने ही तो हमारे अंदर आदर्शों को जगाया है। आज वे ही मुझे सिखा रहे हैं, "बि प्रैक्टिकल", "डोंट केयर फार आइडियल्स।" "कुछ भी करो, लक्ष्य तक पहुँच जाओ।" मैं विश्वास भी नहीं कर सका जब उन्होंने बताया कि एम०ए० पास होने के लिए गाइड्स पढ़ ले तो काफी है। चार साल पहले इन्होंने ही हम जैसे युवकों को उत्तेजित कर आदर्श का रास्ता दिखाया था। और आज न जाने वे सभी आदर्श गायब कैसे हो गये हैं, कुछ पता नहीं लग रहा है।" — मैंने कहा।

"आजकल जीवन की विभीषिकाएँ मनुष्य में यह बदलाव लाती जा रही हैं। आज का समाज आदर्शवान व्यक्ति को कितना बुद्धू मानता है, उसे जानने के बाद उपेंद्र बाबू के मानसिक परिवर्तन से कुछ आश्चर्य नहीं होता। ऐसे लोगों को देख कर समाज हँसता है। अरे, समाज ही नहीं, उसके बाल-बच्चे भी उसकी नाकामयाबी पर ताने मारते हैं। ऐसी हालात में किसी को आदर्श के सहारे सारी जिंदगी व्यतीत करना बहुत मुश्किल है। यह कोई साधारण बात तो नहीं है। तलवार की तेज धार पर निरंतर चलते रहने के बराबार है।" — वेणु।

सभी ने खाना खा लिया और उठ कर खड़े हो गये। वाश बेसिन में हाथ धोये। डायनिंग हाल के बाहर आ गये। बाहर काफी भीड़-भाड़ थी। शोरगुल का वातावरण, होस्टल से डायनिंग हाल तक और डायनिंग हाल से होस्टल तक न जाने कितने विद्यार्थी खड़े हैं.....बातें करते, चीखते, चिल्लाते, हँसते, ट्रान्सिस्टर के गाने सुनते जा रहे थे। अचानक "आँध्रास ! गो बैक !", "आँध्रास ! गो बैक !" के नारे सुनायी दिये। वेणु, निधि, रमेश, और मैं सभी उस ओर मुड़ कर देखा। नानवेजिटेरियन मेस के सामने सागर और उसके साथी धोती पहने लोगों पर जुल्म जता रहे थे। उन्हें देख कर चिल्ला रहे थे। लुँगीवाले होस्टल की तरफ चल पड़े। उनके पीछे ही सागर और उसके बहुत सारे दोस्त भी....! वे ही टाइट पैंट वाले, तनी मूँछों वाले, पाइंटेड शूज़ वाले। इन्हीं के बीच दो तीन सिर मुँडाये लोग भी हैं जो लगते हैं अभी-अभी तिरुपति से लौटे हैं।

"लुँगी वाले ! गो बैक ! लुँगी वाले ! गो बैक !" — फिर नारे। सभी लोग इस दृश्य को देख कर हँसने लगे। लुँगी वाले भी हँस पड़े। हँसते हुए होस्टल की ओर जल्दी जल्दी जाने लगे। उनके पीछे ही सागर और उसके दोस्त। फिर चिल्लाते हुए जा रहे हैं, "आँध्रास ! गो बैक !" "चोर, लुच्छे मुल्की वाले गो बैक !", "लुँगीस ! गो बैक !" "इडली-साँबार गो बैक !" चिल्ला रहे हैं। और अंदर ही अंदर हँसते जा रहे हैं। सीटियाँ बजाने लगे। चारों तरफ लोग घेर कर ऐसे खड़े हो गये मानों यहाँ कोई मनोरंजन घटना घट रही है। इतने में एक ने जाकर एक की लुँगी खींच डाली। लुँगी खुल गयी। सभी लोग ठहाके मारने लगे। जिसकी लुँगी खिंच गयी, वह पागल सा होस्टल की तरफ बेतहाशा दौड़ने लगा। सागर और उसके दोस्त एक दूसरे को पकड़-पकड़ कर ठहाके मारने लगे। तरह-तरह के जानवरों के स्वर उनकी आवाज़ में सुनाई देने लगे। नास्टी फैलोज़ !

"यह क्या साग़र ? ये लोग ऐसा बर्ताव क्यों कर रहे हैं।" — वेणु ने सागर के पास जाकर पूछा।

"क्या आप भी देख रहे हैं ? यूँ ही, मजाक में ! हमने ठान लिया कि इस होस्टल में कोई भी व्यक्ति लुँगी न पहने।" — सागर।

"आप कौन होते हैं ऐसा फैसला सुनाने वाले ? क्या आप ही इस होस्टल पर हुकुम चलाते हैं ? क्या यह आप ही का राज्य है ?" — वेणु ने जोशीले स्वर में पूछा।

"यूँ ही मजाक में ! क्यों इतना सीरियस बन रहे हो ? चाहे हम जितना भी क्यों न चिलायें क्या आँध्रा वाले हमारे सिर पर चढ़े बगैर रहेंगे क्या ? बस, थोड़ी देर हँसी मजाक करने के लिए....ठीक है, छोड़ो यह बात, तुम से एक बात कहनी थी, एक मिनट इधर आओगे ?" — सागर, वेणु के साथ दूर गया। यह कौन सा राज़ है ! ऐसा भी क्या राज़ है जिसे मैं न सुन सकूँ और सिर्फ वेणु ही सुन सकें ? निधि, रमेश होस्टल की ओर चल पड़े। उस आदमी की लुँगी का खुल जाना, इन सब को याद करते हुए रमेश अभी भी हँस रहा था।

"ब्लडी रिज़नालिज्म ! न जाने तेलंगाना और आँध्रा के बीच की यह दूरी कब ख़तम होगी और न जाने उसमें कितना समय लगेगा ! आँध्रा को प्रत्येक राज्य के रूप में घोषित करके दस साल हो चुके हैं लेकिन फिर भी ये विचार मिटे नहीं।" — मैं।

"तुम कुछ भी कहो। ऐसे फीलिंग्स तो किसी में भी नहीं होने चाहिए। जब वे ऐसे विचार रखते हैं तो हम क्यों न रखें ? तुम कभी आँध्रा वालों के बीच गये हो ? जब वे जान जायेंगे कि तुम तेलंगाना के रहने वाले हो तो वे तुम्हारे साथ भी बुरा बर्ताव करेंगे। तुम जानते ही हो न, पिछली गर्मियों में केवल दो महीने के लिए मैं एल०डी०सी० की नौकरी करने लगा। दफ्तर में वहाँ सभी आँध्रा वाले ही हैं। एक एल०डी०सी० के साथ मैंने दोस्ती की। एक बार उन्होंने मुझ से पूछा कि आपका कौन-सा जिला है ? मैंने कहा, "करीम नगर।" बस, दूसरे दिन से ही वह मुझसे दुश्मन का सा व्यवहार करने लगा। इतना ही नहीं दफ्तर के सभी लोग मुझ से ऐसे पेश आने लगे जैसे कई जन्मों का बैर निकाल रहे हैं। मैं उन सब में से जैसे "आउट कास्ट" हो गया था। उनका विश्वास है कि तेलंगाना के लोग किसी काम के नहीं हैं। हमारे पास आकर हमें ही बदनाम करने का प्रयत्न करते हैं। — निधि।

"मैं इस बात से सहमत नहीं हूँ। यह मेरा प्रांत है, इस पर मेरा ही अधिकार है, यह भावना मन से निकालो। यहाँ कोई ऐसी जगह नहीं जो किसी की निजी संपत्ति कहलाने लायक है। आदमी ने अपने अहम् को संतुष्ट करने के लिये ही इन नियमों को बनाया है। इन्हीं बातों को उकसा-भड़का कर, राजनीतिक रंग देकर....राजनीतिक नेता लोग पद हासिल कर रहे हैं। कहीं न कहीं इस बात को ख़तम करना ही चाहिए न ? कितने दिन ऐसी बेसब्री से पेश आयेंगे ? हम सब की एक जाति है, एक साहित्य है, एक संस्कृति है फिर भी हम मिलजुल कर क्यों नहीं रह पाते हैं ? अगर हमीं मिलजुल कर रह नहीं पाते हैं, तो देश के विभिन्न भाषाओं को बोलने वाले लोगों के बीच एकता की भावना कैसे संभव हो सकेगी ? बंबई में शिवसेना, कहीं और....और एक सेना। लगता है देश टुकड़ों में बँट जायेगा। भविष्य की समस्याओं के बारे में सोचते क्यों नहीं हो ?" — मैं।

"सब तुम जैसे उदार दिल वाले तो नहीं है न ?" — रमेश।

"मैंने कभी यह दावा नहीं किया कि मैं उदार हृदयी हूँ।" — मैंने जवाब दिया।

होस्टल पहुँच गये। पीछे से वेणु और सागर भी आ पहुँचे। रास्ते में रीडिंग रूम में पड़े अखबार दिखायी दिये। एक पेपर मैंने उठा लिया। हेड लाइन्स में वियतनाम की खबरें हैं। दो, तीन सालों से वियतनाम की लड़ाई में मैं अपने आदर्शों

को, सपनों को तथा आँसुओं को देखने और तुलना करने का आदी हो गया था। लगता है वह लड़ाई मेरी भावनाओं का प्रतीक है।

वियतनाम में वियतकांग गोरिल्ला की हार अपनी हार ही है। और अपने ही विचारों की हार है, अपने आदर्शों की हार है। आँखों के सामने सपनों का बिखर जाना....वियतनाम गोरिल्ला की हार....मानवतावादी मूल्यों की हार है। वेणु भी पीछे खड़े होकर अखबार पढ़ने लगा। रीडिंग रूम में भी काफी शोर सुनायी दे रहा था। अंदर जाने के लिए और बाहर आने के लिए भी रीडिंग रूम से ही होकर जाना पड़ता है। आने वाले....जाने वाले....हँसी-मजाक — किलकारियाँ — ट्रान्सिस्टर बगल में दबा कर आस-पास के लोगों को गाने सुनाते हुए — न जाने कितने लोग — जमे हुए हैं !

"चलो, चलें।" — कम से कम अब तो कुछ पढ़ाई करें।" — मैंने अखबार नीचे पटकते हुए कहा।

"चलो, चलें।" — वेणु। कमरे की तरफ जाने लगे।

"एक बात है वेणु ! अमेरिका की तरह रूस भी वियतनाम की लड़ाई में सीधे ढ़ंग से क्यों पेश नहीं आता ? आजकल रूस तो कायरों की तरह बर्ताव कर रहा है। उस पर आधारित सभी देश अमेरिका के वश में होते जा रहे हैं। इधर रूस अमन-चैन भरी सहजीवन की दुहाई दे रहा है। रूस अमेरिका को चेतावनी क्यों नहीं देता कि अगर वियतनाम से वह अपनी सेना न हटाये तो स्वयं उसी को मैदाने जंग में उतर आना पड़ेगा ? कितने सालों तक एक छोटा सा देश, दुनिया के सबसे शक्तिशाली देश से लड़ाई करता रहेगा ? फिर भी देखो, वियतनाम के लोग कितने बहादुर हैं ! कितने साहस के साथ लड़ाई कर रहे हैं। जब भी वियतनाम की लड़ाई की याद आती है तो अनजाने ही हमारे दिल में बल, जोश, आत्म-विश्वास जग जाते हैं। अफसोस की बात यही है कि ऐसी बहादुर लड़ाई करने वालों के साथ....वियतनाम जनता के साथ, रूस अपना हाथ नहीं मिला पा रहा है।" — मैं।

"मैं ऐसा नहीं समझता। आज वियतनाम में जो कुछ हो रहा है, वह "उथांट" के विचारों के अनुसार, "नेशनलिज्म और इंपीरियलिज्म के बीच की लड़ाई है।" इसी कारण उत्तर वियतनाम अपने तौर तरीके से लड़ेगा। इसी वजह से वह पराये देश से मदद नहीं लेगा। आज उत्तर वियतनाम अपनी हिफाज़त के लिए रूस की मिलिटरी या चीन की मिलिटरी ला लें तो फिर उत्तर वियतनाम का बड़प्पन ही

क्या है ? दक्षिण वियतनाम की तरह कल उत्तर वियतनाम भी कठपुतली सरकार ही बन जाएगी। यह उसे किसी भी कीमत पर पसंद नहीं। इसीलिए जहाँ तक हो सके उत्तर वियतनाम को अपनी लड़ाई खुद लड़नी होगी। अगर उत्तर वियतनाम आज अपनी सहायता की खातिर किसी दूसरे देश की सहायता ले लेता, तो समझो कि जिस आज़ादी पाने के मकसद से वे अपनी जान, बाजी पर लगाकर लड़ाई लड़ रहे हैं, वह पूरा नहीं होगा, क्योंकि जाहिर है कि वे अपनी आजादी खो देंगे। फिर लड़ाई की जरूरत ही नहीं है। तभी तो रूस और चीन से वियतनाम थोड़ी बहुत मदद लेते रहने पर भी उन दोनों में से किसी भी देश को अपने ऊपर अधिकार चलाने का मौका नहीं दे रहा है। अपने अनुकूल, अपने विधानों को बना-बदला कर लड़ाई जारी कर रहा है। इसी कारण तो उत्तर वियतनाम की आज्ञा के बिना रूस भी अमेरिका की तरह युद्ध में साथ देने का दावा भी नहीं करता। उत्तर वियतनाम भी ऐसा नहीं करने देता। कई कम्यूनिस्ट देशों ने यह कहा भी है कि अगर उत्तर वियतनाम चाहे तो वे अपनी सेना भेजेंगे। लेकिन उत्तर वियतनाम किसी की मदद लेना नहीं चाहता है। लेना भी नहीं चाहिए। अगर ऐसा लेता है तो जिस आज़ादी की हिफ़ाज़त की माँग लेकर वह लड़ाई जारी रख रहा है उस मकसद को वह खो देगा। इसलिये आज वियतनाम को देखने पर यही ज़ाहिर हो रहा है कि किसी देश की प्रजा में चाहे वह कितनी भी छोटी संख्या की क्यों न हो, या चाहे कितने निम्न स्तर का ही क्यों न हो, अगर उनमें अपनी आज़ादी पाने की सच्ची लगन और आकांक्षा हों, अपनी आज़ादी को कायम रखने की ख्वाहिश हो तो वह देश निश्चय रूप से बड़े और शक्तिशाली देश का सामना कर सकेगा चाहे उस देश के पास भयानक अस्त्र-शस्त्र ही क्यों न हों। अंतिम क्षणों तक लड़ता रहेगा। आखिर स्वतंत्रता हासिल करके ही रहेगा।" — वेणु।

मेरा कमरा आ गया। "तुमने बहुत अच्छा बताया वेणु ! फिर मिलेंगे ।" — मैंने कहा।

"ठीक है, कम से कम अब तो पढ़ाई शुरु करो।" — वेणु।

"लगता है सागर ने तुम से कुछ बात की है, क्या है ?" — मैंने पूछा।

"कुछ भी नहीं। कोई ख़ास बात नहीं है। पढ़ाई करो। बाद में बताऊँगा।" वेणु चला गया। निधि, रमेश, उसके जाने से पहले ही चले गये। कमरे का ताला खोला। कुछ बातों को तो वेणु बहुत साफ और स्पष्ट समझाता है। अकलमंद जो है ! "कमान !" अब पढ़ाई शुरू करनी है। अच्छा मूड भी जम गया। किताब

खोली। जल्दी-जल्दी पढ़ना है। नोटबुक और पेन निकाला। संविधान शुरु करूँगा। मैंने पढ़ना शुरु किया। कुछ ही समय में किताब में खो गया था। अपने आप को भूल गया। मेज पर रखी घड़ी टिक्....टिक्....टिक्....टिक्....की आवाज़ करती रही। समय बीतता गया। बाहर हल्ला-गुल्ला, हँसी-मज़ाक, दरवाजों को बंद करने की आवाज़ें। कहीं दूर से ट्रान्सिस्टर से हिंदी के गाने....लेकिन ये सब मुझ पर कुछ असर नहीं दिखा रहे हैं। पढ़ता ही गया। समय बीतता गया। मैं बाहरी दुनिया से बेखबर पढ़ता गया। पन्ने पलटते गये। पढ़ता जा रहा हूँ। लिखता जा रहा हूँ। बाहर का शोर भी धीरे-धीरे थम गया।

"टिक्....टक्...." दरवाज़े पर दस्तक। चौंक कर उठा। बाहर कोई आवाज़ दे रहा है। मुझे नहीं छोड़ते ये लोग ! पढ़ने नहीं देते।

मैंने कहा, "अंदर आओ।"

"दरवाजा खोल कर गुरुनाथम अंदर आया। उसे देखते ही क्रोध का बाँध टूट गया। बेहद घृणा हुई। इस समय क्यों आये हो ?" गुस्से से पूछा।

"अरे ! रवि ! तुम पढ़ रहे हो ?" मेरे कंधे पर उसने हाथ डालना चाहा। मैंने दुतकारा।

"प्लीज़ गुरुनाथम, प्लीज़ ! अभी-अभी तो शुरु किया है। पढ़ाई पर अभी मेरा मन लग रहा है। प्लीज़ ! डोंट डिस्टर्ब मि ! प्लीज़, प्लीज़, प्लीज़....!" मैंने हर बात पर जोर देकर वेदना भरे स्वर में कहा।

"रवि ! तुम से एक बात कहने आया हूँ। पाँच मिनट, थोड़ा, सुनो न ? उसके बाद तुम मारो, पीटो....कुछ भी करो, सब कुछ मान जाऊँगा।" — गुरुनाथम।

बड़ा बदतमीज है ! फिर उससे कैसे निपटे ? क्या करना है ? उसे क्या करना है ?

"प्लीज, गुरुनाथम ! फिर कभी बताना। अभी नहीं, प्लीज़ ! मेरा मूड खराब मत करो।" — मैं।

"रवि ! बहुत जरूरी है। बड़ी मुसीबत में फँस गया हूँ। क्या करूँ, समझ में नहीं आता। तुम्हीं कुछ कर पाओगे ।" — गुरुनाथम।

"क्या है ? जल्दी बोलो।" — किसी न किसी तरह पीछा छुड़ाने के लिए कहा।

"मेरे ससुर अचानक अपनी बेटी याने मेरी बीबी को ले आये। मुझे अभी जाकर उनसे मिलना है।" — गुरुनाथम ने रुँआ सा चेहरा लेकर कहा।

"उसमें क्या परेशानी है ? जाकर मिल लेना।" — मैं।

"बाप रे ! उससे मुझे डर लगता है। जाने क्यों, उसे देखते ही मेरे हाथ-पाँव काँपने लगते हैं।" — गुरुनाथम।

ब्लडी फूल ! पत्नी की बात से ही काँपता है फिर शादी क्यों की ? यह मेरा पीछा कैसे छोड़ेगा ? कैसे इससे मैं छुटकारा पा सकता हूँ ?

"इतना भी डर क्यों ? जब इतना डरते हो तो तुमने शादी ही क्यों की ?" — मैंने पूछा।

"क्या मैंने शादी की ? जबरदस्ती करवाया गया है। दहेज में खूब सारे पैसे मिलने की आशा से मेरे पिताजी ने छुटपन में ही मेरी शादी करवा दी। अब वह बड़ी हो गयी है। मेरे बराबर कद की हो गयी। मुझे घूरती रहती है।" — गुरुनाथम।

"तो मैं क्या करूँ, बोलो।" — मैं।

"कुछ भी नहीं, उसके पास हम दोनों चलेंगे। तुम अगर साथ रहोगे तो मुझे कुछ धीरज मिलेगा।" — गुरुनाथम।

"नान्सेन्स ! आप दोनों के बीच में क्या करूँगा आकर ? मैं क्यों चलूँ तुम्हारे साथ ?" — मैं।

"यह बात नहीं है। तुम लोगों के लिए वह ठीक रहेगी। उसके फैशन्स, उसका सुडौल रूप, उसकी हरकतें ! उसे देखते ही जाने क्यों मेरे बदन में जैसे आग लग जाती है। तुमसे उसकी अच्छी बनेगी। आप दोनों बातें कर सकते हैं। मैं चला जाऊँगा।" — गुरुनाथम।

क्या कह रहा है गुरुनाथम ! अपने ही कानों पर मुझे भरोसा नहीं रहा है। अपनी पत्नी के बारे में कोई ऐसी बातें भी कर सकता है ! अट्टर पर्वर्शन ! मुझे बरबाद करने पर तुला हुआ है यह बदमाश ! मुझ पर उसकी नज़र तक पड़ जाये तो बस, मेरा दिल विषैला हो जाता है। मुझे टेम्प्ट कर रहा है। अब तक उधार देकर टेम्प्ट कर रहा था अब पत्नी को सौंपने की बात कह कर टेम्प्ट कर रहा है। छुड़ाना कैसे ? इससे पिंड छुड़ाना है। वरना वह मुझे तबाह कर डालेगा। लो, अभी से मुझ में लालच शुरु हो गयी है ! क्या गुरुनाथम की पत्नी सुंदर होगी ? जाकर आऊँ तो अच्छा रहेगा। ऐसा दर्द महसूस करता हूँ कि हर

रात कोई आकर शरीर को आरी से काट रहा हो। पत्नी को ही देने का वादा कर रहा है। जाऊँ तो....बुद्धू ! फिर धँसते जा रहे हो ! दलदल में धँस रहे हो ! सब नाटक है। गुरुनाथम केवल मुझे टेम्प्ट करने के लिए यह नाटक कर रहा है।

"क्या सोच रहे हो ? चलो, चलते हैं ! कभी भी इतनी पढ़ाई नहीं की ! फिर अब क्यों कर रहे हो ? शहर चलते हैं....तुम कुछ भी माँग लो — होटल, सिनेमा, लेकिन एक बात है, तुम्हें मुझे बचाना है, मेरी पत्नी से मुझे बचाना है।" — गुरुनाथम।

अब बर्दाश्त नहीं होगा। मेरे अंदर की यह पीड़ा मैं बर्दाश्त नहीं कर सकता। कुछ तो करना है। जाना है कि नहीं जाना है....? मुझे अब क्या करना है ? पढ़ना है ? पढ़ना है ? जाना है ? जाने गुरुनाथम की बीबी कैसी होगी ? काली कलौटी, गुरुनाथम के जैसे ही होगी ? बुद्धू ! इससे पीछा छुड़ाओ। गुरुनाथम से पिंड छुड़ाओ। जल्दी, जल्दी...."डियर मधु",....युवर्स गुरुनाथम ! फिर से मेरा सारा दिल विषैला होता जा रहा है। घुटन हो रही है। अब बस भी करो। अब बस, मुझ से बर्दाश्त नहीं होता।

"क्या कहते हो रवि ! प्लीज़, आ जाओ न ?" — गुरुनाथम ने दीनता से पूछा।

"मिस्टर गुरुनाथम ! प्लीज़ गेट आउट, प्लीज़ गेट आउट ! मुझे टेम्प्ट करके मेरा दिल दुःखा रहे हो। मुझे कुछ नहीं चाहिए। बस....मुझे पढ़ना है। जाओ। एक क्षण भी यहाँ ठहरोगे तो तुम्हारी खैरियत नहीं होगी।" — मैंने जोर से कहा।

"जाऊँ ? बहुत खूब ! तुम जैसे लोगों की जोड़ी खूब जमती है।" — गुरुनाथम।

"शटअप ! आगे मत बोलो ! —ऐसा चिल्लाया कि कमरे में आवाज़ गूँज उठी। मैं आखिर ऐसे क्यों चिल्लाया ? गुरुनाथम की बात मुझे वश करने लगी। क्या उसे छिपाने के लिये ही मैंने ऐसा चिल्लाया ? गुरुनाथम तो बस, काँप उठा।

"गुरुनाथम ! चले जाओ ! कुछ दिनों तक मेरे कमरे में मत आना। कल परसों मुझे एम०ओ० मिल जायेगा तो तुम्हारा उधार चुका दूँगा। अब चले जाओ, प्लीज !" — धीमी आवाज़ में शांत भरे स्वर में कहा। गुरुनाथम चुपचाप चला गया। मैं सिर पकड़ कर बैठ गया। नास्टी फैलो ! सारी दुनियां इसके जैसे नास्टी लोगों से भरी हुई है। फिर किताबों की ओर दृष्टि फैलायी। गुरुनाथम की पत्नी

सुंदर होगी क्या ? कहता है मेरे लिए वह ठीक रहेगी। हारिबुल फैलो....अरे ! कितना अच्छा मौका खो चुका ! बुला कर लौंडी को सौंपने की बात हुई ! बुला-बुला कर....मना कर बीबी को सौंपने की बात को ठुकराने वाला बुद्धू कोई होगा मेरे सिवाय ! कैसे सुनहरे मौके को हाथ से धो बैठा !....! गुरुनाथम की बीबी की बाहों में....जाने वह कैसे होगी ! उसके जैसे तो नहीं होगी न ? काला कलूटा ....कहता है मेरे लिए ठीक होगी....ऐसे कहने का क्या मतलब हो सकता है ....मानेंगे कि वह सुंदर ही है। मैं भी एक बुद्धू हूँ। कितना अच्छा मौका छोड़ बैठा....! छिः ....नान्सेन्स ! बस....केवल दो पैराग्राफ पढ़ पाया। एक लाइन भी दिमाग में नहीं गयी। कैसे जायेगी ? गुरुनाथम....गुरुनाथम तो मेरे लिए शनि ग्रह के समान है न ? "शनि देवता के रथ चक्रों के बीच घिस जाने — पिस जाने वाले दीन....हीन जन....हीन जन....! मैं हीन हूँ....मैं दीन हूँ....! मुझे इस शरशय्या से कौन बचायेगा ? मैं अपना सिर पकड़ कर रह गया। अब, बस....इन ख्यालों का कोई अंत ही नहीं है। सब बरबाद हो गया। गुरुनाथम ने मेरी सारी लगन को तोड़ डाला। सुंदर होगी ? मस्ती में....चमेलियों के बीच सोती हुई....अपनी अंदरुनी इच्छाओं से उत्तेजित होती हुई, यौवन के आंरभ में रत्ति के रूप की तरह....क्या गुरूनाथम की पत्नी ऐसी होगी ? जाने कब जवान हुई ? यह लफंगा शायद गौने को भी मना कर गया होगा ! इतने दिनों से मना करता रहा होगा ! वह औरत....अतृप्त....अदम्य इच्छाओं की ज्वालाओं में भभकती हुई....पुरुष मात्र के स्पर्श के लिए....पुरुष शरीर के लिए....जाने कब से इंतजार कर रही होगी ! कितनी भूखी होगी ! मैं भी तो भूखा हूँ। दोनों बहुत करीब एक दूसरे के तन में विलीन होते हुए....विश्व के अनंत रहस्यों को बेंधते हुए....अनदेखी दुनिया की शोध करते हुए....सभी शिखरों को हासिल करते हुए....एकाकार होकर विश्व रहस्य में प्राणों का संचार कर देते....! इस रात को इच्छाओं के प्रकाश में अलौकिक बना देते....! इसी रात में सदियों से हम दोनों में उठने वाले....प्रज्वलित होने वाले आग के शोलों को बुझा पाते....! बौखलायी इच्छाओं के प्रवाह में कहीं....कहीं दूर बह जाते....! किसी विशाल मैदान में जाकर एक दूसरे के शरीर में समा जाते। अब यह रात वापिस नहीं आयेगी। कितना अच्छा मौका खो बैठा ! यह रात अब मेरे लिये रोज़ की तरह निकल जायेगी। बिस्तर पर लेटे-लेटे इच्छाओं की रफ्तार को कल्पनाओं के लगाम से दबाते ....खींचते....हुए...., फिर उन दमित इच्छाओं को और उभारते हुए.....पागल

होकर, थका-माँदा, इस काँटों के बिछौने पर कभी सो पाऊँगा। हर रात ऐसे ही मुझे काटने को दौड़ आती है। लगता है सभी रातें अपने साथ समस्याओं के साँप लेकर मुझे डसने आती हैं। शत्रु शिविर में बंदी सैनिक को जिस तरह त्रास देते हैं, ऐसे ही यह रात इच्छाओं को अपनी बेरहमी कृपाण से काटती जा रही है। रात में टूटे हुए तारों से बहते हुए खून की बरसात हो रही है। रात मुझे आरे की धार से काट रही है। भूचाल की तरह हिला रही है। रंडी की तरह देख रही है। "पर पतियों के साथ संभोग करने वाली अधम औरत की भाँति देख रही है। गुरुनाथम की पत्नी की तरह देख रही है।" इस रात से दूर भागना है — दूर जाना है। कहीं भी....कहीं भी....क्या गुरुनाथम की पत्नी की बाँहों में....? बुद्धू ! तुमने क्या काम किया ? बुद्धू जैसा काम किया ! जाना था, गुरुनाथम के साथ जाना था ! मुझे ले जाकर अपनी पत्नी के कमरे में डाल कर वह कहीं चला जाता। कहीं सुना जरूर है कि ऐसे भी पति होते हैं जो अपनी पत्नियों को परायों के हाथों सौंपते हैं। हाँ, गुरुनाथम जैसे पर्वर्टड लोग कुछ भी कर सकते हैं। और कितनी देर ऐसे विचारों का सिलसिला जारी रखूँ.....! "स्टाप इट" ! सोचो मत ! सोचो मत ! सोचो मत ! पढ़ूँगा। पढ़ाई जारी रखूँगा। किताब हाथ में लिया। घड़ी की ओर देखा। आठ बजने लगे। कहाँ तक पढ़ा मैंने ? कितना अच्छा पढ़ रहा था ! ऐसा....नहीं....नहीं....चलो, फिर से पढ़ें ! आज आधी रात तक ऐसे ही बैठूँगा। रात, यह रात रंडी की तरह ताक रही है। गुरुनाथम की पत्नी की तरह यह रात देख रही है। कैसे खो दिया....! कितना सुनहरा मौका....! गुरुनाथम की पत्नी....पूरे यौवन में — पीन पयोधर — दूध से भरे स्तन — बच्चे को जन्म दिये बिना ही दूध कहाँ से आयेंगे — दुधारे स्तन — दुधारे स्तन....! उनके ऊपर लेटने से कैसे सुखद अनुभव कर पाता ! उनसे सर टकराने को जी चाहता है। क्या गुरुनाथम की पत्नी पत्रिकाओं में छपी "न्यूड्स" की जैसी सुंदर होगी ? आँखें मूँद लीं। रमेश ने जिस भिखारिन के नंगे शरीर का फ़ोटो खींचा है....उसे देखते ही कँपकँपी हुई। क्या स्त्री का शरीर घृणापूर्ण रहता है ! बुद्धू ! तुम फिर बहकते जा रहे हो ! पहाड़ों....गुफाओं में....कँटीली झाड़ियों में...., जंगली कुत्तों और अज़गरों के बीच....! यह दृश्य भी मुझे बहुत जाना पहचाना सा लगा है। इस दृश्य को कभी न कभी कहीं न कहीं मैंने जरूर देखा है। कभी कहीं इन पर्वतों....इन गुफाओं, इन कँटीली झाड़ियों में से गिरने का आभास हो रहा है। किसी नदी में गिरा हुआ था....! उस समय माँ ने ही

तो मेरी रक्षा की थी। बस, इतना भर ही याद है। कब ? कहाँ ? यह कुछ याद नहीं है। दिमाग काम नहीं कर रहा है। सिर पकड़ कर बैठ गया। आँखों में आँसू उमड़ आये। जम्हाई ली। नींद, नींद आ रही है। अब पढ़ नहीं पाऊँगा। रात भी सो नहीं पाया। फिर तड़के ही उठ गया। जम्हाई ली। अब कोई फायदा नहीं है। सो जाऊँ ! कम से कम आज जल्दी सो जाऊँ तो कल अच्छी तरह पढ़ सकूँगा। बस ! अब नींद को रोकना मुश्किल है। पढ़ना भी मुश्किल — दिमाग सारा खराब हो गया है। घना जंगल बन गया यह दिमाग। कँटीली झाड़ियों से भर गया। नक्षत्रों की लड़ाई जैसी हो गयी। बदन पीड़ा से कराहने लगा। हाथ, पैर दुखने लगे। पीड़ा, दर्द, नसों पर प्रहार करने वाली पीड़ा....दिन व दिन मुझे दहकाने वाली पीड़ा — हर रोज बिस्तर पर जाता हूँ तो लगता है यह सारी पीड़ा बिस्तर पर केंद्रीभूत हो जाती है। कैसे ? कैसे ? कैसे ? इस पीड़ा से छुटकारा पा कैसे सकूँगा ? गुरुनाथम की पत्नी के साथ....? अँधेरा....अँधेरा....सारे कमरे में अँधेरा छा गया। ऐसे अँधेरे में ही तो "वह सब" कुछ होता रहता है। शी ईज फक्कबुल...., गोपाल राव कहता है....! गुरुनाथम की पत्नी कैसी ही होगी ? लो, फिर से रात काटने आ रही है ! रात हजारों सिर वाली साँप बन काटने को आ रही है। रात बौखलाये कुत्तों की तरह भौंक रही है। हजारों काँटों के समान चुभ रही है। जिस पर मैं लेटा हूँ वह बिस्तर नहीं....है ! काँटों भरी सेज है....! मेरे लिए बिछाया गया है ! यह शरशय्या है। बेरहमी से काँटे चुभ रहे हैं। खून बाढ़ के समान बहता जा रहा है। चाहे खून जितना भी बह जाये लेकिन मेरी प्यास बुझेगी ! रात मुझे चूस चूस कर खोखला बनाती जा रही है। यह रात मुझे तबाह करने पर तुली हुई है। प्यास, प्यास, प्यास, भूख, भूख, भूख, प्यास ....प्यास....! इस प्यास को कोई भी बुझा नहीं सकता। जिस शरशय्या पर मैं लेटा हुआ हूँ वहाँ तक कोई भी अर्जुन पाताल गंगा नहीं ले आ सकता। रात मुझे मार रही है। नहीं....नहीं....अब सोचो मत....! सोचते-सोचते पीड़ा को बढ़ा रहा हूँ — सोच, विचार, कल्पनाएँ — अगर ये सब न हों तो कितना अच्छा होता ! क्या मैं अब तक सोया नहीं ? अभी भी जगा हूँ ! सो जाना है, कम से कम आज तो जल्दी सो जाना चाहिए। जल्दी सो जाऊँ तो कल के दिन कोई अशांति नहीं होगी। सोचो मत ! सो जाओ ! सोचना नहीं, चलो, सोचो मत, सोचो मत, जा रहा हूँ ! गुरुनाथम और मैं जाने लगे....बस चढ़ने लगे। किसी होटल के कमरे की सीढ़ियाँ चढ़ने लगे। कमरे का दरवाज़ा खोल कर अंदर जाने लगे।

मुझे किसी ने अंदर धकेला और दरवाजा बाहर से बंद कर दिया। अंदर सुंदर बिस्तर....! चमेलियों से सजी बिस्तर....! उस बिस्तर पर, एक खूबसूरत औरत ....! बड़े-बड़े उरोज लिये....! मेरा बदन पसीने से तर गया। मुझे बुला रही है। मेरी ओर आशा भरी नज़रों से ताक रही है। निगलने वाली नज़रों से घूर रही है। भूख, भूख, उसके सारे बदन में भूख....मुझे निगल जाने वाली भूख। मुझे चकनाचूर करने की उसकी आशा भरी भूख। अग्निकुंड की तरह जल रही है उसकी भूख ! उस अग्निकुँड में मैं जा रहा हूँ। उस आग में गिर कर भस्म होने वाले पतंग के समान....धीरे से मंत्रमुग्ध सा....हिलने लगा। उसका नंगा बदन मुझे बुलावा दे रहा है। उकसा रहा है। पागल कर रहा है। नाग की तरह सिर उठा कर नाच रहा है। मुझे डसने वाला है....चलने लगा, उसका शरीर छू गया। युगों के विरह से तड़प रहा था उसका बदन.....! दूसरे ही क्षण में उसके शरीर पर मैं....! कहीं दरवाजे से कोई टकरा गया....इस आहट को मैंने स्पष्ट सुना था। आँखें खोलीं। यह क्या....! मैं अभी तक सोया ही नहीं....! अभी तक मुझे नींद नहीं आयी ? अभी कुछ ख्वाब देख रहा था....! खून गरम हो गया। सारा बदन पसीने से तर गया। बनियान तो पूरी भीग गयी। कोई फायदा नहीं है। अब मुझे नींद नहीं आयेगी। नींद से दूर, मैं अकेला, कमरे के अँधियारे में, कमरे में, अँधियारे में....मैं अकेला ही। सारा दिन यूँही निकल गया। रात ऐसी क्यों कट रही है ? हर रोज से भी बद्‌तर ! और भी डरावना ! क्या मैं सौ नहीं पाऊँगा ! पढ़ नहीं पाऊँगा ? क्या करना होगा ? अब मुझे क्या करना होगा ? यह सारी अशांति मुझे ही क्यों है ? आइडिया ! आचारी के कमरे में जाकर देखूँ कि वह रोज क्या करता है ? रोज मैं भी पूजा करूँ तो शायद मन को शांति मिलेगी। मुझ में लगन पैदा होगी। बड़े लोगों का कहना ठीक है। किसी न किसी बात पर विश्वास करना जरूरी है। किसी भी चीज पर विश्वास रखना होगा। तभी दिल में एकाग्रता बढ़ेगी। उसी समय मन को शांति मिलेगी। मेरे अंदर शांति न होने की वजह है यही कि मैं किसी भी बात पर विश्वास नहीं करता। अब तक यही सोच कर टालता रहा कि यह कोई अंध-विश्वास है। यह अंध-विश्वास की बात नहीं है। उसमें कुछ महानता जरूर है। वही मुझे चाहिए। मैं यह हासिल कर पाऊँ तो मुझ में भी यह अशांति नहीं रहेगी। वरना तब तक पढ़ भी नहीं पाऊँगा। तभी भूचाल की तरह आने वाली परीक्षाओं का सामना कर पाऊँगा — चलो — आचारी के पास जाऊँगा। उसकी रोजमर्रा की पूजा का विधान क्या

है — यह जान लूँगा। वह मंत्र कौन-सा है, उसका पूजा-कार्यक्रम क्या है, किन-किन नियमों का पालन करना होगा, जान लूँगा....! चलो उठो ! उसी की शरण में जाऊँगा। किस कदर गिर गया हूँ ? कोई मेरे अंदर यह कह रहा है — "तुम पूजा करोगे ? पढ़ोगे मंत्र ?" तुम्हारी प्रगतिवादी विचार गये कहाँ ? तुम्हारे आधुनिक सिद्धांत क्या हो गये ? कितने लोगों से तर्क करते रहे ? सब तुम्हें देख कर हँसेंगे कि नहीं ? वेणु क्या कहेगा ? वेणु कोई आंदोलन चलाना चाहता है। उसमें मुझे अगुवा के रूप में कल्पना कर रहा है, उस वेणु का क्या होगा ? वेणु के आंदोलन पर क्या मैं ऐसा पानी फेर दूँ ? यह कितनी बुरी बात है ? इतना अन्याय कर पाऊँगा ? मैं "डिफेक्ट" होकर पार्टी छोड़ दूसरों को अपना लूँ ? वेणु कितना बेहाल हो जायेगा ? नहीं, नहीं, नहीं, मैं फिजूल की कल्पनाओं में डूबता जा रहा हूँ। कल्पना करता जा रहा हूँ। सब मेरे वहम् हैं। मैं चला भी जाऊँ तो उसका आंदोलन रुकेगा नहीं। इस आंदोलन में, शक्ति और बल है। लेकिन मुझे नहीं चाहिए। मेरे मन को शांति की जरूरत है। मुझे पढ़ना है। माँ ....माँ को तो धोखा नहीं दे सकता। माँ को और धोखा नहीं दे सकता। माँ के प्रति अभी तक मैंने जो धोखा दिया, वही काफी है। कोई बात नहीं है। वेणु को धोखा दूँ तो कोई बात नहीं है। माँ के प्रति न्याय कर पाऊँगा। चलो। कमरा खोल कर बाहर आया। आचारी के कमरे में बत्ती जल रही है। ठीक दस बजे वह बत्ती बुझाता है। तब तक आचारी सोता नहीं। पूरे होस्टल में काफी हद तक शांति और सन्नाटा है। कहीं दूर से ट्रान्सिस्टर की आवाज सुनायी दे रही है। आचारी के कमरे पर दस्तक दी। खुला है। अंदर गया। आचारी कुछ पढ़ रहा है। मुझे देखते ही आचारी जो बिस्तर पर लेटा हुआ था, झट से उठ कर बैठ गया। उसके चेहरे पर डर, हाथ काँपने लगे। दूसरे ही क्षण हाथ की किताब को तकिये के नीचे छुपा दिया। मेरी तरफ देखकर हँसने की उसने कोशिश की। लेकिन सकपका गया। सब कुछ एक पल में हो गया था। क्या है उस किताब में ? क्यों उसे तकिये के नीचे छुपाया ? इसी डर से कि कहीं मैं उसे देख न लूँ ?

उसने कहा, "आप कैसे आ गये ? दरवाजा बंद नहीं था ? मैं भी कितना भुलक्कड़ हूँ !" आचारी के चेहरे पर हमेशा शांति छायी रहती थी। लेकिन इस क्षण में उसका चेहरा काफी भद्दा नज़र आने लगा। बहुत परेशान नज़र आया। चेहरे पर पसीने की बूँदें। कौन सी पुस्तक पढ़ रहा होगा ?

"क्यों डर रहे हैं आप ? आप ऐसे डर रहे हैं जैसे कोई बाघ ही आपके कमरे में घुस आया हो।" — मैंने कहा।

"कुछ नहीं। कुछ नहीं है, रवि ! कुछ नहीं हुआ है, क्या चाहिए ? इधर कैसे चले आये ? आपको क्या चाहिए ?" — आचारी हड़बड़ाता पूछ रहा है।

"कुछ भी नहीं चाहिए। पहले आप कुछ पानी पीकर संभल जाइये।" — मैंने कहा।

"पानी ! हाँ ! पी लूँगा। बैठिये। आप बैठ जाइये।" — आचारी।

आचारी की आँखों में डर इतना समाया था कि मुझे लगा उससे अभी वह छुटकारा नहीं पा सकता। सचमुच मुझे एक बाघ की तरह ही देखने लगा। मेरी नज़र तकिये के नीचे गयी। कौन सी किताब है ? मैं उसे देख क्यों नहीं सकता ? मुझ में उत्सुकता बढ़ती गयी। आचारी सुराही से पानी लेने गिलास उसमें डाल रहा है। उसके हाथ वैसे ही काँप रहे हैं। जाने कब वह गिलास नीचे गिर कर टूट जायेगी ! मैंने तकिये के नीचे हाथ डाला। किताब निकालने लगा। अचानक आचारी की दृष्टि मुझ पर पड़ी। बस, गिलास हाथ से छूट कर नीचे गिरा और चूर-चूर हो गया।

"नहीं, नहीं, उस पुस्तक को मत देखिये ! प्लीज, उस किताब को आप मत देखिये।" — आचारी मेरी ओर ऐसे झपट पड़ा कि जैसे राइफिल से गोली छूटती है। मेरे हाथ से उसने किताब छीन ली। तब तक मेरी नज़र उस किताब के नाम पर पड़ी। "तृष्णा", "मधु" ....बस ! मुझे मालूम हो गया है कि आबिड्स के दुकानदार ने मुझ से मधु की पुस्तकों के बारे में इतनी धीमी आवाज़ में क्यों बातें कीं ! आखिर इस पुस्तक में कौन-सी बातें होंगी ?

कौन सी किताब है, यह एक बार देखकर दे दूँगा। प्लीज़ !" — मैंने पूछा।

"नहीं, आप इस किताब को मत देखिये। बताइये, आप को क्या चाहिए ? यहाँ किसलिए आये हैं ?" — आचारी तो जैसे सर्दी बुखार से पीड़ित आदमी की तरह तड़प रहा है। वह बुरी तरह काँप रहा है।

"आचारी जी ! उस किताब को दिखाइये। जल्दी दे दूँगा। क्या है इसमें ....यहीं....! बस। देख कर दे दूँगा, अभी दिये देता हूँ। मैं पढ़ूँगा भी नहीं।" — मैंने भी जिद्द पकड़ ली।

"नहीं, रवि जी ! यह एक गंदी किताब है। प्लीज़ ! आपने ऐसी किताब अब

तक नहीं देखी है। यह आप की खुशकिस्मती है। एक बार देख लें....तो बस ....छूत की बीमारी जैसी है। आप को चूस डालेगी। शराब, जुआ से भी ज्यादा नुकसान है। आपके शरीर और मन को तबाह कर डालेगी। आप इस किताब को मत देखिये। दस दिन पहले ही भजगोविंदम ने यह छूत की बीमारी मुझे लगायी। कहता है कि सिकिंदराबाद में दस पैसे किराये प्रति रोज के हिसाब से किताबें देने वाली कोई लाइब्रेरी है। वहाँ ये किताबें मिलती हैं। रोज दस पैसे देकर इन किताबों को लाना पड़ता है। होस्टल के सभी छात्रों के कमरों में ऐसी किताबें मिल जाएँगी। बता रहा हूँ न कि यह एक छूत की बीमारी है। इसमें एक बार जो उलझ जाता है, उसे फिर उबरने का कोई उपाय नहीं मिलता। बार बार पढ़ने की चाह होती है। पढ़ने पर दिमाग खराब हो जाता है। सारा मन जहरीला हो जाता है। मैं अपनी इस मानसिकता से तंग आ चुका हूँ।" — आचारी।

"मैं हर रोज जिस आचारी को देखता हूँ, उसमें और इस आदमी मैं कितना फर्क है ?" — मैं सोचने लगा। इस आचारी में कितनी अशांति ! कितनी व्यथा !

"इस किताब में क्या है ?" — मैंने पूछा।

"सेक्स, गंदी सेक्स, गंदी जबानी....गँबार, अनपढ़ लोगों की निर्लज्ज बोली", गाँव तक क्यों जाएँ ? यहाँ हमारे होस्टल में भजगोविंदम को ही ले लें तो आप समझ सकते हैं। उसके मुँह से "बोल" नहीं, बल्कि "गंदी नाली" निकलती है। ये किताबें पढ़ने लगेंगे तो हमारे भी अंदर वही नाली बहने लगती है। — किताब को अलमारी के अंदर रख कर ताला लगाया।

आचारी ! जान गया बेचारे आचारी को ! मैं और आचारी एक ही जैसे आदमी हैं। मैंने कल्पनाओं में वासनाओं की पूर्ति करनी चाही तो वह इन किताबों के जरिये उन वासनाओं की पूर्ति करना चाहता है। दोनों एक जैसे हैं। मैं सोचता रहा कि हम दोनों के बिल्कुल विपरीत व्यक्तित्व हैं। नहीं....नहीं....आचारी और मैं —एक जैसे ही हैं। पूरी तरह से एक ही हैं। आचारी को मैंने अपने बहुत करीब पाया — इस बात को मैंने अनजाने ही महसूस किया। इससे पहले आचारी के प्रति इज्जत की भावना रहती थी। अब इज्जत नहीं, बल्कि उसके प्रति सहानुभूति होने लगी कि वह भी मेरे ही जैसा आदमी है।

"आपने बताया नहीं, आप क्यों आये हैं ?" — आचारी।

"क्यों आया, यह तो मैं भूल ही गया हूँ, फिर कभी आऊँगा।" — उठकर खड़ा हो गया।

"मेरे बर्ताव का विपरीत अर्थ मत निकालना रवि, क्षमा चाहता हूँ।" — आचारी।

"कुछ नहीं सोचूँगा।" बगल में ही टूटी हुई गिलास के काँच के टुकड़े देख कर मेरा दिल विचलित हो गया।

"मेरे कारण यह गिलास टूट गया है।" — मैंने कहा।

"भूल जाइये। गिलास ही तो टूटी है।" — आचारी।

आचारी के कमरे से बाहर आया। अपने कमरे में आकर बैठ गया। आचारी मधु की किताबें पढ़ रहा है ! आचारी में भी है ऐसी अशांति ! खुद पर भरोसा नहीं हो रहा है। हर काम नियम के मुताबिक करने वाला आचारी....हर वक्त चेहरे पर शांति रहती थी ऐसा आचारी....विश्वास नहीं हो रहा है कि वही आचारी मधु की किताबें पढ़ता है। यह बात किसी ने नहीं कही है। खुद मैंने अपनी आँखों से देखा है। अंदर ही अंदर सोचने लगा कि ऐसी बेचैनी हर व्यक्ति में होती है। बाहरी तौर तरीके से तो आचारी शांत दिखता है। लेकिन बेचैनी उसे भी है। इस होस्टल के सभी लोग किसी न किसी बेचैनी को लेकर परेशान हैं। दरवाज़ा खटखटाने की आवाज़। निधि, रमेश दरवाज़ा खोल कर अंदर आये।

"कैंटीन चलते हैं, चाय पीकर आयेंगे, चलो।" — निधि।

"अभी से क्या चाय ? जैसे बहुत पढ़ चुके हैं ?" — मैं।

"चलो भी, चाय पीने से नींद उड़ जायेगी। फिर कुछ देर पढ़ सकते हैं।" — निधि।

"आप चाय के लिए जा रहे हैं ? मैं भी आऊँगा, चलिये।" — कहता हुआ आचारी अपने कमरे से बाहर आया।

"यह क्या ? आप चाय पियेंगे ? बड़ी अज़ीब बात है। आप तो चाय कभी भी नहीं पीते हैं ?" — निधि।

"आज से सारे नियमों को अलविदा कर रहा हूँ। मैं भी आप की ही तरह आज से चाय, सिनेमा शुरु करूँगा। इतने दिनों तक मैं अपने आपको ही धोखा देता रहा, अब चलो, रवि ! चलते हैं।" — आचारी। जाने क्यों उस पर तरस आया। पल में ही उसमें कितना परिवर्तन ! बेचारा आचारी ! ताला लगा कर चल पड़ा।

"वेणु को बुलाना है न ?" — रमेश।

हाँ, वेणु के कमरे की तरफ चल पड़े। आचारी मेरे बगल में....बेचारा आचारी ! वह भी मेरे जैसा ही है ! मैंने सोचा कि उसमें और मुझ में बहुत फर्क है ! लेकिन दोनों एक जैसे हैं। ऐसा लगा कि इतने दिनों से जिस बात को समझ नहीं पा रहा हूँ, वह बात आज अचानक समझ में आ गयी है !

वेणु का कमरा आ गया।

"वेणु !" — निधि ने दरवाजे पर दस्तक दी।

"आ जाओ।" — अंदर वेणु कुछ लिख रहा है।

"चाय पीने चलोगे ?" — निधि।

"अरे, अभी से थक गये ? इतनी सारी किताबें पढ़ डालीं ?" — वेणु।

"क्या लिख रहे हो ?" — मैंने पूछा।

"इससे पहले तुम से वियतनाम के बारे में बातें की न तब अनजाने ही कुछ मुद्दों के बारे में मैंने जिक्र किया था। वियतनाम की समस्या को स्पष्ट रूप से आँकने में ये सारी बातें बहुत काम आयेंगी। कमरे में आते ही वियतनाम के ऊपर एक लेख लिखने की इच्छा हुई।" — वेणु।

"वेरी गुड। तब तो तुम्हें डिस्टर्ब करना ठीक नहीं है।" कहकर मैंने निधि से कहा, "चलो, चलते हैं।"

"मैं भी आऊँगा। लिखना तो ख़तम हो ही गया है।" — वेणु।

"हम यूँ ही बातें करते रहें तो कोई फायदा नहीं होगा। लोगों को समझाना भी है। इस देश की सब से बड़ी समस्या लोगों की नासमझी है। हमारे लोग तो बहुत पिछड़े हुए हैं। उन्हें बीसवीं शती में ले आने का काम हमारे जैसे कुछ पढ़े लिखे लोगों के कंधों पर ही है।" — वेणु।

वेणु ने कमरा बंद किया। होस्टल से सब लोग चल पड़े।

"हाँ, सचमुच हम यूँ ही बातें करके बैठ जायें तो कोई फायदा नहीं है। तुम्हारा कहना ठीक ही है कि लोगों को जागृत करने का भार हम पर ही है।" — मैंने कहा।

होस्टल से बाहर आये।

"हैलो ! निधि ! हैलो ! रवि ! कहाँ जा रहे हैं ? चाय के लिए ? हम भी चलते हैं।" — मधु। डियर मधु ! फक मि क्विक ! युवर्स — सरला।

गंदी यादें ! मधु के साथ और दो लोग हमारे साथ शामिल हो गये।

"सुना है आज तुम्हारा और भजगोविंदम का कुछ झगड़ा हो गया है ?" — निधि।

श्रीशैलम और रेड्डी ने मिल कर किया है। श्रीशैलम ने खुद आकर मुझ से बताया है कि उस लावेटरी में गंदी बातें भजगोविंदम ही ने लिखी हैं। इसी बात पर मैंने भजगोविंदम पर शक किया है। लेकिन बाद में पता चला कि हम दोनों के बीच लड़ाई-झगड़ा करवाने के मकसद को लेकर ही उसने ऐसा किया है। बेचारा भजगोविंदम उसने ये बातें नहीं लिखीं। वह बकता जरूर है। लेकिन ऐसी गंदी बातें लिखता नहीं। हम दोनों जब लड़ रहे थे तो समझौता कराने के बहाने श्रीशैलम तैयार हो गया है।" — मधु।

बेचारा मधु ! मधु पर भी तरस आने लगा है। बेकार ही की गालियां उस से सुननी पड़ीं।

"वे सब चाल चलते हैं। सोच रहे हैं कि यहाँ ये लोग सब कुछ कर सकते हैं।" — वेणु।

"करेंगे....करेंगे....हम सब चुप रहेंगे तो वे कुछ भी कर सकेंगे।" — मधु।

आज रेड्डी, श्रीशैलम और हमारे बीच छोटी सी लड़ाई हुई है। हम दोनों के बीच थोड़ी सी बहस हुई। इस पर वे चाहते हैं कि हम उनसे माफी माँग लें। वरना इस होस्टल में हमारा रहना मुश्किल कर देंगे — ऐसी उनकी धमकी है। सागर इसके पहले मुझसे यही बात कर रहा था।" — वेणु ने मेरी तरफ मुड़ कर बताया।

"आप माफी नहीं माँगेंगे, सर ! वह क्या कर सकता है — यह हग पर छोड़ दीजिए। हम इतने सारे लोग हैं, अगर वह दो बार मारे तो क्या हम उन पर एक बार भी वार नहीं कर पायेंगे ?" — मधु।

ठीक ही तो है। मुझ में भी हौंसला बढ़ गया है। मेरे साथ लोग चलने लगे। मैं अकेला नहीं हूँ ! मेरे साथ वेणु, रमेश, मधु, उसके दो साथी....और आचारी भी हैं। कभी कमरे से बाहर न आने वाला आचारी भी आज मेरे साथ आ रहा

है। श्रीशैलम से आखिर क्यों डरें ? जब से मुझे महसूस हुआ कि मैं अकेला नहीं हूँ तो मेरे अंदर हौसला और ताकत बढ़ने लगा। सब मिल कर चलने लगे।

रोज-रोज उसका घमंड बढ़ता जा रहा है। वे अपने आप को महान समझते हैं। उनके सामने किसी का कोई महत्व ही नहीं है। शायद सोच रहे हैं कि अपने निजी कामों के लिये दूसरों को उपकरणों के समान वे उपयोग कर सकते हैं। — मधु।

मधु की भी तो तनी मुँछें हैं। और थोड़ी दूर जाने के बाद वहाँ एक और ग्रुप में प्रकाश, गोपाल राव, विजय कुमार, गोविंद रेड्डी मिल कर बातें करते दिखाई दिये।

''कैंटीन जा रहे हैं क्या ? हम भी चलते हैं। आ जा विजय कुमार ! अभी से रूम जाकर क्या करोगे ?'' — प्रकाश।

वह ग्रुप भी हमारे साथ शामिल हो गया। अब कुल मिला कर कितने लोग हैं — मैं गिन भी नहीं पाया। हजार हाथियों का बल मैंने अपने में महसूस किया। अब कोई मुझे कुछ भी नहीं कह सकता। मैं अकेला नहीं हूँ, मेरे साथ भी लोग हैं। मेरे लिए सब — और सब के लिए मैं — लड़ सकते हैं। मैं अकेला नहीं हूँ। सब मेरे जैसे ही हैं। सब की अपनी-अपनी समस्याएँ हैं। मुसीबतें हैं। सब की कहानी मेरी जैसे ही है। सबके मेरे जैसे ही आँसू हैं। सब में अपने आप को देखने में कितनी शांति मिलती है !

''देखो प्रकाश ! रेड्डी और श्रीशैलम कह रहे हैं कि जब तक वेणु, रवि माफी न माँगे तब तक उनका इस होस्टल में रहना मुश्किल है।'' — मधु।

''बदमाश ! सोच रहे हैं कि सारी यूनिवर्सिटी पर उन्हीं का शासन है। इससे पहले कभी कभार रेड्डी मुझ से बातें करता था। आजकल मुझे देखकर भी अनजान बन रहा है। मुँह मोड़ कर दूसरी तरफ चला जाता है। असली बात तो यह है कि हममें कभी एकता की भावना नहीं रही है। अगर हम सब एक होकर साथ-साथ चलें तो इस रेड्डी, श्रीशैलम जैसे कईयों को पटा सकते हैं।'' — प्रकाश।

''ऐसी एकता हममें क्यों नहीं हो सकती है ? कितने दिनों तक हम डरते रहें ? कितने दिनों तक उनके जुल्म सह कर चुप रहें ?'' — यह बात आचारी के मुँह से निकली।

मैं अपने कानों पर भरोसा नहीं कर सका। अचानक आचारी में इतना परिवर्तन !

सब तेजी से चलने लगे। सब में एक नया जोश और नयी चेतना उमड़ने लगी। ऐसी चेतना को लेकर हम आगे बढ़ने लगे, जैसे हम किसी नयी दुनिया में कदम रख रहे हैं। सब लोग आगे बढ़ने लगे।

रास्ते में गुरुनाथम अकेला कैंटीन की तरफ जाता हुआ दिखाई दिया। अकेले जाने वाले गुरुनाथम को देखकर मेरे मन में अनजाने ही सहानुभूति जगी। दिल के किसी कोने में उसके प्रति करुणा जगी। बेचारा गुरुनाथम ! उसका क्या दोष है ? प्रकृति ने ही उसके साथ अन्याय किया है। उसके हालात ने उसे दलदल में फँसा दिया है। बेचारा आदमी ! बिना किसी कारण मैंने उससे घृणा की।

"गुरुनाथम, कैंटीन जा रहे हो ? हमारे साथ चलो।" — मैंने उसे तहे दिल से बुलाया। गुरुनाथम भी हमारे संग हो गया। सब जल्दी-जल्दी चलने लगे।

"अगर हम पक्का ठान लें, तो हम सब एक बात पर चल सकेंगे। एकता को....हम अभी....इसी जगह पा सकते हैं। आज से हम सब वेणु का कहा मानेंगे। वह जैसा भी कहे, हम सब सुनेंगे। सब इस बात को स्वीकार करते हैं या नहीं ?" — प्रकाश।

"मानते हैं। हम सब मानते हैं।" — गोविंद रेड्डी।

गोविंद रेड्डी बहुत कम अवसरों पर बोलता है। हमने कभी उसे ज्यादा बोलते नहीं सुना। और दूसरा व्यक्ति आचारी ! वह किसी के साथ न मिलता था न जुलता था, अपने ही धुन में हरदम मगन रहता था बाहरी दुनिया से बिल्कुल बेखबर ! ऐसे व्यक्तियों में आज कितना उत्साह है ! जाने क्यों मेरे पाँव ज़मीन पर टिक नहीं रहे हैं ! शुभ शुगुन का संकेत मिला। मैं कहीं ऊँची उड़ानें भर रहा हूँ। एहसास हुआ कि मेरा लक्ष्य बिल्कुल नज़दीक आ गया है।

"यस ! इस पल से हम वेणु के पीछे-पीछे चलेंगे।

"वेणु हमारा नेता है। मधु, गोपाल राव, गोविंद रेड्डी, न जाने ऐसे कितने लोग हैं जिन्होंने इस बात के समर्थन में अपनी-अपनी आवाज़ें मिलाकर सहमति दी।

सब कैंटीन की तरफ चले। जाने कितने लोग हैं ! एक लक्ष्य के लिए सब

—सब के लिए एक लक्ष्य, सब मिलकर उस लक्ष्य को साधने — उत्तेजित जोश के साथ चलने लगे। सामने से सागर आ रहा था और हमें देखकर रुक गया।

"क्या है सागर ! तुम्हारे साथ कुछ संदेशा भेजा है क्या ?" — वेणु।

"संदेशा कुछ नहीं। वे लोग कैंटीन में बैठे हैं। आप लोग चलेंगे, तो डर है कि कुछ हँगामा न हो जाए।" — सागर।

"यही कहने आये हो कि हम वहाँ न जाएँ ?" — मैं।

"हाँ ! यह जानते हुए भी कि वे अच्छे लोग नहीं है, क्यों बेकार आप उनसे झगड़ा मोल लेते हैं ?" — सागर।

"यूँ ही नहीं जा रहे हैं हम। कुछ हंगामा सचमुच करने का विचार भी है। क्या कैंटीन जाकर चाय पीने भर की भी आज़ादी हमें नहीं है ? ऐसा कभी नहीं होगा। हमें कौन रोकता है, यह भी देखेंगे।" — वेणु चल पड़ा। सब उसके साथ साथ चले। जोश....! जिसका कोई पारावार ही नहीं है। तेज बहाव का महा प्रवाह ....! बौखलाया जन समुदाय ! टार्निडो....टार्निडो....वह लय है — यह प्रलय है। अब फैसला हो ही जाएगा। सागर की बातें सब पर ऐसी असर कर गयीं जैसे आग पर पेट्रोल छिड़कने से होता है। हममें हर एक व्यक्ति प्रज्जलित विस्फुलिंग ही बन गया है। सागर भी हमारे साथ चलने लगा। वह भी हमारे साथ शामिल हो गया। सब लोग तेजी के साथ चलने लगे। मार्चिंग की पद-चाप ! शत्रु पर कूच करने जा रहे हैं। बदन में सिहरन दौड़ी। कुछ होने वाला है। जंग....आज़ादी की हिफाज़त के लिए जंग....वियतनाम गोरिल्ला....अभी यहाँ हर आदमी एक वियतनाम का गोरिल्ला है — शरीर में आखिरी खून की बूँद के ख़तम होने तक यह लड़ाई लड़ेंगे। आज़ादी के लिए — दासता की श्रृंखलाओं में जकड़ कर रखने वाले असामाजिक तत्वों से लड़ते-झगड़ते रहेंगे।

कैंटीन तक आ गये। एक ओर रेड्डी, श्रीशैलम, भजगोविंदम, श्रीधर और पाँच छः तनी मूँछों वाले उनके साथी लोग — सब मिल-जुल कर बातें कर रहे हैं। वेणु और मैं — अपने संगी साथियों से मिल कर अंदर गये। रेड्डी हम दोनों के साथ मधु, प्रकाश, गोपाल राव, और अन्य साथियों को देख कर रेड्डी सकपका गया। उस पर बिजली सी टूट पड़ी। ऐसा ताकने लगा जैसे उसकी खुद की आँखें उसे धोखा दे रही हैं।

वेणु आगे चला। वेणु के साथ सभी लोग कैंटीन में जाकर एक ही जगह बैठ

गये। कैंटीन वाले से वेणु ने "पन्द्रह चाय" लाने को कहा। "पन्द्रह" कहने में कितना दम है ! कितना आत्म-विश्वास है ! कितना बल और कितनी शक्ति है ! कैसी ताकत है ! कैसा जोश और कैसी चेतना उसमें छिपी हुई है !

रेड्डी और श्रीशैलम हमारी ओर मुँह खोल कर देखने लगे। उनकी आँखें विस्मय और आश्चर्य से फैल गयीं। मैंने यह सब स्पष्ट रूप से देखा।

एक दो मिनट के लिए ऐसा सन्नाटा छा गया जैसे तूफान के पहले....थोड़ी देर पहले छा जाता है। रेडियो में "साथी हाथ बँटाना" का गाना मधुर स्वर में सुनाई देने लगा।

अचानक श्रीशैलम ने ठहाका मारा। शायद भजगोविंदम ने कोई भद्दा मज़ाक किया होगा। झट हमारी तरफ से विजय कुमार ने जोर से छींका था। मधु, प्रकाश, गोपाल राव....ये सब श्रीशैलम से भी बढ़ कर उन्हीं की तरह जोर जोर से हँस पड़े।

फिर थोड़ी देर सन्नाटा।

"अरे ! सागर ! एक मिनट के लिए इधर आ रे ! तुम से बहुत जरूरी बात करनी है।" — श्रीशैलम।

हमारे बीच बैठा सागर रत्ती भर भी हिला नहीं।

"हो आओ न सागर ! बेचारा इतना बुला रहा है तो जाना पड़ेगा न ! जाओ ! कल तुम्हें क्वालिटी ले जाकर भर पेट खिलायेगा।" — प्रकाश।

"किसी को मुझे खिलाने की जरूरत नहीं है। अगर इतना ही अपनापन जताता है तो बुलाओ उसे, मैं ही खिलाये देता हूँ।" सागर ने कहा।

"शाबाश बेटा ! खूब कहा ! सागर ! हिप हिप हुर्रे ! सागर ! हिप हिप हुर्रे।" प्रकाश ने जोर से कहा ! हमारे सब साथी हँस पड़े। "सागर ! हिप हिप हुर्रे !" कहते हुए जोर-जोर से चिल्ला पड़े।

कैंटीन वाले ने पन्द्रह चाय लाकर रख दीं। सब लोगों ने चाय पीना शुरु किया।

"फार दि हेल्थ आफ वेणु !" प्रकाश ने अपना गिलास मधु के गिलास से मिलाया।

सब ने "फार दि हेल्थ आफ वेणु !" कहते हुए गिलासें उठायीं। सब चाय पीने लगे।

" "साथी हाथ बँटाना" — हमारा मूड और यह माहौल — दोनों खूब जम गये, है न यार !" — निधि।

"हाँ ! इस गीत में भी "श्री श्री" के गीतों की तरह एक लय है। युवा सेना को, नव युग निर्माताओं को स्फूर्ति देने वाली मार्चिंग बैंड जैसा वह लय....नेपथ्य संगीत सा सुनाई दे रहा है।" — मैंने एक ही साँस में कहा।

"हियर, हियर !" — प्रकाश तालियाँ बजाने लगा। सब लोगों ने तालियाँ बजायीं।

फिर थोड़ी देर सन्नाटा। अभी भी रेडियों में वही गाना ! "साथी हाथ बँटाना" ....मुहम्मद रफी अनूठे ढ़ंग से गा रहा है....हम सब साँस रोक कर बैठे हुए हैं।

"अरे ! मधु ! इधर आओ यार ! एक मिनट !" — रेड्डी।

बेहाल अवस्था में रेड्डी ! रेड्डी की आवाज़ में वह आत्म-विश्वास नहीं रहा जो हर समय रहता है — निराश, निस्पृह — ऐसे कई लक्षण ध्वनित होने लगे। मधु न हिला, न डुला।

"क्यों रे मधु ! जाओ न ! तुम्हारे और भजगोविंदम के बीच समझौता करवायेंगे।" — प्रकाश।

"हाँ, पहले तो पिटवायेंगे। किसी के साथ मेरे बारे में गंदी बातें भी लिखवायेंगे। फिर समझौता भी करवायेंगे।" — मधु।

"अबे क्यों ! एक साथ सभी लोग 'डिफेक्ट' हो गये ? आजकल जिधर भी देखो, बस ! डिफेक्टेन्स" ही है। किसी पर भरोसा नहीं किया जा सकता।" — रेड्डी।

"हम डिफेक्ट" नहीं हुए हैं। हमने कभी भी यह लिख कर नहीं दिया कि हम हर समय तुम्हारे ही साथ रहेंगे।" — मधु।

"हियर-हियर !" — प्रकाश ने तालियाँ बजायीं। सभी लोगों ने उसका साथ दिया। रेड्डी और श्रीशैलम के चेहरों पर ऐसा फीकापन जैसे काटो तो खून नहीं।

"लुच्छे ! आज सब ने एक साथ मुँह फेर लिया ?" — भजगोविंदम।

हमारे सभी साथी हँस पड़े। प्रकाश ने फिर से "हियर, हियर" कह कर चिल्लाया। फिर तालियाँ....यह बहुत बड़ा जनसमूह है। उत्तेजित जन

समूह....पयोधर प्रचंड घोष....यह विलय है — वह प्रलय है — वह लड़ाई है। फैसला निकल ही जाएगा। अब रुकेगा नहीं।

फिर सन्नाटा छा गया। रेडियो में गाना बदला। सब साँस रोके बैठे थे। कुछ होने वाला है, कुछ होगा। जल्दी ही "टाइम बम" फट जाने वाला है, कुछ ध्वंस होने वाला है। सभी लोग ऐसे बैठे जैसे मैदाने जंग में सिपाही अपने-अपने बंदूक हाथों में थामे कप्तान के मुँह से निकलने वाले "फायर" आर्डर की प्रतीक्षा में हैं।

"अरे सागर ! मधु ! गोपाल ! तुम लोग भी इन "माओ" एजेंटों के साथ शामिल हो गये हो ?" ढ़िठाई से श्रीशैलम ने कहा। श्रीशैलम की बात से मेरे में आग सी लग गयी।

"हूँ ! माओ एजेंट्स ! आप का सामना कोई करता है तो आप उसे माओ एजेंट बना देते हैं। आपका कहा जो न माने, आपका धिक्कार करे, वही माओ एजेंट है। इस कैंपस में आपका हुकुम न मानने वाले, आपकी जी हुजूरी न करने वाले हों तो, वे ही माओ के एजेंट्स हैं। आप महान देशभक्त ठहरे। देशभक्ति तो आप ही की जेब में है। देशभक्ति आपकी खुद की संपत्ति है। तुम अधिकार जताते हो, महान नेता के जैसा 'पोज' मारते हुए, जो भी तुम्हें धिक्कारते हैं, तो उन्हें पुचकार कर या डरा-धमका कर अपना बनाने की कोशिश करते हो, चाहे इससे विद्यार्थी बरबाद ही क्यों न हो जायें लेकिन ऊपरी तौर पर देशभक्त बनने का ढ़ोंग रचने वाले आप....!"

मैं ठीक से बोल नहीं पाया। जोश....जोश....बदन पूरा जोश से भभक उठा। मुझे कुछ समझ में ही नहीं आ रहा है। कुछ दिखायी नहीं दे रहा है। मैं एक जलता धधकता ज्वालामुखी बन गया।

"मिस्टर, बातें संभल कर करना। सुबह भी "कुत्ता-उत्ता" कह कर कुछ बकवास कर रहा था !" — श्रीशैलम।

"कुत्ते को कुत्ता कह कर बुलाने से इतना गुस्सा क्यों आता है भाई ?" — प्रकाश ने कहा। बस ! टाइम बम फट गया।

"क्या कहा रे, रंडी की औलाद ! तुम्हारी हड्डी पसली एक कर दूँगा।" श्रीशैलम राइफल से निकलने वाली गोली की तरह प्रकाश की ओर लपका। वह क्षण आ ही गया जिसका हमें इंतजार था। किसी ने हमें "फायर" का हुक्म दे

दिया है। सब खड़े हो गये। प्रकाश के ऊपर लांघने वाले श्रीशैलम को मधु ने रोका। श्रीशैलम ने मधु का शर्ट पकड़ा। भजगोविंदम प्रकाश की तरफ गया। क्या हो रहा है — यह स्पष्ट रूप से पता नहीं चला। किसी ने कुर्सी उठायी — बस, प्याले, गिलास टूट कर चूर-चूर हो गये। मुझ पर कोई हाथ उठाने आया। मैंने भी एक कुर्सी उठायी। सामने वाले ने मुझ से वह कुर्सी छीन ली। मेरे सिर पर एक मार पड़ी। गुरुनाथम बीच में आया। एक क्षण मैंने चोरों ओर देखा। मधु, श्रीशैलम, प्रकाश, भजगोविंदम — एक दूसरे से भिड़ रहे हैं। रेड्डी तो अपनी ही जगह पर बैठा हुआ है। इतने में वेणु को मारने एक तनी मूँछों वाला आगे बढ़ा। उसे सागर ने ढ़केल दिया। फिर मेरे ऊपर एक और तमाचा — मुझे कोई पीट रहा है। कुर्सियाँ टूटती जा रही हैं। चाय के प्याले, सासर टूट गये। कैंटीन वाले ने जोर-जोर से चिल्लाना शुरु किया। बगल में बैठे सभी लोग चुपचाप किसी कोने में खिसक गये। कैंटीन वाला चिल्लाने लगा कि "पुलिस को बुलाओ", "पुलिस को बुलाओ।"

मधु ने श्रीशैलम को नीचे गिरा दिया। दाँत पीसते हुए श्रीशैलम एकदम उस पर जम कर टूट पड़ा। इतने में अचानक रेड्डी ने चिल्लाया, "रूको।", मधु को वेणु ने भी मना किया और कहा, "रुको"; "रुको।" प्रकाश और भजगोविंदम को सागर छुड़ाने लगा। एक क्षण में ही सब अपनी अपनी जगह जा कर खड़े हो गए। उठकर श्रीशैलम ने अपने शर्ट पर लगी धूल को साफ किया और गुस्से से देखने लगा। उसके मुँह से खून बह रहा है। मधु की कमीज भी पूरी तरह फट गयी। गाल पर घाव हुआ और उससे खून बहने लगा। प्रकाश के गले पर भी घाव हुआ।

"हम सब में ये आपसी झगड़े क्यों ?" रेड्डी चिल्ला रहा है।

क्षण भर में वहाँ सन्नाटा छा गया। कोई भी नहीं बोल रहा है। तब तक कैंटीन के सामने कई लोगों का जमघट हो गया और वे सब इस तमाशे से खूब मजा लूटने लगे। होस्टल से कुछ विद्यार्थी भागे-भागे आ रहे हैं। यह देखकर कैंटीन वाला काँपने लगा।

"चले जाइये, बाबू ! आप सब लोग यहाँ से चले जाइये।" — कैंटीन वाले ने गिड़गिड़ाया।

वहाँ भीड़ बहुत अधिक हो गयी और सभी लोग आतुरता से एक दूसरे से पूछने लगे कि "क्या हुआ है ?" "क्या हुआ है ?"

"चलो, हम लोग चलते हैं।" — वेणु कहने लगा। हमारे सभी संगी-साथी चल पड़े।

"यह मत समझना कि यह खेल ख़तम हो चुका है ! तुम्हारा खून बहते न देखूँ....तो मैं श्रीशैलम नहीं हूँ।" — श्रीशैलम ने दाँत भींच कर कहा।

"श्रीशैलम ! थोड़ी देर अपना मुँह बंद रखो !" — रेड्डी।

"देख लेंगे वह तमाशा भी !" — मधु।

"मधु, चलते हैं, चलो।" — वेणु।

कैंटीन के बाहर खड़े सब लोगों ने हमें देख कर रास्ता दे दिया। होस्टल से आने वाले लोगों ने हमें देखते ही पूछा, "क्या हुआ", "क्या हुआ ?"

"जब मात खाने की घड़ी आयी तो रेड्डी ने शांति का सफेद झंडा फहराया। वरना आज श्रीशैलम की खबर ले लेता।" — मधु।

"हाँ, अगर हम हार भी जाते तो क्या हुआ उनकी खूब पिटाई तो कर ही देते ! आप चुप क्यों हो गये थे, सर ?" — प्रकाश ने वेणु से पूछा।

क्या कह रहा था हम में ये आपसी झगड़े क्यों ? अगर ऐसी अकल पहले ही उसमें होती तो कितना अच्छा होता ! — गोपाल राव।

"आखिर हमारे होस्टल में एक छोटा-मोटा आंदोलन शुरु हो गया है।" "रेड्डी को हमने एक तरह से हरा दिया — इस कैंपस में अब तक यही बात फैली हुई है कि उसका मुकाबला कोई कर नहीं सकता !" — निधि।

"हाँ, छोटा सा आंदोलन ! फिर भी यह कुछ ख़ास आंदोलन है। इतने दिनों से हर एक व्यक्ति रेड्डी के अधिकार को न चाहते हुए भी कुछ कर नहीं पाता था। आज सब लोग मिलजुलकर विजय पा सके। यही चाहिए। हर कोई अपनी सीमा में ही न रह कर, सामूहिक लक्ष्य के लिए, एक साथ होकर चलना चाहिए। यह बात केवल होस्टल में ही नहीं, देशभर में अमल में लाना है। देश की सारी प्रगतिशील शक्तियों को एकमत होकर चलना चाहिए। तभी इस देश में लोकसत्ता सचमुच कायम हो सकेगी।" — वेणु।

"कुछ भी हो, एक अद्भुत घटना घट चुकी है। मैं यकीन नहीं कर पा रहा हूँ ! मैं सोचता था कि "क्या हम रेड्डी, श्रीशैलम जैसे लोगों का सामना करके जिंदा रह पायेंगे ?" आज यह भ्रम दूर हो गया है।" — मधु।

"हाँ, सर ! हमने इतने दिनों तक किसी तरह सब्र किया। लेकिन कब तक ? हर चीज़ की एक सीमा होती है।" — आचारी।

मुझे लगा कि मैं कोई ख्वाब देख रहा हूँ ! अनजाने ही किसी जल की धारा में बहता जा रहा हूँ। यह कोई बहाव है। इस बहाव में मैंने अपने आप को निछावर किया है। यह बहाव मुझे जिस किसी भी ओर ले जाए, मैं उसी ओर बहता जा रहा हूँ। इससे पहले कैंटीन में क्या हुआ ? क्या मेरी आँखों के सामने यह सब कुछ हुआ है ? पलक झपकते ही सब कुछ ख़तम हो गया है। रेड्डी अगर सफेद झंडा न दिखाता तो क्या हो गया होता ? क्या खून न बह गया होता ? किसी का सिर फट गया होता ? मुझ पर भी दो तीन मार पड़े थे। गुरुनाथम बीच में आ गया। उसने मुझे बचाया। बेचारा गुरुनाथम ! इतने दिनों से गुरुनाथम के प्रति मेरे मन में घृणा की भावना रही थी। अब वह भावना दूर होने लगी। बेचारा आदमी ! गुरुनाथम के साथ प्रकृति ने कुछ अन्याय किया है। इसी कारण वह ऐसा हो गया है। मेरे ऊपर किसी ने वार किया और खुद मैंने भी उस पर हाथ उठाया — इन सब बातों से मेरे अंदर आत्म-विश्वास की भावना बढ़ती गयी। बस ! यही तो है मार-पीट ! इससे पहले मार-पीट के नाम से मैं काँप जाता था। सब कुछ अपनी सोच में है। कोई भी काम करते जाओ....तभी उसकी गहराई का पता चलता है। आज रेड्डी और श्रीशैलम से मुठभेड़ किसी अच्छे काम के लिए ही हुई है। जिन विचारों पर मैं विश्वास रखता हूँ, जिन आदर्शों पर मैं मर मिटता हूँ....उन्हें अमल में लाने के लिए, अपनी आज़ादी की हिफाज़त के लिए ऐसे मार-पीट खाने से मैं कभी पीछे नहीं हटूँगा। आज कैंटीन के पास जो घटना घटी, उससे मेरे अंदर हौसले की भावना बढ़ती गयी।

सब होस्टल की ओर चल दिये।

"हमारे अंदर की यह एकता की भावना हमेशा-हमेशा के लिए फले.... फूलें ! हमारी एकता पर आँच लाने, हमें चोट पहुँचाने, हममें फूट के बीज बोने का प्रयत्न रेड्डी और उसके साथी जरूर करेंगे। उनके डर्टी ट्रिक्स के सामने हमें कभी अपना सिर झुकाना नहीं चाहिए। हमें कोई भी लोभ से अपने वश में न करें ! जिस आंतरिक एकता को हमने पाया है, उस पर किसी भी हालत में आँच नहीं आने देनी चाहिए। ऐसे रहेंगे तो ही उनका सामना कर पायेंगे।" — प्रकाश।

प्रकाश, प्रकाश के प्रति मेरे मन में कभी भी अच्छे विचार नहीं रहे। सोचा

करता था कि गप्पे हाँकने में यह माहिर है। लेकिन आज रात को मैंने उसका असली रूप....उसका अपना निजी रूप देखा। मधु के बारे में भी....मधु के प्रति भी....बस, ईर्ष्या और घृणा के अलावा, सच्चे दिल से उसे कभी मैंने समझा ही नहीं। आज सब लोग अचानक मेरे कितने करीब आ गये हैं।

"यह एकता ऐसी ही रहे, सिर्फ यही काफी नहीं है। हमारे साथ और भी कई लोगों को हमें शामिल करना है। हमारे आंदोलन में एक शक्ति है। सच्चे अर्थों में मानवता के मूल्य हैं। इनमें हमारे देश का भविष्य है। आज अचानक होस्टल में जिस एकता को हम लोगों ने हासिल किया, इसी एकता के जरिये कल के दिन एक नवीन संघर्ष को हमें चलाना है। ऐसा करने पर ही हमारे देश में तितर-बितर होने वाली प्रगतिशील साम्यवादी शक्तियों को एकत्र कर, करोड़ों गरीब लोगों के सुनहरे साम्यवादी समाज के स्वप्नों को साकार कर पायेंगे ! हमने आज रात इस छोटे से आंदोलन को जीत कर जो छोटा सी विजय प्राप्त की है, यही हमारे देशवासियों के भविष्य में संभव होने वाली महान विजय का शुभ संकेत है। कल के विजय के लिए आज हमने नींव डाली। आज देश में जितनी भी प्रगतिशील तथा लोकसत्तात्मक शक्तियाँ रही हैं, उनमें एकसूत्रता की कमी है, इसीलिए वे अनेकानेक छोटे-छोटे गुट बन कर तितर-बितर हो गये हैं। एक लक्ष्य को पाने में, चाहे सिद्धांत को लेकर कितनी भी विविधता क्यों न हो; एकता की जरूरत है। हमारा आज का यह विजय एक मिसाल के रूप में सदा के लिए रह जायेगा। इसके लिए हमें कुछ कठोर नियमों का पालन करना होगा। आज हमने रेड्डी और श्रीशैलम से झगड़ा किया है। हमें यहाँ इस बात को भूलना नहीं चाहिए। हमें उनसे व्यक्तिगत रूप में कोई बैर नहीं है। बल्कि वे जिस व्यवस्था को प्रतिबिंबित कर रहे हैं, और जिस तरीके से सड़ी हुई भावनाओं को बेहयायी ढ़ंग से प्रदर्शित करते रहे हैं, सिर्फ उन्हीं के खिलाफ हमारी लड़ाई जारी रहेगी। उस सड़ी व्यवस्था के वे गुलाम बने हुए हैं। उस व्यवस्था को, उन विचारों को बदलने का प्रयत्न हमें करना है।" — वेणु।

वेणु की बातें सब को उत्तेजित कर गयीं। "हियर-हियर" कहते हुए प्रकाश ने तालियाँ बजायीं। सभी ने दोहरे उत्साह से तालियाँ बजायीं। सब होस्टल के अंदर प्रवेश कर गये। सब में नयी चेतना — सब ने अपने पुराने रूप को त्याग दिया है, सभी ने एक तेजस्विनी आभा के साथ नया जन्म पा लिया है।

सभी एक दूसरे से "गुड नाइट" कहते गये।

"गुड नाइट रवि ! आज की रात की इस अद्भुत घटना के मूल प्रेरक, एक तरह से तुम्हीं हो।" — सागर।

"हाँ, उसी के जोश ने हम लोगों को उत्तेजित किया। सो....गुड नाइट रवि ! फिर कल मिलते हैं।" — वेणु।

"गुड नाइट वेणु !" — मैंने कहा।

"गुड नाइट रवि !" गुरुनाथम मेरी ओर आशा भरी नज़रों से देखने लगा।

"गुड नाइट गुरुनाथम !" — ऐसी हमदर्दी मेरी आवाज़ में पहले कभी ध्वनित नहीं हुई।

"गुड नाइट रवि !" — प्रकाश, निधि, रमेश ने कहा।

"गुड नाइट....वेरी गुड नाइट !" मैंने कहा।

सब अपने अपने कमरों की तरफ चल दिये। कुछ विद्यार्थी कमरों से बाहर आकर हम लोगों को अचरज़ भरी नज़रों से देखने लगे। मैं और आचारी अपने-अपने कमरों की तरफ गये। बीच में कई स्टूडेंट्स कमरों से बाहर आकर पूछने लगे कि अभी कैंटीन में जो झगड़ा हुआ है, उसका क्या कारण है ? किसी से बातें करने की इच्छा नहीं हुई।

"हाँ, छोटा सा झगड़ा हुआ।" — आचारी ने कहा।

कमरे के पास आ गया। कमरे का ताला खोला। आचारी ने भी अपने कमरे का ताला खोला।

"सो....गुड नाइट आचारी जी !" — मैं कमरे के अंदर गया। बत्ती जलायी। सारे बदन में दर्द। असीम दर्द महसूस कर रहा हूँ। कुछ करने की इच्छा नहीं हुई। घड़ी की ओर देखा। नौ बज कर तेईस मिनट ! नींद आने लगी। तीन चार दिन से सोया भी नहीं। आइने में देखा। आँखें लाल लाल....आग की ज्वालाओं ....तीखी ज्वालाओं के समान लगीं। बाल बिखरे हुए हैं। थक गया। आइने को टेबिल पर डाल कर कपड़े बदलने लगा। शर्ट खोलने हाथ उठाया तो दायीं बाँह में दर्द महसूस किया। मार शायद उसी जगह पड़ी। उस गँजे सिर वाले ने मुझे मारा था। उसकी भी तनी मूँछे हैं। हरदम श्रीशैलम के साथ घूमता रहता है। नाम नहीं मालूम ! मुट्ठी भींचकर मुझे उसने एक घूँसा मारा मेरे चेहरे पर ! इसी चेहरे पर ! बाद में सिर पर ! ! सिर दर्द से फटा जा रहा है। फिर भुजा का दर्द भी काँटे की तरह चुभता जा रहा है। "हाय राम" शायद कल तक यह पीड़ा

और भी बढ़ेगी। कुछ दवा लगा लूँ तो अच्छा है। माँ को मालूम हो जाये कि चोट लगी है मुझे, तो वह कितनी दुःखी होगी। माँ ! माँ ! आज पूरा दिन माँ की ही यादें ! पूरा का पूरा दिन माँ की यादें ! ! माँ की याद ! पिताजी ने कार्ड भेजा। पूरे कार्ड में माँ ही है। इम्तिहान पास आ गये हैं। "परीक्षाओं के लिए रात दिन पढ़ कर सेहत खराब न करने की सलाह दे रही है तुम्हारी माँ ! तुम्हारी सेहत को लेकर वह बहुत दुःखी होती रहती है। समय पर खाना खाना। समय पर सो जाना।" आँखों में आँसू आ गये। आँसू की दो गरम बूँदें मेरी छाती पर गिरीं। क्या है यह ! मन इतना भर गया है ! इस दिल में ऐसी कोमल भावनाएँ उठती कैसे हैं ? नहीं....यू आर टू सेंटिमेंटल रवि ! भूल जाओ। किरण्मयी को भूल जाओ ! माँ को भूल जाओ ! माँ को भूल जाओ ! माँ को भूल जाओ ! किरण्मयी को भूल जाओ ! सब को भूल जाओ ! केवल तुम अपने आदर्शों के लिए जियो। तुम्हारे लक्ष्य के खातिर....तुम्हारी आज़ादी की खातिर....तुम अपने ख़ातिर ....जियो....! बत्ती बुझा कर लेट गया। बिस्तर नहीं बल्कि यह एक काँटों की झाड़ी है। बैड आफ थोर्नूस, काँटों से किसी ने मेरा बिस्तर बनाया है। यह बिस्तर नहीं, बल्कि शरशय्या है। कनपटियाँ जोर से दबाते हुए मैंने आँखें मूँद लीं। आँखें जल रही हैं। जम्हाई ली। हाथ, पैर दुखने लगे। पीड़ा — भयंकर पीड़ा — कोई आकर मेरे हाथ और पैरों को, इस शरीर से अलग कर दें तो कितना अच्छा होगा। शायद तभी यह पीड़ा ख़तम हो सकती है।

"क्या दिन रहा।" इस दिन को मैं जिंदगी भर याद रखूँगा। कभी भूल ही नहीं पाऊँगा। उठकर डायरी लिख लूँ तो अच्छा होगा। इन बातों को रिकार्ड कर पाऊँ तो....! आज मैं कहाँ-कहाँ घूमने गया....क्या?-क्या किया....कैसे-कैसे अनुभव महसूस पाये....यह सब कुछ रिकार्ड कर पाऊँ तो....! अभी नहीं ....बिल्कुल नहीं ! जाओ, सो जाओ, कम से कम सब कुछ भूल कर अभी तो सो जाओ। परीक्षायें, मेस बिल, गुरुनाथम, गुरुनाथम की पत्नी, प्रोफेसर, नलिनी, नीरजा, चलपति, मुरली, लिल्ली, भूल जाओ....सब कुछ भूल जाओ ! आखिर किरण्मयी को भी भूल जाओ। सो जाओ। — जल्दी नींद आ जाए तो कितना अच्छा होगा ! लेकिन नहीं आयेगी। हर समय मेरे साथ यही होता है। लेटते ही कभी भी नींद नहीं आती है। ख्यालों के सिलसिले में कहीं बहता हुआ, अदरुनी उत्तेजना की आग की लपटों में खुद को झुलसाता हुआ, अपने ही ख़ून को जला जला कर, इधर-उधर करवटें ले लेकर, थका माँदा मैं जब तक अपने बालों को

नोच न डालूँ और अपने सिर को जोर जोर से जब तक पीट न लूँ, तब तक नींद नहीं आती। नींद की गोलियाँ लेकर बेहोश पड़े सो जाने का दिल करता है ! जम्हाई ली। फिर जम्हाई। आँखों की गरम बूँदें — तीन चार बार जम्हाई, शायद नींद आ रही है। सो जा ! अब कुछ मत सोच ! सो जा ! सो जा ! जा ! जा ! जा ! जा !

कहीं दूर....दूर चला गया। यहाँ वहाँ घूमा। एक क्षण भी बिना कहीं रुके भागता ही रहा, किसी बहाव में पड़ कर बहता गया....महा प्रवाह है वह....! उस प्रवाह में गिर कर बहता गया ! जाने कहाँ ! कितने लोगों से मिल चुका....! कितने वाक्‌बाणों के प्रहार सहे ! मैं ही जानता हूँ ! बातों को छुरी, भाल और आग की तरह बदलते मैंने देखा है। मैं जानता हूँ। "लिखो न तुम भी एक महाप्रस्थानम ! मिस्टर रेड्डी ! मैं भी लिख रहा हूँ एक महाप्रस्थानम ! शायद तुम नहीं जानते इस देश का हर गरीब एक "महाप्रस्थानम" है। पढ़ते जाओ तो हर व्यक्ति एक अग्नि पर्वत है ! कभी न कभी आग की यही भंयकर लपटें तुम्हें....तुम्हारें चारों ओर के आल्सेशियन कुत्तों को....तुम्हारे समाज को, तुम्हारी हिफाज़त करने वाले पूँजीपतियों को जला डालेंगी। गिरा डालेंगी ! राख कर डालेंगी। अंदर दबी आक्रोश को शांत करेंगी। अपनी मुसीबतों का अंत कर डालेंगी। ख्वाबों को साकार रूप देंगी। देखते रहो, वह दिन आने ही वाला है। आज के दिन जो छोटा-सा प्रवाह प्रारंभ हुआ, वही महाप्रवाह बन कर उत्तुंग लहरों के साथ तुम्हारे ऊपर झपट कर तुम्हें बेहोश कर तुम्हारे नामोनिशान मिटा डालेगा। अब कुछ नहीं हो सकता। इस प्रवाह का आना निश्चित है। आज के इस प्रवाह में बहता हुआ मैं न जाने कहाँ चल पड़ा, कितनों से मिला, कितने आँसू बहाये ! मेरी आँखों ने कितने विपरीत स्पंदनों को अनुभव किया ! मेरे हृदय में कितना भयंकर तूफान मचा है ! मुझे कितनी असीम वेदना सहनी पड़ी भूख की वजह से ! कितनी हिंसा का मैंने अनुभव किया ! हिंस न च ण, ध्वंस र च ना, हिंस न च ण, ध्वंस रचना, ध्वंस रचना, हिंस न च ण, अरे ! हाँ ! आ, झटक, फटक, हिसं न च ण, ध्वंस रचना, अरे, झू....झू....झू....अब्बब्बब्ब....सो जाओ, सो जाओ, सो जाओ, जाओ, जाओ, रमेश ने मुझ से कहलवाया....रत्ति, रत्ति, भिखारिन रत्ति, रत्ति मरी नहीं, न्यूड्स, न्यूड्स, रमेश ने जो न्यूड्स निकाला, उनमें से एक ठीक रत्ति के जैसे ही है। दोनों बराबर....एक ही हैं। एक ही हैं। डाल रहा है। निकाल रहा है। डाल रहा है। निकाल रहा है। ताला लगा रहा है। निकाल रहा है। निकाल

रहा है। फिर डाल रहा है। डाल रहा है। फिर निकाल रहा है। नलिनी के वेनिटी बैग के जिप को इधर खींच रहा है। उधर खींच रहा है। इधर खींच रहा है। उधर खींच रहा है। इधर खींच रहा है। उधर खींच रहा है। इधर उधर खुल रही है। बंद हो रही है। खुल रही है। बंद हो रही है। बंद हो रही है। खुल रही है। एक शाट यह....एक शाट वह....एक शाट यह....एक शाट "वह"....वेनीरियल डिसीजस....न बाबा, न, चाहे वह "लवमेकिंग इन्सिटट्यूट" ही क्यों न खोले, शास्त्री और विजय कुमार उसमें शामिल भी हो जाएँ, दोनों एक के साथ, एक के साथ दोनों, कैसे, कैसे, कैसे हुआ होगा ? किताबों के ढ़ेर को बिल्कुल जैसे बच्चों को गोद में उठाने की तरह....वह किताबों को ऐसा क्यों उठाकर लाती है ? क्यों लाती है ? मदर्ली इनस्टिंक्ट....जाने कौन नलिनी को माँ बनायेगा ! उस सुंदरी को ! जाने वह भाग्यवान कौन होगा ! प्रोफेसर राघव राव ! सफेद बालों वाला राघव राव, वाट ए पिटी, वाट ए पिटी, कुत्ते को कुत्ता कहें तो.... इतना गुस्सा क्यों....कुत्ता....वह कुत्ता है। रेड्डी के पीछे चौबीस घंटे घूमने वाला आलसेशियन कुत्ता, कुत्ते को कुत्ता कहें तो इतना तेवर क्यों दिखाता है ? ग्रेट प्रकाश, ग्रेट, हैट्साफ टू यू, तुम्हें मैंने गप्पे हाँकने वाला ही समझा, न जाने क्या-क्या समझा, मुझे डुबो कर, धोखा देकर, मूँछें तानता है वह रिक्शा वाला ! झूठा कहीं का ! काले-कलूटे मूँछों वाला, रंग बिरंगी लुँगी वाला, काले कलूटे चेहरे वाला ....रुपया देना बाबू....डर....डर....डर....सतीश आ गया। राकेट की तरह आ गया, कितना सुंदर है देवानंद की तरह....अब्बव्बव्बव्बव्बव्ब....अभी सोया नहीं....? अभी तक सोया नहीं, क्यों नहीं सोया ? परम परम परम परम.... अभी सोया नहीं, नींद आयी नहीं, सोया नहीं अभी, अभी नहीं सोया। "तुम नहीं आयी, नींद नहीं आयी", नींद नहीं आयी, यह रात ढ़ल चुकी, तुम नहीं आयी, नींद नहीं आयी ! जब तक गुरुनाथम की बीबी नहीं आती, तब तक नींद नहीं आती ! बुद्धू ! जाना था ! गुरुनाथम की बीबी के पास जाना था ! स्सस्साली ! जाना था....जाना था....जाना था....स्स्स्साली ! जाना था ! तब वह खबर भजगोविंदम पूरे होस्टल में पौ फटने के पहले ही फैला देगा ! फिर भी जाना था ! जाना था, भिखारिन की झोली में तीस पैसे हैं। आठ आने देने को कहकर यह दे गया, तुम भी आठ आना दोगे बाबू ! इधर-उधर करवटें ले रहा हूँ। यह एक शरशय्या है। काँटों से किसी ने बिस्तर बिछाया है। काँटों का बिस्तर बनाया है। कहीं कोई आवाज़ ! किसी ने दरवाज़ा खोला, स्स्स्स्स्सु....स्स्स्स्सु....अभी से

कोई नहा रहा है। शवर के नीचे स्नान करूँ तो अच्छा होगा। मन और शरीर पर लगी धूल....बह जाती, बह जाती, उठो....उठो....उठो....शवर के नीचे बैठो। हाथ, पैर, दुखने लगे। सारे शरीर के नसों में पीड़ा, पीड़ा, पीड़ा ! कर दे कोई मेरे इस शरीर को टुकड़े....टुकड़े कर दे ! तभी यह पीड़ा मिटेगी ! हैलो ! "आचारी जी आप अभी सोये नहीं ! आपके सोने का समय कब का हो गया है !" कोई आचारी से पूछ रहा है। आचारी के रूम में बत्ती अभी भी जल रही है। "तृष्णा !" शायद वह अभी भी मधु की किताब पढ़ता रहा होगा ! क्या होगा उस किताब में ! भजगोविंदम के मुँह से निकलने वाली गंदी बातें, आचारी के पास जाकर वह किताब ला कर पढ़ लूँ तो....! गायत्री मंत्र....पंचाक्षरी मंत्र ....पढ़ने वाला आचारी....रोज आधा घंटा पूजा-पाठ करने वाला आचारी.... मधु की किताबें पढ़ता है, वाट ए पिटी, वाट ए पिटी, बेचारा आचारी, बेचारा आचारी ! अब्बब्बब्बब्बब्ब....थकावट हो रही हो रही है। नींद नहीं आयेगी, पढ़ूँ तो अच्छा होगा, नींद नहीं आयेगी, नींद नहीं आयेगी, फर्स्ट क्लास नहीं आयेगी, चलपति को आयेगी, नलिनी को आयेगी, चलपति को अच्छा खासा बुद्धू बनाया, बुद्धू, डोनाल्ड ब्राडमन कौन है — यह भी नहीं जानता। स्कोर कितना साहब ! 250 फार 4 सोबर्स गोस फार्वर्ड एंड हिट्स दि बाल पवरफुल्ली ! ब्यूटिफुल शाट....गोइंग आल दि वे फार फोर रन्स ! चंद्रशेखर कमिन्स एंड बौल्स एगैन सोबर्स स्वीप्स दि बाल....! माग्निफिशेंट शाट....एक शाट यह....एक शाट वह ....एक शाट यह....एक शाट "वह"....अब्बब्बब्बब्बब्ब....नहीं होता....इधर उधर करवट लेते-लेते....प्यास, प्यास, प्यास....उठ कर थोड़ा पानी पी लूँ ! जब तक कोई परी चलम की ऊर्वशी की तरह....आबेहयात सा पानी ला कर, मेरे सूखे, नीरस होंठो पर डाल न दें....तब तक मेरी यह प्यास नहीं बुझेगी। तब तक इस शरशय्या पर क्या सो पाऊँगा। वरना कोई अर्जुन अपने बाणों से सीधा मेरे मुँह में पानी भिजवाये तो अच्छा है। क्या मैं अर्जुन हूँ या भीष्म हूँ ? 'पिटी' ! 'पिटी' ! 'पिटी' ! इतने बूढ़े आदमी के साथ मैं अपनी तुलना करूँ ....'वाट ए पिटी' ! मृत्यु लोक और स्वर्ग लोक के बीच तात भीष्म शरशय्या पर लेटा था — ऐसा बुजुर्गों का कहना है। फिर मैं किन किन के बीच....बाल्यकाल और यौवनकाल के बीच....सिर और गले के बीच....गुरुनाथम की पत्नी और मेरे बीच....पागलखाने और होस्टल के बीच....भिखारिन के झोले और मरीचिका समान किरण्मयी के बीच....खाली हाथ तुम्हें दिखायेगा। तुम्हारा सुपुत्र आखिर

हमें खाली हाथ ही....! इसने यूँ ही हमारे घर में थोड़े ही जनम लिया यौवन में अपनी मौज मस्ती के लिए पैदा करवाया, किसके लिए पैदा किया ? नास्टी फेलो निधि, दयानिधि, कृपानिधि, जलनिधि, पयोनिधि, पीन पयोधर मर्दन....पयोधर मर्दन ....चंचल कुरयुगशाली....राधा के इतने बड़े-बड़े पयोधर रहते थे शायद ! लिल्ली के जैसे ! 'अनिता एकबर्ग' की तरह, तुम्हारे सर की तरह....जा....जा....उपेंद्र बाबू के घर जा....जा....बी प्रैक्टिकल मैन ! 'बी प्रैक्टिकल' ! जादूगर ने सिर काट दिया....अपने लड़के का ही सिर....काट डाला उसने ! पकड़ो....वह खूनी है ! पकड़ो....चोर....चोर....चोर....चोर....सेब लेकर भागा जा रहा है। बिरयानी खाकर बिना पैसे दिये ही भाग रहा है। डर....डर....डर....“पकड़ो” ....“कूद कर भाग रहा है,” “भाग रहा है।” पीछे बहुत बड़ी भीड़....श्रीशैलम, रेड्डी भागे जा रहे हैं। वेणु ने रोका। प्रकाश ने रोका — मधु ने रोका — गोपाल राव ने रोका — “कमान” ....देखूँगा — सब मिलजुल कर एक साथ रहें तो ....हमें कोई कुछ नहीं कर पायेगा। बस — मैं अकेला नहीं....मेरे साथ लोगों ....का समूह है। मैं अकेला सब के लिए — सब के लिए मैं अकेला — यही तो आज मैंने जाना है। सो जाओ-जाओ-जाओ-करवट लेते हुए जा-जा-चलो, हम वहीं पर मिलते हैं, जहाँ नयागरा फाल्स हैं। पानी....पानी....पानी....पानी ....चारों ओर पानी की कलकल ध्वनि के साथ....वेग से बहते हुए पानी की कलकल ध्वनि के साथ....कितनी ऊँचाई से नीचे गिर रहा है ! इंद्रधनुष — पानी पर इंद्रधनुष ! कितना बढ़िया दृश्य, मैं वहाँ पानी में गिर पड़ा, पानी में बहता गया, महाप्रवाह में बहता जा रहा हूँ — डूबता जा रहा हूँ — पानी में डूब रहा हूँ, फिर सतह पर तैर रहा हूँ — नदी की धार में बहता जा रहा हूँ — कोई, कोई, मेरी ओर दया भरी नज़रों से, आँखों में आँसू भर कर मुझे देख रहा है। कौन है ? कौन है ? वह करुणामयी, शांत मूर्ति कौन है ? यह मातृ मूर्ति.... माँ, माँ, माँ, नदी के किनारे, माँ मेरी ओर प्यार से, करुणा से, आँखों में आँसू लिये....खड़ी है। माँ, मेरी ओर अपना हाथ बढ़ा रही है। बहता जा रहा हूँ, नदी की धार के साथ बहता जा रहा हूँ। यह तेज धार अपनी भयानक शक्ति के साथ मुझे अपने में विलीन कर रही है। खींच कर, घसीट कर मुझे लेती जा रही है। उस तेज धार के विरुद्ध दिशा में तैरने की मुझ में शक्ति नहीं है। जा रहा हूँ। बहता जा रहा हूँ। माँ को छोड़ मैं अकेला जा रहा हूँ। माँ को बिना देखे ही चला जा रहा हूँ। उस बहाव में मैं अकेला ही नहीं हूँ, बल्कि मेरे जैसे कई लोग मेरे

चारों ओर बहते जा रहे हैं ....जाने कितने लोग....वेणु, निधि, प्रकाश....जाने कितने लोग....।

* * * * * *